大学生诗歌家谱

姜红伟 编著

SPM
南方出版传媒
广东人民出版社
·广州·

图书在版编目（CIP）数据

大学生诗歌家谱：《飞天·大学生诗苑》创办史（1981—2014）/姜红伟编著．—广州：广东人民出版社，2017.10

ISBN 978-7-218-11019-6

Ⅰ．①大…　Ⅱ．①姜…　Ⅲ．①回忆录—作品集—中国—当代　Ⅳ．①I251

中国版本图书馆CIP数据核字（2016）第163072号

Daxuesheng shige jiapu feitian daxuesheng shiyuan chuangbanshi

大学生诗歌家谱：《飞天·大学生诗苑》创办史（1981—2014）

姜红伟　编著

出 版 人：肖风华

策划编辑：钱飞遥
责任编辑：钱飞遥　许春芳
责任技编：周　杰

出版发行：广东人民出版社
地　　址：广州市大沙头四马路10号（邮政编码：510102）
电　　话：（020）83798714（总编室）
传　　真：（020）83780199
网　　址：http://www.gdpph.com
印　　刷：广东信源彩色印务有限公司
开　　本：787 mm×1092 mm　1/16
印　　张：32　　**字　数：**400千
版　　次：2017年10月第1版　2017年10月第1次印刷
定　　价：48.00元

如发现印装质量问题，影响阅读，请与出版社（020-83795749）联系调换。
售书热线：（020）83790604　83791487　邮　购：（020）83781421

《大学生诗苑》20世纪80年代作者群像一

《大学生诗苑》20世纪80年代作者群像二

《大学生诗苑》20世纪80年代作者群像三

【序一】

80年代诗歌史的“另类书写者”

叶延滨

在中国诗坛有一些不应被忘记的为诗歌做出贡献的人，黑龙江诗人姜红伟常年痴迷于20世纪80年代诗歌史研究并取得显著成果，这样痴情的“另类书写者”实属凤毛麟角。

姜红伟生活、工作在素有“中国最冷小镇”美誉的大兴安岭地区呼中区。多年来，他以诗为唯一乐趣、唯一爱好，专心致志、心无旁骛地从事着他热爱的诗歌事业：策划诗歌活动、收藏诗歌资料、研究诗歌历史、创办诗歌场馆、编著诗歌史料，真正做到了“两耳不闻窗外声，一心只做诗歌事”。

之所以说姜红伟是80年代诗歌史的“另类书写者”，是因为他所从事的每一项有关80年代的诗歌项目都是迄今为止别人从来没有做过的，都是“另类”的，都是“独家”的，都是属于姜红伟的与众不同的“专利”。比如，在诗歌活动的策划上，姜红伟策划了“寻找诗歌史上的失踪者”“诗歌民刊收藏家系列访谈”“著名诗歌编辑家访谈”“大学生诗歌运动访谈”等一系列轰动诗坛的活动，可以说每一项活动都是独具特色，都在诗坛产生了广泛而深远的影响，并引发了追忆、怀旧、研究80年代诗歌的热潮。再比如，在诗歌史料的收藏上，姜红伟集30多年之精力、财力、物力，收藏了5000多件诗集、诗报、诗刊、民刊、书信、照片、手稿、图片等各种珍贵诗歌资料，在全国首屈一指。在此基础上，姜红伟克服各种困难，历经各种辛苦，创建了中国第一家民办诗歌纪念馆——八十年代诗歌纪念馆，在诗坛引起了强烈反响，得到了五百余位著名诗人的大力支持，并因其丰富的馆藏而成为了中国诗歌的一座地标性建筑。尤其最值得一提的是，姜红伟十年如一日地专注于80年代诗歌史的研究，发表了有关文章五十余篇，出版了中国第一部校园诗歌史专著《寻找诗歌史上的失踪者——二十世纪八十年代校园诗歌运动备忘录》，在广东《作品》开设“1978—1990中国大学生文学刊物索引”专栏，在《星星》诗刊、《岁月》文学月刊和广州《信息时报》开设“80年代大学生诗歌运动访谈录”专栏，完成了《中国高校大学生诗歌刊物图文档案（1978—1980）》等多部书稿。可以这样说，他的每一个研究专题都是独一无二的、都是非同凡响的诗学领域里的开山之作。

说起来，我与姜红伟虽然“认识”了十多年，但至今却从未“谋面”，堪称“神交”。2004年，我收到了他的一封信和一篇长达万字的文章《二十世纪八十年代大学生校园诗坛历史备忘录》。在信中，姜红伟请我对文章给予批评指正，并谈了准备编著一部关于甘肃省《飞天》文学月刊开设“大学生诗苑”栏目创办历史的专著的构想，希望我能多提宝贵意见和建议。在我的印象中，他寄来的这篇文章是中国诗坛上第一篇全面研究大学生诗歌历史的十分珍贵的诗歌史料，我读后感觉很有学术价值和史料价值，回信给予了充分肯定，并支持他在大学生诗歌史上再做进一步研究，力争多出成果。同时，对于他那部诗歌史料著作给予了鼓励，希望他早日写成。

一晃十几年过去了。去年冬天，姜红伟发来短信告诉我他那部关于“大学生诗苑”的书稿已经完稿并将由广东人民出版社出版，希望我能写一篇序言。面对这部既是中国第一部文学期刊诗歌栏目史，又堪称中国当代大学生诗歌史简写本的专著《大学生诗歌家谱——《飞天·大学生诗苑》创办史（1981—2014）》（以下简称《家谱》），说实话，我的心里真是为姜红伟高兴，为他做了一件功德无量的事高兴，为他“十年磨一剑”的成功高兴！

众所周知，1981年2月，《飞天》杂志在总编杨文林的支持下、在编辑张书绅的主持下，创办了全国第一家以发表大学生诗作、培养大学生诗人为宗旨的诗歌栏目——“大学生诗苑”，并在长达33年的岁月里，书写了一部诗人辈出、佳作纷呈、影响深远、载入史册的“大学生诗苑”栏目创办史！

对于“大学生诗苑”的创办价值，姜红伟在书中做了精辟的评价，我十分认同：“大学生诗苑”是中国新时期诗歌史上创办时间最长久、培养诗人最众多、社会反响最广泛、赞誉名声最响亮、读者受众最广泛的名牌诗歌栏目。它的创办，是中国80年代诗歌史、期刊史、文学史乃至文化史上的重要事件，不但为甘肃新时期诗歌的兴盛发现和培养了众多优秀诗人，而且引领了80年代大学生诗潮，掀起了一场空前绝后的80年代大学生诗歌运动，并最终为第三代诗人的崛起输送了大批骨干力量，为中国当代文坛培养了大批卓有成效的诗人、作家、评论家和其他各个领域的杰出人才，其影响之深远、意义之重大、价值之卓越、贡献之突出、功德之无量，形成了一种空前绝后的“大学生诗苑现象”。

据我了解，姜红伟编著的这部《家谱》是目前海内外图书市场上唯一一部类似题材的诗歌史料书籍，堪称“孤本”，更是中国第一部研究当代大学生诗歌史的重要文本，填补了中国当代大学生诗歌研究领域的空白，既有极高的文学价值、学术价值和史料价值，又有极强的可读性、现场感和揭秘性，对于今后研究中国当代大学生诗歌具有开创性意义，是今后研究中国当代大学生诗歌的首选读本。

纵观这部书稿，给我最深的感觉就是全书上下贯穿了一个“新”字：

一是课题新。在中国当代诗歌史上，对于“朦胧诗”“第三代诗歌”等一系列新时期出现的重要诗学现象的研究已经蔚然成风，形成体系，并且出版了大量的学术著作，取得了丰硕的研究成果。然而，不知道是由于什么原因，迄今为止，无论是在高等院校，还是在社会民间，无论是大学中文系教授，还是从事诗歌研究的专业人员，对于80年代初期开始、由“大学生诗苑”引发并形成的大学生诗潮或者大学生诗歌运动这个十分重要的诗歌现象却视而不见，至今无人问津，形成了不应该存在的诗歌史上的“真空地带”。而姜红伟在这部书稿中却以“大学生诗苑”为切入点，对80年代大学生诗潮或者大学生诗歌运动这一被大家忽略、被大家遗忘的重要诗学现象作为自己研究的课题，凭借强大的理论勇气和丰富的诗歌史料进入了这一别人从未涉猎、从未碰触的诗歌领域，并以自己独辟蹊径的研究成果填补了诗歌史上的这段空白，将一个全新的课题成果呈现在读者面前。

二是写法新。目前，诗歌史的编著几乎全部由从事诗歌史研究的专业人员或大学教授承担，诗歌史的写法几乎都是固定的模式。据我所知，姜红伟只有高中文化，是名副其实的“另类书写者”。然而，“另类书写者”也有“另类”的优势：他可以不受任何诗歌史理论的禁锢、不受任何诗歌史写法的束缚，可以完全采取一种“任性”的写法，而不受任何拘束。在这部书稿里，姜红伟在诗歌史的写法上进行了大胆尝试探索，以一种有别于其他类诗歌史的新写法，通过运用访谈录、回忆录、简述录、评论录、佳作录、名录以及老照片、老图片、手稿等多种形式，对“大学生诗苑”的历程、价值、贡献以及所引发的大学生诗潮或大学生诗歌运动的缘起过程、诗人群体、诗歌社团、报刊诗集及历史影响进行了全方位、多角度、立体式的描述和阐述，并成功地告诉大家，80年代诗歌史完全可以有“另类”的写法。

我看完这部书稿后，久久地沉浸在这部书稿所描绘的浓烈的80年代诗歌氛围中。每翻开一张书页，仿佛就回到了那个诗歌黄金时代。那时，我还在北京广播学院上大学，1981年4月，我的一首散文诗《眼睛在对心说》发表在了刚创办的“大学生诗苑”第2辑上。紧接着，我又接连发表了三组诗歌，其中，一首题为《太阳和大地的儿子》的诗歌还荣获了1982年第一届《飞天》大学生诗苑奖。因此，我对“大学生诗苑”充满了感恩的心情。1991年，我到延安插过队的地方去看了看，因为与甘肃近了，就想到甘肃转转，这是我第一次到兰州，到兰州后，我专门去拜见了张书绅先生，当面向他表达了我的谢意和敬意。

据我所知，这本《家谱》仅仅是姜红伟庞大的80年代诗歌史研究计划中的一个项目。目前，他正在编著《校园诗歌怀旧笔记本》系列、《八十年代诗歌纪念馆故事》系列、《八十年代大学生诗歌史》系列等十余部书稿。因此，让我们有理由期待姜红伟为我们奉献更多更好的诗歌史料专著。我也希望姜红伟的80年代诗歌史研究系列著作会成为中国当代诗歌史中不可替代的宝贵财富！

【序二】

历史不能忘记

于　坚

《飞天》是20世纪80年代中国现代主义诗歌的一个重要阵地，而且是最早的阵地。1982年前后，中国当代诗歌的现代潮在各个大学风起云涌，但大学生诗人们没有地方公开他们的作品，这时，《飞天》在编辑张书绅先生的主持下，开辟了《飞天》大学生诗苑。国内大学的大学生诗人纷纷在此专栏发表作品，这在当时是唯一可以集中发表他们诗歌的公开刊物。后来被批评家们称为“第三代诗歌”的许多重要诗人都在这个刊物发表了作品。《飞天》甚至促成了一种叫作“生活流”的诗歌流派，以其远见卓识推动了当代诗歌的历史进程，这是历史不能忘记的。

我大学时期开始在《飞天》发表诗歌，我那些一直被视为非诗的东西在公开刊物获得了前所未有的尊重。《飞天》的宽容使我真正感到，文化上铁板一块的时代在松动了。我第一次发表的组诗《圭山组曲》就获得了“飞天大学生诗歌奖”。50元奖金，我请云南大学银杏文学社的全体社员大吃了一顿。那个时代，《飞天》成为大学生诗歌的一个圣地。

我从未见过《飞天》默默无闻的诗歌编辑张书绅先生，但我一直记得他，想象着他。《飞天》在伟大的敦煌附近，那是一个神灵飞舞的地方。在我的写作道路上，在那样的时代，遇到这样一位编辑，我以为有如神助。我听说他的眼睛不大好使。这有什么关系呢，这是一个可以看见诗歌的人。

【序三】

多元性诗歌写作的源头活水

潘洗尘

这些年经年累月编刊物、编诗选的好处，就是可以把当代诗歌横着读纵着读，当你越读越多越读越全面的时候，就会读出一些感悟，甚至读出一些“真相”来。

一般来说，我们的文学史习惯于把近30年汉语诗歌的源头（这里所说的近30年汉语诗歌，是指“第三代诗歌”运动兴起之后的具有了明显现代性倾向的汉语诗歌），归属于始于20世纪70年代末80年代初的“朦胧诗”。但我个人更愿意把此后崛起的大学生诗歌看成是汉语诗歌的多元性和现代性写作的真正源头。

这是因为，30年前“朦胧诗”对“诗歌即颂歌”写作模式的革命，仍然是以意识形态话语为基本语言态度的反叛，而这种建立在“诗言志”诗学框架上的以公共记忆书写和为时代代言式的写作探索和实践，从根本上讲，就不可能真正触及到汉语诗歌的当代价值核心。

因此，在阅读考量当代一批正当写作盛年（20世纪五六十年代出生）的诗人时，我会特别注意他们曾在1979年至1985年间写过什么样的诗歌。因为在第三代诗歌运动兴起之前，当代诗歌确确实实是以“朦胧诗”作为当时诗歌写作的某种标准的，但正如前文所述，朦胧诗只是在完成了某种“启蒙”作用之后，很快就进入了一个止步不前的保守状态，而汉语诗歌如何真正汇入整个世界诗歌的现代潮流，显然需要更现代的诗歌观念和文本实践。本书所记录的和本文所论述的一大批诗人，正是在这样一个简单而复杂的诗歌背景下，在《飞天·大学生诗苑》的助推下，登上了中国诗坛。

也许，这些乳臭未干的大学生诗人当时自己都不曾料到，他们将为此后30年狂飙突进的中国当代诗歌所带来的深远影响——一个现代性与复杂性兼具的多元化写作时代的就此展开。

也正是在1979年至1985年间，我们读到了很多与当时盛极一时的“朦胧诗”完全不同的诗歌：如吕德安的《沃角的夜和女人》《父亲和我》，韩东的《山民》《有关大雁塔》，张曙光的《1965年》，李亚伟的《中文系》《硬汉们》，翟永明的《女人》，于坚的《作品39号》《尚义街6号》，海子的《亚洲铜》，丁当的《房子》，王寅的《想起一部捷克电影想不起片名》，胡冬的《我要乘一艘慢船到巴黎去》，陆忆敏的《美国妇女杂志》，宋琳的《致埃舍尔》，陈东东的《点灯》《雨中的马》，柏桦的《在清朝》，张枣的《镜中》，唐亚平的《黑色沙漠》，西川的《在哈尔盖仰望星空》，骆一禾的《先锋》，等等。这些与当时的朦胧诗完全不同的语言实践，才最终彻底颠覆了1949年以来汉语诗歌一直以意识形态话语为基本语言态度的模式和框架，从而使汉语诗歌真正回到了被断裂的中国伟大诗歌传统以及壮阔的世界诗歌潮流中来。

从2012年开始，我和树才着手编辑《生于六十年代——中国当代诗人诗选》一书，与以往编刊物只阅读“当下”不同，那次是对100多位当下重要诗人的一次30年写作的纵向阅读，而他们当中90%以上都是从20世纪80年代开始从大学校园走向诗坛的诗人，由于整本书的体例是按出生年月的大小来排列，前文所提到的吕德安按出生年月恰好就排在第一位，而其写于1979年的《沃角的夜和女人》也就顺理成章地成了全书的开篇之作：

沃角的夜和女人

沃角，是一个渔村的名字
它的地形就像渔夫的脚板
扇子似地浸在水里
当海上吹来一件缀满星云的黑衣衫
沃角，这个小小的夜降落了

人们早早睡去，让盐在窗外撒播气息
从傍晚就在附近海面上的几盏渔火
标记着海底有网，已等待了一千年
而茫茫的夜，孩子们长久的啼哭
使这里显得仿佛没有大人在关照

人们睡死了，孩子们已不再啼哭
沃角这个小小的夜已不再啼哭
一切都在幸福中做浪沫的微笑
这是最美梦的时刻，沃角
再也没有声音轻轻推动身旁的男人说
“要出海了”

显然，这是一首在写出当时即被朦胧诗的巨大光环所遮蔽的现代诗，与以往朦胧诗的公共记忆书写完全不同的是，《沃角的夜和女人》关注的是个体记忆和个体生命的体验，最重要的是与朦胧诗相比，诗人在语言态度上对意识形态话语的坚决剔除，以及对个人化语体的追求。而到了1984年，同样是吕德安，又写出了一首更具有源头性质的诗歌《父亲和我》：

父亲和我

父亲和我
我们并肩走着
秋雨稍歇
和前一阵雨
像隔了多年时光

我们走在雨和雨
的间歇里
肩头清晰地靠在一起
却没有一句要说的话

我们刚从屋子里出来
所以没有一句要说的话
这是长久生活在一起造成的
滴水的声音像折下一枝细枝条

像过冬的梅花
父亲的头发已经全白
但这近似于一种灵魂
会使人不禁肃然起敬

依然是熟悉的街道
熟悉的人要举手致意
父亲和我都怀着难言的恩情
安详地走着

吕德安对日常生活经验的处理，以及与中国诗歌传统的接续能力，到了《父亲和我》已趋日臻化境。诗中这对走在“雨和雨的间隙里”并“都怀着难言的恩情”的父子形象，几十年来一直清晰地留在了我们的心底。反观同一时期的一些大家至今都耳熟能详的最具代表性的“朦胧诗”作品，不论是北岛式的“言志”的还是舒婷式的“缘情”，现在读来似乎都难以使我们产生像《父亲和我》以及《沃角的夜和女人》这样的共鸣，这就是因为现代性写作指向的是永恒的个体生命体验和母语活力，而朦胧诗的公共记忆书写最终逃不过话语时效性的陷阱。但这就是历史，当北岛舒婷们登上神坛的时候，在同一时期写出过更具源头性作品的吕德安仍然偏居一隅，默默地写作。有时，遮蔽就是现实，甚至遮蔽，就是历史。

由此我想到1984年就写出过《1965年》的诗人张曙光，前几天在深圳见到他时问起《1965年》当年的遭遇，他告诉我这首诗写出后遭到很多刊物拒绝，最后被朋友萧开愚拿到了四川的一个地市级小报才得以面世。可见，与当下相比，现代诗的境遇在当时是多么的艰难！

在方兴未艾的80年代大学生诗潮中崛起的诗人当中，有一个诗人的地位极其特殊，她最早被阴差阳错地归入“朦胧诗”一族，但却一直写着与“朦胧诗”完全不同的极具现代性的诗歌，这位30多年来一直保持着相当稳定的写作水准的了不起的诗人，就是毕业于吉林大学中文系的王小妮。

当年还有一大批在大学校园外也同样致力于冲破朦胧诗束缚的

诗人，如车前子、欧阳江河、孙文波等，他们与当时在大学校园里的诗人们遥相呼应，共同奠定了汉语诗歌现代性与多元性写作的基础。直到1986年以《深圳青年报》和《诗歌报》“现代诗歌群体大展”为标志的第三代诗歌运动正式兴起，在此后的30年时间里，尽管不断有各种沉渣泛起，但再也没有什么力量，可以阻挡汉语诗歌彻底地回到语言的内部，回到诗歌本身。

波澜壮阔的80年代大学生诗歌运动，不仅产生了一批持续写作的优秀诗人和经典诗篇，开辟了中国新诗史上一个前所未有的多元写作时代，还在当时顺利地完成了“朦胧诗”的落地、传承与发展，并为后来的“第三代”诗歌运动奠定了坚实的理论基础和组织基础。请未来的诗歌史家们记住这些活跃在20世纪80年代的校园诗人群：吉林大学校园诗人群、复旦大学校园诗人群、华东师大校园诗人群、安徽师大校园诗人群、武汉大学校园诗人群、北京大学校园诗人群、北京师大校园诗人群等数以百计的校园诗人群。记住当年的《诗耕地》《夏雨岛》《未名湖》《新叶》《江南》《北国》《北极星》《南十字星》《旋梯》《大学生诗坛》《大学生诗报》等数以千计的校园诗歌刊物。因为当时的这些诗群，当年的这些油印或铅印的刊物里，走出过宋琳、韩东、海子、柏桦、张枣、李亚伟、赵野、王小妮、王家新、于坚、张曙光、丁当、吕德安、孟浪、胡冬、万夏、骆一禾、翟永明、萧开愚、陈东东、西川、臧棣、雷平阳、树才、伊沙、桑克、徐江、侯马、陈先发、李少君、黄灿然、余怒、蓝蓝、小海、徐敬亚、王寅、陆忆敏、野夫、张执浩、孙武军、徐晓鹤、王家新、石光华、周伦佑、曹剑、简宁、潞潞、唐亚平、娜夜、李元胜、伊甸、张小波、西渡、戈麦、路也、安琪、张真、张子选、苏历铭、马莉、韩霞、人邻、周瓒等（恕有大量遗漏）这些当今中国诗坛的绝对中流砥柱。

遗憾的是，与当年那些“并肩作战”的大学生诗友们相比，我在第三代诗歌运动兴起之前，就做了可耻的逃兵，直到20年后重回诗坛。30多年来，不仅自己的写作乏善可陈，理论上更是心有余而力不足。好在最近十年来一直算是深入诗歌现场，因为办多种诗歌理论和诗歌原创刊物而拥有较为广泛的阅读面和阅读量，当看到当年的那些大学生诗人们今天依然以锐不可当之势引领着当代中国诗歌这艘巨轮的时候，心中就会不时被喜悦之情所充盈——因为造就我们的，是一个共同的时代。

目录

【第一章】

创办《大学生诗苑》

/

/

/

从1981年2月到2014年2月，33年来，《大学生诗苑》共编辑出版了212辑，发表了全国462所高等院校的2003名大学生诗歌作者创作的诗歌4338首，书写了一部诗人辈出、佳作纷呈、影响深远、意义重大、史无前例、载入史册的《大学生诗苑》栏目创办史！

《大学生诗苑》创办缘由

在中国新时期文坛上，有这样一家独树一帜的文学刊物，它自1981年1月改刊至今，始终以自己独立的编辑思想、独到的编辑眼光、独特的作品文本、独有的刊物风格卓然而立于中国文学刊物之林。尽管这家刊物偏居西北之域，远离文坛中心，却依然像璀璨的星空一样，灿烂夺目地闪耀出自己的光芒，照亮一代又一代作者的文学前程，照亮一代又一代读者的精神世界。尽管这家刊物历经了33年的岁月洗礼，走过了33年的漫长历程，却丝毫没有减弱自己的光芒，而是依旧经久不衰，依然光芒四射。这家具有超强生命力、超强创造力、超强影响力，充满正能量、充满文学性、充满思想性的文学刊物，就是地处甘肃、超越西北、影响全国的由甘肃省文联创办的文学月刊《飞天》。

说起《飞天》，无论是读过这本刊物的读者，还是在这本刊物发表作品的作者，每个人的内心深处应该都充满了温暖的回忆，充满了怀恋的情思，充满了感恩的敬意。在33年的办刊历史中，这家编辑部里具有远见卓识的编辑们发现和培养了大批极具潜力、才华横溢的著名作家，编辑发表了大量脍炙人口、精彩纷呈的文学作品，影响和教育了大批读者，书写了一段中国新时期文学刊物史上的精彩传奇，成就了一个中国新时期文学刊物界的经典名牌，从而成为了被全国广大读者和作者一致公认的具有一流编辑水平、具有一流文学品质、具有一流文本风貌的一流文学刊物。

尤其值得一提的是，20世纪80年代初期，《飞天》的编者们凭借自己甘做嫁衣的编辑品质、开放开阔的编辑视野、独具匠心的编辑意识、高瞻远瞩的编辑思路和追求卓越的编辑风格，精心设计、创办了全国独一无二的专门发表全国各地高校大学生诗歌作品的栏目，并将这个诗歌栏目苦心经营、悉心栽培、用心打造，历经33年经久不衰，历久弥新地坚持到今天，创造了中国新时期文学期刊史上一个栏目能始终如一地保持33年的一个纪录、一个奇迹、一个神话！

这个栏目，就是在中国新时期诗坛上具有极大影响力、具有极高美誉度、被大学生诗人们广泛赞誉为“中国诗坛黄埔军校”的《大学生诗苑》。

1981年初，为了培养诗坛新人、繁荣校园诗歌，吸引青年读者、推出好诗佳作，以著名诗人、《飞天》文学月刊社总编辑杨文林和诗歌编辑张书绅为主要力量的诗歌编辑团队根据新时期诗歌创作的新趋势，顺应青年诗歌发展的新潮流，经过缜密的构想和精心的编选，于当年的《飞天》杂志第2期创立了只有6页的《大学生诗苑》专栏，专门发表来自全国各地高校、职大、夜大、电大、函大、业大等各类学校各类专业学生的诗歌作品。栏目问世后，顿时风靡全国各地高校校园，很快就受到全国各地高等院校莘莘学子的追捧和热爱，受到大学生诗歌爱好者的痴迷和欣赏。在他们的眼里，在《大学生诗苑》发表作品是那个年代大学生诗人的最高荣誉。《大学生诗苑》成为了他们朝拜的圣地，成为了他们心驰神往的诗歌殿堂，成为了他们日思夜想的精神乐园，成为了他们魂牵梦绕的文学天堂。

20世纪80年代，正值中国新诗的黄金时代。在这种十分有利于诗歌发展和繁荣的大背景下，能在最权威的《大学生诗苑》上发表哪怕一首小诗，对当时的大学生诗歌爱好者们来说，都是一种至高无上的诗歌荣誉，一种可以炫耀的诗歌资本。一旦在《大学生诗苑》上发表诗作、崭露头角，那就意味着在大学生诗坛上一举成名、一夜走红。因此，《大学生诗苑》成为了全国各地大学生诗歌爱好者最关注、最向往、最迷恋、最热衷、最酷爱的诗歌园地。

在此后的岁月里，《大学生诗苑》虽然经历了李云鹏、陈德宏、马青山等三任主编，经历了李老乡、辛晓玲、郭晓琦等三任责任编辑，但是无论谁接手《大学生诗苑》的编辑工作，他们都继承了《大学生诗苑》创立者们勤勤恳恳、认认真真、踏踏实实的编辑作风，任劳任怨、尽心尽力、尽职尽责地为一代又一代大学生诗歌作者们做嫁衣，培养了一批又一批才华横溢的大学生诗人，推出了一批又一批各具特色的诗歌作品。33年来，从1981年2月到2014年2月，《大学生诗苑》共编辑出版了212辑，发表了全国462所高等院校的2003名大学生诗歌作者创作的诗歌4338首，读者超过1000万人，书写了一部诗人辈出、佳作纷呈、影响深远、意义重大、史无前例、载入史册的《大学生诗苑》栏目创办史。

《大学生诗苑》是中国新时期诗歌史上创办时间最长久、培养诗人最众多、社会反响最热烈、赞誉名声最响亮、读者受众最广泛的名牌诗歌栏目。它的创办，是20世纪80年代中国新时期诗歌史、期刊史、文学史乃至文化史上的重要事件，不但为甘肃新时期诗歌的兴盛发现和培养了众多优秀诗人，而且引领了80年代大学生诗歌潮流，掀起了一场空前绝后的80年代大学生诗歌运动，并最终为第三代诗人的崛起输送了大批骨干力量，为中国当代文坛培养了大批卓有成效的诗人、作家、评论家和其他各个领域的杰出人才，其影响之深远、意义之重大、价值之卓越、贡献之突出，形成了一种空前绝后的“大学生诗苑现象”。因此，该栏目被大家公认为“中国新时期校园诗歌的渊薮和滥觞”以及“中国新时期诗坛的黄埔军校”。

鉴于《大学生诗苑》为中国新时期诗歌发展所做出的巨大贡献，其卓越的功绩应该载入中国新时期诗歌史册。

面对为《大学生诗苑》的开办和繁荣付出了很多心血、投入了很多精力、花费了很多功夫的杨文林、李云鹏、陈德宏、马青山等四任主编和张书绅、李老乡、辛晓玲、郭晓琦等四任责任编辑，以及其他为《大学生诗苑》辛勤工作过的人，让我们——所有发表过诗作的《大学生诗苑》的作者、所有曾经读过《大学生诗苑》的读者，向我们心目中最优秀、最值得敬重和铭记的编辑们表示最诚挚的谢意。

在中国，在20世纪80年代初期，他们做出了一件在中国诗坛上功德无量的大事，他们成就了一段在中国诗坛上功勋卓著的佳话。

让我们永远记住甘肃这家文学刊物——《飞天》。

让我们永远记住这个经典的栏目——《大学生诗苑》。

《大学生诗苑》编辑团队

一、杨文林

凡是品质一流的文学期刊，它的背后一定站立着一位拥有一流思想、一流智慧，拥有一流审美眼光、一流创新意识，拥有一流工作作风、一流编辑水平的主编。《飞天·大学生诗苑》栏目之所以能成为中国文学期刊界一个流行三十余年的经典名牌，时任《飞天》总编辑的杨文林同志立下了首功。

杨文林，男，1931年出生，笔名文林叶，甘肃临洮人。1949年参加革命，1950年毕业于解放军一野后勤学校政治文艺科。历任《西北后勤》报编辑组长，兰州军区后勤政治部文化助理员、宣传助理员，1957年转业到甘肃省文联。曾任《陇花》月刊编辑，《甘肃文艺》负责人、总编辑，1979年至1987年出任《飞天》文学月刊社总编辑，中国作家协会兰州分会副主席，甘肃省文联副主席、编审。中国作家协会第四届理事，第五届、第六届名誉委员。1948年开始发表作品，1979年加入中国作家协会。曾出版诗集《北疆风情》《杨文林诗文集》等。其作品曾获甘肃省第一、二、三次优秀文学作品奖。

作为一名著名诗人、作家，杨文林在写得一手脍炙人口诗文的同时，更是一位有想法、有胆识、有担当、有气魄、有能力、有才干的编辑家。20世纪80年代初期，全国各地的文学期刊和诗歌刊物发表的诗歌作品主要以比较有名的诗人为主，全国各地高等院校的诗歌爱好者想要跻身于这些主流的文学刊物和诗歌刊物，简直比登天还难。作为一名以培养文学新人为己任的编辑家，杨文林面对编辑部收到的来自全国各地高校学生投寄的诗歌稿件如潮如水的现状，根据诗歌编辑张书绅大胆的构想和合理的建议，审时度势，顺势而上，做出了一个十分英明的决定，同意张书绅开办一个新的诗歌专栏，在有限的诗歌篇幅中拿出宝贵的6页给大学生诗歌作者们，创办一个在全国文学期刊中独一无二的栏目《大学生诗苑》，为那些正在大学校园读书、热爱诗歌、热爱文学、思维敏感、激情充沛、富有想象力、富有创造力的大学生诗歌爱好者提供一个展示自己诗歌作品、展现自身诗歌才华的舞台。

在此后担任主编的7年里，杨文林为《大学生诗苑》这一栏目从无名到有名，从有名到著名，从省内走向省外，从甘肃走向全国，并最终成为中国新时期诗坛上一个经久不衰的著名诗歌品牌流下了无数汗水，倾注了大量心血！由此可见，杨文林为《大学生诗苑》的成长和发展做出了巨大的贡献，实在值得我们每一位受过《大学生诗苑》恩典的作者和读者敬仰！

面对已经离休但是依然德高望重的著名编辑家杨文林先生，很多当年的大学生诗歌作者十分关注并想了解他老人家的近况。2013年8月28日，甘肃著名诗人于进先生帮我找到杨文林老师的电话。30日早晨7点58分，我拨通了杨老师家的电话。当时杨老师已81岁高龄，居住在兰州，10月份后，将搬迁到北京。在电话里，我向他表达了一个读者的敬意，详细询问了他老人家的近况。从他比较洪亮的声音中，我了解到他现在身体良好，依旧在坚持读书和写作，并由作家出版社于2011年10月出版了两卷本的《杨文林诗文集》。电话里，我向杨老师简单介绍了我的个人情况和编撰《飞天·大学生诗苑》史料的情况，他听了后十分赞成这个创意，并鼓励我写好这本书。就如何写好这本书，我向杨老师征求了意见。他在电话里谈了他对《大学生诗苑》的真知灼见，为我写好这本书指明了方向，把握了基调。他说："《大学生诗苑》是《飞天》的诗歌栏目，但不是一个简单的诗歌栏目，它是新诗发展的必要的一个走向。《大学生诗苑》发表的诗歌继承了五四以来中国新诗的优秀传统，又不禁锢于'文革'时期诗歌的禁区和条条框框，属于具有中国气派的现代诗。大学生诗人的创作是新时期诗歌的一个高峰，是中国新时期诗歌的重要组成部分，当今众多诗坛名家百分之八十出自于《大学生诗苑》。"

《飞天》总编辑杨文林

《大学生诗苑》责任编辑张书绅

二、张书绅

《大学生诗苑》在中国新时期诗坛上之所以声名远播、成就卓著，其创始编辑张书绅立下了汗马功劳，值得大书特书。

张书绅，男，1935年7月出生于宁夏隆德县神林上堡子，祖籍甘肃甘谷县土桥子。2011年第8期《星星诗刊》理论版发表了我在2008年12月采访撰写的《著名诗歌编辑家、〈飞天·大学生诗苑〉编者张书绅独家访谈录》一文。在这篇专访里，张书绅详细介绍了自己的生活经历："自患严重的心脏病，住院两次、微创手术一次后，眼下尚存11种症状，早停止一切社会活动，在家服药养病。主治大夫戏言，'不发病可凑合一些年月，若发病（指心梗或中风），送医院都来不及'。我听之信之，泰然处之。因冠心病，大量吞食活血药，歪打正着，十几年前较重的目疾，再未发展，感觉比之离开编辑岗位时，似还有点好转，谢天谢地，还能间断地读书、看报、写信。"

一个诗歌栏目能否办得红红火火、办得轰轰烈烈、办得有声有色、办得有模有样，责任编辑至关重要。作为一名多年从事文学编辑工作的编辑家，自《大学生诗苑》创办伊始，张书绅先生就满怀着一腔工作热情，满怀着一腔事业激情，繁忙而辛劳地投入到了《大学生诗苑》的看稿、选稿、改稿、退稿、编稿、发稿工作中。在浩如烟海的诗稿里，他以忘我的精神、奉献的姿态，肩负着发现新人的使命、承担着编选好诗的责任，每天废寝忘食、夜以继日地进行沙里淘金。尤其令人感动的是，张书绅先生在开办《大学生诗苑》栏目伊始，就给自己定下了必定是很苦的稿件处理规则：每稿必复。而且退稿上总是用铅笔书写详细的退稿意见。日复一日，年复一年，从1981年至1990年的十年间，张书绅通过编辑《大学生诗苑》这个栏目，培养了一批又一批才华横溢的大学生校园诗人，编选了一首又一首脍炙人口的大学生校园诗歌，深受全国各地大学生校园诗人们的尊敬和爱戴。在编辑《大学生诗苑》的十年间，张书绅创造了迄今为止属于中国文学期刊史上至今尚未被打破，以后也不可能被打破的两项纪录：第一项纪录是一个人阅读诗歌来稿量达到了四十余万件；第二项纪录是始终坚持为大学生诗歌作者书写退稿信达五万封以上。

就凭这两项已经是空前更可能是绝后的纪录，张书绅的名字足以镌刻在中国当代文学期刊史册上，张书绅的功绩足以镌刻在中国新时期诗歌史册上，成为一个值得大家尊敬、爱戴、崇拜的德高望重的杰出的编辑家！

多年来，曾经受到张书绅先生扶持和帮助的成千上万大学生诗人们始终对这位他们心目中的“恩师”念念不忘，特别想了解老人家的近况。2013年9月1日下午3点28分，我拨通了张书绅老师家的电话，和他老人家进行了聊天。电话里，我首先向他汇报了我正在写作的关于《大学生诗苑》创办三十余年历史的书稿情况，他听了以后十分高兴，殷切地希望我好好记录下这段珍贵的历史。我向他老人家汇报了很多曾经是他主持《大学生诗苑》时期的作者、现在都是国内很有影响的诗人、作家们对老师的想念和感恩。张书绅老师听了十分开心，叮嘱我也向他们问好。在询问张老师的日常生活情况时，他告诉我，他今年已经78岁了，目前居住在兰州市甘肃省文联的家属院内，由于前些年患了严重的心脏病，身体比较虚弱。目前，整天待在家里，不能参加任何社会活动，只是偶而可以看看报纸。听了张老师的近况，我在电话里大声地祝福他老人家好好保重身体，祝福他老人家健康长寿！

三、李云鹏、李老乡、陈德宏
辛晓玲、马青山、郭晓琦

在《大学生诗苑》创办三十余年的历史中，同样为《大学生诗苑》的创办做出过较大贡献的主编和编辑还有：

李云鹏，1937年出生。1973年调入《甘肃文艺》编辑部，曾任《飞天》副主编。1987年始，出任《飞天》主编至2001年。中国作协会员。出版《忧郁的波斯菊》《三行》《零点，与壁钟对话》等诗集。目前已经退休，现在海口居住，时常回到兰州。

李老乡，1943年出生，河南伊川人，笔名老乡。1991年至2003年担任《大学生诗苑》责任编辑、副编审、编审。中国作协会员。出版《春魂》《老乡诗选》《野诗》等诗集。《野诗全集》获第三届鲁迅文学奖全国优秀诗歌奖。目前已经退休，现居兰州。

陈德宏，1943年出生。2001年始至2006年担任《飞天》主编，兼任甘肃省作协副主席。中国作协会员。出版文艺评论集《文艺观潮》。目前已经退休，现居燕郊。

辛晓玲，女，1967年11月出生，甘肃天水人。2003年至2007年担任《大学生诗苑》责任编辑。现为长安大学人文学院教授、中国社会科学院博士后、中国作协会员。出版散文集《透过阳光的手指》，高校教材《散文与电视艺术类节目的文本创作》，文艺理论专著《中国古典小说意境三部曲》。

马青山，1963年出生，笔名子矜。中国作协会员，甘肃省作协副主席，曾任《飞天》副主编，2006年始担任《飞天》主编至今。出版诗集《一朵云的春天》，主编有9卷12册的《〈飞天〉60年典藏》等。近年涉足书法，并有近百幅作品发表、入展。

郭晓琦，1973年9月出生，甘肃陇东人。2008年至今担任《大学生诗苑》责任编辑。中国作协会员。诗歌曾获甘肃省“敦煌文艺奖”“黄河文学奖”和《诗刊》等刊物诗歌大赛奖。出版诗集《穿过黑夜的马灯》，入选“21世纪文学之星丛书”（2011年卷），曾参加诗刊社第二十四届“青春诗会”。

【第二章】

浓缩的诗歌现场

/
/
/

编辑工作为我简历中历史最长的一个时段。最初七八年，在《甘肃文艺》（《飞天》前身）编发戏剧、电影和曲艺。1980年下半年，专编《飞天》诗歌。1981年2月，开办《大学生诗苑》。不久，兼编《诗词之页》（旧体诗词）和《诗苑之友》。——张书绅

张书绅访谈录

姜红伟

姜红伟：请谈谈您的个人工作和创作经历。

张书绅：我祖籍甘肃甘谷县土桥子，1935年7月出生于宁夏隆德县神林上堡子。自1957年8月中专毕业由地方政府分配工作至2000年3月退休的43年工龄中，中学教师5年，党政与财税干部5年，关“牛棚”3年，专业创作1年，文学编辑19年，曲艺组织工作10年。

20世纪50年代反右以前，受过6年以为人师表为培养目标的师范教育，后又受到县、地、省三级党校充电式的政治经济理论培训，及数十年工作期间“干中学、学中干”，逐步具有较强的工作能力和认真负责、诚实守信的做事和为人素质，所干工作和完成任务均能让领导与同事满意，先后被评为模范教师、优秀党员、省社会主义建设积极分子、省学习毛主席著作积极分子、全国青年创作积极分子，多次受到表扬和奖励。

编辑工作为我简历中历史最长的一个时段。最初七八年，在《甘肃文艺》（《飞天》前身）编发戏剧、电影和曲艺。1980年下半年，专编《飞天》诗歌。1981年2月，开办《大学生诗苑》。不久，兼编《诗词之页》（旧体诗词）和《诗苑之友》。三个诗栏各具影响，唯《大学生诗苑》影响深远，引发700多所高校学子投寄诗稿，它的编者也只得受聘于西北师范学院、兰州大学、华东师范大学、安徽师范大学等7所院校文学社团或诗歌社团“顾问”。1987年后，在原有诗栏编务不变的情况下，作为《飞天》负责人之一，须定期审发小说、散文和评论，还数任机关第三支部书记，开展“一根针”式的贯彻活动。诸事纷杂，以一人之力应对，不得不来点自我“牺牲”。没有妙招，只有笨法，放弃创作与创作假，放弃社会活动，放弃外出观光与交流，放弃某种程度上对家庭及子女的关顾，并将每天工时延至13小时以上。几年下去，不觉已是健康日下，仅目疾即患两种，导致“视瞻昏缈”，不宜再守编辑岗位，经省文联党组批准，去干少用眼，多用腿之事，去省曲协做曲艺组织工作，仍是10年，65岁退休。

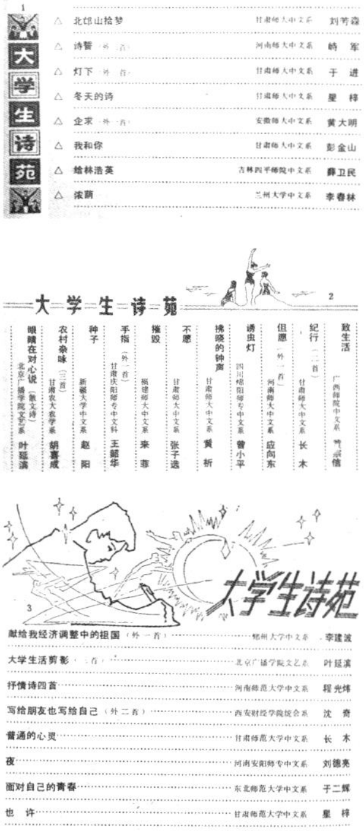

1

大学生诗苑

△	北邙山拾梦	甘肃师大中文系	刘芳森
△	诗誓（外一首）	河南师大中文系	峙　军
△	灯下（外一首）	甘肃师大中文系	于　进
△	冬天的诗	甘肃师大中文系	星　梓
△	企求（外一首）	安徽师大中文系	黄大明
△	我和你	甘肃师大中文系	彭金山
△	给林浩英	吉林四平师院中文系	薛卫民
△	浓荫	兰州大学中文系	李春林

大学生诗苑　2

致生活	广西师院中文系	[illegible]
纪行（二首）	甘肃师大中文系	长　木
但愿（外一首）	河南师大中文系	应向东
诱虫灯	四川绵阳师专中文系	曾小平
拂晓的钟声	甘肃师大中文系	黄　析
不愿	甘肃师大中文系	张子选
摧毁	福建师大中文系	来　菲
手指（外一首）	甘肃庆阳师专中文科	王韶华
种子	新疆大学中文系	赵　阳
农村杂咏（三首）	甘肃农大农学系	胡喜成
眼睛在对心说（散文诗）	北京广播学院文艺系	叶延滨

3　大学生诗苑

献给我经济调整中的祖国（外一首）	郑州大学中文系	李建波
大学生活剪影（三首）	北京广播学院文艺系	叶延滨
抒情诗四首	河南师范大学中文系	程光炜
写给朋友也写给自己（外二首）	西安财经学院[illegible]系	沈　奇
普通的心灵	甘肃师范大学中文系	长　木
夜	河南安阳师专中文系	刘德亮
面对自己的青春	东北师范大学中文系	于二辉
也　许	甘肃师范大学中文系	星　梓

《大学生诗苑》第1、2、3辑

姜红伟：《大学生诗苑》是在什么背景下创办的？

张书绅：说实话，最初的想法非常简单。1974年，我从庆阳地区创作组调到《飞天》文学月刊社，大约有六七年时间，我的主要任务是看剧本来稿。由于是一个诗歌爱好者的缘故，在1980年第四季度，脱身剧稿而埋首诗稿了。数月之后，了解到来稿的思想性、艺术性面貌尽管大有差异，有些仍可以近似地划类：一类是本省写作有年的作者的诗，不乏佳作与创新之作。其中也有相当数量的，还基本囿于不知什么年代形成的程式化写法，完整、平稳、严密，就是缺少鲜味。经与作者的零星接触和交谈，发觉有的开始怀疑自己，只是苦于惯性的羁绊，一时踏不上新路，有的则用不明缘由的艺术上的排他性，正在强化自己偏狭的“自信”。一类是大学生的诗，除却少数可用的东西，多数都能顺手抓到一大把缺陷。可喜之处，在于伴随着初学的稚气，探求的成功或失败，迎面扑来一股新气。两类诗作展现面前，一个念头开始升起：何不开办一个大学生诗歌专栏，何不借用几缕清新之风，在甘肃诗歌园地的某个角落，吹皱一池“春”水？这个设想一经提出，当时的主编杨文林即刻同意。也许，他的想法要比自己开阔一些。事体进行得不慢，从提出设想到1981年2月号上专栏开张，前后只有二十来天。

姜红伟：能否谈谈您编辑《大学生诗苑》的情况？

张书绅：自1981年2月开始设立《大学生诗苑》以来，截至1991年1月，我共计负责了108期的编辑工作。

姜红伟：《大学生诗苑》都编发了哪些青年诗人的处女作？

张书绅：据我了解，苏童、曹剑、简宁、周同馨、陆健、姜诗元、沈天鸿、尚仲敏、吴霖、韩霞等的诗歌处女作均发表在《大学生诗苑》上。

姜红伟：能否谈谈编辑出版《大学生诗苑》合订本的情况？

张书绅：1989年年初，原来研究计划《大学生诗苑》合订本定为16开，分第一、二册，合为一套，准备汇编《大学生诗苑》诗歌100辑和《诗苑之友》诗歌10辑，共计2300首，作者约1100人。这2000多首诗，是经过将近九年时间，从上千所高校的40多万首自然来稿中筛选出来的，刊于《大学生诗苑》后受到广泛关注和欢迎。作者涉及30个省市自治区的500多所高校，涉及内地1977级至1988级的12届文理科大学生，也涉及个别港澳和旅美大学生。因之，这套合订本可基本展现80年代在校大学生的诗作面貌和水平。可惜计划没有变化快。2月份，合订本第一册出版了，352页，作者560多人，刊登诗歌作品1102首，配发作者照片350多张（近200位作者失去联系没有寄来照片），主要是1977级至1982级前六届大学生的诗歌。第二册规模与第一册大体相同，作者主要为1983级至1988级后六届大学生。其中，1983级与1984级诗，在第一、二两册中交相出现。尽管计划得非常周全，但是谁也没有想到在春夏之交发生了动乱，结果只好取消了合订本第二册的出版计划。非常遗憾。

姜红伟：为什么要编印出版《大学生诗苑》合订本？

张书绅：原因有六点：第一是合订本可保持《大学生诗苑》三栏排诗的原有版式，载诗密度较高，价格相对低廉。第二是具有资料、信息价值，可给校园诗和青年诗的研究者与编选者带来方便，减少查找资料之苦。第三是作者与作品数量大，时间跨度长，能够在某种程度上显示80年代早期、中期和晚期大学生诗歌艺术的嬗变。第四是给后几届大学生作者提供一个集中披阅前几届诗作的机会，也给前几届大学生作者

《大学生诗苑》合订本第一册

提供一个集中披阅后几届诗作的机会，这样经过有意无意的比较，悟及作品的异同、长短和优劣，且让后之来者避免撞车和落套。第五是大学生诗自有个性，对校园之外的青年诗歌作者有借鉴交流、扬长避短的作用。第六是合订本的大多数作品，是作者们的初学之作，虽可能稚嫩，但它给任何一位诗歌初学者将会带来重要启示。而这类作品，通常是难入各种选本的。尽管合订本中的“起步诗”多，相信你仍会时不时遇到上好之作。

姜红伟：大家都很关心您的近况，能否跟我们说说？

张书绅：4年前，我患了严重的心脏病，住院两次，微创手术一次。眼下，尚存11种症状，早停止一切社会活动，在家服药养病。主治大夫戏言：“不发病可凑合一些年月，若发病（指心梗或中风），送医院都来不及。”我听之信之，泰然处之。因冠心病，大量吞食活血药，歪打正着，十几年前较重的目疾，再未发展，感觉比之离开编辑岗位时，似还有点好转，谢天谢地，还能间断地读书、看报、写信。

（采访于2008年12月，刊登于《星星诗刊》理论版2011年第6期，有删节）

马青山访谈录

姜红伟

姜红伟：请谈谈您的个人简历和创作情况。

马青山：我出生于20世纪60年代。大学毕业后，在家乡陇西县从事中学语文教学工作。因为业余写作，与文学结缘，1993年调入《飞天》编辑部工作至今。80年代中期，我开始在省内外一些报刊发表诗歌、散文和文学评论。因为忙于编务，更因为才华所限，我写下的文字非常粗陋轻浅，我个人的创作不值一提。我缅怀的乡间岁月和校园生活多“云”多“雪”，我对它们倾注过深情。

姜红伟：作为《大学生诗苑》的一名作者，能否回忆一下80年代学诗的情况以及和几任《飞天·大学生诗苑》编辑们交往的故事？

马青山：1981年，《飞天·大学生诗苑》创办的第一年，我的同班同学中就有三个人在这个栏目发表了作品，在校园引起了不小的“轰动”。当年夏天，我从坐落在陇东黄土高原上的庆阳师专（现名陇东学院）毕业，带着文学梦落身小镇，开始了教书育人的生涯。直到数年后的1987年，在黄河之滨的甘肃教育学院（现名兰州文理学院）又度过两年的读书时光，我才有习作在《大学生诗苑》发表。其间，我和几位同学发起成立文学社，创办油印刊物，开展校际交流，并邀请省内作家和

《飞天》《当代文艺思潮》等文学刊物的编辑来校讲课。值得一提的是，1986年，全国诗歌理论研讨会在兰州召开，谢冕等人在会上的发言有如强风劲风，给人耳目一新之感。伴着黄河的涛声，学诗练句的光阴是充实的。

从《诗苑》创办到1990年，责任编辑一直是张书绅先生。他同时还负责同样广有影响的《诗词之页》的编辑工作。关于张书绅，《大学生诗苑》的作者广有口碑。他经历了大学生诗歌创作起步、兴盛、繁荣的十年。我进入《飞天》时，张书绅已从副主编转任甘肃省曲协主席。接替他担任《诗苑》责任编辑的是诗人李老乡，直至2003年退休。两位先生既是资深编辑，又是知名诗人。我一直视他们为老师，他们的为人和敬业精神给我以潜移默化的影响。

现在《诗苑》由郭晓琦担任责编。他是个有文学理想情怀、有眼光的编辑，诗也写得不错，2008年进入《飞天》后，参加过《诗刊》的“青春诗会”，获过新世纪华文青年诗人奖、甘肃省的敦煌文艺奖等多项大奖。近年来，《诗苑》在他的努力下，保持了一定的水准。

姜红伟：您是哪一年担任《飞天》主编的？上任后对《大学生诗苑》这个栏目是如何定位的？

马青山：2006年5月我担任主编后，对编刊思路做了些许调整，加大了中短篇小说的推介力度，适度压缩了文学评论和散文随笔的篇幅，诗歌则保留了原有的栏目和篇幅。

需要说明的是，我从2000年底担任副主编以来，除了编务，还编着两个诗歌栏目。2004至2008年，在担任副主编、主编的同时，《飞天》的诗歌基本由我一人直接编发。接续着原来的传统，我对刊物的诗歌栏目所持的态度就是坚守。

姜红伟：您对《大学生诗苑》的创办价值是如何认知的？

马青山：《飞天·大学生诗苑》是顺应当年大学生诗歌创作的勃兴之势而创办的，具有开先河和引领风气的意义。时任总编辑杨文林先生是一位独具慧眼、很有识见的编辑家和诗人，他对时代季候的感知和对文学脉搏的把握是十分准确的。应该说，20世纪80年代初，中国“新边塞诗”的兴起和大学生诗歌的滥觞都与本刊的倡导和不遗余力的推介有关。新时期以来，从院校步入诗坛的诗人大多都在《飞天·大学生诗苑》亮过相，其中相当一部分人日后成为中国诗坛的中坚力量。

这个栏目创办至今已有30多年，经历四任主编，老中青几代编辑披沙沥金，推出了莘莘学子的众多诗篇，产生了广泛的影响。它也见证、参与了中国新时期文学的全过程，成为许多人深久的记忆。

姜红伟：作为《飞天》杂志的主编，您是如何处理《大学生诗苑》的继承与创新的关系？

马青山：作为刊物负责人，我经常思考各个栏目的定位问题。一个存在了30多年的栏目，要做到长盛不衰、历久弥新是不可能的，即使保持较高的水准、较为鲜明的特色也实非易事。经历了社会转型和文学边缘化的过程，诗歌的社会氛围已不似当年那么浓厚，大学生的诗歌创作热情也大大减弱，无论作品数量还是质量都在下滑。实际上，这种情况20世纪90年代初就已露端倪。鉴于此，从那时起，《诗苑》的编发周期就已从每月一期变为两月一期了。近几年，仍然延续着这样的格局。

姜红伟：今后对如何继续办好《大学生诗苑》有什么好的设想吗？

马青山：我注意到，开辟校园诗歌栏目的刊物现在有不少，有些还是专门的诗歌刊物，所以《飞天·大学生诗苑》已不具有唯一性。要把这个栏目长期坚持下去，并不断产生广泛影响，则何其艰难！

有过“青春诗进校园”等这样那样的尝试，今后我们还会不断尝试下去。因为，中国现代文学发端于高校，中国文学的希望也在高校。

传承抑或引领：不该被遗忘的80年代大学生诗潮

——答《星星》诗刊下半月的提问

苏历铭

诗刊记者：20世纪80年代是大学生诗歌最辉煌的鼎盛时期，你作为大学生诗歌的代表人物之一，心里是否一直存有80年代的诗歌情结呢？确切地说，就是理想主义的诗歌情结。

苏历铭：首先我要纠正你的说法，在当时整个大学生诗潮风起云涌的年代里，涌现出众多优秀的校园诗人，我只是一个始终在现场的校园诗人而已。理想主义诗歌情结不好吗？理想主义是人类永恒的希望，任何时期的诗人都不会丧失这个境界，只是在80年代凸现出这个特点。不是吗？即便在物欲横流的当下，理想主义始终是诗人的作品中最温暖的光亮。

大学生诗歌不能只用理想主义来概括它的内涵，事实上，大学生诗歌是在朦胧诗落潮时出现的，因为赶上一个前所未有的精神自由的时代，它才迅速发展蔓延开来。它在传承朦胧诗的同时，也不断补充朦胧诗的欠缺，完成从群体意识向个体心理的转变，以其探索和先锋的新生姿态在重建中国诗歌的过程里有着独特的贡献。

诗刊记者：前不久看到一篇介绍20世纪80年代大学生诗歌运动的

文章，其中把尚仲敏和燕晓冬于1985年编辑的《大学生诗报》作为大学生诗歌的源头，并把它归于第三代诗人中的一个流派。

苏历铭：这是一个非常错误的说法，或者说他并不了解当年大学生诗歌的实况。所谓第三代的提法，是在1986年现代主义诗歌大展前后才真正浮出水面，而大学生诗歌或者大学生诗派则在朦胧诗兴起之初，即1980年后就已经横空出世，并迅速成为中国诗坛上最重要的新生力量。我的两位校园诗人朋友潘洗尘和杨川庆早在1984年就在当时一本很有名的刊物《当代文艺思潮》上撰文对大学生诗歌运动进行过总结，也就是在那一年，潘洗尘还在东北的哈尔滨轰轰烈烈地办起了一本面向全国大学生的诗刊《大学生诗坛》，并主编了中国新诗史上的第一本大学生诗选《中国当代大学生诗选》（北方文艺出版社）。1983年，由复旦大学出版社出版的复旦大学学生诗歌合集《海星星》第一版就发行了8万多册。而尚仲敏以“大学生诗派”的名义参加诗歌大展，与我们通常所说的大学生诗歌不是一个概念，他和燕晓冬只是顺用了他们编辑的《大学生诗报》名称而已。如果把“86大展”中的所谓大学生诗派理解为大学生诗歌的全部，那就是时空错位的荒诞，它不过是轰轰烈烈的大学生诗歌运动尾声阶段的一种声音而已。

应该说，“86大展”是中国诗歌的一个分水岭，它终结了朦胧诗后迅猛发展的大学生诗歌，当年势头正劲的学院诗人中，一部分以各自流派的名号，成为第三代诗人的代表人物，如于坚、韩东等人。其实在这之前，大学生诗歌运动已经出现各种探索的倾向，“86大展”只是顺势而生的产物，它集中展现了当时各种倾向的诗人，除少数流派可以称为流派之外，大多数应运而生的流派是一夜之间创造出来的。后面的时间里已经验证了这个结论。我同意于坚的说法：“没有80年代初期的‘大学生诗派’，就没有后来的第三代诗人。”

诗刊记者：肯定地说，在第三代诗歌现象之前或者说朦胧诗之后，学院诗歌是中国诗坛最重要的新生力量。

苏历铭：是的。在现在描述中国诗歌走向的文本中，人们有意或无意地忽略着从朦胧诗到第三代之间一个重大诗歌现象——大学生诗歌的存在。当年朦胧诗之所以能够在诗坛上迅速传播，其中相当重要的原因就是和大学生诗歌的出现和繁荣息息相关。那时诗歌界对朦胧诗的崛起，存在着保守势力恶毒的围剿和传统势力的攻击，而对朦胧诗最强有力的理论支持就是来自学院。除了谢冕的《在新的崛起面前》、孙绍振的《新的美学原则在崛起》之外，在校学生徐敬亚撰写的《崛起的诗群》，更是激情澎湃，其冲击力和杀伤力都是从前未曾有过的。

而1980年诗刊社举办的第一届“青春诗会”，包括舒婷、顾城、江河、梁小斌在内的17个青年诗人中，就有叶延滨、高伐林、徐敬亚、王小妮、徐晓鹤、徐国静、孙武军等7位来自大学校园的大学生诗人，再加上当时已在诗坛非常活跃的校园诗人赵丽宏、王家新、程光炜、骆晓戈、韩东、刘犁、卓凡、吴稼祥、沈天鸿、张德强、熊光炯、吴晓等一大批优秀诗人，他们的生活经历和朦胧诗的主要人物相似或接近，他们自觉或不自觉地担当起传承的责任，并各具特点地弥补了朦胧诗的某些局限。学院诗歌的出现和发展，使得当时备受非议的朦胧诗在中国诗坛落地生根，中国诗歌获得全新的改变。

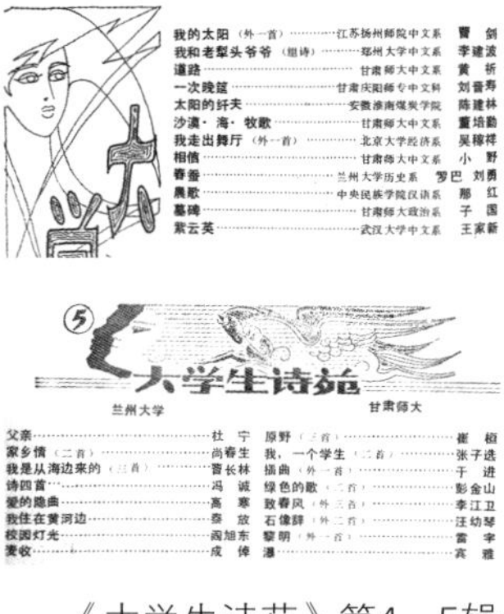

我的太阳（外一首）……江苏扬州师院中文系 曹剑
我和老犁头爷爷（组诗）……郑州大学中文系 李建波
道路……甘肃师大中文系 黄祈
一次晚筵……甘肃庆阳师专中文科 刘晋寿
太阳的纤夫……安徽淮南煤炭学院 陈建林
沙漠·海·牧歌……甘肃师大中文系 董培勤
我走出舞厅（外一首）……北京大学经济系 吴稼祥
相信……甘肃师大中文系 小野
春蚕……兰州大学历史系 罗巴 刘勇
晨歌……中央民族学院汉语系 那红
墓碑……甘肃师大政治系 子国
紫云英……武汉大学中文系 王家新

⑤ 大学生诗苑

兰州大学
父亲……杜宁
家乡情（二首）……尚春生
我是从海边来的（三首）……晋长林
诗四首……冯诚
爱的隐曲……高寒
我住在黄河边……秦放
校园灯光……阎旭东
麦收……成倬

甘肃师大
原野（三首）……崔桓
我，一个学生（二首）……张子选
插曲（外一首）……于进
绿色的歌（二首）……彭金山
致春风（外三首）……李江卫
石像辞（外二首）……汪幼琴
黎明（外一首）……雷宇
瀑……宾雅

《大学生诗苑》第4、5辑

1980年，大学生诗人参加《诗刊》青春诗会合影。前左起：寇宗鄂、韩作荣、徐敬亚、叶延滨、孙武军、张学梦、高伐林、陈所巨、徐晓鹤；中左起：王燕生、吴家瑾、高瑛、严辰、艾青、邹荻帆、邵燕祥、梅绍静、徐国静、张新芝；后左起：雷霆、朱先树、梁小斌、顾城、江河、杨金亭、杨牧、常荣、舒婷、王小妮、才树莲。（孙武军提供）

苏历铭、朱凌波、程宝林（自左至右）在1980年代合影（苏历铭提供）

翟永明、于坚、韩东在青春诗会

诗刊记者：大学生诗歌运动起始于80年代初，但准确的年份是哪一年呢？

苏历铭：刚才我谈到了，先期的学院诗人补充和丰富了朦胧诗后中国诗歌的阵容，而我所指的大学生诗歌运动，是在他们之后，由1981年至1985年在校的学院诗人集体完成的。如果非要界定的话，我个人以为大学生诗歌运动起始年份应该是1981年。

诗刊记者：在80年代初，大学生诗歌运动风起云涌，几乎遍布全国的各个角落，用“随便扔出一个石子就会砸到一个诗人”来形容当时的盛况并不过分。毋庸置疑，朦胧诗发源自北京，当时北岛、顾城、芒克等都在北京，而大学生诗歌则不一样，似乎全国各地高校都有优秀的学院诗人。

苏历铭：正像你说的那样，大学生诗歌是全国范围的一场诗歌运动，各地各个院校都有潮头人物。上海是可以称得上学院诗歌重镇的地方，当时华东师大的《夏雨岛》和复旦大学的《诗耕地》是众多诗歌民刊中最具分量、最具影响力的诗歌刊物，它们不像别的学院民刊那样昙花一现，而是持久地贯穿于学院诗歌兴衰的始终，在当年的大学生诗刊中无疑有着标志性的力量。

复旦大学的许德民、孙晓刚、李彬勇、邵璞、张真、卓松盛、傅亮等，华东师大的宋琳、张小波、李其钢、于奎潮、徐芳、张黎明、林锡潜、于荣健、郑洁、陈鸣华等，以及上海师大的陈东东、王寅和陆忆敏等，他们以别树一帜的艺术手法，使得上海在大学生诗歌运动中占有举足轻重的位置。被称为大学生诗歌旗手的于坚，自1981年即开始参与在中国各大学兴起的大学生诗歌活动，他在云南以其独特的诗歌风格，成为大学生诗歌运动中的一面旗帜。除此之外，南部的简宁、钱叶用、马莉、柯平、伊甸、曹剑、曹汉俊、沈宏菲、祁智、尚方、唐亚平、翟永明、李亚伟、周伦佑、柏桦等，西部的菲可、封新城、人邻、潞潞、韩霞、张子选、周同馨、沈奇等，北部的程宝林、杨榴红、潘洗尘、骆一禾、海子、西川、林雪、阎月君、阿吾和苏历铭等，还有众多美好的名字，都在这场中国学院诗歌的合唱中唱响自己的声部。他们的作品既不同于朦胧诗，也不同于先期的学长，以清新、智慧、奇特、探索等特质在语言和形式上进一步突破传统的窠巢，这些鲜明个性成为当时新生代诗歌的共同特点。

诗刊记者：那时大学生诗人如璀璨星光，各地都有自己的领军人物，那样的局面恐怕再也不会出现。记得你当时在香港还写过一篇大学生诗歌运动的介绍吧？

苏历铭：是的，那是1986年6月在香港小住期间，我受约在香港的《文汇报》上发表介绍大学生诗歌现状的短文，其中写道：“谁都不会否认，近年来的中国诗坛，出现了诗潮迭起的壮阔场面。每一个挟着梦想和海风的年轻歌手，汇聚在东太平洋的白色海岸上，咏唱着多声部的撼人心胸的青春组歌。这时，你若将眼睛仍旧停留在朦胧派诗人北岛、舒婷、顾城们的身上，那你就无法全面地了解处在更新阶段的中国诗坛，更不能清晰而透视地预言中国现代诗歌的走向。”“曾经以《崛起的诗群》轰动诗坛的青年诗评家徐敬亚，就极为感慨自己在这群新人面前已经力所不及。深受青年诗人欢迎的老诗人牛汉，实在地承认自己已有错位感，并将这群青年诗人誉为诞生于地平线的新生代。”“不论这群新人的内部构成如何，作为整体，他们最为显著的特点就是新鲜，以及似乎永远处于动态的创造力，所有人都会欣喜地发现，中国诗歌经过许多人为的阻碍和限制以后，正朝着真正的艺术归依。诗不再是图解政治、目标的工具，诗就是诗，是想象和思索天地里的一大群洁白的鸽子。……他们既继承了本民族传统文化的优秀部分，又广泛涉猎了外借艺术的种种倾向，这种多元性和比较性，增强了他们使中国文化走向世界的责任和庄严使命。因而他们勇敢地将启发他们进步的朦胧诗，以及以前的诗创作，统称为主流文化，且以反主流文化的姿态，以更猛烈的艺术覆盖，震撼着诗坛以及中国每一双热爱诗的真情瞳孔。”从这篇充满情绪化的短文里，我仍能感受到当年处于青春期写作中的亢奋心情，它不验证什么，只是当年现状的一个写照。

诗刊记者：有人说，第三代诗人的重要特征是其地下性，换句话说，在公开报刊上发表作品的诗人均不在此列。

苏历铭：任何划分都不可能过于绝对。在我看来，北岛等人的《今天》杂志之后，中国就不再有真正意义上的地下杂志。相反，再标榜自己的地下性，似乎没有太多的实质意义。去年来上海时正好赶上默默的生日，那天郁郁还说在《诗刊》上发表作品等于背离了第三代诗人的精神。在我看来，《诗刊》不过是一本诗歌刊物，它不是诗歌的堡垒，它不同于一般性民刊，毕竟具有相对好的传播力量，况且近年来不断成为经典的作品很多就发表在《诗刊》上。其实朦胧诗也好，学院诗也好，包括第三代的优秀作品，大都是通过公开出版发行的载体展示出来的，不能从在哪种诗刊上发表来判断其所属，这未免过于简单。后来很多人不情愿把自己归于学院诗歌的群体里，似乎一旦回溯到学院诗人的行列中，就染上青春期写作的色彩，这让一些人本能地忌讳和排斥。

诗刊记者：为什么一批大学生诗歌的潮头人物后来没有参加现代主义诗歌大展，并逐渐离开诗歌现场呢？

苏历铭：筹备这场“86大展”的核心人物徐敬亚和吕贵品都是我的中文系师兄，而私下协助的朱凌波又是我的兄弟。当时《深圳青年报》已经开辟专版，不断刊登优秀诗歌作品。我印象中，“86大展”前徐敬亚发出的是手写体的邀请函，号召大家以流派的方式，集团冲锋，其用心显然是通过大展展现中国诗歌最前锋的现状，但它的问题是，绝大多数所谓流派都是临时拼凑的，根本经受不住时间的考验，相反其中大部分诗人的选择是没有问题的。应该说，组织者在当时有其倾向性，有意根据自身的价值取向和艺术标准进行了取舍，但也存在偶然性，一些优秀的诗人本来可以进入，因为简单的原因，比如耽搁邮寄等便与其失之交臂。一些优秀的学院诗人没有进入大展的名单中，主动或被动地选择离开边缘化写作，如许德民、宋琳、张小波、钱叶用、简宁、程宝林、潘洗尘、阿吾等。

“86大展”之后，感性已经突破旧的理性防线，一些前所未有的诗歌形式如决堤的洪水，一夜之间充斥了中国诗坛。自此以后，数十万中国青年诗人开始自由野性的思想放纵和感情放纵，宣泄与混乱，吵闹与刺激，自由与冲动汇成了一场大纷乱，创造了空前绝后的诗的神话。他们不屑朦胧诗倡导的人道主义，也抛弃学院诗蕴含的理想主义，专注痴迷于人的内心体验。自朦胧诗起构建的审美判断、审美标准和理性原则都失去了作用，中国诗坛又一次发生了倾斜。在这个背景下，80年代初声势浩大的大学生诗歌运动被各自形成的流派所取代，随着海子的卧轨自杀，80年代倡导的美学原则被彻底抛弃，中国诗歌全面进入多元化的个人写作时代。

诗刊记者：学院诗歌产生过大量纯净的诗篇，它是中国诗歌发展进程中重要的阶段，是不容忽视的阶段。但像当年的大学生诗歌运动得益于80年代的时代背景，那种盛况似乎永不再来？

苏历铭：我同意这样的看法。现在许多优秀的诗人依然来自于大学，但他们已经不会再热衷于大学生诗歌运动。那个时代已经一去不复返了，现在个体得到应有的尊重，每个人都有自己的艺术方向，不再像当年抱团取暖了。

作为当年的亲历者重提大学生诗歌运动的往事，不存在把当年文本制造出所谓经典的私心。宋琳曾说过，中国诗人都喜欢往中心挤，可挤到中心一看，里面是空的。之所以强调在朦胧诗和第三代之间曾存在过学院诗歌，它的意义对于全面、公正、准确地认识中国诗歌不同的发展脉络是非常有益的。记得谢冕先生早在1985年写给当时的校园诗人潘洗尘的信中就曾说过："新诗潮快节奏的演进，展示了诗歌发展的生机。它作为多元艺术的汇聚，其中延生了校园的诗歌提供了最具活力、最富于变革精神的范例。校园诗歌对于中国诗歌发展的贡献，值得我们永久纪念的。"第三代诗歌就是从大学生诗歌运动中裂变和分化出来的重要诗歌群体，现在对学院诗歌现象缺乏应有的尊重和系统的研究，或者说轻视、忽视、漠视学院诗歌的存在，不能不说是中国诗歌的一件憾事。

1985年，大学生诗人陈鸣华、巴特尔、徐芳、傅亮、苏历铭、潘洗尘、宋琳在华东师大夏雨岛合影（自左至右）。（苏历铭提供）

激情燃烧的校园

——关于20世纪80年代大学生诗歌运动的对话

马铃薯兄弟　潘洗尘

马铃薯兄弟：在开始这个筹划已久的交谈的时候，我仿佛乘着一双透明之翼栖落到了一块空阔的地面上，那是20世纪80年代。在那个年代里，跃动着众多被诗歌蛊惑和控制的年轻生命——如今这些生命都已进入人生的中年。在那个可以用“火红”形容的诗歌年代里，涌现一大批闪亮的诗歌面孔，可在时间迷雾的磨蚀下，很多面孔都已模糊，留下令人惋惜的背影。在我的感觉中，你在80年代中期以后，也从读者的视线里悄然淡出，留下了大段的空白。所幸，你在近年来了个华丽转身，再一次来到了诗歌现场。20年的光阴仿佛一下浓缩了。归来的你仍然充满热情和生机。我非常好奇地想了解，你当初具体是在什么时间点上离开了当时的诗歌现场？是什么原因或者力量促使了那次离场？有创作本身的原因吗？

潘洗尘：确切地说，我离开诗歌现场的时间，应该从1986年的暑期，也就是我结束四年大学生活跨出母校大门的那一刻算起。如果一定要给我的这次离场找原因的话，可能或多或少和以下事件有关吧：

一、客观地讲，诗歌不仅温暖和照亮了我的青少年时代，它还切实地改变了我的命运：因为写诗，我在大学三年级时曾被省里授予过“创造型人才”称号，这使我在1986年大学毕业时可以不用受困于“不能留省城、不能出教育口”的相关规定，并经当时主管教育的一位副省长批示获得了一个可以去报社工作的“特批名额”；但也正因为写诗，所以当时我也很不受当时系里一个主管分配的系领导“待见”。在决定毕业分配去向时，我的“特批指标”硬生生地被这个系领导“分”给了一位他眼里的“好学生”，而我这个“不虚心、不安分分子”最终只能眼睁睁地看着100多个同学奔赴新的人生，一个人继续留校等待分配。

恰好，那时团中央搞了一个全国大中学生文学夏令营，让我随营去给营员们谈“理想与人生”，并请中央电视台的记者随行录制专题。生平初遭“重挫”的我索性不管三七二十一地赶到武汉，登船随夏令营去了重庆。尽管后来我还是颇费周折地去了报社报到，但那次“分配事件”还是深深地刺痛了我——写诗，毕竟在当时还被很多权力体系的人认为是一种很“离经叛道”的事。

二、到报社工作后，我如愿以偿地做了副刊的诗歌编辑。每一个曾置身过当时诗歌现场的人如果不健忘，一定会记得那时的报刊诗歌版面都是“稀缺资源”。而当时能经常在报刊公开发表作品的诗人中，有相当一部分诗人本身就是报刊的诗歌编辑——记得当时我还曾专门写过一篇文章批评这种现象。现在想来，我在刚一获得签发稿件权的时候就终止了自己的写作，恐怕和我当时撰文批评那种现象不无关系，至少也是一种“避嫌”吧。

三、应该说，曾经利用毕业分配“整治”我的那个系领导有一点绝对没有看错，那就是我骨子里的不安分。就在我刚刚当了诗歌编辑还不到半年的时候，我做了一个令当时许多报社同事都难以理解的决定——离职，闯荡深圳。当时报社不放人走，我硬是调动了一切可以调动的社会关系，只为放弃一份当时许多人都梦寐以求的体面的公职。而从做出决定到办完全部手续最后成行，前后只用了一周的时间。那是1987年的2月。

此后不久，我便开始漂泊商海，饱尝创业的艰辛，这也无形中使自己的身心与诗歌写作渐行渐远。好在我虽然从写作的意义上远离了诗歌现场，但诗歌的火焰却一刻也未曾在我的心底熄灭过。从1986年至今，我一直订阅着国内出版的所有诗歌报刊，二十多年来从未间断，这个习惯一直延续至今。所以现在我手上的各种当期诗歌报刊总是有两份同样的——一份是各编辑部赠阅的，一份是我自己订阅，包括目前和我系出“同门”的《星星》上半月刊。

马铃薯兄弟：你最重要的诗歌活动集中在朦胧诗之后，当谈到那个时期的诗歌写作的时候，我们不能忽略一个重要的诗歌存在，就是大学生诗歌和大学生诗人群。那个年代的大学生诗人写作，不是一般的“活跃”“繁荣”可以概括，简直可以用“遍地开花”“一望无际”来形容。那是一个东南西北相互呼应的庞大阵容。而且从诗歌发展脉络的角度来看，大学生诗歌写作并不仅是大学生诗歌而已，而是当代诗歌传承过程中的一个重要环节，可惜现在的论者大多对那一重要诗歌现象吝惜笔墨，或者压根不提，或者一笔带过。你认为究竟是什么力量，使得现在的主流诗歌研究仿佛是相约集体漠视般地对那个阶段集体沉默，致使大学生诗歌在史家的描述中成为无足轻重的存在这一现实？

潘洗尘：我早就注意到了你谈到的这一现象——也就是当代诗歌史对80年代大学生诗歌的“漠视”，所以《星星》诗歌理论半月刊从今年起才专门开辟了一个重点的专栏《被遗忘的诗歌部落》，目的就是要打捞真相，还原历史。

关于这种不应有的现象的产生，客观上可能有以下原因：

一、虽然80年代初期大学生诗歌不论从创作队伍和作品数量上都堪称中国诗坛的“主力部队”（据不完全统计，从1980年到1986年间，在校大学生诗歌创作队伍前后集结多达数百万人，其中能在公开出版物上发表作品的就多达数千人，而由大学生自己编辑出版的诗歌民刊更是多达数万种。1980年《诗刊》举办首届“青春诗会”，邀请的17位顶尖青年诗人中，就有7位来自大学校园），但当时的诗歌批评界并没有对这一罕见的诗歌盛景给予应有的重视，这无疑为80年代大学生诗歌被后来的当代诗歌史学家们集体漠视埋下了“伏笔”。究其原因，可能是源于当时诗歌批评界的短视以及对方兴未艾的新兴大学生诗歌运动的认识不足和理论准备不够。加之当时从事诗歌批评的专家学者本就凤毛麟角，而一场有关朦胧诗的论争几乎使当时所有从事诗歌批评的人都卷入其中，并持续数年。直到后来集体批判“三个崛起”，更是使本就孱弱的中国诗歌批评界一下子又陷入了万马齐喑的境地。而这一期间，又正好是大学生诗歌如地火喷发的时期。

二、虽然从“86大展”之后，正是当年的大学生诗人构成了后来的第三代诗人的主体，但此前，大学生诗歌虽在创作上日渐蓬勃，但过于多元的形态，使其鲜有清晰而统一的美学与诗学主张，再加之大学生诗人身份的流动性，仅从分类学的角度上说，这也为后来的研究者们带来了一定的研究障碍。

三、随着80年代中期一批优秀大学生诗人的集体离校和再后来因各种原因的集体离开诗歌现场，伟大的80年代大学生诗潮被日渐功利的所谓主流诗歌研究有意无意地遗忘或漠视也就更加在所难免了。

当然，被一起漠视和遗忘的，还有未来中国诗歌史上永远不会再现的数百万颗同时吟咏诗歌的心，和数百万双同时书写并传递诗歌的手！

马铃薯兄弟：在你看来，大学生诗歌的意义和价值究竟该怎么认识？

潘洗尘：从诗歌史的意义上讲，至少我们应该从以下几个方面来认识和评价80年代的大学生诗潮：一、完成了朦胧诗的落地、传承与发展；二、开辟了中国新诗史上一个前所未有的多元写作时代；三、产生了一批优秀的诗人和经典的诗篇；四、奠定了第三代诗歌运动的理论基础和组织基础。

马铃薯兄弟：有人认为20世纪80年代的大学生诗歌可以称作大学生诗歌流派，你是否同意“流派”这个说法？如果可以称为流派，那么你怎么归纳这个流派的特点？它具备了哪些流派的特质？

潘洗尘：写作与诗学主张的多元格局，是80年代大学生诗潮在学术意义上的最主要的特征，所以简单地把80年代的大学生诗歌归成某一种流派既不符合历史实际，也是非常不严肃的。因此，我们也就不能单单从流派学的角度出发来考证和研究80年代的大学生诗歌。

马铃薯兄弟：为了更好地认识那个时代的大学生诗歌，有必要对其在当时的创作态势与阵容做一个必要的梳理，在你看来，有哪个地域哪些群落是具有代表性和典型性，在我们今天和今后回望的时候不能忽略？

潘洗尘：在80年代大学生诗潮中，我认为有七个校园诗人群较为重要：一、吉林大学校园诗人群，主要诗人包括徐敬亚、王小妮、吕贵品、苏历铭等。二、复旦大学校园诗人群，主要诗人包括许德民、孙晓刚、李彬勇、邵璞、张真、傅亮、陈先发等。三、华东师大校园诗人群，主要诗人包括宋琳、张小波、于奎潮、徐芳、于荣健、郑洁、陈鸣华等。四、安徽师大校园诗人群，主要诗人包括姜诗元、吴尚华、曹汉俊、沈天鸿、钱叶用等。五、武汉大学校园诗人群，主要诗人包括高伐林、王家新、洪烛、李少君等。六、北京大学校园诗人群，主要诗人包括熊光炯、吴稼祥、骆一禾、海子、西川、戈麦、臧棣等。七、北京师大校园诗人群，主要诗人包括苏童、陈染、宋晓贤、伊沙、桑克、徐江、侯马等。

1984年，杨川庆（右一）与诗人林子（右二）、潘洗尘（右三）、杨锦（右四）合影。（杨川庆提供）

1983年，辽宁师范大学学生董学仁（左）、刘兴雨（中）、林雪（右）于辽师大墙外。最有影响的一期《新叶》诗歌专号就是他们三人编辑的。（刘兴雨提供）

马铃薯兄弟：那个时候互联网还没诞生，当时的大学生一面是对写作充满狂热，充满发表和交流的渴望，一面是不掌握可以自由控制的正式发表的媒体。变通的办法就是文学社社刊，那种油印的刊物或报纸，除此之外，也有一些关注大学生诗歌的官方报刊，比方甘肃的《飞天》，就专门辟有《大学生诗苑》，发表大学生作者的诗作。你能否系统地回顾一下，当时的哪些社刊或官刊是值得观察的？

潘洗尘：其实，当时几乎所有的官刊都给予了大学生诗歌以充分的关注和版面，你想想就连中国诗歌界最权威的官刊《诗刊》都在首届"青春诗会"上邀请了7位在校的大学生诗人，而且在以后整个80年代举办的历届"青春诗会"中，都有半数以上的在校大学生诗人参加。除《飞天》和《诗刊》外，当时给我记忆深刻的对大学生诗歌比较关注的官刊还有《星星》《绿风》《诗神》《青年诗坛》《青年诗人》《诗人》《诗林》《当代诗歌》《诗歌报》《萌芽》《青春》《草原》《滇池》等等。

而大学生自办的民刊，标志性的主要有复旦大学的《诗耕地》、华东师大的《夏雨岛》、北京大学的《未名湖》、辽宁师院的《新叶》、安徽师大的《江南》、山西大学的《北国》、吉林大学的《北极星》以及黑龙江省大学生诗歌学会的《大学生诗坛》、重庆大学生联合诗社的《大学生诗报》和福建省大学生诗歌协会的《南十字星》等。

马铃薯兄弟：当初的大学生诗歌写作者为数众多，但按影响和创作成绩来分也是分梯次的，有的人，比如你、宋琳、韩东、于坚、程宝林、孙晓刚、许德民、张小波、张真、海子、张子选、苏历铭、曹汉俊、李亚伟、邵璞、徐芳、马莉等，在我看来都是属于第一梯次的，作品多，发表量比较大，知名度比较高。还有哪些名字是我们回望大学生诗歌时要特别关注的？

1980年，翟永明、欧阳江河、张枣在成都

潘洗尘：80年代的校园诗人主要有三个梯队，在比较重要的诗人中，除了你上面提到的这些名字之外，还有处在第一梯队（1977至1978级，大多是1949至1959年出生）的徐敬亚、王小妮、高伐林、叶延滨、孙武军、徐国静、徐晓鹤、王家新、程光炜、赵丽宏、石光华、张曙光、丁当、韩东、周伦佑、曹剑、吕德安、孟浪等，处在第二梯队（1979至1983级，大多是1960至1964年出生）的骆一禾、简宁、翟永明、杨克、陈东东、钱叶用、西川、潞潞、唐亚平、杨榴红、伊甸、臧棣、树才等，处在第三梯队（1984至1989级，大多是1965至1969年出生）的西渡、伊沙、桑克、徐江、侯马、洪烛、中岛、戈麦、蓝蓝、安琪、小海、周瓒等。

马铃薯兄弟：大学生诗歌的火热势头，似乎由于一个在当代诗歌史上强劲有力的名词“第三代”的出现就风光不再。这个由诗人赵野发明的名词，在其后显示出来的生命力是那么影响深远。但一个值得注意的现象就是，第三代的骨干，恰是当初的大学生诗歌阵营中走出来的，他们实际上是带枪“集结”，这个“枪”其实就包括大学生诗歌时代的写作积累和成果。值得仔细辨别的是，一部分大学生时代的诗人，被一个新的命名集合，集结到了“第三代”的大屋檐下，而另一些大学生诗人，甚至也包括最活跃的一批大学生诗人，却在第三代诗歌运动中被边缘化，甚至无形化了，从此再也没能找到一个被归类和论述的机会。虽然后来出现了“中间代”这个名号，似乎有收容和再集结的意图，但毕竟命名的力量已今非昔比。在你看来，大学生诗人在第三代命名中境遇的变化具体是怎么形成的？你认为是不是一种具有必然性的分化？

潘洗尘：其实，“第三代”诗歌命名的出现，更像是一场成功的诗歌“暴动”，虽然从诗学意义上我们至今还找不到其确实的价值，但其对当时及以后整个中国新诗发展格局的正面乃至负面的影响却是非常深远的。

但应该说，没有80年代初的大学生诗歌热，就不可能有后来的“第三代”诗歌运动，正是80年代初及后来形成的有数百万之众的大学生诗群和数以万计的大学生诗歌社团，才为后来的“第三代”诗歌运动奠定了理论上和组织上的基础。这一点，只要我们稍稍注意一下“第三代”诗歌运动发起时那批主将的身份，就更加一目了然了。比如策动并实施“86大展”的徐敬亚和姜诗元，比如“第三代”诗歌的命名人赵野，比如集结在“第三代”旗帜下的一些最主要的诗群“他们”“莽汉”等等，他们身上都带有浓厚的80年代大学生诗歌的背景，或者说他们本身就是80年代大学生诗歌的生力军。

至于一批此前很活跃的大学生诗人在第三代诗歌运动中被边缘化甚至无形化，这也是一种必然。既然是一场与写作本身并没有必然关系的运动，有人参与有人不参与也就是再正常不过的事了。

马铃薯兄弟：请你进一步论述一下，包括你在内的一批优秀的大学生诗歌的代表人物，被其后的诗歌史描述所忽略，究竟是什么因素在起着决定的作用？

潘洗尘：如果说，始于20世纪六七十年代的上山下乡运动造就了一批农村新移民，那么始于20世纪70年代末80年代初的高考制度恢复，又造就了一批城市新移民。80年代初，大学生诗歌的所有参与者，应该说都具有这种城市新移民的身份特征和心理特质。而“铁打的校园流水的学生”，每年，随着大批怀揣着理想的青年进出校园，大学生诗歌创作的队伍也就自然呈现着流动的态势。而很多当年在诗坛风光无限的校园诗人，也正是随着后来身份和心理的变化，或迫于工作和生活的种种压力暂时或彻底地离开了诗歌现场，如徐晓鹤、孙武军、高伐林、骆晓戈、徐国静、许德民、宋琳、程宝林、张真、吕贵品、曹汉俊、张建华、赵丽宏、曹剑、张小波、简宁、杨榴红、伊甸、张子选、韩霞、徐芳等等非常优秀的一批诗人。这也是他们被其后的诗歌史描述所集体忽略的最主要原因之一。

但现行的所谓的诗歌史，尤其是由置身现场的人记述的当代诗歌史，将来是否真正具有史学上的价值，也许现在还尚难定论吧。

马铃薯兄弟：80年代的大学生诗歌，有一些关键词，除了“远方”“大海”“西部”，还有一些什么词？这些被普遍使用的词是值得研究的，似乎目前还没有人进行研究。这些词的被普遍使用，甚至成为那个时候的时尚用词，我认为是源自一股青春的力气，当然，从深处看，也是因为对一个新的尚不明朗的未来世界的向往之情的表达。但我们知道，青春有时是很盲目的，在一片热情写作的大背景下，使人们在宣导一种青春热情和对时代某种可能的期待与呼唤的时候，在诗歌的艺术自觉上，是否也存在某种自身的不足，而正是这种不足，导致了后来的被忽视？——当然，文本与资料的缺失，可能也是对研究者的一种阻碍——喧闹的大学生诗歌场景里，是否也缺少一种可阐述的诗歌主张与富有永恒价值的诗歌特质与贡献？或者，那干脆就是一次集体练兵，然后大家注定要各奔东西，各寻出路，各自造化？

潘洗尘：我部分地同意你从诗学意义上对80年代大学生诗潮的概括或判断，但我也不认为青春就一定是盲目的，年轻就必然缺乏艺术的自觉性。不然，我们也就无法解释为什么兰波在19岁之前就已经完成了作为一个伟大诗人的全部作品了。

让我们回到80年代的大学生诗歌本身，只要认真地重读一下当年的一些经典作品，我们就不难发现，当年的大学生诗歌写作其实已经达到了相当成熟的高度。80年代中期学林出版社曾出版过一本宋琳、张小波、孙晓刚、李彬勇的诗合集《城市人》，就算把那些作品放到当下的语境里，其先锋性也仍不褪色。据说当年李欧梵从芝加哥到上海，还特意到华东师大找到宋琳和张小波，对他们的城市诗表现出了极大的兴趣。批评家朱大可在题为《焦灼的一代和城市梦》的序文中写道：“象态系统的真正革命，不是对‘意象’的调节，而是新元素‘事态’的出现……当然，你也完全可以把它称为‘情绪事件’。此间我无意否认事态与意象的共生性或分割两者的联系，我只是想证实，在事态诗里事态压倒了意象成为统治者。”我所理解的朱大可有关“事态诗”的论断，其实就是十年后仍被先锋诗人们挂在嘴边的叙事性或叙事策略。但显然，宋琳们的实践要比他们早上五到十年，诚如朱大可先生所言，这项发明的专利应“仅属于华东师大夏雨诗社的几个小人物”。

另外，这两年我还惊奇地发现，几乎所有当下被视为先锋性的写作或实验，我们都能够在80年代的大学生诗歌写作中找到它的“先驱”。比如所谓的“口语”写作，其实也早在80年代初就由大学生诗人们率先做出了多样性的实践，我们姑且不说此后20年来一直被民间写作奉为经典的于坚的《尚义街6号》和韩东的《山民》，也不说“莽汉主义”的代表作李亚伟的《中文系》，其实复旦大学的邵璞，在更早的时候就已经是这方面的高手了。

因此，我甚至认为80年代的大学生诗歌不仅不缺少可阐述的诗歌主张与富有永恒价值的诗歌特质与贡献，而且其多元写作的探索与实验，可能在今后很长一段历史时间内，都会为我们的诗歌写作实践提供某些源头性的东西。

这样说来，80年代大学生诗潮被当代诗歌史有意无意地忽略，似乎又已经不仅仅是一个学术层面上的问题了。

马铃薯兄弟：下面我们稍稍离开一下大学生诗歌的焦点。你作为80年代具有某种标志性的大学生诗人和大学生诗歌的组织者和活动家，我很想了解你诗歌起步与诗歌写作的大致经历。你是在什么时间怎么开始写诗的？怎么萌动起写诗的欲望的？你的第一首诗歌是什么？第一次发表的诗是在什么时间？你什么时候开始自觉地进行诗歌写作并明确意识到自己是一个诗人的？

潘洗尘：我最初的诗歌写作可以追溯到70年代末，那时我还在松花江边的一个小县城里读初中，而我第一次尝试用诗歌这种形式来表达自己的某种情绪是因为无意间读了柳永的《雨霖铃》。在17岁之前，我几乎自己试填过所有的词牌。而真正接触并试写新诗，则是上高中以后，那时学校里有一个很小的资料室，我就是在那间小小的资料室里，最早从《诗刊》上发现并如饥似渴地阅读北岛、舒婷、顾城、江河、梁小斌、赵恺、雷抒雁、骆耕野、叶文福的。我写过的第一首诗歌是什么早已记不清了，但第一次发表诗歌的时间是1983年，就是《中国青年报》始发的那首《六月，我们看海去》。至于自觉地开始进行诗歌写作并明确意识到自己的诗人身份，那应该说是近一两年的事了。

马铃薯兄弟：请你介绍一下你80年代大致的诗歌活动？共写了多

少首作品？除了写作，你还进行了一系列的诗歌活动，请你介绍一下。你当时似乎特别热衷于做诗歌游历？这个过程中有什么值得交代一下的？这些诗歌活动给你印象最深的、让你感到收获最大的是什么？

潘洗尘：我是一个非常“低产”的写作者。从1982年秋进入哈尔滨师范大学中文系到1986年夏天毕业，一共写作并发表了也就70首左右的诗歌。1983年初，我开始着手编辑第一部全国性大学生诗选《中国当代大学生诗选》，但该书在编选完成后，当时的系领导找我谈话，表示可以帮助联系出版，但编选工作系里要全面接管，而且出版时不能署我个人的名字。所以当次年这本书由北方文艺出版社正式出版时，已变成了“哈尔滨师范大学北斗文学社编”，编选者中增加了三位老师和一位同学，只是在该书的《后记》中，才提到了一句“潘洗尘同学做了大量实际的工作”云云。就在该书出版的同一年，我的一篇专门研究大学生诗歌的文章也在《当代文艺思潮》上发表了。后来，在团黑龙江省委的支持下，我又组建了由来自全省各高校600多个会员加入的黑龙江省大学生诗歌学会，并主编出版了全国第一本公开发行的大学生诗刊《大学生诗坛》。很多当年的诗友都还记得哈尔滨师范大学405信箱，那是我们班的信箱，也是《大学生诗坛》编辑部的信箱，每天都被全国各地的来信来稿塞得满满的；还有哈尔滨师范大学学生二舍218寝室，那是我和七位同学同住的宿舍，也是《大学生诗坛》的编辑部，每天，我在这里处理来信来稿编印刊物，也在这里接待全国各地来访的诗友。

大约从1984年暑期开始，我几乎大部分时间都处于“停课闹革命”的状态，而且大部分时间都游走在全国各高校之间，应邀参加各种诗歌活动。那时的联系方式非常单一，就是靠信件。现在想来非常遗憾的是，1987年我南下深圳时把当年保留的那些信件都一封不留地销毁了，我至今记忆犹新的是查海生的信，总是很厚很厚的，但却满篇写不了多少字。记得还有一次去株洲参加刘波组织的一个活动，等我千里迢迢地赶到株洲，才知道活动已经取消了，原因是我出发前会议取消的通知还没有寄到哈尔滨。我就是在那次活动上，认识了和我一样遭遇的廖亦武、伊甸、柯平等诗友。20年后，当我在北京再次见到已是上市公司董事长的刘波时，刘波还深情地回忆起那次“未完成”的活动，并说起当年我和廖亦武等把酒谈诗，而他一个人在一旁帮我们粘贴报销的火车票等细节。现在想来，也许诗歌真的就是友情物，不然为什么单单诗人间可以以诗为友并因此有了“诗友”这个词，而小说家之间却没有“小友”或“说友”、散文家之间没有“散友”这些词呢？

也正因为我的这些经历，直接导致了我的大学后半程的大面积缺课，以至于后来我的好多专业课老师纷纷拒绝在我的单科结业考卷上评分，并要求我去参加自学成才考试，理由很简单，我从来没在他们授课的课堂出现过。

但我至今仍感到庆幸的是，大学期间的游历生活，一方面避免了使自己做那种填鸭式教育的牺牲品，同时也比同龄人早一些增长了见识，并因此结交了许多可以温暖一生的挚友，如宋琳、苏历铭等。而且，我也并没有因为当年的大面积缺课成为母校的弃儿，1999年我的母校50年校庆，我仍有幸成为了仅有的两个被请上主席台的毕业生代表之一。

马铃薯兄弟：请描述一下你的写作习惯。《六月，我们看海去》《饮九月九的酒》这两首被反复提及并逐渐经典化了的诗歌作品，它们是怎么写出来的？它们具体的写作时间和背景你还能回忆起来吗？当时的写作是一气呵成，还是经过了反复的修改才定型？你一般的诗歌写作大多是随机的，还是经过长期的谋思、积累、反复修改才成稿？

潘洗尘：《六月，我们看海去》的写作时间是1983年初，那时我虽然还从未真正地见过大海，但内心深处却早已被海水和波涛填得满满的了；《饮九月九的酒》写于1992年我的三十虚岁生日，当时因为生意的关系我正疲惫地游走于深圳和哈尔滨之间。

我的写作一般都是随机的，一气呵成的。但产量极低，至今能找到的作品也就百多首，所以我特别羡慕那些一年甚至一个月就能写得比我二十多年积累的作品数量总和还多的诗人。

马铃薯兄弟：回首80年代，你对自己的写作整体上有怎样的评价和艺术定位？你觉得你那个时代的主要贡献是什么？

潘洗尘：客观地看自己80年代的创作，和与我同时代的一些优秀的大学生诗人相比，应该说差距还是很明显的。当然，对于书写者来说，也没有什么是比评价自己的创作更艰难也更愚蠢的事情了。至于贡献，可能通过我当年的一些努力，曾对当年尚处于各自为战的大学生诗歌群落的联络与融合有了某些推动和促进，包括二十多年后的今天我仍努力地想通过各种途径对那一段的历史进行必要的挖掘甚至再发现，应该是我在将来回首往事时可以聊以自慰的吧！

马铃薯兄弟：你归来后不遗余力地投入了对80年代大学生诗歌的迟到的抢救，你期望通过自己的工作达到什么样的最终目标？你这种努力是基于对那段写作的自信，还是一种知其不可为而为之？有没有想过这种返回历史的努力，可能是一次行为悲壮、结局苍凉的努力？如果让你来写一本当代诗歌史，你希望在你的描述中，赋予当代大学生诗歌一个怎样的历史定位？你认为当初繁闹的大学生诗歌，给当代中国诗歌留下了什么值得记取的精神遗产？

潘洗尘：我之所以不遗余力地对80年代大学生诗歌进行迟到的抢救，是想通过自己的工作使一段被有意无意忽略的历史得以被重新发现和记述，而并不是想简单地去挖掘一个历史时期内一大群诗人究竟创造了怎样的诗学价值。作为当年那场汹涌诗潮的亲历者，我一直顽固地认为，没有当年的大学生诗潮，朦胧诗的落地、传承与发展就不会那么迅疾，声势浩大的“第三代”诗歌运动就不会随后蓬勃兴起。当年澎湃的大学生诗潮，更在一个广阔的背景下，为中国新诗开创了一个多元写作的时代，这就是80年代大学生诗歌留给当代中国诗歌最值得记取的精神遗产。

1985年，苏历铭、潘洗尘、程宝林、邓学政、杨榴红在北京合影。（苏历铭提供）

王玮访谈录

姜红伟

姜红伟：请问你们当年为什么要创办《清华文学》？

王玮：《清华文学》是当年清华校园里第一份按期出版（双月刊）的学生文学刊物，得到了清华大学团委宣传部的支持。这份油印刊物共出了12期，坚持了两年多。之前，清华文学社编印的《清华园》《清华文苑》《荷塘》等，都是不定期刊物。

学生文学刊物因兴趣而生，通常由几名爱好文学、在校园文学活动中比较活跃的骨干主持。当时清华没有文科院系，很多同学虽然很有文学才华和素养，但理工科才是“正业”，几乎没有人选择文学之路。当这些同学因考研、出国或毕业离开时，学生文学刊物难免起起落落。

1984年初，清华文学社推举我担任社长。同年夏天，清华复建中文系，设立了编辑学专业，我有幸成为第一届学生。这一年，我们做了两件在清华学生文学圈里很受欢迎的事，一是举办“四月诗会”，二是创办《清华文学》，并由我担任主编。

创办《清华文学》之前，我找清华大学团委宣传部长赵庆刚老师，得到了他的大力支持。当时提了两个目标，一是为清华同学之间以及清华与兄弟院校之间的学生文学交流，提供一个持续的园地；二是提出清华学生的文学主张。

姜红伟：《清华文学》的编委会成员由哪些同学组成？

王玮：《清华文学》创刊时，由我自任主编。对于诗作的挑选，委托物理系王云负责（她是当时清华学生中的优秀诗人之一），其他类别由我负责。当时设立了一个编委会，但由于我未能找到当年的刊物，已无法核实。另外，我们先后邀请了蒋子龙和韦君宜担任清华文学社的名誉社长。后者早年因参加革命从清华肄业。

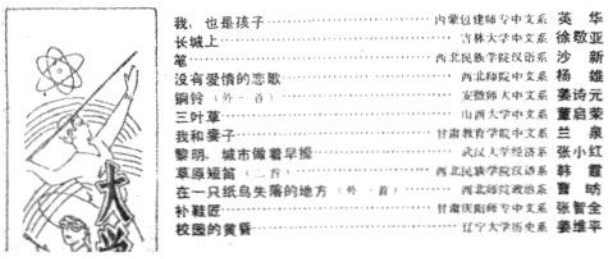

《大学生诗苑》第6、7辑

姜红伟：《清华文学》发表了哪些作者的作品？其中在当时大学生文坛有影响的作品都有哪几篇？

王玮：《新时期十年清华学生文学一瞥》，是我以“冰原”为笔名在《清华大学研究生学报》（1988年第2期）上发表的综述，里面对这个问题回答得比较清楚。

姜红伟：共计出版了几期？开本多大？出版周期多长？

王玮：到1987年前，《清华文学》一共出版了12期，不严格的双月刊，每年度5期左右。16开本，油印，64页／96页（专辑）。

姜红伟：举办了哪些诗歌活动？

王玮：最有影响的是1984年举办的“四月诗会”。从1984年3月底开始到5月中旬落幕，诗友每周不定期地聚会，在清华大礼堂前的台阶或草坪，诗友自己朗诵作品，与爱好者交流。文学社还设立了一排看板，供诗友张贴作品。配合这一活动，《清华文学》编印了两期诗刊。这些诗作在报刊上转载甚多。

姜红伟：停刊的原因是什么？

王玮：在我卸任之后，《清华文学》仍然正常出刊了一段时间。后来停刊原因不清楚。

姜红伟：在当年的影响如何？

王玮：《清华文学》在当年是清华园里第一份按期出刊且持续时间较长的学生文学刊物，发表了许多同学的作品，其中一些诗歌佳作在清华大学百年校庆时收入了《清华百年诗选》。当时，《清华文学》每期出刊后，由文学社的同学在学生食堂门口向同学们售卖，很快被抢购一空。有些同学没带钱，就用饭票来买。张红的《毕业歌》、李兴堤的《想起了朋友们》，在同学中传诵一时。

姜红伟：《清华文学》和全国各地的大学生文学刊物经常联系吗？

王玮：有一些交换关系，但并不是很多。

姜红伟：您如何看待当年的大学生文学刊物创办的意义、价值和贡献？

王玮：80年代校园思潮极为活跃。文学作为思想的表达方式之一，在80年代的大学生活中占有重要地位。清华许多同学具有出众的文学才华和素养，在文学创作方面可谓无师自通，每有佳作。其中一些作品流布社会，获得了很高评价。

80年代前中期，清华是一所纯理工科大学，没有文学类院系。除了很少几门选修课，学生的文学素养主要靠自修和同学之间的交流获得。当时我和许多同学一样，抱着“横扫清华图书馆”的雄心，如饥似渴地阅读了大量文学作品，并且信手写了很多习作。学生文学社和学生文学刊物，不仅给自己幼稚的作品提供了发表园地（通常会获得许多报刊转载），而且能以文会友，获得与许多才华横溢的学友进行交流的机会。清华学生文学虽然谈不上对当代中国文学潮流有何影响，但对提升同学们的文学素养，增添在校生活乐趣，起到了积极的作用。

姜红伟：能否谈谈《清华文学》的编者和作者的近况，他们现居何处？都在做什么工作？

王玮：我认识的清华园小有名气的诗人和作者，都没有走上文学之路，以文学创作为终身事业。他们从清华毕业后，天各一方，多数从事与自己所学专业相关的工作。

我本人从清华毕业后，留在学校工作了一段时间。2011年，我领导创办了一家科技企业，从事移动互联网应用开发和运营业务。公司现已进入上市准备阶段。

犁痕访谈录

姜红伟

姜红伟：请您首先介绍一下自己的创作简历。

犁痕：本名李杰训，1968年10月出生于黑龙江肇东。现为中国作家协会会员，中国石油作家协会副主席，大庆市、大庆油田作家协会名誉主席。17岁开始发表诗歌作品，大学时代曾主持海燕诗社和《海燕诗刊》工作。迄今已在《人民文学》《中国作家》《诗刊》《诗选刊》《诗林》《青海湖》《青年文学家》《骏马》《文艺报》《工人日报》《科技日报》等报刊发表诗文百余万字，出版诗集《城市的困惑》《燃烧的渴望》、诗论集《石油的光芒》等五部，主编《中国石油大学生诗选》《大庆油田作家作品选》《石油的声音》等十余部。有作品入选《中国当代诗人自选诗》《中国诗人自选代表作》《中国当代诗歌精品大全》等数十种选集，曾获黑龙江省政府文艺奖、新中国成立60周年“放歌中华”诗文大赛奖等全国诗赛大奖，创作成绩及简历收入《中国现代诗发展与研究年鉴》等大型辞书。

姜红伟：有人说20世纪80年代是中国高校诗歌的黄金时代，您认同这个观点吗？

犁痕：20世纪80年代是中国高校诗歌的黄金时代，这是毋庸置疑的历史事实。首先，高校是青春激扬、热情奔放、思想活跃的青年集结地，尤其是20世纪80年代，青年大学生们思想单纯、积极向上、求知欲强，充满了对文化和思想的追求渴望。他们胸怀报效国家、服务社会的理想，价值取向单一，兴趣爱好相对单调集中，集体主义观念强，容易团结。1995年我曾经回到过母校华东石油学院，那是我毕业参加工作后第一次返校，我发现90年代的大学校园已经和80年代大有不同，校园周边餐饮林立，青年学生频繁出入，每个学生的单体能力增强，学校里集体性变差，学生们的兴趣广泛，爱好发散，每个人更加关注个体利益的获得和价值的实现，求知欲已经明显地开始功利化。这与80年代高校校园里青年大学生的状态有一个极大的反差。其次，80年代的高校诗歌是对“前辈”青年们诗歌现象的活跃和承接。70年代末，以北岛、舒婷、顾城和杨炼等为代表的朦胧诗派的兴起，对80年代高校诗歌的整体有着重要影响。这种对中国新诗在滞缓十几年之后再次与世界文化接轨的引领作用，满足了在校大学生对文学以及西方文化的好奇和渴慕，甚至成为多数在校大学生的集体文化关注，很多人都能熟知几首朦胧诗。尤其是80年代中后期，绝大多数人都知道席慕蓉的爱情诗，甚至语义更加清淡的汪国真的句子成为生日贺卡、元旦联欢贺卡和毕业纪念册上的常用语。第三，在轰轰烈烈的社会诗歌运动的包围中，校园诗歌不可能远避于世外桃源，而是受到了鼓风涌浪的重要影响。1986年10月由当时在中国思想文化界最有影响的两大报纸——《深圳青年报》和安徽《诗歌报》联合举办的“中国诗坛：1986现代诗群体大展”，是中国新诗史上最著名的一次诗歌活动，参与的社团诗人众多，发表的作品质量高，波及的影响范围大。这次大展在中国新诗史上占有至高无上的地位，赢得了强烈的社会反响，也轰动了大学校园诗坛，许多80年代毕业的和在校的校园诗人或者成为诗展的直接参与者，或者成为诗展的积极支持者和读者。有青年大学生的思想追求基础和集体文化关注，以及社会诗歌运动的强烈影响，高校校园这片不甘寂寞的青春领地，自然造就了诗歌的黄金时代。

姜红伟：置身于80年代的大学生诗歌潮中，您是怎样表现的？

犁痕：个体置身于潮流之中，或者是随波而动，或者是搏击潮流，我可能是属于后者吧。要想做一个弄潮儿，最主要的一件事是提升自己的诗歌能力。当时我手头最常看的两本书是《青年诗选（1983—1984）》和《朦胧诗·新生代百首点评》，从这两个青年诗歌范本中，我拼命地汲取着诗歌营养。此外，我还一边念着大学课堂上的功课，一边读了春风文学函授讲习所诗歌班的函授，因被评定诗歌创作达到地市级以上水平而被评为优秀学员，拿到了结业证和优秀学员证。90年代末才出现的大学生考证热早在80年代就已为我所实践了，当然更多的是收获了诗歌创作水平的提升。我还蹲在学校图书馆的二楼里，利用一个学年的课余时间悉心研究了诗歌评论。第二件重要的事就是主持本校的诗歌社团、诗歌活动，编印诗歌刊物、自印诗集等等，投入诗潮的实践洪流中，使那个时期成为我们学校历史上诗歌活动最辉煌的阶段。第三件事是组织高校诗歌交流活动，主要是山东省部分高校之间的大学生诗歌交流。第四件事就是踊跃在各种报刊上发表作品，成为大学校园诗歌中积极的个体实践者，并获“全国写作水平大赛”诗歌奖、南疆诗坛诗歌大赛奖等。我的诗歌作品还与青年诗人周瑟瑟、北野、邓万鹏、伍立杨、谷未黄、谭延桐、邱华栋、南野、彭国梁等的作品一起被选入漓江出版社等编辑的《当代青年新诗一千家》《当代青年抒情诗精选》中。

姜红伟：在大学期间，您组织过诗歌社团吗？担任什么角色？开展过哪些诗歌活动？

犁痕：在这样一个高校诗歌黄金时期，非常遗憾的是我本人没有组织过诗歌社团。上高中时我作为组长组织过大庆中学的文学创作兴趣小组，而大学时期自己没有创始过什么诗歌社团组织。我认为文化的传承和繁荣并不全在于创新，更要有对传统的继承。在校期间我积极参与、组织了新中国成立后由前人创立、恢复高考后由“前辈”恢复的海燕诗社。海燕诗社是具有悠久历史文化传统的大学校园文化社团，1955年创立于北京八大学院校区，1958年停止活动，创办人之一是国务院原副总理吴仪的辅导员林世洪先生。恢复高考之后于80年代前期在黄河三角洲复建，复建创始人许开煊现在中国石油西南油气田工作，窦同关在大庆油田工作，他们都在为洁净祖国天空的天然气事业而努力奋斗。韩骏现为北京星光大道影视公司的当家人，电影《特工艾米拉》于2014年4月份在全国影院热映。何伯阳是微型小说《网情》（1999年4月23日发表于《重庆日报》）的作者，曾因与2007年央视春晚上潘长江表演的小品《将爱情进行到底》的创作权之争而闹得沸沸扬扬。海燕诗社2009年被评为“全国大学生百强社团”。

我在校时，这几位“前辈”已经毕业了。我当时虽然只是副主编之职，但师弟们公推我为实质的领导者。在我的策动下，海燕诗社的活动是丰富多彩的，我们经常组织诗歌朗诵会、诗歌研讨会、诗歌展览和演讲会等活动。曾举办过“星星雨”现代诗歌展览、海燕诗歌展览等，举办演讲会时我们提倡无稿演讲，开创了校园演讲的新风。

姜红伟：您创办过诗歌刊物吗？油印过诗集吗？

犁痕：我没有创办过诗歌刊物，但是参与、组织了三期《海燕诗刊》的编印工作。《海燕诗刊》是海燕诗社的社刊，1955年创刊，“文革”之前刊名“海燕”二字由郭沫若先生题写，“文革”之后由著名将军书法家李铎题写。《海燕诗刊》为16开本，“文革”之前编印了三期，铅印每期印刷了2000份，受到学院路八大学院大学生的喜爱，每期很快就分发光了，还不断有外校同学前来索取。当时的《海燕诗刊》上发表了吴仪的辅导员林世洪先生写的诗作，美术插页是北京出版社支持，义务制版印刷的。《海燕诗刊》80年代前期复刊后为油印，每学期编印一期，后改为每学年编印一期。我那时任《海燕诗刊》副主编，并负责其中一期的美编工作。目前《海燕诗刊》在北京昌平的大学校园里仍在刊印。

除此之外，我还主持编印了油印诗集《红月亮》，收录了“海燕七子”的诗歌作品，我担任主要编辑工作和美编，设计了封面，绘制了插图，并撰写了序言。后来还主编了范围涵盖当时全国石油系统高校的《中国石油大学生诗选》，作品时段主要为80年代，包含了一部分90年代前期的作品，为中国当代文学史填补了一个空白。

姜红伟：20世纪80年代大学生诗人们最热衷的一件事是诗歌大串联，您和哪些高校的大学生诗人来往比较密切啊？其中，和哪些人书信来往比较频繁？现在还有来往吗？

犁痕：上高中时组织文学创作小组时，与湖南隆回二中的马萧萧联系交流文学和诗歌创作，现在马萧萧任《西北军事文学》主编，与很多文朋诗友谈起他，但没有实质联系。大学期间主要是在山东省部分高校间组织诗歌交流活动，当时组织山东大学、山东工业大学、山东师范大学、山东轻工学院和华东石油学院等高校进行大学生诗歌创作交流，互相交流写作经验、交流作品，并在诗歌大串联中，负责为《南疆诗刊》编辑《大学生诗页》专栏。但这些多年以前的诗友，也都在社会的洪流中淹没了信息。

姜红伟：在您印象中，您认为当年影响比较大、成就比较突出的大学生诗人有哪些？哪些诗人的诗歌给您留下了比较深刻的印象？

犁痕：80年代的大学生诗人是一个星罗棋布的巨大群体，给我留下印象最深的是海子，他杰出的、天才的创造力在中国的诗坛留下了独特的光芒。海子是乡村的儿子，又拥有北京大学的现代精神，他把双脚站立在麦地，同时又拥有了全球的文化、艺术视野，他的新乡土诗具有鲜明的现代艺术品质和前卫性。我最喜欢《村庄》《给母亲》《黑夜的献诗》这些短诗，他将麦田和诗歌无隙地融合在一起，影响和熏陶了一大批同样富于理想的年轻人。我也更加钦佩和崇敬海子的勇气。他放弃了在矛盾中的徘徊，不愿意在理想与现实的冲突中再浪费时间，为了理想而选择走向永恒。

姜红伟：您如何看待20世纪80年代大学生诗歌运动的意义和价值？

犁痕：这一时期大学生诗歌运动的重要意义在于，对中国诗歌史起到了承前启后的接续和推波助澜的推动作用。在中国十几年新诗断裂代之后，轰轰烈烈地接续下来，在朦胧诗的引领下，推动了新生代诗歌的成长，成为中国新诗文化传承的一个重要历史阶段，并以青春的激情积极推动中国新诗继续前行。与此同时，80年代大学生诗歌运动培养和历练了一大批中国新诗的骨干力量，比如徐敬亚、王小妮、于坚、臧棣、雷平阳、骆一禾、西川、陈东东、周瑟瑟、朱凌波、李元胜、沈苇、潘洗尘、安琪等，这些人用自己的生命体验建立了属于自己的诗歌大厦，极大地丰富了现代汉语诗歌，成为当时、后来乃至于当今中国新诗的主力军，成为20世纪和21世纪中国诗坛最活跃的一群。

王霆章访谈录

姜红伟

姜红伟：请谈谈您的创作简况。

王霆章：1982年开始写诗，曾任上海华东理工大学诗社社长，后留校执教“现当代中外诗歌赏析”。作品散见于《诗歌报》《上海文学》等报刊，有作品入选《当代学院诗选》《中国汉诗年鉴2012卷》《中国诗歌2013年度诗选》等文本，著有《走向成功》，即将出版诗集《镜子里的陌生人》。工商管理硕士，现任某实业公司董事长。

姜红伟：有人说20世纪80年代是中国高校诗歌的黄金时代，您认同这个观点吗？

王霆章：80年代毫无疑问是中国高校诗歌的黄金时代，迄今我依然对那个时代的人文气息充满怀念。相对于今天过于物质的快餐文化泛滥，80年代的校园诗歌洋溢着理想主义的迷人色彩。理想主义与人文气息是高校诗歌的灵魂所在，至少那时候我们可以通过写诗来追求女生。大学生对诗歌的喜爱奠定了诗歌发展的读者基础，诗歌对“人”的关怀使其核心价值达到了迄今仍无法超越的高度，庞大的作者群自然构成了80年代校园诗歌的金字塔。30年过去了，今天回过头来看，这座金字塔依然熠熠生辉。记得当时能在《大学生诗苑》发表诗歌，是一件多么艰难而光荣的事情。特别想强调的是，我说的“高度”并非单指技艺，而是诗歌应该呈现的对人类终极价值的关照。

姜红伟：置身于80年代的大学生诗歌潮中，您是怎样表现的？

王霆章：作为1982年入学的一个理科生，作为一架曾经的读书机器，我突然找到了表达对这个世界看法的方式，并在这个过程中体验到了作为一个人的存在感。我整天泡在图书馆里，像一块海绵贪婪地吸收着各种各样的人文知识，我发现世界上原来有那么多的主义，我学会了从不同角度观察思考问题。这令我终身受益。当时我正值青春期，焦虑不安又兴奋不已，我觉得自己马上就要成为中国的普希金。我写诗、朗诵、油印诗集，能全身心投入一件喜欢的事情中是幸福的，此后再也没有那种感觉了，甚至有一段时间，我觉得写诗是一件丢人的抬不起头的事。再后来，当我觉得自己可以抬起头的时候，我又开始重新写诗。

姜红伟：在大学期间，您组织过诗歌社团吗？担任什么角色？开展过哪些诗歌活动啊？

王霆章：我曾经担任华东理工大学诗社社长，举办过多次大型诗歌朗诵会，并借调到团上海市委协助举办过上海市首届大学生诗歌比赛。此后，我又在华东理工大学执教“现当代中外诗歌赏析”，其间发起成立了“星期四诗社”。这个诗社20年来一直坚持活动，一届又一届的成员天各一方，扮演着不同的社会角色，但我们还会聚在一起讨论交流诗歌，我们共同称“星期四诗社”为听得见风声的后花园。我们从中感受友情、纯粹、美好，我想这也是80年代诗歌的另一种表现方式。

姜红伟：您创办过诗歌刊物吗？油印过诗集吗？

王霆章：创办过《亚热带气候》《风神》等，也油印过许多册诗集，主编大多为丁中华，他现在央企当高管。诗集当时在食堂里卖，销量还不错。有钱了我们就去喝酒，酒量就是那时候练出来的，对今天应酬颇有帮助。可惜搬家时大部分诗集都丢了，所以觉得你建立诗歌纪念馆功德无量。我们曾经以那样的方式存在过，那是我们的青春。有机会一定要去看看。

姜红伟：20世纪80年代大学生诗人们最热衷的一件事是诗歌大串联，您和哪些高校的大学生诗人来往比较密切呢？其中和哪些人书信比较频繁啊？现在还有来往吗？

王霆章：我去过很多高校参加朗诵会，交大、复旦、华东师大等等，最喜欢去上师大，漂亮的女生多。一群人坐在大草坪上弹吉他，那是我见过最浪漫的场景，对从安徽来上海的我极具杀伤力。交大的叶天蔚交往最多，30年没断过。他认识许多漂亮的女诗人，在淮海路有可以举办派对的场所。后来我们也乐意带漂亮女生去他那里，因为只有去了女生，他才会把好吃的零食拿出来，我们就跟着后面蹭。

姜红伟：在您印象中，您认为当年影响比较大、成就比较突出的大学生诗人有哪些？哪些诗人的诗歌给您留下了比较深刻的印象？

王霆章：我对陈东东的诗最有好感，他的文字像纸里包着的火，但是它不燃烧出来，许多年都不燃烧出来，让你着急。其他还有很多人也都很喜欢，他们的共同特点是敬畏，对诗歌的敬畏。只有以敬畏之心，才能写出好诗歌。后来流行玩诗歌了，写出来的东西多多少少有点小姐的气质。小姐可以让你舒服，但不会让你感动。

姜红伟：您如何看待20世纪80年代大学生诗歌运动的意义和价值？

王霆章：80年代的诗歌对我是有启蒙意义的。它给了我底线：做一个人。它教会了我即使在最黑暗的夜里，也要抬起头仰望星空。有许多像我这样的朋友，其实一直都在默默地坚持写诗，或者静静地读诗，是80年代的诗歌运动让他们感染了人文主义情怀，始终不渝。有这样情怀的人做企业也会更成功，因为他们懂得尊重人，理解人。我知道有许多80年代的校园诗人都很成功，这是令人开心的事。我坚持认为，诗人即使在现实中也应该活得更好，因为我坚信：诗歌是美好的。

伐柯访谈录

姜红伟

姜红伟：有人说20世纪80年代是中国高校诗歌的黄金时代，您认同这个观点吗？

伐柯：80年代是中国社会思想启蒙和文化全面复兴的时代，其中最为活跃的自然非诗歌莫属，而20世纪80年代的中国校园诗歌和由此伴生的学院派诗歌运动，毫无疑问地迎来了蔚为壮观的黄金时代，这种诗歌写作、诗歌探索、诗歌集结的民间行为，在中国文化史上应该也是空前的一次繁荣。这场发源自1977年第一届高考招生之后的诗歌运动，以徐敬亚《崛起的诗群》发表为标志，以大型民间高校诗歌刊物《边缘》在90年代初期停刊为终点，基本上经历了80年代早期朦胧诗、中期的“第三代诗歌”、晚期以“边缘诗人群”为代表的三个历史发展时期，随着90年代初中国社会全面转型、市场经济大潮的冲击，这场跨度将近15年的诗歌运动才宣告终结。

姜红伟：置身于80年代的大学生诗歌潮中，您是怎样表现的？

伐柯：很有幸的是，1987年秋天，我从千里之外的大别山区考入吉林大学。吉林大学是80年代校园诗歌的重要发源地和新诗重镇，中文系1977级的徐敬亚、吕贵品、王小妮、邹进、白光、兰亚明等组建的七人

“赤子心诗社”成为80年代初中国高校最有影响力的诗歌群体之一，尚在学生时代的徐敬亚所著《崛起的诗群》和谢冕、孙绍振两位教授的诗歌理论文章，被称为80年代初期中国诗歌界的“三个崛起”；后来1980级的苏历铭、包临轩等人将其改造为“北极星诗社”，先后涌现出张锋、鹿玲、安春海等一批优秀的校园诗人；1982级的丁宗皓、于维东以及1983级的野舟（刘奇华）、高唐、曲枫、杜占明等人形成的第二次诗歌高峰，形成了1986年的诗歌集《审判东方》和《世纪四》。这次诗歌浪潮的主角是野舟和丁宗皓，他们联名发表的《宗教人格派宣言》是一篇至今难以忘怀的诗歌檄文；而同样是1986年，徐敬亚在《深圳青年报》上举办了80年代诗歌史上最大规模的一次“现代主义诗群大展”。深圳的这次现代诗大展，全方位地集中展示了第三代诗歌运动的所有流派和诗人作品。

姜红伟：在大学期间，您组织过诗歌社团吗？担任什么角色？开展过哪些诗歌活动啊？

伐柯：我就是在这样的诗歌土壤里，开始了自己的诗人时光。1989年秋天，我被推选为吉林大学北极星诗社第七任社长，一直到1991年大学毕业。至今依然记得1990年秋天，北极星诗社10周年庆典，我收到很多诗人前辈从全国各地发来的贺信，其中尤以徐敬亚、丁宗皓的贺电记忆犹新：徐敬亚的题词是“吉大极大极大，世界极小极小”，而丁宗皓的题词是“吉林大学和北极星，已成为我生命和记忆中最硬朗的一部分”。24年过去，作为诗人和诗歌理论家的徐敬亚已经被光荣而漫不经心地写进了深圳发展的编年史（在深圳特区成立三十年的一次评选活动中，徐敬亚和邓小平共同名列“深圳三十年、三十人”的名单之中，成为这个城市的文化符号之一），而丁宗皓，虽已升任辽宁省委宣传部副部长，依然笔耕不止。

诗歌，如此生动地磨洗和照亮了我们曾经的激情岁月。在吉大的四年诗意人生里，最幸福的事莫过于和马波、方伟、柴国斌、李海滨、佟大山、马大勇等诗人兄弟度过的那些幸福时光。每年春秋两季的诗歌大展，都是吉大文科楼最耀眼的一道人文风景，很多院系甚至班级都有自己的诗社和诗歌刊物。在20世纪80年代的尾声，校园诗人、吉他歌手、绿茵场上的射手，应该是大学校园里最受欢迎的三类才子，那时候的社会关系单纯而朴素、贫富差距不大，只有这些精神和体魄上的优胜者才会成为时代的骄子和宠儿，因而诗人遍地、诗意四处生长，个性纷呈的诗展和诗歌朗诵会成为我们日常生活的主题。

姜红伟：您创办过诗歌刊物吗？油印过诗集吗？

伐柯：1989年深秋，80年代的最后一个秋天，一个跨越中国高校大学生诗歌运动的计划在我们的脑海里萌芽了，这就是后来持续了长达两年之久的《边缘》诗刊创办历史。鉴于当时整体的文化气息平庸与沉闷、大学生诗歌作品发表和向外推介都变得颇为艰难，我们决定创办一个高校诗社之间互相交流的、流动性的大学生诗刊，大家轮流坐庄，分为春、夏、秋、冬四季，在四所不同的高校轮流集结出版。当时最先响应的是吉林大学、北京大学、复旦大学、四川大学的四家高校诗社，巴沙、韩国强、彭韶辉和我是这四所大学的诗社社长和对外联络人，于是商定由吉大出版1990年《校园诗四季》的创刊号、北大中文系的巴沙主持第二期、川大彭韶辉主持第三期、复旦韩国强操办第四期。

创刊号的出版非常艰难，最大的挑战来自印刷排版所需的经费。当时为了节省成本，我通过在长春某部队当兵的高中同学帮忙打印、刻制钢板纸，然后送交吉大校办工厂印刷。好在校团委在印刷环节给予大力支持，加上著名诗人公木先生给我们作了一篇很有分量的序言，以及《作家》杂志社的鼎力支持，一份油印的诗集《校园诗四季》就这样出炉了。这本创刊号精选了国内43位大学生诗人的诗歌近作百余首。

第二期原定由北大的大鹏诗社编辑出版，后来因为种种原因而搁浅，于是四川大学诗社社长彭韶辉接过了这面校园诗歌的大旗，就有了更为有影响力的校园诗歌杂志《校园诗四季》的秋冬卷《边缘》，这一期的影响力之大得以体现在后来的《诗歌报》大幅转载其中的诗歌作品和诗歌理论文章。在1991年该刊的民间诗刊选编专辑之中，《边缘》诗人韩国强、彭韶辉、周庆、梁平等的作品占据了最显要的版面，成为“边缘一代”得到当时最先锋诗歌杂志充分肯定的一个重要例证。

1991年，复旦著名诗人韩国强已经毕业，复旦诗社承办第三期的任务显示出衔接上的某些困难，这时候来自杭州的著名校园诗人郭羽主动请缨，将《边缘》第三期的出版揽入怀中。这位热情洋溢的诗人兄弟是马云的嫡亲师弟，对于西湖文化的每一个碎片都如数家珍。当1991年冬天激情四射的郭羽来到冰天雪地的东北找到我们时，那时候我已经毕业，分配到长春电影制片厂从事电影剧本创作。在我简陋的长影宿舍里，大家喝着最朴素的大酒，双方一拍即合，敲定了第三期出版的细节安排。郭羽是一个目光远大的智者，他把《边缘》诗刊带到了其历史的最高峰，入选的高校数量、诗人和作品数量更加丰富和多元，而且第三期《边缘》诗人里面，走出了很多后来在中国文学界、新闻界、实业界颇有影响力的杰出人物，如邱华栋、陈朝华、周瑟瑟、江南春、朱朱、俞心焦……

姜红伟：20世纪80年代大学生诗人们最热衷的一件事是诗歌大串联，您和哪些高校的大学生诗人来往比较密切？其中，又和哪些人书信比较频繁？现在还有来往吗？

伐柯：诗歌大串联是那个时代的一大特色，我们当时有个口号叫作“天下诗人是一家”，只要你有写诗的经历、可以拿出自己手书的诗歌作品和对方交流，是完全可以在各个高校的宿舍和饭堂之间免费自由行走的。当时为了创办这份大学生诗刊，我首先游走了长春市内的主要重点大学的诗歌重镇东北师大、吉林工大、长春地质学院、吉林艺术学院等高校，先做了吉林省的大学生诗人盟主，同时遍访各校食堂的汤汤水水、五谷杂粮，然后将目光投向东三省的辽宁、黑龙江，牡丹江师院的老西，辽宁大学的李峻岭、阿恒、鲁子都成为未曾谋面的兄弟。1989年冬天途经北京，在北大和巴沙进行了历史性的会晤，这个高大威猛的东北人对于老庄哲学有着近似疯狂的顶礼膜拜，这大大出乎我们同龄诗人们的意料。在未名湖畔的一阵切磋之后，我们就成为诗歌精神上的盟友和一致行动人，于是就有了后来的《边缘》诗刊。

严格意义上说，第三代诗歌运动的诗人们更热衷于各地的诗人大串联，也许这和他们文化血统里沿袭了某种特殊运动基因有关。我们大学时代经常朝拜的前辈诗人是毕业于东北师大的郭力家，其父郭石山是吉大中文系的名教授，这使他得以在吉大文科宿舍对面享有一处祖荫的豪宅，我们称之为郭公馆。在整个80年代，郭公馆几乎就是第三代诗人聚会的大本营，背着一把破吉他飘荡而来的四川诗人万夏、因《中文系》一诗而名满天下的李亚伟，都像神话传说一般光临过郭力家的诗人空间，而郭力家似乎很愿意在我们这些单纯、朴实的青年诗人面前扮演“恶之花”的角色，深圳现代诗大展的时候，他被称为“特种兵”，倡导所谓的“准现实主义诗歌”。那时候的郭力家极力地在我面前展示其作为精神反叛者的诗人形象，他描述当年参加诗刊社“青春诗会”的情景时，总是不忘以调侃和挖苦的口吻来奚落欧阳江河，因为他开口闭口大谈庞德，因为西川的笔名发音而质疑他究竟是哪国人，因为不满各种戒律和秩序而对刊物的领导人们冷嘲热讽。在我眼里，他就是80年代的波德莱尔，就是戈尔丁笔下的蝇王，就是奥斯卡·王尔德《道连·格雷的画像》里那个智慧绝伦却又尖酸刻薄的公爵，而后来成为著名作家和电影编剧的述平，就是王尔德笔下那个纯粹无比的艺术家，我们这些陷入诗歌狂热之中的校园诗人，大多数都类似那个在水边顾影自怜、孤芳自赏的英俊少年。若干年以后，我才特别庆幸自己能够和郭力家如此早地相识，一个貌似恶人的诗人郭力家，以他最大的善意和率真成为那个时代最真实的诗人之一，他和今天以散文写作而名满天下的野夫并称中国诗歌界的两大名嘴，也就是江湖上俗称的“北郭南野”。

因为每天都可以不定期地和郭力家串联，得以不出大门即可在郭公馆结识各地来此拜码头的诗人大哥们。和第三代诗人比起来，我们这些胎死腹中、尚未成形的“第四代诗人”似乎并不是那么热衷于串联，而更倾向于保持长期密切的“信关系”。书信往来是我们这一代诗人的主要联络方式，以至于我和韩国强、陈朝华等诗人朋友都是保持了20年的“信关系”以后才在新浪微博时代获取了交流和谋面的机会，虽然20年不见，但是大家彼此心心相印，见面反倒显得不那么重要了。

而在边缘时代，郭羽显然是最为活跃的校园诗人。仗剑辞家的白衣少侠风度翩翩，他总是背着一个沉重的牛仔包，激情澎湃地游走在各个大学的宿舍、食堂和小酒馆之间。说起来一直觉得汗颜的一件往事发生在我和彭韶辉之间，1990年夏天他想来东北串联拜访，那时候我刚参加完大学组织的暑期考察参观活动回到长春，就接到他发来的电报，意思就是要来东北谈诗约酒，当时确实有点囊中羞涩，怕招待不好兄弟居然就没有回复。8年后他从海南来京出差，我们两个《边缘》诗刊的创始人才第一次见面，尽管这8年之间，我多位朋友都曾经在成都和海口对他轮番滋扰，而我们唯一的交流方式，依然是纯洁无比的信关系。

倒是1991年毕业以后我对北师大诗人们的一次造访，印象深刻。那时候1985级中文系的伊沙、桑克、侯马都已毕业，大家作鸟兽散，只有他们班的黄祖民、冰马以及稍晚的北师大诗人楠铁、韩欣诸人在一起纵情豪饮。那时候条件艰苦，基本上都是在他们单身宿舍炖只鸡、买点凉拌菜，就着二锅头下酒，当他们读到我1990年写的300行长诗《岸上的和水上的》以后，才觉得北师大和吉大的诗歌之间的握手来得实在太迟。

1985级的北师大中文系诞生了很多优秀诗人，这对后来该校的诗人辈出产生过深远的影响。1993年出版的《当代中国先锋派诗人四十家》

这本诗集有多位北师大诗人作品入选，而“边缘一代”韩国强、施茂盛和我也得以入选其中，这似乎也是对我们诗歌生涯最重要的一次褒扬，算是画上了一个圆满的句号。

姜红伟：在您印象中，您认为当年影响比较大、成就比较突出的大学生诗人有哪些？哪些诗人的诗歌给您留下了比较深刻的印象？

伐柯：如果具体到那个时代我们所喜欢的诗人，这其实是个难以回答的问题，因为每个诗歌名校，几乎都有着自己的诗歌传统和诗歌历史，例如我们吉大诗人自然比较亲近徐敬亚、吕贵品、王小妮、郭力家、野舟、丁宗皓，北大诗人自然沉湎于海子、骆一禾、西川这三驾马车以及后起的臧棣、戈麦，复旦诗人自然喜欢许德民、陈先发，华东师大就是宋琳、张小波，武大就离不开王家新，川大无非就是赵野。

但是抛开各种门户之见而言，李亚伟、海子、翟永明、王家新、陈先发、郭力家都是我们比较喜欢的诗人；而在边缘一代诗人中间，韩国强和马波无疑是我最喜欢的两位杰出诗人，在创刊号的后记里有这样一段点评：韩国强的诗，之所以被认为是精密的语言符号背后流淌着玄奥的哲学之水，主要在于他拒绝使用一些重大的哲学命题浅显地附着于诗的背面；马波则试图在智慧与理性之间为现代诗找到一条出路。2012年春天，42岁的马波英年早逝，他身后留下来的长诗《祭仪与告别》《游戏与消耗》，无疑是那个时代最优秀的大学生诗歌之一。而作为第一财经日报副总编的韩国强，虽然已是人到中年，却依然保留着一个海派超现实主义诗人的优雅和澄澈。

姜红伟：您如何看待20世纪80年代大学生诗歌运动的意义和价值？

伐柯：关于80年代那场诗歌运动以及诗歌本身带给我们的意义，究竟该如何定义和评价呢？那个时代造就了我们与生俱来的失意人生，而诗歌对于我而言，永远是介于心灵和神明之间的一曲灵魂挽歌，它超越了时空的任何界定，成为人类普遍堕落中的一种自救。

引用一位移居加拿大的诗人兄弟柴国斌的话似乎更能准确地表述我们那一代人对于80年代诗歌的特殊情感：人老的时候，知道读诗是好的，与诗人为友是好的，而一切之中水是最好的，泪如伤口血如水。

20世纪80年代大学生诗歌运动史提纲概要

——答本书编辑问

姜红伟

本书编辑：20世纪80年代是大家公认的大学生诗人辈出的诗歌黄金时代。据您掌握，在全国各地高校都有哪些有名气、有影响的大学生诗人？

姜红伟：1977级：吉林大学徐敬亚、王小妮、吕贵品、刘晓波、兰亚明、邹进；武汉大学高伐林、王家新、张水舟、刘少安、叶鹏、赵誉咏、张天明、林白；湖南湘江师范学院徐晓鹤；华东师范大学赵丽宏、戴达奎；安徽大学蒋维扬；黑龙江大学曹长青、张曙光、陆幸生、孙玉洁；哈尔滨师范大学贺平、魏宇光；新疆大学刘虹；牡丹江师范学院陈放；中山大学马莉、复旦大学胡平、韩云、景晓东、周伟林、王云、叶公觉；河南大学易殿选、程光炜；中央戏剧学院唐宋元；河南师范大学刘涵华；华南师范学院钱超英、司徒杰；广州外语学院柏桦；安徽师范大学刘人云；南开大学黄桂元；杭州大学张德强、余刚、王自亮、吴晓、毛建一；安徽铜陵师范专科学校江文波、山西大学李建华；江苏扬州师范学院王慧骐；北京大学吴稼祥、李彤、李矗、李志红、孙霄兵、杨柳、郭小聪、黄子平；四川大学徐慧、萧萧；陕西师范大学梅绍静、弓保安；兰州大学高永中、李映州、尚春生、曹长林、冯诚、成倬；辽宁大学周宏坤、姜维平；南京大学唐晓渡、左键；华中师范学院郭良原；四平师范学院薛卫民、于耀江；宁夏大学刘国尧；四川师范学院石光华；西北大学方兢、梁建邦；山东大学耿建华、曹庆文、吴滨；辽宁师范学院韩春鸣；贵阳师范学院穆倍贤；内蒙古师范学院赵健雄；郑州大学李建波、王遂河；华中师范学院宜昌分院姚永标；江西大学刘华；江西师范大学许洁；甘肃师范大学董培勤、刘芳森、黄祈；河南安阳师范专科学校刘德亮；北京医学院方晴；厦门大学陈志铭、郑启五；西南师范学院钟鸣；河北大学邢凯；青海师范学院唐燎原；四川江津师范专科学校杨远宏；浙江舟山师范专科学校孙武军；湖南师范学院骆晓戈；东北师范大学徐国静、郑道远、章平、邓万鹏。

1978级：北京广播学院叶延滨、陆健；北京大学熊光炯、朴康平、

吕贵品、徐敬亚、王小妮大学期间在吉林大学门前合影（吕贵品提供）

吴东升、朱苏力；中国人民大学李黎；湖南师范学院刘克利（刘犁）；西南民族学院吉狄马加；山东烟台师范专科学校张炜；安徽师范大学曹汉俊；复旦大学孙晓刚、裴高、张海宁、曹锦清；山东大学韩东、杨争光、刘功业、小君（叶梓）；四川大学游小苏；山东曲阜师范学院汪家明；河北大学张讴；黑龙江大学秦恩亭；河南大学王剑冰；兰州大学朱昌平、杜宁；云南大学费嘉、李勃；北京师范大学周雪峰；四川西昌农业专科学校周伦佑；中山大学朱子庆；四川达县师范专科学校张建华；江苏扬州师范学院曹剑；江西大学卓凡、赖寄丹、罗丁；湖南师范学院零陵分院彭国梁；甘肃师范大学彭金山、栾行健、崔恒、于进、朱子国；河南大学刘根社；西北民族学院韩霞；天津师范学院唐绍华、郑秉伏、周义和、唐栋；华东师范大学李其钢、周佩红、汤朔梅；东北师范大学于二辉、史秀图、阿古拉泰、孟繁华、郭力家；厦门大学付卓洋；浙江宁波师范专科学校张建红（力虹）；武汉大学方方（汪芳）、童志刚；西安财经学院丁当（丁新民）、沈奇；广东中山大学辛磊、陈小奇、吴少秋；辽宁大学马原；山东大学蔡天新；四川涪陵师范专科学校二毛；新疆大学谷闰、曹永正；黑龙江绥化师范专科学校邢海珍；武汉师范学院咸宁分院徐鲁、清华大学曹自学（苏望）、卞海洋；吉林四平师范学院宗仁发；安徽师范大学沈天鸿、姜诗元、郑小光、吴尚华、方雅森；延边大学张钧（覃荣群）；辽宁大学任桂秋、尹世洲、阎月君、高岩、梁云、顾芳；福建泉州师范专科学校施肃中；上海铁道学院陈燕妮；广西民族学院杨克；广西大学林冬；中央民族学院马丁（马学功）；北京第二外国语学院马高明；北京财贸学院黄贝岭；辽宁师范学院王耀武；河南师范大学宋立民；哈尔滨师范学院彭荔卡；湖南师范大学张枣；山东曲阜师范学院周成海；内蒙古包建师范专科学校乔世民；厦门大学金海曙；河北师范学院徐国强；西南民族学院尚方；上海大学文学院张烨；中央戏剧学院李约拿；江西吉安师范专科学校吴志昆；云南师范大学陈慧；河北师范学院陈超；杭州师范学院孙昌建；江西师范大学张品成；河南大学康洁；四川师范学院蓝露怡；安徽师范大学分校叶世斌；贵州大学张嘉谚、吴秋林、黄健勇；暨南大学张润森、汪国真、李姗利；西北民族学院沙新；山西大学李坚毅、周同馨；浙江师范学院盛子潮；上海机械学院孟浪；江西大学刘立云。

1979级：复旦大学许德民、邵璞、程永新、李彬勇；华东师范大学宋琳、张黎明、于奎潮、张文质；中国科技大学叶流传（笔名简宁）；四川南充师范学院李亚伟、万夏；东北师范大学李占刚、任白；黑龙江大学宋词；西北师范学院于跃、张子选；辽宁师范大学林雪、刘兴雨、董学仁；河南大学王国钦；辽宁大学程宏；福建师范大学陈嘉平；西南师范大学向以鲜、田家鹏；四川大学唐亚平；成都科技大学邓翔、北望（何继明）；哈尔滨师范大学李光武、刘荣升、王爱中、罗振亚；陕西财经学院杜爱民；北京大学刘卫国（笔名老木）、骆一禾、海子；江西师范学院孙家林；中山大学石一宁；山西师范学院蔡智敏；扬州师院祁智、戚华海、郁斌；黑龙江农垦师范专科学校岛子；北京广播学院刁斗；北京外国语学院张驰；厦门大学朱碧森；山东大学刘希全；四川乐山师范专科学校冯庆川；兰州大学刘勇、秦放、贺新耘、罗巴；陕西师范大学田玉川；四川西昌师范专科学校林珂；安徽淮北煤炭师范学院聂还贵；北京外国语学院李笠；山东师范大学李登建；南京理工大学黄梵；华中师范学院李磊；武汉师范学院白德（胡卫清）；中央民族学院冯艺、崔泽善；西北民族学院贾羽；辽宁营口师范专科学校董琦；广西师范大学刘频；云南师范大学刘扬；天津师范大学张建星；陕西汉中师范学院刘云；江西师范大学熊国泰；江南大学达黄；山东中医学院张杰；山东师范大学郑建军；广西民族学院黄堃；湖北宜昌师范专科学校姚永标；安徽阜阳师范学院卜凡中。

1980级：复旦大学卓松盛、姚村、张真；黑龙江大学杨川庆、杨锦；吉林大学苏历铭、包临轩；安徽师范大学钱叶用、方文竹；云南大学于坚、韩旭、姜大才；兰州大学李剑虹、封新城、菲可、普珉；华

1983年，于坚（后排右一）和云南大学银杏文学社成员合影（姜大才提供）

东师范大学张小波、徐芳、郑洁、林锡潜、陈鸣华、于荣健、刘漫流；南京师范大学周亚平；福建师范大学庄伟杰；南开大学邓善洁；浙江师范大学荣荣；广西河池师范专科学校凡一平；上海师范大学王寅、陈东东、成茂朝、陆忆敏；东北师范大学赵培光、黄云鹤、冷杉；湘潭大学陈惠芳、刘清华；黑龙江省艺术学校大专班唐元峰；上海交通大学张佩星；湖北江汉石油学院唐跃生；吉林延边大学谷文通；山东师范大学史玉峤；北京师范大学童中贵（苏童）；辽宁财贸金融学院华海庆；北京大学西川、陈陟云；江西师范学院彭江红；吉林财贸学院朱凌波；哈尔滨师范大学吴晓东；河南大学杨吉哲、李霞、李暄；内蒙古大学南野；华中师范学院韩雨；西南师范学院刘萱；重庆师范学院陈修元、傅三齐；重庆医科大学朱鹰；厦门大学柔刚（黄德馨）；江西九江师范专科学校忆敏；四川大学胡冬、胡定核；安庆师范学院邹祖尧；南京大学鲁羊（许金林）；河南教育学院关劲潮；辽宁大学乔玉钢；河南大学龙仔；北京师范大学张立；山东淄博师范专科学校张宏森；山东师范大学张清华；陕西咸阳师范专科学校耿翔；河南周口师范专科学校张华中。

1981级：中国人民大学程宝林；浙江湖州职工大学柯平；清华大学王玮；复旦大学傅亮、高晓岩、赵月梁、朱光甫；黑龙江大学许宝健；哈尔滨师范专科学校王雪莹、王鑫彪、苏显钟、桂煜；华中师范学院胡鸿、鄢元平；安徽师范大学袁超、查结联、叶海燕；西南师范学院胡万俊、傅铁城；上海科技大学徐华昌；湖南师范大学龚湘海；重庆大学尚仲敏；北京大学阿吾、陶宁、路漫（赵春迎）；南京大学高翔；云南师范大学彭国梁；西南师范大学曹志高；河南大学张爱萍；广州暨南大学沈宏菲；山西大学李杜、张锐锋；哈尔滨工农教育学院冯晏；山西师范学院任彦钧；重庆师范学院燕晓冬、张建明；安徽大学俞凌；西北师范大学漆进茂；湖南大学江堤、许利民；浙江医科大学张锋；四川达县师范专科学校颜广明；四川大学范学院赵野；苏州大学陶文瑜；江西师范大学殷红；黑龙江大庆师范专科学校徐学阳、王勇男；兰州大学冯博、符红霞；西北师范学院张中定；中国人民大学邓学政；华南师范学院刘子乐、呢喃（许燕良）；南京师范大学张鸿雁；黑龙江呼兰师范专科学校艾明波；辽宁师范大学吴岩强、赵国庆；北京师范大学陈雷、张亚斌；四川省阿坝师范专科学校龚学敏；华中工学院鲍勋；重庆大学李元胜；武汉江汉大学钱省；上海铁道学院陈燕妮；湖北荆州师范专科学校韩少君；河北师范学院李守稳；辽宁沈阳农业大学于鸿飞；四川大学覃贤茂；辽宁丹东师范专科学校王录升；山东师范大学邵克难；云南大学蔡翼、朱洪东；浙江师范学院舟山分校群岛（郑复友）；武汉大学马竹；吉林大学安春海、张锋、鹿玲、单之蔷；延边大学刘建民；西南师范大学桑子（郑单衣）；南京大学朱燕玲；天津工业大学刘洁岷；湖南湘潭大学沈国清；陕西师范大学牛八；中央民族学院晨宏；甘肃电大人邻；上海师院俞民；杭州大学黄亚州；云南民族学院王红彬；广西民族学院黄神彪、莫俊荣；湖南怀化师范专科学校邹侗生；黑龙江省艺术学校编剧大专班李松樟；辽宁本溪师范专科学校冯金彦；福建师范大学萧春雷、邵长武。

1982级：哈尔滨师范大学潘洗尘、李锋；江西华东交通大学刘昕；云南大学张稼文、文润生；复旦大学杜立德、数学系张浩；华东化工学院王霆章；南京工学院柳荫；西北师范大学阿信；华中工学院熊红；中国人民大学杨榴红；安徽师范大学陈寿星、朱孟良、祝凤鸣；西南师范学院邱正伦、周忠陵；陕西宝鸡师范学院红柯；上海师范大学宋庆平、苏宏；内蒙古大学蓝冰；河南大学吴元成；吉林大学丁宗皓；兰州大学苗强、任民凯、杨勋；辽宁师范大学马继权、刘永瑞；山东潍坊师范专科学校冯慧君；陕西师范大学才旺瑙乳；西安交通大学马永波；暨南大学陈寅；北京师范大学陈染、莫非、李忠实、伍方斐、毛毛、孟令宝；河南大学陈峻峰；西北师范学院陈桂林；浙江师范大学孙侃；华东师范大学李长青；上海师范大学冯骏；山西大学潞潞；北京广播学院余笑忠；东北师范大学中文系周春来；华中师范学院易建新；对外经济贸易大学关克宇；宁夏大学丁学明；湖南师范大学龚鹏飞；南京大学张伟第（程尚）、贾晓伟；浙江台州师范专科学校苏明泉（伤水）；湖南湘潭大学黄甲平、尹秀兰；信阳师范学院胡晓靖；西北政法学院王建民；黑龙江大学沙碧红、王永红；吉林大学于维东、田松；天水师范专科学校王若冰；内蒙古民族师范学院齐俊峰；沈阳师范学院李践；广西师范大学盘妙彬；苏州大学曹勇。

1983级：重庆江津师范专科学校梁平；黑龙江大学陆少平、马晓明；吉林教育学院焦洪学；北京外国语学院陈树才；浙江湖州师范专科学校伊甸；北京大学臧棣、清平（王清平）、徐永；陕西榆林师范专科学校刘亚丽；云南昭通师范专科学校雷平阳；延边大学张伟、贾志坚；西南师范学院王珂；武汉江汉大学陈凯；北京师范大学马林、夏天阳；中国人民大学于水、王茜；东北师范大学阿荔（杨荔）；吉林大学野舟（刘奇华）、高唐（李富跟）、曲枫；南京师范大学韦晓东；四川大学冉仲景；江西大学夏风（孙辰曦）；厦门大学王柏霜；广西民族学院梁洪；河北大学韩文戈；重庆大学王琪博、卢泽明；兰州大学柏常青；南京大学杜骏飞；辽宁大学陈国馨；内蒙古师范大学张天男；中国政法大学李青松、张国森；郑州大学无影（刘士林）、秦立格、斯人（马伟民）；贵州师范大学黄泰平；杭州大学唐剑；华东师范大学王晓丹、宋强；广西大学林超俊；西北民族学院杨云才；山东师范大学张世勤；宁夏大学张强；华中师范学院李鲁平；山西大学宁天心；中山大学尚钧鹏；武汉水电学院方舟；中国科技大学朱也旷（朱力远）；云南师范大学何松；复旦大学刘原；福州大学吴大平；福建师范大学林少杰。

1984级：华中师范学院张执浩；北京师范大学马朝阳、吴凌、朱枫；暨南大学黄灿然；西北师范大学叶舟、唐欣、马丁；吉林大学杜占明、孙元科；北京大学程力、恒平、洛兵；华东师范大学王立新；清华大学王红梅；安徽大学蓝角、佘文中；上海电力学院余怒；山西师范学院高巍；中南财经学院程峰；周口师范学院宋玉杰；华侨大学张志平；安徽师大佘林颖、洪治纲、李成、李松；成都科技大学龚青森；安徽煤炭淮北师范学院张佑兵、宁敬武；华中工学院杨增能；延边大学阿南；北京师范学院丁榕、胡澎；兰州大学大付；上海交通大学叶天蔚；复旦大学甘伟、朱蓓蓓；西安交通大学杨于军（黑子）；郑州大学何扬、田桑；山东大学王松；西南师范大学李虎；江苏盐城师范专科学校义海；宁夏大学刘中；哈尔滨师范大学刘海岳、陈岩、石磊、黄金辉；黑龙江大学黄国华；中南民族学院李辉；云南大学李森；内蒙古大学孙晓飞；云南师范大学潘灵、朱霄华；厦门大学绿音、朱必圣；昆明工学院马亚玲；广西民族学院石才夫、周龙；国际关系学院西蒙；暨南大学文学院何龙；深圳大学胡兰兰（蓝蓝）、白浪；湘潭大学李杰波；西北民族师范学院郎永栋；武汉大学弘韬；辽宁大学程晓松、侯多野、赵树发。

1985级：武汉大学洪烛、李少君、阿杰；南京大学小海；北京师范大学桑克、伊沙、徐江、侯马、宋晓贤、冰马、钟品（陈建中）、蓝轲、黄祖民；哈尔滨师范大学中岛、刘剑照、李兆杰、马广原、董一

1987年秋天，钟品、桑克、侯马（自左至右）在北京师范大学东门合影。（桑克提供）

菲；山东大学郁东方（张本才）；四川大学仲先、杨政；北京电影学院方文；湖南师范大学吴新宇、彭辉武；复旦大学施茂盛、邵勉力、陈先发；北京大学田晓菲、戈麦、西塞、郁文、紫地；华东政法学院凌胜强；中央民族学院游春亮；山西大学赵琳、徐建宏；扬州师范学院周瓒；清华大学宇文耐尔、霍夫（张新宇）、墨城（刘宗旭）、晨钟（陈忠）、李朱、蓝文、小莫（张桔洲）、江水（龚澄宇）；中国政法大学阿计；安徽大学孙道荣；江苏镇江师范专科学校沈亚丹；南开大学杜康、张雷；汉中师范学院汉江；青海师范大学马海轶；中国科技大学方舟子；深圳大学客人（邱金平）；杭州大学汪宛夫；广西民族学院陈祖君；东南大学吴晨骏、朱文；绍兴师范专科学校蒋立波；西南民族大学阿苏越尔；江苏镇江医学院列林；华东师范大学师涛、谢宏；湖北大学张良朋；南京林业大学岩鹰；兰州大学虎良灿、傅鹏锋、王川；四川工业学院蒲红江；厦门大学汪威；南京大学刘立杆（刘利民）；四川师范学院何华安；山西师范学院韩惊鸣；南通师范专科学校王勇（海马）；南通教育学院晓川。

1986级：四川师范大学何春；山西师范学院樊国宾；安徽经济管理学院叶匡政；黑龙江财政专科学校裴戈；复旦大学韩国强（天骄）；南京师范大学周斌；吉林大学柴国斌；安徽大学张国爱；武汉大学陈勇、南楚；华东师范大学旺秀才丹、马利军、师涛、刘波；清华大学党庆曼、鸿冰（杨鸿冰）、宋颖、阿沛（张勇）；东北林业大学宋瑞秋；南开大学王晓东、左春和、郭长虹；北京师范大学范春三、丁当（罗洪涛）、陈明、张海峰；深圳大学费岚岚、史光柱；湖南师范大学陈新登、胡绪阳；四川大学王强；南京大学海力洪；山西大学温建生；哈尔滨师范大学崔修建；延安大学韩万胜；中南财经大学程道光；华中师范大学黄佳君；昆明师范专科学校贺君礼；上海师范大学钱忠群；中国政法大学俊秀；西北师范大学刘晋；中山大学李京；牡丹江师范学院老西；北京气象学院黎霞；福建漳州师范学院安琪；云南大学倪涛；福建师范大学阮克强；北京大学橡子（蔡方华）、雷格（邓锦辉）、伊泓；华南师范大学谢冠华；云南大学杨泓斌、朱兴友；西安大学逸子；国际关系学院紫光；河北师范大学赵月先；天津财经学院雨岛；西安交通大学夜林；江西大学中文系林北子（邓永果）；苏州大学曹建平；国际关系学院晨歌（祝勇）；福建师范大学陈建辉；湖北大学何性松（沉河）；西南民族学院晓夫；浙江师范大学张志洲。

1987级：四川大学彭韶辉；扬州师范学院葛红兵；中南民族学院曾光；复旦大学黎瑞刚；中国石油大学犁痕（李杰训）；上海师范大学叶青；武汉大学黄斌；中山大学刘傅永坚；华东师范大学段钢；上海华东政法学院朱朱；吉林大学伐轲（徐远翔）、郑春风；清华大学多格（黄士诚）、乃寰（刘乃寰）；北京大学巴沙（栾祖虎）、孙承斌、伊苑；河南师范大学刘肖；北京师范大学撒韬、韩欣、吴斌、杨健、韦予、蒋黑亚、韩欣；西南师范大学彭德龙、张连发；牡丹江师范学院阿锐；中央民族学院多兰；西安交通大学方兴东；辽宁大学郝占计；陕西师范大学丁小村、李晓宁、老呆；西北师范大学徐兆寿、敏彦文、西渚（何环永）；西北师范大学分校那天；西安冶院曲向瑶；河北大学代红杰；湖南师范大学陈新文；南京大学桑郢；四川师范大学谢云、山鸿；重庆师范学院曾奇；解放军外国语学院大可；湖北医学院罗峦；安徽师范大学常河；西安冶金建筑学院水远；湖北师范学院成立。

1988级：南开大学段华、邵文杰；湖南零陵师范专科学校汤松波；南京师范大学丁捷、何平；山西大学张华夏、姜丽；安徽安庆师范学院左靖；山东大学安武林、冷馨儿、汲传排；武汉大学邱华栋、刘晖、郑萌、李建春；南京大学刘梦琳；华东政法学院陈朝华；中南民族学院周瑟瑟；辽宁大学李峻岭、阿恒、鲁子；吉林大学马波、兰继业；同济大学陈学斌、鲁育宗、王暾；清华大学萧河（古卫明）；北京师范大学布丁、徐晨、张亮、楠铁；复旦大学杨宇东、刘雨、徐沪生；华南师范大学纪少飞；中国人民大学克非；北京大学李晖、铁军；重庆师范学院刘清泉；哈尔滨师范大学吴井泉；山东工业大学孟庆波；中山大学周伟驰、钱芳；昆明工学院秋石；陕西财经学院濉夫；宝鸡师范学院夏子；温州师范学院伊夫；北京外语学院张玉影；中国人民大学张方华；河南大学刘静沙；江西大学杨格；浙江大学阿汤（汤新泉）；江西师范大学程维；华东师范大学余弦、陆晓东；西北师范大学萧音、崔小宾；南京大学王元（梁英）。

1989级：杭州师范学院郭羽；扬州师范学院景旭峰；北京师范大学毛梦溪；深圳大学欧宁；新疆大学杨阔；北京语言学院邓荣成；西北大学南岛、他他、郁舟；浙江宁波师范专科学校陈跃勇；复旦大学赵红尘、唐澜；中央美术学院朱虹子；厦门大学雷霆；吉林大学；南开大学全忠；清华大学亚飞（毕亚飞）、扎西（何新忠）、姜涛；西安外语学院黄倩华；陕西师范大学蒋大伟；昆明工学院李沧海；云南大学王琳；海南师范大学小霞；中国人民大学朱文蔚；云南艺术学院狄秋（李

1981年，武汉大学珞珈诗社成员合影（后排左起：王家新、张天明、徐业安、张安东、刘海清；前排左起：王汉广、张水舟）。（谢湘提供）

辉）；北京大学晦明；重庆大学杨斌；华东政法学院戴玉亮；湖北大学洪华中；华东师范大学冬杰才琅（董国顺）；辽宁师范大学李雷；上饶师范专科学校邱在亮；杭州大学力弧（陈早挺）、方蔚林；牡丹江师范学院马喻；华中师范大学陆鹏程；四川师范大学萧牧（罗有平）。

本书编辑：您能为我们介绍一下当年有影响力、有知名度的诗歌社团吗?

姜红伟：在1978—1980年成立的影响较大的诗社和文学社有：北京大学早晨文学社、五四文学社；复旦大学春笋文学社；杭州大学扬帆诗社；吉林大学言志诗社、探索者文学社、寸草文学社；黑龙江大学大陆文学社；江西大学蓓蕾文学社；云南大学百草文学社、犁文学社；安徽大学鲁迅文学社、秋社；山东大学云帆诗社、冻雷小说社；厦门大学朝花文学社、星光文学社、轻舟诗社；采贝诗社；武汉大学七七诗社、珞珈诗社、长征文学社；兰州大学五泉文学社；南开大学南开文学社、诗魂诗社；中国人民大学大学生社、中国人民大学诗社；清华大学文学社；四川大学锦江文学社；西北大学希望文学社；中山大学鼓楼文学社、紫荆诗社；贵州大学春泥文学社、春笋文学社、蔷薇文学社；辽宁大学同学文学社、蓓蕾文学社、辽宁大学诗社；山西大学苗圃文学社；郑州大学作为人文学社；宁夏大学无思文学社；河北大学琴泉诗社；成都大学大风文学社、延安大学布谷诗社、湘潭大学真与美诗歌小组；北京广播学院求实文学社、北窗诗社；中央民族学院百花文学社；安徽师范大学镜湖文学社；广西民族学院晨钟文学社；安徽农学院凤阳分院绿风文学社；大连工业大学文学社；福建农林大学田野诗社；西安地质学院诗歌文学社；上海师范大学（华东师范大学）草木文学社；吉林师范大学（东北师范大学）路文学社、北极光文学社、泉文学社、远望诗社、砥砺文学社、远征诗社、北方六友诗社、北方文学社、野草诗社、五味子诗社、溪流诗社；江西师范大学野花文学社；甘肃师范大学（西北师范学院）百花诗社、求知文学社、青年诗歌学会；福建师范大学六十年代追求诗社；四川达县师范专科学校星光文学社；湖南师范学院四五文学社、朝墩文学社、枫林文学社；哈尔滨师范学院（哈尔滨师范大学）黑土诗社；辽宁师范学院新叶文学社；杭州师范学院海光诗社；贵阳师范学院烛光诗社；长春师范学院朝华文学社；河北师范学院溪流文学社、新松诗社；天津师范学院繁星诗社、谷雨文学社；曲阜师范学院爱好者文学社、朝花诗社；武汉师范学院小溪诗组；北京师范学院求索诗社；西南师范学院普通人文学社；湖南师范学院零陵分院芳草文学社；浙江师范学院宁波分校七星诗社；江西师范学院南昌分院激流文学社；甘肃兰州师范专科学校春蕾文学社；湖南湘潭师范专科学校湘灵文学社；山东烟台师范专科学校贝壳文学社、同学文学社；甘肃天水师范专科学校嘤鸣文艺习作社、嘤鸣文学社；广东嘉应师范专科学校百花洲文学社；浙江温州师范专科学校九山湖文学社；浙江台州师范专科学校求真文学社；江西赣南师范专科学校新芽文学社；湖北恩施师范专科学

湖南师范学院与湘潭大学诗社成员合影。前排左起：徐晓鹤、庄宗伟、李曙光；后排左二起：银祥云、刘犁、骆晓戈。（骆晓戈提供）

校桂园文学社；湖北襄阳师范专科学校草庐文学社；四川宜宾师范专科学校江花诗社、安徽芜湖机械学校扬帆文学社；浙江平阳师范学校仙坛文学社。

在1981—1990年成立的影响较大的诗社和文学社有：复旦大学复旦诗社；华东师范大学夏雨诗社；兰州大学诗社；西南师范大学五月诗社；山西大学北国诗社；黑龙江大学冰帆诗社；福建师范大学南方诗社；吉林大学北极星诗社；安徽师范大学诗社；上海交通大学诗社；上海财经大学诗社；辽宁师范大学星海诗社；上海师范大学蓝潮诗社；上海理工大学江畔诗社；山东大学一多诗社、一林诗社；南京大学南园诗社；南京师范大学江南岸诗社、随园诗社；华中理工大学夏雨诗社；华东交通大学诗社；北京师范大学太阳风诗社；吉林延边大学天池诗社；中国科技大学玫瑰诗社、荒原诗社；广西师范大学诗社；河南大学羽帆诗社；中国人民大学红叶诗社；湖南大学帆影诗社；四川师范大学诗社；盐城师范学院黄海潮诗社；杭州大学晨钟诗社；湘潭大学中文系旷野诗社、旋梯诗社；浙江湖州师范学院远方诗社；四川大学新野诗社、女子诗社；扬州师范学院萤火虫诗社；河南信阳师范学院远方诗社；海南师范大学红帆诗社；贵州大学雨季诗社；西北民族学院诗社；南京工学院北极诗社；南开大学夸父诗社；暨南大学红土诗社；内蒙古大学三叶草诗社；河北师范大学旷野风诗社；华东化工学院星期四诗社；陕西师范大学诗社；清华大学华彩诗社；重庆大学荒原诗社；中国政法大学星尘诗社；浙江师范大学诗社；宁夏大学朔风诗社；深圳大学边缘诗社；华东政法学院冷风景诗社；延安大学布谷诗社；哈尔滨师范大学狂飙诗社；江西财经大学江南春诗社；西北师范大学塞鸿诗社；中南民族学院玫瑰园诗社；安徽大学潜风诗社、七星诗社；福州大学潮汐诗社、寒星诗社；黑龙江齐齐哈尔师范学院嫩水诗社；上海电力学院雪野诗社；华中工学院诗社；华中师范大学诗社；阜阳师范学院三月诗社；贵州民族学院心桥诗社；天津师范大学走廊诗社；上海同济大学惊蛰诗社；北京大学大鹏诗社；福建农林大学田野诗社；江西师范大学火鸟诗社等。

另外，20世纪80年代的大学生文学社有：哈尔滨师范大学北斗文学社、文学协会；云南大学银杏文学社；武汉大学浪淘石文学社；北京师范大学五四文学社；扬州师范学院中文系流萤文学社；重庆师范学院星空文学社、嘉陵潮文学社；广西民族学院朝花文学社；南开大学中文系跋涉者文学社；北京大学法律系晨钟文学社；东北师范大学北极光文学社；河南大学平原文学社；深圳大学红树林文学社；清华大学清华文学社；杭州大学树人文学社、三江文学社；福州大学钟声文学社；中国人民大学十三月文学社；河南师范大学潮兴文学社、跋涉文学社；华中师范大学摇篮文学社；福建师范大学世纪末文学社；西北师范学院文学社；内蒙古师范大学山溪文学社；云南师范大学奔流文学社、一多文学社、红烛文学社；沈阳师范学院文学社；华中工学院楚风文学社；广西大学映山红文学社；山东大学文学协会；广西民族学院相思潮文学社；青海师范大学湟水河文学社；四川大学启明星文学社、征鸿文学社；华东化工学院文学协会；华侨大学文学社；西南师范大学绿潮文学社；山东师范大学寸草心文学社；扬州师范学院绿洲文学社；西北政法学院西北文学社；云南昭通师范专科学校野草文学社；辽宁师范大学绿岛文学社、芜晨文学社；山西师范大学红烛文学社、奔流文学社；厦门大学采贝文学社；北京外国语学院尝试文学社；福建农林大学南峰文学社；河北师范大学文学社；华南师范大学海礁子文学社；湖南湘潭大学文学社；浙江大学拓荒文学社；重庆大学星光文学社；南京师范大学贻芳文学社；北京师范大学摇篮文学社；湖南大学文学社；浙江师范大学金牧场文学社；上海科技大学太阳雨文学社；上海交通大学文学协会；西安交通大学星火文学社；湖北大学湖光文学社；山东大学文学协会；郑州大学踏浪文学社；浙江工业大学海韵文学社；武汉水电学院华洲文学社；昆明大学星索文学社；上海纺织大学星期八文学社；云南民族学院狂飙文学社、野草文学社；青岛大学文学社；山西吕梁师范专科学校凤山文学社；太原师范专科学校阿波罗文学社；山西财经学院文学社；重庆江津师范专科学校太白文学社；大连工学院晨露文学社；昆明工学院原上文学社；华东政法学院韬奋文学社等。

在跨校诗歌爱好者组织的团体中，成立最早，影响最大的无疑首推黑龙江省大学生诗歌学会。这个学会成立于1984年8月，会员620人，由著名大学生诗人潘洗尘任理事长。其次，具有重大影响的诗歌联合组织还有：重庆市大学生联合诗社；福建大学生诗歌学会；上海大学生联合诗社；甘肃大学生诗歌学会；中国大学生诗歌协会筹备会、中华全国高校文学联合会；成都大学生诗歌联合会；湖北武汉高校诗歌联合会；湖南省高校文学社团联谊会；湖北省大学生诗歌学会；甘肃省大学生文学协会；河北省大学生诗歌学会；山西省大学生诗人协会；黑龙江省大学生诗歌联合会；上海市高校诗人联合会；河南开封市大中专文学社团联谊会；四川省大学生诗人联合会；江西省大学生诗歌联合会；武汉新学院诗群体；沈阳大学生诗歌联谊会、镇江高校大学生诗歌学会以及山西大学文学艺术社团联合会、在杭大学生文学联合会；河南开封市大中专文学社团联谊会、丹东高等院校诗歌协会；黑龙江大学生文联等。

本书编辑：您能给我们列举出100种当年很有影响又非常重要的大学生文学报刊吗?

姜红伟：在1978—1980年创办出版的有影响的大学生诗歌（文学）刊物有：武汉大学的《珞珈山》《红枫叶》《七七诗刊》《大学生作品选刊》；北京大学的《早晨》《地平线》《未名湖》《思索》《路》《明星》；吉林大学的《红叶》《寸草》《赤子心》；中山大学的《红豆》；中国人民大学的《大学生》《锤与砧》《七色虹》《林园》《学与思》；复旦大学的《大学生》《文友》；西北大学的《希望》；厦门大学的《鼓浪》《星光》《采贝》《鹭岛》；杭州大学的《扬帆》

《文学公民》《初阳台》《北高峰》《飞来峰》；山东大学的《沃野》《云帆》《银河》《百花园》《求索》《明湖》；四川大学的《锦江》《新弦》；南京大学的《耕耘》《蜜蜂》；兰州大学的《五泉》《学步》《小草》；山西大学的《春天》；辽宁大学的《蓓蕾》《同学》《朝花》；云南大学的《犁》；江西大学的《蓓蕾》；贵州大学的《春泥》《蔷薇》《破土》《崛起的一代》《酸草》；福州大学的《春潮涌》；南开大学的《诗选》《南开园》；湖南大学的《在麓峰》《心花集》；湘潭大学的《真与美》；安徽大学的《雁声》；清华大学的《清华园》；郑州大学的《作为人》；宁夏大学的《浪花》《小草·露珠》《清晨》；暨南大学的《长歌》《未来》《赤子心》；新疆大学的《五色石》；河北大学的《琴泉》；延安大学的《原草》；13所大学联办的《这一代》；北京广播学院的《秋实》；中央民族学院的《百花》；上海戏剧学院的《筏》；中国戏曲学院的《桃李》；北京师范大学的《初航》《滴水》《十二月雪》《九月诗草》；华东师范大学的《百草园》

1979年8月10日，13所高校学生代表在北京共商大学生文学季刊《这一代》联合办刊大计。（张桦提供）

《夏雨岛》《萤光集》；福建师范大学的《闽江》《追求》；陕西师范大学的《渭水》；江西师范大学的《野花》；甘肃师范大学的《百花》《我们》；四川达县师范专科学校的《星光》；河北师范大学的《新松》《大学生文选》；东北师范大学的《野草》《北方六友》《北方》《五味子》《溪流》；湖南师范学院的《岳麓山》《新长征》《枫林》《师院青年》《文艺创作选辑》；辽宁师范学院的《新叶》；杭州师范学院的《我们》《文卉》《青竹》；华中师范学院的《桂子山》；南京师范学院的《随园草》；曲阜师范学院的《爱好者》《新叶》《生命》《朝花》《晨曲》；武汉师范学院的《小溪》；广州师范学院的《春草》；徐州师范学院的《新潮》；长春师范学院的《炉火》；华南师范学院的《野花》；天津师范学院的《繁星》《谷雨》；贵阳师范学院的《烛光》；四川师范学院的《原上草》；江苏师范学院的《吴钩》；淮北煤炭师范学院的《金风》；江苏扬州师范学院的《萤》《寸草》；南京师范学院南京师范专科学校的《求索》；江西师范学院南昌分院的《激流》；湖南师范学院零陵分院的《芳草》；湖南师范学院益阳分院的《荷花箭》；浙江师范学院宁波分校的《地平线》；浙江师范学院绍兴分校的《百草园》；山西师范学院临汾师专班的《拾贝》；山东烟台师范专科学校的《贝壳》；江西赣南师范专科学校的《新芽》；甘肃天水师范专科学校的《嘤鸣》；山东聊城师范专科学校的《落英》；浙江温州师范专科学校的《九山湖》；湖南邵阳师范专科学校的《蒲公英》等等。

在1980—1990年创办出版的有影响的大学生诗歌（文学）刊物有：复旦大学的《诗耕地》《复旦风》；华东师范大学的《夏雨岛》《归宿》《盲流》《大学城》《雪魂诗报》增刊；中国人民大学的《七色虹诗刊》；兰州大学的《秦风诗刊》《地平线》《回音壁》《同代》《第三代》《菩提》；云南大学的《高原诗辑》《银杏》《散文诗》；成都科技大学的《第三代人》；哈尔滨师范大学的《大学生诗坛》《校园诗

潮》《校园创作》；安徽师范大学的《赭山》《江南诗刊》《野草》诗刊、《红花》；西南师范学院的《五月诗刊》；延边大学的《白桦林》《天池诗刊》；北京师范大学的《双桅船》《太阳风诗刊》；吉林大学的《地平线》《北极星》《红叶》《校园诗四季》；华东交通大学的《野草》诗刊；深圳大学的《边缘》《路》《深圳大学诗歌报》；福建师范大学的《南十字星》；北京大学的《腾汲斯》《小舟》《晨钟》《钟亭》《窗口》《校园》《蝉》《断层》《缪斯》；暨南大学的《大学时代》《红土诗抄》；黑龙江大学的《冰帆》；浙江湖州师范专科学校的《远方》；武汉大学的《浪淘石》《珞珈诗苑》《南方诗派》《大学生学刊》；广西大学的《映山红》《江南》；中国纺织大学的《星期八》；扬州师范学院的《湖畔的歌》；中国科技大学的《玫瑰园》《荒原》；齐齐哈尔师范专科学院的《嫩水诗刊》；湖南大学的《帆影诗集》；湘潭大学的《旋梯》《金帆》《学步》《边缘》；山西大学的《新绿》《北国》；沈阳师范学院的《大学之光》《荷花淀》；上海同济大学的《同济诗刊》《帆》《窗口》；丹东师范专科学校的《鸭丫诗报》；辽宁师范大学的《绿岛》；清华大学的《清华文苑》《清华文学》；南京大学的《南园》《南园文学》《南大中文》《与你同行》；华中师范大学的《摇篮》《青年园》；山东师范大学的《寸草》；中山大学的《紫荆诗集》；贵州大学的《地平线》《彗星》；广西师范大学的《芦笛》；南京师范大学的《江南岸》《绿叶》《随园》《杏林》；河海大学的《激流》；湖南师范大学的《朝暾文学》；山东大学的《红烛》《稚虬》《驼铃》《袋鼠诗刊》《青年园》；河南大学的《羽帆诗刊》《黄河风诗刊》；上海电力学院的《雪野诗刊》；南开大学的《南开园》《夸父》《夸父诗集》《新开湖》；上海师范大学的《蓝潮》《新浪》；重庆师范学院的《星空》《嘉陵潮诗刊》；浙江农业大学的《池畔诗刊》；湖南大学的《湖大文苑》；杭州大学的《树人》《大学时代》《千岛湖》《他山石》《晨钟》；中央民族大学的《同心圆》

1985年，延边大学天池诗社孟志强、贾志坚、刘建民、张伟合影（自左至右）。（刘建民提供）

1986年，在南京大学食堂举办的诗歌朗诵会现场，到场的有韩东、高翔、张伟弟等。（高翔提供）

《团结》；山东济宁师范专科学校《雏雁》；郑州大学的《我们这一代》；青海师范学院的《湟水河》；陕西师范大学的《曲江池》；中国石油大学的《海燕诗刊》；陕西财经学院的《新潮》；西北师范学院的《西部学院诗》《同学丛刊》《半亩方塘》；浙江台州师范专科学校的《北固山》；吉林建筑工程学院的《春水》；浙江教育学院的《清泉》；四川大学的《锦水》《八十年代》《大学生诗集》《新野诗潮》《征鸿》《边缘》诗刊；内蒙古大学的《北疆杨》《苍穹》《蛙语》；黑龙江大庆师范专科学校的《流》；上海科技大学的《太阳雨》；福建漳州师范学院的《星贝》；河北师范学院的《尖尖角》；安徽阜阳师范学院的《三月》；东北师范大学的《滴》诗刊；北京师范学院分院的《红烛》；安徽农学院的《白玉兰》；成都大学生诗联的《黑旗》《阵地》；中南财经大学的《开拓》；成都地质学院的《星空》；成都科技大学的《科大学生》；大连铁道学院的《大学时代》；福建闽江大学的《萤光》；广西教育学院的《晨曦》；广州中医学院的《展翅》；南京建工学院的《拾贝》；四川师范大学的《东方》《星星星》《回声》；上海大学生大家诗群的《大家诗刊》；上海大学生诗歌协会的《上海的情绪》；云南大学生联办的《域外》；中国科技大学的《荒原》；福建大学的《寒星》；西北民族学院《五色石》；辽宁本溪师范专科学校的《校友》；内蒙古民族师范学院的《绿原》；上海交通大学的《寸草》《新上院》；杭州大学的《江南》；湖南湘潭师范学院的《海韵》；西北大学的《我们诗选》《热风》；武汉工业大学的《山那边》；云南师范大学的《奔流》；华东化工学院的《亚热带气候》《风神》；青海教育学院的《西部风》；郑州大学的《远方》；延边农学院的《马蹄山》；中南民族大学的《绿地》；安徽大学的《潜风》诗刊；新疆大学的《边塞》《瀚海浪》；昆明工学院的《远程车票》；中央戏剧学院的《红帆船》；河南师范大学的《潮兴》《跋涉》；甘肃庆阳师范专科学校的《小溪》《雁翎》《黄土路》；辽宁大学的《诗岛》《大学生文

艺》；山西师范大学的《红烛》；湖南怀化师范专科学校的《五溪春》等等。

在创办诗歌刊物的同时，20世纪80年代大学生诗人们还编印了大量的诗歌报纸，其中有：福建师范大学创办的《南风》；重庆大学生诗人联合会创办的《大学生诗报》；中国大学生诗歌协会筹备会创办的《中国大学生诗报》；安徽淮北煤炭师范学院创办的《中国高校诗报》；西南师范学院创办的《校园之春》；西北师范学院创办的《中国现代真实诗歌》；辽宁大学创办的《中国高等院校中专学校诗歌大展》；哈尔滨师范大学创办的《1988年中国首届高校诗人诗歌大展》《黑龙江高校诗人诗歌大展》；黑龙江牡丹江师范学院创办的《首届中国大学生爱情诗展》；江西省大学生诗人联合会创办的《真人诗报》；安徽师范大学创办的《江南诗报》；山西大学创办的《学院诗报》；江西师范大学作家班创办的《大陆诗报》；山西大学生文联创办的《回答》；河南大学创办的《诗歌茶座——河南一九八九年校园诗歌大展》；苏州大学创办的《虎丘》；哈尔滨师范大学创办的《校园诗潮》；中南民族学院创办的《诗中国》；武汉新学院诗群体创办的《新世纪》；华侨大学创办的《华大文坛》报等。另外，大学生编印的诗报还有上海大学生诗人协会创办的《中国当代诗歌总集》；中国科技大学创办的《星期六的玫瑰》；上海理工大学创办的《江畔诗报》；中国人民大学创办的《学院诗报》；北京师范大学创办的《五四文学报》；重庆大学生诗人创办的《现代诗报》《中国当代诗歌》报；福建师范大学创办的《世纪末诗报》；甘肃省大学生文学协会创办的《西部大学生》；云南大学生联办的《昆明大学生诗报》；江西师范大学创办的《火鸟诗报》；复旦大学创办的《复旦诗报》；辽宁大学创办的《北部诗群报》；四川大学生诗人创办的《中国诗歌报》《王朝》；哈尔滨师范大学创办的《狂飙诗报》；内蒙古昭乌达盟师范专科学校创办的《绿野诗报》等。

本书编辑：在您的印象中，哪些比较有影响、有特色、有价值的大学生自印诗集给您留下深刻印象？

姜红伟：20世纪80年代大学生诗人出版的诗集形式多样，有全国各地高校编印出版的大学生诗歌选集，如武汉大学中文系编印的《高伐林王家新部分诗选》，南开大学中文系编印的《六弦琴诗选》，北京师范大学编印的《中国当代校园诗歌选萃》，安徽师范大学编印的《安徽师大历届学生诗选》，华东师范大学编印的《蔚蓝的我们》，兰州大学编印的《蓝色的敦煌》，人民大学编印的《学院诗选》《春笋集》《春笋集》（续编），北京师范大学编印的《走向荒原》《膜拜的年龄》，清华大学编印的《清华学生诗选》《清华园诗选》，暨南大学中文系编印的学生作品选《鸿爪》，北京大学编印的《未名湖诗选集》，《启明星作品选1980—1990》《大学生作品选》《折光》《绿草地》《候鸟》《方河》《在流放地》《漂泊的太阳》，华东师范大学编印的《再生》《宋琳讨论作品选》，河南大学编印的《大学生诗选》，河南师范大学编印的《诗歌散文选》，辽宁师范大学编印的《第一年的收获》《星海涛声》《十人集》，黑龙江大学编印的《启航时分》，西南师范大学编印的《中国当代大学生实验诗选》，上海交通大学编印的《鸽哨》，哈尔滨师范大学中文系编印的《待风起航的邮船》，武汉大学中文系学生会合编的《抒情诗选》《大学生作品选》《中文系优秀作品选》，广西大学编印的《相思湖》，青海师范大学编印的《这里也是一片沃土》，南京大学编印的《真实之外》，中国政法大学编印的《青铜浮雕·狂欢节·我》，潘洗尘主编的大学生诗人合集《多梦时节》，重庆师范学院编印的《大学生诗选》，云南大学、昆明工学院合编的《高原的太阳：云南大学生诗选》，扬州师范学院编印的《扬州大学生诗选》，福建大学编印的《火鸟——当代大学生作品选》，吉林大学编印的《审判东方》《世纪四》，丹东师范专科学校编印的《鸭丫诗选》，哈师大编印的《草莓悄悄红了》《也许是偶然》，中国石油大学编印的《红月亮》，南京大学编印的《太阳黑子》《三叶草》，内蒙古师范学院编印的《诗集》，北京大学编印出版的《中国当代朦胧诗选》，辽宁大学编印出版的《新朦胧诗集》，延安大学的《布谷诗选》等。

其次，大学生诗人们在80年代中期掀起了自费出版诗集热潮。其中，代表性的诗集有：程宝林的《雨季来临》，潘洗尘的《多情的天空》《历程》，苏历铭、杨榴红的《白沙岛》，刘昕的《踏浪的少男少女》，洪烛的《蓝色的初恋》，胡万俊的《诞生的河流》，张佩星、周翔、叶天蔚的《另一种寂静》，包临轩、苏历铭、朱凌波、黄云鹤、李梦的《北方没有上帝》，马竹的《南方的爱》，小海、贺奕、李冯、刘立杆、姜雷、海力洪等人的《大路朝天》，邵长武的《我们呵我们》，无影的《太阳雨》，杜立德、王茜的《放大的孔》，黄祖民的《第八种情绪》，曾光的《太阳石》，马朝阳、蓝轲、冰马、黄祖民等人的《断裂生命》，杨增能的《星星草》，刘剑照的《太阳里的孩子》，陈岩的《北方岛》，田原的《采撷于北京》，丁榕的《有你一封信》，傅亮、张浩的《越过终点》等以及由广西人民出版社公开出版的陆少平的《一个女大学生的情思》和韩国强、毛毛、汉江、紫光、江堤的《海蓝蓝的年龄》等。

本书编辑：您能再为我们简单介绍一下当年各地出版社公开出版大学生诗歌选集的情况吗？

姜红伟：80年代大学生校园诗歌选集中比较优秀的版本有：复旦大学出版社的《海星星——大学生抒情诗集》《太阳河》，北方文艺出版社的《中国当代大学生诗选》，作家出版社的《中国当代校园诗歌选粹》，北京师范大学出版社的《开放的天空——最新中国校园诗歌选萃》，北方文艺出版社的《再见20世纪——当代中国大陆学院诗选（1979—1988）》，四川大学出版社的《当代大学生抒情诗精选》，湖南教育出版社的《秋叶红了——校园诗人诗选》，中国青年出版社的《当代大学生诗选》，广西民族出版社的《当代大学生诗选》，黄河文艺出版社的《情人卡·橡皮信——中国当代女大学生诗歌选萃》，黑龙江教育出版社的《七色光——当代大学生校园诗萃》，青岛海洋大学出版社的《中国大学生诗选》，黑龙江教育出版社的《当代校园诗精选精评》，浙江文艺出版社的《校园青春诗选》，学林出版社的《蓝潮》，陕西旅游出版社的《大学生抒情诗选》，春风文艺出版社的《最新当代大学生诗选》，北岳文艺出版社的《中国当代大学生百家抒情诗》，长江文艺出版社的《青春风——90—93中国校园诗歌选集》，河南人民出版社的《中国当代大学生诗歌精选欣赏》，辽宁教育出版社的《优秀诗歌集》，湖北教育出版社的《中国校园诗100首》，广西民族出版社的《激情梦幻心泊：中国当代女大学生抒情诗选萃》，北岳文艺出版社的《少男少女——当代大学生诗歌赏析》，春风文艺出版社的《大学生诗选》，同济大学出版社的《当代学院诗选》，上海教育出版社的《校园诗歌》，海南出版公司的《中国当代大学生散文诗选》，广西民族出版社的《当代大学生散文诗选》，湖南教育出版社的《沉思录：大学生哲理散文诗选》，河南大学出版社的《中国当代大学生优秀文学作品赏析》诗歌卷（上下册），山东文艺出版社的《高校文学百家》，湖南教育出版社的《全国高校校园刊物文学作品拔萃》，海南出版公司的SJM大学校园诗歌系列丛书之复旦大学的《乐队离开城市》，北京师范大学的《穿过早晨》，清华大学的《最后的雨季》，吉林大学的《我悠悠的世界》，北京大学的《太阳日记》，北方文艺出版社的《永远的风景》，四川大学出版社的《蓝色的风景线——学院诗选》，广西教育出版社的《当代大学生优秀文学作品选评》，江苏文艺出版社的《初飞集——中国当代校园文学佳作选萃》，陕西人民教育出版社的《别一种风景——大学生抒情诗选》，安徽文艺出版社的《女大学生抒情诗选》，湖南教育出版社的《台湾大学生诗选》，湖南教育出版社的

《香港大学生诗选》，广西人民出版社的《台湾校园诗选》，匈牙利东方文化出版社的《青春的思索——中国当代500名大学生创作推荐佳作集》等。

（此文如有重要内容遗漏或错误，请和姜红伟联系补充修正。）

【第三章】

回眸那座诗意的灯塔

/

/

/

20世纪七八十年代，在中国，是一个乍暖还寒的时节，又绝对是一个充满希望的年代。思想解放潮流在中国大地上涌动，积压了12年的人才集于一时，大学校园里躁动着能量的团块。全国文学社团如雨后春笋般涌现，文学刊物纷纷问世。——彭金山

最初的脚印

彭金山

20世纪七八十年代，在中国，是一个乍暖还寒的时节，又绝对是一个充满希望的年代。思想解放潮流在中国大地上涌动，积压了12年的人才集于一时，大学校园里躁动着能量的团块。全国文学社团如雨后春笋一般涌现，文学刊物纷纷问世。这一形势与五四时期可有一比，但社团和刊物肯定比五四那时候多。

《飞天·大学生诗苑》，正是在这一背景下创刊的。这充分体现了办刊者敏锐的战略眼光。有战略眼光的刊物还是有的，比如《青春》《诗刊》《星星》，还有《奔流》《福建文学》《青海湖》等。《青春》是青年文学的一个窗口；《诗刊》创办了青春诗会；《星星》较早发表了顾城的诗歌，并刊发评论文章；《奔流》1981年8月号为“全国大学生作品专号”；《青海湖》的“青年诗坛”重视大学生的作品；《福建文学》组织了“青春诗论”，开展了对舒婷诗歌的讨论。可是，要腾出专门的版面为在校大学生诗歌开办一个专栏，期期不断地坚持下去，就不容易了。然而，《飞天》做到了！

提起《大学生诗苑》，不能不说到一个人，那就是它的主持人也是编辑张书绅老师。张老师在20世纪60年代就是一位优秀的诗人，自从主持《大学生诗苑》以后就把全部精力投入到培育诗坛新人上了。他所以看重当时还不起眼的大学生诗歌，基于两点认识：一是大学生们思想新锐，二是大学生们善于接受新鲜事物，艺术手法新颖、现代，“给诗坛带来了陌生而新鲜的气息”。大学生诗歌代表了中国诗歌的走向、中国诗歌的未来。他专心致志地编辑《大学生诗苑》，为一代新诗人的成长，极其认真地做着铺路奠基的工作。1989年，刊至100辑时，《大学生诗苑》合订本出版。这套合订本基本展现了80年代在校大学生的诗作面貌和水平。从《编者琐言》中我们得知，从1981年到1989年将近9年时间，有上千所高校的大学生向《飞天》投了40多万首诗稿，作者涉及30个省、市、自治区，涉及内地1977级至1988级的12届文理科大学生，也涉及港澳和旅美大学生。这每一首诗歌都经过了张老师的审阅，平均每年要看几万首诗，劳动的艰辛可想而知。张老师晚年眼睛不太好，我想可能和那些年太辛苦有关。给《大学生诗苑》投过稿的诗友都知道，张老师是每稿必复的，而且都有批语，是手写的工整的铅笔字。这也可以看出张老师对学生劳动的尊重，还有他的细心：用铅笔写的批语，是可以擦掉的，擦了后原稿还可以再寄给别的报刊嘛，省得再抄写了。

我是1978年考进甘肃师范大学中文系的。这所学校的前身是北平师范大学，抗日战争爆发，迁到西安，再迁陕南，和国立北平大学、北洋工学院组成西北联合大学，师大为联合大学的教育学院。后教育学院独立设置，更名为西北师范学院，迁往兰州。西北师范学院在新中国成立后为教育部六所直属师范院校之一，1958年始归甘肃省管辖。1981年恢复为西北师范学院，后更名为西北师范大学。这所学校有悠久的校园文学传统，我们进校适逢新时期伊始，一些进校前就发表过作品的同学，虽然不曾谋面却知道彼此的名字，便自动串联到一起，成立了中文系百花诗社。入校第一个冬天，下了一场雪，松树披上了洁白的轻纱。栾行健同学诗兴大发，写了一首诗《雪花》，里面有这样的句子：“雪花儿，雪花／你在我滚烫的心上溶化。／我渴饮你生命的泉水，／在生活中植上爱情的幼芽……”在墙报上贴出后，在校园掀起轩然大波，有的说坏，有的说好，一时间大字报铺天盖地。《甘肃日报》闻讯，派记者到师大采访，然后在《甘肃日报》开专栏讨论。专栏上第一篇支持《雪花》的文章是我写的，登在1979年2月4日“百花”副刊头条。这场讨论持续了两个多月，为甘肃文艺界的思想解放吹响了号角。

1980年秋，原设在三个地区的高师班合并到师大，师大有了全省最强大的学生创作阵营。随着创作群体的扩大，我们几个朋友商量着得有个阵地呀，好把大家凝聚起来，就创办了诗刊《我们》。为了减少不必要的麻烦，我们在封面加了个副标题“大学生习作集”。但麻烦还是来了，系总支主要领导把我叫去，让把所有刊物交到系上，一本也不许向外散发。没有料到的是，《青海湖》从这期《我们》中一次就选发了12个同学的13首诗歌，作品自己说了话，《我们》的身份这才合法化了。

前面说过，那绝对是一个充满希望的年代，人人都想干些事情。吴辰旭、老乡、高戈他们当时还年轻，成立了一个全省性的文学社团——甘肃省青年诗歌学会。相应地，催生了甘肃省青年诗歌学会甘肃师大分会。大家推选我担任会长，《我们》遂成为会刊。后因为不让跨行业跨地区成立民间社团，甘肃师大分会遂改为甘肃师大青年诗歌学会。1996年，为了作者的广泛性，诗歌学会改名为文学联合会，会刊《我们》名字没有变，一直延续至今。

我们当时的校园文学活动搞得风风火火，与我们的两位顾问老师很有关系。孙克恒老师在北京大学读书时，就是北大诗社的中坚，1957年分配到兰州高校，后来一直在师大工作。在百花诗社时，孙老师就是我们的顾问。他经常给我们做诗歌学术报告，对我们的作品悉心评点、指导。后来，九叶诗人唐祈先生也调到了师大。唐先生20世纪50年代就担任《人民文学》小说散文组组长，《诗刊》创刊后任《诗刊》编辑，1957年后到北大荒，后又下放江西崇义山区。十一届三中全会后落实政策，回到中国作协，恰遇在甘肃师大任副校长的兰州故旧樊大畏。樊当年在兰州从事地下党工作，唐祈是从事进步剧运的学生。樊校长邀请唐

《诗苑》可以融入我们的血液

罗巴

80年代，是一个诗歌的年代。当我与同伴们困于斗室、囚于诗歌、醉心于抄写地下民刊《今天》等的时候，没想到身边的兰州城里诞生了《大学生诗苑》。

这是1981年西北高原早春二月的事，那一期的《飞天》在我们手中传阅成了残卷。于是，当年的 8 月号《大学生诗苑》里，也有了我和刘勇的诗歌《春蚕》，短短的10多行诗，开启了我们的诗歌人生。至今，我还珍藏着一些编辑张书绅亲切、优雅的退稿信。因为兰州大学所在的天水路离杂志社不远，就有过几次送稿的经历。和每一个初学者一样，我的表情是腼腆的，我的语言是木讷的。然而，一个和善且头发已经日见其少的中年人，对18岁的我而言有着父亲般的温情。甚至在听说我家在庄浪县后，他的地道陇东话里，更多了家乡的话题。

在我即将毕业的时候，张老师有一次对我说，罗巴，有时间的话，帮我收发一下诗歌稿件啊。我惊喜地答应了。随后的十多天里，我吃惊于这一麻袋一麻袋的诗稿，从全国各地涌来，其中有已经成名的学兄，也有默默无闻的学弟。他要一件一件地回复，无论用稿还是退稿；他要持久地枯坐在稿山后面，无论下班之后，还是星期天。记得一次我向他请教过毕业的去向，听说我要去基层工作，他连说“好”。可惜许多有趣的事在时间之河中已经记不起了。

我偶尔会在下夜班人静之后想起在张书绅老师身边打工的经历。我自问自己学到了什么？也许诗艺的学习并不重要，重要的是学到了认真、真诚的人生态度，它可以让我受用一生。

我始终认为，80年代的《大学生诗苑》本身充溢着一种炽烈的激情、探索的精神和宽容的胸襟，这三者烛照了我们——诗意的人生，可以抵御太多的风雨，让人不至于在狂热追逐物质和权力的路上忘记自己。

在我90年代中期以后疏离诗歌的时候，我多少次想去看望张书绅，却因为愧意而没有。我只有遥望西北，向张书绅先生致敬。

青春很像一个斗牛场，而诗歌就是斗牛士高扬的红色披风。一个青年有幸做次斗牛士，就无须计较失败或者胜利，只幸运于拥有牛角擦过前额的疤痕。

向　往

陆健

处女作，依我理解，应是第一次自觉地，不以某一人或数人为阅读对象（如学生写作文）而创作的文学作品。

我第一次在老师布置的作文课之外写东西，是高二，我17岁的时候，耗时数月，中篇小说《秋收小计》完稿。今日究其写作原因有二：一是我从小（小到小学三年级）自信将来必当作家无疑，要证实久蓄于心的自我感觉；二是我觉得作家大抵要写些农村的事，而我们刚刚结束了学农劳动。

那中篇的质量与结果可想而知。它丢失了，让母亲当废纸扔了卖了也有可能。

我的第一次变成铅字的“处女作”的酝酿成篇及见刊过程我至今记忆犹新——那是我的心声第一次乘着诗之舟与世人对话。大学三年级，宿舍楼的一个中午，我横陈床上很有些悲哀。大学快三年了，正经写诗两载，积了厚厚的一本半，却仍是手抄本。一肚子凛然正气，颠来倒去把整个午睡冲得七零八落。心说：咱编辑部里没熟人，因此才上稿难似蜀道；心说而没发作品未必光荣却总非耻辱。卞之琳讲过：做人第一，做诗第二。咱人在这儿不歪不斜地戳着。人须正直，一如同屋的湖南老表家乡的杉树，胸襟要朗阔，班上龙海平家开门得见的南海可比，如此等等。于是乎山岛耸峙，洪波涌起，以海为背景，翻过来一句，倒过去一行混混沌沌中语言迸响，吟成了《海的向往》。随即捉笔记录下来，事后竟改不动一字。

我有个习惯，每有所得，先得意一时三刻，当天就去人前现眼。几个人都说这首不错，除了稍显晓畅、韵脚过于铿锵之外，毋宁说是一首好诗。

我把《海的向往》连同《诗刊》说用终归没用的两首诗，又加上一首投往文科大学生中熠熠发光的《飞天》。两周内收到回音：《海的向往》将见刊—— 一行潇洒的行草字写在退回的诗稿上。那高兴劲儿甭提。“四”是个吉利数，我又寄去四首，通知又用一首。那滋味，如同学校食堂加餐。

1982年第3期《飞天》样刊飞到了我在广西南宁的实习地点，上午下班前的一个多钟头幸福无边。饭后回到宿舍钻进蚊帐，以与写作此诗时相仿的姿势重读大作，横看竖看都好，闭上眼满耳涛声，朦胧中白帐子茫茫一片。同年11月，谢冕先生评论大学生诗作，誉《海的向往》显示了青年一代新的做人标准，体现了新一代人的祈求，是一首“装在音韵响亮的短行里的宏伟诗篇”。此诗获同年“《飞天》大学生诗奖”。

这是我始料不及的，这理解远远高于我创作它时的初衷。五年过去了，我又发表了不少作品，又曾两次获诗奖，可那初次发表作品并获奖的冲动没有再来访问过我，那激动所显露出的幼稚，没有那幼稚没有今天对那幼稚的珍视与俯瞰都是一种遗憾。

80年代，大学生诗歌运动和张书绅

许德民

20世纪80年代是理想主义的年代，也是诗歌的年代。朦胧诗的横空出世，以其人性化的诗歌观念，个性化的语言，叛逆的情绪、思维，意象、象征主义的现代技巧，冲破“假大空”陈腐诗风的禁锢，迅速得到全国大学生诗歌爱好者的青睐和传播。80年代大学生诗歌运动的发展，也为朦胧诗历史性的崛起奠定了坚实的基础。

朦胧诗之后，大学生诗歌运动波澜壮阔。事实上，中国新时期诗歌是以改革开放后恢复高考作为界限的。早在1978年开始，各高校的诗歌运动就非常活跃。我是1979年进入复旦大学的，那时候大学里就有文学社团，就有每年两届的赛诗会，校园诗歌文化就已非常发达。我1979年入校，也是被高年级的诗歌同学“海选”加入系赛诗队，开始了“职业化”诗歌创作。因此，朦胧诗和大学生诗歌有一段年份是相交的，朦胧诗代表人物中，就有当年活跃的大学生诗人。

苏历铭认为中国的大学生诗歌运动起始年份应该是1981年。我不知道这个年份是否准确，依据是什么，我能够提供的情况是：复旦诗社是1981年5月27日校庆日成立的。当时我担任复旦大学学生会副主席，负责社团工作，近水楼台使得我有机会发起成立复旦诗社。在这之前，复旦没有校级社团，只有各系的学生社团。复旦诗社是复旦大学第一个全校性的学生社团。当年由于众所周知的原因，成立全校性的社团审批是非常严格的。诗社《诗耕地》创刊也是在同时。复旦诗社应该是全国大学中最早成立的校级诗社。1982年5月，华东师大夏雨诗社成立，复旦和华东师大也是上海最早成立校级诗社的大学。如果说，成立校级诗社和出版学生诗刊（民刊）是中国大学生诗歌运动开始的标志，那么这个结论是可以成立的。巧合的是，著名的《飞天·大学生诗苑》也是在1981年创立的。

应该说朦胧诗点燃了大学生诗歌，大学生诗歌也为朦胧诗。朦胧诗之后，接力的显然是当年如火如荼的大学生诗歌。大学生诗歌也就是学院派诗歌。大学生诗歌的特征是青春而有活力，激情而有理想，自我而有天下。和朦胧诗相比，大学生诗歌更明亮、更生活、更自我、更纯粹。诗歌从朦胧诗的英雄主义、救世主义回归到学院派诗歌的人本主义、形式主义、平凡主义和纯粹诗歌。应该说，学院派诗歌的视域更为宽广。80年代大学生诗歌运动几乎席卷每个当年的文学青年。经历80年代诗歌洗礼的诗人，几乎都受过当年大学生诗歌的影响。复旦诗社的诗歌合集《海星星》是1983年12月出版发行的。几经再版，共发行将近8万册。80年代的大学生诗歌爱好者几乎是人手一册，这本诗集也是中国最早的大学生诗歌合集。

80年代初，有几年时间是中国改革开放最好的时期，思想解放，学术活跃，政治开明。全国各地的诗歌刊物、诗歌专栏对大学生诗歌都十分重视，往往是亲历约稿。《诗刊》的首届青春诗会，就有了“不拘一格”选拔诗才的魄力。当年对大学生诗歌格外“照顾”的除了《诗刊》《星星》《绿风》等专业诗刊之外，《萌芽》《青年文学》《飞天》等一大批刊物的诗歌专栏和编辑都对大学生诗歌情有独钟。那几年的主流刊物，尽管也有某些局限，但是在对诗歌的态度上，都是严谨的，也是开放的。他们对大学生诗歌的“照顾”，是真心出于对文学青年的爱护。这些“爱护”并非没有瑕疵，但是，对大学生诗歌运动的推动是历史事实。而当年恢复高考后进入大学的大学生，十年断层使得他们成为天之骄子，时代赋予的使命感也特别强烈，天下兴亡，匹夫有责，忧国忧民，敢为天下先的思想铸就这代大学生的精神风貌，也铸就他们的诗魂。他们这代人是承前启后的。因此，80年代是中国当代诗歌史上不容忽视的重要的历史阶段。而近年来一些评论或所谓诗歌史总结对这段辉煌历史轻描淡写，甚至有意淡化，是不符合历史事实的。事实上，80年代初中期，在中国诗坛最广泛的读者群和诗人群几乎都出自大学。

那个时代大学生也有两类写作方式：一类是个性写作，只在私下交流，不求发表。一种是共性写作，时代写作，追求发表。对共性写作的人来说，能够在刊物上发表诗歌是一种荣誉。大学生诗歌运动的最大特点就是人数众多，而诗歌刊物的版面十分稀少，远远不能满足大学生诗人的发表需求。刊物版面就成为当年大学生诗人心目中的“圣地”。当年，作为诗社社长，我也希望诗社成员能够在正式刊物上多多发表诗歌，并以此来激励大家创作。

可以这样说，《飞天》的《大学生诗苑》就是当年大学生心目中的诗歌“圣地”，因为当年《飞天》是第一个开设“大学生诗苑”专栏的刊物，只刊登大学生的诗歌，这对全国大学生诗人来说是甘露和及时雨。本来，甘肃一直是大家心目中的“荒凉”西部，直至今日，仍然属于中国的“老少边”地区。但是，因为有了《飞天》，有了《大学生诗苑》，兰州却成为全国大学生诗人心目中的“绿洲”，而《飞天》如同敦煌壁画里的“飞天女神”，为大学生诗歌运动“吹箫弹琴”。每次投稿，都能够收到一个叫张书绅的编辑的来信，字迹工整有力，语气亲切，总是热情鼓励。那时，和张书绅老师素未谋面，但是，每个给《飞天·大学生诗苑》投稿的大学生，都享有这样的待遇，都会在心目中对这个热情、亲切、负责的责任编辑肃然起敬，心中充满了感激。

离开大学多年以后，我有机会到兰州，见到了他。张书绅仿佛是我在兰州的亲人，到了那里就一定想到要去拜访他，当面感激他。张书绅老师是一个敦厚朴实的西北汉子，典型的知识分子，对远道而来的我也像老朋友一样自然亲切，让我依旧感受到他的人格魅力，感受他诗意盎然的睿智与真诚。一个热爱诗歌的人，必定是一个拥有高尚情怀的人。张书绅把对诗歌的热爱都转移到对全国大学生诗人的关怀，从1981年到1991年，十年不变地编辑着《大学生诗苑》，扶植、培养了几代大学生诗人。如果说，80年代的时代精神孕育了大学生诗歌运动，那么在这个运动中操桨掌舵、摇旗呐喊的人群里，必定有张书绅的名字。

也感谢他十年对复旦诗社的关心，对复旦诗派的帮助，复旦诗派成员除我之外，还有周伟林、孙晓刚、韩云、李彬勇、邵璞、张真、卓松盛、傅亮、张海宁、陈先发、施茂盛、韩国强等曾在《大学生诗苑》发表过诗歌。《飞天·大学生诗苑》应该是每个80年代大学生诗人的“娘家”。张书绅也就是中国大学生诗歌最敬业、最可爱的“伯乐”。

80年代的大学生诗歌运动离我们远去，但是，80年代的诗歌精神却依旧燃烧在心。30年不懈地坚持，姜红伟因对80年代大学生诗歌运动的考证和追寻，成为中国当下收藏80年代大学生诗歌运动资料最多最全的研究者。姜红伟对80年代大学生诗歌运动所做的贡献，历史是最好的铭记。也是他的数次征求与催促，才促使我下决心完成此文，谢谢红伟，让我回味和洗礼。让我们共同珍藏，80年代大学生诗歌运动的情怀和诗魂。

复旦诗社最早的创始人团队，1982年摄。前排左起：许德民、胡平、沈林森、孙晓刚；后排左起：汪澜、张真、曹锦清、景晓东、周伟林、韩云。（许德民提供）

黎明不会以被玷污的形象到来

韩云

记得1981年下半年，作为快要毕业的1977级学生，人心浮动。早早做完毕业论文之后，就可以全力落实毕业所去单位的事了。我则完全没有着急的感觉，那应当是四年大学生活最愉快的日子，可以集中精力写诗了。

20世纪80年代初期的文学和诗歌，可以用狂热来形容。我们旁边中文系墙报上的一篇《伤痕》小说，引爆了全国性的伤痕文学热，校园诗歌更是如火如荼，成立诗社，开赛诗会，举办研讨会。《上海文学》《萌芽》的肖钢、宁宇都来了。年中，首届复旦大学屈原奖诗歌大赛，我的长诗《中国狂想曲》获得第一名，整个大礼堂被掌声与欢呼声所掀动，整个校园为诗歌而狂想不眠。不断有人来宿舍索要底稿抄写，热心的同学把这首诗写在几张黑板上放到大食堂门口。会后不长时间，宁宇来复旦诗社座谈组稿。我写了一组《生活召唤着我》投给《萌芽》，其中写了我的中学同学，下乡回城的钢窗厂的工人……“谁能想象在一个没有窗户的屋子里生活”，写了刚出现在城市早晨街边的卖馄饨的少女……“我收起了画箱，改变了去画日出的主意”，也写了每天早晨都能看见的清洁工老人，“给一个扫街的老伯”，后一首投给了《飞天》的《大学生诗苑》。

与高蹈激越的诗行相对应，我写了一些劳动者的诗，现在叫底层、民工、草根。小时候我填表时曾问父亲："为什么家庭出身是工人？"父亲只扔了一句话："没看见我天天在工厂上班吗？"这对我震动很大，知道了不劳动就没收获的道理。我下乡时曾当过采石队长，熟悉雷管、大锤、钢钎的诗行，深深体会了劳动所孕育的智慧。其实写作、绘画也是劳动，甚至是件体力活。我写老门卫之死（《诗刊》1984年），写收废品的人（1997年），写童工（2007年）。在这首《给一个扫街的老伯》的诗里，我"看见你太阳一般慈爱的眼睛／我就不再怀疑／黎明会以被玷污的形象／到来"，因为"我固执地相信／这夜色，这落叶／和我心中残存的忧郁／都是你一片一片地扫去的呵"。尽管当时写作还显稚嫩，却仍得《飞天》张书绅老师提携，在我去北京新单位上班不久，就收到了《飞天》发表的样刊。虽未与张老师谋面，但知遇之情难以忘怀。

《飞天·大学生诗苑》，是当年校园诗歌的大本营，张书绅等编辑老师是幕后辛勤的劳动者。借此姜红伟先生集书出版之机，在"80年代诗歌"成为关键词的时候，也祝愿"劳动"成为关键词，祝愿张老先生健康长寿！

我的诗歌《周末，我们去了女生宿舍》的诞生地

邵璞

20世纪80年代，现在追忆起来，是空气和人性的含氧和纯净度很高的时期。张书绅是诗歌和真实的保护神、接生婆，也是我一生都不会忘记的一位恩师。

《周末，我们去了女生宿舍》的创作源泉，来自复旦大学世界经济系1979级同一宿舍四位女同学，为首的是我的同乡赵枫。我们在复旦大学交往持续3年到大学毕业，应该说，我们已经组成了心灵的一个集体了，她们是我艺术生命的知音和呵护的女神，她们给了我才华和动力，她们把我指引到通往摘得到月亮的银河。这首诗是我们与复旦共同创作的，这个集体伴随现实不在了，但是真实记录了那个时代的一个瞬间的诗歌留下传诵至今。张书绅先生通过《飞天·大学生诗苑》把《周末，我们去了女生宿舍》介绍给了世界，不然，《周末，我们去了女生宿舍》就只能流传在复旦校园了。记得当时，我把《周末，我们去了女生宿舍》同时投递的刊物有4家以上，我还能记得的有上海的《萌芽》杂志，只有张书绅先生很快回信告诉我准备采用。此间，辽宁的《鸭绿江》发表了我的《火山》，这是我人生第一次发表的作品。一直到后来我大学毕业，《朦胧诗选》的编者之一、辽宁大学的高岩通过王强找到我，把《周末，我们去了女生宿舍》和其他6首我的诗歌收入《朦胧诗

选》，我才有感觉：《周末，我们去了女生宿舍》可能会在文学史的大学生文学中被留下。

童年开始，我立志于艺术；作家梦，我是做过的。我在中国作协《文艺报》工作9年，与当代文学大师、艺术大师超近距离追随9年。文学是人类灵魂、青春、出生入死的产物，作为职业会亵渎文学，所以我就封笔了。文学一直伴随我，哺育我的商业和我的焦墨艺术，可以说，我的文学生涯与我的焦墨艺术生涯一直互为表里。

我复旦大学的学友卓松盛很早就说，在我的诗歌里，读得到画面。现在，我很想向诗人们呈现我的另一种诗歌——我的焦墨艺术，更希望姜红伟老师，在他的书里放上一张我的焦墨山水作品，我在水墨里发现和创造了诗歌更有意义的存在方式，我的诗情在通过毛笔书写和传诵着，我的诗歌的血液和心灵在这里跳动着。相信张书绅先生还会肯定我的这种诗歌，当然会有惊讶。

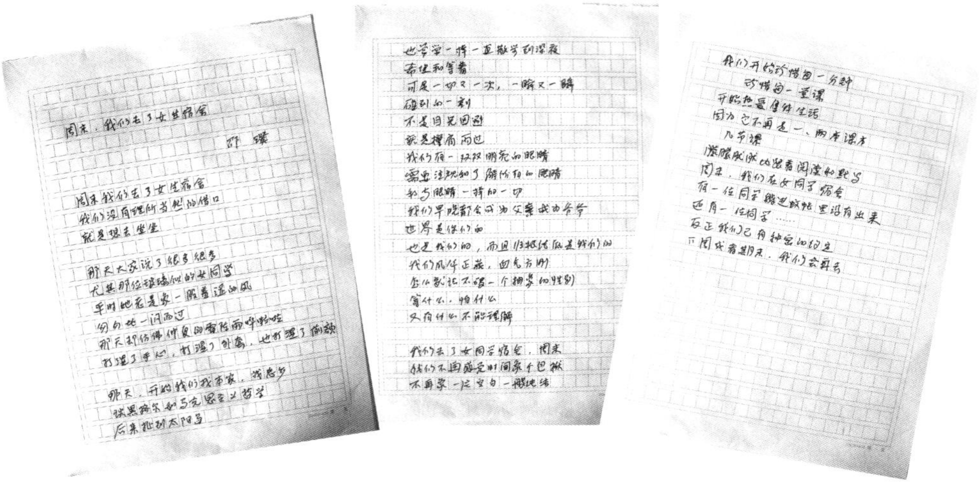

周末，我们去了女生宿舍

邵璞

周末我们去了女生宿舍
我们没有理所当然的借口
就是想去坐坐

那天大家说了很多很多
尤其那位玻璃似的女同学
平时她总是象一股羞涩的风
匆匆地一闪而过
那天却仿佛仲夏的雷阵雨噼噼啪啪
打湿了手心，打湿了外套，也打湿了前额

那天，开始我们找专家，谈尼采
谈黑格尔和马克思主义哲学
后来扯到太阳岛

也学学一样一直散步到深夜
希望和等着
可是一切又一次，一瞬又一瞬
碰到的一刻
不是目光回避
就是擦肩而过
我们有一双双明亮的眼睛
需要注视和了解你们的眼睛
和与眼睛一样的一切
我们早晚都会成为父亲或为[illegible]
世界是你们的
也是我们的，而且归根结底是我们的
我们风华正茂，血气方刚
怎么就说不得一个拥抱的性别
害什么，怕什么
又有什么不能理解

我们去了女同学宿舍，周末
我们不再感觉时间象个包袱
不再象一片空白一般[illegible]

我们开始珍惜每一分钟
珍惜每一堂课
开始热爱集体生活
因为它不再是一、两本课本
几节课
朦朦胧胧地跟着阅读和默写
周末，我们在女同学宿舍
有一位同学钻进蚊帐里没有出来
还有一位同学……
反正我们已有神圣的约定
下周或者期末，我们会再去

邵璞的《周末，我们去了女生宿舍》手稿

20世纪80年代，邵璞与诗人孙晓刚（右一）、桂兴华（左一）合影。（邵璞提供）

飞天真有梦

傅亮

80年代初期，大学里追梦者无数，文学与诗歌是一个极具魅力的载体。但是，能走上这座“独木桥”的幸运者不多，佼佼者更少，他们通常都加入了校园里的诗歌社团，诗社社员就是一个光荣的标签。因此，诗社往往成为校园中的第一社团，就拿复旦大学举例，诗社社长级的人物，往往在历届校学生会中担任要职。1983年，我以复旦诗社社长身份竞逐新一届校学生会，竟然票绝群伦，从而当上了社团部部长一职。诗人在当时受到的热捧，由此可见一斑。

然而，平心而论，红透校园半边天的大学生诗人，当时“红杏出墙”的机遇和平台却不多见，更何况国家级的文学杂志！然正因如此，寥寥可数的几位伯乐，却用他们的慧眼和宽容大度，极大帮衬了一代校园诗人，值得在文学史上大书一笔。我有幸受到他们的提携，感恩至今，他们就是：《诗刊》社雷霆先生、《上海文学》周介人先生、《萌芽》社王宁宇先生和《飞天》的张书绅先生。在校期间，雷霆先生参加了一次复旦的朗诵会，当即“签”下了我的朗诵作品《自行车与五香豆》，使我的诗歌处女作，竟然在《诗刊》这样的国家刊物发表！周介人先生、王宁宇先生也都与我素昧平生，但我的第一次投稿，竟然都在他们“任上”采用，我在《上海文学》《萌芽》这样的期刊第一次“登堂入室”，居然全部都是组诗！这对一个热血青年学子，无疑是最大的砥砺！

同样，至今我也未曾见过张书绅先生，但在30年前的秋天，我与他几番笔谈，我的《八十年代的某一个秋天》等作品相继在《飞天》问世，书绅先生给予我莫大的指点和鼓励。在他的垂青与恩施下，我当然也曾“投桃报李”，利用“职务之便”，向《飞天》“团购”了数以百计的刊物，以做点滴报效。仔细剖析，当年《飞天》的《大学生诗苑》所选之作品，皆不拘一格，慧眼独具，几乎囊括了当时大学生诗派的大体代表，书绅先生以他宽厚、细腻的眼光与作为，极大鼓励了一大批校园诗人，为他们提供了一个真正的平台，也为当代校园诗歌的史册，增添了一份经典的珍藏，实在是功德无量！

篇幅有限，不容多言，我的心声是：校园诗歌始终不全是文学的事，它的跌宕起伏、千回百转，其实就是社会发展、人生价值观演变的缩影；而关心也好，提携也罢，上述期刊以及它们的诗歌“掌门人”，是研究当代校园诗歌历史者不容忽视的一股主流力量。正是有了他们大公无私、诲人不倦、倾心倾力的眷顾和打造，才成就了一大批青年学子的理想和追求，他们的功绩和善举，应该作为一种宝贵的文化财富来分享和研究，尤其对当今社会环境下文学平台如何与诗歌界的“芸芸众生”对接，具有深刻的现实警醒意义。

也说《大学生诗苑》

李彬勇

作为一个20世纪80年代的校园诗人，我与《飞天》杂志中的《大学生诗苑》结有殊缘。我们复旦诗社当年有多人在《大学生诗苑》头条发表组诗，影响不小。我之前虽已零星发表一些小诗，但以组诗形式在《诗苑》发表，于我是首次，从某种意义上讲，我把《诗苑》上刊发的《青年圆舞曲》组诗视为我的处女作（其中《握手》一诗常被各种朗诵会选用）。感激之，振奋之，在1983年的春天，可以想象。

现在当我们将《大学生诗苑》作为中国当代诗歌的一个重要地标来回忆时，我个人以为有这么几个方面特别鲜亮。一是“阳光”。张书绅老师创办《诗苑》，在当年绝对是一个好策划，他敏锐地看到了朦胧诗后的广阔原野是在思想解放、激情洋溢的大学校园，青春、阳光和知识的灵性之花在《诗苑》中渐得绽放，后起的学院诗派也一定程度上滥觞于此。二是“纯净”。《诗苑》没有文人陋气，没有编者对发，将诗稿投去的我们都是穷学生，更谈不上有什么可利

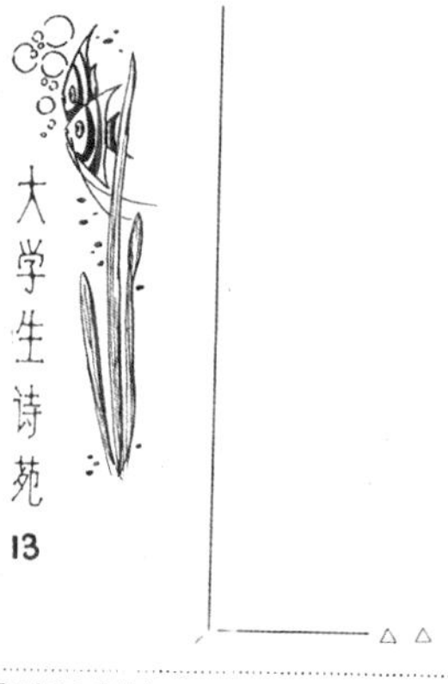

春天在我心中萌动	华中工学院造船系	杨晓峰
清理	河南师大中文系	刘跟社
伫立（外一首）	江西大学中文系	卓　凡
稻草窝里	南宁师院外语系	陈彦宜
鼫鼠（寓言诗）	江苏师院中文系	钱吕明
洁白而甜美的诗（外一首）	安徽师大中文系	黄大明
布谷之声	北京广播学院新闻系	何敬君
竹笛	湖南师院中文系	颜昌海
骑白马的武士	山东曲阜师院中文系	李金平
同学之歌	兰州大学中文系	王治明

《大学生诗苑》第13辑

用的资源，张老师就是以诗论诗，且以仁心慧眼对待将诗歌视为“神物”的我们。三是“大气”。这个“大气”是指《诗苑》作者群的覆盖面的广大，以及因其广大而形成的特有的气场，于今30年过去了，天南海北有这么多的人来纪念它，赞颂它，就是明证。

遇见诗，遇见《大学生诗苑》，我们庆幸。我与张书绅老师缘悭一面，借此机会，向张老师深深地遥致一揖！

一封信的回忆

张海宁

1982年9月，《飞天》杂志《大学生诗苑》刊发了我的几首短诗。那时，我刚从复旦毕业开始工作。收到杂志的那一刻，我好兴奋。要知道这是我第一次在杂志公开发表诗歌作品，也算是编辑张书绅老师送给我这个复旦理科生的毕业礼物了。如果说复旦诗社写诗的那段日子，在我的生命里埋下了诗意的种子，那么《大学生诗苑》诗歌作品的发表，是我创作人生的初次绽放。

过了几年，忽然有一天，我收到张书绅老师的信。他正在编辑《飞天·大学生诗苑》合订本（第一册），需要作者的照片。我随即写信邮寄了照片。之后，也就没再关心这件事情。

过了一段时间，我又收到了张书绅老师的来信。信的内容是这样的：

海宁同志：

照片收到，多谢，勿念。

今有一事，烦请帮忙：上海还有近20名诗人和作者，都在《大学生诗苑》发过诗，都在征集照片之列。对其中多数同志都寄过索要照片的油印信函，结果至今未见回音。除少数失去联系者外，大都留有通讯处，但“通讯”失灵，疑他们的工作单位或地址有变动。因之望你按我开列的名单，查找一下。能查找到的，让看看我们的油印件，尽速寄来照片。如有的已不在上海，也请抄寄我通讯处。此事会对你添加麻烦，还请谅解。谢谢。

张书绅 8.17

从信中看得出张书绅老师挺着急，且有些无奈。再看他列的那份名单，其中有：周伟林、许德民、孙晓刚、肖琦、崔永进、王健、张真、宋琳、卓松盛、王煦、张擎、徐芳、李国华、吴寅菁、傅亮、张晓阳、王晓丹、赵月粱。那时候没有留电话的，按照地址我打了问询电话，再找了有联系的人问了其他人，有些人还是没联系上。联系上的，把张书绅老师编辑合订本需要照片的事情说了一番。也不知道后来他们寄过照片没有，合订本出没出，也不清楚。我想，张书绅老师为这件事一定很是伤神。那个时候，通讯联系不像现在有手机网络，只能靠书信往来联系啊！

这封张书绅老师的信，我保存至今。只是记不得是哪一年的事情了，仔细看过信封上的邮戳，就是看不清年份。也许问问张书绅老师就知道了，可是我直到现在也从来没有见到过他。他在哪里啊？还在兰州吗？也许只能慢慢回忆了！

从诗歌演变而来的真实生活

郑洁

春天爆发的阵阵夏雨

夏雨，20年后，30年后，依然相遇在春天。

1982年春的一天，宋琳和张黎明来找我，他们似乎已经跟老师和当时的学生会主席于海锦提起过成立诗社的事，语气中有些焦急，意思是说，复旦大学复旦诗社已经成立一年了，并有学生诗刊《诗耕地》，我们也必须尽快地成立自己的诗社。我听了有些兴奋，早在我刚入校不久的10月，复旦大学新闻系1980级的张真、李彪、刘振平曾骑车横穿上海来找过我，策划成立大学生新闻社（后因种种原因未成），前些天已经听朱子仪说起过，他们不知是从哪里得知我早已在中学时代就写诗发表获奖的情况，才来找我的。

张黎明是个冲劲十足的人，说话总是带着激情号召的款式；宋琳则显得有条不紊，他每每温文尔雅地说“我想，是不是这样……”，总能让我联想起他在舞会上的邀请动作和出步的礼节，当时几乎每周都有舞会，宋琳和1978级的刘新华是必到的。但宋琳微笑的眼神，却有着明确的表达态度，让人感觉出言似乎就不容修改。听了半个多小时，我总算将我们要做的事情搞明白了。这是我十分欢喜做的事情，我从初中开始爱上朗诵，尽管诗写得不那么定期和频繁，但确是爱写的。那晚，我有重新找到部队，或者被部队找到的感觉。我花了几天晚上，誊抄整理了当时觉得不那么幼稚的作品来，订成一叠。

诗社的消息发到全校的时候，收到了很多诗稿，我们分别带着，叠到了学生会的办公桌上。当时的学生会和团委办公室是联合办公的，地点是荷花池边的一幢独立的小楼，这幢灰色的房子是我常出没的地方。由于要筹办诗社，腾了一个办公桌出来。那些天，我们天天晚上在这里审稿、改稿、讨论、制作海报等。宋琳和张黎明总是形影不离，有重要事情不断商量；徐芳说话声音不响，速度也不快，眼神总是迷离着，但书包总是很大很沉，似乎永远有诗稿存放；朱子仪不苟言笑，一派学究模样，他外语很好，喜欢现代派，字里行间也总是跳跃，引人细细琢磨，难怪毕业后一直坚持着翻译出书，现在著作等身，成了房龙专家。现在回想起来，当时中文系的写作氛围极为浓重，似乎所有的活动都在推动怂恿着写作的奔放热情，每个有创造力的学生似乎也都在写作。我清楚地记得我那时很喜欢1978级沈韬的诗“历史发给我一册书，我加进这则关于秋天的警句”，因为他写的是“枫叶”“秋天的警句”，让我感觉那么特别。那时，沈韬、汤朔梅、刘菲他们已经在准备毕业了，他们那届的毕业晚会有很多节目是朗诵。我记得那天沈韬穿着白衬衣上台的，他的手臂很长，挥动的时候极不自然，几乎碰到膝盖了，但他们能朗诵着创作的诗歌来纪念自己毕业，让我们这些坐在台下的学弟学妹十分羡慕。

李其纲负责主编《夏雨岛》，他在那个办公室沉浸了很多晚上，我们制作海报、商量诗社成立的诸多事务一般不打搅他。有一天，他挥挥手示意我进去，我感觉他要面批“作业”的意思，于是就进去了。他从一大堆诗稿中先拿了两位女生的诗给我读，其中印象比较深的有徐芳的诗，另一个是谁已经记不起来了。然后就赞扬我哪首哪首写得好，另外哪首哪首应该怎么改。于是，我就将需要改的放在书包里去了……5

年后，10年后，15年后，几次搬家，匆匆整理箱子时几次看到过第一期《夏雨岛》，但都没有打开仔细回忆，只是对诗集发黄的速度非常诧异和感慨。现在再看我在第一期的那几首，猜想，大概都是被李其纲肯定过的，记得从他那里拿回来的稿子，在我书包里放了很久。

年轻时糊里糊涂的，也一直对发表、出版这类事情看得并不十分太重，这说来大概很奇怪。后来分析，许是跟小时候常常亲眼看到父亲母亲手里的画稿隔不多久出现在书里这件事有些关系。“文革”期间，作者的名字是不出现在书里的，作者栏往往是很模糊的“什么什么创作组”之类。但是毕业后没多久，对出版发表不十分稀罕的我，还是在许德民的督促下出版了一本个人诗集。但当时，并没有将校园时代写的诗夹带进去，大概觉得那些校园诗歌太“幼稚年轻”了吧。

现在，这本《多变的女性》也发黄了很久了，算来跟我的女儿差不多大。在那本诗集的自序里我说：

> 以前，有人说我多情、缠绵，我从心里不高兴，也就没同她来往下去，后来丈夫也说我缠绵，我才默默认了。我终于缠绵于生活……
>
> 常常真心地委屈着，委屈地等待着，等待地匆忙着，匆忙地激动着，激动地忧虑着，忧虑地充满幻想，幻想得哭，哭的年龄逐年增加，我无法摆脱上帝为女人安排的悲剧角色，我为女人而祈祷。我愿所有的女人都是真正的女人。为单纯而复杂着，为多变而永恒着。
>
> ……我在滔滔不绝时突然沉默在沉默时滔滔不绝可以不可以呢？
>
> 永远不要你回答。

夏雨诗社成立大会的筹备紧锣密鼓，我赶着到艺术团、广播台招募朗诵者。大家很兴奋也很踊跃，那时的学生都喜欢诗歌喜欢朗诵。我们年级，喜欢读诗的人太多了，除了朱子仪、彭华，还有沈习武、张磊、朱桦、周宏、夏玮、许祖兆等，都是演讲和朗诵的高手，他们当时在全校各系巡回演讲，征服过很多师弟师妹。那时，“中文”是全体青年学生向往的专业，会写诗会朗诵的更是当时当之无愧当仁不让被追捧的佳人才子。校园经常举办诗歌朗诵会，全校的学生和校外的文学爱好者都会赶来听。

夏雨诗社成立那天，我特邀了各路明星献艺大礼堂，轰动的场面至今难忘。那天我跟数学系1979级的马磊、1980级的陈双双早早来到大礼堂准备演出的一切，她们都是校学生会文艺部的委员。下午4点刚过，就有人到大礼堂占位子。我们不停地忙着，会标、天幕、磁带、喇叭、钢琴、灯光……天还亮着，参加演出的人就开始化妆了。朗诵会还没有开始，大礼堂所有的座位几乎都被占满了。邀请来的诗人嘉宾入场后，前排的同学让出座位，便在过道坐下来。

郑洁在夏雨诗社成立大会上

宋琳、张黎明和于海锦一致认为应该由我担任主持。那天，我特地将两根小辫散开，扎成了一条马尾，为的使自己看起来更加精神。我至今仍然记得我在朗诵节目上下场间隙里一次次上台的情景。每次从幕边走到台前，都能感受到扑面而来的强灯光和热烈非凡的阵阵掌声，我兴奋得一边准备上场的台词，一边急于控场。张祝平老师在一边不断提醒我，稳着点、慢一点。法语系的范勤来唱了歌，生物系的乐一凡和数学系的姚月都来朗诵，朱子仪等人将当时阅读广泛的诗歌，重新编排了《朦胧诗抄》，吴文华朗诵的是徐芳的《擦窗》。这些人第二天在校园里突然有了新的名字，吴文华的名字叫“擦窗”，姚月的名字叫“苹果”，因为她朗诵的是傅天琳的《我是苹果》。朗诵的气氛热烈回荡了很久。

诗社成立以后，这些人在一起的时候就更多了，大家一起抒情唱歌，一起聊天喝酒，走在校园里更是肆无忌惮，大胆得很。张小波后来也学着张黎明的样子高声喊叫。他穿的裤子往往很宽大，走路摇摇摆摆

1980年初，华东师大三大诗人：张小波（右一）和宋琳、陈鸣华。（苏历铭提供）

的，他的神态符号性非常强：啤酒桶波尔卡，卡、卡、卡、卡……

时隔半年，第二期《夏雨岛》很快在1982年底出炉了。《夏雨岛诗苑》几乎全被1980级男生占领：张小波五首，于荣健三首，许祖兆两首，朱子仪两首，张志平三首，周泽雄、张开鸿分别一首，只有林锡潜的五首守着1979级；《女孩子和七弦琴》里的11个女生徐芳、我、蔡工云、姜津、魏云艰、王秀玉、傅堂牡、胡向玲、杨昕、陈利卿、张擎中已经出现了刚进校的1982级的名字；1978级因为已经毕业，做了专门的《七八级专页》；1979级的诗主要集中在《立体的城市立体的乡村》中。

《夏雨岛》从诗歌创作，到排版印制，从内容到美工，一期比一期成熟。再翻诗刊，我认出了“夏雨诗社”的印章，是朱子仪的刀法。至于黎明老兄说的诗集《蔚蓝色的我们》中我插图的事，只有淡淡的模糊，我似乎都忘了，只有等翻开，才能回到30年前。

一千次重复阳光的呼唤

从2013年3月到5月，华东师大夏雨诗歌节筹备会议地点在2002级张胜的壹心传媒公司，他非常认真地记录着历史。第一次到南京西路那个木楼梯上的房间时，我看到了宋琳的影像。从拍摄的角度、光影的选择，以及话题的引发之中，我感到一种专业的力量。他的镜头微笑地催促着我们的回忆。

这次，他用相机摄录着许德民和我，问，诗歌对你们意味着什么？许德民在我边上回答：

诗歌是人的一种生命方式，表达着人的生命状态。人的生命状态有多层次，有生命的自然层次，生命的本能，生命的感觉等；生命的文化层次，生命的历史，生命习惯和文化符号；还有社会的层次，生命的社会角色，政治、经济、道德的人；还有生命灵魂的层次，或者宇宙的层次。在这四个层次中，诗歌表达的对象和方法是不同的。在社会的层次，是现实主义的诗歌，批判意识的诗歌，观念的诗歌。在生命的本能和生命的灵魂层次，是形式的诗歌、音乐的诗歌，这种形式把人的思维方式带到一个更为深远的境界，它不表示任何一个具体的观点，只表达生命的观念，天人合一的生命观念，自由而无用。因此，人在不同阶段会以不同的生命层次来写诗歌。

我知道他想解释他的“抽象诗歌”。他在我身边，一直是最妥帖的。我们也在不同阶段，共同地过渡着“不同的生命层次”的生活。自认为比较有些生活意境，是因为我们家庭中几乎所有的人都还能将最平常的家庭话题，谈出一些趣味来。也能在处理和对待各种事务的态度中，将自己搁置在不远处。

我们都一样，最初接触诗歌是社会化的层次，针砭时弊的，对社会进行理解、剖析、批判和理想。随着对生命认识的感悟加深，要求自己的诗歌创作也会进入一种更为本体化的生命表达，诗歌会进入另一种形式的创造，有时跟社会现实无关，有时竟也可以与个人情绪无关。尝新，在有些时候也要冒着试错的危险。

许德民以不同的诗歌形式体验生命的不同层次。与艺术有关的一切，他都十分投入，我们相互影响着。当然，他的经济专业背景让他没有忘了精神的同时也需要物质，我目睹他在两边乐此不疲奔忙也真是辛苦。现在他已经是国家一级美术师，从画具象的幻象到抽象的非理性，艺术的发现发展有着同样的规律。他画了20多年的抽象画，也写了不少“抽象诗歌”。有很多人好奇地问我，能不能看懂？我说，不妨做个实验，大家一起来看10首或者10幅，保证我们能挑出差不多的两三首或者两三幅来。而他的解释是：“最终到达一种纯形式的诗歌风格，也就是纯粹的生命形式，这种生命形式用哲学来理解，是非理性，用心理学来解读是潜意识和无意识的，用艺术来解读是抽象的。诗歌的抽象，不仅是主题抽象、文字抽象、语法抽象，更是意境和境界抽象。因为抽象，让我们拥有生命无限。纯粹诗意的形式创造，这就是我理解的最高的诗歌境界，也是生命的最高境界。”

我呢，在这几十年中，几乎没有断绝地写着诗，好像发表或者出版，也不是首要的目的。我在想，我是一直保持着“诗歌地生存”和“朗诵地生活”的状态的。对我来说，大概“诗歌”不是一首一首的诗歌的完整创作，“诗歌”，是一种“分散”，特别是如今这个世纪。对于当下的我们，诗歌是电台电视中的那几秒的广告词，是一频画面的创意和意境，是好友深谈时彼此的心领神会，也是怀旧时最为深刻和浓厚的记忆。正因为此，诗歌于我，不是花冠。自以为，这个世纪我们已经拥有了更多的诗歌，它以不同的面目出现在周遭。所以，更多的诗歌不需要诗刊、版面来发表、出版，创作“诗歌”也随时随地。而且诗歌最初就不是简单的风花雪月和浪漫抒情。诗歌早在2000多年前已风雅颂。

“诗人”和“诗歌”，不完全是一回事。“诗人的生活”和“诗歌地生活”，我更愿意享受后者。诗人的生活千差万别，只有自己清楚，诗歌地生存和朗诵地生活多么美妙。所以，我希望我们的孩子可以多读些真正的艺术作品。因为真正的艺术真正的诗，是作用于生命和生活的，把生命“诗歌”好，把生活“朗诵”好，才是本质内涵。

这次“夏雨诗歌节”应该督促我出版第二本诗集了。

对我来说，诗歌写作，是各种情感的多样抒发，是深思凝练的语言形式，是自我表达、自我解脱、自我慰藉、自我抗衡的展演面貌，也是周边沟通的一种含蓄吐露。

一切，都会有人懂，不屑烦躁与急切。

《飞天》相伴别有天

钱万成

1984年秋天，我离开工作岗位到四平师范学院中文系学习。此时，学校里像薛卫民、于耀江等几位在全国较有影响的诗友都已经离校，因此我一入校便成了校园诗歌的领军人物。

我原本是1977级入学的中师毕业生，1978年开始发表诗歌作品，1979年留在母校梨树师范任写作课教员，是沿着古典加民歌的道路走上诗坛的传统一族，是和陈所巨等同期的“乡村歌者”。重新回到学校，学业压力一点没有，整天泡在图书馆或宅在寝室里翻杂志，读诗，写诗，和《飞天》就是这样结下的缘分。《飞天》是当时诗歌栏目页码较多的杂志之一，和《长春》差不多少。但它的诗比《长春》新潮，现代风格突出。特别是《大学生诗苑》专栏，专发学生作品，似朦胧不朦胧，可算为后现代吧，看了让人耳目一新。那时，我也只有二十几岁，情感与在校生无别。因此一弃从前风格，放弃传统，放弃乡村，开始书写内心世界，并试着给《飞天》投稿。不长时间，收到张书绅老师来信，十分欣喜，又过些时便收到发表作品的样刊。

现在想来，《飞天》之于我不仅仅是发表作品的园地，更是一位天使，把我从地上引到天空，加入现代歌者的行列。此后一发不可收，先后在《诗刊》《星星》《诗人》等诗歌杂志发表了《抒情第六号》《北方的记忆》《八月画梦录》等大批现代特色突出的作品，对我后来的创作影响巨大。

我是黑龙江省龙江县人，和姜红伟是老乡。接受他的邀请十分亲切。他说他要出一本关于《飞天·大学生诗苑》的书，让我写篇回忆文章。想想，就想到这些。应该能够表达我对这本刊物和对书绅老师的感激之情吧？

写到这里，还想起一件与《飞天》有关的事。那时，我在写诗的同时，也写儿童诗、少年诗。当时，除《儿童文学》《少年文艺》以外，北京已经有了一本专门面向中学生的《中国校园文学》。看到《飞天·大学生诗苑》后就想，为什么不可以办一本面向大学生的《大学生诗刊》呢？我向学院党委宣传部提出了建议。当时有位办院报的于立军老师很感兴趣，他说他做学校工作，让我跑刊号，并张罗联系作者，准备创刊号。记得当时给已离校的大学生诗人叶延滨、徐敬亚等都发了信，他们都表示支持，还寄来了作品。后来，学校党委书记和宣传部长都换了人，我也面临毕业，《大学生诗刊》就这样流产了，非常遗憾。

飞 天

祁智

1981年初冬的一个下午，我们对阵扬州教育学院教工足球队。

“我们”是扬州师范学院学生足球队，打遍扬州高校学生队无敌手，只得寻教工队打。我是守门员，门前无战事，对方半场拥挤不堪，风声鹤唳。班上负责取信的同学，从门后给我一个长信封。这封信是甘肃《飞天》杂志寄来的。

20世纪70年代末80年代初，有点文墨的人都在写诗，大学生诗歌尤其猖狂。小组有诗社，班上有诗社，年级有诗社，系有诗社，校有诗社。有的诗社，还跨宿舍、年级、系科，甚至跨院校。诗人像杂草，诗社像草丛。

我当然也在写诗。作为初学者，我在学长王慧琪（1977级）、曹剑（1978级）那里，知道了《飞天》杂志，因为这家杂志专门开辟了《大学生诗苑》栏目。毫不夸张地说，《飞天》在当时成了大学生诗歌圣地，仿佛是20世纪三四十年代的革命圣地延安。

一天晚上，我把三首诗装进信封，贴足邮票，丢进学校门口的邮箱。《飞天·大学生诗苑》收到投稿的诗歌不会少，而每期杂志版面有限，我未必会有发表的幸运。但我想试试。我听说，《飞天·大学生诗苑》的责任编辑张书绅老师，有稿必复。我不指望作品能发表，能得到编辑老师指点一二也好。另外，我觉得，一个写诗的大学生，没给《飞天·大学生诗苑》投过稿，就像一个朝圣的人没到过麦加。

同学从门后塞给我的信封厚厚的，我以为是退稿。但我敏锐地感觉到，信封的厚度与我寄出的略有不同。我不禁内心一荡。我疑疑惑惑、急匆匆地撕开信封口，一行流畅老练的铅笔字写在我的稿件上：

留用一首《写在那一张日历上》，发明年第四期。

张书绅

我寄了三首诗，退回了两首，一首留用。留用通知，没有写在信笺上，而是写在退给我的诗稿上。

这是我的诗歌第一次被杂志说“留用”。我激动万分。这时候，队友见我闲着，从中场回传一个球给我。我迎上去接了，边慢慢向前推进，边指挥队友向前扑。我在推进中发现，对方只注意盯防我的队友，对我放松了警惕。我立刻快速启动，狂呼着后卫“赶紧回去防守——”从中场带球连过数人，一直把球带进对方门里，手里还抓着张书绅老师给我的信。

这个球赢得全场轰动。后来，我多次试图如法炮制，都没有成功。这不奇怪，奇迹的发生，得有特定的环境和条件，就像李广不可能两次把箭射进石头。

我开始漫长的等待，等待“明年第4期”。《飞天》杂志，每期都提前在《光明日报》上登广告，只是提前的日期不定。我每天到图书馆一楼大厅的阅报栏看《光明日报》。3月底的一天，我看到了第4期《飞天》目录，我看到了我的名字。我趁人不注意，撕下了豆腐大的《飞天》广告。

后来，我给张书绅老师投过几次稿，都是几首一起投。有的留用，有的退回。无论是退回还是留用，他都是用铅笔在退回的诗稿上写字。

有时候就四个字：常人所想。

我是1983年7月大学毕业。6月中旬，我收到一封寄自《飞天》的信。信封很薄。我觉得奇怪，因为我快告别大学了，没有给张书绅老师寄过诗稿。我拆开信封，读到了张书绅老师给我写的一封短信。这封信，写在信笺上：

祁智：

你的诗歌里有比较强的叙事成分，不要拘泥于写诗，不妨写小说试试。

张书绅

我在此之前没写过小说。张书绅老师的提醒，让我忽然明白，在我心底里其实藏着一颗顽强的种子。我出生在农村，小时候和伙伴们没有什么书看，就想做一个讲故事的人。写小说的人，就是讲故事的人。这颗种子，被张书绅老师催发了。我开始在纸上写小说。

我至今没见过张书绅老师，甚至对他的情况一无所知。但我一直感激他，经常会想起他，也经常会提到他。

“两只眼睛”，依然在大西北的星空闪烁

华海

这是在时间的沙漏里没有漏走的记忆，如同黑白老照片，在时光之潮的冲刷、淘洗下，失去了一切多余的东西，回到原色，回到简单。

泛黄的记忆愈益凝固、深刻，也许已丢失所有光线和色彩的细节，但它真实，真实如事物本来的样子。

有一个名字——张书绅，我记了30年。如今想起来已是诗歌圣殿里一位光环熠熠的圣者。

但我们从未谋面，一直到如今，他在那头，我在这头。

他在《飞天》杂志《大学生诗苑》的那扇窗口，我在瘦西湖畔的校园，在阶梯教室，在红八楼511宿舍，在少年白日梦的旁边，写出一串串最初的青涩而腼腆的诗行，像折叠成一只只纸鸢，悄悄朝向遥远的大西北——兰州放飞。

总在想象那瀚海边的城市有一扇窗户为我的心灵打开，有一盏灯火在默默冶铸一个青春灵魂飞天的绮丽梦想。

这是一个无言的守望，守望一个关于诗歌的传说。

就像一个古老的信诺，几十封信笺如期飞回，几行铅笔字的修改批语，朴实如泥土，尖锐如秋风，让我一次次惊喜、脸红、顿悟……

原来诗歌的星辰和月亮是这样一步步升上天空，诗歌的漫天之火就

这样一天天越烧越旺，比火焰还高……

那时候，有多少双眼睛聚焦在那大西北的天穹。

相信探险和奇迹，相信梦想和荣光，相信飞天的生命正从敦煌洞壁上复活，在半空衣袂翩翩，飘飞如风如云如七彩霓虹……

而这，几乎是一个时代的缩影和象征，几乎成了一代大学生经典的记忆和幻想。而当有一天，我的一首诗也在《诗苑》的星座里闪动《两只眼睛》，那一刻，我知道同时有千万双眼睛也看见了它。

多少年过去，张书绅老师，你依然在那头，我在这头。

天南地北，沧海桑田，但唯有这些记忆，岁月的风尘并没有能改变它们。就像蓦然回首，又看到30年前自己的“两只眼睛”还停留在那里，在大西北苍茫浩荡的天穹，在《大学生诗苑》的星空中，依然如当初那样年轻，散发着自己生命的光亮。

也许，那已经是个源头，是我千百首诗歌涌流的泉源，是一个人和他的诗意人生被点燃和瑰丽的最初的一束火焰……

《飞天·大学生诗苑》和张书绅老师

伊 甸

20世纪80年代，甘肃的文学杂志《飞天》开辟一个专门发表大学生诗歌的栏目《大学生诗苑》，这是《飞天》杂志的一个招牌栏目。这个栏目为全国大学生诗人所热爱，凡是有点影响的大学生诗人，当时都在《大学生诗苑》上发过诗，很多人发的是处女作。《大学生诗苑》在他们成为诗人的道路上所起到的作用十分巨大。

《大学生诗苑》的编辑是张书绅老师。可想而知：在80年代这几乎所有的大学生都爱上诗歌的年代里，做《大学生诗苑》的编辑是何等地繁忙。张书绅老师每天要面对从全国四面八方雪片般飞来的诗稿。那时还没有打印的稿件，所有诗稿都是抄写的，许多作者的字很潦草，张老师得花多大的耐心去读这些稿件。他还得给作者写信，提修改意见，有的诗可以发表，但有瑕疵，张老师得绞尽脑汁地帮作者修改。

1984年1月和7月的《飞天·大学生诗苑》中，张老师各发表了我的一组诗，给了我极大的鼓励，至今想起来都是一件非常快乐和幸福的事。1986年，我和诗友沈健去西藏、新疆时路过兰州，我们特地去拜访了张书绅老师。7月14 日上午，我们找到了《飞天》编辑部，正好张老师和《飞天》的另一位诗歌编辑李老乡都在，李老乡也是我们非常喜欢的诗人。两位老师都非常亲切、温和，把我们当做小弟弟一样关照。聊了一会儿后，两位老师请我们到饭馆里吃兰州特产——牛肉拉面。那时，我们很不懂事，作为作者，只有内心深处对编辑老师的感恩，却不懂人情世故，没从家乡带点土特产给老师，也不懂由我们出面请客……现在想起来感到十分愧疚。

那天，我们和两位老师还有兰州的女诗人李述合了影，用的是我相机中的彩色胶卷。当时彩色胶卷刚刚开始使用，十几元一卷的价格，是当时我月工资的四分之一，因此一路上我只用这个胶卷拍我认为最重要的照片。一直到十天后到达德令哈时，我才用了胶卷的一半，其中最重要的照片就是和张书绅、李老乡两位老师以及李述的合影，以及在西宁和昌耀的合影等。结果在德令哈遇到了一个利用暑假出来做音乐演出的团队，其中一个陕西音乐学院姓万的人跟我们借剩下的半卷胶卷，我们“豪爽”地借给了他，再三叮咛要他冲好胶卷后挂号寄嘉兴市文联。谁知我从大西北回来后等了好久不见寄来，写了两封信去催，又托西安的朋友专门去陕西音乐学院找到他索要胶卷，他居然说早就寄给我了，当时我真恨不得专程跑到西安去狠狠揍他一顿。没留下和张书绅、李老乡两位老师以及和昌耀的合影，这件事成为我永久的遗憾。

27年不见张书绅老师了，心里常常惦记着他，我从内心深处至诚地祝愿他平安、健康、长寿。张老师的《大学生诗苑》培养了整整一代大学生诗人，那些大学生诗人现在都人到中年，很多还活跃在诗坛上，我想他们都会记得这个让他们永远感到亲切的名字——张书绅。

1985年，伊甸（前排左一）与湖州师专远方诗社诗友合影。（伊甸提供）

难忘张书绅

杨川庆

20世纪80年代的新诗潮，为我们留下了很多熠熠闪光的诗人，他们的作品经过时间的淘洗，至今令人难忘。在难忘的诗人和诗作背后，有一个人让我无法忘怀，他就是甘肃《飞天》杂志的诗歌编辑张书绅。

记不得是什么时候，张书绅在《飞天》杂志开设了《大学生诗苑》专栏。我那时在黑龙江大学中文系就读，爱诗爱得如醉如痴，每期的《大学生诗苑》我是必读。只要我去学校图书馆，必找《飞天》来读，时间长了，在脑海中形成了“大学生诗歌”的概念。1983年，我和哈尔滨师范大学中文系的潘洗尘认为大学生诗歌已成为新诗潮的重要组成部分，需要总结总结，于是联合写下了我国第一篇总结大学生诗歌创作的评论《开放在校园里的诗花——漫谈我国近年来的大学生诗歌创作》，发表在《当代文艺思潮》1984年第3期。

除了关注大学生诗歌创作，自己也痴迷诗歌写作。那时，我已经在报刊上发表了一些诗作，但没有在《大学生诗苑》上发过东西，自己觉得还是一个缺憾。那时，《大学生诗苑》已经发表过黑龙江几所大学校园诗人的诗作，如哈尔滨师范大学王爱中的《哈尔滨中央大街》、黑龙江大学陆幸生的《钟和提醒》、哈尔滨师范大学刘荣升的《也许这是》、呼兰师专任永恒的《大山》、黑龙江艺校唐元峰的《上街》，让我非常羡慕。我将诗稿寄给张书绅老师，张书绅老师在我的诗稿上用铅笔写上审读意见，然后再将诗稿退给我。这样往返了几次，我的习作《龙卷风过后》终于在1984年第6期的《飞天·大学生诗苑》发表。

大学毕业后，我协助诗人巴彦布老师创办《诗林》杂志，也开设了一个《大学生诗歌》专栏，也想像张书绅老师那样，为校园诗的发展提供一个平台。我办了两期《诗林》，因故没有留下，就到鸡西市文联编《雪花》杂志去了。在当编辑期间，我一直是将张书绅老师作为楷模的，努力做到每稿必复，终因来稿过多，没有做到。后来，有些朋友对我在编辑岗位做的一些事褒奖有加，我往往惭愧得无地自容。

大约是1987年，我接到张书绅老师寄的一份约稿函，是有关出版《大学生诗苑》选本的，当时我正在办理调往北方文艺出版社的手续，很是忙乱，就没有及时回复。现在想来，真是愧对张书绅老师的关切之情。

对新诗潮来说，张书绅老师功莫大焉，他实际上办了一所诗坛上的“黄埔军校”。难忘他辛勤的劳作，难忘他对一代学子的帮助，他的劳作和帮助，在20世纪80年代显得异常珍贵。

杨川庆1980年代照片。（苏历铭提供）

我在兰州以及与《飞天·大学生诗苑》的一些事情

菲可

这样的夜晚一定是酒的世界。我已经沉浸其中。我知道我已经是酒徒，几乎所有不能把握自己的人都会如此。写诗哪怕是曾经写诗的人必定如此。

这样写下几句，我是对自己很不满。我又一次迷茫在这样的世界里。想到朋友要我回忆30多年前我与兰州《飞天·大学生诗苑》的渊源，我不得不停下来，写字。可是，我几乎记不得当年的许多事情，不仅仅是苍老的原因，更多的是时过境迁，那个时代不能回忆，回忆它心中充满伤感。年轻人你们是难于理解的。而我现在不会去理会伤感，作为酒鬼，用一杯苏格兰艾莱岛波摩就足够打垮我。

我接触《飞天》在20世纪80年代，现在，说过去都要加上“20世纪”这样的定语，让我唏嘘。那时她还不叫《飞天》，飞天是敦煌最美的壁画形象之一，而《飞天》是酒泉地区文学刊物的名称，那时是赵树森——也是当年的朋友，并且发表我的处女作的一位诗人编辑拥有的文学刊物名称，他把这个地区级的刊物办成了有全国影响的纯文学刊物而在文学界享有盛名。甘肃省文联刊物《甘肃文艺》就把她用作了自己的刊名。这是一个了不起的改变。不只是一个刊名，实际上也是甘肃文学倾向的巨大改变。随后，这个刊物就名享天下，几乎全国最好的诗人都在这里出现过，所谓的文学史也有了她的重要位置。

我是1980年来到兰州的。当年进入兰大中文系也许也是很多人的梦想，我这样夸奖我的母校不是没有道理的，虽然我从来没有夸过她，甚至不愿意拍一张在兰大的毕业照，充满了反叛，但事实上，这是一个不同一般的大学。过了30年，我现在感慨她给我的一切，包括她给我的不合时宜、从不与时事相迎的思想，还有过于悲观的想法、失败的人生观。从这里走出来的人，几乎没有满意的，原因是她让人不愿意走到社会和人生的前台，当然寥若晨星的几个名流除外。这是文学在当年在兰大带给我们的永远的后遗症。加之西北这特定的荒凉城特有的无以名状的东西潜入了我们的内心。

那是个好时代，想起她就必须喝酒。可是当年我不这样认为，我愤愤不平，充满愤青的一切表现，经历30年，现在才明白，尽管如此，也只有那个年代还值得我感慨和怀念。也许，从来就没有什么好年代坏年代，我们不配生活在好年代，因为我们从来就没有评判的资格。但是，除了她，我们还有什么呢？一想到这些，就无比空虚。

兰大是我人生打开的第一个窗口。来自江南，忧郁、感伤、怀古，在16岁之前还沉浸在古时的风花雪月里的我，一夜间走到了世界的门口。感谢兰大，其实是兰大的许多学长，还有那个时代已经洞开的大门，让我有了充分的机缘投身到世界的文学之中。我为此激动、沉默，我看到了一个真正有价值的世界。我知道，我无可挽回了。也许这是我的不幸，导致了我此后漫长的人生道路，我无法接受我的现实。我活在我的乌托邦里。

因为这乌托邦，我开始了新的文学尝试，从吸纳开始，寻找一切机会，如饥渴的孩子。诗歌，新的诗歌的尝试也从此开始。那时的写作感到难于把握，有太多的东西想表达却无从表达。我和我的一帮兄长一起寻找，他们比我更成熟，更有智慧，他们帮助过我，尽管后来四散五分。

1982年的时候或者稍晚，我已经记不清了，在刚刚赢得诗坛特别是巨大的大学生文学力量的追捧的《飞天·大学生诗苑》，我也有机会跻身其中。当年创立这个平台的张书绅编辑用一种中立和善良的心创办了《大学生诗苑》，不但聚集了全国所有的大学生诗人，也因此把《飞天》办成了有全国影响的一流文学刊物。在当年，这是一个了不起的事件，即使在现在有影响的诗人，都离不了当年《大学生诗苑》发表作品的基础。

我印象中，每一期《飞天》因为《大学生诗苑》而被抢购，每个月盼望出版的那一天去买最新的《飞天》，是当年的一大景观。今天已经无法想象那种盛况了。

我的处女作更早是在赵树森编辑的《阳关》也是最初的《飞天》发表的，此后在兰州的《飞天·大学生诗苑》陆续发表了几次，其中有一组写大学生活的还获得了《飞天》的"大学生诗苑奖"。从这里开始，我在大学期间后来在80年代最有活力的刊物《青春》《青年诗坛》《丑小鸭》等发表了很多诗歌，而且也是甘肃诗人最早在儿发表作品的，我还是第一个在《诗选刊》发表作品的甘肃诗人。这让我对得起甘肃，因为那时发表作品，你的名字前有个省名，菲可是属于甘肃的。

1984年7月，大学毕业，几乎所有人都认为我一定留在兰州，我自己也这么认为，因为在毕业前一个月的毕业实践活动里，有到肃北草原采风的机会，我断然拒绝，我想我一辈子都会在大西北，有的是机会在每一个想去的地方随便待多久。可是，我离开了，我不顾一切离开了，我来到了少不入川的重庆。一晃就是30年。从那至今再也没有回去。

在重庆，我收到了张书绅编辑发表的我的诗歌的刊物以及《大学生诗苑》合订本。我后来还邮寄了一组诗歌给他，他为此写了一封很长的信给我，批评我背离了大学生诗派的写法。不久又寄来了获得"大学生诗苑奖"的通知，也许是用奖励我当年《大学生诗苑》写作的方式鼓励我走原来的路子。张书绅是那个时代的好编辑，不管大家对他的诗歌主张看法有多么不同，他主办的《大学生诗苑》是会进入诗歌史的一件事情。我还记得在一个冬天去编辑部的情景，苏式建筑高高的空间，精致的楼梯，温暖的房间，桌上堆满的来稿，也许这就是那个时代文学青年想象中的文学圣地吧。

我记得那时一起写诗并兄弟般相聚的朋友：张子选、人邻、阳飏、于跃、韩霞……当然更有我的同学封新城、普珉、李建宏……

1982年，兰州大学校园诗人封新城、普珉、李建宏、菲可（从左至右）。（菲可提供）

张书绅是我的“写作老师”

刘云

我1981年开始文学创作，以写诗为主，当年在《星星》第12期发表诗歌处女作，这给我很大的写作激励。以后陆续给一些省市报刊投稿，多有发表。《飞天》因有《大学生诗苑》而在中国校园享有盛誉，大学生作者，特别是诗歌作者以能在《诗苑》发诗为荣，而且将其作为一种肯定的标准。大约从1982年初起，我开始尝试给《诗苑》投稿，前后约有一年多的时间，基本上每月投一次，有时一月数投，或单首，或组诗，有的还是长诗，一直没能发表。鼓励我不断投稿的动力何在？那就是张书绅老师对每稿的批阅，指出作品的不足、努力的重点，有时批改得非常仔细，具体到字词的使用，多数时候是诗艺方面的点拨，也有主题的提炼。算下来，到我1983年7月在《大学生诗苑》发表第一首30行左右的小诗为止，张书绅老师为我批阅过20多次“作业”。1984年，我已经大学毕业工作一年多了，又在《诗苑之友》发了一个组诗，这是张书绅老师对我的延伸关怀，使我在走出校园的最初的工作、生活苦闷中看到了清新的希望。作为中国当代资深编辑，张老师集中代表了20世纪80年代中国文艺出版业从业者最优秀的品质，他是真正的无私的园丁，是良师益友，是青年学子写作路上的明灯。张书绅老师是我的“写作老师”，在他给我的习作的批阅中，一言一语、一字一词，都倾注了他对作者、对学生的深情、期望。谢谢张书绅老师在我写作之初的鼓励，激励我一直坚守对文学的爱。这些年，我在全国各类报刊发表文学作品200多万字，出版了三本个人文集。我做过中学老师，文化馆创作员，县政府秘书、主任，做了八年的县政府领导，如今最终回归于新闻宣传战线，我现在一家市级党报任总编辑。我在内心深处把张书绅老师作为自己的工作榜样，努力做一个像张书绅老师那样的无私帮人、扶人的编辑。

告别我的大学（外一首）……江苏扬州师院中文系 曾剑
闪亮闪亮的小红灯……兰州大学中文系 尚春生
鸟巢……湖南湘潭师专中文系 彭国梁
孩子和海……山东大学中文系 杨争光
嘱托……北京师大中文系 周啸峰
匍匐者……香港中文大学宗教系 冯颖贤
无题……上海海运学院分院轮机系 崔永进
湖畔……中国科技大学工程热物理系 叶流传
蝴蝶（外二首）……华东师大历史系 肖琦
石桥……复旦大学中文系 王健
我的醒悟……内蒙古师院中文系 安源
欣慰……宁夏大学中文系 方怀南
·14·
大学生诗苑

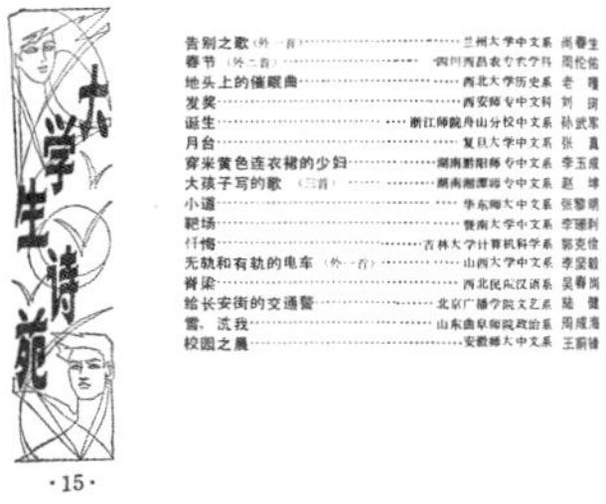
大学生诗苑
告别之歌（外一首）……兰州大学中文系 尚春生
春节（外二首）……四川西昌农专大学科 周伦佑
地头上的催眠曲……西北大学历史系 老乡
发奖……西安师专中文科 刘斌
诞生……浙江师院舟山分校中文系 孙武军
月台……复旦大学中文系 张真
穿米黄色连衣裙的少妇……湖南邵阳师专中文系 李玉成
大孩子写的歌（三首）……湖南湘潭师专中文系 赵雄
小道……华东师大中文系 张黎明
靶场……暨南大学中文系 李骤利
忏悔……吉林大学计算机科学系 郭克俭
无轨和有轨的电车（外一首）……山西大学中文系 李坚毅
脊梁……西北民院汉语系 吴春尚
给长安街的交通警……北京广播学院文艺系 陆健
雪，洗我……山东曲阜师院政治系 周成海
校园之晨……安徽师大中文系 王辉锋
·15·

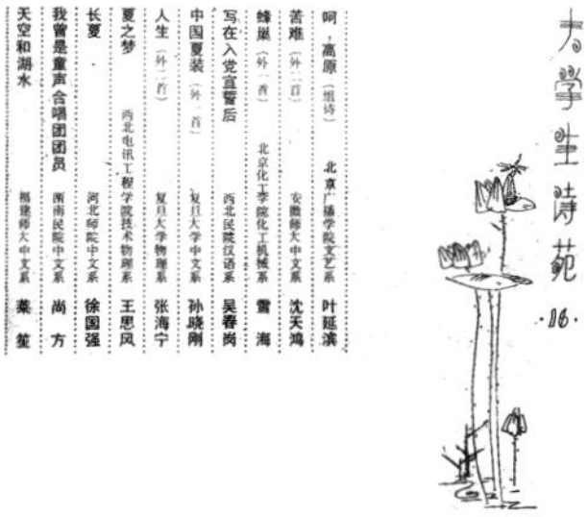
啊，高原（组诗）……北京广播学院文艺系 叶延滨
苦难（外二首）……安徽师大中文系 沈天鸿
蜂巢（外一首）……北京化工学院化工机械系 雪海
写在入党宣誓后……西北民院汉语系 吴春尚
中国夏装（外一首）……复旦大学中文系 孙晓刚
人生（外二首）……复旦大学物理系 张海宁
夏之梦……西北电讯工程学院技术物理系 王思风
长夏……河北师院中文系 徐国强
我曾是童声合唱团团员……西南民院中文系 尚方
天空和湖水……福建师大中文系 桑笙
大学生诗苑
·16·

《大学生诗苑》第14、15、16辑

迎宾阁诗情

方文竹

我与诗歌的相遇也是处于一种被抛状态，即进入一种存在的困境。那是文学正热火的20世纪80年代初，我在安徽师范大学中文系读书。我在班上偷偷摸摸地写小说，写上近一年不见长进，转而一看，同学们几乎人人写诗，不会写的跟着跟着也会写，且交流气氛大大超过正规课本，只有你这个傻瓜还在独自吭哧吭哧地谋划着长篇幅的叙事，于是我“改行”加入了校园全民写诗的队列。这一改行也改了我的性格与生活方式——与同学们朝夕捆绑在一起，热乎乎傻乎乎地掰起词句和意象来。想一想当时的那个写诗劲头可是拼命：自己给自己定下写作任务。若不完成，深夜里还在床上黑里想，甚至冬天里有意挨冻考验自己，逼自己尽快完成回到热被窝里去。

那时候，安师大诗歌与吉林大学、复旦大学、华东师大诗歌一起称为中国四大高校诗歌，单说我们安师大，有名的诗人就可举出一长串——刘人云、姜诗元、沈天鸿、曹汉俊、钱叶用、祝凤鸣、罗巴、朱永良、查结联、袁超等。天天写，两三天投稿一次，投得最多的是甘肃《飞天·大学生诗苑》（那年代大学生诗人必争之地），还有《青春》《萌芽》《青海湖》《青年文学》等，诗歌刊物只有《诗刊》《星星》。看着同学们纷纷发诗，并以稿费请客庆贺，我内心里焦急万状，终于，1983年5月，《粘在玻璃窗上的纸块》一诗载《飞天》当年第5期《大学生诗苑》（也是平生第一次领稿费：7元），短短13行几乎是诗歌责编张书绅老师重写的，可我在同学之间绝不提责编老师“重写”之事，尤其对那些从未发表过诗的同学似乎突然产生了“优越”感。接着拙作在《青春》《青海湖》《金城》《滇池》等刊发表，在1980级，按“成就”仅次于当时的著名校园诗人钱叶用了。而这个钱叶用日夜和我形影不离，话题都是诗诗诗，真的可以将诗当饭吃当酒喝了。“诗艺来自磨炼”，钱常说这话，他高产（往往是他写两首我写一首），人又机灵，善拉关系，有时候与我为诗争论得唾沫四处飞溅，面红耳赤，可是事后一想他的观点还是令人信服的。

那时候，江城芜湖镜湖上的迎宾阁是安师大这帮写诗的家伙常去的地方。一杯淡茶，三两五六个诗友，一待就是半天，高谈阔论诗，有时候还会有意想不到的女孩过来偷听。嘿！那是一个以诗可以“勾引”美女的时代，居然还有成功的。（为了尊重诗友的隐私，这里略去，再说了，拣那些陈年烂芝麻干啥？）小小的迎宾阁是诗的诞生地，我的很多诗就是在那里诞生的。

东北师大诗人学子与《飞天·大学生诗苑》

史秀图

在20世纪80年代初，《飞天》杂志的《大学生诗苑》是继《诗刊》的“青春诗会”之后，一个颇有影响的大学生诗歌创作园地。当时，我在东北师大中文系1978级读书，一方面参与了系学生会文学创作的组织工作，一方面也是学生文学社团的积极分子，横跨了《北方六友》和《北方》两个文学社团。《北方六友》诗社的成员包括郑道远、孟繁华、邓万鹏、史秀图、杨春生、朱自强，《北方》文学社的成员包括章平、徐国静、王乃华、史秀图、梁勇、程刚。《北方六友》邓万鹏（1977级）的诗歌《田野的希望》（二首）入选《大学生诗苑》第7期，《北方》的徐国静（1977级）则是《诗刊》首届“青春诗会”的成员。后来，1977级的郑道远和1978级的郭力家参加了1986年的《诗刊》“青春诗会”。《飞天》的《大学生诗苑》与《诗刊》的“青春诗会”一样，在全国各大专院校诗人学子们的心中，地位很神圣，分量很重。

那时，我们还不知道《飞天·大学生诗苑》的编辑是张书绅老师，但在我们平时投稿时，知道《大学生诗苑》的诗歌编辑是一位很负责的人，不管稿件发与不发，都会及时回复。那时我们每次出刊《北方六友》，都向全国重点的文学刊物交流，《飞天》是必不可少的一个。后来出刊《北方》，与文学刊物交流中，《飞天》也是一个重点的方向。

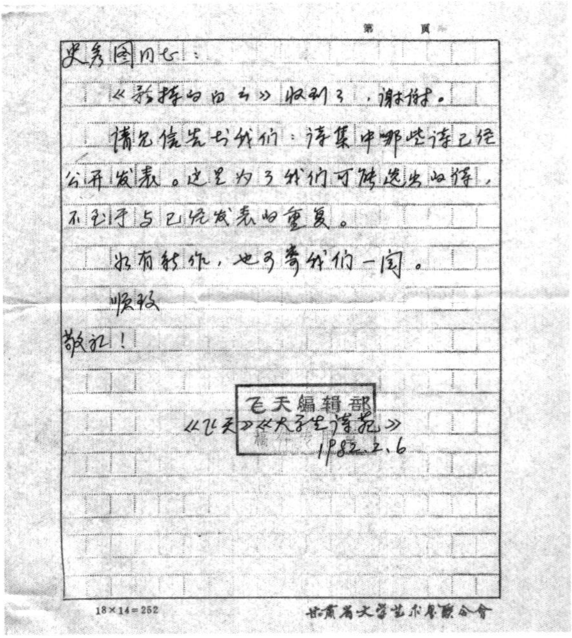
第　页

史秀图同志：

《矜持的白云》收到了，谢谢。

请见信告知我们：诗集中哪些诗已经公开发表。这是为了我们可能选出的诗，不至于与已经发表的重复。

如有新作，也可寄我们一阅。

顺致

敬礼！

飞天编辑部
《飞天》《大学生诗苑》
1982.2.6

18×14=252　甘肃省文学艺术界联合会

张书绅老师在1982年2月写给史秀图的信

1980年11月，我自费刊印个人的第一本油印诗集《矜持的白云》，一年后偶发奇想寄给《飞天》一本，没想到，很快接到张书绅老师的复信，信中写道：“史秀图同志：《矜持的白云》收到了，谢谢。请见信告知我们：诗集中哪些诗已经公开发表。这是为了我们可能选出的诗，不至于与已经发表的重复。如有新作，也可寄我们一阅。顺致，敬礼！《飞天》《大学生诗苑》1982.2.6。”1982年初，我自费刊印个人的第二本油印诗集《初恋的心》，也寄给《飞天》一本，张书绅老师百忙中给我复信：“史秀图同志：我们原来知道你是大学生，现在还是不是？接信请立即告知。如你是78级，若《初恋的心》中能选出可用的诗，则我们仍按大学生稿件处理。顺致，敬礼！《飞天》《大学生诗苑》编辑1982.7.21。”也许是出于对重复刊载的担心，严谨认真的张书绅老师最终没有从我的两本集子里选诗，而是在我的自由投稿中选了一首《春的序列》（散文诗），发表在1982年第10期《飞天》杂志的第17期《大学生诗苑》中。我对这首散文诗能在《飞天》的《大学生诗苑》发表很得意，1983年我自费刊印个人的第三本油印诗集时，就用《春的序列》做了书名。

东北师大的诗人学子与《飞天·大学生诗苑》结缘的还有很多，主要集中在中文系，有1978级于二辉的《面对自己的青春》（《诗苑》第3期）、1980级黄云鹤的《呼吸阳光》（《诗苑》第20期）、1979级卢景林的《公园里，老人》（《诗苑》第22期）、1980级赵培光的《山谷》（《诗苑》第37期）、1980级黄云鹤的《听〈伏尔加船夫曲〉》（《诗苑》第40期）、1978级郭力家的《月夜》（二首）（《诗苑》第44期），另有教育系1978级阿古日勒泰的《阿布》（《诗苑》第10期）。

东北师范大学北方六友诗社成员合影。（史秀图提供）

源　头

王春平

一个人一生中总会遇到几个重要的人，他们可能改变你的人生。比如我，大学时代痴迷写诗，先是遇到我的表兄潞潞，他打开了我所不知道的一扇又一扇门，至今我还能记得我们在一起朗诵手抄的埃利蒂斯的《创世颂》、江河的油印诗集《从这里出发》。那是一个洋溢着青春气息的激情年代啊，一切都那么生命力勃发。后来就是给《飞天·大学生诗苑》投稿，结识了从未谋面的张书绅先生。那时，山西大学投稿的有中文系的周同馨、董启荣，董启荣让我看了他发在《大学生诗苑》的《三叶草》，告诉我可以给《飞天》投稿，可以直接投给诗歌编辑张书绅，这是我第一次听到这个名字。后来我就投稿给张先生。我第一次投稿他就给我回了信，信本来我一直保存着的，可惜后来搬家时把信和一期《飞天》丢了，那一期《大学生诗苑》有我的诗歌《九月菊·冲头·钢板》，很可惜。他前后给我来过三次信，每次都不长，至今我仍然记得张先生清秀的字迹，全然是一个朋友的口吻。那时我才19岁，不谙世事，得到张老师的肯定，为此激动了好几天。在他的帮助下，脱颖而出的诗人中我是小小的一个，惭愧的是成绩平平，但是对诗歌的热爱有增无减。《大学生诗苑》和张老师的栽培是一个源泉，那是三江源的水，大江大河的源头。

我与《大学生诗苑》

陈惠芳

20世纪80年代，是诗歌的黄金年代，是激情燃烧的岁月。特别是大学校园，掀起了一波又一波诗歌狂潮。大学生中，至少有三分之二的人写诗。写诗成为不可抑制的潮流与时尚。

在这一诗歌狂潮中，《飞天》文学杂志开辟的《大学生诗苑》成为大学生诗人们的神圣殿堂。许多大学生将在《大学生诗苑》发表诗歌，视为至高无上的荣耀。《大学生诗苑》推波助澜，在发现、提携大学生诗人的过程中，发挥了独一无二的巨大作用。《大学生诗苑》被誉为校园诗人的“诗歌教父”。

主持《大学生诗苑》的是张书绅。

我有幸成为当年校园诗人中的一员，更有幸成为《大学生诗苑》的作者。这一时段，成为我诗歌生涯最为难忘的记忆之一。

1980年7月，我从湖南宁乡一个叫流沙河的乡村，考上了湘潭大学中文系。当时的大学生，可谓是“百里挑一”。考上大学，就意味着跳出了“农门”，端上了“铁饭碗”，吃上了国家粮。这在贫穷的乡村，是一件值得大书特书的事。当时，为了庆祝我考上大学，父母还请当时的公社电影放映队，放了一个晚上的电影。但我从来没有想过当一位诗人，更没有想到与《大学生诗苑》结下了不解之缘。

1980年9月，我这个乡巴佬走进了大学校园。国庆节快到了，中文系要出一期墙报。找人写一首诗，却找到了我的头上。我一点诗歌细胞都没有。我对班主任说："我不会写诗。"班主任硬要我写。我琢磨了几天，写了一首"分行的文字"，题目叫《湘大抒怀》。交上去，墙报登了。出乎意料的是，《湘潭大学报》选发了。我的文字第一次变成了铅字。我欣喜若狂。晚上睡不着觉，半夜三更还打着手电筒，躲在被窝里看。那期《湘潭大学报》都被我翻烂了。懵懵懂懂中，我走上了诗歌创作的道路。

中文系的老大哥在著名"七月派"诗人、湘潭大学教授彭燕郊的指导下。成立了"旋梯诗社"，办了一个油印诗刊《旋梯诗刊》。因为一首《湘大抒怀》，我被"旋梯诗社"吸收为会员。不久，我知道《飞天》有一个《大学生诗苑》。但我不敢投稿。我写得很多，基本上都是"自娱自乐"。直到1979级的老大哥毕业，我接手"旋梯诗社"，担任社长兼主编之后，胆子才大了一点。那是1983年。

投稿，退稿，再投稿。退稿之中，还夹着一封信，署名是"张书绅"。我不停地给张书绅投稿，写信。我一定要敲开《大学生诗苑》这扇大门。1984年上半年的一天，我又收到了退稿信。打开，厚厚的稿子里夹着一封信。一看，心跳了起来。张书绅告诉我，留用了我两首诗歌。于是，我隔几天就到图书馆资料室去查看《飞天》。

1984年《飞天》6月号《大学生诗苑》发表了我的两首诗《身影》《两棵石榴》。一首8行，另外一首7行，总共才15行。但对于我，不同寻常。我终于在大学期间，实现了《大学生诗苑》零的突破。

1984年7月，我从湘潭大学中文系毕业，分配到湖南日报工作。我与《大学生诗苑》的缘分并没有中断。

1985年，《飞天》2月号《大学生诗苑》发表了我在大学期间创作的组诗《曾经有过的童年》。同年，《飞天》还组织了一次"作者读者笔谈《大学生诗苑》"，并在7月号摘录了这次笔谈。我表示："告别

《诗苑》我是难过的。我会像大学期间那样，不吝汗水，继续耕耘。”

1989年，也就是我从湘潭大学中文系毕业的第5年，《大学生诗苑》合订本出版，留下了校园诗歌的重要史料。

《大学生诗苑》是我诗歌创作的第一个重要驿站。张书绅是我未曾谋面的启蒙老师。凭感觉，他是一位认真、严谨而仁爱的老师。成百上千的大学生，因为诗歌，因为这份追求，与《大学生诗苑》，与张书绅有了超越时空的交往。

告别了《大学生诗苑》，但我的诗歌创作一直没有停止。1987年春，我与江堤、彭国梁组建了“新乡土诗派”。昔日的《大学生诗苑》作者，拥有了自己主导的阵地。

遗憾的是，我一直不知道张书绅的消息。不管怎样，我永远感谢他。

诗意年代记忆

漆进茂

记忆中，那是个“大时代”！

20世纪80年代，诗歌的流传比它的觉醒来得更迅猛，在青年中，尤其在大学校园内。一群群尚显稚气，差不多还面带菜色，却被冠以“天之骄子”称号的大学生浸润在诗意的光华中，执着而美好。

我是1985届的，1981年9月到西北师大报到。在兰州地区乃至整个西部，当时西北师大中文系的牌子够亮的，据说和北师大是可以平等对话。有不少全国知名的国家一级教授和学科领军人物，前身是京师大学堂等。初进校园，园林化的布局特点让人对其顿生好感，掩映在绿意中的带有苏式风格的建筑充满形而上的意味。

校园中有一片枣树林，在松柏和阔叶植物群中，显得孤傲而率性。后来有意无意都会走到这儿，甚至成了一群校园诗友相约逗留处。此外，校园中最引人注目的就算宿舍区大门口贴满各类海报的墙面，各类社团各种机构的各类活动和报告会信息扑面而来，我记住了诗歌学会有关朗诵和讲座的通告。因为在中学生为数不多的藏书中，我有两本特别的书——普希金和莱蒙托夫的诗集，他俩和涅克拉索夫被誉为俄罗斯抒情诗三驾马车。

朗诵会是在露天的一个平台下，应该是个专门聚会的所在。只记得人头攒动，灯光在周边高大的树影中闪烁，有些朦胧恍惚。校园诗人轮流登台朗诵，有学生，也有老师。至今张子选浑厚而富于穿透力的男中音仍在时间之外回响。好像孙克恒先生也上了台，念得投入，但普通话不太标准，没听清到底朗诵的是啥内容。对不住了，其他人也没清晰的记忆了。当晚，只记住了一句，不知谁朗诵了北岛的诗，那句“我不相信！”在懵懂的意识中撕开了一道口子。

接下来才知道，学校有个诗歌组织，就叫诗歌学会而不是其他，全称是“甘肃省青年诗歌学会西北师大分会”。各系还有些大大小小的诗社、文学社。我忍不住也试着写了一首诗，挺长，上百行，大约是大山的孩子有限的经历和感怀，贴在教室的板报栏，受到班里同学意外的夸赞。后来来了几个本系高年级师兄，看了看，找我谈话，问我愿不愿意加入学会。我怔了一会，点了点头。完了依稀是填了个简单的表，在发表了何种作品一栏惭愧了半天。师兄说，就把你板报上的作品写上吧。过了几天被通知，已加入，并告知参加周末活动。活动在兰州不远处幽僻的风景胜地兴隆山，集体坐大轿车去的。诗会的头面人物大多去了。主要是登山，然后在一处宽敞的平地聚会，无外乎朗诵、发言、表演节目，以及有关要求、活动安排、注意事项等。记住了于跃的一身军服，他是从部队考进来的。张子选仍是这样场合的明星级人物，好像是字正腔圆地念了“大江东去”，还唱了俄罗斯民歌《三套车》，被震了一下。想，原来可以这样。其他，现场细节都交给时间了，只留下了那种特别的氛围，沉积在此后的人生中……

后来才又知道，有不少那天在场的人实际上当时都是校园著名抑或甘肃省小有名气，甚至全国有点影响的真正的诗人，内心受到了惊吓。诗会编有一本油印诗刊，就是在全国大学生诗歌界影响广泛的《我们》诗刊。每期有厚厚一本，几百个页码，交流范围很广，包括诗歌活动热烈的全国大部分院校。里面刊登的不少作品接着被公开发行的文学刊物和报纸副刊刊用发表，有些还获了各类奖项。不再列举名目和篇目了，怕挂一漏万，开罪了师兄弟们。据说，师大的几个代表诗人曾应邀赴京参加新诗研讨，和谢冕、孙绍振等诗界旗手会话，至于是否属实和具体内容一直未能确认。因为1981年有两届学生毕业，即所谓春班和秋班的师兄师姐离开了。他们中有一个人和一个事件，在更大的范围内可能知名度不高，但在甘肃省新时期诗歌史上却留下了独特的印记。那人叫栾行健，写了一首诗《雪花》。最初发在校园板报，时间应该是1978年。一经发表，便在校园内引起强烈反响，争论此起彼伏。后来这个小诗推动的诗歌争鸣波及校园之外，由此而引发整个甘肃省文学界争论的热潮。一些权威人士的介入，促成了讨论的升级，几乎可以说形成了新旧文学观念的较量。《甘肃日报》接连几个专版发表各类评论文章，形成了当时罕见的一个文学现象。我还是中学生时偶尔看到的报纸，对其结果也是不甚了了。等到想起来要打听这位师兄何许人也时，却被不幸地告知，此兄已在两月前毕业了。只好存憾。其实这首诗只有几节，像一曲纯美的爱情咏叹，句式复沓、干净、透明、柔美。我还记得这样几句："哦，雪花儿雪花，你是这样的洁白无瑕，从天上轻轻地飘下，飘下，亲吻着大地母亲的面颊……"大致这样，不太准确了。可能现在的人读了不觉得什么，但在当时那个年代，它的出现仿佛探出冰面的一朵多么鲜嫩而芬芳四溢的小花，不，是……奇葩，呵呵。由此可以感知，当时大学校园乃至整个社会以诗歌为代表的文学浪潮的渐次觉醒和冲击，也能感知到校园诗歌和校园文学从来不是象牙塔内的孤芳自赏，而是和整个社会的文学文化思潮血脉相连的。当时和以后一段时期，校园诗歌甚至呈现出在文学界领跑的态势。

我和尚可新等几位小兄弟，甘愿为诗会的各类活动鞍前马后效力，并不遗余力地开始了延续多年的诗歌阅读和创作。也陆续有一些作品在《我们》上发表，偶尔被人唤作诗人。汗颜了一阵之后，也就半推半就地认可了。心想，不久我就会当得起这称号的。那时的师大图书馆，是个大去处，各个专业的学生在那儿会聚，占座位是一件很需要耐心的事。一伙人轮流负责看座位，轮流排队借书借杂志。学校图书馆除了海量的藏书外，还订有各类报刊，当时号称“青年文学三剑客”的《青春》《萌芽》《青年文学》以及《星星》《绿风》诗刊等是我们的最爱，一到新刊出版送到，大约会被我们先霸占，翻得形销骨立才会被返还。多年以后还记得，有几期刊物的诗歌部分居然不翼而飞，莫名惊诧之后，不约而同逼住某人，狠声曰：交出来！某人毫无愧色地从怀里排出一沓纸页，我们轮流展阅，是顾城或者舒婷的诗，几个人附魔了一般看完再看，都没说话。北岛的诗是在手刻油印本上看到的，接下来就开始抄录。几年下来，每人都有好几本各自喜好的诗人诗作手抄本诗集，有的留存至今。某一次听说1981年夏天，北岛、江河、杨炼还曾来兰，不少人结伙乘车步行赶去听了报告和朗诵。我因自己入学晚了点，没见着这些神一般的人物而自怨自叹良久。

大二后一学期或者大三开始，我被吸收为《我们》的编委，参与编辑印刷之类的工作，只记得，那时脚下生风，满怀激情。有时候彻夜干活、写诗，几近废寝忘食。白天睡觉、逃课也是常有的事。北岛那句“我不相信”带来的叛逆时不时发酵、发作，离经叛道隐约成了一种时尚，与喇叭裤、花格衫、长头发一并流传。包括小范围交流爆点“粗口”，抽劣质烟草，喝廉价烧酒，谈一点小恋爱，不一而足。表象之下，是一种相当自负的担当精神，大有“舍我其谁”的味道。当然，这也是当时爬过高考的“独木桥”，有幸在百分之几的升学率下进入高等学府的大学生们

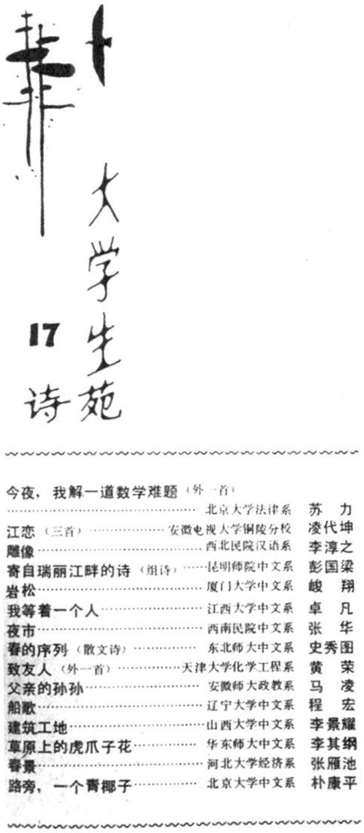

《大学生诗苑》第17辑

的通病。那时的诗歌创作也是勇气勃勃的基调，充满了自省与反思的意味。面对浪潮般涌来的文化思潮、文学观念，我们晕头转向，不加选择，所谓捡到篮里都是菜。各自的创作风格也开始由单纯的模仿、复制，渐趋多样，自成一体，作品质量有了不同层次的提升，在各级各类报刊发表，也得到社会上文学评论界的肯定甚至热捧。诗歌学会除不定期编辑印发刊物外，还组织各种讲座和报告会，请校内外一些知名专家、学者、作家、诗人来讲课，也负责筹办过全校文艺汇演等。那时应该是《飞天·大学生诗苑》盛装推出之际，大家把能否在这儿发表诗作看作校园诗人们是否真正成为诗人的标志。有赖《诗苑》编辑张书绅老师看顾，我从大三开始在《诗苑》上发出习作，虽显稚嫩，但也给自己一个向上的台阶和自我肯定的理由。

地处西北内陆的甘肃省由于计划经济时期对国家战略产业的贡献，整个经济结构和发展水平在很长时间都不尽如人意，但在文化发展上却常有意外之举。在全国范围内大学校园持续升温的诗歌背景下，由甘肃省文联主办的文学期刊《飞天》，推出了一个深受全国莘莘学子追捧的重头栏目《大学生诗苑》，也就在意料之中。要是有人还记得，当时还出了个文艺理论期刊《当代文艺思潮》，同样引起全国性关注。东北的大学生诗人徐敬亚写的《崛起的诗群》就是发在这儿，其先锋性可见一斑。几年后被停刊，也就在意料之中。

忘了是谁的提议，有次几个人闯到了《飞天》编辑部，在兰州市东岗西路256号。这个全国数万大学生诗人梦中都能叫出的地址，原来在一个并不起眼的综合办公楼上。找见张老师不需要多打问，编辑部的工作人员看到学生模样的人，都会顺手一指他的办公室。没想到，心中仰慕已久的张书绅老师竟像个县乡中学的语文老师，个子不高，头发不黑也不多，样子朴素，霎时多了几分亲切，因其随和的言谈，来前的一丝忐忑也舒缓下来。以后，渐渐生出了某种对他慈父般的情怀，这是后话。其实当时谈了些什么，也记不清了，只是告辞出来有了种如释重负的感觉，也有了一种跃跃欲试的冲动，一定是老师的话给了我们力量。以后的以后，还被老师带到在五里铺的家里，吃师母亲手做的饭菜……这般待遇是兰州以外校园诗友们不能想象的。而对于诗歌创作，张老师是宽容的，也是严厉的。说宽容，是他对各种创作风格都能纳入视野，都让其在《诗苑》落地，这有大量所发作品为证。说严厉，是他对某些剑走偏锋，甚至多少有些走火入魔的写作，也是及时棒喝，不予通融。往往有些自鸣得意的作品，老师却能温言软语地点中“死穴”，让人背上沁出汗来，也让年轻的我们在过于年轻的时候能时有所进。和身边几个伙伴相比，我的勤奋和天分都欠了些，后劲不足。但我比较知足，也先后在《诗苑》上露过几面，便引来了外地校园诗友交流的信件，那些异常真诚也略带卖弄嫌疑的来往信件，真心值得怀念，可都没有留下来。

上一届的师兄李志仁在离校的日子里，把诗歌学会的大红印章和一间独立的办公室留给了我和尚可新，连同成捆的《我们》诗刊。此时的刊物，已经辟出不少的篇幅刊登兰州地区和外地各大专院校诗友的作品，影响和范围更广了。后来校宣传部增加经费，我们把封皮换成了简单的彩色印刷，刻印也变成打印，算是形式上的进步。诗歌内容及表现形式也不拘一格，摆脱了朦胧诗影响的校园诗歌兼收并蓄，中外不忌，冷热通吃。最有影响力的还是《大学生诗苑》一年一度的评奖，获奖作品也成了借鉴或者模仿的对象，比如于坚这样至今热力不减的名字。

那时的大学生，有一个显著的特点，就是兴趣广泛，精力旺盛。大四那年，各种大学诗歌活动更为火热，兰州地区七八所院校诗会、诗社联合筹划，在团省委的支持下，成立了“甘肃省大学生诗歌联合会”。成立大会与诗歌朗诵及各校精品节目汇演融为一体，在兰州黄河剧场举办，有配音情景诗朗诵，有热力四射的现代舞，有摇滚乐……遍邀当地文化名人，记得主持是兰州军区战斗歌舞团两名专职人员，省电台的播音也参与朗诵，事后省电视台发了数十分钟的专题片，各校的大轿车据说全体出动，小车也摆了一长溜，真是盛况空前。现在我还在感叹，一群20来岁的大学生，真有这样的能量吗？黄河剧场可是当时唯一演出世界闻名的大型舞剧《丝路花雨》的地方，我参与了交涉，但不菲的租费终究是怎么结的，我至今不知道，因为我毕业了。可以肯定的是当时的文化界对这次活动是倾情相助，无私援助的居多。

毕业的时候，师大诗歌学会的接力棒交给了刚刚大二的叶舟和唐欣他们。叶舟的诗敏感灵动，唐欣的沉郁厚重，后来的影响不需要我多说了。以后的他们，更多的师弟师妹，干得有声有色，我偶有风闻。但记忆已经淡去。大学就是这样，像那句话说的，长江后浪推前浪，前浪死在沙滩上。前浪都不可逆转地跳上了沙滩，不过我们都还活着。带着诗意的记忆，活着。

80年代

任民凯

1982年8月26日，我踏上了东去的列车，开始了我人生的新旅程。到车站送我的有爸爸妈妈和哥哥，还有一个漂亮的女生。她只是远远地站在一处我能看得到的地方，自始至终都没有过来跟我说句话。爸爸妈妈把我的行李办理了托运以后，就站在站台上等火车。行李是一个装满了衣服的箱子和打成捆的铺盖。当时我穿着一件咖啡色的长袖衬衣，那是妈妈托人从外地买回来的。火车来了，我一个人走上火车，车厢里人并不是很多，我把书包放在一个空位上，然后下车跟家里人告别。哥哥说，怎么这么大意，赶紧回去。他这么说是因为我的报到证、50块钱和30斤全国粮票都放在书包里。我赶紧回到了车上，看到书包依然放在座位上，东西也依然在包里。我把书包背在身上，想走到车门口，跟那个我爱过的女生挥挥手，可是列车已经缓缓地开动了。透过模糊的车窗我又一次看到了那个亭亭玉立的女生的身影，我想我们俩的关系彻底完了，我再也不会回来了。

那一年我18岁。

诗歌

我报考的是兰州大学中文系，并不是说我喜欢这所学校，而是那年只有这么一所重点学校在青海招中文系的学生，我记得前一年还有中山大学在青海招过中文系，当年我就想如果再招的话，我就报中山大学。这种想法也不是冲着学校去的，只是觉得男孩子，离家越远越能体现自己的独立性。

到了学校，我们跟1980级的住在同一座楼上。他们有四个人出了本油印诗集《地平线》。有杨迅滋（普珉）、封新城、温相勇和李剑虹。而且他们四个人住在同一间宿舍里，宿舍的门上写着“诗歌加工厂”。在跟他们的交往中，发现他们手里有《今天》的手抄本，于是我也借了来，一顿猛抄。《今天》的诗歌给我很大的震撼，觉得他们的诗跟公开发表的诗歌很不一样，读起来有一种真实感。同时，还看到北岛的诗集，当然也是手抄本。“卑鄙是卑鄙者的通行证／高尚是高尚者的墓志铭”，简直是绝了。

在封新城那里，我还看到《外国现代派作品选》，我把里面的诗歌全抄下来了，而且还知道了一个全新的文学观念——现代派。文坛上正在进行关于“朦胧诗”的争论，在学校的图书馆里，我非常认真地做着卡片，就是把跟争论有关的资料全部摘抄到卡片上。同时，我也跟班里的同学苗强出了本油印诗集《金字塔》。一共出过三期，记得第一期的封面是我设计的，一个大太阳，太阳上面是一个手印。

提到诗歌就不能不提到《飞天》杂志，有个《大学生诗苑》是当时在大学生中享有盛名的栏目，张书绅先生就是这个栏目的编辑。张先生个头不高，戴着顶帽子，有时候他会摘下帽子用手抓头，就可看见有些谢顶的头。他是个非常认真的编辑，每稿必复。那是个诗人辈出的年代，他一个人有点忙不过来。他就让我和苗强去帮忙。他要求我们要认真地读每一篇来稿，把好的选出来，不好的就退回去，并要写上退稿理由，还要求一定要用铅笔写，这样作者可以再次利用。他还在一张信笺上写了几条常见的理由："内容较为空泛""语言尚欠凝练""立意缺乏新意""结构略显单薄"。他一再嘱咐我们，语气一定要缓和，不要用尖刻的语言，要多鼓励。然后，我和苗强就非常认真地看每一篇来稿。

除了《大学生诗苑》以外，还有一本杂志叫《诗探索》，是谢冕主编的，也深受诗人们的青睐。由老木编选的《新诗潮》更是红极一时，我不得不向在北大读书的中学同学写信求助，才搞到了一套。再就是由徐敬亚主编的《中国现代主义诗群大观》也在全国范围内引起了轰动。这一个栏目和三本书刊共同见证了那个崇尚诗歌的年代。

一次我跟宿舍里的杨勋在街上瞎逛，看到一个漂亮的姑娘，拖着个大包过马路。我对杨勋说看我去怎么勾引她。我走上前去，对她说我来帮你吧，你这是要去哪儿。她说要去《飞天》编辑部。我说多亏遇到我了，我们刚从那里出来。去找谁？我想肯定是个写诗的。她说去找李老乡。我问她你叫什么名字？因为在编辑部帮忙，我知道很多写诗的名字。她说她叫蒯凤洁。我想了想好像没听说过这个名字。说着话就到了编辑部的大门了，于是我们就分手了。

不承想20多年后的今天，我跟朋友去吃饭，他说有个朋友从北京回来。去了通过介绍才知道她就是蒯凤洁。我说20多年前你是不是去了趟兰州？她说对啊。我说你还记不记得在马路上有个男的想勾引你。她说记得。我说我就是那个男的。她说呀，真的！说完就跑过来给我一个大大的拥抱。她说还有一个男的，他现在在哪儿？看来她真是记得20多年前的事。我说当时你就不怕我是个坏人？她说你一点都不像是个坏人。我说当年如果像现在一样有手机的话，我早就把你勾到手了。我问她你还写诗吗？她说早就不写了。我说现在光"写"钱？她说对对对对，光写钱了。

1986年，现代诗歌研讨会在兰州举行。我和苗强虽然没有被邀请，但还是参加了会的大部分研讨。参加会的有杨炼、徐敬亚等。我跟苗强晚上就住在张子选的屋里。会是在胜利宾馆举行的。当时的兰州，胜利宾馆刚建成不久，是兰州的最高建筑。到了1987年的时候，封新城要策划一套诗集，于是把韩东、王寅、丁当请到了兰州，在我的单身宿舍里玩了一会儿后，我们便坐上公交车，到西固张子选的家里吃酒，他那时已经结婚了，有这个条件。

让人意想不到的是20多年后，张子选在北京跟蒯凤洁一起做事。这可能是诗歌带来的缘分吧。

圈子

1985年的暑假，我领着女朋友，到兰州植物园看画展。画展是一群青年画家举办的，展出的作品都非常前卫，看过后让人很激动。但是这种激动仅限于对外国现代派的艺术的模仿上。后来这些画家当中的几个人成了我的好朋友：曹涌、刘新华、陈明肃（成立）和刘正刚。

1985年的秋冬时节，郁郁和孟浪来到兰州。已经工作了的封新城和李剑虹接待了他们。孟浪穿着一件军用棉衣，脚上是一双靴子，长长的头发加上满脸的胡子，很像一个苦行诗人。因为彼此都是第一次见面，自然诗歌和女人便成了我们之间交流的主要话题。我记得他们对埃里蒂斯非常感兴趣。过了一段时间，李冰也来到兰州。那个年代，只要你是诗人，你就可以走遍全国。参加工作以后，有个安徽的诗人找到韩霞（葛根图娅），韩霞把他介绍到我这里。后来我跟韩霞说你怎么把他介绍到我这里来了？她说我不认识他。我说我也不认识他。她说你不是个男的嘛。韩霞说的不认识其实就是没听说过。后来我跟韩霞约好了，凡是不认识的人我们谁也不接待。我对她说你那边要来女诗人可一定要叫上我。（此文有删节）

我与《大学生诗苑》

张中定

诗歌繁荣的20世纪80年代，甘肃著名编辑张书绅老师主持的《飞天》杂志的《大学生诗苑》名震全国，是大学生诗人们人人想挤进去的艺术殿堂。我当然也向往之，努力之，直至1984年第11期，我的诗作《石径》等才上了《大学生诗苑》，后来又上过一次作品。

有一次，有位同学在教室里兴高采烈地宣布："快去看呀同学们，我们班的大诗人张中定同学的大作，竟然发表到我们学校餐厅里去了！"我有点莫名其妙，还担心是谁在涂鸦恶搞。中午去学校的学生餐厅打饭时扫视了一圈，四面墙壁上都是美术作品做成的装饰画，终于发现有人把我的诗歌书写成书法作品，装裱、悬挂在学生餐厅大门的上方，那是我"阶梯式排列"的《石径》一诗，节选的那段是"直到一段危岩落在脚下／直到可以舒一口长气／才觉自己刚从一部杰作中走出／这是达·芬奇胶树画的／一幅妙曼的草稿，或是／马雅可夫斯基阶梯诗长卷中一串／断裂的／句子"。选取现代诗书法、装裱很新鲜，当然也有点怪怪的感觉。记得那遒劲的草书写得相当不错，但我忘了仔细看看到底是谁的手笔，也没有去探究是什么人把我的诗歌挂在学生餐厅的。但我知道，那首《石径》是我发表于《飞天》杂志《大学生诗苑》中的那首诗作，我想到和要感谢的还是《大学生诗苑》。

我作为西北师大学生会会刊《同学》主编、校学生会宣传部部长和狂热文学青年，曾经多次参加过甘肃省文学艺术界的活动，对文化机构比较了解，特别爱跑《飞天》杂志，又在《飞天》杂志的不同栏目和不同编辑景风、李老乡、何来等老师手上指点、发表过小说和诗歌，特别在著名诗人何来（后来才知是定西人、我的西北师大校友）主持的“每月一位甘肃诗人”重点版面上多页码重点推出过我的一组诗（见刊时我已经大学毕业到金昌市编辑《镍都报》去了）。但我依然对《大学生诗苑》的张书绅老师“情有独钟”，每次去《飞天》都要去他那间朝南的编辑室看一看，因为他那里汇聚着全国大学生诗人们的才情和佳作。张书绅老师中等身材，看起来朴素又平凡，平易近人，对人总是谦和有加，他给我和陈桂林等其他大学生诗友有一个共同的感觉和疑问，那就是张书绅老师看似平凡得就像一位邻居大叔，不像是一位文学编辑，他好像也不写作和发表什么诗歌，那他又是如何把一个全国独一无二的《大学生诗苑》办得先锋、锐气、青春无敌的呢？这种感觉和疑问一直装在我的心里，尤其是在多年之后自己也当了编辑、记者时，就更加强烈了，很想问问张书绅老师本人，但一直没有机会问他。

我与《大学生诗苑》

王爱中

1982年12月号的《飞天·大学生诗苑》中刊发了我的一首作品《哈尔滨中央大街》。记得责编张书绅老师来信说，本要推荐参加当年的评奖，因为发在年底最后一期，时间来不及了。但我仍十分感激。同期发表作品的还有小师弟王永聚。

这首诗歌应该算是我的处女作吧，发表后还收到全国许多高校同学们的来信。后来潘洗尘编辑的《中国当代大学生诗选》、马合省编辑的《永远的风景》、罗振亚编辑的《中国当代文学大系》（诗歌卷）等诗集都收入了这篇作品。其实，我自以为这并不是我写得很好的东西。

那时东北写诗的人挺多，徐敬亚、吕贵品、王小妮、曹长青、李琦、贺平（萌娘）、张曙光等，都很有影响了。当时我正牵头忙着创办北斗文学社，吴晓东、李光武、刘荣升、潘洗尘、王永聚等是最早的参与者。黑大冰帆社的唐景奉、杨川庆、王广研等和我们往来密切。1983年大学毕业后，我走了一条很曲折的人生道路，但始终没有放弃诗歌写作和对诗歌的关注。曾经用笔名冰洲出版过《黑色土》《放牧，或被放牧》《碎月》等诗集。曾和舒婷、叶文福、唐晓渡、王家新、朱先树、王燕生、李松涛、马合省、李琦、罗继仁、李武兵等有过甚密的交往。也参加过《诗刊》的改稿会。再后来，我疏远了类似的活动，虽然写作，却不愿意发表什么了，虽然编辑部我的抽屉里尘封着不少诗歌稿件。

应该说，《飞天》的《大学生诗苑》特别是张书绅老师，创造了一种诗歌现象，这种现象影响了一个时代，也孕育着一种精神。时至今日，仍有像姜红伟这样一些有文学良知的人致力研究、整理这些史料和价值，弥足珍贵。这正是我们当下所缺失的事物。我有幸在20世纪80年代介入其中，成为人生最值得回忆的亮点。

诗坛当年话点滴

唐元峰

20世纪80年代的诗坛，无疑是一片绿野，百花争艳，五彩缤纷。在黑龙江的诗坛上，也活跃着一大批年轻的歌者，他们把一颗颗葱绿的心，放飞于那个充满朝气的年代。因为酷爱诗歌，我也行走在他们中间，亦因为年轻无须，就体会着“吟安一个字，抓落几多发”的苦欣。

那时候，许多诗刊因势创办，如北方的《青年诗人》《诗神》以及全国各地的文学期刊不时推出的诗专号，都极大地推涌诗的巨澜席卷神州大地。朦胧诗的兴起，更加唤醒了千千万万个文学青年心中那颗文学的种子，使之勃勃然生长出诗的枝叶，把诗坛装扮得壮阔而美丽。更值得一提的是，《飞天》文学期刊独具慧眼，适时创办了《大学生诗苑》专栏，当时，它在全国各大学校园的影响是巨大的，《大学生诗苑》也理所当然地成为了全国大学生们最爱驻足的庭苑，校园诗人们以能在《诗苑》专栏发表诗歌而为荣。

我与《飞天·大学生诗苑》结缘，是我和当时的青年诗人杨川庆、王雪莹、潘洗尘、杨锦、王鑫彪和桂煜等，在《诗苑》读了哈师大王爱中的诗歌《哈尔滨中央大街》后，才萌生出给《诗苑》写稿的。当时，我的诗已在《星星》《奔流》《青年作家》等期刊发表过，在何鹰先生编辑的《青年诗人》从创刊号起连发三期，但仍与《诗苑》的风格不搭。这期间，主编《大学生诗苑》的编辑张书绅老师给我写了数封回信，悉心指出我创作的不足，鼓励我写出佳作。在我每一件退稿上，都留下了他亲改的字迹，我至今记得，他的字平和而隽秀，流利而耐读。字里行间，似见一长者，循循善诱，悉心引导。可惜，这些宝贵的资料，因当时年轻，不懂呵护，数次搬家，全散失了。

于今回想，那时的我，发表欲何其强也！依仗年轻，率性而涂，草草成篇，失于斟酌，给张书绅老师带来多少无谓的工作量啊！而那不成形的作品，如果发表出来，除了让人脸红，另有何用？如果自己懵懵懂懂，以为佳作，四处张扬，就更加贻笑大方了。如有昨日，我一定放慢，种蚌养珠，不再浮躁，哪怕经年而成百字，只要禁得住推敲，也不枉老师的一片苦心了。后来，终于有那么两篇——《上街》《信念（外二首）》分别发表于1983年10月号和1984年5月号的《飞天·大学生诗苑》，我也就有幸成为了当时黑龙江在校大学生在《诗苑》发表诗歌最多的人。只有我知道，这其中，包含着张书绅老师多少心血啊！

后来，我的心中总有一个心愿，就是能见张书绅老师一面。毕业后，终于有一个机会去兰州，我去了《飞天》编辑部，却没有见到张书绅老师，说张老师已退休了。我只见到了《飞天》主编李云鹏先生，说明来意后，我请李先生代我向张老师致意。我想，张老师也许记不清究竟是谁，但他一定会想到，是当年千万名大学生作者中的一个。这些人，不管现在身居何处，在他们心中，都曾并将永远涂抹着青春的诗句和老师的福泽。老师，辛苦；老师，长寿！

我们重提20世纪80年代，不只是那里跳动着我们的青春，飞扬着我们的诗句，也因为那蓬勃的岁月，因为那清朗的年代，人与人纯粹而真诚的相视，人与未来是那么彼此清晰！在这里，让我凑近姜红伟先生的窗口问候一声：

朋友，你还好吗？

诗歌，你还好吗？

那个属于季节的消息

刘中国

1980年，中大校园杂志《红豆》第4期，发表了我的一首“诗”，有个老大哥问：“你为什么要写诗呐？你又不是城里人……”我就做出非常严肃的样子说：“是呀，我为什么要写诗呐？又不是城里人……嗯，我认得的字少，怕一家伙用完了！对啦，我认得的字比你少多了！”……30年后聚会，老大哥还在笑我打的这招“棉花拳”。

《飞天》杂志有个《大学生诗苑》，那时我们每期必看，经常投稿。1977级苏炜是《红豆》主编，同窗好友辛磊是诗歌组组长，他在《飞天》上面发表了《丰收的歌》《猎户星座》《诱惑》。这些诗歌作品，我与辛磊夫人陈美华在编选他的遗文集时，均予收录。老友陈敏在《飞天》上发表了一首《望着我》。

许多年后才知道，主持《大学生诗苑》的张书绅老师，刚刚复出不久。从红伟这部书稿看到，《大学生诗苑》1981年2月正式推出，那正是“乍暖还寒”季节，我节录广东著名文艺批评家黄树森先生不久前为《辛磊文集》所作序言之一节：

1979年底，我在广东省作家协会《作品》当编辑。那时节，重评《武训传》，高行健的《绝对信号》，白桦的《苦恋》（即电影《太阳与人》），特别是朦胧诗，在中山大学校园里，都有激烈辩论和掀天争执。为了组织为朦胧诗申辩、阻击黄雨的批评文章，我在文德路作家协会，邀集中大一批学生座谈，辛磊和他的夫人陈美华，林英男和苏炜、方风雷、陈平原、马莉、朱子庆等参加。林英男受领约稿，写了《吃惊之余——兼与黄雨商榷》的长文，刊登于1980年第一期《作品》，其后遭致北京师范大学教授黄药眠一众人等的系列批判。

《大学生诗苑》火爆的年头，正值朦胧诗处于挨批的风口浪尖上，张老师是怎么挺过来的呢？当时罕有人知。但是，就是因为他当年“挺着”，《大学生诗苑》金枪不倒，甘肃在我的记忆里，当时就有了另一种颜色：绿色，绿色，还是绿色。尤其是1981年，全国高校校园刊物一夜间灰飞烟灭，离沙漠较近的《飞天》，绿意盎然，一望无际的绿色。1983年，张老师编发了我的习作《走向没有编年的年代》。

后来，我和辛磊、陈敏（笑蜀）等诗友，不再从事诗歌“创作”。

朱子庆和马莉1981年谈恋爱时在中山大学小礼堂前。（马莉提供）

辛磊有鸿篇巨制《岭南三部曲》，笑蜀有《新史学：大地主刘文彩》《历史的先声：半个世纪前的庄严承诺》《背上十字架的科学：苏联遗传学劫难纪实》等。我则像当年那首幼稚的小诗写的那样，“在陈迹中安排生活，把那些星散的陶片，还原成陶器”，陆续出版了《钱锺书：二十世纪的人文悲歌》《容闳传》等。

但是，诗歌一直是我们生活的一部分。前些年，耶鲁大学苏炜回国过暑假，他在我的一本旧藏、1941年出版的《普利策诗歌奖选集》上写道：“诗的生活与生活的诗，在当今这个世界已经快要消失了。我们仍旧顽强地守望她、坚守她，因为诗的存在，首先是人的存在，或者说，人的存在，就是诗的存在。”看到红伟不辞劳苦完成这部书稿，内心是钦佩的，诗作者的回忆文章，又把我拉回那个遥远的年代。谨录老友陈敏在《飞天》上发表的《望着我》，献给张书绅老师与《大学生诗苑》历任编辑——

我不要说，也不要写
那些话，还没被理智过滤
望着我吧，望着我
默默地，望着我的眸子
从它，你会读得出
那个属于季节的消息

毫无疑问，在“解冻”与严寒的日子里，书绅老师是诗歌的守护者。这本著作，则传递了“那个属于季节的消息”。

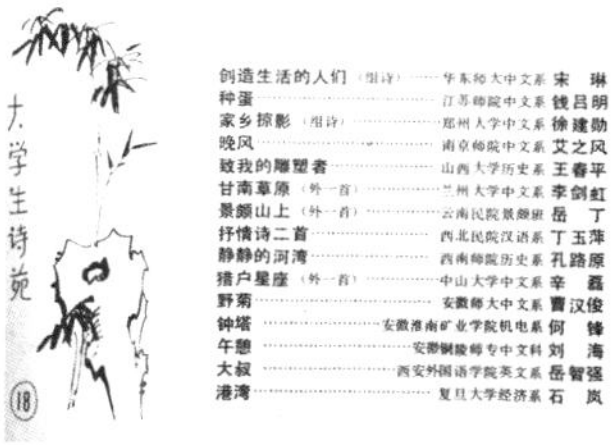

《大学生诗苑》第18、19辑

心中的圣土

于奎潮（马铃薯兄弟）

《飞天·大学生诗苑》，对于20世纪80年代大学生诗歌阵容的集结曾起到过非比寻常的作用，它的编者张书绅先生则因为对这个园地的悉心经营，及对诗歌青年的真心呵护而博得了大家由衷的爱戴。

那是一个诗歌写作风起云涌的时代，也是诗歌新人辈出的时代，其中一个突出的现象就是大学生诗歌写作群体的突起。但在创作蓬勃旺盛的同时，能供大学生诗人发表作品的空间则显得十分窘窄。在这个背景下出现的《飞天·大学生诗苑》栏目，它的广受欢迎就不难理解了。这个栏目的设立，不仅体现了编者回应市场需求的敏锐反应能力，更重要的，我认为体现了他们对一股新生写作力量的重视和对其前景所抱有的信心，其中一定也包含有深长的使命感。它在办刊中秉持的开放、宽容、质量面前人人平等的选稿态度，特别是办刊者爬梳罗剔抉的辛劳付出及沙里淘金的独到眼力，都为当代诗歌的编辑者们提供了有益的启示，堪称一份重要的精神资产。

《诗苑》的受益者不是一个两个个别的人，而是一代身处大学的文学青年。它就像是一座学校，从那里走出的人，仿佛身上就带着了共同的印记，凭着这印记，大家可以在千里之外找到知音，在多年之后还能嗅到彼此相通的气息。当年，循着刊物上留下的作者就读学校的线索，大学生诗人们彼此间的通信联络是很便利、很频密的。

我的诗歌处女作是由张书绅先生在《诗苑》发表的。能在《诗苑》这样万人瞩目的平台上发表作品，心里的兴奋和自豪感，应是今天的年轻人无法想象的，它带给我的激励也是超乎寻常，特别是，这个平台让我心仪已久。

用现今的眼光来看，那是一首很青涩的作品，题目叫《我们远航去》，写于1983年初夏，大学毕业前夕投给了《诗苑》。这首诗是面临不确定的前途及即将告别大学所萌生的怅然、惶惑、依恋等诸种心境混合作用的产物。因为不乏某种心声的真切表达，故虽然作为一首诗问题不少，但我还是愿意提起它，其中有一句“我们，是一群想讨苦吃的青年”，这句话就像一句预言，魂灵附体般伴随我其后多少年的生活轨迹，我的确一直在找苦吃，也一直在吃着苦。年轻时，吃苦是甘之若饴的，而现在虽然苦还继续吃着，却不再有当初的昂扬和以苦为傲了。

那首诗的发表经过我至今还印象深刻。大约是1983年的10月前后，我收到了《飞天》的来信，薄薄的信封告诉我，这肯定不是退稿信了，是用稿通知。通知上说，《我们远航去》将发表在当年12月号《大学生诗苑》。经历半年的时间，我本已经对用稿不抱希望，实际上，几乎已经将这次投稿忘掉了。因此，这个用稿通知，带给我的意外的激动是难以描述的。

事情并没到此结束，好事儿还在后面。

大约是1984年初夏前后，我又接到了一封来信，通知我《我们远航去》获得了1983年度《飞天》“大学生诗苑”奖。起初我甚至都不敢确定这消息的真实性，有一阵我甚至感觉到了晕眩。

后来，杂志正式公布了获奖名单，我的照片也第一次登上了文学刊物。记得一起获奖的有于坚，还有我的同学林锡潜。

有了被赏识的经历的激励，胆怯的我开始给张书绅先生写信，我把他当做了自己没见过面的精神导师，一个青春心事的倾诉对象。每一封信都能收到他的回复，有时是一张信纸，有时是两张信纸。也继续投过诗稿，但从此再没被采用过（那时有一个《诗苑之友》栏目，是为走出大学校园的诗人所设的吧）。每次，先生都会把稿子退回来，并附上亲笔信，现在我还存着一份退稿，是先生铅笔批改过的。他除了写出对该批投稿的总体意见，还在每首诗的旁边写上批语，这些批语不绕弯子，单刀直入，直指不足，问题点得准确，也点到了疼处，让我看到了自己的浮躁及积累的薄弱，如同被人猛击一掌，一下子变得清醒了许多。

多年以后，我也辗转成了一名文学编辑。如何对待这份工作，如何对待作者，我的内心始终把张书绅先生奉为楷模。我希望成为他那样的编者，虽不能至，但心向往之。我告诫自己，要以友善之心对待作者、以诚信之心对待读者。与作者相处，既敬重名家，也不要怠慢了普通作者。工作中也会有疏忽，对人也会有怠慢，但内心却是要尽力避免的。就像我从张先生那里承受的雨露，浇灌了内心感恩的禾苗，我从他那里师承下来的为人做事的态度，也得到了许多朋友的反馈。就在不久前，两个失联多年的朋友通过微博重新接上了联系，提起多年以前我给他们写的信，说这些信至今还完好地保存着。往事如暖风徐徐吹来，我知道我感到的不仅仅是欣慰而已，简直有点百感交集了。

一份久远的感动

冯金彦

那个年代，《大学生诗苑》对于我们来说，是一种高度，一种明亮，一种向往。

在遥远的甘肃，《飞天》这本杂志使得兰州这个城市都充满了温暖，那个《诗苑》的掌舵者使得所有的大学生诗歌作者都感到了温暖。

遗憾的是，我至今还不认识他，也没有走进这个我心中美丽的城市，只是一次次地读他的思想和智慧。我惊异于，在那样一个非主流的地方，他是如何举起了这面沉重的大旗，并且永远飘扬。至今回望，我们依旧会听到猎猎作响的声音。

而我发表在这个刊物上的那篇作品，我也精心地保存着。它不但见证了一个优秀栏目对我的关爱，也在我最后工作的安排时，给了我一份力量。

因而，我觉得对于一个刊物，决定其作品水平高低的，是编辑者灵魂的重量，思想的重量。

张书绅老师对诗歌的忠诚和坚守，让我明白这样一个道理：

一个人，躺在地上叫长1.7米。

站在地上，才叫高1.7米。

这说明，许多事情和这个世界没有关系，只和我们自己有关。是站着还是躺着，只是诗作者的一个态度，和财富没有关系，和才华也没有关系。

谢谢您！张书绅老师！

杨榴红

20世纪80年代在日常生活的忙忙碌碌中已渐行渐远，一天天成为记忆。收到姜红伟的信函，看到《〈飞天·大学生诗苑〉创办史（1981—2014）》的目录，那纯真、充满理想的大学时代就历历在目了。感谢姜红伟，得以品尝这杯功夫茶。

给《飞天·大学生诗苑》投过稿的大学生可能很多，80年代我是其中一个。那时，诗歌的园地不少，长期的大学生诗歌园地，这是独此一家，别无分号。我从没跑过编辑部，有了新习作，誊抄干净，贴张邮票寄出。有些石沉大海，有些遭遇退稿，有些侥幸得到编辑老师的提携厚爱得以发表。不同的回馈，当然对年轻的、期待的、忐忑的心都是考验。同很多编辑老师一样，我和张书绅老师也从未谋过面。但是我的每一次投稿，都会收到张书绅老师的亲笔回信，非常尊重、平等地或批评，或建议，或鼓励，或支持。总之，我知道，在张书绅老师那里，我那些幼稚的文稿从未被淹没。读着每一首从手写变成铅字的诗，可以想象张老师当年的工作量。甘肃，因着《飞天》，对我来说，也不再仅仅是一个遥远的西北符号。

能和张老师成为忘年神交，是我的荣幸。他爱护当时还是孩子的我们，却从未把我们当作孩子来对待。张老师认真、严谨，也是我人生中的楷模。因为有了这块园地，这个更开阔的文学空间，我得到滋养，得以成长，与同龄人和同好学习、交流，从文字上认识了很多不同大学、不同地方的朋友们，有些还成为了生活中的朋友，友谊延续至今。

哪个时代的青春不激情飞扬？可是，80年代是不可复制的。我感激我的80年代，更感谢勤恳的园丁张书绅老师！我们曾经的青春，也是有张书绅老师的共同的岁月。人在千里外，心若咫尺间。这些年存在心底的感激，有机会在这里说一声：谢谢您！张书绅老师！

杨榴红正在创作诗歌《白沙岛》。（杨榴红提供）

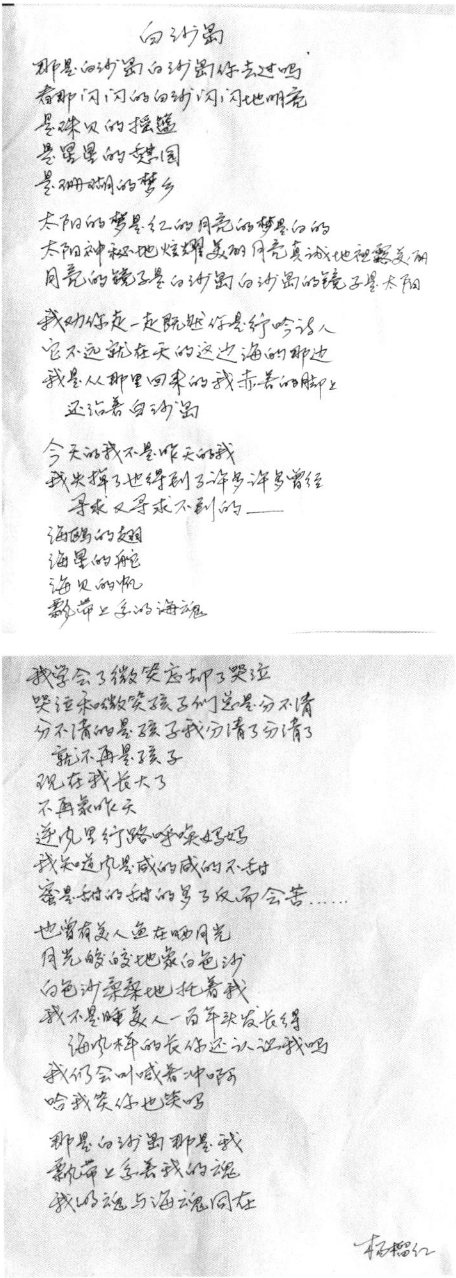
白沙岛
那是白沙岛白沙岛你去过吗
看那闪闪的白沙闪闪地明亮
是珠贝的摇篮
是星星的乐园
是珊瑚的梦乡
太阳的梦是红的月亮的梦是白的
太阳神秘地炫耀美丽月亮真诚地袒露美丽
月亮的镜子是白沙岛白沙岛的镜子是太阳
我劝你去一趟既然你是行吟诗人
它不远就在天的这边海的那边
我是从那里回来的我赤着的脚上
还沾着白沙岛
今天的我不是昨天的我
我失掉了也得到了许多许多曾经
寻求又寻求不到的——
海鸥的翅
海星的舵
海贝的帆
飘带上系的海魂
我学会了微笑忘却了哭泣
哭泣和微笑孩子们总是分不清
分不清的是孩子我分清了分清了
就不再是孩子
现在我长大了
不再象昨天
逆风里行路呼唤妈妈
我知道风是咸的咸的不甜
蜜是甜的甜的多了反而会苦……
也曾有美人鱼在晒月光
月光皎皎地象白色沙
白色沙柔柔地托着我
我不是睡美人一百年头发长得
海风样的长你还认识我吗
我们会叫喊着冲啊
哈我笑你也笑吗
那是白沙岛那是我
飘带上系着我的魂
我的魂与海魂同在
杨榴红

杨榴红的《白沙岛》手稿

《飞天》和我所经历的80年代片段

伤水

一

我的写作和一个校园有关，和一个诗人有关，也和在这个校园读到的一本杂志有关。1982年我17岁就读大专了，台州师专。单纯得懵懂，“那能为一支歌而流泪的岁月”。我有愿望，却不关心将来；我有英雄情结，却没有抱负。除了满足我天生的求知欲——看书，写作便是我在台师三年最能聊以自慰的事情。我没有“文学梦”，写作对我是被语言吸引的本能行为。

追溯30年前那个小碎片，洋槐花的气味还隐约可嗅。我是走出阅览室，就撞见洋槐花浓烈香味的。鹅黄色的洋槐花，成串成串地芬芳着……开洋槐花的日子，是3月，那么，我第一次读到那些诗句应该是在1983年3月，是怎么样的诗句，让我把她和洋槐花混合在记忆里？我还能背几行：

不，渴望燃烧／就是渴望化为灰烬／而我们只求静静地航行／你有飘散的长发／我有手臂，笔直地举起 （北岛）

即使明天早上／枪口和血淋淋的太阳／让我交出自由、

青春和笔／我也绝不会交出这个夜晚　（北岛）

这是那晚我在阅览室读到的，后来我反复地在各种纸页上熟稔它们，一看那些诗句，洋槐花的香味就会汹涌而来，仿佛那些凄美冷峭的分行句子是从洋槐树上一嘟噜一嘟噜地挂下。也是在那晚，我读到了法国象征派几首诗歌，那是1983年第2期的《世界文学》，那几首诗歌没有上述“朦胧诗人”给我的强震撼，但介绍兰波、维尔哈仑、马拉美的文字和瓦雷里一文，使我记住了暗示、神秘性、直觉这样的字眼。闭塞的心壁内，射进了一束天籁般的光线。

我要说的是，语言。那些语言，震颤了我。那些分行文字，让我腾空，云一样飘走；脑海里跌进巨石，飞溅起灿烂的水花，半悬着，不肯落下——原来诗歌可以这样写。这之前，所能阅读的诗歌除了唐诗宋词、毛主席诗词，用白话文书写的诗歌不是大跃进那种“民歌”，就是“打倒四人帮／人民喜洋洋”或“我在大桥望北京／望到北京天安门”之类。白话诗歌，在我认识里是最低俗的垃圾。80年代之前伟大的禁书运动，不仅加深了精神饥渴，也麻痹了我们的审美能力。

接着现代文学开课，我的白话文运动伊始，从胡适“两只小蝴蝶”起飞，我一下子就抓住了穆旦、李金发、戴望舒、艾青。但这些远是不能让我飞翔的，外国文学是到三年级才开课，我开始频繁地出入图书馆，我应该是借阅图书最勤奋的一位学生。台师三年，我借阅了足足1100多本图书，从诗歌开始，哲学、美学、经济学以及闲杂书类，古今中外，泥沙俱下，玉石俱取。我读书习惯是囫囵吞枣、不求甚解、边读边忘，或有些混沌的东西偷偷蛰伏下来。

二

阅读之外，不自觉地模仿朦胧诗偷偷地分行起来，偶尔给关系密切的同学“展示”一下。那时大家都在传抄朦胧诗，有一天在一个英语系的同学宿舍里，我看到一本抄诗的硬皮笔记本，内中抄录的诗歌没有注明作者，我翻看了下，有北岛、舒婷、顾城的，竟然有一首是我的！我指着自己那首“朦胧诗”问：这诗是哪里来的？该同学答：反正抄来抄去搞不清楚了。我站起来离开，心里一阵窃喜。我竟然写得让同学们与北岛、舒婷们分不出来了，自信心一下子膨胀起来。中文专业每个班在校门口旁有块黑板报，我敢把诗歌抄在那上面了。记得大三的周学锋（舟子）当时是著名的校园诗人，他在我第一次抄上黑板报的诗歌前，站立良久，然后问：这诗谁写的？躲于他身后的我弱弱地钻出来问：怎么啦？他说写得真好。遂成好友。开始有了交流的诗友，这圈子也扩大出去，巴东、老枪、欧巴……

但基本上是自己看拳谱瞎练，没有高手评判和指点。忽而自我满足得不得了，忽而沮丧万分。有一天我前座的女同学吴淑君递给我一本《飞天》杂志，原来内中的《大学生诗苑》栏目里刊有她的一首短诗《鸡鸣》。这很使我冲动。虽然在阅览室《飞天》的《大学生诗苑》我是早有翻阅，但从来没有想过要去投稿。我马上抄写一叠作品，在信封右上角注明“稿件”二字（这样只需3分邮票）寄给远在甘肃兰州的一个神秘地方。近一个月后，和寄出的信封同样厚度的一封信回来了，稿纸没有变，而在我的诗行旁边多出了许许多多铅笔字，既秀丽又刚劲。从此，约一年半时光，这些铅笔字让我思索、修整、提高。我记得第一次退稿，有首诗旁的铅笔字密密麻麻，核心的意思是指出了我的模仿痕迹过重，没有寻找到自己——30年过去了，寻找自己和回归诗歌本体——这意念自此揳入我的诗写行为之中，无所撼动。

当时我不知道这铅笔字是何人所写，只有批阅点评文字，没有署名，每次点评都认真又诚恳。我忘记了自己是在投稿，我觉得是与一位知道我内心的兄长在促膝交流。经常是一写好作品，自己也不修改，不放隔夜，连底稿也不留，就直接寄给《飞天》了；我还记得有次寄出几首自己满意的作品，老不见回复，急了，就专门写信问：难道这个冬天的寒冷阻隔了所有的邮路？收到回信，还真是冰雪封路了一段时间。当时我还以为每位编辑都是这样的点评批复，当试着向其他文学刊物投稿后，收到一张铅印的退稿信，我才明白什么叫“劳模”和“知音”了。每天全国各地有那么多大学生的诗歌向《飞天》飞去，至少每首诗都有一句话点评，这是怎样辛勤的“劳模”呢？而点评如点穴一样地到位，这是心灵中怎样的“知音”啊！

忘记了后来怎样知道那用铅笔字的书写者叫张书绅。不是兄长，是父辈。当我离开校园，不能给《大学生诗苑》投稿，心里真有一阶段是戚戚的。80年代后，我基本不给官方刊物投稿，写作对我就是呼吸一样的自我需要，再一个原因是除了张书绅老师外其他刊物的编辑们绝大多数是个被他人主宰的“采诗官”而已，鲜有独到的美学观和优秀的鉴赏力。而我自豪的是，要说处女作，我是在《飞天》的《大学生诗苑》里发表的。就前不久，遇到本家兄弟苏历铭，他说整理旧刊时，发现《飞天》上我们俩的诗歌有次发表在同一期（当时我用本名苏明泉）——顿然我们就更加亲近起来。30多年前的事情，还会就此专门提起，多么难得！

三

诗歌让80年代中国无以论数的地下诗人，变成中国的一个诗歌群体。那年代没有手机和E-mail，通信、寄作品、赠油印刊物，更有串门相访。一个写诗的，到异地找另一个陌生诗友，风尘仆仆，但只要说句“暗号”——我也是写诗的，就能受到对方款待；谈诗论作，豪气和酒味一起澎湃。台州地处偏僻，交往不便，书信便成了一个交流办法。通过《飞天》我已经“认识”了于坚、王寅、宋琳、周伦佑、杨争光、张子选、柯平、童中贵（苏童）等。那是一首诗记住一个人的年代，比如《想起一部捷克电影想不起片名》让我记住了王寅，《圭山组曲》让我记住了于坚，《老渔夫》让我记住了韩东，《挪威诗人耶可布森》让我记住了梁晓明，《犀牛走动》让我记住了南野，《镜中》让我记住了张枣，《父亲和我》让我记住了吕德安……

和于坚、伊甸、张子选等的通信，就因为他们在《飞天》上的作品和地址；比如看了于坚的《圭山组曲》，叹服，就写信和寄诗去，记得信中狠狠表扬了《圭山组曲》，然后说不知你愿不愿意握下我伸出去的手，于坚回信第一句就说自己干过什么干过什么“我的手很容易握”。和诗友们的通信交往，自《飞天·大学生诗苑》里互相欣赏的作者开始，延伸到其他诗人，比如和海子、西川、韩东等的通信。可惜的是，那些书信20年前被老鼠啃成一箱碎片，雪花般融化了。

由于《飞天》杂志，1985年前我同学吴淑君与兰大的封新城有书信交流，封新城寄来的抄录工整的作品，有韩东的《有关大雁塔》《我的好朋友》、王寅的诗歌和封新城《赶海的人们》等，——发现更广阔的穹宇下有更多进行写作试验的汉语诗人，更坚定了我们开辟诗歌写作新空间的信念，便在1985年元旦六个同仁组织“野孩子”诗社。这是当时中国众多民间诗歌社团中的一个，“野孩子”诗社，显示对哺育我们的朦胧诗的超越愿望，更是对当时官方刊物所提倡的强烈不满，显示对纯粹诗歌艺术的探求姿态。

与诗友的交流才使我的写作不显孤僻。闻悉参加1982年第2届青春诗会的王自亮就在台州临海，某个晚上，按探听来的地址，敲响了他的木板门。那是抽没有过滤嘴的“上游”烟年代，许多晚上便烟雾缭绕。小说家黄石当时写诗，从油印刊物看到我的《祖先们》组诗，先来信，后来访，这位天才就这样结识。1985年上半年，20岁的我策划在台师召开一次“台州诗会”，将当时台州的主要诗人不分男女老幼、立场风格、职业岗位几乎全部邀请到位。我最记得当时和老枪信步谈诗的经历，多少个黄昏，漫步在灵江畔，江中渔火、岸上杨柳、背诵的诗行，它们雨烟般飘摇在一起！那宽厚如老父亲的城洞、那起伏如美少女的浮桥，是我的大学生活——诗歌生活的两大重要物证；那《飞天》的《大学生诗苑》却是80年代诗歌“盛唐”的重要人证。

张书绅及其《大学生诗苑》

赵培光

20世纪80年代初，正是朦胧诗席卷全国的热闹景象。放眼望去，北岛、舒婷、顾城、梁小斌……一个个闪亮的名字点燃了大学校园的莘莘学子。那时，我们多么年轻啊，多么意气风发，诗歌先于爱情、浓于爱情，让我们浑身透射出熠熠的青春光芒！

我们如痴如醉地读诗，写诗，成立诗社，印刷诗刊。我就学的东北师大中文系，便有北方六友、五味子诗社、北极光等及其油印的作品集。还有《新绿》和《窗口》等墙刊。也不光是中文系，历史系、地理系、数学系、图书馆系的爱诗者，都明里暗里在诗歌的海洋里畅游或沉潜……

让人高兴的是，谁又在《诗刊》《星星》《青年文学》《解放军文艺》《长春》《春风》《江城》《奔流》等公开出版的大刊小刊上发表了新作品，争相传阅，互相慰勉。然而，最激荡情怀的却是一本叫做《飞天》的杂志。虽然它远在甘肃，但是资料室或图书馆的《飞天》总是受热捧，总是早早地被翻得稀烂。何以至此呢？主要是里面开辟了《大学生诗苑》。而且，版面设置也很独到，横排竖排，题花尾花，看上去十分雅致。每期刊发十来个作者的优秀作品，标明作者院校。这在客观上，给了全国大学生相互了解、相互沟通、相互较劲、相互影响的机会。当然，这个专栏是一个叫张书绅的老师在悉心经营着。我们不知道他的年龄、相貌、身高、胖瘦，但是都会从他“经营”的版面猜想和推测他的性格、趣味、眼光、手笔。说真的，我搞文学创作三十几年了，许多编辑大人令我感动，但是最让我敬仰的那一位肯定是张书绅老师。抛开他为我发表的作品，其实我更在意他给我的几封退稿信，可以说他让我看到了一个伟大的编辑是怎样呕心沥血于自己的事业。我后来做报纸副刊编辑三十年不渝，取得过不少荣誉，而心里，未曾谋面的张书绅老师始终是我的榜样啊！

回忆太多，说什么都不尽心意，还是要谢谢。谢《飞天》的《大学生诗苑》，谢它的默默耕耘者——张书绅老师。

大学生诗苑

·20·

呼吸阳光	东北师大中文系	黄云鹤
当时间潮水般退去（四首）	浙江湖州职工大学中文系	柯　平
钟和提醒	黑龙江大学中文系	陆幸生
书店纪事	南开大学中文系	邓蓄洁
恋归赋	华中师院历史系	陈作炳
耕田者	昆明师院中文系	段瑞秋
人，和人（外一首）	甘肃电视大学中文系	人　邻
女孩子们	复旦大学中文系	卓松盛
我也有向往（二首）	西北师院教育系	张子选
在旋转餐厅里（外一首）	华东师大教育系	张小波
海边，一个年轻画家	北京大学中文系	顾　昕
搭亭亭	浙江嘉兴师专中文系	方　向

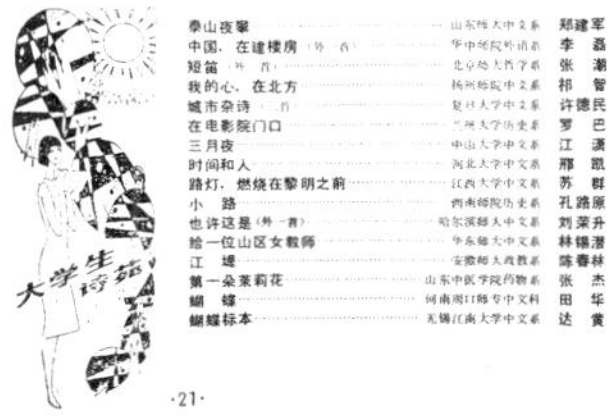

泰山夜攀	山东师大中文系	郑建军
中国，在建楼房（外一首）	华中师院外语系	李　磊
短笛（外一首）	北京师大哲学系	张　潮
我的心，在北方	扬州师院中文系	祁　智
城市杂诗（二首）	复旦大学中文系	许德民
在电影院门口	兰州大学历史系	罗　巴
三月夜	中山大学中文系	江　潇
时间和人	河北大学中文系	邢　凯
路灯，燃烧在黎明之前	江西大学中文系	苏　群
小　路	西南师院历史系	孔路原
也许这是（外一首）	哈尔滨师大中文系	刘荣升
给一位山区女教师	华东师大中文系	林锡潜
江　堤	安徽师大政教系	陈春林
第一朵茉莉花	山东中医学院药物系	张　杰
蝴　蝶	河南周口师专中文科	田　华
蝴蝶标本	无锡江南大学中文系	达　黄

·21·

《大学生诗苑》第20、21辑

我与《大学生诗苑》

凌代坤

20世纪80年代，中国诗坛星光璀璨。

前不久，我同《中国诗歌》执行主编谢克强先生通电话，他还说，你那个时候诗写得好。言下之意，现在“廉颇老矣，尚能饭否？”我知道，诗，属于青春，属于那个昂扬向上、激情四溢的时代。

1980年10月号的《诗刊》，推出“青春诗会”专号，从此宣告北岛、舒婷、顾城、梁小斌等朦胧诗派的诞生。以后，每年10月推出《青春诗会》专栏。笔者有幸参加了1982年的“青春诗会”，并发表了组诗《青铜之歌》。

我在安徽出道较早，《安徽文学》1980年10月推出“新人新作”专号，当时的《安徽文学》诗歌组组长、著名诗人刘祖慈老师大力举荐，将我的组诗《女神与青年》作为诗歌头条，隆重推出，为我实在攒下了不小的名声。

北方北岛、杨炼、江河等诸君的诗如日中天，南下深圳的徐敬亚一伙又推出“崛起的诗群”。安徽在这个时候，创办了对开四版的诗歌大报《诗歌报》，蒋维扬先生主持了这张报纸好些年。

应该说，大学生是那个时期风起云涌的诗歌运动的一支重要力量，且人数最多，后备军源源不断。

相比各省市推出的“新人新作”“大学生专页”，持续时间最久，最有影响力的当属《飞天》的《大学生诗苑》。张书绅老师功不可没。

我那时在安徽铜陵市的《铜陵报》担任文学编辑，尽管已经在全国各地报刊《诗刊》《人民文学》《星星》等，发表了不少诗歌作品，但还是非常尊崇《大学生诗苑》，眼看着很多朋友在《大学生诗苑》崭露头角，内心也很焦急。很想跻身这个魅力四射的诗歌方阵，可惜没有合适的身份。1982年考上电大中文专业，一边办报，一边读书。张书绅老师终于圆了我在《大学生诗苑》里的诗歌梦。记得，寄了两次稿，就收到了张书绅老师的用稿通知。三首诗具体发在哪一期，因手头资料不全，记不清楚了，《篼松毛的童话》《炊烟》《无名溪》，都是写江南情怀的。其中《无名溪》后来还在《上海文学》刊载过。

我那时虽算不上名副其实的大学生，但同大学生诗人交往甚多。

在北大读书的吴稼祥（现为著名学者），给我寄来北大学生主办的《未名湖》杂志；在复旦读书的秦杰（现为新华社国内部副主任），寒暑假期总要给我带回复旦的《诗耕地》、华东师大的《夏雨岛》。安师大的曹汉俊、钱叶用、沈天鸿、方文竹，铜陵师专的江文波、许进松等等，常在一起切磋诗艺，交流信息。当时，很多大学生诗人，都认为我是“伙子里”的人。潘洗尘先生当年编选的一本《当代大学生诗选》，就把我的学校，错写成了安师大中文系。

好多年过去了，走南闯北，搬了很多次家，丢失了好些资料，但诗歌没有忘记，《大学生诗苑》没有忘记。如果不查资料，凭着自身的记忆，《大学生诗苑》里，我印象最深的，恐怕还是日后不是以诗人称谓的吴稼祥的《我歌唱第一个独立行走的人》。

当然，还有很多并没有在当时的报刊上留下多少痕迹的、才华横溢的大学生诗人，如我的手抄本里抄录的秦杰、卓松盛、许进松等人的诗歌作品。

张书绅先生

李霞

我在大学时开始诗歌创作，当时20世纪80年代中国大学生写诗的几乎没有不知道《飞天》文学月刊的，因为她里面有个诗歌专栏叫做《大学生诗苑》，我几乎每期都看，而且几乎每周有时甚至每天都要向她投稿，把能在《大学生诗苑》发表诗歌看做莫大的幸福和骄傲，尽管我只在《诗苑》发过一首且不过10行的小诗。80年代从校园出去的诗人如叶延滨、王家新、徐敬亚、于坚等都在《飞天》发表过力作。可以说中国新时期诗歌的发展繁荣，有着《飞天·大学生诗苑》不可磨灭的贡献。她的责任编辑就是张书绅先生，对有一线希望的稿件，他几乎是每稿必复，且回复有个特点，不另用纸写信，只是用铅笔在诗稿旁边简明扼要写出优缺点。我现在还保存着张先生的十几次回复手迹，面对当时每天雪花样飞向《飞天》的全国大学生诗稿，他的工作量可想而知，况且他当时已近60岁。1989年2月退休后的张书绅先生终于了却了一件心愿：编辑出版了《大学生诗苑合订本》第一册，收录了560多人的诗歌作品1102首。对基本上都已毕业走向全国各地各行各业的作者，他又重新寻找、联系，并一一寄上样书。我同校同系高我一届的一位写诗的同学，毕业后诗稿退到学校因无法找到本人，信又被退回《飞天》，张书绅先生又转寄我嘱一定要找到该同学的地址再寄到。我遇见几位曾在《诗苑》发过诗的诗友，一说起张书绅先生都很感动。

梦里“诗苑”今何在?

张协奎

去年上半年，突然接到姜红伟兄发来的电子邮件，他正在收集整理20世纪80年代大学生校园诗歌资料，准备出书，同时筹备成立“中国八十年代诗歌纪念馆”，希望得到我们这些80年代诗歌爱好者的支持。红伟兄的来函，重新唤起了我对80年代大学校园诗歌的美好回忆，除当即表示力所能及的支持外，还通过红伟兄发来关于他采访《飞天·大学生诗苑》栏目编辑的报道，第一次知道了当年发表我的诗歌习作的《大学生诗苑》栏目责任编辑，即张书绅先生。当年的《大学生诗苑》在大学生诗歌爱好者中非常著名，一方面是该栏目办得好，受到大学生诗歌爱好者的热烈追捧；另一方面是向该栏目投稿都会收到附有编辑亲笔写有退稿意见的退稿函，要做到这一点是非常不容易的，因为栏目名气大，投稿量也很大，但是编辑一直坚持对每一篇退稿都提出修改或不采用的具体意见。我找到当年的部分诗歌习作，上面仍然保留着张书绅先生的手迹。

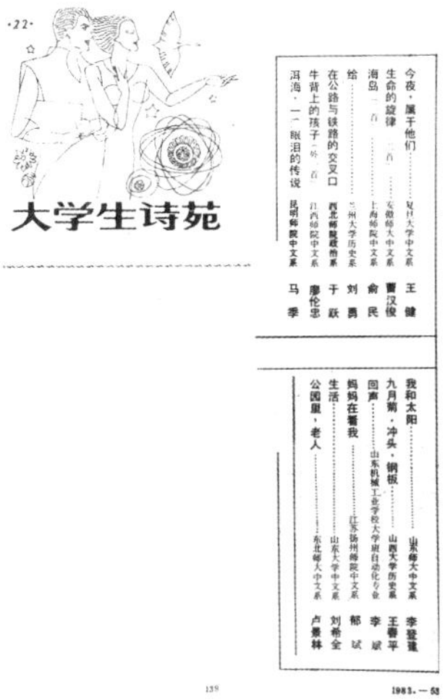
·22·
大学生诗苑
今夜，属于他们……复旦大学中文系 王健
生命的旋律（二首）……安徽师大中文系 曹汉俊
海岛（二首）……上海师院中文系 俞民
给……兰州大学历史系 刘禹
在公路与铁路的交叉口 西北师院政治系 于跃
牛背上的孩子（外一首） 江西师院中文系 廖伦忠
洱海·一滴眼泪的传说 昆明师院中文系 马季
我和太阳……山东师大中文系 李登建
九月菊·冲头·钢板……山西大学历史系 王春平
回声……山东机械工业学校大学班自动化专业 李斌
妈妈在看我……江苏扬州师院中文系 郁斌
生活……山东大学中文系 刘希全
公园里，老人……东北师大中文系 卢景林
139
1983.—53

《大学生诗苑》第22辑

我在《飞天·大学生诗苑》栏目共发表两首诗，第一首《窗》发表于1984年第1期（《诗苑》第32期），编辑做了认真的修改。这是我在正式文学期刊发表的第一首诗，当时很兴奋，仿佛验证了自己有写诗的能力，鼓励我边工作边写诗，1986年又在《飞天》第4期《大学生诗苑》（第59期）发表第二首诗。后来，我于1987年考上硕士研究生，虽然重新回到大学校园，但是由于学业重，没有时间和精力继续写诗，慢慢就放弃了曾经魂牵梦绕的新诗写作爱好。今天，红伟兄嘱我写一点关于《大学生诗苑》的回忆文字，我想借此机会向《大学生诗苑》栏目的编辑张书绅先生表示衷心的感谢！如果有机会去甘肃，一定前往拜访并面谢。

一首诗如一朵花般艰难盛开

鄢元平

我在《飞天·大学生诗苑》发的唯一一首诗是1985年第5期上的《柳荫深处》！

那时，为诗的大学生以在《大学生诗苑》发诗为标杆！我的学兄、历史系1980级的韩雨率先在《飞天·大学生诗苑》发了诗《男孩女孩》，于是，在为诗方面感觉他就高出我们一个层面。所以，他的一些诗观便成为我们为诗的教条。到现在，我仍认为他是我步入诗坛真正的老师。

那时，能得到《大学生诗苑》这个经典栏目的主持张书绅的一封亲笔退稿信，便可四处吹嘘了。那真是个可以用诗丈量人生价值，用诗点燃青春乃至于爱情火焰的青涩的年代。

那首《柳荫深处》的发表经过了一年的等待期，这恐怕是我所发的几百首诗中发得最艰难，等待时间最长的一首！其也因之最有故事和意义。

1984年，我诗稿投去不久就由编辑告知，我投给他们的《柳荫深处》题材不错，备用，但须修改。我改了两次，编辑均不满意。但这时，沉不住气的我几乎逢人就说我的诗即将在《大学生诗苑》发表。没想到一说竟说了一年，说到最后，诗友开始怀疑，开始不接话，开始偷笑。

这首诗最后的发表还得益于编辑的修改，印象中诗的题目最初叫《杨柳青青》。

实在难以想象出《大学生诗苑》编辑们对一首普通投稿的诗会有如此的耐心、如此的要求、如此的责任，如对一盆植物的悉心呵护，秋天植土，冬天施肥，春天培护，让其在夏天生出满盆灿烂！

用铅笔镌刻的永恒诗话

焦洪学

最近，收到诗友姜红伟从大兴安岭发来的邀请，约我为他的新书写一篇回忆张老师的文章，我身心为之一震，欣然允诺，并勾起我久远的回忆和无限的思念……

我16岁开始习诗，18岁报考大学时报的是兰州大学中文系。那时，祖国的大西北、甘肃、兰州、敦煌、嘉峪关、月牙泉和飞天的梦想，简直就是我理想的彼岸！但是，由于没考上兰州大学，至今也没去过甘肃，也没去拜见过张老师，此乃我这知天命之年的遗憾！

我23岁到25岁在长春读在职大学中文系本科，那时我仍是热望着大西北、向往着飞天的胜景，尤其是张老师主编的《飞天·大学生诗苑》，更是我日思夜想要发表习作的诗歌乐园。

从我第一次向《飞天》投稿，到我大学毕业后的很长时间里，我几十次给张老师写信、寄稿、求教。当时，我在全国大学生诗歌创作中已小有名气，也曾在芦萍老师主编的《诗人》、何鹰老师主编的《青年诗人》、徐敬亚主编的《深圳青年报》和叶延滨主编的《星星》等刊物的大学生诗歌园地上发表过作品。但除了发表作品以外，我很少收到他们的回信或点评意见。

在这些人中，只有张老师对我的去信、投稿是每去必回，每回必是用他那工整、隽秀的铅笔字，在我的习作上圈圈点点，批批改改，并且书写出他对我习作的修改意见和殷切希望！我当时已深知他对大学生习作要求严、标准高，不是精品绝不上稿。虽然，至今我也没在《飞天》上发表过一篇作品，至今也没去过甘肃，至今也没见到过张书绅老师，但在我接触到的诗歌界的老师和编辑中，给我印象最深刻、最亲切、最难忘的还是张老师！

我想，等红伟的新书首发式的时候，我一定赶去参加，一定带上这些书信和他改过的诗稿，去拜见张书绅老师，并带上他用铅笔镌刻的永恒的诗话，在诗歌的路上不懈地去求索、创造！

张书绅：当代先锋诗歌的幕后推手

尚仲敏

1986年，我接到由《当代文艺思潮》杂志主办的“中国新诗理论研讨会”的请帖，与会者为当时全国诗歌界的著名诗人和权威理论家。我是年龄最小的，只有22岁，是朦胧诗后唯一的代表。会议在兰州举行，当然是张书绅老师极力举荐，我才得以参加。这对我及对先锋诗歌都极为重要，因为：

一、在会上我做了长篇发言，第一次正式提出了“第三代诗歌”概念，全面阐述了“第三代诗歌”的理论特征和代表诗人名单。提出PASS北岛，全面超越朦胧诗。提出“口语化”是“第三代”诗的基本特征。

二、在我发言以后，研讨会风向大变，基本上变成了“第三代”诗歌研讨会。当然，当时徐敬亚起了重要作用，他一直站在我一边，对抗老一代批评家。

三、此次会议催生了后来的“现代诗大展”。“第三代诗”风潮从此席卷全国。

四、这一切的幕后原因是张书绅老师举荐了我，我得以参加那次会议并有了发言机会。否则，“第三代诗”要从地下走向地上、要作为当年中国诗歌的主流、要全面取代朦胧诗的统治，可能从时间上要延后。

五、所以我说张书绅是中国先锋诗歌、中国“第三代诗”的幕后推手。这是不为人知的。

有一种精神与诗歌有关

周庆荣

不知不觉间，似乎已经走进生命深处。相对成熟的人生智慧中，静静地想来，竟依然离不开最初的感动。

20世纪80年代，对个人还是对这个国家，都有非常大的意义。一些意义可能今天还没有被重视或者没有到全面总结的时候，但就我个人而言，青春的许多记忆是不能回避诗歌的。

因为阅读经验，我的写作从一开始就与散文诗更多地关联。大学时有几本刊物是必须读的，其中包括《飞天》。说起该杂志，主要是里面的一个栏目“大学生诗苑”。当时的许多作者如今已然成为非常好的朋友，对他们的名字的熟悉和一开始就很亲切，主要是对彼此诗歌的认同，起码是青春的诗歌精神的认同。一位遥远的师者成为我们一生的感念。是的，说起张书绅，我们会把这个普通的名字与一个时代相联系。我当时在报纸上发表的散文诗多一些，而《飞天》当时主要发的是分行新诗。由于诗歌的内蕴不因为文体细分而有本质的互相抵牾，所以我把一首很短的诗，好像叫《水塘》投给《飞天》，诗很幼稚，意思是一个能装下天空的小水塘当然能容纳村庄的倒影，但它只能待在小村庄的边上。没想到很快收到书绅老师的留用此诗的回信，他还指出我应该把自己哲学的思考多写一些，一首作品显然单薄。此后，我自己觉得散文诗的诗歌延展优势似乎更适合我的写作，但对书绅老师的建议和他作为一名编辑的品质却从此深烙心中。

30年了，书绅老师依然陌生着，没能谋面，但往事里一些重要的亲切总是让我念着他的名字。

多年来，虽工作有了许多变化，但对诗歌的坚守除了写作外，更多的是要求自己重视诗歌精神的日常体现。日子可以平凡和惆怅，但不绝望，相信人类最终能够压低情绪走向情怀。大哲学往往始于最初的一个细节，这个细节包括我对《飞天》的热爱，对书绅老师的铭记。

做有记忆的人，这样才能让自己更有未来。记忆里的这份真切，30年后变成对书绅老师一声真诚的问候和祝福！80年代万岁！

大学生诗苑 ·24·

《大学生诗苑》第23、24辑

我与《飞天·大学生诗苑》的一段缘分

向以鲜

20世纪80年代，在中国青年诗人，尤其是在大学校园诗人心中，有几个报刊的地位颇为神圣，如安徽的《诗歌报》、四川的《星星》、辽宁的《当代诗歌》等。另外还有几家综合性文学刊物的诗歌专栏也十分引人注目，在很多时候，其地位甚至超越了专业的诗歌刊物，如四川达县的《巴山文艺》等，而其中最为著名的当数甘肃的《飞天》杂志。一个杂志的顽强生命力来自于何处？或者具体地说，《飞天》杂志的旺盛生长秘密在哪儿？在我的眼中，《飞天》如果没有《大学生诗苑》，将黯然失色。我这样说，并不意味着《飞天》的其他栏目办得不好，而是说，《飞天·大学生诗苑》这个栏目太耀眼了，以至于它的光芒遮蔽了别人的明亮。

《飞天·大学生诗苑》从开栏之初的1981年迄于今日，已整整走过32个年头。如果以人的一生来看，他已进入最为灿烂和成熟的年华。这个诗歌专栏问世之时，我还在重庆北碚西南师范学院读中文系，那时我刚18岁。在青春和诗歌的驱使下，每一期《飞天·大学生诗苑》的出现，都成了我在学校图书馆的诗歌私享盛筵。散发着墨香的每一首诗作，每一个作者名字，甚至每一个标点符号，于我而言，都不啻是美酒或甘饴。当时我在想，要是有一天，有那么一个神奇的时候，当我打开书页，猝不及防地看见自己的名字，像一个俏皮而神秘的精灵跳出来时……哦，我的天，那是一种什么样的让人眩晕的幸福！说真的，直到今天，我还仍能回忆起那时想象中的诗意波澜。《飞天·大学生诗苑》我期期必看，会定期去图书馆某种固定的位置，安静地阅读校园诗人的青春与孤独，仿佛是与情人幽会一般。

我曾试图鼓起勇气向《飞天》投稿，可是，我害怕被拒绝，害怕打开新的一期刊物时，上面没有自己的名字！有一次，我甚至在稿纸上工整地誊写了两首诗作，小心翼翼地装进牛皮信封，贴好邮票，于午夜时分来到校园的十字路口中，环顾左右空无一人，心怀忐忑地迫近深绿的布满锈迹的邮筒前，有一刻，手中装着诗歌的信封已递进邮筒口了，只要一松开拇指与食指，就完成了投稿。可是最后一瞬，我还是把手连同信封一起缩了回来。这儿是我心中的处女地，我赞美它，我迷恋它，但不能接近它。它是圣坛，不容许尘染。

一转眼间，我的大学生涯就结束了，随后我考到了天津的南开大学中文系，跟随王达津先生攻读中国古典文学。浩繁的学习任务，并没有能阻止我对诗歌、对《飞天·大学生诗苑》的热爱。虽然空间从重庆转换到了天津，但在图书馆的安静一隅定期阅读《飞天》，仍然是我重要的心灵生活之一部分。记得是1985年的暑期，我回到了重庆北碚，小住于我当时的恋人现在的妻子可可在西师附中的小屋子里。那天正好是雨后，窗外的梧桐树叶铺满湿漉漉的小径，空气清新而略显忧伤，我一口气写下了诗作《南方的路》。而且，我勇敢地将这首小诗投向了美丽而古老的兰州！《南方的路》后来刊载于《飞天》1986年第12期的《大学生诗苑》上，当我收到那期印着我名字的刊物时，我已从天津来到了成都的四川大学……一切都如同梦幻，从重庆到天津再到成都，眨眼之间，那条长江之滨的南方小路，已离开我28年了！就像小诗中最后几句所写的那样：哦，南方的路，是不是已经变成，我梦中那条发光的幼蛇了？

大家的张老师

伊沙

时至今天，我们还不大习惯使用“先生”的称呼，尤其是在北方，它似乎已被划入令人生厌的“鸟语”的范畴。于是，“老师”一词便被用滥了，我们已无法记起它的本意。此刻当我想写定“张老师”的时候，首先要做的似乎是清理语义……

不是出于晚辈对长者的客套，或是百姓对于权贵的崇拜，我们才称其为“师”的，张老师与这些无关。而在另一方面，对他的众多学生而言，这位“老师”又是不具体的，他从未给我们上过一节课……

从吵吵嚷嚷的80年代初，直至安静下来的今天，在散落各地的形形色色的诗人圈子里，“张老师”似乎永远是个话题。这是一个让最气势汹汹的诗人也会肃然起敬、深情谈论的话题。一位普通的诗歌编辑，被如此众多的人长久地谈论着，这在今天应该视为我们这个时代的传奇。

“张老师”名为张书绅，《飞天》文学月刊的诗歌编辑，创办了《大学生诗苑》这一栏目并担任了它最初10年的编辑，后来，在他退休前曾升任副主编。关于张老师的履历，我所知道的仅就这些。我至今没有见过他，只在《大学生诗苑》合订本的扉页上见过他的一张照片：穿中山装，略微有点谢顶，目光中带着亲切……我最熟悉的是他的笔体，10年前，用铅笔写在我的退稿上的那些字，最终被我用橡皮擦掉了，并将稿子转投他处——这正是张老师为我们提供的某种方便吧。

我记得那个时候，各刊已不再退稿，在启事中明确写着“三个月未接到采用通知……”云云，而张老师的《大学生诗苑》还保持着每稿必复的习惯，而且时限在一个月之内。迄今为止，《飞天》仍是我投稿最多的刊物，当年最密的时候我几乎每周都要寄稿一次，也就是说，我大学时代的所有诗作都曾被张老师筛选和批阅……那是诗的峥嵘岁月，八面来风吹得诗思泉涌，青春之血沸腾，我日复一日地写着，曾创下过日产8首诗的个人写作纪录。今天，回头来看，那肯定是一堆文字垃圾，但在那时，只要写了、投了，得到张老师的一句“有进步”的评语就满足了。

在80年代各大学诗爱者的心目中，《飞天》是最具权威性而又有亲切感的刊物，因为它的《大学生诗苑》，因为张老师。全国各地高校中诗歌创作的佼佼者纷纷在此亮相并相认相知，形成一支庞大而富有生机的诗坛后备军。继朦胧诗之后成为诗坛中坚力量的那批诗人，几乎都是当年在《大学生诗苑》上崭露头角的，从徐敬亚、叶延滨到于坚、王寅、周伦佑、尚仲敏、柯平、张小波。《大学生诗苑》对现代诗在民间的发展也起过重要的推动作用，为一个诗歌时代的结束做出过重大贡献的“大学生诗派”就是在《大学生诗苑》的基础上创立的——诗人孟浪曾在那本著名的“红皮书”《中国现代主义诗群大观1986—1988》中指出过这一点。有人把诗刊社一年一度的“青春诗会”比作中国诗坛的“黄埔军校”，在我看来，那不过是一次“代表大会”，参加者大多已成气候，以诗会的形式集中亮相罢了。而真正的“黄埔”，非《大学生诗苑》莫属。

我第一次在《诗苑》上发表的是张老师删改后的一首4行的小诗，那是我大学时代所发表的第一首诗，给了我莫大的信心和鼓舞！张老师的改动使我服气，那大概是唯一一次我对别人动我的诗感到满意。我在对朦胧诗的模仿中徘徊了两三年之后，在1988年渐渐找到了自己的路子，那批诗寄给张老师之后很快便得到了他的回信，于是在当年10月号的《诗苑》上以《伊沙诗抄》为总题刊出了我的10首诗，近400行，占了当期《诗苑》一半的篇幅——那是《诗苑》有史以来个人一次性发诗的最高纪录，而以《××诗抄》的形式刊出也是破天荒的第一次。我同宿舍的一位同学开玩笑说："这完全是烈士的待遇！"这样的发表对一位中文系的大学生刺激有多大是不言自明的，这使我在大学生活的最后一年变得异乎寻常的勤奋，好像正是从那时开始我变成了一个认真的人，一个时刻保持工作状态的人。毕业之后的头一两年，我更趋个人化的诗风之于诗坛也更趋陌生化，有相当长的一段时间，我在国内的正规刊物上一首诗也发不出来，即使如此，我也从未对自己丧失信心，反而愈挫愈奋……

毕业之后，从南来北往的朋友们口中我听到了更多张老师的故事，大家津津有味地谈论着，回望自己的青春岁月。听说王寅的那首《想起一部捷克电影想不起片名》是兰州的一帮大学生抄给张老师的，起初张老师并不喜欢，但看到大家喜爱就把它编发了，发表后王寅还获了奖，那首诗日后还成为"第三代诗歌"最具代表性的篇目之一。叶舟与张老师的儿子是非常要好的朋友，他常去张老师家做客，他曾有过一番感叹：进张老师家易，上《诗苑》难。于坚的口语诗，最初连他同住"尚义街6号"的朋友都认为没什么前途，后来他便遇上了张老师，不但获发表还得了奖，后来于坚的这路诗一度成为诗坛主流。

80年代的大学生基本上都是在对朦胧诗的模仿状态中写诗的，张老师和他的《大学生诗苑》为他们展示了另一种可能性，为"第三代"——"后朦胧"的崛起打下了坚实的基础。这是张老师之于中国现代诗发展的重大贡献。能以一名普通编辑的身份，仅通过一份刊物6个页码的一个栏目，便做出如此重大贡献者，偌大诗坛，谁为第二？关于这一点，光天化日之下，有如此众多的见证者，可除了尚仲敏和孟浪早年片言只语之外，再未有人提及，更甭提专文或专论。骆一禾生前曾为昌耀打抱不平，不无夸张地说："民族的大诗人从我们面前走过，我们竟不认识。"原因是他曾到图书馆查找昌耀的专论，竟没有找到一篇。同样的遭遇，却无人为张老师说句话。这位一代新诗潮的奠基者，中国诗坛唯一的"黄埔教官"，只在我们用嘴去诉说各自的青春岁月时才被提及，这是见识的悲哀呢，还是良知的悲哀？也许，我们早已习惯了这样的玩法，更愿于干给铜像镀金的活计，而不屑于掸去石像上的尘灰！

张老师的晚年因视力不好而无法看稿，后来他便退休了。我所知道的他的近况也就这样。我的《饿死诗人》出版后，我想寄一本给他，让老师看看我后来的发展……可好容易从一位朋友那儿打探到他的新址，又被我搞丢了……也许，和我一样，很多人就是这样与张老师中断了联系的；在今天，很多过去的朋友也就是这样中断了联系的，一切都显得自然而然，合情合理。可当我看到一位在当年曾受过张老师大力扶植的中年诗人，在一篇忆往昔峥嵘岁月稠的访谈录中，提到张老师时竟然把名字弄错了，错得有根有据，错写成另一位专写官样的文章、对汪国真也颇有赞词的"诗评家"的名字，一瞬间，我又恢复了对人性的悲观看法……

在我的大学时代，我的任课教师中有一串颇为响亮的名字：轰动文坛的"黑马"，鲁迅研究的权威，美学界的新锐，当代有影响的诗人、诗评家——但真正能唤起我内心深处的冲动，脱口而出"老师"二字的却又不是他们……

我从未到过的兰州城，灯火通明。是我最好的朋友唐欣居住的城，也是我最好的老师张书绅先生的城……这篇早该完成的小文，被我视为功课—— 一门个人德行的必修课！

啊！我又想起张老师用铅笔留在我们诗稿上的字迹来了，有多少真知灼见被我们记取，然后一一用橡皮擦掉……

我的大学写作

安琪

1986年的漳州师院，校门还很窄，是老式的对称两个石门柱辅之于拉关铁门的那种，大约可开进两辆小轿车的宽度。我走进这个铁门时随身携带着从小学就开始的文学梦，我的文学梦如此之早就已成型，并且如此坚定一以贯之，使今日的我都很惊诧。我迄今的人生已证明，除了文学，我一无所长，无论处理日常生活还是人际交往，我都笨拙而愚蠢。但我也并非天才，1986年当我走进漳州师院时，我对文学的爱好还停留在小说琼瑶、诗歌席慕蓉的阶段。

那时我经常出入学校图书馆。图书馆就在大门进去五百余米的右侧，面积不大，前厅为开架阅读书刊，后厅则为闭架书库。我一般会囫囵翻阅开架文学期刊，它们被固定在长方形阅读书桌上，你只能规规矩矩在它们面前坐下，对着上面的文字默读。我那时还没决定最后的写作体裁，也就什么体裁都读，但最让我心动的应该是《飞天》杂志的《大学生诗苑》栏目。那时的高考还是千军万马过独木桥，那时的大学生还是天之骄子。我作为热爱文学的骄子一员，每个月被这些幸运的大学生诗人刺激着，越发觉得手痒心痒，如果记忆无误，我应该也曾鼓足勇气投稿过，端端正正把诗抄写在方格纸上，小小心心贴上8分邮票，仔仔细细糊好信封，惴惴不安往校门口的邮筒里一扔，然后便暗暗祈祷着有一天在《飞天》上读到署名“黄江嫔”的诗作。

我的期待自然一再落空，这不能怪《飞天》杂志的编辑，只能怪我当时写得太臭，一个受席慕蓉影响买了席氏《七里香》《无怨的青春》当诗歌范本的人，所写的诗自然是青春的无病呻吟。这也不能怪席慕蓉，席式诗歌有它成熟的风格，我手笨没学到。我记得我写了几十首，班里擅长刻蜡版并且写得一手好字的杨亚伟同学把这些诗辛苦刻印，装订成一本白色封面干干净净的小诗集，分发给了诸位爱好文学的同学。去年回乡，杨亚伟同学说，准备把这本诗集公告出来，让大家看看，今日的安琪当年诗歌写得多垃圾。

垃圾是垃圾，可在当年我们漳州师院1986中文4班，我的写作水平已经算比较高的了。我是班里的班刊《星贝》的编委，还是学校文学社社刊《九龙江》的编委。记得刚开学那会儿，学校各个社团纷纷张贴海报吸收新成员，我逐一看过去选中了“苔花诗社”，报名那天，社长陈小玲要求提交一首诗，我回答“好，我马上写”。这句话被同去报名的另一个诗歌爱好者笑了好久，每次见面都拿这个故事酸我。1986年的漳州师院，刚刚专升本，学生都来自漳州市九县一区，水平委实比较一般。又因为没有多余的床位，我们这些市区学生被要求走读，整个大学生活于我而言就像读高四、高五，一点也没有大学生的味道。那时没网络，无论班级还是诗社，或是学校文学社，跟外界似乎都没有联系，多年以后我才知道1986年诗歌界发生了惊天动地的两报大展一事。我相信不止漳州师院，应该是大部分高校的诗歌爱好者都没有收到徐敬亚先生的“英雄帖”，也就没有进入第三代——第三代对同一时期众多优秀诗人的遮蔽一开始就已注定。我当时并不是优秀诗人，不存在被遮蔽的感叹，但我没有，不等于别人就没有。

20世纪80年代我因为在偏远的漳州师院读书，周围也没有优秀诗人带动，我的写作基本尚未开窍。稍可一提的是，1987年我在漳州市文联刊物《芝山》发表了一篇散文，题为《家乡的小木船》，稿费8元。整个大学时期唯一与后来的安琪有点关系的是我大量购买了西方哲学、文学书籍，在阅读上加入了疯狂崇洋的热潮，这为我90年代的先锋诗写作打下了基础。

流浪的青春，诗人的心

丁捷

秋天的落叶开始出现在南京的街巷。我站在南京大学教学区与生活区之间的汉口路，倾听南京大学作家班学员南江的叙说。南江是一个武汉来的青年诗人，头发蓬乱，脸庞瘦削，声音羸弱，语调低沉。他在向我叙说中学时代他读过海南一个少年作家的小说，那是一个少年与他的姐姐相依为命的故事。有一个细节说，少年偶然看见省吃俭用、拼命工作为弟弟挣学费的姐姐，一条属于女人最私密的美丽内裤上，赫然有两个精致的补丁。但那毕竟是补丁啊！诗人南江说自己有类似的经历，那时他逃了出来，决定摆脱亲人辛苦的爱，一个人出来流浪，寻找一个自强的自我。

秋天的风，吹在我这个大一男生的头发上。汉口路的梧桐，落叶唰唰，为南江眼睛里闪烁的眼泪，营造出自然的氛围。我听完了南江的故事，回到了自己的宿舍。在床边坐到半宿，便开始收拾自己简单的行装：一个双肩背包，几件换洗衣服，一叠自视为伟大作品的手稿。第二天，我穿着一条米色的长裤、一双高帮的白色运动鞋，从中央门长途汽车站，登上了开往淮南的长途汽车。

我在车上读淮南少年诗人李的信。在信中，这个被著名诗人臧克家老人表扬过的少年对他的笔友说：晓波兄，来淮南吧，我在家里等你，我们共商编选出版一套校园诗人丛书的大计，臧克家先生已经答应为我们题写书名并写序。我的脑海中响起老人家的诗句：有的人死了，他还活着；有的人活着，他却死了……

汽车颠簸了大半天，我吃了三个茶叶蛋，喝了一瓶口乐，终于来到了淮南。走在淮南的大街上，见夕阳将街道照得透红。我边走边问，找到了小巷中的一幢平房，叩开了李的家门。李看到我，眼睛里露出惊喜的光芒。他把我带到房子前的一间小屋，那是属于他自己的小小空间。我们坐在床上，谈论许多人，臧克家，北岛，顾城，刘梦琳，田晓菲，车前子，还有我们共同的熟人南江。

李给我看他父亲的著作。他的父亲是淮南文联的负责人，因为写诗，所以一家人许多年一直拥挤在三间平房里。李为他的诗人父亲骄傲，而诗人父亲因为儿子继承自己的“恶习”而恼火万分，撕儿子的诗稿，为儿子高考落榜而愤怒咆哮，对儿子那些写诗的小朋友一律反感……

这一夜，李没有敢把我引见给他的家人。他偷偷跑出去买了一打烧饼。我们盘腿坐在他的床上，吃烧饼，喝白水，翻阅整理李征集过来的那些诗稿，兴奋地窃窃私语。小屋里飘荡着墨水和芝麻香，和我们天马行空的语句。

第二天一大早，我又吃下去两个烧饼。李送我去车站，并在我怀里塞进他小房间里唯一的宝贝：一头搪瓷的斗牛。我怀抱着牛，爬上了去安徽省城合肥的汽车。当我出现在合肥工业大学的宿舍，我中学同学阿崔对我的突然出现，惊喜不已。

我在合肥呆了两天，阿崔没有询问我的来由。他带我在学校后门外的小店喝啤酒，到电影院观看了一部陈佩斯主演的所谓喜剧，以及一部马兰演的黄梅戏电影。白天，我们逛街，并去逍遥津。

逍遥津的秋天下起了迷蒙的小雨，把咫尺风景弄得迷蒙。杨柳侧垂在水中，将它身上的水珠随意甩落在池面。我们不断地交换位置，摆弄造型，彼此拍照。在池塘边的几棵枝叶繁茂的树间，我们还看到了一个在雨中痛苦抽泣的少女。我和阿崔远远地看着她专心致志地哭泣，看着雨珠顺着她的长发不断成为水的流淌，感到嘤嘤的哭声穿过厚重的雨幕后，依然残存的某种伤痛的情感。我们没有勇气上去抚慰同龄人，只是静静地站在雨中，望着她瘦削的肩膀，不停地颤动……

我忽然很想念我的大学，我的南京。秋风之后如果是秋雨，那些梧桐的落叶，就会变得金黄灿烂，激发出腐烂之前的光华。我想赶在它们死去之前，去亲手捡上一片，夹进我心爱的诗稿件里。我向同学辞行，阿崔让我捎带一条当地的名烟，给南京大学的一个同学拜。拜接到香烟时，一边抽一边笑骂阿崔。我不知道这笑和骂，是表达什么意思。从拜的宿舍出来，我就去南江的宿舍，把李送给我的斗牛送给他，并告诉他这是李的一份牵挂。南江忧郁的脸上，绽开快乐的笑容。

后来知道，我的中学同学阿崔，正在追求拜的妹妹，也就弄懂了一个人笑着享受另一个人的问候，还要夹带几句骂的含义。而诗人南江的快乐，不限于快乐；我也懂得，是属于诗歌的阴郁失意专利之外的内涵。两种馈赠和受施者的心，我都可以猜测出来了。

走在汉口路上回自己的学校时，我就找了一片落叶，回去打开诗歌的本子，夹了进去。我想在诗稿里加上一首诗歌，比如题目就叫《流浪心，是落叶的形》。但我没有能写出宛如这个题目般伤感、美丽的诗歌来。快20年过去了，落叶和那本诗稿早已经丢失，南江和李如今也不知在何方，拜离开人世也有些日子了。离开人世的还有一直爱着我们这些孩子的臧克家老人。好在，关于为诗歌而流浪的记忆，是不会轻易消失的。不会轻易消失的当然还有，臧老那些被我们烂熟于心的诗句。

一道亮丽的风景线

王勇男

当年《飞天》的《大学生诗苑》，对梦想成为校园诗人的青年学子来说，真是如梦如幻的地界。校园里三点一线——在食堂里吃饭，在宿舍里睡觉，在教室里上课，规制化的校园生活，被才华横溢的学子们变成了创意园，弄成了天下尽知的一道亮丽的风景线：诗意的天之骄子的黑板报。

现在想来，那就是在当时经济困境条件下校园诗人们的精神创业。因为有了撩人心魂的诗歌，因为有了《大学生诗苑》，我们去图书馆的主要目的就是专读杂志，其他的文学书和老师留的必读书都放在教室或宿舍里读。因为这道风景线，薄薄的青绿的《飞天》在我们眼里成了在国内最重要的杂志之一。每次去图书馆我们必先把它拿到手里，先读《大学生诗苑》。当时我是大庆师专中文系的学生，也热血沸腾办起了第一个校园诗社——荆棘诗社。我们酷爱诗歌的12个人捧起火热的心，眼睛锃亮，在自家校园里也把诗歌搞得风生水起，搞成了一股股潮汐，用诗歌稿件连续轰炸，几乎把学校的广播霸下了，直到达到了接管到手，从此，诗歌堂而皇之成了每天主要播报的内容。播诗前必先播作者的名字，虽然诗写得比较幼稚，人却出名了。荆棘诗社在大学生校园里也挂了一号，参加了黑龙江省大学生诗歌联展。也自刻自印出了诗

大学生诗苑

·25·

黎明颂	江西大学中文系	聂卫平
马克思	西北民院政治系	金富贵
松潘草原离情（组诗）	北京师大中文系	童中贵
我知道，我是儿子	苏州大学财政系	子剑 曹勇
命运	西北师院中文系	朱继君
路上（散文诗二首）	江西九江师专外语系	忆敏
孩子画孩子	华东政法学院法律系	吴霖
假如我们不曾相识	华东师大中文系	张肇
松之颂	天津大学化学工程系	吴久冰
老人和他的手杖	河北大学中文系	小舟
早晨，她们下班	上海普陀区业余大学中文专业	仲加宪
折射	湖南师院中文系	袁国美
穿红裙子的小姑娘（外二首）	复旦大学中文系	王煦
往事	西北师院政治系	戴静凌
我灿烂的星辰	兰州大学历史系	张云
落榜之后	山东淄博师专中文系	张宏森

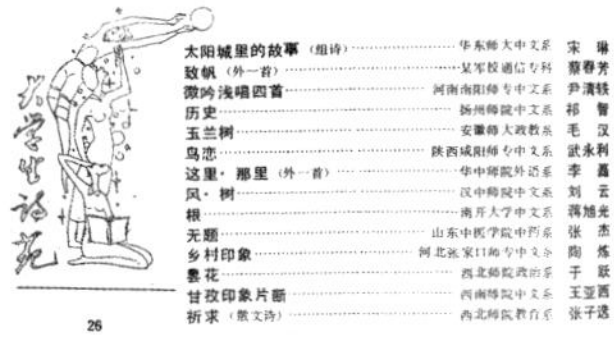

大学生诗苑

太阳城里的故事（组诗）	华东师大中文系	宋琳
致帆（外一首）	某军校通信专科	蔡春芳
微吟浅唱四首	河南南阳师专中文系	尹清铁
历史	扬州师院中文系	祁智
玉兰树	安徽师大政教系	毛汉
鸟恋	陕西咸阳师专中文系	武永利
这里·那里（外一首）	华中师院外语系	李磊
风·树	汉中师院中文系	刘云
根	南开大学中文系	蒋旭光
无题	山东中医学院中药系	张杰
乡村印象	河北张家口师专中文系	陶烁
昙花	西北师院政治系	于跃
甘孜印象片断	西南师院中文系	王亚西
祈求（散文诗）	西北师院教育系	张子选

26

《大学生诗苑》第25、26辑

集《流》。在寒暑假和星期天也接待过到各大学“流窜”来的学生诗人，也请过社会上的诗人讲课，开展联谊活动。之所以说我们的诗写得幼稚，就是和《大学生诗苑》比出来的。实事求是地讲，当时我强烈而清晰地感觉到，看自己写的诗照人家写的要小好几岁的样子，其实我们基本是同龄人，上下不差出5岁。当时也想，咱读的学校不行，老师水平不行，学生自然就差劲。但是，写诗真不是老师教的，怎么说狗肉贴不到猪身上，除了天分还是天分，其他因由全是胡扯。《大学生诗苑》上发诗的人都成了我们羡慕的对象，哪怕他仅发过一次我们都能记住他。包下图书馆里的《飞天》我们轮流翻看，是我们羡慕这些诗人的证明。正是追梦的年龄，笔记本上除了摘抄诗句，就是名人名言。自己也偷偷写出激动、疯狂、害羞的诗句，就是迟迟不敢给《飞天》投稿，总觉得自己写的比人家差得还远。

就是现在，我记忆中的《大学生诗苑》依然景色盎然，万紫千红。

给《飞天·大学生诗苑》投稿旧事

郁斌

姜红伟先生通过祁智找到我，我才知道，时隔30年，还有人惦记着《飞天·大学生诗苑》。说到《诗苑》，就会勾起我温暖的回忆。2013年，是我从扬州师院中文系毕业30周年。30年前，我第一次发表诗歌，处女作就是在《诗苑》发的。张书绅老师永远值得我感谢。

我是1979年高中毕业后直接上扬州师院的，在此之前，准备文科考试的时候，开始喜爱文学。到了扬州师院，1977级的王慧骐领头办了诗歌社团，我开始还没有能进去，只是在外围，但这并不影响我读到他们的油印本诗刊《萤》。王已然大诗人了，已经出版了多本儿童诗集。同年级的祁智，很有才华，在我们这个年级里脱颖而出，让我羡慕。我在一个小本子上勤奋写诗，其实不是诗，而是分行的东西。那时候投稿热情很高。大学里的黑板报，好像是用彩色颜料写在黑板上的，一个系一个黑板，排成一溜，在学生们必经的路旁。上边有诗歌等。我也给它投稿，但是没有被采用，屡次都没有录用。写了足足一个本子后，向一些面向初学者的刊物投，如河北一个地级市的《无名文学》，虽然没有成功，但是她半个月左右就会退稿，退稿也好，总比那些石沉大海的要好很多。后来知道了《飞天·大学生诗苑》，再后来曹剑、祁智他们时不时地都会告诉我，收到《飞天》等刊物的录用通知，太刺激我了。我还注意到，《飞天》每一期的目录会在《光明日报》上刊发预告。曹剑、祁智等身边同学的名字赫然出现在这个大报上，更让我刺激。我们四楼宿舍走廊里有报架，报架有两种报纸，其一就是《光明日报》，这样就会在祁智、戚华海宿舍门口看到祁的名字。我也就热烈地给《飞天》投稿。《诗苑》编辑张书绅老师好在哪里呢？他对每一个不用的稿件都退稿回复，而且在稿件右上角用铅笔字写有评注，三言两语，直击要害，即使不被用，心里也热乎乎的，作者很被尊重，看到了稿件的不足。而那时候，几乎所有报刊都对无名作者不理不睬的，“3个月不见录用通知自行处理云云”。所以能在20天左右就收到回复，就很高兴，我会掐指计算大概日期，等待着。我又是班级的收发员，我每天去校门口打开邮箱看，期待之情，如恋爱中一般。终于收到了张老师的信函，要求对稿件进行修改，哈哈，修改就意味着希望啊。终于在1983年3月号《飞天·大学生诗苑》发表了第一首小诗《妈妈在看我》，之前也在《光明日报》先看到了自己的名字。激动和幸福无以言表。那时候年级里发表东西的人还是少数。后来我陆续在近百家报刊发表，也都高兴，但都不能和第一次发表的激动相比。在我回到家乡，在海门中学教书之际，教学氛围与创作格格不入。我下课后就去图书馆看文学杂志，激发起创作热情和灵感。我继续给《飞天》投稿。张老师又给了我机会，上了《飞天·诗苑之友》，让我觉得我还是与大学、与大学生诗歌群体有着某种联系，这种归属感是发表作品之外的收获，大于发表诗歌的快乐。由于我的创作在小县城里小有名气，我从学校好不容易调到了县文化馆创作组，后又考进了文化局，又去了政协机关，走上了仕途。可以说，诗歌改变了我的生活轨迹。这当然得益于海门当地文化局作家领导的关注和大力帮助，也是得益于《大学生诗苑》最初的托举。所以，对张书绅老师我是永不相忘的。可惜那时候通信不发达，觉得兰州好遥远，又没有电话可以通。如果换了今天，一定是电子邮件、短信、微信一齐上了。

姜红伟先生回头梳理那段岁月，让我回忆30年前的难忘日子，参与集体回忆诗歌的青春，太有意义了。感谢姜红伟，并向20世纪80年代从《诗苑》走出的诗友们致意。

《大学生诗苑》：吹响80年代校园诗人集结号

洪烛

大兴安岭的姜红伟，是20世纪80年代那批校园诗人中颇有组织能力的一大人物。他又在下一场及时雨：张罗星散四野的旧日好汉恢复联系，回忆《飞天》杂志的《大学生诗苑》栏目。他的短信把我又带回20多年之前。

当时在大学校园诗人群体中最有号召力的是兰州《飞天》杂志的《大学生诗苑》栏目。编辑是张书绅老师，80年代校园诗人心目中的伯乐，绝对算得上“80年代十大诗歌名编”之一。

记得我最初把在武汉地区高校樱花诗会朗诵并获奖的诗寄给《飞天》杂志的《大学生诗苑》，很快就收到张书绅老师的回信。发表后又收到全国各地校园诗人的来信，因为该栏目都会注明作者的学校和年级。直到大学毕业前，我还给《大学生诗苑》投寄一大组写西方油画的诗，张书绅老师又给隆重推出，相当于我作为校园诗人的“告别演出”了。

80年代大学校园诗人的“诗歌大串联”，跟《飞天》杂志《大学生诗苑》吹响的集结号是分不开了。我和许多校园诗人都是通过《大学生诗苑》而相识并通信联系的。譬如读过伊沙发在《大学生诗苑》的组诗，1989年去北京求职时，专程到北师大与伊沙、桑克、侯马、徐江“煮酒论英雄”。我白天去各个单位投递求职材料，晚上就借宿在伊沙等人的寝室。熄灯后，大家躺在黑暗中谈诗，谈累了才昏昏睡去。那是很典型的80年代文学青年的激情：写诗不只为出名，还为交友；而谈诗也像喝酒一样让人兴奋且陶醉。我不仅“蹭”朋友们的床铺，也在“蹭”他们的才气。那段时间，像我一样漂在北师大的还有摇滚歌手张楚和黑龙江校园诗人中岛。（此文有删节）

回忆在《大学生诗苑》发表第一首诗《三角枫》

萧春雷

我是福建师范大学中文系1981级学生，在孙绍振等老师的指导下，1982年与高年级师兄陈嘉平、庄伟杰，以及师姐黄静芬等人一起创办了南方诗社，出版《南风》诗报。据说这是全国高校第一张铅印诗报。师兄们毕业后，我就主编《南风》诗报。大约1984年，我与邵长武一起联合福建省十七八所高校的诗社，成立了福建省大学生诗歌学会，我主编《南十字星》诗刊。在大学期间，我就开始了写作。

虽然我很早开始写诗，办诗报诗刊，但真正在正式刊物上发表诗歌，还是在1984年第10期《飞天》杂志上的《大学生诗苑》，诗歌名叫《三角枫》。记得稿费是16元，我非常兴奋。那也是我有生以来所得的第一笔稿费。

当时文学杂志虽多，但写作者众多，发表颇不容易。《飞天》杂志的《大学生诗苑》为高校学生提供了一个发表诗歌的平台，在校园诗社中很有影响。我们每期必看，研读上面的诗歌，也向它投稿。其实我不知道编辑的名字，把诗誊写一遍，信封上注明《大学生诗苑》就寄出去。诗歌发表后，大家都很羡慕，在校期间就正式发表诗文的学生很少。

在《飞天》杂志发表诗歌，意味着社会的肯定，对我日后坚持写作起了很大的作用。我已经忘记了《三角枫》的内容，后来出版诗集《时光之砂》时也没有收入，但我一直记得这首诗题，它是我写作生涯关键的一步。姜红伟先生约我写点回忆文字，我借此机会，向《飞天》杂志《大学生诗苑》的编辑致谢！

福建师范大学南方诗社第一届理事会成员合影。第一排从左至右：林来发、庄伟杰、李治莹、陈嘉平、刘向东；第二排从左至右：萧春雷、张标银、罗则庆、黄静芬。（陈家平提供）

新诗潮中的张书绅老师

邢海珍

20世纪80年代是中国新诗潮风起云涌的大时代，新诗的发展出现了一个非常特殊的历史性机缘，思想大解放，社会大变迁，诗歌求新求变的观念异常活跃。凡是从那个时代走过来的人，尤其有过写诗经历的人都会有极为强烈的感受，那就是诗意和激情使一个时代产生了无限的生机和活力，对中国文学和文化的发展起到了特别巨大的推动作用。张书绅就是在这新诗发展的历史关头出现的一个重要人物，他是新诗潮蓬勃兴起的一位优秀的引领者。

当年许多写诗的人对大西北高原都曾寄予深情，因为那里不仅有新疆石河子的《绿风》诗刊，还有甘肃的《飞天》。尤其是专门面对热火朝天的特殊诗歌领地大专院校，《飞天》显示出一种超前的敏锐，率先创办了《大学生诗苑》栏目，而主持这个栏目的人正是张书绅老师。他不计名利，苦心经营，在西北的偏远之地硬是创出了响当当的诗歌品牌，并以此切实地影响了20世纪80年代的中国诗坛。

我在大学读书时正是新诗潮崛起之时，但到了张书绅老师创办《大学生诗苑》时我已毕业。我参加工作后张老师在《大学生诗苑》中给我发过诗，那时我是东北师范大学的函授生，而且在电大教书，他以为我是电大的学生。后来，我还有一次混进了《大学生诗苑》。

张书绅老师是中国诗歌界名气很大的人物，但我几乎没有读过他的诗。据说他当年也是叫得响的诗人，是时代的变迁把那一页硬是翻了过去，那时他的主要身份是诗歌编辑，并因此而成为中国新诗潮的重要引领者。他当然也是一位诗人，凭着他的内行经验，能准确地认定诗歌作品，知道诗人和读者的心理，否则不能把《大学生诗苑》办成影响了一代人的历史性高品位的诗歌园圃。

从诗人和编辑家的直觉出发，张书绅老师看到当时大学生这个群体中所蕴藏的诗的力量，这是中国新诗最具活力的未来和希望。而《大学生诗苑》一创办，就立刻吸引了全国众多的大学生诗人们蜂拥而至，大量的诗人，大量的来稿，成了张书绅老师日夜关注和辛勤劳作的对象。许多后来在全国有影响的诗人当年都曾受过《飞天》和张老师的恩惠，是他推举了一大批校园诗人，为中国诗坛培养了富有前卫性的新生力量。

当时的《飞天》杂志之所以在大范围内产生了超乎寻常的影响，主要是因为《大学生诗苑》在大学校园中受到欢迎而引发的，更主要是因为张书绅老师非常认真负责的编辑作风赢得了全国大学生群体的尊重和信任，超负荷的诗歌稿件从全国各地的大学校园飞向大西北的兰州，飞到《飞天》杂志社张书绅老师的手中。张老师一个人负责《大学生诗苑》的编审，劳动量之大让人难以想象，有时几乎承受不了。对来稿认真细读，尤其对所有退稿提出意见，中肯地指出诗作中存在的问题，是很麻烦的事。时至今天，有许多诗人还铭记着张书绅老师的敬业精神，一页页诗稿上曾留下过他的字迹。由于繁重的劳动，张老师后来终于体力不支，特别是得了眼病难于看稿，退休前竟有十年时间离开了编辑岗位。

在中国新诗发展的历史上，张书绅老师是在诗歌的后台做了大量细致工作的人，他是那个时代诗坛的一位当之无愧的优秀园丁。他曾经也是一位有了相当成就的诗人，但在《大学生诗苑》的编辑岗位上，他几乎完全放弃了写作，专心为他人做嫁衣，看稿、编稿，甚至还要拉上老婆孩子等家人参与，才能完成工作任务。他确实为新诗的发展做了大量的默默无闻的基础性工作，他要付出最可宝贵的时间和精力，但却圆了无数学子的诗歌“飞天”之梦。后来成为中国诗坛中流砥柱如叶延滨、于坚等一大批诗人都曾在《大学生诗苑》发过诗、获过奖，使他们多了一份最初的支持与激励。

20世纪80年代发生在中国大地上的新诗潮，应是中国文学史上一道奇特而耀眼的风景，张书绅老师就是这次运动中做出卓越贡献的优秀个人。几十年的时间一晃就过去了，张老师已由人生的壮年进入了老年，多病的身体一直困扰着他，包括诗歌在内的一切社会活动都不能参与了，这实在是让我们这些后来者感到无比惋惜的。如今翻开当年的《飞天》杂志，已经发黄的纸页收藏了多少历史风雨以及一位尽心尽力编辑的深情厚谊。从这里我们看到了张书绅老师当年为诗歌而呕心沥血的身影，也看到了自己在诗歌中行走的足迹。当我们这些后来者也渐渐进入老年的时候，我们应当记住当年的诗歌曾是怎样激动人心的事业，就不能不想起新诗潮重要的引领者张书绅老师，这是我们人生记忆中多么重要的影像啊！

我与张书绅老师未曾谋面，他在我心中是一位慈祥善良的师长，是一位优秀的编辑家，他为中国新诗的发展曾做过扎实而重要的贡献。他所主办的《大学生诗苑》是新诗潮的重要源流和血脉，是催生中国许多重要诗人的温床。中国的诗歌史将记住新诗潮中的张书绅，我们会把他的名字珍藏在自己的心中，愿这样一个诗坛的好人和长者健康长寿。

回望新诗潮

邵问津

20世纪70年代末80年代初，随着朦胧诗渐为主流接纳，迎来了现代诗的全面崛起！主要呈现为大学生诗坛的风起云涌，并迅速形成旷世罕见的精神景观。校园这块没有落叶的青草地无可替代地围起了一个时代的精神牧场。事实上，诗歌社团和民刊几乎成了大中专院校学生不可或缺的心灵羊水。他们是最后一代梦想的拥有者。

时至今日，没有人会怀疑80年代大学生诗歌运动带来现代诗全面崛起的精神景观，在诗歌史、文学史，乃至人文史上是一座谁都无法绕过的高峰。

可那时，作为一个时代精神标杆的现代诗浪潮却始终只能在地下涌动，没有能够更广泛地滋养浸润整个社会人文的灵性域界。这与其说是一个时代的缺憾，毋宁说是历史对一个时代精神的嘲弄。

我在诗歌现场，曾先后主持过福建师大“南方诗社”之《南风》诗报（最早铅印的大学生诗歌报刊）、福建省大学生诗歌学会之《南十字星》诗刊和中国大学生诗协之《中国大学生诗报》，有幸成为这场精神运动的亲历者和见证人，并借此机会收集了大量的大学生诗刊诗报，给缺水的心灵幽谷充氧。多少年后，每当寒流到来，仍可以躲回这个时代的诗歌里取暖。

为此，我们不会忘记《飞天》月刊的《大学生诗苑》，以及新诗潮的拾贝者张书绅先生，他们开辟、坚守的诗歌阵地无疑是大学生诗潮挂在这个时代的性灵风景。它是80年代大学生诗人们的精神乐园，并始终安放在心灵自留地最干净的一角。

我们的脚下是一块忘性很大的土地。如果没有记忆的浇灌，即便开出花来，那也注定会是有毒的罂粟花。在失语的慌乱里，少有人愿意安静地找回曾经的温度来温润当下。

而姜红伟先生显然是难能可贵的记忆的拾荒者。他拾起的不仅仅是时间的碎片，还是一个时代精神的温度。

27

写在我的第二十个春天（五首）……中国人民大学新闻系 程宝林
沉　船……北京第二外国语学院外经系 何绍义
印象二题……重庆师院中文系 陈宇光
泰山挑夫……山东师大中文系 郑建军
鹅毛笔（外一首）……安徽师大政教系 郑小光
无　题……武汉水电学院英语师资班 欧阳昱
憧　憬（外一首）……中央民族学院汉语系 崔泽善
日　蚀……北京大学历史系 郭　葳
重　逢（外一首）……西北大学中文系 陈　敏
当我站在峰巅……无锡江南大学中文系 达　黄
敦煌街心雕塑……兰州大学中文系 封新成
雏　鸡……西北民院汉语系 林有盛
阁　楼……武汉大学中文系 周忠良
酸枣林……兰州医学院医疗系 康　康
给老师（外一首）……山东烟台师专中文系 李大中

174

《大学生诗苑》第27辑

年轻与诗

曾光

20世纪80年代后半期，在全国范围内诗歌运动风起云涌、潮起潮落，在大街上“随便捡起一块石头丢出去都可以砸中一个诗人的头”，除去官办的诗刊、诗报、综合杂志的诗歌专栏外，各种铅印油印，甚至手抄的诗刊诗报、自选诗集遍地皆是。这应该也是我们“出版”历史上的一大奇观。当时写诗的人如果分类的话大抵可分为职业诗人（有正规供职单位，多分布在出版文化界的一些杂志、报纸、出版社等）、民间诗人、校园诗人。第一类发表作品大多拥有公开出版的“阵地”，第二类有自印刊物广泛印发自己的作品，而校园诗人除了在少数校刊校报发表点作品外，当时远在大西北的一本杂志《飞天》却被全国大学生视为发表诗歌作品圣地，其所开辟的《大学生诗苑》诗歌专栏，在当时大学校园影响非常大，对于每一个爱好写诗的大学生来说具有传奇般的影响力和吸引力，甚至以能否在该专栏发表诗作而衡量一个写诗的人的“成就”。

当时我在武汉上大学，学校之间的诗人们多有交集，经常聚在一起喝酒、写诗、谈诗，常在一起的陈勇、洪烛、黄斌、李少君、阿杰、程道光等是玩得“极有品位的诗友”（陈勇语）。记得洪烛跟我谈起《飞天》的张书绅老师时有一种很崇拜的语气，以跟张先生有书信往来而感到自豪。我也有幸在1989年的该刊“庆祝建国40周年特辑”的《大学生诗苑》上发表过一首短诗，至今仍保留着那期刊物。

时间倏忽过去了20多年，当年一同写诗谈诗的人多有失散，那些影响甚广的报纸杂志也印象逐渐模糊，唯有《飞天》这本期刊在心目中印象依然鲜活。今天，市场经济、改革开放、互联网等等已经把很多东西改变了，而我相信我们在年轻时代的那些关于诗歌的美好记忆是不会泯灭的。更有像姜红伟兄这样有恒心、有毅力、有情怀的历史打捞者还在一往情深地做着回忆、整理、研究工作，可以说他是在帮助成千上万的人延续着一个年轻时候就痴迷其中的不绝的梦想。

《大学生诗苑》第28辑

1988年，湖北大学生诗人在武汉大学桂园。二排右起：陈勇、曾光、程道光、刘向阳；后排左一为洪烛，左二为阿杰。（曾光提供）

无私的奉献　永远的美德

韩万胜

20世纪80年代中后期，偏居陕北的延安大学布谷诗社和当时全国高校的文学社一样，用“热闹红火”四个字来形容一点也不为过。

此时的甘肃《飞天·大学生诗苑》无疑是大学生诗人们的黄埔军校，不少大学生诗人由此走向诗坛。无数诗歌学子梦寐以求在此展露身手。我也不例外。主编张书绅老师，至今未曾谋面，但他给我的复稿信上，不仅指出习作存在的问题，还指导我注重阅读，多读经典，提高文学的综合素养。现在想来，他每天要在浩如烟海的大学生来稿中阅读、选择、送审，甚至给有苗头的大学生作者回信，是一件多么繁重的工作啊！如果没有一种无私的奉献精神，一种超乎常人的高尚品德，很难想象，《飞天·大学生诗苑》能赢得千万大学生诗歌作者的信任与崇尚。

一头默默耕耘的老黄牛，一个甘为他人做嫁衣的老裁缝，一名不遗余力推举你成长的老父亲——这样比喻张书绅老师，我觉得再恰当不过。和当下文坛杂七乱八的世风相比，张书绅老师无私的奉献、高尚的品德，无疑值得我们永远学习。

虽然人到中年，但对诗歌的热爱丝毫不减，不时翻阅当年刊登习作的《飞天·大学生诗苑》，对张书绅老师的敬意便油然而生。借此机会，祝老师幸福快乐，健康长寿！

时光有时也回转

李南

经历过20世纪80年代的诗人假如在今天某个场合相遇，必定有一番亲切的交谈。我们会一起回忆当年一些大的诗歌事件和有趣的诗人们。

比如，“三个崛起”，《诗歌报》和《深圳青年报》大展，《大学生诗苑》，假“丁当”、假“尚仲敏”、假“韩东”，“国际诗坛”丛书，老木编的白皮书《新诗潮诗集》……这样聊着天，都不会在意彼此鬓角的白发和渐生的皱纹，就仿佛时光倒流，又回到了轰轰烈烈的80年代。

当时比较火爆的诗歌刊物，除了《诗刊》外，《诗歌报》（报纸）、《飞天》《丑小鸭》《萌芽》《绿风》等都是年轻诗人所追捧的。

大约是1986年，我给《飞天》的《大学生诗苑》寄了投稿信，当时也不知道张书绅老师编这个栏目，第一次寄去了三首诗。没多久，就收到了张老师的回信，具体内容记不清了，大意是说，我的诗还不错，很有基础，让我再寄几首去选。不久后，我又给张老师寄去了几首，我谦虚地请张老师批评指正我的诗，有什么毛病请他帮我指出来。过了一阵后，果然又收到了张老师的信，他说初审通过了，就待终审过后就可以发排了。同时，张老师对我的诗简单地指点了几句，说这首即将发表的诗好在结构上，很朴素，又让人回味，但是还须深入生活，贵在坚持等等一些鼓励的话，让我非常感动。从那以后，我写诗的热情很高，仗着年轻，不知深浅，四处投稿，居然也发表了不少。不久，就收到了张老师寄来的《飞天》刊物，我找到了《大学生诗苑》，看到了我的名字。也许时间太长了，我现在居然记不起来发在第几期、哪首诗了。

后来杂事也多，渐渐和张老师断了书信联系，但心中却记得张老师的教诲。后来的一些年，迁居数次，那些和师友们宝贵的书信都遗失了。直到今天为止，和张老师未曾谋面。

我也打听过张老师的下落，听朋友们讲，张老师退了休，还在兰州居住。

今年去参加青海湖诗歌节，遇见了许多80年代写诗，但未曾谋面的诗友，说起往事，大家都感慨万分。和陕西评论家李震、重庆诗人李元胜说到《飞天》，说到张书绅老师，李震很严肃地说，你们这些当年在《大学生诗苑》发表过作品的人，应该找机会去看看张老师，包括亚丽（指刘亚丽）。《大学生诗苑》作为当时的诗歌事件，培养了不计其数的新人，至今活跃在中国诗坛。

我和李元胜连连点头表示认同。

在我写诗的这些年中，有许多老师给了我莫大的鼓励，增添了我的勇气，如雁翼老师、刘章老师、曹增书老师、张书绅老师、蒋维扬老师、乔延凤老师、梅绍静老师、林莽老师、林染老师……这些老师中，有的已经去世，有的下落不明，他们有的记得我，有的大约早已不记得我了，大多老师至今没见过面，我感谢他们，我卑微的生命中永远有一块他们的席位。

掐手一算，1983年发表第一首起，今年正好30年，这30年我成绩平平，都写了些什么？这样想着，就心里愧疚，辜负了老师们对我的一片热心。

第一个清扫落叶的人

张天男

30多年前的一个早春二月，从“牛棚”里出来的张书绅在兰州一声“飞天”的号令，数十万大学生热血沸腾，转眼间，《飞天》的《大学生诗苑》变成了革命圣地延安。“凡内容切近现实、脉息与人民相通的作品都在欢迎之列”——仅此一句，就令当下某些名人名刊拈须冷笑。1989年7月，《飞天》诗歌专号“卷首漫语”曰：“诗人们没有别的可以奉献，他们只能从四面八方汇集而来……唯其在母亲面前，他们才唱得如此深沉而动人。他们的羽毛渐至丰满，他们的鸣叫渐至嘹亮。听着他们的歌，你必会击节而和：群鸟之鸣，希望所在。”这段没有署名的话语，很可能出自书绅先生之手。

在我眼里，中国的甘肃有两个“飞天”基地，一个发表诗歌，闲人准入，一个发射梦想，戒备森严。我有个牧民朋友，家在内蒙古葛根塔拉草原，他家的牧场，正是神舟英雄降落的地方。那年冬天，风雪中找他喝酒，在即将挥泪拆迁的牛棚附近，捡到几颗固定梦想的螺丝。刚才拉开抽屉一看，像雷锋叔叔一样，它们没有生锈，估计还可以继续为人民服务。

弹指一挥，一部分人肥了，一部分人废了；一部分人富了，一部分人服了。“一百年后，我在老式书架上，被爱人深情地打开”——这是书绅先生当年为我编发的诗句，题目是：《我常常站在书架前》（《飞天》1988年第2期）。其实呢，再这样下去，用不了一百年，所有的老式书架都会散架。一个梦想，从高层一头栽下。

另外一首叫《夏季灌木生长》（《飞天》1990年第6期），其中两行是："满树的叶子落下来，在山间来回走动"。呵呵，酒没喝完，秋已经深了。好吧，那就做一片落叶，被一阵大风，吹进哈拉沁山谷。就在这时，姜红伟先生来了，秋日的阳光下，老弟，你就是深山老林里第一个清扫落叶的人。你知道，秋草黄了，树叶落了，但生命的意义还在。天高云淡，咱们的老林子已经不多了。在"历史的垃圾堆里"，一片落叶，绝不会像五元钢镚儿一样升值。

下面，请让我把这首刚刚从灰烬里翻出来的老歌，献给曾经为它润色的张书绅先生。这首诗发表在前文提到的那期诗歌专号上，题目叫《我怀念一支乐曲》。今天看来，那的确是一个值得怀念的时代——岂止是怀念，还有一点儿为正人君子所不屑的—— 一头"野兽"的悲伤。

我怀念一支乐曲，像一匹老马怀念自由。
在我短暂的生命里，许多事情已经过去，
门前流水，带走了往日时光。

野草枯黄的季节，我怀念一架钢琴，
怀念琴键上死者的指纹。我一次次潜入静穆的琴房，
倾听一首挽歌，留在墙缝里的回声。

在雪后的清晨，我怀念你冰凉的十指，
和萦绕在指尖的秋天的流水。
在雪后的清晨，天空纯净得只剩下我的怀念。

让我深切地体味到了人性中的美好和真诚

高昌

姜红伟先生在新浪博客的约稿纸条，仿佛按动了我心上一个神秘的按钮，记忆的潮水滚滚而来。我是1988年开始以“高新昌”的名字在《飞天·大学生诗苑》发表作品的。隔着25年的岁月风烟回望，那一段美丽忧伤的难忘的青春还在西北兰州那里的一本迷人的杂志上闪烁着迷离的光芒。

“《飞天》有位张书绅，育草浇花恁认真……”想到《大学生诗苑》，就想到既遥远又亲近、既陌生又熟悉的张书绅老师。在媒体报道中知道书绅老师眼睛不好，但他似乎还是坚持了每稿必复。这样的工作负荷，对他这样视力不好的人来说，仅仅用责任心来形容还是稍显太理性太冷静了，这其实是一种燃烧的生命热情和宗教般的奉献情感。可惜因为工作几经变动，住所也几次迁移，很多资料尤其是书绅老师当年的回信找不到了，我回忆不起来更多的他在信中对我的创作指导的详细细节，但总的印象来说，想到他的名字，我就想起了一个好人，一颗燃烧的心。书绅老师除了负责《大学生诗苑》的编辑，另外还负责诗词之页这个栏目。我因为书绅老师的缘故，除了对《大学生诗苑》的喜爱，也对诗词之页很喜欢。这也影响了我至今与某些同龄诗友不同的创作兴趣和欣赏习惯——写新诗，也写旧体诗。书绅老师发表过我的旧体诗，这对当时的我来说是肯定，更是鼓励，同时也给我打开了另一艺术世界的窗口。记得他在给我回信时细心地说：旧体诗有人用现代诗韵，也有人用平水韵。如果给别的报刊投稿时投寄的是用现代诗韵的作品，一定在题目旁边注明“现代诗韵”，以免编辑审稿时误以为出韵。

我在《中国文化报》和《中华诗词》从事编辑工作多年，张书绅老师是我心目中的好编辑的一个标杆。他的认真负责热情善良，他的才学识力，都给我留下了很美好的记忆。因了张书绅和他的同事们那份胸襟和气魄，《飞天》的《大学生诗苑》办得虎虎生风，生气蓬勃。这里不是几个人高帽横飞、党同伐异的小圈子，而是开满各种鲜花的春天的原野。这里不是一条喧哗嘈杂的小溪流，而是各种声音激情碰撞的洪波汹涌的浩瀚海洋。即使一个编辑的名气再大，一个编辑的个人创作再好，也没有权力把所有的作者和读者都“编辑”成一种腔调，一副面目，一套招数。现在某些诗歌报刊之所以内部花红柳绿、哥们义气，外部却门庭冷落读者稀少，其中一个重要的原因就是缺少《大学生诗苑》这种和而不同、各美其美、包容兼容的良好编风。

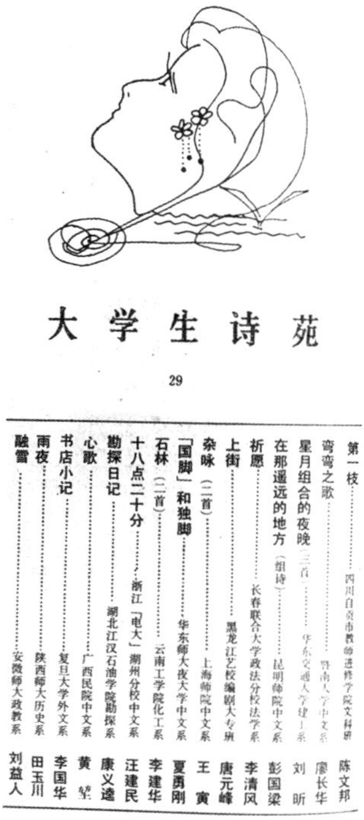

大学生诗苑

29

第一枝……四川自贡市教师进修学院文科班　陈文邦
弯弯之歌……暨南大学中文系　廖长华
星月组合的夜晚（三首）……华东交通大学建工系　刘昕
在那遥远的地方（组诗）……昆明师院中文系　彭国梁
祈愿……长春联合大学政法分校法学系　李清风
上街……黑龙江艺校编剧大专班　唐元峰
杂咏（二首）……上海师院中文系　王寅
「国脚」和独脚……华东师大夜大学中文系　夏勇刚
石林（二首）……云南工学院化工系　李建华
十八点二十分……浙江「电大」湖州分校中文系　汪建民
勘探日记……湖北江汉石油学院勘探系　康义逵
心歌……广西民院中文系　黄堃
书店小记……复旦大学外文系　李国华
雨夜……陕西师大历史系　田玉川
融雪……安徽师大政教系　刘益人

《大学生诗苑》第29辑

难忘的1989年的第1期《飞天·大学生诗苑》用我的《现在回答北岛》开头。我在那首诗中说：“告诉你吧，北岛，我要相信……”之所以我这样一个孤僻、固执、寂寞的人这样说，正是因为像张书绅老师这样的好人们，让我深切地体味到了人性中的美好和真诚。

《飞天》，把梦想托至更高的天空

太阿

姜红伟总是执着的，醉心于校园诗歌史的整理、研究。继《寻找诗歌史上的失踪者——二十世纪八十年代校园诗歌运动备忘录》之后，又着手《〈飞天·大学生诗苑〉创办史（1981——2014）》的编撰工作，嘱我写点文字，作为一个见证者，无法拒绝。也许是责任使然。

对于校园诗歌，不管是中学生诗歌，还是大学生诗歌，我皆交集不多。在之前的《校园诗歌操练与“青春酋长”的虚无》一文中，我已详细交代。在我最初的诗歌练习中，我以“校园诗人”或“大学生诗人”出现的不超6次，《飞天·大学生诗苑》《民族文学》《星星》《诗歌报》《四川文学》《散文诗世界》各一次，有的署名“太阿”，有的署名“曾晓华”。与我同时发表作品的多为1965—1970年间出生的诗人，也许是因我与他们心灵比较相通吧，因此现在我的诗歌朋友们大多也比我年长。

1990年我进入湖南师范大学，开始大规模的诗歌创作，每日逃课泡在图书馆里阅读经典和文学期刊，《飞天·大学生诗苑》对我影响不小。每过几个月就给编辑李老乡寄稿，1993年3月号发表了我的《葬我于雪》《感受音乐》两首，署名“太阿”，整整一页，至今看来仍毫不逊色。与我同期发表的有华东师范大学的江南春等，也让我记忆深刻。

当年11月，《飞天》又发表了我的《旱船》，署名“曾晓华”，从此可以看出李老乡对我的诗歌是比较欣赏的，我不仅仅是一个“大学生诗人”。后来又多次给《飞天》投稿，发表几次则记不清了。可以说，《飞天》坚定了我对自己诗歌才华的认可，从此更加勤奋，一发不可收，直到现在。

20世纪八九十年代是文学的黄金年代，其重要原因是因为有一批目光如炬、无私真诚的编辑，从浩如烟海的稿件中找到珍珠，李老乡就是其中杰出甚至伟大的一位。前不久我获得2013年度“十月诗歌奖”，到河南济源参加“十月诗会”，与洪烛聊起八九十年代的“校园诗人”，感慨有幸见证那个时代，诗歌改变命运。

现在，当年的我们奔行在不同的城市，从事不同的工作，但是，因为诗歌，我们仍然是永远的兄弟。是《飞天》，把梦想托至更高的天空，那里星光灿烂。

青春时代的剪影

邓凯

远在林海雪原深处从未谋面的诗兄姜红伟，短信给深陷在京城雾霾中的我说：你写点回忆《飞天》杂志或张书绅先生的文字吧。

十多年没看到《飞天》了。尽管十多年没看到《飞天》了，但只要任何人提起这两个字，在心中，我没有任何疏离感。

《大学生诗苑》从1981年开辟至今，即便按传说中的百分之九十九的发表淘汰率来看，在这个园子里展露拳脚的诗人也有数千人。时间如刀割春韭，一茬茬诗人倒下去，更嫩的一茬冒出来。最早比画的一些老拳师早已在江湖扬名立万，更多的诗人则淹没在人间烟火中泯然众人矣。在今天，在一个多数人无法和真实的自己和平相处的今天，在一个多数人滥用才能、贩卖荣誉的今天，在一个文化主要成为人们工作之余消遣时间的无害手段的今天，诗歌退潮，而裸泳的人还有几个？

那有什么关系呢。即便这数千人命运各异，但我相信，只要回想起《大学生诗苑》，大多数人都会下意识地年轻起来，都会肃穆起来，都会下意识地产生一个愿望，希望自己更纯粹一些，更勃发一些，更真实一些。毕竟，那是一个长发飘飘的年代，一个弦歌飞扬的年代，一个荷尔蒙弥漫的年代，一个眼神纯净、呼吸急促的年代。作为剪影，《大学生诗苑》构成了一代代诗人不朽的青春。

我生来也晚，错过了20世纪80年代诗潮上千帆竞渡的好光景。前辈诗人纷纷上岸，换下泳裤，各回各家，各找各妈，吾辈诗人只好沦落在沙滩上美其名曰“艺海拾贝”。

那有什么关系呢。大海依然在那里。即便独行在沙漠中，我也能从一枚海螺里听见涛声。我们依然以诗歌的名义，纠集队伍，用我们的大舌头朗诵，挥霍青春。在我们的大学时代，《大学生诗苑》给了我们最温暖、最质朴的安慰。

我还记得在中国人民大学，在寒冷的冬夜，只要在信封写上“甘肃兰州东岗西路284号”，顿时感觉到温暖。然后是等待，相思般的等待。每一次看到印有“《飞天》”字样的信封寄来，就会欣喜若狂。每一次在《大学生诗苑》的目录上看到自己的名字，呼吸会骤停，那的确是幸福的停顿。那种感觉，一辈子都难忘。

感谢红伟兄给了我一个书面表达谢意的机会。

因为生来也晚，所以我没有机会直接承接张书绅先生的恩泽，他在我们心中是神一般的存在。我更多的是受惠于何来先生与老乡先生，老乡先生则更多一些。虽从未谋面，但从他们给我的信中，依然感受到真诚和温暖。他们都好吗？十多年过去，回想起来，依然如此亲切——虽然，从未谋面。

在中国，在成千上万的诗人心中，在林林总总的文学刊物里，《飞天·大学生诗苑》是最神圣的土地——这里，没有“之一”。

《飞天》杂志和我

谭旭东

姜红伟兄发来短信，还在我的博客里留言，告诉我，他在编一本《飞天》杂志《大学生诗苑》的书，要我也写一篇，他知道，我也是在《飞天·大学生诗苑》发表作品，渐渐走上诗坛的。

《大学生诗苑》是一个特别的栏目，也是全国综合性文学期刊里，专门为大学生设立的诗歌栏目，从这个栏目里走出了很多校园诗人，他们中的很多后来都成了诗歌的中坚力量，有的从这里起步，开始了文学创作和研究之旅。我认识并认真阅读过他们的作品的诗人中，叶延滨、王家新、于坚、林雪、洪烛等就是最早在那里发表作品的，还有很多人在那里发表处女诗，后来做了专家和学者，如现为中国人民大学教授的程光炜，他既是诗评家，也是当代文学研究的学者，我的诗歌评论就直接受益于他的见解。还有王珂、张莉、赵思运等近几年比较活跃的在大学任教的青年学者、诗评家，也在那里发表过习作。我在《大学生诗苑》发表作品不多，但它对我的鼓励，是难以忘怀的。

记得我在《飞天》杂志1993年第11期发表的第一首，题为《舞夜声音》，记得是有一天晚上参加我们外语系学生会举办的舞会后，回到宿舍，想起跳舞时的情景，很有感触，我就写了这首短诗。我把它，连同其他几首诗，抄写在方格稿纸上，投给了《飞天》杂志诗歌编辑。当时不知道谁是诗歌栏目的编辑，就在信封上写了“诗歌编辑老师收”的字样。过了几个月，我收到了《飞天》杂志的样刊，翻开一看，自己的诗赫然在目，记得好像我用的是笔名“梁木”，而且标上了“淮煤师院外语系”的名称。信封里，有一笺信函，上面的钢笔字工整隽朗，很有力度，署名为李云鹏。原来，主编亲自给我写了信，鼓励我好好写，多给《飞天》杂志投稿。那一次开始，我注意了《大学生诗苑》，也和李云鹏老师结下了师生之缘。后来，我隔了一段时间，就把习作寄给李云鹏老师，每次他都认真回复，好几次还把我的信和他的回复摘发在《读者来信》栏目里，让我备感温暖，备受鼓舞。自然，这些样刊，我都一直保留着，但让我痛惜的是，五年前第五次搬家时，丢失了一箱书，其中就包括《飞天》杂志的样刊。

现在，我记不清在《飞天》杂志发表作品的具体次数了，但《大学生诗苑》好像发表过四五次。有两次是组诗，还有一组诗《一滴雨落下来》是我在北师大读研究生时发表的，大概是2003年期第7期，国内有几个新诗选本，都选了这组诗。有一次，我是在华东冶金学院教书时，我把自己辅导的“听潮诗社”的成员艾浪滔、张德华等学生的作品寄给李云鹏老师，他在《大学生诗苑》里专题刊发。这可是很不得了的，一所普通的工科大学，竟然有好几位学生在《飞天》杂志发表诗作，引起了校园诗歌爱好者的热烈反响，一时，好多学生跟着我写诗，“听潮诗社”也成了校园名社。大学毕业工作后，我有幸在《飞天》杂志的《青年诗坛》栏目里发表过几组诗，责任编辑是李老乡，他不太写编辑来信，但给我寄过两次节日贺卡，让我很感动。

十年前，第五次全国作家代表大会在北京召开，陕西儿童文学作家李凤杰、王宜振老师带我去拜访贾平凹和陈忠实老师。我出版的第一本文学评论专著，是研究李凤杰儿童文学创作的，陈忠实老师写了六千多字的序言呢。当时，在李凤杰老师房间翻开代表名录，得知李云鹏、李老乡两位老师正好是甘肃团的代表，也住在北京饭店，于是，利用午餐的机会，见到了两位老师，简单地说了几句话，握了握手，虽然时间很短，但一见如故。李云鹏老师高大，挺拔，面容豪爽，棱角分明，颇有西北汉子的气概。而李老乡老师，个子矮小，头发长，但平易近人，精神很好。

2010年，《飞天》杂志创刊60年之际，马青山老师主编了它的“60年典藏版”，由甘肃文化出版社出版，其中的“大学生诗苑卷”里，收了我的《一滴雨落下》等三首诗，算是被选用作品比较多的几位之一。每一个省级文联、作家协会都主办了一份文学刊物，但能够专门关注大学生的诗歌创作，长期开设《大学生诗苑》这样的栏目的刊物仅有《飞天》杂志一家，这也是值得注意的出版现象。应该说，《飞天》杂志推动了校园文学的发展，对当代新诗的发展也做了一份不可磨灭的贡献，它是一份真正具有人文关怀的文学期刊。

近两年，我虽然还在写诗，但几乎没给《飞天》杂志投稿了，但对《飞天》杂志的信息，还是很关注。李云鹏、李老乡两位老师都退休好几年了，希望他们晚年健康幸福。也希望《飞天》杂志越办越好，希望现任的编辑老师生活更快乐。

回忆：诗歌、《飞天》与母校

荣光启

我对诗歌开窍的时间我觉得比较晚。我是在离开安徽师范大学以后，远赴桂林的广西师范大学之后才真正开始写作，但主要还是散文随笔小说，诗歌只是零星。偶尔的几首诗作，还遭到好友刘春的嘲笑。多年以后，我回想在安徽师大的时光，我开始意识到我曾经生活的那个氛围是多么宝贵，那里有那么多的诗人，那么悠久的当代诗歌传统，我现在之所以敢写几首小诗敢写诗歌批评，完全是因为我曾经在那个地方浸染了四年。

我在安徽师范大学中文系就读的时候，知道母校的特点有二：一是据说这是华东地区恋爱风气最兴盛的学校，二是该校算是全国考研成功率最高的学校之一。但那时的我很幼稚，不知爱情是什么东西，没这方面的需求；对于未来，也缺乏明确目标，没有像有些同学一年级就决定背叛，矢志要逃离中文系逃离师范类要考新闻法律商学等等。我在漫无目的的读书和游玩中渐渐看到了校园里的另一种气象：这个校园里有一种东西叫诗歌。

首先使我耳闻诗歌的，是我们的直接领导、年级辅导员项正兵老师，他刚毕业留校，据说他就是一位诗人，凭什么是，我也不知道，我只是从同学们的口中听来的；还有，他似乎对写诗的同学要偏爱些，这也能证明他是诗人；还有，后来我也确凿见到他那一行行的文字。项老师给我的印象就是常常眉头紧皱，给我们开大班会的时候对我们很严肃，让我很是惧怕。现在我当然知道，项老师皱眉头骂我们其实是哀其不幸怒其不争，是爱我们爱得深切的缘故。但他忧患深重的诗人气质让我紧张。出入校园里最角落的那栋脏兮兮的男生宿舍，常要经过项老师他们青年教师的住处，那些破旧的木门上有许多涂鸦，我记得有一句很醒目："穷且亦坚，不坠青云之志。"那时我和胡明耀每次经过这门口时，他都要撇着嘴来一句："我的孩哟！"有惊叹加嘲讽之意。可能因为同是诗人，我感觉胡明耀对项老师就没有我那么惧怕，这开始让我对能写诗的人无比羡慕。

我印象中项老师常常提到的诗人有江后起、常河、陈寿星等，我不知道他是否提起过李涛，给我冲击力最大的其实是李涛，虽然我没有见过他，但我见过他的诗和文字。他是大学期间我认为的最有思想的人。约大四的时候，某日在水房，在洗衣服的时候，在一张被丢弃的湿漉漉的校报上，无意间一篇小文章映入眼帘，明明是中国人写的，但却不懂，开头即是"自为与亲在……"我一下子傻了，完了，四年中文白念了，汉字都不认识了，一看作者，是李涛，从此，我对这位诗人佩服死了。

其次是慢慢我知道母校有一著名特产，就是号称全国四大校园诗社之一的江南诗社，上述名人，皆是诗社成员。多年后我在检阅著名文学刊物《飞天》杂志的《大学生诗苑》时，看到从第一辑开始，20世纪八九十年代，安徽师大，主要是江南诗社成员的诗作，在这个著名的栏目刊发作品，是司空见惯的事情。这让我既佩服这些诗人，也崇敬那个远在西北的刊物。江南诗社和《飞天》的关系，我想渊源深厚，这其中的历史与故事，应当有某位江南诗社的资深社员来撰写，对我而言，这个诗社和这个杂志，像我人生的两扇穹门，渐渐引我走向文学的殿堂。

当然，最直接的原因，是因为我最好的兄弟胡明耀，他就是诗人。

他大学期间在著名的文学刊物《飞天》上多次发表诗作。胡明耀是我进入大学第一天结识的第一位宿友，这位来自淮南的大个子，很帅，但很黑，据说这是因为淮南遍地都是煤矿的缘故；后来我又发现他的淮南女老乡基本上都很漂亮，皮肤很白，据说这是因为淮南有著名的八公山豆腐的缘故，反正，在我心目中，他是一个很有魅力的人，淮南是个奇特的地方。开学第一天，因为他早来学校，情况熟悉了，他带着我逛逛校园，经过操场时，指着那些踢球的人说："看，世界第一运动！"这句话奠定了我至今的娱乐爱好，看电视基本上只看体育台，看体育台基本上只关心足球。当然，胡明耀最大的魅力在他是诗人，真正的诗人，他是江南诗社的成员，在《飞天》等刊物常有诗作发表。我对现代诗的启蒙认识来自于他。

大二的时候，青年男女的情愫都有蠢蠢欲动和寻找依归的倾向，班上大面积地出现了恋爱现象，但帅哥胡明耀按兵不动，这不免让人敬佩。他是我的下铺，我们的床靠窗，他常常在窗户边打太极，旷课，吸烟，沉思，他将背影留给我们，而墙外其实只是一堵墙，墙下是臭水沟。他经常在小本子上写写画画，我们知道，他是在写诗，但他在写什么呢？大家满是好奇。有一次他不在宿舍，有好事者偷看了他压在枕头下的小本子，里面都是他的诗稿，那天，他写的一首诗，副题是"——献给少女兰，或蓝"，印象中大概是这样：

兰，或蓝
你坐在庭院中
编织……
飞鸟和植物
来到你的身边
来了又飞走……

大伙儿一致认为，原来胡明耀已经有一个姓兰或蓝的女朋友，怪不得他按兵不动坐怀不乱自恃清高。感谢上帝，那时我心里觉得不是这样，他是在写诗，诗的意思应该不是那么务实。我很想知道：为什么植物也可以像飞鸟一样，“来了又飞走”？这是个什么道理？也正是在胡明耀这里，我得到了现代诗的初步启蒙，他后来告诉我一些诗歌的基本原理，比如这里：植物之所以可以来了又飞走，是这里的时空浓缩了，因为在“我”的心目中，“少女兰／蓝’是永恒的，她永远在那里，变化的是世事万物，在不同的季节里，植物更替，当少女的形象不动，而身边季节轮换植物生长凋零——如果你改变一下时间观念，那可不是植物们来了又飞走吗？这就像MV中快速播放云朵一样，云朵的运动本来是肉眼不易觉察的，但长时间拍摄却快速播放，你就能看到云朵奔跑的画面。现代诗的想象机制和语言方式，有变形、夸张、时间空间观念的转变等。我在胡明耀的解释中，似乎明白了诗歌是怎么一回事：原来诗就是不好好说话，它是在以一种更内在的、接近于人心感觉的方式说那些不好说的话。虽读起来费劲，但细细思量，确很感动。

既然读中文系，我们又确实不属于未来的法学家商界人士新闻业人士行列，写文章发表文章自然是我们的追求。可怜的我，在校报上发个小东西我就很激动，更不要说对校外刊物的切望了。调皮的宿友胡军同学，有一次在我进宿舍时，很激动地告诉我，你有文章发表了！当时我激动万分的表情让他很震惊，他黯然不语，知道玩笑开大了。我也瞬间知道这只是个玩笑，但心情的落差犹如海盗船，多日后想想都眩晕。而胡明耀，有一天却在窗前翻看一本杂志，就像看一本平常的杂志，但其实上面有他的诗作！这杂志就是《飞天》，发表他诗歌的栏目就是《大学生诗苑》！

当时最流行的刊物其实不是《飞天》，而是《大学生》之类，但相对于《大学生》杂志的花里胡哨，《飞天》显得朴实无华，很素洁，但也因为素洁，更加符合我对文学刊物的期待。胡明耀第一次发在《飞天》上的诗作叫《游侠》，我现在还能回味这首诗字里行间的气象，但语句已经不能记得。这首诗的写作可能与当时我们的必修课中国古代文学有关，可能是在唐代文学的课上写的，他在笔记本上写写画画，这首诗我见过最初的稿子。他写这首诗其实还有一个背景，那就是其实他自己身上也有“侠”的影子，他是一个练过的人，会几路拳法，据说爷爷就是大侠或土匪之类。大学毕业那年，我和另一位好友李昌舒，一边听着齐秦的“我是一匹北方的狼”，一边乘坐农民兄弟拉西瓜的拖拉机北上，直奔胡明耀淮河边的家。在淮河边的那个黄昏，我和李昌舒正准备望着苍茫河岸抒怀的时候，胡明耀提醒我们：千万别这样，别惹淮南那些无所事事的哥儿们来揍你。我当时终于明白，原来在淮南生活，不会几套拳法还真不行。“游侠”，其实是胡明耀心仪的自我形象。在这第124辑（1993年11月号）上，《飞天》刊发母校江南诗社一堆人的诗作：有沈国全《清晨》、陈洁峰《果实以外的秋天》、张晓明《一只船》、吴本才《春天的歌》、般涉《冬日我回到故乡》、胡明耀《游侠》、杨萌《深秋的花朵》、张家红《春天从梅开始》、邢鸿飞《第一阵风》、张应中《黑鸟与我们的黄昏》、吴平安《祈祷词：风》、孟红霞《以雪为界》、张先国《蔚蓝的瓦棱》……《飞天》刊发江南诗社同志们的作品，素来是平常事，谁叫这个诗社是全国四大诗社之一呢。更令人嫉妒的是，在第131辑（1995年2月号）《飞天》又刊发了胡明耀组诗《平淡是后来的事情》，组诗噢……

那一段时间，《飞天》是我做梦都思想的刊物。我不记得我是否梦见自己在上面发表了作品，但如何能在《飞天》上发表作品已是我接下来常常思量的事。《飞天》常常整体刊发诗社成员的诗，而我不是诗社的成员，这咋办？这让我从此有加入江南诗社的想法。如前所言，长期以来，我对那些著名的诗人艳羡无比。虽然最终因种种原因，我没有加入这个社团，我也没有在大学期间写一首诗，但《飞天》在我心里引起的那种成为诗人的荣耀感，是我迈入文学殿堂的最初动力。当我今天回顾大学岁月，我看见胡明耀的名字曾经和我的老师辈诗人如程光炜先生在一起，也曾经和比我大一点的同辈诗人、北京大学的姜涛老师在一起，我特别震惊，想一想那个时候在《飞天》上发表诗作的人是多么牛啊，如果当年胡明耀真的考上了北大中文系比较文学专业，今天的他该是怎样呢。此刻，我很想念胡明耀，很想念那本在他手上翻动的素洁的《飞天》杂志，想起那些年我们纯真的热爱文学的美好时光。兄弟啊，今天你一直在写诗吗？

回忆《大学生诗苑》及诗人老乡

张立群

我于1991年高中时代开始写诗，当时一直有个心愿，想将自己的文字变成铅字。但作为一个过程显然要等待很久。2000年8月，辗转工作几年后，我考入辽宁大学文学院现当代文学专业研究生，辽大图书馆阅览室使我的阅读视野一下子开阔了不少（主要指文学期刊），这其中就包括《飞天》的《大学生诗苑》。

经历几年投稿的“坎坷”之后，《大学生诗苑》吸引我的地方就在于她专为在校学生所设。记得那个时候流行测名、酿名，我的本名据说“不太理想”，于是使用“颢瀚”二字并一度将其作为笔名。2011年冬，我在《飞天·大学生诗苑》以笔名颢瀚发《鸟的足迹（外二首）》，被同届同学称为“诗人”“出了点小名”；2002年冬，事隔一年后，我又以笔名颢瀚在《大学生诗苑》发组诗《我和三月》七首且列于《诗苑》首位，这对于我后来坚持写诗多年以至于研究诗歌起到了相当大的促进作用。

两次发诗，责任编辑都是“老乡”。具体到了解这位德高望重的诗人，是在2003年首都师范大学读博士之后。当时，我的学兄王珂先生正在首师大做博士后。他说当年曾在兰州工作，与老乡相识，才知老乡又叫“李老乡”。再后来，就是参与吴思敬先生主持的项目《中国诗歌通史·当代卷》的写作，我主要负责80至90年代的诗歌部分。出于初次参与大项目的热情，我曾给老乡写信，索要材料。信件寄至《飞天》编辑部。几个月后，偶然收到来自天津的信件，内有老乡的信还有诗集《野诗全集》。之后，我按照信上的电话和这位对我当年给予巨大支持的诗人通话，方知他已退休，现居天津，我给编辑部的信是编辑部转寄他之后他才知晓的。老乡对于后辈诗友的提携让人感动，为此，我有必要将成书后关于老乡的文字摘录于此（该书已由人民文学出版社2012年出版）——

李老乡（1943—　），有时也作老乡，本名李学艺，河南省伊川县人。著有诗集《春魂》《老乡诗选》《野诗》《野诗全集》。李老乡1965年开始诗歌创作，曾先后长期担任《飞天》文学杂志社诗歌编辑。作为在80年代初，倡导“西部诗”的发起者之一，李老乡的“西部”诗歌作品除了展现了西部的地域色彩之外，更为重要的，是在诗歌中融入强烈的个人体验与生命意识。《废墟上的石柱》是对独立者力量的一种刻画；《光芒中的渴望者》则在跋涉于沙漠烈日“光芒中的渴望者”身上寻找着生的象征；而在《西照》《背起身影的人》等作品当中，诗人更是以他惯常喜爱的“天空”“鹰”的意象，将诗人自己的理想、信念，如“想必仍在扼守／诗的残局”“叹夕阳未能照我／异峰突起”等，融入到诗歌作品之中。

李老乡在创作上为人瞩目的更在于他的“野诗”以及由此而产生的“野诗体”。在《野诗》中，诗人曾经写道：“老乡的野诗没有节奏／跟随太阳的哥儿／四处流浪／常在落日的地方借宿／常能分享大千世界／那种悠悠的苍茫／／当暮霭里出动的长城／成了我的诗里／最为冗长的句子／一行读不断的绝句／竟使我苍凉的双肩／从此耸起了悲壮”。的确，老乡的“野诗”首先就在于它具有“西部诗”的苍茫与悲壮；但“野诗”之“野”更在于其语言的独特性以及由此而生的“野气十足”和幽默诙谐。《语言响马》以短短10行诗，将一个穿越历史、幽默大气的“不是元帅 只是末将”的“语言响马”刻画得淋漓尽致；而在《天伦》中，诗人则以一种饱经生活沧桑的夸张描写，书写出现代社会中的平凡人性。此外，在“野诗”中还有占重大比例的大胆而直接的情诗。在《猎爱》《嘎吱嘎吱的红靴子》《癫狂》《黑妻，红灯笼》等作品中，诗人那质朴、大胆甚至是粗野的情感抒发，不但没有降低诗歌的品位，相反是以出人意表的效果提高了作品的阅读旨趣。

从诗艺的角度上看，老乡的“野诗体”非常注意诗意化的经营策略。《闪电中的花园》《篝火的动感》等作品无论从语言，还是结构角度上，都体现了诗人的锤炼功夫。而在《雅极》《疏影》《白马与悼剑》《不曾论剑》《净界》等作品之中，剑、梅花、白马以及侠士的豪情等属于另一世界的意象，频频出现于诗人的作品世界之中，这充分表明诗人对传统诗学的理解以及传统题材的驾驭，其哲理禅意的表达能力也由此可见一斑。

从当年在《大学生诗苑》上发诗，时至今日，已有十余年的时光。十年来，每次有《飞天·大学生诗苑》的消息我总愿留心听听、看看；而对于《大学生诗苑》被称为青年学生诗歌的“摇篮”“黄埔军校”等称呼更是感到亲切、自豪。因此，当姜红伟先生将其关于“《飞天·大学生诗苑》创办史”的构想告诉我，并要我写点文字时，我感受到了时光倒流、回到弱冠之年的冲动。期待这些文字能够为《飞天·大学生诗苑》的历史增添一点信息，同时，我也愿意将曾经在此发诗的经历告诉给了解、关心这一历史的读者：我的笔名曾为颢瀚，曾在《大学生诗苑》发诗，我曾得到著名诗人李老乡的关注与馈赠，并长久铭记于心……

回眸那座诗意的灯塔

赵思运

对于80年代的学子来说，《飞天》的《大学生诗苑》无疑具有神圣的象征意义。它不仅是一个耀眼的诗歌符号，同时，也是青春与生命的自由符号。

那个时候，编辑都很负责。发表诗歌的取舍标准也非常严格。我不知道其他杂志社是不是每稿必复，起码《飞天》是这样的。我把1988年初学写作时的一首习作《印象》投过去。诗是这样写的：

陶盆里　清澈的水
柔柔回荡　嘹亮的光芒
以手掬之　轻轻往躯体上涂抹
渐渐地
男人古铜色的力量凸现
灰色声音隐去

树荫下
赤裸的少妇怀抱着
粉红的婴儿　酣睡

小手按住母亲的乳房
男人正悄悄走向婴儿

这一刻
细密的太阳雨正给大地
镀着金色

大概过了不到一个月，就收到了编辑部的回复，意思是“诗意和构思都很好，关键是还要加强语言的训练”。对，就是语言，语言是永远探求不尽的本体元素，这可谓是诗歌的终极问题。对于一个初学者，这种指导真的是一针见血！甚至对于具有多年写作经验的诗人来说，也仍然需要强化语言意识。如果没有编辑老师一针见血的指点，我可能会走很多弯路。至今我都不知道回复我的那位编辑老师的名字。只有默默地感激。

从那以后，我就基本上没有投稿，而是潜心阅读，体悟语言，打磨诗艺。直到21世纪初，我才开始在《诗选刊》《飞天》《诗歌月刊》等处发表诗歌，被选入《中间代诗全集》《文学中国》《中国新诗年鉴》等重要选本。安琪之所以将 “中间代诗群”界定为出生于20世纪60年代，诗歌起步于80年代，诗写成熟于90年代、在21世纪浮出海面的一批没有参加“第三代”诗歌运动的诗人，我或许是一个例证。

我第一次在《飞天》发表诗作是在2004年。我以华东师大博士生的身份在2004年第1期《飞天·大学生诗苑》发表了《把我擦亮（6首）》。可惜我的名字误为“赵思远”。后来，其中的一首《赵老三和他的公羊》还被编入《飞天》60年典藏（1950—2010）（大学生诗苑卷）。从1988年我的第一次投稿，到2004年《飞天·大学生诗苑》助我浮出，其间的16年，正是我蚯蚓一般在地下默默积蓄诗学能量的自觉发生期。回首我的诗歌路途，《大学生诗苑》乃是一座暗夜中的灯塔。

现在，我在大学课堂上常常讲到《飞天》，讲到《大学生诗苑》，但是换来的是一届又一届的茫然面孔。20世纪80年代的那座大学生灵魂中的灯塔，虽然还是那座灯塔，但是，背景已经彻底撤换。现在，姜红伟带着80年代历史的青春激情，穿越历史的晦暗隧道，在喧嚣杂乱的语境下，完成了关于《大学生诗苑》的著作，真的蕴含着一种悲壮情怀！姜红伟通过对历史现场的还原，将带领我们去触摸历史的体温，引导后人去追溯历史。这座灯塔将以诗意的光芒透过浓重的历史迷雾，向未来辐射出丰富的启示。

《大学生诗苑》第30、31、32辑

那一份大学校园的诗意

熊焱

姜红伟兄嘱我为《飞天》的《大学生诗苑》写上几百字的文字，一时间还真不知道该说什么，只好匆匆地记下寥寥数语，以怀念那一段诗意的大学生时光。

2000年我考入四川大学，同年冬天，我写了两首诗，投给了《飞天》杂志的《大学生诗苑》。那时候，我每写出两三首诗，就迫不及待地投寄出去。2001年3月，那两首诗在《大学生诗苑》发表出来。那是我进入大学后第一次在文学期刊上发表诗歌作品。这对当时一个正处于练笔时期的大学生诗歌爱好者来说，是多么大的一种激励和鼓舞。后来，其中的一首诗还收入了一本叫《大学生诗选》的年度选本。

毫不夸张地说，那时候我对《大学生诗苑》是充满深深的信任和感激的。每写出诗歌来，第一个想到的就是投给《飞天》，直接寄给当时的诗歌编辑、诗人老乡。我记得2001年8月底，我的同学、诗人田荞在假期里写了一组诗，返校后兴致勃勃地给我看。我看了之后，当即就建议他马上寄给《飞天》。2002年1月，那组诗刊发了出来。我至今还清晰地记得我的同学在收到样刊时那种兴奋的神情，以及他在这种鼓舞下坚定地走向诗歌前路的那种豪情和信心。我可以想象得到，《大学生诗苑》是以怎样的一种光芒，照亮了多少大学生诗歌爱好者摸索的方向。

大学四年，我在《飞天》上多次发表作品，甚至在我大学毕业后，我之前投寄的作品也在《飞天》2004年5月号上发表出来。如今，那些稚嫩的文字早已被我抛弃，但在那段诗歌道路上，是《大学生诗苑》给了我前进的动力和信心。我希望，这个有着数十年悠久历史和影响力的诗歌栏目能够一代代地传承下去，把诗歌的火种撒向四面八方！

【第四章】

他者眼中的《大学生诗苑》

/

/

/

透过30多年的历史烟云，姜红伟的这本极其立体的具有现场感和历史感的“刊物专题史”重新呈现了几代大学生在青春的岁月里的文学理想与生存的精神状态以及围绕其上的一整个时代的历史烟云。这既是一部诗歌史，也是一部思想史。

《大学生诗苑》漫评

公刘

从1981年2月号开始，《飞天》开辟了《大学生诗苑》专栏，迄今已经连续出了5辑。编者在8月号上专门为这个栏目写了一段告白，阐明了他们的宗旨，我以为，那是完全符合党的三中全会路线和四项基本原则，符合“双百”和“二为”方针的，当能得到广大读者的赞同。

近年来，不少刊物纷纷向自己所联系的青年诗歌作者提供了各色各样的园地，使诗歌运动增添了蓬勃朝气，为诗歌队伍注入了新鲜血液，尤其是在对于新诗的一片讥讪辱骂声中，坚持斗争，的确是办了一件大好事。

《飞天》独把目光专注于大学生的行列，既有一定的根据，也有相当的收获。大学生，确是当代青年中比较活跃的一群。他们和青年工人、青年农民、青年干部、青年士兵当然有基本的共同点，但同时又有所区别。他们的有利条件在于：人数众多，经历都不算简单，知识准备比较充足，时间也相对充裕，有良好的钻研气氛，可以互相切磋，有的还不乏老师的指导。不过，凡事有一利必有一弊，在一定开放的环境和一定自由的空气中，难免涉猎失之芜杂，因之有可能由于经验不足，认莠作良，从而受到若干消极的乃至有害的影响。这一正一反，势必都会在他们的创作实践中有所反映，对他们各自的创作起着促进的或者妨碍的作用，甚或会不同程度地在同一个人身上同时得到体现。

编辑部嘱我谈谈读后感，下面我特试着发一点议论，只能算作一家之言，对与不对，仅供参考；如果评论失当，欢迎反驳。

我想根据我个人的理解（肯定会有所偏爱），把这5辑《诗苑》大致分为两类。第一类大抵都具备三个明显的特征：主题明确，思想明朗，语言明快。这三大特征，又正是诗歌现实主义道路的基本要素。

李建波的《我和老犁头爷爷》（三首）实际上是在为可敬可爱而又可悲可叹的中国农民立传，三首合为一个整体，是充满抒情意味的叙事诗。最精彩的地方当推结尾两句：

在寒冷的季节里，
人，却赤裸裸地活着！

真的，我读到这儿，也不禁“打了个……哆嗦”。

这首诗，如同许多新人的作品一样，在炼字意方面功夫不足，比如，“他眼睛笑得混进了皱纹”，“混”字粗俗，也欠准确，换上个“溶”字，或者旁的什么字，也许更好一些。又如，“我们这一代该塑造什么样的新一代的脊背。”“新一代的”就显得多余；再如，“打了个寒冷的哆嗦”，“寒冷的”一词也是败笔。

于进的《灯下》选择了一个极其平常的生活场景：天真的儿子发现了年轻的爸爸早生华发，数着数着，引起了妈妈凄凉的回忆，熄灭了爸爸快乐的火焰。最后两小节可说是神来之笔：

爸爸，您和共和国一样大，
国家有没有白发？

于是，这位爸爸正在讲的童话戛然中断了，他和他历尽艰辛的爱人同时陷入了无声的沉思。我，作为一个读者，也陷入了沉思：我们亲爱的祖国，是否也因苦难而衰老了呢？如果是衰老了，能不能重新恢复青春呢？这的确是一个很难一笔抹去的问号。

接下去，就是同一作者的《除夕夜》和尚春生的《家乡情》、冯诚的《田埂上，我轻轻地喊》《大娘，我馋》《种两遍，收一遍》。这些作品，让漫不经心的人读来，会错认为是信手拈来，不花气力；其实，他们是动了脑筋的，有选择的，款款而歌，不加任何标语口号，就将三中全会以来农村落实经济政策后的繁荣生机描写得如此生动、轻快、丰满和明丽，令人精神振奋，耳目一新。

这些诗的作者们，听到了“蜜蜂的歌唱：富裕，富裕……。”听到

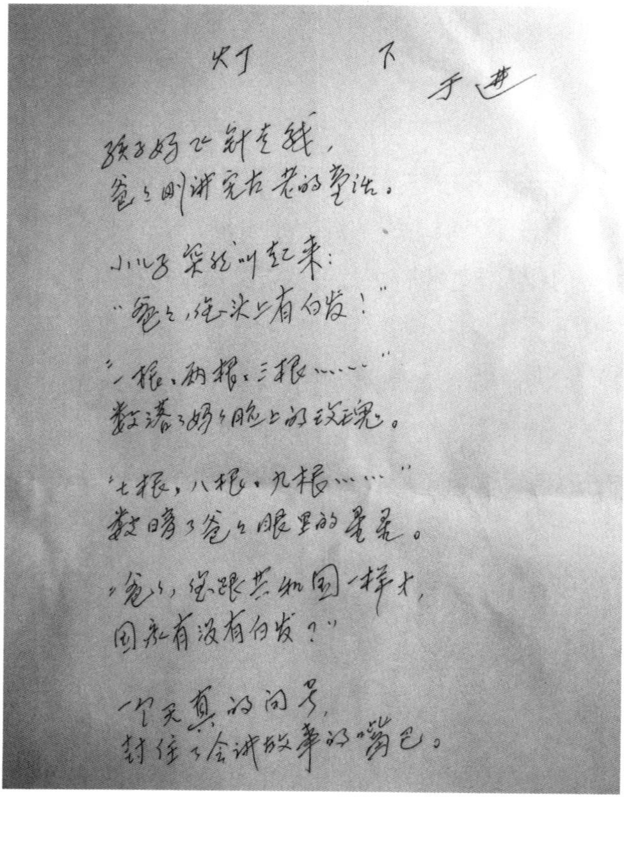

灯　下

于进

孩子好好[illegible]钱，
爸爸刚讲完古老的童话。

小儿子突然叫起来：
"爸爸，你头上有白发！"

"一根、两根、三根……"
数落了妈妈脸上的玫瑰。

"七根、八根、九根……"
数暗了爸爸眼里的星星。

"爸爸，你跟共和国一样大，
国家有没有白发？"

一个天真的问号，
封住了会讲故事的嘴巴。

于进《灯下》

了妻子娇嗔的一声："甜死你！"听到了"致富的路，谁也挡不住！"这样一种苦怕了、穷死了以后的求生呼号，听到了"有收无收不在天，信念！信念！"的切实可信的豪言壮语，也看见了"大娘，啥时候换的新灶膛，案板旁，还添了个新面坛！"看见了"大娘正在剁肉馅，宝宝正在试新衣"，看见了"面在柜，肉在案，菜在窖，油在坛，要稀有稀干有干。"这就是80年代中国大部分农村的喜庆景象！自南至北，凡是坚决贯彻了党的正确路线的地方，莫不如此。（当然，也还有因为僵化而落后的所谓学大寨先进单位）这一点，生活本身可以作证，未来的历史课本也一定可以作证。

黄宗信的《致生活》是一首气势不凡、感情真挚的好诗，它既包含着巨大的复杂的思想内容，又细致地准确、处理了时代与青年的关系，如果说其中八个"你曾是"和四个"你也曾是"，近于失恋者的怨恨，那么，五个"你若是"和四个"就算你是"肯定是追求者的乐观展望和胜利宣言。作者的声音是真诚动人的：

昨天，我老是诅咒呵，
你给我的太少太少，
今天，我才发现呀，
我欠你的也很多很多。
昨天，我总是恨你呀，
象乞丐的衣衫，又脏又破；
今天，我却恨我呵，
当初竟没有把裁缝找过。

这是爱国者的内心独白，它应该能打动任何一个非冷血动物的心。这是一位赤子，在痛定思痛之后，得出来的充满责任感动的结论。而这恰恰是目前一部分青年朋友理应达到却不曾达到的境界。为此，我要特别推荐这篇洋溢着时代精神的作品，这里所说的时代精神绝非虚情假意、歇斯底里的干嚎，而是慷慨悲壮、背水一战的誓言。

第二类作品，也颇值得一读。其中有的蕴蓄哲理，发人深省，有的直抒胸臆，如闻其声，有的托物寄情，意境高远，有的虽然画面比较朦胧，却不难体察出其中的社会内涵。如彭金山的《我和你》《绿色的歌》（二首）、长木的《纪行》（二首）、《普通的心灵》、叶延滨的《爬》《前额》以及散文诗《眼睛在对心说》中的第二、第八、第十等节，吴稼祥的《一朵杨花》、李江卫的《梦》，都以富有个性的笔触披示了这一代新人的不可侵犯的人格尊严、自我解剖的勇气和独立思考、奋然前行的决断。

吴稼祥的另一首诗《我走出舞厅》、刘晋寿的《一次晚筵》、应向东的《新居》、薛卫民的《给林浩英》、曹剑的《那时，我有个愿望》，则展现了一批清醒的正当的然而又不无忿懑、惆怅之情的内心世界。他们的清醒是必须肯定的，我们希望他们永葆健康，不受污染；他们的忿懑与惆怅也可以理解和值得同情，但又有一点幼稚和简单化。这些诗篇所揭露的部分众生相，正是新时期必然产生的新问题。过去有，今后恐怕还将更多。一概骂倒，徒然加深对立情绪，洁身自好也不是积极的办法，我想，还是要耐着性子，正面说理，解答疑团，因势利导，热忱相待，如此方能尽可能地减少类似的丑恶和消灭类似的悲剧。

张子选的《我，一个学生》（二首），以纯朴的语言、笃实的态度宣告了自己不断登攀的勇气和信念，也倾诉了负重远行的吃力之感，这两首小诗的可爱之处在于不假修饰和真诚坦白。

也有写得优美、正派的爱情诗。如冯诚的《喜鹊只搭一个窝》，就是一例。这寥寥数笔，将那个有情人相会的特定环境勾勒得如同一幅素净的白描画，单调的机械的绞辘轳的动作中却流淌着一股活泼的微妙的思绪，这种思绪突然爆发成一句似乎与彼此的心事都无关的问话：“喜鹊咋只搭一个窝，再有高枝也不动心？”含而不露地赞美了一位农村姑娘和一位大学生之间的忠贞爱情，充满了我们民族的传统机智和生活谐趣。与此相衬的，还有高寒的《爱的隐曲》，这首诗虽然主要歌颂的是博大的、广泛的、在痛苦中坚持下来又在绝望中复苏过来的国家之爱、人民之爱，却也包含着“她那羞涩深情的一顾”。所以，不是一般化的由小及大，而是相反地由大而小，也算别具一格。

雷宇的《醒了的诗》，抒发了一种重新确认人和肯定人的正义的感情，从一个侧面诅咒了十年之久的毒化迷乱和庆幸心灵的失而复得，味同橄榄，耐人咀嚼。同类题材的还有峙军的《诗誓》，真实地再现了那充满“恶劣的天气”的岁月，作者（以及他的同辈人）在风险莫测的大海上，生命的小船载负着“多边形的心”所“呕出的诗”，他之所以不辞艰危，走上“剑齿般的路”，全然是为了对岸的“灯火”，和“灯火般的眼睛”，当然，还有“眼睛般的渴望的心”，我觉得，这些诗句相当精当地表述了当今千百位青年诗作者的共同心境。

刘芳森的《北邙山拾梦》有清新的诗意，构思奇幻，形象具有可触性，甚至能转化为听觉的对象。如：

让我变作一只小桶
轻轻地落在故乡的深井

辘轳你慢慢地绞吧
别惊了鸽子的甜梦

又如：

苇子席铺开了黄昏
芭蕉扇
扇不去虚伪的月光

奶奶，你让我把耳朵
塞进磨眼里吧
蛐蛐在那儿浅浅地吟唱

再如：

爱我吧，邙山
……
求求你
我绿色的保姆
给我的梦
做一件永远不烂的衣服

这些诗句，的确产生了一种效果，即将古老的北邙山置于奇谲而又恍惚的氛围之中，使得乡思也凭添了神秘的色调。不过，就全诗而言，还是有不少值得商榷之处，最主要的是，渲染过度，人间烟火气淡了，“鬼气”浓了，损害了这首诗应有的正面作用。

小野的《相信》、子国的《墓碑》，都用力度很大的手指弹拨着人们的心弦，构成了言有尽而意无穷的咏叹调：自信中透露着惶惑，坦然中包含有悲戚；又好像各自为病情复杂的患者开了一份药方，这种类型的诗是我们这个时代的特殊产物。而黄大明的《我该起来了》、黄祈的《道路》则较前首较多地摆脱了夜来的梦魇，为自己树立了明确的进取目标，这当然是觉醒的标志。无论如何，它们更有向上的倾向。

如果不提到程光炜的《耕耘，便是我人生的最大愿望》和《永远的伙伴》，那这篇文章将是不公允的。请看——

我是大地的儿子

我没有云霞一般的幻想
我只渴望我的肤色，太阳光下
同披满尘土的乡村大道一道闪光
我渴望我喝惯运河水的歌喉
象那散发着草腥味的河流
滚过一片片龟裂的土地
沾满泥巴的双脚
跟着田野里深深的犁痕
艰难地走向远方
活着
象土地那样丰饶而充实
这便是我人生的最大愿望

这是多么质朴而直率的告白！这是多么憨厚而单纯的心田！

可是，同一位作者在另外的场合却又写下了百分之百的所谓朦胧体的句子：

请把你波浪般的头发
倾泻在我的臂弯
请你用深不可测的眼睛
将难以述说的苦楚
永注在我醒悟的心房
……
从此雪白的海鸥
当是飞出彼此心灵的
祝福的信笺
四面八方的礁岛

将以一个不灭的宣言
向狂怒不羁的大海
显示出我们永远的坚强

解开缆绳吧，朋友
请你再一次地
用泪光闪闪的眸子
珍藏起我微笑的形象
请将你的最初的誓言，象白帆
升到高高的桅尖上

难懂吗？我以为，这样的朦胧还是可以读得懂的，因此，也是可取的。诗人以繁复多变的吟咏以及丰富多姿的形象向读者传达了这一对“永远的伙伴”（也许是情侣吧？）之间铭心刻骨的信赖和坚贞不渝的期待。就这一点而言，这首诗是成功的。然而，毋庸讳言，也的确有一些平庸的、空泛的、灰色的诗，混杂其中，有的甚至还占有突出的位置。有少数几首，我翻来覆去琢磨，终于无法理解它到底想说明什么。女作者崔桓的组诗《原野》，给人留下既相当突出又不无遗憾的印象。我敢说，她是具有敏锐的诗的感觉的，也善于捕捉生活中富有诗意的场景、形象与情绪，因而写出了《去远方》这样一首颇有启示性的，仿佛代表整个探求者队伍向历史宣誓的好诗，特别是结尾两段摇撼人心，不可多得。然而，正如任何一个不成熟的作者往往在写出好诗的同时，又会暴露出自己的不成熟一样，她的作品有一个危险的弱点，即缺少中国气派和中国风格；看得出来，对古典的和民间优秀文学遗产可能少接触。所以，其他两首诗《夏夜的原野》和《北方的黑土地》，就形成了这样一种颇为荒诞的局面：拆开来读，不乏巧思佳句，整体一看，则显得支离破碎。如果要打个比方，倒真像一堆闪闪发光的零件，配不了套，组装不成一部可以正常运转的机器。特别是《夏夜的原野》，竟然完全不考虑大多数中国读者的欣赏习惯，不尊重数千年来约定俗成的汉语规范，建行的方式是那样任性和生硬，我想，大概不止我一个人，对此是无法表示赞同的。还有另一位作者写的标题为《父亲》的小诗，我估计，也许多少受到了罗中立的著名油画《我的父亲》的影响——接受兄弟艺术的启发本来是常有的事，古往今来的题画诗还真有传世的名篇——问题在于，需要联想，需要开掘，需要发展，一句话，应该是再创造；如果文字表达的东西并不能丰富、补充、突破和超越画面上的图象，诗，仅仅成为画的翻译，或解说，恐怕是不足为训的。

一般说来，我是主张既要坚持原则又要提倡宽容的。但是，纵然如此，我也不敢保证自己的意见不会失之偏颇。我诚恳期待着编者、作者、读者的批评。我衷心祝愿《大学生诗苑》出好诗，出诗人，好诗像花苑中的鲜花，诗人如星海中的明星。

（此文有删节）

飞天的新生代

谢冕

一、富有远见的措施

西北是神奇的。连绵不绝的荒漠之中，产生了惊动世界文化史的辉煌的一页——敦煌石窟艺术。一切显得是这样的不可思议：一条绵亘潜力的风沙走廊，却也是促进东西文化交流的走廊。甚至就在最坚韧的骆驼也难免困倒的地方，创造了最美妙的反弹琵琶，莫高窟的壁画和雕塑，乃至豪放悲慨的古代边塞诗。

就在这里，飞天以惊人的艳彩，使最冷静的心灵卷起风暴。

西北不仅属于过去，它也属于今天。在当代文学艺术的创造上，西北仍不失其素有和独有的风采。当代诗歌是近年来受挫甚重的艺术部类，人们经常谈论它的“不景气”，乃至“危机”。即使是这样一种发展并不顺利的艺术，在西北仍然有着令人注目的发展。人们曾经惊叹过千里沙海中出现的《绿洲》，为吹拂绿洲上空的温润的“绿风”欣喜。在古称春风不度的《阳关》，那里正在采取措施促进“新边塞诗”的兴起。在艰难中，那里进行着庄严的垦殖。最贫瘠的地区，能够产生灿烂的文化奇观，西北这样告诉人们。

《飞天》开辟的《大学生诗苑》的出现，是诗歌困厄期中一片令人欣悦的绿洲。目前新诗的这种困厄，也许是蜕变中的苦痛，而不会是永久的。但事实的确是，在经历了短暂的生命复苏后，新诗正由热情趋向冷静，由激昂的奔涌转向暂时的低潮。《飞天》对这一环境作了逆反应。它似乎要证实新芽的生机，即在趋向沉寂的1981年，它不定期地出了7辑《大学生诗苑》；1982年，开始按月定期出版。至8月号它已满15辑，发表了全国七十余所高等院校一百五十余人的二百六十余首诗，其中，三分之一为处女作。在中国诗运中，在一段时间内如此集中、专注、大量地选刊大学青年学生的诗作，这确实是一个富有远见的行动。这一迹象，已经不仅在大学的诗歌爱好者中，而且也在全国的诗歌界引起了广泛的关注。当前新诗，在获得思想、艺术的全面的解放意识的同时，它的读者和作者的构成面也有了崭新的拓展。诗歌运动正在以更加明确的方向靠近它的基本读者——青年，特别是作为青年知识分子的大学生：他们已成为最热情的新艺术的探索者。诗歌正在大学校园里赢得了广大的爱好者和创作者。在那里，诗歌孕育着（或者已经发生了）变革。《飞天》的编者敏锐地获得了这一诗的最新信息，他们选择了一个特殊的时期，采取了一个特殊的方式，用以突出他们对于诗歌发展的关心。

学院诗歌在中国新诗史上存在的事实是明显的，但这种事实曾经被长期地冷淡。人们往往把它等同于与现实和劳动群众的脱节，总是在含有明显的贬义时才记起它来。这种观念，如今正在起变化。不仅因为事实证明学院和大学生未曾与劳动和劳动者隔绝，而且也由于人们已经获得了条件，敢于确认诗总是与高度文化素质相关联。这一认识是接近于诗的本来素质的。诗是一种相当精致的艺术，在艺术的家族之中，诗总受到特殊宠爱，她有点超凡脱俗，但却植根于生活的地层。过去，我们曾经不把诗当做诗，而且素来轻视作为艺术的诗与高度的文化素养的联系，甚至认为愈没有文化愈能写诗（当然，事实也绝非是愈没有文化的人愈不能写诗）。只是在人们挣脱了极左思想对于文艺的桎梏之后，这一观念才能有所改变。

向这种相当凝固的观念挑战，不仅要有相当的勇气，而且要有对于崭新现实的实际的认识。《大学生诗苑》的编者确认如今生活在校园中的整整一代人是有着广阔前途的一代人，他们“有与社会生活的广泛接触，有为祖国精神文明献身的强烈愿望。他们的诗作，有继承，有借鉴，有突破，有发展，给诗坛带来了陌生而新鲜的气息。事实已经证明，一批诗歌新人正涌现于大学之门……”（《大学生诗苑》编后）这段写在1981年8月的文字，无疑会给那些感到了冷漠的青年以温情之火。中国的青年一代将铭记这些激励。当少量的人沉醉于旧梦的追怀与眷恋，而以谴责新诗潮为快意的潮流涌来时，《大学生诗苑》编者为青年人带来的“陌生而新鲜的气息”而欣悦，这个事实本身，便具有鲜明的挑战性。

1980年开始的现阶段新诗的讨论，使更多的人获得了关于新诗发展的意识。中国新诗经过了十年摧毁性的打击之后正在复兴，而且必将有更为自由更为开阔的发展。发展的前景在于青年，特别是那些有丰富的文化知识以及广泛的诗歌素养的青年——这些人对于中国和世界的诗歌传统有较多的了解，而且对于艺术的探索持开放态度——他们中的一支重大的力量是现在的大学生。一些以青年为主要对象的刊物，如《萌芽》《青春》等对此已有更多的关注，《大学生诗苑》则是专注于此的。

《飞天》的编者，无疑是把正在接受和已经接受了高等教育的这批力量，视为中国诗歌的生生不灭的富有生气的力量。他们“从《诗苑》的窗口眺望，1977级走去了，1978级也将走去了。但是1979级走来了，1980级和1981级走来了！这是持续行进的无数梯队，在每支建设高度物质文明和精神文明的梯队中，都走着一些现在不甚起眼，然而步伐沉稳、昂首向前的未来诗人（《大学生诗苑》编后之二）。文字质朴，寓意甚深，这里表现了对于历史发展的审视力，一种整体的和发展的战略的构想。丰美的收获在于辛勤的垦殖，未来的成功和希望在于不拒绝今日的天真、幼稚，以至于明显的缺憾。有的人的职业似乎只是责难那由于种种原因造成的幼稚；有的人，把未来的光辉寄托在现在的辛劳以及难免会受到轻蔑的创造性的实践上。我们对后者怀有敬意。

二、脚下是醒来的黑土地

青年已成为当今生活的主题。在本世纪末可见的未来，中国将成为青年之国。到那时，青年仍然是生活的主题。历史塑造了当代中国青年的形象。动乱历史造成的心灵的“擦痕”，使他们难免有过迷惘的哀音，同时，新生的阳光与昔日的黑暗构成了强烈的“反差”，鲜明的“对比度”为他们提供了对于历史的思考的可能。思考启迪了未来的憧憬。这种错综复杂的局面引出了关于一代人的现状与素质的议论，这种包括了差异与分歧的议论，有助于对一代人的准确与科学的认识。

每一代青年都有自己的笃诚。生活在共和国的青年，大体居于两种明显的类型：50年代型与80年代型。前者笃诚于革命的信念，后者笃诚于务实的思考和实践。当然，80年代的青年不像他们的长辈那样完全生活在理想的光照中，他们更注重实际。《大学生诗苑》的成就之一，在于以青年自己的诗，绘出了青年自己的近于实际的群体造型。这些诗篇作出了如下的自我表白：他们脚踏祖国坚实的黑土地，他们不曾离开生养自己的富饶然而多灾多难的原野。《原野》（甘肃师大崔恒）是一组充满中国田园风光的诗画，它以斑斓的色彩再现了北中国大地的迷人风景：月亮落下去，乳色的云变成又低又薄的夜雾，堤岸在静卧中聆听江河安恬流过。无须说明，这种永恒的静谧的美属于今天，也属于胜利。特别是其中的《北方的黑土地》——

暴风雨洗刷过的天空

明静、深情。像船夫的黎明
凝望东方的目光

那夜里落满林中的叶片
响亮、透明。像跳跃在绿色海波上的
点点阳光

这诗句让人想起郭小川的《团泊洼的秋天》，祖国到处都有这样迷人的静谧的自然美。但作为真实的诗，它不能不在这样优美的风景画中留下生活的真实足迹，如同郭小川曾在宁静得几乎让人“睡傻”的环境中望见了刀光剑影的“厮杀”一样，在崔恒的这幅关于北方黑土地的油画中，仍然出现了母亲辛勤的步骤：缀着补疤的肩头，以及夜色溶不尽的疲劳，这就是作者未曾与之脱离的北方的黑土地，“古陶般的敦厚的母亲”！大概尤为可贵的是，她并不沉湎于此，因为她未曾忘却自己对于大地的许诺：

一切都要告别
要走很远的路
也许不再
回还

（《去远方》）

这就是我们所了解的当代青年的笃诚。这些诗篇摒弃了那种直露的说教，但它并没有摒弃诗的倾向。崔恒那些表现了对于大地的挚爱的诗，依然属于自己的时代。

《原野》的美在于含蓄、柔和，让人想起女性的宛宛婴婴。与之相比，同期刊出的《父亲》（兰州大学杜宁）却显得直接和强烈。这是一首同样来自生活的“黑土地”的诗篇，父亲就是黑土地的“具象化”。一代人曾经迷惘，如今不无沉痛地重新找到了自己的土地，于是痛悔自己不知道“你是父亲”，“不曾将半点真诚的歉意，送向像牛一样劳作的你”。诗中充满了沉重的自责，他为自己曾对父亲的愚钝、贫苦乃至“赤裸的脚”的不谅解而痛苦，他弄不清楚，究竟是自己真的不知父亲，还是“薄情的鱼忘记了海的养育”。我们听到的是对于这一片旷远的“黑土地”的真诚的忏悔和祝愿：

我饱经凄风苦雨的父亲呵，
即使我的忏悔如一江春水，
满川烟草、连绵梅子雨，
也不及今日你碗中有了面和米！

也许这里显得沉重的诗情是受到那幅引起争论的著名的同名油画的启迪，但我们依然看到了属于年轻的这一代人，特别是生长于“黑土地”而又受到高等教育的一代人对于苦难的父辈（这里应当理解为土地和历史）的觉醒的“认同”。我们从这种朦胧的觉醒中受到鼓舞。在生活的急剧的变动中，这一代青年并不曾抛弃远祖留下来的遗传因子，尽管这是渴求变动的一代人。

重要的是在历史转折关头的变革生活的意识。当然，这种变革并不意味着对于民族和历史的背离。这一代人，不是关在校园的象牙塔中只在精神世界中生活的人，他们的脚上仍然沾带着大地的黑泥，特别是心灵上未曾与世隔绝。但在速疾跃动的生活中，当一般人难免眷恋于即将失去的旧物时，青年一代却勇于变革性的扬弃，这是更足以鼓舞人的信息。《别学我，新来的徒弟》（宁夏大学刘国尧），是这样正在茁长的新观念的抒写。师傅告诫新来的徒弟：

等你拿起了锤，学会了锯，掌握了锉，
就要有勇气去否定！去探索！
别学我，别学我的师傅，别学我师傅的师傅，
只是把发烫的汗珠捧献给贫困的祖国。

在已是登上月球的时代，只会以古老的工具重复师傅传下的动作，无论这动作是何等的娴熟，这种观念的无止境的坚持的确具有悲剧性质。可喜的是，一代人已经觉醒，他们开始否定，而否定意味着前进。同期刊出的《织机·钢琴》（河南师大王剑冰），是一曲新旧生活交替的复杂的奏鸣曲。一个主题，是古旧的，那是消磨了曾经是“俏姑娘”的青春的织布机！另一个主题，是新近的，那是音乐学院的一架钢琴——

学院，我的钢琴
五分钟就会赢得热烈的掌声。
她，却用聪明与精巧
织着一个又一个没有赞许的
黎明和黄昏……

一架古老破旧的织机，吞噬着一代又一代的“表姐”的青春年华，失去了少女的红晕，留下的是“劳累的鼾音”，与一架象征着高度的文化艺术的钢琴，形成了强烈的对比。这里有无言的否定，也有真诚的希冀——“我多想把地上的织机变成一架钢琴，送入她的梦中——让她在小山村的夜晚，弹起迷人的黎明和青春……”织机与钢琴对比，构成了对停滞的昨天的否定。同样的意识，在其他诗篇中也有表现，如《摇篮》（山东师大谢迎秋）：一只田间挑肥用的大筐，做了农民的儿子的摇篮。一只“今天与明天之间的摇篮”表明新一代已不再满意往昔那种自给自足的“农家乐”，他们的目光向着明天。新的生活和旧的生活如

同织机上的经纬，组成了如今我们脚踩在这片土地上的生活。大学生的诗作保留了这一生活场景的足音，也保留了未曾脱离生活的年轻一代的不满和希望的心音。因为这一代人曾经涉足在生活的泥淖中，在底层，他们有过切身的体验，他们与劳苦人的劳作并不隔膜。这是一代人的诗，又不仅是大学生的诗，这是《大学生诗苑》所昭告的。我们从《地头上的催眠曲》（西北大学老嘎），看到累极了的老农田间片刻的酣憩；我们从《穿米黄色连衣裙的少妇》（湖南黔阳师专李玉成），看到一位用自己的劳作赢得生活权力的人的艰辛；我们也从《石桥》（复旦大学王健）的形象中，看到了挣扎在生活重负之中的青年搬运工面对大山也可以骄傲的身影。笔法都是充分现实的，那种沉默的伟大的艰辛，却能使“太阳，滚落了一滴泪”。如同现阶段诗歌终于恢复了对于生活的现实主义态度一样，他们的声音至少在真实这一点上，说明对于生活的诚实。他们有自己的土地，正是因为他们脚踏实地，所以他们的诗有着动人的力量。他们不仅表现大学生，而且广泛地表现大学生以外的集体的和个体的劳动者。但作为大学生的诗歌，当他们表现这些劳动者的思想感情时，已经渗透作为知识者的思维特征。一般说来，与不同作者的同类作品相比，他们有着视野更为开阔辽远的特点。他们不仅有“我们的土地”，而且有着“自己的土地”。他们热爱它，但并不眷恋，他们勇于向自己所曾经眷恋的“告别”。如同前面引过的崔恒的诗，在赞赏那原野的迷人的粗犷之美时，便已决心远离，尽管路途艰难坎坷，但他们仍然走向远方。

我们从每一个雨的黄昏和雾的早晨
从太阳，那白天与黑夜交映的旌旗下
像高山奔泻的白色瀑布
走向四月……

（《我们走向处女地》，河南师大程光炜）

这片处女地是开阔的，它从现实通向历史。他们要去的远方，不再为愚昧和落后所统治，而是交织着张衡、莎士比亚、李白、爱因斯坦的名字的土地，交织着罗盘、活字版、火药和纸的历史的土地。他们决心以汗水去灌溉“那饥渴地等待五月和九月的庄稼”（《告别我的大学》，扬州师院曹剑）。

三、一代人的祈愿与追求

这是一代人的歌唱。他们寻求通过具有强烈的时代感和个性化的自我形象，以表达一代人的祈愿与追求，这是他们的主题。

较之其他同辈的人，他们是幸运的，国家给他们良好的条件以掌握更为丰富的知识，这种机缘只有一小部分人享有。他们自豪地宣称：《我，一个学生》（甘肃师大张子选）。“我读地球，读在贝壳的纹络中潜藏的童话”，“我读天空，读在蓝色脉管的经纬网里运行的太阳和月亮……”当然，他们也认识了人，唱着一曲人之歌。他们已经鄙弃那种失去了人的尊严的“朝圣者”匍匐的身体，呼唤在圣者面前挺立的《脊梁》（西北民院吴春岗），他们认为人的脊梁一旦挺立，“就会发觉——血肉之躯比堂皇的殿宇，还要高大”。北京大学吴稼祥从普通人的严肃的现实出发，把最庄严的颂歌，献给了“第一个直立行走的人”；“人类有了这第一个敢直立行走的人／便有了敢吃马铃薯和螃蟹的人／有了敢在石壁上作画的人／敢用大脑思想的人”。这是一曲对于迷信和蒙昧主义的抗争之歌，这是颂歌主题的全新的变异：由神的主题到人的主题的变异。大学生的诗歌没有脱离当代诗歌的基本思潮，人的主题带着炫人眼目的鲜红色泽升起，它的主题是：

我歌唱第一个直立行走的人
这创造了人、改革了人的人

但我绝不歌唱
亚当、女娲或奥林匹斯山上的诸神
我歌唱人类最杰出的改革者的先驱
一个伟大的普通人

一个伟大的普通人，这是神圣的主题。为了这一主题的展示，我们经历了长久的争取，这包括了对于历史的深沉的反思，反思之后的奋起。宛若长久涉行泥淖，终于来到水草洁净的丰茂平野。他们不仅表现了平野，而且也表现泥淖和泥淖中痛苦的跋涉。

当代文学伤痕主题带来了诗歌中的反思主题，这仍然是时代感召的产物。诗歌在回归真实的过程中，无法回避这历史的真实，真实的历史。说真话的诗人和诗，却为此付出劳绩。青年，最敏感，也易于动情。他们以自己的方式展现这一主题，而且是不无沉郁之感的。他们并不像某些评论所指责的那样消沉或沉沦，他们的声音并不属于“小鸟般的歌唱”一类。他们的悲惋之中，留有时代刻在心灵上的伤痕。他们追求真实的人的真实的情感的抒发，憎厌虚假。

他们曾经失落过，因而他们的反思并不能全然摒弃那种淡淡的感伤情调。他们反顾往昔的年月，尽管“童心里不存在法庭，无知的犯罪上帝也会饶恕”，但却真诚地为《我曾折断过一株树苗》（兰州大学曹长林）而忏悔。从一棵树苗的摧折，年轻人看到了自己的命运：“当我被那场‘革命’折断青春，不由得为那株树苗懊恼——暴力同样地践踏了我们，我失去年华，你却把生命丢掉。”他们也许是未来的设计师和建筑师，他们将在祖国的大地建造许多美丽的楼房，将为那些楼房嵌上明亮的《窗》（复旦大学周伟林）。但是，他们也不乏那种回首往事的“睿思”：回忆的石子，雪崩般地打破那一扇扇明亮的窗子：而“我”，“竟也是”一块“荒唐的石子”！他感到了无形的谴责的“目光”，一位年轻建筑师的心为之震颤：

我，要为中国装上晴朗的玻璃窗

这就是一代人的祈愿与追求，而发出这样的誓言，都是走过了痛苦的长途，是他们自觉的内省的结果。其实，他们是受害者，他们不能为历史的过失负责。但是，他们却真诚地感到了羞愧：

愧打湿书本的泪滴
竟不能像种子一样发芽
竟不能长成参天的树林
愧在太阳下活着
却不能射出一束炽烈的光明

（甘肃师大张子选）

不仅仅是忏悔，而且是一种真实的使命感。未来的重任使他们的心为之沉重，但他们不仅不再打破玻璃窗，如同梁小斌诗中说的决心不再涂污“雷白的墙”那样，而且决心为楼房装上千万面窗子；他们不仅不再折断无辜的树苗（因为曾经折断过一株树苗），而且决心“在山顶上种下十棵小树”。当这些诗句从眼前升起，我们发觉它们有着新奇的火焰。它是熟悉的，却也是陌生的，这是一扇扇心灵的“窗”。在这里，失去的往昔的那种单纯的明丽，它的情绪显得繁复、多样了。狂热的年代锤炼了人们的意志与智慧，包括年轻一代在内，人们成熟了。这一代的声音，他们说的上一辈人，没有眼下这份近于酸辛的追悔，以及由于痛切的反顾而不无些微迷惘之情。

但希望随着心灵的觉醒而觉醒，鲜亮的音响正在取代那种沉重的色调。他们以青年人特有的锐利与勇气，敢于向落后、愚昧、固执和专横射出批判的语言。他们宣告：“我不是诗人，我是医生！”（北京广播学院叶延滨《我是……》）他们确认自己手中的笔，即是无影灯下的手术刀。它宣告了青年一代已经感到并担在自己双肩的使命，这种使命包括了医治时代的和生活的病症在内。解剖刀看来刀锋犀利，却是一片真实的心灵之光：

我手里捧着一个新的存在
别责备我剪断连着过去的脐带

的确，他们为了“新世纪的‘思想婴儿’”的诞生，对过去作了有分析的批判与扬弃。他们的目光向着未来，以充满青春生命力的心音，唱着一曲勇敢的《告别之歌》（兰州大学尚春生）。这首歌，让我们想起他们的同辈骆耕野的《不满》。《不满》是对于陈滞、守旧、因袭力量的勇敢的反叛，是一曲追求希望和要求变革的歌。而《告别之歌》作为《不满》的续篇，不是意愿和祈求，而已经是行动。行动正在代替那些连篇累牍的空话，只有行动才是力量和信心，才是希望和胜利。他们确认这样的告别，是“伟大的告别”，充满了对于陈旧力量的批判的意识，因而它是庄严的和战斗的：

把迷信留给偶像
捧出真理的太阳
我是破晓的曙色
把愚昧留给古猿
托起科学的航船
我是解冻的江河
把终身制留给飘落的秋叶
给生机勃勃的春芽以希望
我是不可抗拒的自然法则
把特殊化留给撕去的日历

给待写的履历以崭新的一页
我是三令五申的纪委准则

通篇诗，以两两相对的形象，作出了批判与歌颂的心理反映，这无疑是一首概括了一代人的希望和觉醒的昂扬诗歌。这样的诗篇，在《大学生诗苑》并不是个别的。

觉醒的结果是“告别”，而告别的第一步行动是《清理》（河南师大刘跟社）。不仅仅是无影灯下的手术刀，也有铁铲、抬筐和拖把：“也许，污染太重了／生活和它的脚步／才提出了严厉的抗议／也许，沉积太厚了／思想和它的巨臂／才挥动了强大的膂力／也许，凌乱和拖沓太多了／效率和它的大脑／才发起了这场全面的清理”！总之，年轻人的确看到了：中国终于挂出了新崭崭的洁净的日历，他们唱的是决心和信念的歌，这是真正令人鼓舞的。我们希望在他们那里。这里有一棵杉树，它眺望着蓝色的海，但它宣言：“我不愿去作栋梁，我愿作一根桅樯，假如不能如愿，我就作一支木桨。”这就是青年一代对于未来的追求，这种追求朴素和切实。这是理想，但却十分平凡。特别是对照某些人不断膨胀的权力欲，就平凡得令人感动。但更为动人的却是它的结束：

将来我会朽烂，
无法送舟人远航，
请把我放入水中，
让我自由地漂荡

人们会捞我上岸，
在岛上蒸煮稻粱，
我要用残年的火光，

把那片海滩照亮。

这就是陆健（北京广播学院）的《海的向往》。这是一首装在音韵响亮的短句行里宏伟的诗篇。它的宏伟力量不由巨大形象构成，而是一种庄严的思想：一根桅杆，一支木桨对于伟大的海，的确渺小，然而，我们从中却窥及了海一般的胸怀。这是年轻的一代人，这是一代人的祈愿与追求！

四、艺术有自己的季节

“艺术有着自己的季节、自己的云彩、自己的缺损，甚至也有自己的污点，这些污点也许是一些光彩，也许是一些它自己不能负责的突如其来的翳障。但是，总起来说，它总是以同样的强度，照彻人类的灵魂。”（雨果《莎士比亚论》）雨果这一段话，好像是专为我们说的。中国当代诗歌走过了值得自豪的，又是充满了荆棘的道路。但它毕竟走到了新的时代，而且迎接了一个新的收获的季节。它的确有过挫折，究其原因，其中也确实有“它自己不能负责的翳障”。所幸，这一切大体已成为过去，诗歌回到了它自己的轨道——艺术的轨道上来。一般地说，我们已经有了最基本的条件，使艺术自身的规律起作用。

也许是对于新诗发展中的挫折的认识，青年敏感与冲动，再加上编者能包容多样艺术探索的宽阔胸襟，《大学生诗苑》的确向我们传达了令人鼓舞的信息：艺术，正回到并沿着自己的轨道前进。

《诗苑》发表了形形色色的诗：从格律体到自由体；从民歌风到古诗风；从刻意写实的到注重象征的；从豪放的到婉约的……由于编者不怀偏见的胸襟，《大学生诗苑》成了真正难得的百花苑。我们寄望于当代诗歌的，如今在这里得到了初步的显示。兼收并蓄，造成了让人眼花缭乱的效果。有一组诗，题《我们五颜六色地年轻》（复旦大学孙晓刚）。《大学生诗苑》所展示的诗歌艺术，正是这样“五颜六色地年轻”的诗歌。

引人注意的是，表现城市现代生活的题材得到了年轻作者的关注，并且开始寻求新的表现方式，这是当代诗歌值得注意的一个信号：城市主题正在诗中悄悄地兴起。上面提到的那组诗，把年轻人与城市生活的主题联系起来，注意表现城市生活特有的环境气氛。以《年轻人从百货商店出来》一诗为例，它断然不用常见的那种呆板模拟现实生活或是简单罗列现象的做法，而要求与今天城市生活的声音、色泽、速度相适应的艺术表现。它把人们对于大百货商店的感受，综合为“一台立体声的节目”。它对一对男女逛百货商店的亲密情景，以高度抽象的方式加以再现。它以几何学上的线条与图形，来概括特定的生活的特定情趣。这让人想起西方现代绘画的某些手法的运用。这位作者还写“城市的灵感”的橱窗，“把光的造形、色彩交织于匠心”。另一首诗《十字街口》（安徽师大吴尚华）副题即为“一个绿色蒙太奇”。它以城市大街的十字街口红绿灯的开闭、停车线的阻梗，表现人们的离合聚散，因敢于冲破传统的方式而获得新趣。

诗歌艺术正在打破传统的田园诗和水墨画的静穆气氛而走向节奏急速、线条飞动的力与光的组合，艺术正由静走向动，正由平面走向立体，这是诗歌在新时代里初步透露的倾向。

旧的情趣正在年轻人的心中消失，正在被对于现代生活的蕴含哲理的思考所逐渐代替。尽管这些思考不免幼稚和肤浅，但却有正在萌兴的去向。例如太湖风景，前人已有无数诗篇表现，但目下我们读到的《太湖素描·岸》（无锡职工大学达黄），不再是太湖特有的风光写实，而是舟行湖中人们内心活动的素描。舟行是“飘荡的等待”；驶向岸边，是“褐色的土地向我靠近”。不是我的船动，而是岸在动。这种感受是微妙而新鲜的，更重要的是，它抒发了人对生存空间的思考：“我告别了动荡的历史／它曾以水的单调涂抹我多彩的憧憬／我本是大地的儿子／即使在没有土地的湖心／我也要寻找岸影。”

许多诗作继续了现实主义的可贵传统，并走向深化。与此同时，广泛多样的艺术试验也在进行，即在现实主义的诗作中，也有明显的他种创作方法的“渗透”。一个基本的事实是，新的探索在大学生中正得到有力的实行。丰富的中国诗传统，在相当数量的诗中得到继承，并用来表现现实生活，如：“昨夜风急雨急，不知多少落红如泥，心，惦想着农时，梦，也湿漉漉的！仿佛又在家山，又见父亲披衣坐起，对我唠叨：稻田麦田，锅里碗里……”（《夜雨》，武汉师院褚家生）这里，我们不仅窥及当代青年与乡村山野的心灵的维系，而且也看到传统的诗的情趣正在新的主题中体现出来。尽管这首诗在新的内容与传统的情调的融合方面，略有生涩之感，但意愿却是好的。

一代人生活在我们古老的土地，几千年形成的民族的素质和思维方式不能不影响着他们。但是，生活是发展的，新的潮流正涌现在这条古老的河道。特别是新的表现生存世界的方式，正在悄悄地渗进传统的题目。在《春节》（四川西昌农专周伦佑）这首诗里，我们看到了中国与世界的交流和汇聚：

我从艾叶与菖蒲
带苦的清香中
采来一缕诗魂
我从月亮一样圆的月饼
和月饼一样圆的月亮中
采来一个圆满的愿望
我从菊花与茱萸斜插的
疏影里，采来一曲乡思
我带着这么多的故事和传说
降落在你的花蕊上

再采一点花粉
去酿一个七色的春天

悠久的历史，美丽的风俗，浓郁的乡情，把无数的具体，化为了极凝练的形象。在这里，太过写实的诗消失了，而代之以超脱的概括，飞腾的奇想。手法是新的，而又充满了中国乡土的情韵。

多样的艺术探索在严肃地进行。和全中国的诗一样，过去那种单一化的艺术已在打破。这种尝试当然是初步的、幼稚的，也有并不成功的。但可喜的是，艺术正以扇面的队形向前扩展。多样的创作方法和多样的艺术风格，至少已经得到了宽容的读者和同样宽容的编者的尊重。从总的方面看，它将不会倒退，它将勇猛而不无曲折地前进。如同《大学生诗苑》编者说的，他们发出的诗稿“一部分是平平之作和不成功之作，即使可读的作品，也存在某些明显的缺点或缺陷，但从整体考虑，我们不怀疑这项工作的意义”（《大学生诗苑》编后之二）。

要对这么多的作品做周到和细致的评析，特别是对具体的作品所表露的缺陷做建设性的批评显然不是本文的重点。笔者面对这一股蓬勃奔涌的激流，欣悦催动着笔墨，做的是一次随想式的巡礼。记得有一首《黎明般的歌声》（广西师院罗贵昌），它描述这新生的歌清亮、轻盈、年轻，而期望它没有灰暗、沉重、衰老。这可能是一种天真的期望，但它表述的，却是我们共同的期望：期望这升腾于干旱的沙漠之上的美妙的飞天的新生代，他们的彩翎般的歌声不会中断：

唱吧，你刚诞生的歌声
愿你就这样唱下去
不要停，不要停……

让艺术五颜六色地年轻

——《飞天·大学生诗苑》1982年获奖诗作评述

华东师大“夏雨”诗社（宋琳　张黎明执笔）

当一群受过和正在接受高等教育的年轻人异军突起，给逐步解脱了危机感的中国诗坛涂上一层亮色，人们惊奇地发现，诗，开始朝年轻、知识和创造力归依。

《大学生诗苑》的应运而生是一种历史的必然。它的编者曾经判断：“中国新诗最集中的读者群和作者群之一，新近几年就在大学校园。”如果说开办两年多的《诗苑》令人信服地展示了今日大学生的个性气质、美的感受力和探求精神，那么，1982年度的评奖则是第一次对这支创作队伍进行的建设性的巡礼。

毋庸置疑，具有特殊经历的我们这一代，是最善于用自己的方式来思考的一代。理想幻灭的沉郁，心灵扭曲的痛苦，曾经濡湿过我们的情感。但是，当思考后的警醒使我们获得新的价值观和责任感，对过去的苦难便有了一种再认识：

苦难是一块剪影的岩石
任时间的风
在它上面千百次光临

也留不下
一丝欢乐的痕迹

（沈天鸿《苦难》）

在历史的风风雨雨里，幸福往往是脆弱的，容易被剥蚀的，而沉淀下来的苦难却像岩石一般坚硬，仿佛显示着一种不可打破的永恒。在苦难面前，难道我们就无能为力么？作者坚信，只要用“最顽强的灵魂将它开凿”，它就会成为史诗、风景和英雄的纪念碑。这是心灵的真实写照，也是对生活的重新认识。结束苦难不能靠等待，没有开拓，没有创造，幸福是不会到来的。这一意识的获得，付出过多么沉重的代价！诗中饱含的情感含蓄而深沉，因而显得厚重和富于容量。

与沈天鸿的《苦难》相比，吴稼祥的《我歌唱第一个直立行走的人》可谓同一主题的变奏和发展。诗中为我们塑造了第一个敢于直立行走的叛祖者的形象。当“远古的旷风／吹抚着一个直立的形体／时间和空间大吃一惊”，“剑齿虎从石器划出的抛物线上／认识了将要统治自己的‘暴君’。”多么伟大的叛逆和变革！人类之所以能从自然力的威胁中解放出来，成为“宇宙的精华，万物的灵长”，正是因为有了无数这样的“第一个”！在现实生活的进程中，不是更需要这种先驱者的胆识和魄力吗？现在，当人们对一个普通人的价值进行反思，这类以歌唱人为主题的作品，便表现出较高的价值特征。《我歌唱第一个直立行走的人》在艺术上给人留下的印象也是深刻的。全诗以乐章的形式构成，完成主题不作单线（因果式）追寻，而是打破时空界限，把历史和现实融为一体，想象瑰丽奇特，风格雄健有力，具有恢宏的气势。

获奖诗作中充满阳刚之气的诗作并非一篇，《我们走向处女地》（程光炜）、《告别之歌》（尚春生）都有着较强的力度。

我们从每一个雨的黄昏和雾的早晨

从太阳，那白天和黑夜交映的旌旗下
象高山奔泻的白色瀑布
走向四月，走向
清新而明媚的芳草地……

（程光炜《我们走向处女地》）

这走向遥远的处女地的开拓者的群像，波动着，起伏着，为了一种选择而永不安宁。使命感在呼唤。他们深知，来自远方的足迹也许“只是遗留在草地上的／一堆堆未燃尽的篝火”，勇敢的歌声，也许“只能挂在低头默思的枝头上／需要等待一次更新／才能泛出一片浓绿”，但他们依然歌唱着，“一步步走近了处女地”，多么坚定的信念，多么执着的追求！《告别之歌》是与迷信、愚昧、终身制、特殊化告别，与饥饿、亏损、空虚、恶习告别，这样的告别是伟大而庄重的，需要勇气、需要魄力。这两首诗都以其厚重和力度获得读者的喜爱，但我们稍加比较，就会发现，作者在题材处理、意象组合、语言运用、结构安排上还是各具特色的。《告别之歌》以主题变奏和乐章回旋的手法，把真理和迷信、科学和愚昧等对立的事物具象化，且相并列，形成强烈的对比度。由于采取排比句式和修辞上的博喻，增强了意象的跨度，容量比较大。又由于语言中理性化的元素较多，未能完全超脱分析性和演绎性的抽象思维程序，显得不够含蓄蕴藉。《我们走向处女地》也采用了乐章回旋来再现主题，由于它的句式灵活多变，意象在快速飞动中转换，密度大却较有分寸感，没有失其自然。整首诗的语言虽有较大的随意性，但不游离，所以收到了整体美的艺术效果。

叶延滨是获奖作者中唯一的全国作协会员，他的《干妈》曾获得1980年全国优秀新诗奖。他在回答诗友关于《干妈》的有关问题时说：“我之所以能够虚构出这么一个人物，是因为有一个真实的我——我对农村生活的体验，我对农民的理解，我对养育过我的乡亲的情感。”他的这种体验、理解和情感也是这次获奖诗作《太阳与大地的儿子》的构成基础：

“受苦人！”
乡亲用最高的荣誉，
勾描我的形象。

当“我”的皮爆脱了，脚起泡了，乡亲们的目光同样使“我”文弱的心感到火烫。于是，“我”发誓要“让我和这块土地一样”，把“龟裂的皮肤下袒露的灵魂”，也交给太阳暴晒。这是一个自觉地把生命和青春奉献给人民的赤子形象，有生活实感，又饱含着激情，能够引起具有同样经历的人们的追怀和共鸣。

热爱土地、向往土地、献身土地，是一种高尚的情感，但魔方般多元组合的当代青年，却有着迥然不同的生活态度，有对生活热烈而执着的追求者，也有不少缺乏勇气直面人生的叛逃者或旁观者。张真的《月台》，通过抒情主人公的内心独白式的叙述，展现了一个现实生活的剖面，表达了作者的理想观和生活观。这首诗艺术上的一个显著特点是蒙太奇技巧的借用和意象并发，使不同时空界限的存在物同时显现：

我向我的木屋走去，我第一次
发现它象一座岛，又象一座金字塔
许多人曾发誓要到这片起伏的土地上来
许多人曾事先构思了蔚蓝色的图画
他也曾赶到车站，象姑娘一样哭泣
哭泣，却收回了曾经吐出的那一句话

这里，作者几乎省去了画面与画面之间的媒介，只是把两组镜头剪辑在一起，使读者直接参与创造并感悟："我"的坚强和内心丰实的情感世界；"他"的软弱及苍白裸露的灵魂。语意的不限指性产生了多重暗示的效果。英国19世纪末美学家斐德曾说，"理想的诗"应该是"精致的时间断面"的捕捉，"使我们同时看到存在的每一面"。《月台》的确使读者的眼睛产生了这种立体的感觉。

获奖诗作中唯一表现城市题材的诗是孙晓刚的两首诗。城市气息是最能代表现代生活特色的。从小生活在城市的孙晓刚凭着年轻人的敏感和艺术气质，向人们展现了五颜六色的城市风光。《年轻人从百货商店出来》和《中国夏装》之所以读来能够令人目明耳聪，兴奋愉快，首先取决于作者艺术感觉的新颖和表达形式的独特。两首诗的共同特点是强烈的形象感。意象在组合中撞击，具有色彩的放射力，因此能够诉诸感观、刺激情绪。传统的和谐律被拒绝，描写客体时的主观变形使诗进入更高的意义的和谐。"爱的集合体以歌敲点着花瓷地，后跟的影子让蓝天轻抬"，这是动态描写的畸变，修辞的非逻辑性。作者运用比喻往往有意打破逻辑规范，使之产生新的审美趣味。"习惯的眼圈胜于严格的国界""十五条大街的遗传因子""无声的眼睛投出有声的光彩"……这些大胆、奇崛而贴切的比喻句很有张力，读后是很难忘记的。抽象化了的形象只是强化着一种艺术氛围，读者从美的感应中能够把握明朗轻快的情绪基调，却无法概括出明确固定的主题，诗的内涵丰富而充实。另外，作者很注意炼词和炼句，用词是吝啬的，诗显得集中凝练。然而，艺术风格也产生偏颇，由于作者对色彩"有着一百种偏爱"，加上他过分追求语言的奇崛，诗往往过于精工艳丽，意象密度太大，一定程度上也产生了以文害意的现象。

周伦佑的《春节》也是一首技法新颖的诗作。他提炼出一个具有象征意义的蜜蜂形象，然后把体现民族风格的一个个节日具象化，暗示一个人在春节时对传统风格的种种回想和眷恋，并寄予新的希冀。这首诗的主题意义同孙晓刚的两首诗一样具有隐秘性。

爱情是永恒主题。从古至今，爱情题材一直保持着经久不衰的魅力，但近几年具有较高艺术价值，能给人留下较深印象的爱情诗为数不多。《大学生诗苑》获奖诗作中韩霞的《阵地及其他》、白德的《炊烟》，可以说是较有特色的几首。“阵地”揭示了一个少女“不情愿”地献出爱，但又惊叹爱的神奇力量的复杂微妙的内心隐秘。《炊烟》表达了抒情主人公同所爱着的人分别后的相思与祝福。有几分感伤但并不消沉，情感就象一缕炊烟，读来深切感人。

值得一提的还有陆健的《海的向往》和崔泽善的《我的北方》两篇（组）处女作（白德《炊烟》也是处女作）。尽管他们都是第一次发表作品，但他们坚实的第一步已经告诉人们，走下去的道路将是广阔的。《海的向往》中一棵杉树的信念，是那样崇高：“我不愿去做栋梁／我愿作一根桅樯假如不能如愿／我就作一支木浆。”表达了一代人的愿望和祈求。《我的北方》中骆驼的爱恋又是如此深沉：“从沙漠中来／就应该忠于沙漠”，“一步一个脚窝／走向自己的公国”。作者意识到自我价值同故乡的不可分割，表达了对大地对祖国的心迹。

12位获奖作者的22首诗，是有着共同点的。他们都以属于自己的方式再现了全新的情感和生活的美。诗作者不满于简单形象的说明和抽象观念的图解，不满于普遍情感的复述和雷同意象的堆砌。他们深知，创新，是艺术的生命。这些作品之所以受到欢迎，一方面体现了这种追求的部分实现，一方面也说明读者的审美要求在与日俱新。当然，在读者面前，获奖诗作还称不上篇篇精美，作者的艺术感受力和表现力也非处在一个水平线上。我们应该看到不足，同时也看到艺术探索的艰难。《诗苑》对青年们的探索一向是宽容的，这次获奖的作品同样体现了这一点。

追求是永恒的，新诗繁荣的到来还需要付出更沉重的代价。现在，曾经搁浅的艺术之船已经被推动，要让它重新驰骋于自由的大海，必须靠一双双厚实的肩去接受考验，承担重压。沈天鸿的《清晨，在沙滩……》恰好表达了当代大学生的这种庄严的使命和献身精神：

让沉重的蒸汽机一样的号子
从我的胸中迸发
去回答
那从我的肩头重新开始的
航行的召唤！

我们的份量

——大学生诗苑获奖诗评

任民凯

需要解释的是：我之所以用“我们”——这个意味着友好和亲切的称呼，是因为我本人不仅是大学生，而且也还算是一个诗作者。双重身份使我以十二分的关注和热情注意着每一期“大学生诗苑”。今年《飞天·大学生诗苑》向关注者们又一次显示了自己的力量，并不负众望地评选出有特色、有代表性的10篇佳作。所有这些都表明大学生的诗歌创作力量是一支随着逐年招生的扩大而有所扩大的队伍，在行进途中，这支扩大了的队伍得到了越来越多的编辑、评论家的扶持和引导同时，这支扩大了的队伍在1984年向诗坛再一次显示了“我们的份量”！

正如一首诗所写的那样，今天的时代是——“千千万万年轻的肩膀连成的地平线／有千千万万的太阳正在上升上升上升”（于坚《节日的中国大街》）—— 一个激动人心的年代。“大学生诗苑”获奖作品给人突出的印象也是一种激动人心的感觉。从题材上说，占较大比重的还是描写大学生生活的作品，如张小波的《多梦时节》和《毕业到西北去》、菲可的《再见，冬妮娅》。其他如伊甸的《快乐的女车工》、李剑虹的《套马手的传说》、王建民的《从垄上走过》和《开拓者的葬仪》等作品表明，大学生作者们的眼光除了放在大学生上外，还越出了局限他们的四堵围墙，对社会的各个行业、各个角落都发生了兴趣。据说有些工人在看了大学生反映工人的作品后，联名写信给编辑部，说他们对生活的感受让大学生给写出来了。这说明，大学生作者们在掌握了一定艺术技巧的同时，对校园以外的各种生活开始了细致入微的观察和体验。毋庸置疑，没有生活的作者只能写出像栽在试验室里的花一样的作品，它可能被修剪得很精致，但远不如田野上的花开得自然、开得丰满。以上就是我对获奖诗的第一感觉，因此获奖作品的第一特点是由作者丰富的生活经历或细致的生活体验所带来的作品上的成功和突破。获奖作品的第二特点是奇巧精致的艺术特色使作品玲珑耐读回味不绝。如苗强的《关于树》、张锋的《父与女》、宋庆平的《远山的呼唤》等均体现了这一特点。

在获奖作品中，你可以看到“二十岁是我们的多梦时节”，又可以听到一个快毕业的大学生的心声——“毕业到西北去／此行必定艰辛／我常愿身体内布满荒凉／布满冰冷的石头／让心在压紧的缝隙里／渴望生存，渴望爆发”（张小波《毕业到西北去》）。这不仅仅是神往，更多的是作者感到了共和国赋予我们大学生的神圣责任和使命。然而，生活毕竟是多色彩、多层次的。菲可的《再见，冬妮娅》向读者展示了其中的一个层次。我们知道“冬妮娅”是苏联反映卫国战争的长篇小说《钢铁是怎样炼成的》主人公保尔·柯察金的第一个恋人，这一联想就使这首诗有了更广的外延和更大的张力，也使“我”“你”有了一个定义域，这就是作者的高明。在这里欣赏不再是被动地接受，而是主动地创造。这类题材是大学生活较为常见的，但写好的不多，其原因在于虽然平常却不好驾驭。而这首诗通过三个角度——“你”“她”“我”写出了作者初恋的感受，无疑是同类题材的上乘。以写“工厂诗”而在诗坛上小有名气的作者伊甸所创作的《快乐的女车工》，则是一首风趣、轻快、充满女性自豪的作品。这些“快乐的女车工”们，像“郎平一样蛮狠地干活”“不怕那些男人”，还“暗中和他们比高低”。而有人已

“起先偷偷地，不久公开地／洗他的臭袜子和破衬衣“。不难看出，整个作品委婉中潜在着力量，活泼中露着些得意，将女车工们的生活概括得饶有风趣。

被选进今年第二期的李剑虹的《套马手的传说》，写的是一个套马手为了让爱他的姑娘“做草原上第一个驯鹿姑娘”，到山里去套跑鹿的故事。作者并没有正面写套马手是如何套跑鹿的，正如美国诗人罗勃特·勃莱说的：“好诗总是向我们日常经验之外延展，或者说向人的表层意识之下隐藏着的东西延展。”而这种延展用文字是很难说清楚的。和李剑虹的《套马手的传说》一样，王建民的《从垄上走过》和《开拓

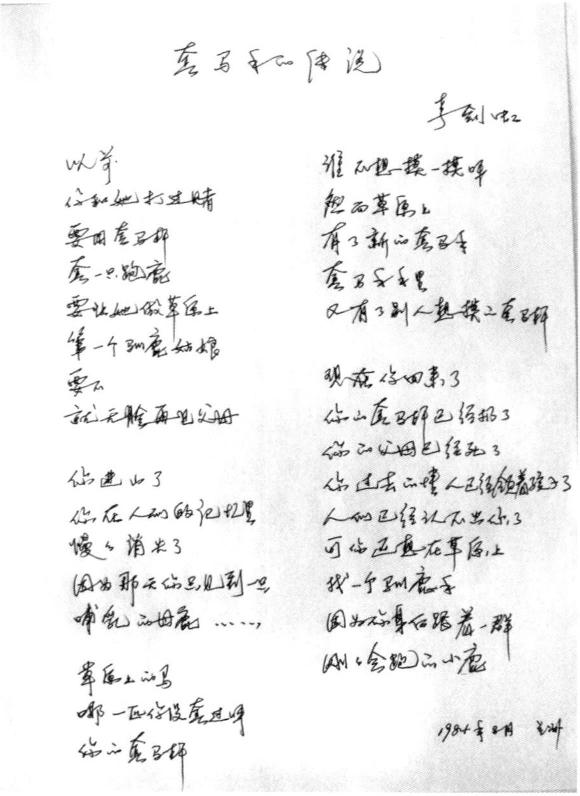
套马手的传说

李剑虹

以前
你和她打过赌
要用套马绳
套一只跑鹿
要让她做草原上
第一个驯鹿姑娘
要不
就无脸再见父母

你进山了
你在人们的记忆里
慢慢消失了
因为那天你只见到一只
啃乳的母鹿……

草原上的马
哪一匹你没套过呢
你的套马绳
谁不想摸一摸呢
然而草原上
有了新的套马手
套马手手里
又有了别人热摸的套马绳

现在你回来了
你的套马绳已经朽了
你的父母已经死了
你过去的情人已经领着孩子了
人们已经认不出你了
可你还是在草原上
找一个驯鹿手
因为你身后跟着一群
刚刚会跑的小鹿

1984年2月

李剑虹的《套马手的传说》手稿

者的葬仪》也是反映西部的作品。值得一提的是，由电影《人生》带来的关于西部文学的论争现已达到白热化的程度，而大学生诗作者们（主要是在西部生活过的）则有意识地成了新生活领域和新艺术领域里热心的开拓者和探索者。《从垄上走过》和《开拓者的葬仪》系处女作，可以看出大学生作者的艺术修养和功底还是比较扎实的。《从垄上走过》作者巧妙地把“垄”转写成“陇”（甘肃简称），更好地抒发了作者热爱西部的情怀。《开拓者的葬仪》把开拓者的死亡写得清淡、平直，而不失冷酷和严峻，两首诗都很有力度，为去年的获奖作品增添了两枚重型法码。

近来写男子汉在文坛上成为时髦，到处都可以看到一些“宽肩膀”“高个头”的汉子们。宋庆平《远山的呼唤》给我们描述了另一幅男子汉的肖像，这幅肖像让人不禁联想到日本影片《远山的呼唤》里的田岛耕作。而宋庆平的诗与其说是在重述电影，不如说是给电影以诗的表现。在这首诗里我们没有看到“宽肩膀”，也没有看到“高个头”。而我们却感到作者写了一个不折不扣的男子汉，因为写出了一个男子汉的内在气质——

男子汉在兴奋时应该默默走向落日
应该敞开外衣让靴子
重重踏过荒草
男子汉应该若无其事地
在孩子脸上扯一把
然后走向囚车
使硬心肠的女人痛哭

这首诗理所当然地在“男子汉”作品中略胜一筹。

《关于树》是作者在看树时记录下的一张意识的流程图，艺术手法新颖而又独到，有条不紊地展开，没有丝毫错综拖沓的感觉。作者通过用典使作品显得更加丰满。“鲁迅的后院里有两株树／一株是枣树／还有一株也是枣树／它们不是枣树／枣树使人们孤独／使瘦的诗人流下泪来”。令人惊喜的是，这竟是作者的处女作！还令人感到惊喜和诧异的是，《父与女》这样精致的作品竟出自一个医科大学同学的手笔。这首诗仅20多行就把女儿长大、恋爱、父亲的衰老这一漫长的经历写出来了，体现了作者精辟的艺术构思，对大学生来说是很不容易做到的。这也反映出大学生作者严谨的创作态度。

当然，除了获奖作品以外，还有许多优秀的作品，由于篇幅的关系，这里就不一一举述了。在这篇文章快要结束的时候，我值此机会希望同学们为增加大学生诗歌的份量，写出更多更好的作品来！

倾听来自生活的声音

——《飞天》一九八三年大学生诗歌奖作品读后

孙克恒

也许由于在大学工作的缘故，我对大学生诗作总有很大的兴趣，也因此成为《飞天·大学生诗苑》的忠实读者。这个专栏从1981年创办迄今，已刊出38辑，发表了约七百余首来自全国各地大学校园的诗作，作为当代祖国社会主义诗坛翠绿、清新、生机盎然的一隅，赢得了各地读者，尤其是青年读者的关注和支持，在大学生诗作者中间，有着较大的影响。

“大学生诗苑”比较集中而真实地反映了近三四年来青年大学生诗作的面貌，敏锐地标示出他们诗学审美意识的微妙变迁，因此，大体勾勒出了近几年青年诗作的发展进程。大学生，作为社会整体中具有一定文化素养而又年轻、活跃的一部分，从某种意义上看，他们的诗作对于整个社会主义诗歌的现状及其发展，也有一定的代表性。与初创伊始的前几辑比较起来，伴随着现代化社会主义建设的发展，近一两年的“大学生诗苑”，也发生了较为显著的可喜变化：这是一种冷静以后的执着追求，一种诗情寻求扎实的生活所获得的应有报偿。于是我们看到，那种较为封闭的“自我”意念，破碎支离的意象，流行的程式化构词法……逐渐让位于对较为开阔的社会性主题的把握，时代的声音与色彩得到较迅速的响应；从自己最熟悉的生活体验中激发诗情，情感的真诚与生活的浓郁气息，促使抒情的风格，呈显出婆娑多姿的丰富性。

应该说，青年诗作的这些特点，在荣获1983年“飞天奖”的大学生诗作中，也得到较为明晰的反映。

读着这些获奖诗作，我的一个突出印象是，它所拥有的社会生活内容及其相应的题材多向性的开阔，这说明我们的年轻诗作者的视野、诗情境界，都在同步地丰富与提高。这里有为高速建设中的祖国形象写照的诗（《中国，在建楼房》），有奉献给在对越自卫反击战中牺牲的年轻战士，歌颂战士心灵的美与爱国主义情操的诗（《生命的旋律》），有为献身山区的人民教师唱出一曲由衷赞歌的诗（《给一位山区女教师》），有写大学生活和他们的内在感受的诗（《欢聚》《女儿的海》）；《圭山组曲》则给我们描绘出一组富有传奇色彩的遒劲的彝族生活风俗画、风景画；《我知道，我是儿子》又真实地抒发了已经成年的儿子对“早年失去丈夫”的寡母的诚挚、动人情怀……从这些作品，我们不难发现，作为当代社会的年轻一代，我们的大学生们的内心体验，绝不仅仅限于四堵墙间的校园，整个纷繁多采的社会生活，都在叩击着他们的心扉，心灵充溢着对美好事物的激情，因而能够敏感地赋予他们所熟悉、所激动的一切，以诗意的表现。

《又梦见了那朵野菊》面向对越自卫反击战的战场，这首诗赞美盛开在战地的野菊，而实际上那朵梦牵魂萦的花已成为年青战士对母亲的爱，对祖国的忠诚的美好象征：

开在战友殷红的血泊中
它，没有忧伤，轻轻地
向垂挂在地平线上的夕阳
传送着金灿灿的回声

远方的母亲呵
你儿子的微笑，这般幽香

激战后的黄昏，连土地
也紧皱着眉头，只有它
怀抱着月亮，慢慢地
为睡梦里的战士
弹奏着清亮亮的谣曲

月下的祖国呵
你战士的赤诚，多么透明

恬淡、优美的抒情旋律，凝聚着沉甸甸的诗思；在激战之后的宁静夜晚，年轻战士张开他心的门扉，裸露着如花般幽香、透明的精神境界……诗作者就是在对题材的如此匠心艺术处理中，突出了题旨的意义。

《远地的外婆，和我》所面对的是另一种题材类型：外婆平凡的一生，“只做着三件事的外婆／洗衣，烧饭，守着四合院的矮门”和今天的“我”的对比，但是就在这种与上代人的明显差异中，却确凿无疑地透露出时代的不同，以及人生的巨变。一代年轻新人是幸福的，他们自有自己的追求，他们生活的开阔天地，他们为知识和理想所鼓荡的憧憬……尽管感情深处对这位老人不无温馨的柔情的潜流，这隔代的两辈人中间绝不存在什么绝缘体，因为正是从外婆的命运中闯出了现在，甚至未来。这首诗在徐缓如话的节奏中，仿佛在讲叙着一个遥远的梦，有一缕淡淡悒郁的和弦在颤动；使我们也为之动情的，是外婆那被柔情所沉浸的形象：

她去河边洗衣
捣衣声能叫乌鸦变得安静
洛河水都走得很慢了
还浣洗着她青青的衣衫和身影

值得注意的是，在这类多向性题材的开掘中，诗作者能够把生活的多采面貌，它纷繁的音响，多层次的斑烂色调，……摄取并转化为自己的内心体验，或者说，它是经过抒情主体感觉过，吸收过和思考过，从而使其换化为一种诗的情绪、构思和艺术表现。抒情诗当然离不开诗人的内心生活及其内在精神的表现，但这正象黑格尔在他的《美学》中所指出的："关键一方面在于精神要从凝聚幽禁状态中解放出来而获得自由表达自己的能力"，"另一方面这种精神还应扩展到一种包含各种思想，感情，情况和冲突的丰富多彩的世界，把人心所能掌握的一切在心中加以思索玩味，整理安排，把它作为精神的产品表现出来和传达出来。"抒情诗作内容、题材的成功艺术处理，秘密或许也正在这里。

获奖大学生诗作给我的另一印象，是在诗的艺术上所带来的新鲜感和有某种共同性的构思方式，即尽量从抒情诗的特性出发，通过一种较为自由的艺术表达方式，或一种由"诗的心情产生的艺术的语言"（黑格尔），抒写经内心体验所溶解过的外部世界。这不仅说明为什么这些诗多用自由诗体，同时多不用标点，而且也是诗中意象的组合，情思的凝聚，活跃的联想……所产生的重要原因。

抒情诗本质上是拒斥叙述的，因为叙述文字所带来的平面只能把读者的注意捆缚于一种客观事件的进程，而窒息了欣赏诗歌的愉快——积极的联想力的启动和情思的净化与飞翔。诗应该说更注重于表现，其内容是未经读者体验，或体验过而尚未形诸意念的东西——那是一个生活中新的信息的传递，一种新的诗情美的闪耀，或者哲理抒情思考的启示，……而这些是读者读诗时所能与诗人共享，或者唤起重新回味、再经历一次新的感情体验的。

《给一位山区女教师》中有这样一节：

斜斜的石级横着白色琴键
信念和热忱在脚下奏鸣
生命焊接了两个季节
秋的躯体，春的心声
簪着霜花步入春风

作者通过自由联想，传达出丰富而内在的情蕴：山区路程的艰辛，已步入中年的女教师的火热心肠，清晨，轻快的脚步，陡峭的干净的石级……弥漫着一片由衷赞叹与敬慕之情；而这绝不是外在的，它是被作者的内心感受所吸收和理解，又通过一系列意象的组合和隐喻而释放出来，因而就有可能把散文的叙述的内容，变为诗的表现。

《圭山组曲》也是一组颇具特色的诗。诗中不仅有“象牛那样饮酒／象太阳那样大笑”的“鹰一样的汉子”——摔跤手，“圭水最老的黑石”一般的德高望重的德古，“岩石一样赤裸的汉子”“鹿子一样美丽的女人”，而且还有由圭山、火把果和“斗牛”“火把节”所构成的一个充满民间传奇色彩的奇异世界，加之全诗跃动、粗犷的语言节调，与之有机协调，可谓相得益彰。我们不会忘记那“火焰凝结”般“男性”的火把果，有了它，“就有燃烧的生命／就有喷射的欢乐／它是大自然在高原上／塑造的英雄民族的形象”。情感附着于形象，就自然鸣响出这样象征意义的题旨的重音。

还有《欢聚》，一首写大学生生活的诗，作者摈弃了常见的一般性描叙，却着意于摄取一个大学生们暑期后重新团聚的镜头，由此而把广阔的外部世界吸引到这个焦点，再幅射出丰富的思想闪光。诗中来自祖国四面八方的丰收讯息，与“成熟的不仅有向日葵和高粱／还有我们象石榴一样／沉甸甸的思想／连映在杯中的月亮／都成熟得金黄”交织成一曲欢快、芳香的生活乐章；

作为大学生诗作，从获奖作品看，也还存在着某些不足。我们说它的题材所反映的生活视野，开始走向开阔，但是处于深刻变革中的工、农业及其他建设领域的抒写，仍是薄弱的一环，它给人的总体感觉，好象是港湾、是海岛，是浪花……而不是大海的汪洋、排空的巨浪，这当然与作者生活的某些局限直接有关。另外，有的诗所容纳的社会思想内容，尚欠充实，有的诗格调似嫌滞涩，主观意念的表达亦不够准确，这是由于作者尚没能掌握外部世界与内心体验的交融，从而达到诗情的完整与统一。尽管如此，我们从这些获奖作品里，仍然能倾听到生活的回声，诗艺上的有益追求，这都反映了近年来青年大学生诗作的进步。

（原载《飞天》1984年第8期）

从《飞天》看大学生诗歌审美观念的流变

吴晟

20世纪80年代，大学生诗歌多数摹仿舒婷、顾城和北岛等人的作品，搬运以象征为主的隐蔽手法，刻意表现自我，给诗歌涂上一层朦胧的色彩。今天，他们中间，除极少数人钻进了艺术的象牙之塔而湮没无闻外，绝大部分同学经过一番理性思考和踏实的探求，找到了诗歌生命坚实的土壤——生活。他们以饱满的激情、硬朗的格调，反映多彩的现实，讴歌新的和美的性格与情操。艺术上努力创新，逐步成为当代诗苑一朵奇葩。从这里，我们不仅看到一代大学生思想上日臻成熟的轨迹，也看到他们审美观念更新的流程。

从自我表现为主到走向生活讴歌人民

应该承认，十年浩劫给青年带来了较深的内创。这种内创，经过历史的沉淀，犹如巨大能量的岩浆，必然寻找喷射口。但那些曾泛滥一时的口号标语式的“文艺”已令人深恶痛绝，于是他们便找到一种隐蔽地传达自我情绪的方式，——象征手法。当然，不可否认少数同学写了一些虚假做作、无病呻吟之作。只要我们翻开当年某些院校学生自办的刊物，便见那些滥用象征、隐晦艰涩的诗作“满天飞”。我们应该感谢

《飞天·大学生诗苑》它基本没有刊用这类诗稿。不过从1981年这个专栏开辟之初发的一些诗中，仍可以感到一种压抑的基调。比如《也许》（1981年第7期），尽管这首诗意境朦胧，思想明晰度弱，但我们感到的，仍是一种惆怅的情绪和一丝淡的伤感。《我曾折断过一株树苗》（1981年第9期），刻划了某种扭曲的心理："当我被那场"'革命'折断青春／不由地为那株树苗懊恼／暴力同样地践踏了我们／我失去年华／你却把生命丢掉。"作者痛心地忏悔自己，因受了"文革"的刺激而折断树苗的负罪心理。《相信》（1981年第7期）虽然技巧较好，却取材狭窄，还是徘徊在个人的小圈子里。

青年人有点苦闷和彷徨是可以理解的，可贵的是他们没有因此消沉。他们在执著地思考社会矛盾、人的价值、人生道路以至一切。现实的教育使一代大学生幡然醒悟：生活是光明与阴暗的复合体，不能正视现实的人不是生活的强者。他们感到，老是躲进自我世界，对逝去的年华、对个人的创伤耿耿于怀，只会使人丧失生活的信念，同样，诗歌也就缺乏生命的土壤和养料。终于，他们迈出坚实的一步，"记住，我们有过幼稚的年代……哦，可是，不要放在心上——／也曾有一段迷惑的往事：彷徨，苦闷／原谅我的年轻，忘掉我的短处吧／也忽略青春在那烟幕上弹落的部分吧"（曹剑《告别我的大学》1982年第7期）

诗歌庄严宣告：向"幼稚的年代"和"彷徨、苦闷"告别。"原谅我的年轻、忘掉我的短处吧"与其说是对"天真的过失"的否定，不如说是对新生活的渴望。是一曲发自肺腑的感人之歌。如果说《告别我的大学》仅仅是挣脱"自我"的衷曲，那么尚春生的《告别之歌》（1982年第8期）则是对社会的种种弊端的否定的宣言。作者以沉雄的喉音呼喊："把迷信留给偶像""把愚昧留给古猿""把终身制留给飘落的秋叶"，"把特殊化留给撕去的日历"，"把亏损留给会议室的烟圈"，"把恶习留在'劳教所'"，一句话，"希望向失望告别"，"自豪向自卑告别"。作者以一组一组的排比句，以强而有力的律动感，显示信心不可动摇，强调“今天像昨天告别”刻不容缓。

茅盾说：“为了人民，是说这作品的目的，并不为个人，亦不为少数人；所说的话能够反映生活，是属于这社会的；它不为少数人捧场，不发个人离骚，便是为了人民。”

王长乐的《人——我找到了两个大字》（1982年第2期），喊出了当代大学生的心声：“人民”这两个大字是在“青春的荒芜中”、“营养匮乏的焦灼中”、“逐渐冷却的狂热中”、“反复学步的脚印中”找到的。作者懊悔将它“过早地丢弃”，惋惜对它“太迟的寻觅”。当重新认识到人民的伟大，作者便满意“有了理想的归宿”，庆幸“应该有的终未遗失”。

继这篇作品之后，涌现了一批为人民而歌的诗作。有为普通的油漆工画像的（《油漆工》1982年第11期），有为参加自卫反击而英勇捐躯的战士唱赞歌的（《生命的旋律·旗手》1983年第3期），有写默默劳作的农民的（《耕田者》1983年第1期），有写白天工作、晚上刻苦攻读的夜大学学员的（《太阳和夜大学》1984年第6期）。

这些作品没有停留在对生活表面的摹写，而是重视了挖掘人的价值的深层含义。罗丹说：“美是到处都有的。对于我们的眼睛，不是缺少美，而是缺少发现。”这些普通的工人、农民、战士再平凡不过了，但他们一生在美化生活，在创造美。这表明作者有了开阔的视野，有了较深的诗的发现。

我国正在进行的从农村到城市的经济体制的全面改革，是诗歌创作的新的课题。钱夙伟的《时装模特儿回乡曲》（1984年第8期），通过反映农民观念的更新，表现了农村日新月异的变化。李磊的《中国，在建楼房》（1983年第2期），则以简洁的艺术概括手法、展现了我国“四化”建设的形势和美好的社会主义前景。这一切说明，大学生的诗作，发生了一个重大的转变：题材和内容、思想和情感，由单纯变为丰富，由狭窄变为阔远——他们的诗的风景线上，矗起的是人民、时代、生活。

从寓思辩于象征到注重情趣追求诗意美

象征，作为艺术形象，是“思想的客观对应物”，或是“感情的一种相关物。由于这“思想”或“感情”是主观性的，因人因时因地而异，因此它所对应或相关的客观物象的象征意义就有较大的不确定性。运用到具体作品中来，就很难把握它的主题。如《心海》一诗（1982年第4期）：地平线在远方／在蔚蓝色的深处／如同含羞的少女／从不把真容显露／那蒸腾的雾气／便是她佩带的面纱一幅／躲在面纱的后面／却把我深情的目光接住……诗以“少女”来象征“心海”。由于作者将“少女”置于“远”而“深”的特定环境之中，因此这“少女”在此作为“心海”的象征体不是不可接受的。但这首诗究竟表达了怎样一个主题却不易把握。或是说，这“心海”指那少女紧锁的心房，被我“深情的目光”叩开；或是说，诗中的“她”象征“心海”，而“我”就是我自身。“躲在面纱后面／却把我深情的目光接住”意即尽管“心海”隐奥莫测，但可通过眼睛透露出来。即“眼睛是心灵的窗口”一语形象化的注脚。可能还可作其他理解。莱辛说：“诗在它的有持续性的摹仿里也只能运用物体的其一属性，所以所选择的那个属性应该能唤起就绘画所特别注意的那一方面来看是哪物体的最生动的感性现象。”这里的“最生动的感性形象”，并非客观物象本身所有，而是在长期的社会实践中，人们将自己的感情、品质和理想等注入其中，这些客观物象便成了被人类改造过了的“人化的自然”。如“菊花”之所以成为象征孤傲高洁的审美观的对象，是因为“菊花”具有这种象征含义已被人们反复体验而已成为社会性经验。而《心海》中的“少女”及其特定的环境所构成的象征体，是否就是“心海”这个抽象的意象在绘画里“最生动的感性形象”呢？也许是一块缺乏线条的缤纷的色彩，或是一道无解的方程式……作者这个象征即使被少数人体验过，但尚未成为社会性的经验，因此这首诗这样表达难以被我国读者的审美习惯所接受，更谈不上审美感受了。

一物（或人）象征尽管使作品的主题在审美上有较大的随意性，但在表现上却有较大限制。如果是以某个物象贯穿全篇的整体象征，那么诗里选用意象都必须切合象征体的属性，否则就破坏了诗歌整体形象的统一性和完整性；如果诗歌由两个以上的象征形象组合而成，那么诗歌在纵向上往往容易阻断意脉，致使意境散碎不堪。如《心海》中的“少女”一意象，就未能同其特定的情境构成和谐的象征体系统。如果将“少女”改成“帆船”“暗礁”之类，不究其象征形象的深层含义，至少象征体的表层形象能构成一首意境统一、完整的景物诗。

以物（或人）象征的审美意义多属静态描绘式，因此不能满足审美主体不断增长的审美需要；另一方面，由于这种象征的暗示性，使审美对象难以被把握，又阻碍着读者的审美认识，从而阻碍了诗歌的审美价值的实现。经过一番摸索实践，不少同学从中国民歌注重诗意美的传统中汲取养料，并借鉴外国诗歌侧重思辨的特点，发现以事象征是一条较宽的诗歌创作路子。如李剑虹的《套马手的传说》（1984年第1期）一洗先前那些矫揉造作之态，使人耳目一新，诗的表层意思是，一个套马手爱情上的挫折和追求。如果欣赏者只停留在这层含义上，他便能感受到一种诗意美。但这首诗的深刻之处在于它的象征性。”长江后浪推前浪，一代更比一代强”是它的深层含义。这种以事象征的表现手法有它的长处。一是作为深层形象，它不象以物象征那样暧昧神秘，也不像以人象征那样飘忽迷离。如《溜冰组曲》（1984年第8期），以初学者“一步之遥”的艰难到“失去栏杆”的欣喜，再到作为新的“起点”的自励，生动展示了溜冰的全过程和伴随的细腻心里，象征人生旅途的挫折与奋起、怯弱与坚强、痛苦与欢乐等，不言自明。二是作为表层形象，正因为是“事”，所以无论横向还是纵向，诗都可以自由发挥和开拓。如《套马手的传说》的第二节就有这样的插曲：本来凭技艺，那位套马手完全可以套到一直奔跑的鹿，作为获得那位少女爱情的信物，但他不忍套那只唯一遇上的“正在哺乳的母鹿”。这样诗意美一下便开拓出人性美，从而扩大了诗歌的内涵。

随着生活节奏的加快，读者更喜欢读那些思想明晰而又不失诗味的作品。过多地追求“思辨”，会使抒情诗丧失在抒发情感的特质，导致思想大于形象。于是一批从生活情趣和人物性格中挖掘诗意美的诗歌应运而生。伊甸《快乐的女车工》（1984年第1期），这样刻划女车工：“我们常常把手上的油污当作胭脂／给自己的小圆脸和瘦长脸／错落有致点缀几朵”，生活情趣跃然纸上，乐观、活泼、调皮的女车工形象呼之欲出。她们也会恶作剧，“有时那个老捧着《几何》的／书呆子得胜了／我们气得骂他讨不到老婆。”但作者笔锋一转，“后来，咒得最厉害的一个／起先偷偷地，不久公开地／洗他的臭袜子和破衬衣。”

接着诗歌进一步刻划女车工的性格：她们“精打细算”地打扮，每人都有十几块“香得叫你昏晕”的手帕，她们还买书，争购国库券，拿一级奖金，平时爱唱爱跳，爱吃零食，干起活来却象“郎平一样蛮狠”。一举一动无不透露女车工“骏马一样的青春”。写出了人物的性格美及其构成的诗意美。菲可的《再见，冬妮娅》（1984年第10期），通过“我”的矛盾心里刻划，表现“我”为自己所爱的人能获得幸福而甘愿作出牺牲的高尚情操。张锋的《父与女》（1984年第11期），用细腻的笔触，描画父亲不愿女儿出嫁但又无法挽留的复杂心里，抓住父亲“默默地拍拍／那个幸运的年轻人的肩”这一动作，挖掘出了深沉的父爱。这样的诗意不能不说是美的。

到了1985年，大学生诗歌更加注意了内容的拓展。他们在表现地域性、职业性的风俗习惯之美方面，进行了令人注目的尝试。如杜爱民《西部的故事》（1985年第1期），菲可的《西部！西部》（1985年第2期）和郝明德的《村民们的日子》（1985年第4期）等，为我们展示了一幅西部的风俗画卷；苗强的《猎人之恋》（1985年第1期），苏历铭的《猎手》（1985年第4期），表现了猎人的独特的爱情婚姻生活；傅浩的《山地组诗》（1985年第4期）和施元树的《江南行》（1985年第5期），反映了当代江南农村富于诗情画意的旧俗新风。

这类诗歌往往借助一些生活细节，让读者咀嚼到或浓或淡的生活情趣。但值得注意的是，过多地追求细节，又往往模糊了诗歌作为一门最美的语言艺术的特质。如《山地组诗》为渲染一个热闹排场的办喜事的场面，从席数、菜肴、劝酒、对新郎新娘的品评、环境以及客人的感慨，写的面面俱到，失之于铺陈。语言上着意追求"土味"，结果失却了诗歌应有的韵律与和谐。

从意象的传统排列到交变组合及语言尝试

意象是构成诗歌意境的基本单位。一首诗的意境一般由几个或几组意象构成。先看曹昉《给B》（1981年第10期）：我想告诉你／尽管、风／在你的眼睛里／擦亮了一块／装满太阳和星星的天／而我／是鸽子洁白的翅膀／我只需要／没有荆棘的蔚蓝……诗里出现的意象有：风、太阳、星星、灰鸽子、洁白、翅膀、荆棘、蔚蓝（自然现象）、我、你（社会现象）；眼睛（生理现象）。它们在诗中基本上处于同类排列状态。再看崔恒《去远方》1981年第9期），它的第一节写"蛙声"、第二节写"树林"、第三节写"风"。从属性分类来看（即社会意象、自然意象、生理意象），他们仍处同类排列状态，但从感官功能分类来看，它的意象排列较《给b》复杂些。它应用了"通感"，如湿湿的"蛙声"、"鸟儿鸣啭涌进……窗口"。作为听觉的的"蛙声"和"鸟儿鸣啭"，分别转换成视觉意象"湿"（或触觉意象）和"涌"。这种"通感"的应用其实已初步具有意象组合的性质了。

诗歌是最精炼的语言艺术。大学生的诗歌不像传统的诗歌在行与行之间跳跃来增大诗的情绪宽度，而主要是通过意象的叠印、转换等来炼字炼意。请看《中国，在建楼房》：“黎明和黄昏／混泥土一起搅拌／还有信念和期望／层层上升的台阶／象层层热呼的肺叶／回旋的歌唱……”这里，“黎明”“黄昏”是自然意象，“混泥土”“信念”和“期望”（后两者具有生理属性）是社会意象象。其中能搅拌的只有混泥土。但在诗人笔下，黎明和黄昏、信念和期望也可以搅拌。这就是意象叠印、转换式的交变组合。实际上也就是一种跳跃和省略。建筑工人为了高楼早日落成，夜以继日“挥汗如雨”。每一块砖瓦，每一件材料都“浸透”了他们的情感。他们不仅希望高楼坚固耐用，还考虑它的线条、色块和组合程序以及如何才向阳、舒适等。一句话，他们在用泥刀雕刻美的群体和生活。这些都是容纳在这几句诗里了。

意象的这种组合，必须遵循生活的逻辑和读者的审美惯性，否则就难以被接受。如诗人在“台阶”和“肺叶”之间是如何沟通呢？若将“台阶”和“肺叶”从诗中抽出来，无论如何，读者找不到它们之间的必然联系。但当建筑工人在建楼房的运动中，“肺叶”有节奏地张缩，由于“移情”作用，他们觉得“层层上升”的“台阶”似乎也明显地运动起来。作者这样表达，不仅表现了工人愉快的心情和热烈的劳动场面，同时又使审美对象的“台阶”打破了不明显的静止状态而飞动起来。莱辛认为，诗描绘动态美，比之单纯形状或颜色的美更能使人欣喜和感动。可见这种意象组合不仅能被接受，而能产生较强烈的效果。

从审美对象来看，不断转换的组合意象能够改变读者联想的方向。如“宽大的房间里／是崭新的音乐和思想”一句，“音乐”这个意象使人联想起优美的旋律、冰上舞蹈和一群放飞的白鸽；“思想”却使人联想到领袖、哲人和演讲等。如果诗里能够有机地组合更多的不同类的意象，那么读者的审美联想就会随之转换而跳跃。这种由单纯的直线式转为较复杂的交叉式联想，其实已是诗人创造出来的新的联想。同时，这种错综交变的意象组合，能够“引导着眼睛作一种变化无常的追逐，由于它给予心灵的快乐，可以给它冠以到的称号……这条原则……更能直接地引起秀美的感觉。”显然，这种新的联想，能够把读者带到一个更崇高的艺术境界，从而获得更为丰富的美感。

从1981、1982年的作品看，大学生诗歌在语言上尚未形成鲜明的特色。即使出现“把迷信留给偶象”“把愚昧留给古猿”一类的诗句，也明显没有摆脱摹仿的迹象（顾城《赠别》：“把梦留给夜”）。只是到了后来，他们才逐渐形成自己的个性。概括起来有两点突出的特征。不妨看看这样的诗句：“黑洞洞的枪口。鲜血／染红了她十八岁的年纪和幻想／染红了她最后的微笑”（《城市回忆》1984年第10期）。鲜血可以染红衣衫、泥土，怎么会染红“年纪”“幻想”和“微笑”呢？因为“她”18岁为革命散发传单倒在血泊中，而这个岁数正当充满“幻想”的年纪。她倒在敌人的枪口下，是为革命传播火种，所以她“微笑”地倒下，表现出她革命的乐观主义和英勇献身的精神，同时又控诉了敌人的残忍。明显，染红“年纪”“幻想”和“微笑”比用染红“衣衫”“泥土”之类更有诗味，内涵更为丰富。因染“衣衫”“泥土”是具体名词，太实，局限了读者的想象，“年纪”“幻想”和“微笑”是抽象名词，用在这首诗里，虚一些，更有驰骋想象的天地。又如王建民的《开拓者的葬礼》（1984年第12期）：“三个男人冷酷而圣洁地躺下了／语言和呼吸躺下了／轻松地拥抱娇妻的手臂躺下了／柔情从遥远的地方／猛然抽动了双肩”。“人”可以躺下，“语言”和“呼吸”怎能躺下呢？这样表达，旨在有意将节奏放慢，不仅渲染悲壮的气氛，而且作者那种想极力挽留死者而又无法挽留的悲痛情绪顿时从字句中溢了出来。此外，只有人才能“抽动双肩”，赋予“柔情”这一行动不可思议。但娇妻产生这一行动是柔情所致，作者于是把“柔情”提取出来，既强化娇妻的温柔，又因以“柔情”借代“娇妻”而避免了语言上的重复。“王洁实谢莉斯从垄上走过／那么多掌声和呼声便从陇上走过”同样用的是借代手法，以“掌声”和“呼声”借代村民。这是一种象意的特写镜头。而“黑色的高领十二月真潇洒／黑暗里飞出一群幽默”（《中文系的男子汉》1985年第5期）这样的诗句，不仅是写意，而是语言高度压缩的较经济的艺术手段。第二个特征是以人拟物。“毕业到西北去／此行必定艰辛／我常愿身体内布满荒凉／布满冰冷的石头／让心在压紧的缝隙里／渴望生存，渴望爆发”／（张小波《毕业到西北去》1984年第2期）体内布满荒凉，石头，简直荒唐，但它恰恰是艺术，是诗的美学。这两句不仅在表现“我”扎根大西北的坚定意志和信念作了铺垫和蓄了势，同时又写出了男性的粗犷和刚毅，收到了很好的艺术效果。

总之，近一两年来，大学生的诗风正在努力摆脱文弱书生那种沉细柔弱的腔调，“正在打破传统的田园诗和水墨画画的静穆气氛而走向节奏急速”（谢冕）。因为生活节奏快了，时代和社会需要更多的阳刚之美的作品。但不能因之而走向另一极端。古希腊著名哲学家亚里士多德说：“风格必须妥帖恰当，粗俗和过分文雅都必须避免。”少数作品一味追求所谓男子汉的粗犷，忽略了诗句的含蓄蕴籍；细节过多地罗列，消弱了诗歌的抒情性。但最大的弱点莫过于相互摹仿而造成雷同的构思和句式。诸如“我属于”、“走向”以及“火走过血走过喊着走过哭着走过”之类。希望广大大学生诗歌爱好者，树立新的美学观念、美学理想，在今后的创作中扬长避短，写出更多的无愧于人民和时代的美丽的诗篇。

（原载《飞天》1986年第4期）

从多元选择走向多元融合

——学院诗的价值取向

吴晟

当今，新时期文学总的发展态势是，从多元选择走向多元融合，意味着它已经跃入一个更复杂的层次，诗歌尤为领先，正如唐晓渡评实验诗："格外活跃，格外无常，格外难以羁束，而每令训诫者尴尬，规范者难堪。"程光炜对第三代诗也这样解释："任何一厢情愿的判断都是愚蠢的。"但同时这也是它即将解构和崩溃的征兆："沉陷的，向着深渊和地狱攫住的语言魔爪正在到处伸展和蔓延。……没有中心或肯定性的目标，呈现着摧毁和废墟的形态。"

学院诗，当代诗苑的一朵奇葩，也面临同样的命运。然而，它被冷漠的太久了。自3年前几颗燃烧的弹丸掷向这块寂地，就再也没有遗响了。诗评界一批高智商博弈者，纷纷涌向实验派、先锋派……那方棋盘，方兴未艾加入那场残酷的智力角逐，却久久不肯朝学院派的"魔方游戏"回眸一瞥。请注意，那些博弈者曾经都是"魔方游戏"的主要或重要角色呢！对学院诗冷漠太久，势必加深它与观赏者（读者）的隔膜疏离，最终必将导致它的解构以至彻底崩溃。

这种解构和崩溃是必然的，它是艺术内部规律的无情惩罚。但聊以自慰的是，学院派是一个开放系统，每年都在更换元素重新组合。它决不会象其他诗派那样，随着其诗语言态势的解构而连同自身被一起摧毁。它解构崩溃的语义指向仅仅是诗的语言态势。因此，对它的解释说明，平面式、切割性的现状剖析都将无济于事，非立体式、整体性的历史考察别无选择。本文就试图从后一种角度切入，尽管它的“愚蠢”同样不可避免。

从粉饰现在到戏谑生活走向直面人生

1986年我曾撰文认为，学院诗一个质变是从自我表现为主走向讴歌人民。但学院派多数诞生在共和国的旗帜下，沐浴和平时代的阳光，接受良好高等教育的洗礼，培养起他们健康的思想情操和人生价值观念，同时也形成他们多以理想主义的视角来观照人生的审美态度。因此其作品就带有较多地浪漫主义色彩。浪漫主义作为一种传统的创作方法，况且学院派用它来矫正朦胧诗过于冷峻的基调和过于尖锐的反叛锋芒，本已无可非议，但学院派未能把握艺术分寸感，其多数作品粉饰现实或乌托邦倾向较为明显：“中国的大街在流动啊／流动着阳光和牛奶／流动着一大早就印发的新闻连载／关于广场塑像的奠基仪式／定向爆破和崛起的阳台……工人，为新落成的乳白色公寓／钉门牌…建筑系的女实习生／正向微笑的人群分发住房证”（《中国门牌：1983》）。中国人多为患，城市住房高度紧张，令人焦灼而久悬难决。如果诗人作为一种美好的愿望抒发，也大有杜甫“安得广厦千万间，大辟天下寒士俱欢颜”的人道主义风范，但他却置于一种现实氛围来渲染，就给人远离现实粉饰生活的失真感。不唯描写城市现实如此，描写乡村现实也多如此：“在这里／当一片片自由的雪花／飘过正午／降落在土屋前金黄的草垛／村庄便为婚嫁的少女／扎红绫了／少女轻撩裙裾从林泉沐归／叮当的首饰五光十色／双肩颠簸着／一个土坯般粗糙的太阳／瓦罐泼出清泉，溅在／随着鼓点跳跃的赤脚上”（《夕阳》1984年第11期）。颇有点王维田园牧歌式静穆，也不乏《桃花源记》中的怡然自乐。《白沙岛》（1984年第4期）则是另一种无人间烟火的理想化境界："那是白沙岛白沙岛你去过吗／看那闪闪的白沙闪闪地明亮／是珠贝的摇篮／是星星的憩园／是珊瑚的梦乡。"更多的同学以儿童的目光编织一个童话的世界，如《小白鸽的童话世界》（84年第7期）："世界开始扩大了／人们像刚刚洗过澡／我们看见了／鸟儿也编成七姊妹花环／小草也编成七姊妹花环／公共汽车也编成七姊妹花环。"这使我想起童话诗人顾城。顾城所构筑的童话世界有它特定的时代背景，是以同污浊荒诞的十年动乱相对抗。学院诗幻造一个童话世界，表示对社会阴暗面抗议或繁重的学习中寻求精神解脱，本也无可指责，但这几乎成为一种倾向，况且现实中毕竟不只是充满阳光花环。这就不能不使人感到有逃避现实，幻想一个乌托邦的遁世成分。

为了克服粉饰现实或逃避现实的倾向，学院派又走向了另一个极端：戏谑生活。以大量肮脏恐怖的事物写进诗里，"以丑为美"。写生活中肮脏恐怖丑陋，并非通俗文学的"专利"，但作为最美艺术的诗歌，毕竟有其审美规范。

现实生活中作为原生态的事物，须经过诗人的艺术过滤，才能转化为诗意美。戏谑生活同粉饰现实都不足取。这还是个艺术分寸感的问题，艺术分寸感是一个艺术家的重要艺术素质。这里略示几个分镜头。镜头1："用舌头悄悄地／舔着自己的伤口"（《角落》1988年第9期）。镜头2："谁知道什么人漱口之后／就发觉口臭呢／宋琳都吐不出痰了"（《地板口岸》1988年第11期）。镜头3："你发现自己变作一只蚂蚁／你喘着粗气爬在一根椎骨／和一根椎骨之间／残骨林立"（《黄土地》1988年第9期）。镜头4："那天晚上／我血肉模糊地／站在你的面前／你嘶声叫喊／高呼救命"（《真实面孔》1988年第11期）。镜头5："我掏出自己的心／夜也竟然掏出自己的黑心／腥臭气如鱼直朝身体里游（《某个事情》1988年第12期）"。写舔伤口、口臭、痰、腥臭，写残骨林立、血肉模糊、掏心掏肺。或以肮脏为戏，或以恐怖为谑，使人产生恶心或毛骨悚然的“丑感”，毫无美感可言，左湜的《黑妞》（1987年第12期）才真正堪称“以丑为美”的作品，它写小镇上一个黑得油亮的小妞，为市民卖“雪白的冰棍儿”“乳白的牛奶”和“银白的米饭粒”，当她远嫁之后。“小镇感到寂寞”。诗人以她卑贱的服务，反衬她心灵的纯洁美。不失为一首文意高、构思巧的佳作。

生活是光明与阴暗的复合体：有阳光鲜花，真善美，也有乌云毒菌，假恶丑。一个有社会责任感的诗人，应该直面人生。善意的粉饰或恶意的抹黑都是偏颇的。1988、1989年之际，学院派诗风出现了一个重大转变：由粉饰现实戏谑生活走向直面人生。赞美中有揶揄，歌颂中有揭露。尤其是粉碎了世俗英雄偶像，深入普通人的情绪世界，写他们的欢乐与痛苦，舒畅与烦恼，安逸与忧患。王缙的《回乡偶书》（1989年第2期）以现实主义态度，展示了当代农村一批青年发家致富、一批中小学生纷纷辍学的两个侧面。韩万胜的《三叔》（1988年第7期）写一个“以乞讨为生“的庄稼汉，跑遍了“西北五省”以“两束凄凄惶惶的目光／骗取人们善良的同情”。鞭挞了一个“并不是吃不下山上的苦／也不是家里日子过不顺心”的农村懒汉不光彩的“营生”历史。同时烘托了人们扶危济贫的善良品质。王景曙的《碰撞》（1988年第6期）以谐谑的风格，嘲讽了当代城市拥塞碰撞，人密为患的现实。林浩珍的《春天》（1988年第6期）以大自然充满“新鲜的阳光”、草木芳香和泥土气息的春天，反衬当代城市的严重污染。“我伸开手掌／收集着大自然的信息／……我想把它们带回城里／洒遍所有空余的角落／让每一个孩子都有一块干净的地方／都能听到春天的声音。”这种理想扎根于现实土壤，同粉饰现实不可相提并论。闵正道的《周末》（1989年第6期）以一种轻喜剧式手法写一个企业家的周末，他平时工作高度紧张，“一周才这么解放一次”，“只有今晚醒着双目圆睁”。他放松的唯一方式是“喝酒喝酒喝酒／把昨天的事情统统灌醉”。诗人这样写他内心的酸甜苦辣：“遥遥地想乡下钢笔样的老婆／一年才能猫一声‘爸爸’的儿子／桌上凳上地上咸咸的一片水洼／……产值表利润率缩头缩脑正要冬眠／工人的埋怨一枚枚扔将来／砸得你滚圆的头上疙瘩丛生”。夫妻儿女之情使他牵肠挂肚，工人的埋怨惩罚使他痛苦难言。诗人没有把他写成一个“高大全”式的英雄偶像，而是一个有七情六欲、有血有肉的普通人形象。写工人也不只是简单地写他们的粗暴不近人情，“工人的干劲没冷／依然是一条条热毛巾”。由于诗人直面人生，又把握了艺术的分寸感，所以给人真实动人的审美感受。

从贵族气到世俗化走向二者融合

当代大学生被誉为“时代的娇子”。围墙的隔离，使学院成为喧嚣尘世的一方“净土”。得天独厚的优越环境、彬彬有礼的高等教育，使大学生较少沾染世俗的市侩、铜臭。同时也形成了他们中多数人“养尊处优”的贵族习气。80年代初，学院诗较突出地体现出这种贵族风度。主要表现有：1．“以才学为诗”。充斥诗作的是大量的外国人名地名、书刊名、影视片名、交响乐、科技术语、英文以及致Z（H、P…）君、作品某号，诸如此类。这使我想起宋诗的“以才学为诗”，但二者不可等量齐观。宋诗“以才学为诗”，多用经书典故，使人望而生畏；学院诗“以才学为诗”，多属点缀装饰，标榜风雅，使人生厌。2．炫耀高雅。如：“旋转餐厅里／跳跃的音乐。林风眠／香榭丽舍大街的梧桐与白鸽／日出，蒸发高脚杯里的速溶咖啡”（《在旋转餐厅里》1983年第1期）。俨然是一个高贵的中国绅士在西人的豪华音乐茶座细品慢饮。

学院诗所表现的贵族习气，并非出于对世俗卑猥庸俗的蔑视和抵制，听一位大学生的内心独白，“太阳岛也渴望我们的光临／渴望我们带着男性粗犷的挑衅／但我们还没有学会喝烈性酒／还没有在海浪里滚过十遍八遭／我们的胡须没法跟水草比／皮肤也不是紫铜色／经不起那些灼热的诱惑”（《太阳鸟》1986年第6期）。于是学院派纷纷投入生活洪流。“太阳剥掉文弱少年的躯壳／啊哈，古铜色的脸膛／山脊般棕黄的肩膀，／指节结着铜钱的手掌”（叶延滨《太阳与大地的儿》1982年第9期）。一旦尝到生活的滋味，他们便理直气壮地发表美学宣言：“没有冒头的草芽使我遐想／没有孵出的鸟蛋使我兴奋／甚至没有见过面的泥沼／也使我憧憬”（胡述范《美学宣言》1986年第3期）。谷文通的《我的诗呵》（1984年第6期）说得更干脆：我的诗呵，别再／只望那星空吧／它太遥远／也过于冰凉、空漠／低下头来／瞧这一大片一大片的／人间烟火”。是的，放下贵族架势，关注一下那片人间烟火吧！

如果说当菲可的《西部！西部》（1985年第2期）、牟吉信的《大漠深处》（1985年第11期）率先叩响了寂寞的西部边陲后，学院诗的“西部之声”还比较沉细的话，正如《飞天·大学生诗苑》编后之十一说：“大学生的西部诗，真可谓‘诗多好的少’”，那么两年后这种沉细的吟唱已变作沉雄的高歌。戈健的组诗《西部巡礼》（1987年第9期）以硬朗的格调、奔放的笔势，展示了一幅多彩多姿的西部风俗画卷。继它之后，学院诗中产生了一批“西部之声”的力作。当然走向世俗仅把目光投向西部远远不够，可贵的是，学院派已自觉地将审美视觉伸向中国大地每一个被遗忘的角落。“要生就生在崖上／要葬就葬在崖上／毕兹卡死后不想向沃土讨价／毕兹卡说／来龙就是去脉”（凯风《崖葬》1988年第7期），写土家族的风俗人情和扎根本土的民俗性格。曹百锁的《渭北旱塬人》写渭北旱源人“老石磨”“老枣根”“旧香龛”“厚锅盔”一样的生活和性格：“窑从黄土里挖墙从黄土上打”的原始穴居；“跑石磨转跟石碾转跑着牛屁股转”的古老劳作方式；“求医生治病也求神婆捉鬼招魂／请木匠盖房也求阴阳先生勾穴看坟”

的蒙昧精神状态；”日子是甜枣酸杏涩柿子／是浆水菜就面片就搅团就玉米糁子”的贫苦生活。这类作品使人感到浓郁的生活气息和沉重的忧患意识。

学院诗世俗化倾向，不仅表现在题材的拓展上，还表现为口语化俚俗化。“孪生兄弟一样的日子延续着／我们空着肚子喝酒抽烟／谈论别人也谈论自己／干活相媳妇是我们眼下的事业／写作生孩子是我们未来的事业”（马青山《日子》1987年第12期）。“七十岁年纪古来稀／七十岁丰收人称奇／七十岁爆竹响七里／七十岁困乏睡七日”（丁友星《七十翁》87年第10期）。与这个特点相呼应的是多在篇末插科打诨：“广告做上了香烟／洋人身后不见跟班／时不时就是超短裙／炫耀大腿的白嫩／‘呸！真呕’／警察递过来收据条：／‘随地吐痰／罚款五毛’”（童洪星《踟蹰街头》1987年第10期）。赵焰的《五月的梅村》（1987年第5期）结尾：五月的空气也被梅子染得发酸／老人们走近了会打喷嚏／会把嘴里仅有的几颗牙／酸得一个月／咬不住老烟筒”。同宋代“江西诗派”的“插科打诨”“以俗为雅”有异曲同工之妙，给人风趣诙谐之感。

这里我仍援引亚里士多德的话：“风格必须妥帖恰当，粗俗和过分文雅都必须避免。”学院派逐渐体悟到这一艺术辩证法，1989年后，终于走向贵族气和世俗化融合，即以极文雅的语言或以一个悠闲的客观旁观者的态度写世俗人情。如未雨的《奇迹就是这样产生的》（1989年第5期）写老农久旱逢雨喜获丰收的狂欢心情，造语措词极文雅，体验老农的心理活动也极是一个雅书生的腔调。许晓燕的《钟声》（1989年第8期）这样写乡村景象：“空旷的田野／一颗种子变成庄稼／又变成许多许多的种子／茅屋顶上／炊烟在不断地上升扩散”。一派懒洋洋的柔和气氛，一种悠闲旁观者的意态。

这类作品并不多见。更多的作品出现“向内转”的还原倾向，大量写个人的情绪体验。表现世俗生活的篇什明显递减，新的贵族习气又有回升。学界某位人士曾公开宣言："文学本来就不是大众的。"为了把民族精神从贫困中解脱出来，文学现在非常需要一种贵族意识。而现在的文学，宣泄的多，祈祷的少，人与人对话的多，人与上帝交流的少。这种惊人的所谓"贵族意识"理论，不能不说对学院诗的流向产生了消极的舆论导向，于是学院诗这方"净土"星星点点地开出了几朵病态之花。所谓写民族的忏悔意识、忧患意识，说穿了只是某种"自赎"病态心理的表露。如果说有某种"大众意识"的话，那就是以一种救世主的姿态，或以大众的代言人向上帝忏悔，最终皈依神的偶像之下。这类作品多写得杂类无章，意识破碎，诗旨十分暧昧。更有甚者，诗题十分费解，并且与内容看不出必然的联系，玄远艰奥。试问：使大众无法交流，如何"把民族精神从贫困中解脱出来"？不过是愚弄大众、孤芳自赏而已。它宣告了所谓"贵族意识"理论的彻底破产！

从感性化到理性化走向二者交织

80年代初，学院诗多受朦胧诗的影响，运用象征为主的隐蔽手法，借助物象、意境或事物来暗示隐喻人的内心活动对外部世界的感应，注重捕捉瞬间感觉、印象、幻觉等。由于这种"感应"是诗人心理情绪一次性不可重复的表现，多为非理性的——突破生活逻辑和艺术思维定势，大幅度转换跳跃，致使诗旨诗境朦胧迷离。如《地下的太阳》（1981年第12期）："空气有些沉闷／我俩走进楼房／几个孩子蹲在台阶上／用粉笔画着圆圈……／我俩走出楼房／孩子们不见了／台阶上的圆圈，成了／红、黄、蓝三个太阳／你抬头望着天说／明天会晴的……。"感性中寓有象征意义：原色是生命的太阳。《一朵杨花》（1981年第8期）写"我"凭窗而眺的思绪、感觉。诚然，文学是一种感性的艺术。但纯写感性，不仅使诗旨诗境朦胧迷离，而且格调也易流于柔弱。1988年后，学院诗出现了另一种倾向，即理性化。对某种理念，由感性化阶段的采取象征性暗示转变为形象化的阐释说明。综合起来，这种理性化倾向表现在三个方面：1. 揭示了某种生活之理或事理。如黄德涵的《栅栏》（1988年第12期）："张开无数双眼／望着我／就是不让允许进去／这的天空给分割了／我不知道囚禁的是你还是我／只有那条青藤／爬过栅栏／无忧无虑地开着花。"这是一种相对论，以我为视点，则栅栏为"囚者"。另一层理念是，具有社会性的人和物（栅栏为人制作被赋予社会性）都是不自由的囚者，只有自然性的青藤才是绝对的自由者。尹娟的《浪花致风暴》（1988年第12期）："有了你／我才永远年轻啊／一瞬一次花期／……只因我们曾有约在先／你不死／我就永生。"风暴主宰浪花的命运，使它"感受新生／感受死亡；浪花显示风暴的生命，使它"享受了这／瞬间的快感"。形象地阐释了相辅相成的辩证关系。2. 阐释某种哲学。典型作品有阿杰的《存在与虚无》（1988年第11期）："1942年夏天，萨特／在巴黎出版了哲学巨著／存在与虚无。"那时"正在打世界大战"，"念书的男人都上战场了"，所以这部哲学著作被家庭妇女购去作砝码使用，是说它虽存在，但"哲学意义就虚无了"。"1980年，萨特死了"，后来"那本书被译成汉语"，是说萨特虽然化为"虚无"，其存在主义却存在。存在主义所说的存在指被他们歪曲和神秘化的人的精神生活的存在，是最真实的存在，而客观实体（社会、自然、人）都是虚无的。这首诗基本上是对这种哲学的阐释，只是前一部分正好解反了意思，可能含有讽刺意味。3. 寻找某种民族文化精神。在前几年的"寻根"文学中，"陶罐"成为一个特定的象征体，象征我们民族的文化精神。学院诗中表现这种文化精神的作品也不少。丁惠梨的《祖母的陶罐》（1988年12期）："祖母的祖母脸膛黑红／祖母的祖母通体放光／祖国是与陶罐一日烧出来的／祖母的一只眼睛透明／透明注满了陶罐／透明是祖母的一半人生／祖母的另一半人生浑厚／浑厚成陶罐／浑厚是祖母的另一只眼睛／注视我／塑一只陶罐的女儿。"华夏民族文化精神有"透明"和"浑厚"两个方面，世代积淀，渗进了每个炎黄子孙的血液，铸成我们民族独特的品格：光明磊落又神秘含蓄。彭辉成的《我是一条鱼》（1988年第9期）以陶罐上的“鱼”的图腾指代华夏民族文化精神，“它不会静止或消失”，无所不在，无时不在，充斥神州天地之间，“微妙而神秘”，看不见摸不着。作为任何个体的“我”都将消融在这种文化精神之中。

学院派企图以理性化的刚健感性化的柔弱，却矫枉过正，又流于枯燥。虽然二者有机地交织才是诗生命的优化机制。经过一番各趋一极的价值取向，1989年后学院派开始走向二者联姻，在阵痛中分娩出新的艺术胎儿。晓弦的《与石狮对视》（1989年第4期）写与石狮对视的瞬间感觉幻觉，充满荒诞感，寓有某种生命实体在“风化的痛苦”中有某种精神复活升华之理。公然的《粘糊糊的感觉》（1986年第5期）纯写一种错觉，也极荒诞，含有某种理念：现实人生到处是“城墙”“栅栏”“跟踪”，身体极不自由，灵魂极其疲惫，于是向往祖先“扛起一支鸟枪钻进树林／想睡就睡，想发泄就发泄”的自在生活，最后回归到人与动物“和平共处”的原始状态。明显带有老庄消极遁世的思想色彩，但也不无对世俗羁束骚扰反抗的意义。叶剑锋的《渡》（1989年第6期）是一篇感性理性交织较好而失明快的作品：“夕阳下／求渡／很有意思／装感觉于衣袋／横自己为桨／倾古塔为舟／苦渡……不知彼岸是否等我／不知彼岸之后有什么／苦渡／就是一种生活。”人生旅途犹如“争渡”。前途命运有时不能由理性把握，多凭感觉支配。有的人一生就在某种“无奈的事／无聊的情”中默默度过，“任时光流成下巴的胡子”，碌碌无为，一事无成。揭示了人生悲剧性的一面，尤其是某些普通人的悲剧命运。

从意向化到情绪化走向回归本体

意象化是80年代初新诗潮的基本态势，也是朦胧诗发展的必然趋向。学院派前期作品意象化倾向比较突出，同其感性化追求相呼应。主要表征有：1. 将某种抽象观念具象化。如王熙的《思念》："情人靠紧了悄悄站／孩子依偎着不知结局的故事／年轻的业余号手吹着小号／……又让你想起了汽笛"。几组互不关涉的意象排列在一起，较形象地描述了抽象的"思念"无规则流动状态。可与舒婷的《思念》媲美。2. 凸现某种可感性画面。如："我从历史博物馆／长长的走廊走出来／迎面同七点钟的太阳撞个满怀"（《中国门牌：1983》）较"1982年过去，迎来了1983年"的叙述可感得多。但这种意向有传统排列和交变组合两种结构。后一种结构如果是有机地组合，那么就能使读者产生一种全新的交叉联想，以获得更丰富的美感。但是学院派后来未能把握这种艺术分寸感，出现了意象高度密集以至泛滥的弊端。《我们走向处女地》（1982年第1期）、《中国夏装》（1982年第9期）、《节日的中国大街》（1984年第1期）、《走向江北》（1984年第4期）、《西部之风》（1985年第10期）、《龙灯》（1985年第10期）都是这类作品。

1987年后，学院诗出现了另一种艺术倾向：反意象现象。诗歌的两个基本内构元素是情感及其载体意象。如果意象被淡化，那么势必强化情感，暗示性描写被直接性抒情叙述替代，我称之为情绪化现象。《飞天·大学生诗苑》1987年第10期的诗作比较集中反映了这一倾向。汪威的《进藏序曲》为了强化别无选择、义无反顾的进藏情绪，全用叙述性语言和多组排比语式，一气呵成，意象被淡化。彭公穆的《那天晚上》以"那天晚上"的复沓语式，极力渲染一种离别时的惆怅情绪。情绪化倾向同世俗化倾向的相同点是，多用口语，口语的根本特点是叙述性抒情性而非描写性。

经过意象化情绪化的二元选择，1988、1989年后学院诗走向了回归本体阶段。这是一个多元融合阶段。表现和被表现的主客体双方，由原来的保持某种"心理距离"走向消失融合。诗人力图消除人的社会性，使之回归自然的原生状态，而自然之物也成为人生存生命的某种符号。人类探索的无限性和个体生命的有限性之间的矛盾，构成了人类的痛苦和悲哀。然而这种探索中的发现又使人类的痛苦悲哀升华到某种精神境界，这一转化过程凝固为某种符号，其中一种便是作为文化现象之一的诗。诗即人类生存生命的另一种存在状态（符号），这就是诗回归本体的语义指向。它同当今西方哲学思潮相对应，但两者本质不同的是，西方哲学思潮主要表现垄断资本主义社会不可调和的固有矛盾异化下人的孤独、恐惧、绝望等颓废心态，所以是消极的。学院诗所体验的生存生命意识，是侧重发掘它生机勃勃的一面，所以是积极的。当然不能排除少数消极的体验——某种程度上折射出当今部分青年“精神滑坡”现象。

综合考察，学院诗回归主体主要由以下几种表现形式：1. 对人（类）欲求本能的体验。弗洛伊德将人个体化分为三个层次：本我、自我、超我。山泉的《三点一线的美及平衡》（1989年第6期）写“我”用“两块钱买来的目光／沉甸甸的享用”一台“三点一线”式的健美赛。本来是“堂而皇之”的审美欣赏。但“我”却感到“两块钱潜在犯罪感／无可挽回”。揭示了人尚未升华到“超我”精神境界时“利比多”本能涌动的隐在心理。人（类）欲求本能的另一种表现是生长的生理机制。瘦西鸿的《渴望春天》（1989年第4期）以种子破土萌芽切入人的生长体验。鲁育宗的《原形》（1989年第7期）体验原形生命由诞生到成长的过程。丁强的《走在城市的街道上》（1989年第6期）则是体验人“自我”“超我”层次的代表作品。”“我”走在城市的街道上，所以会产生种种荒诞感，诸如电车、人群如“奔跑着的兽”“毫无表情地行走着的鸟”；大厦仿佛“把头颅悬挂在云端里”或如“高耸入云的坟冢”以及由此而产生的“恐怖”“巨痛”，乃是病态的现代城市异化的结果。诗末说：“我继续行着／恍惚间我看见自己：／某一只毫无表情的鸟／展开冰的翅膀／飞过城市上空。”虽然“我”以被社会异化而麻木僵冷，但最后挣脱出来，升华到“超我”的精神境界。2．对生存生命意识的体验。人类最低层次也是最基本的价值是生存生命，诸如衣食住行，生老病死。一个艺术家既重弘扬人类高层次的价值（奋斗、探索、贡献），也不能逃避对人类最基本层次价值的发掘。学院诗中不乏《阳光下的塑像》（1988年第11期）这类弘扬人类高层次价值的作品，但较多的是体验生存生命的原生状态。张永刚的（生存方式）（1988年第11期）写普通人的基本生存方式，“习惯七点起床／七点半吃早点”，“多年就这样过来／过来之后发现／晚上已涂满各种表情”，“嘴唇的颜色”逐渐变淡，“皱褶”日益增多，一生一贯制，循环往复。虽然“大腿和胳膊更加强韧”，但感情却逐渐麻木。人们正是在这种悄无声息的平凡生活中消耗衰老。小星的《躺倒或站立》（1989年第6期）把“躺倒或站立”概括为人类“不同的生存状态”。其中包含清醒与糊涂、笑容与死神、真诚与虚伪、幸福与痛苦等矛盾体，有时相互颠倒，该躺倒的却站立，该站立的却躺倒。康湘民的《对话》（1989年第6期）体验生存生命中的孤独情绪：面对现实世界，人十分渺小，孤独寂寞感由此而生，常常产生某种“失重或倾斜”感。但只要“视线凿穿现实的墙壁”，那么日子便会“呈现太阳的色泽”，“美好得让人静静流泪”。

对生存生命的体验的另一种形式是通过死神体验来表达对生存生命价值的珍惜和肯定。向必颖的《走出地平线》（1988年第9期）写对彭加木遇难者的死亡体验，体验他们“在这片燃烧的沙漠深处”跋涉的饥渴、疲惫、痛苦、寂寞、孤独、绝望以及求生的渴望：“我们走出来啦——你终于喊道／这声音多么快乐充满了甜蜜／它来自另一个没有地平线的世界。”悲怆动人，催人泪下。石公的《瞬间晕眩》（1989年第7期）写“我”晕眩的瞬间体验“只一步之隔／生与死的界限／失去城防。”3．对自然原始生命力的体验，前几年，“寻根”文学热闹了一阵。我认为学院诗对自然原始生命力的体验，仍是这种“寻根”的延续。它试图寻找某种潜在的民族心理、精神。刘海岳的《荒魂》（1989年第3期）、邱华栋的《大雷雨》（1989年第8期）为代表品性作品。《荒魂》以深沉悲壮的黄钟律，写对蛮荒种种生命状态的体验：亮节，壮丽，孤独，叹息，勤奋，呼啸，雄浑，耻辱，愤怒，它恰似一个古老的华夏民族顽强抗争、勃奋、牺牲的英雄主义精神和悲剧性格的象征："我聆听英雄死去的挽歌／体内已充满祖先的声音。"正如诗序所言，"这正是那些视死如归的殉道者精神的写照"。这种精神是永恒不朽的，"几千年的血肉熔铸一起／从一个倒下，到另一个站起／演奏一个永恒的主题／当勃发的欲望如潮涌来／穿过嘹唳长嗥我们合而为一。"它已世代相传，铸成华夏民族之魂，千秋万代，弘扬光大！

如果说《荒魂》是一曲深沉的英雄殉道悲歌，那么陈林的《古寺》（1989年第8期）则是一首热烈的生灵求存的礼赞。"栉风沐雨的青瓦乌瓴／褪失了昔时的沥金漆粉／颓碑前翻卧的赑屃／道出了覆压千年的谜底。"。残垣断壁，地老天荒。然而"残垣断壁边的野草闲花／却不相信天荒地老／趁一年年鹧鸪叫春／偷偷吐诉红情绿意。"

截取四个走向的第三阶段，是否就是当今学院诗的基本态势呢？回答：是，也不完全是。因为四个走向的三个阶段，又是互相交错，时间上很难截然分界。通过一番立体式整体性的历史考察，我们就不难发现，学院诗的多元选择阶段尽管复杂，但基本上处于一种有序状态，而多元融合的今天，已走向无序状态。从系统观点看，无序必然又将走向有序。这里我想借用岩鹰的几行诗："大街上／颜色光怪陆离地泛滥／红裙子白裙子黄裙子蓝裙子／狂飙般大叫个性回归／广告与预言变成谎言／流行色辉煌五分钟后不再流行"（《流行色》1988年第1期）。但愿学院诗当今流行的语言态势"崩溃"之后，不是一片废墟，而是一派"红情绿意"，"百鸟齐鸣"的春的生机！

（原载1990年第12期《飞天》）

“校园先锋诗”的精神空间与历史场域

霍俊明

姜红伟的《大学生诗歌家谱》无疑具有重要的诗歌史价值。这不仅在于这是一部《飞天》的诗歌栏目《大学生诗苑》的专史，而且还在于围绕着这份刊物和栏目所呈现的极其复杂的波诡云谲的“校园先锋诗歌”的场域状貌、精神空间和文化生态。尽管《大学生诗苑》在先锋诗歌、校园诗歌热潮散尽之后的文学和社会学上的双重影响已经大不如前，但是一份刊物所呈现的诗歌历史的进程和转捩足以在中国诗歌史上留下纪念碑一样不可或缺的重要形象。在我看来，在整个20世纪80年代的思想文化风潮的大背景下被誉为“中国新时期校园诗歌的渊薮和滥觞”和“中国新时期诗坛黄埔军校”的《大学生诗苑》与“校园先锋诗歌”是一体的、互动的，相互激励和彼此生成的。那一时期的大学生校园诗歌必然是先锋的、实验的、创设的、挑战的。而到了90年代末期尤其是新世纪以来所谓的“大学生诗歌”基本上成了青春期写作的代名词，与“先锋”基本上不沾边了。

透过30多年的历史烟云，姜红伟的这本极其立体的具有现场感和历史感的“刊物专题史”重新呈现了几代大学生在青春的岁月里的文学理想与生存的精神状态以及围绕其上的一整个时代的历史烟云。这既是一部诗歌史，也是一部思想史。而围绕着《大学生诗苑》这一栏目所生发和形成的不同年代的文化语境、诗歌状况、诗歌观念与诗学趣味，个人的青春生活、校园记忆、文学理想，校园刊物、大学教育以及诗歌体制的立体化空间都无不真切地呈现了历史事件的细节与可感的场景，还原出了一段纵横交错的先锋诗歌和校园诗歌历史的田野。当然时过境迁，随着新媒体和自媒体的发展以及校园诗歌的繁而不荣状态，《大学生诗苑》这一栏目在当下遇到的诸多问题和挑战也是不言而喻的。而对于中国的“校园先锋诗歌”的历史而言，《飞天》以及姜红伟都做出了应有的贡献。这就足够了。

而地处“非文化中心”西北的《飞天》杂志竟然通过坚持了30多年的《大学生诗苑》栏目推动了整整一个时期的汉语先锋诗歌的进程。这不能不是一个奇迹。从1981年2月至今，围绕着《大学生诗苑》先锋诗歌以及校园诗歌的文化场域逐渐形成并影响日深。

在历史谱系学的层面，说到《飞天》不能不说到其他与之相关的民刊状态以及对先锋诗歌的影响。我们可以回顾一下“文革”结束之后一些民刊和重要刊物所起到的作用。“文革”之后中国内地铺天盖地的各种民间刊物的发生和发展显示了这一时期人们的特殊文学和文化心态。这种“民间”“地下”刊物又让人想到苏联时期的“萨米兹达特”（此词的俄文原意是“自发性刊物”）。而后来获得巨大国际声誉的苏联作家如布罗茨基、帕斯捷尔纳克、索尔仁尼琴等都是在这些“地下”性质的刊物上发表作品，然后才在国外正式出版然后又通过“出口转内销”的方式引起俄罗斯国内的轰动和广泛传播。20世纪80年代的民刊和校园诗刊的热潮不能不让人联想到中国文学史上两次办刊热潮——五四新文化运动以及1978年开始的民刊运动。80年代的诗歌民刊尤其是大学校园的内部刊物在当时媒体尚不发达、官方出版物和刊物仍然严格把守的时候对青年诗人的诗歌阅读、交往和传播起到了不可替代的作用。那时油印的诗歌民刊打开了散落于全国各地诗人的眼界。此外其他大量的校园诗歌刊物更是难以计数。而值得注意的是这些民刊从地理上分布则主要集中于南方，这就说明了为什么80年代先锋诗歌运动更多地转向了“南方”包括西南地区的一个很重要的原因。从80年代开始广义上的南方诗歌开始占据时代的潮流。以这一时期的一份名不见经传的文学期刊《青春》为例，该杂志1987年5月号推出了名为“桂冠诗人专号”，共收录23位诗人，而其中浙江诗人就有6位。我想这个数字不是个例和偶然，而是带有代表性和象征性。尽管这些民刊更多是小范围的“内部”交流资料，但是这种形式显然对于年轻一代的诗歌写作和思想状态而言是非常重要的。它们无疑打开了一个更为自由和开阔的空间。这些民刊确实在当时的正统刊物权力之外为自己的诗歌美学提供了阵地，并加大了各自之间的美学上的差异，但是这其中仍然有着政治文化和意识形态上的最后反光，以及理想主义抒情年代的尾声。这一时期的诗歌传播仍然禁忌颇多，这种仍然不自由的诗歌生产和传播状态也在很大程度上刺激了这些民刊的产生和发展。这些转折年代的诗歌刊物也试图在一些官方刊物中寻找几个突破口，以便进一步提升这些“地下”诗歌的声音。而“第三代”诗歌在官方刊物上的集体登场是迟至1986年才出现。在更多研究者看来，《飞天》可能属于一份省级的官方刊物，但是我必须强调的是，在《大学生诗苑》与先锋诗歌、民间诗歌以及开放的校园诗歌的关系上而言，它又具有十足的“民间”色彩、独立精神和开放意识。尽管《诗刊》曾在1979年第1期和第3期转载了发表于《今天》上的《致橡树》和《回答》，但是包括《诗刊》在内的官方刊物却在此后的几年对先锋诗歌和民刊置若罔闻，不再转载民刊作品。由此可见当时的文学环境仍然是不容乐观的。可能很大程度上正是《飞天》的这种“官方”与“民间”融合平衡的姿态，使得中国八九十年代尤其是80年代的校园先锋诗歌在这里找到了一份健康的丰富的土质和水源。

关于《飞天》的《大学生诗苑》对先锋诗歌的推动还与地缘文化

有一定的关系。80年代的先锋诗歌运动是从创办民刊尤其是大学校园的诗刊开始的，而到了1986年的“诗歌大展”的时候，这一切不可辩白地证明先锋诗歌场已经由北京的《今天》转向了“外省”——主要集中于西南和西北地区。这种文化场的转向也许隐约透露出《飞天》与先锋诗歌在空间形态上的关联。在说到80年代的《大学生诗苑》的时候会必然涉及几个诗学概念，而且这些概念大体具有交叉和重合的指涉。这包括“先锋诗歌”“大学生诗歌”“校园诗歌”，以及“第三代诗歌”。这些交叉的概念体现了诗歌史命名的错乱，但是大体而言共同指向的是生于60年代，在70年代末80年代初读大学并且从事实验性和先锋色彩的诗歌创作群体。《大学生诗苑》在80年代所推出的诗人基本上涵盖了当时中国先锋诗坛非常活跃且崭露头角的青年诗人群体。而《大学生诗苑》之所以推出如此庞大的诗歌写作群体，不仅与刊物理念和具体的编辑者的先锋、开放的诗学思想有关，而且还与整个期刊界对先锋诗歌的旁观和冷望的刊物环境有关。为此《飞天》承受了时代不小的压力。尽管这一代大学生诗人占尽时代风潮且各领风骚，但是也不能不因为运动性色彩而饱受争议。

在我看来，姜红伟的这部书无疑是完成一次历史的还原和再现工作，尽管真正意义上的还原是不可能完全实现的。值得注意的是汉语诗歌的“地下性质”在20世纪的发展中处于一种在国家、民族、战争、运动语境中不断被边缘化的一种处境，在六七十年代更多是一种与主流和政治相对抗的隐伏状态，而到了80年代中后期以来则更多显现出写作的一种个人状态。而由于时间上的过于迫近性，历史的叙述者在选择的范围和重点上都有着相当的难度。80年代《飞天》的《大学生诗苑》在很大程度上正体现了这一公共媒体空间与先锋的校园诗歌以及某种程度上的“地下”状态的密切关联。尽管这一时期的诗歌的“地下”状态已经与此前的“文革”有了相当大的差别和表现形态，但是对于正处于解禁期的仍然较为单一的纸媒时代仍带有一定的挑战性和异质性。这无论是对于《飞天》这份刊物还是对于当时的主编和编辑而言，都是一个不小的挑战。从当时发表的诗歌来看，其中有些能够在当时公开发表出来已经是非常不容易了。由此，中国80年代的校园诗歌和先锋诗歌，甚至大学生诗歌运动，都一定程度上离不开《飞天》以及《大学生诗苑》的推动作用。由此，将这一段时期特殊的刊物和栏目以历史化的方式再次呈现出来将必然有着重要的历史性意义。这不仅对于找回那些“历史上的失踪者”而言具有重要性，而且这一历史性的瞬间对于整整几十年的当代先锋诗歌发展和生态而言具有启示性。

当然，重现这段“当代史”也是有着必然的难度和挑战性，看看以下的相关数字就可见一斑。《飞天·大学生诗苑》1981年2月创办，至今历时33年，先后经历4位主编，4位责任编辑，编发212辑，发表462所高等院校2003名大学生诗歌作者创作的作品4338首。从中我们可以看出，涉及的诗人人数、群体、社团、流派的数量都是相当惊人。因为都发生在“当代”，这都还有待时间的检验和进一步的筛选。当然，这种“当代”性质的历史书写由于时间上的压力而有着不稳定的流动状态，因此文学史叙述的事件越是靠近文学史家生活的年代，所记住的作家就会越多，甚至成为一大批作家的名单和目录表（埃斯卡皮《文学社会学》）。历史注定是被讲述的，而这种讲述在多大程度上接近“原生态”的历史本相，似乎只能永远是不断被挑战的话题。而问题的关键是，在历史的书写过程中任何一个书写文本都有不可替代性。这些文本的

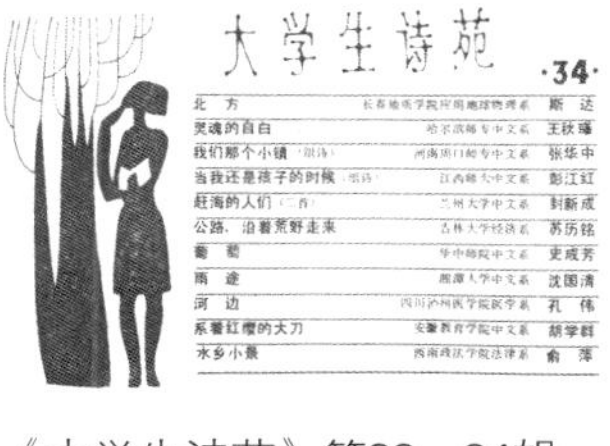

《大学生诗苑》第33、34辑

前后连贯或者断裂正揭示了历史叙述的复杂性，而这些面目不同的文本面貌也共同呈现了历史的不同侧面。

历史必将收割艾草，让田野恢复最真实的一面。这是我们所希望看到的。

当代校园诗歌传播的个案备忘录

刘波

文学界一直流行一种说法：诗歌当与青春和激情相关，属于年轻人的“事业”。这种观点未见得科学，但从实际情况看，却也不无道理。由诗歌这一文体的接受群体来考量，它的确是更易被年轻人所喜爱和阅读，那种对诗情的共鸣，与诗神的对接，有时可能恰恰发生在青春期，这样的人群大多集中在同样富有青春活力的校园——中学和大学。尤其是对于20世纪80年代的中国，那是一个诗歌辉煌和灿烂的时代，很多诗人都是从大学校园中走出，成为后来先锋诗坛的领军人物。因此，有人认为，校园诗歌是中国当代先锋诗歌的摇篮，我觉得这样的评价一点也不为过。可是对于校园诗歌，这些年虽然大家都还不时地提起，但并未有人对此做过专门梳理和研究。当代校园诗歌的亲历者姜红伟意识到了这一问题，他积多年之功，编写出了中国当代第一部校园诗歌史专著《寻找诗歌史上的失踪者——二十世纪八十年代校园诗歌运动备忘录》，在文学史上填补了一个学术空白。这本书不仅具有“史”的意义，而且也有“论”的精神价值。

关于当代校园诗歌研究的专著出来了，似乎也可以告一段落了。然而，姜红伟的校园诗歌研究工作并没有停止，他继续向校园诗的纵深处进行探索和挖掘。如果说《寻找诗歌史上的失踪者——二十世纪八十年代校园诗歌运动备忘录》是一部对校园诗歌进行整体研究的专著，那么他即将出版的《大学生诗歌家谱》，则是一部对校园诗歌传播做个案研究的范本。姜红伟将研究对象直接锁定为对中国当代先锋诗歌起到作用的《飞天》杂志《大学生诗苑》栏目，对其发展历程做了全面的梳理。这样的研究方式和角度，很多人可能不屑于去做。下笨功夫将一件事情做扎实，做深透，似乎是当下诗歌研究界乃至学术界极为匮乏的精神。但姜红伟凭借一股对诗歌的毅力和执着，将校园诗歌研究从整体到个案进行了更显真切的呈现。

我在研究80年代“第三代”诗歌的过程中，早就对《飞天》杂志的《大学生诗苑》有所了解，知道这个栏目推出了不少优秀校园诗人，并与当时的“第三代”诗潮形成了有效的呼应。而姜红伟的这本校园诗歌个案研究专著，才真正将我的视野重新打开。在“第三代”诗歌思潮出现之前，《飞天》杂志《大学生诗苑》栏目早就开始关注各路青年诗人，包括一些后来被划归到朦胧诗范畴的诗人。而对于“第三代”诗人之后出现的从60后到90后的诗人，《大学生诗苑》栏目均推出了他们中的众多优秀诗人诗作。也可能是因为80年代诗歌的受关注度较高，因此，《大学生诗苑》栏目为很多人所熟知；而到了90年代乃至于新世纪，随着诗歌逐渐恢复其小众的常态，这个栏目没有以前受关注了，但这并没有影响它继续推出大学生诗歌。从1981年至今30多年，《飞天》杂志这样持久性地办一个诗歌栏目，在全国也属于绝无仅有。姜红伟能花那么多时间和精力来梳理这段历史，我想一方面是出于对诗歌的兴趣爱好，另一方面，想必也是为《飞天》杂志能如此坚守诗歌的阵地而有发自内心的敬佩。《飞天》的主编这三十余年也换了好几任，《大学生诗苑》的编辑从杨文林、张书绅到李老乡、辛晓玲、郭晓琦等，在选稿上也呈现出了老中青几代诗人编辑的审美变化，融合了他们的心血和辛苦。姜红伟将这些都一一做了精心梳理和归整，他的工作，实际上是为中国当代诗歌的某一侧面做了重要的资料和精神备忘。

的确，《飞天》杂志《大学生诗苑》栏目上发表的诗歌，很大程度上已经构成了一部小型的中国当代诗歌史。但是，如果没有人来做系统的梳理，这一段历史就是散乱的、碎片化的，只有将那一点一滴的资料汇集起来，它才真正显出了诗歌与时间融合后的力量。以一本书的篇幅去梳理和研究一本文学杂志的一个诗歌栏目，这在全国也属凤毛麟角，由此可以想见《大学生诗歌家谱》的深度和厚度。全国那么多诗人、诗歌评论家都为此写了文章，要么是回忆自己当年受惠于《大学生诗苑》栏目的点滴感受，要么是讲述和《飞天》杂志的渊源与情谊；诗人们很多都写到了和编辑的交往，和其他大学生诗人的交流。对于收集这些琐碎又精细的回忆性资料的工作，如果没有人去做的话，今后的诗歌史其实是没有多少细节支撑的。所以，站在诗歌史的角度，姜红伟的梳理工作，其意义和价值可见一斑。

就像他在谈到《大学生诗苑》栏目创办缘由时，曾以深情的语调写下了他对《飞天》杂志和这一诗歌栏目的最大感受：“《飞天》的编者们凭借自己甘做嫁衣的编辑品质、凭借自己开放开阔的编辑视野、凭借自己追求卓越的编辑风格精心设计、精心创办了全国独一无二的专门发表全国各地高校大学生诗歌作品的栏目，并将这个诗歌栏目苦心经营、悉心栽培、用心打造，历经三十余年而经久不衰、历久弥新地坚持到今天，创造了中国新时期文学期刊史上一个栏目能始终如一地保持三十余年的一个纪录、一个奇迹、一个神话！”我相信，这是出自研究者内心最真切的想法，这是一种感怀，也是一份希望。尤其是在这样一个诗歌并不受重视的时代，像《大学生诗苑》能持久地办这么多年一样，经时十年编撰这样一部著作，同样也是一项富有开拓性的创举。

此外，这本书的价值不仅在于梳理了《大学生诗苑》这一栏目从始至今的发表资料，推出了这一栏目的编辑团队，遴选了那些发表于这一栏目而今已成经典的优秀诗作，更重要的是，100多位诗人、诗评家为《飞天》和这一栏目所写的评论文章和感想文字，其实也显得更独出心裁，以让这一栏目影响力更广泛持久，更深入人心。当然，这样做的一个延伸意义，就可能会有更多的大学生参与到诗歌创作中，这对于重建新世纪的诗歌格局，当是一次不可多得的精神砥砺。如果能达到这样一个目的，姜红伟编著的这本书可谓功莫大焉。其实，我们往后看，对于历史的梳理和认知，其最终还是要回到当下，看它对我们目前和今后的发展有什么样的引领和指导作用。姜红伟的这本书，同样也可以在这样一个意义上得以有其追问的力度：《飞天》之《大学生诗苑》栏目今后的路径是什么？《飞天》现任主编马青山在访谈中道出了疑难和困境："我注意到，开辟校园诗歌栏目的刊物现在有不少，有些还是专门的诗歌刊物，所以《飞天·大学生诗苑》已不具有唯一性。要把这个栏目长期坚持下去，产不断产生广泛影响，则何其艰难！"在当下诗歌并不景气的氛围中，即便面临着诸多困难，但这并不是无法逾越的障碍。《大学生诗苑》栏目仍然在进行新的尝试，且"还会不断尝试下去"（马青山语），那么，姜红伟的这本书，其意义就不是停留在对过往历史的简单梳理，而是为今后的栏目拓展留下了可比的参照，提供新颖的思路。我想，这会是姜红伟此书能达到的连带效应。

历史档案，诗歌丰碑

张德明

诗人、评论家姜红伟是一个有心人，他不光只在诗歌创作和批评上屡有创获，还在诗歌资料的搜集与整理上费尽心血，是一位出色的诗歌史料及诗歌民刊收藏家。2008年，由他编著的《寻找诗歌史上的失踪者——二十世纪八十年代校园诗歌运动备忘录》一书在黄河出版社正式出版，这是中国第一部校园诗歌史专著，其诗学意义和历史价值都是极为突出的。而今他又在历时多年的资料搜集和信息存储基础上，编撰了《大学生诗歌家谱》一书。这又是一部相当有价值的当代诗歌史料著述，因此值得我们关注和重视。

20世纪80年代初期，一个旨在培养大学生诗人、发表大学生诗作的诗歌专栏《大学生诗苑》在甘肃兰州的文学刊物《飞天》上开设，这是当时大学生文学寻梦者的一个福音，也是当代诗歌发展历程中的重大事件。该栏目从1981年创始至今，已历时33年，共编发诗稿212辑，发表了462所高等院校2003名大学生诗歌作者创作的诗歌作品4338首，坚持时间之久和发表诗作之多，在当代文学期刊的栏目运作中都可以说是绝无仅有的。姜红伟对《大学生诗苑》栏目跟踪既久，而今在大量史料的基础上，对这段诗歌历史进行细致追述和具体呈现，让我们目睹了一份较为珍贵的历史档案，也在我们面前树立起了一座令无数追梦者崇敬、感恩的诗歌丰碑。我浏览了该著的电子文档，感觉它有下述三个重要的特征：

首先，资料翔实，线索清晰。姜红伟是以80年代校园诗人的身份而进入当代诗坛的，因此对《飞天》上的《大学生诗苑》极为熟悉和了解，可以说，《大学生诗苑》的发展史某种程度上也就是诗人姜红伟的成长史。或许正是基于这种因缘，姜红伟把对《大学生诗苑》的追踪当成了一种自觉的事业来做，他对这个栏目的来龙去脉、栏目的发展变化、栏目设置和运作中牵涉到的主编、编辑、栏目发表的诗歌诗评等情况可谓一清二楚。论著从创办缘由、编辑团队、发展历程、评论文章、编者言论、评奖活动、诗苑之友、社会反响、合订诗集、作者回忆、作者近况、巨大贡献等13个方面，对《大学生诗苑》这一栏目进行了立体而全面的介绍，资料相当翔实和丰富，线索也较为清晰，从而让当代诗歌史上较为独特的一面真实地复现在我们眼前。

其次，资料性和学理性并重。该著的主体部分主要是对《大学生诗苑》这个栏目的资料呈现，让我们在具体的史料中明确认识到这个栏目设置以来，刊物所做的诸多踏实的工作。但如果只有材料没有一定的阐释，那么著作就会沦为缺乏主体参与的资料汇编，其诗学意义也会因此受到影响。好在姜红伟并不停留在对资料的客观展示上，并不只限于资料的陈列。在展示材料的过程中，他还借许多当事人的文字、借旁观者的理解、借自我对这个栏目的感触和体会等来阐发《大学生诗苑》栏目的历史作用和文学意义，这样就给著作注入了一定的学理性，也使那些珍贵的历史资料获得了某种意义的敞开和价值的提升。

第三，历史审视的当下视角。从80年代至今，中国当代新诗已经走过了三十载春秋，当代诗歌的艺术形态、价值取向、美学标准和诗人群体，都发生了极大的变化，在这种情况下，作为历史记录者与阐释者的学人，其审视历史的眼光、评判历史的尺度，都应该相应做出调整与改变，而不能仍然停留在80年代，否则就会有远离当下语境的历史隔膜感。姜红伟的著作立足于当下视角来审视《大学生诗苑》三十多年来的发展历程，这是做得相当成功的。从著作中我们不难发现，姜红伟不仅对《大学生诗苑》初创时的诗歌气候和文化氛围极为熟悉，对30多年来中国新诗的发展与流变轨迹颇有心得，也对当下的诗歌现场十分了解，正是这种对新时期以来的诗歌历史与现状的了解与熟悉，才造就了他感知历史的深度与广度以及以切入历史现场的当代视域，也使得他能对研究对象本身有更准确的领悟，并做出较为深入的阐发。

有必要相信，《大学生诗歌家谱》的出版发行，将会引发诗界对当代新诗发展历程的重新认识，并促进当代新诗史重写工作的进一步展开。

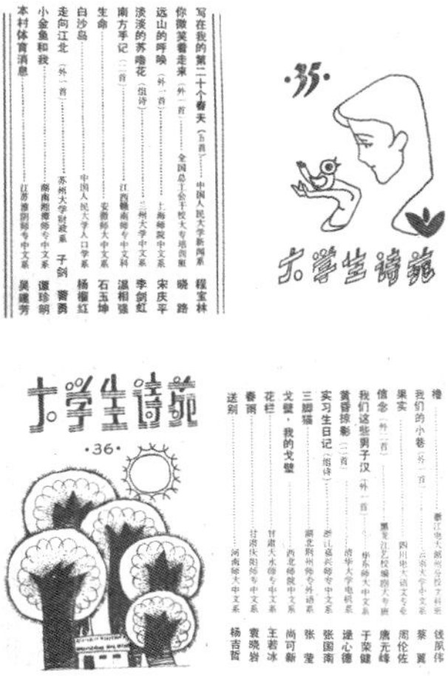

《大学生诗苑》第35、36辑

深情凝眸校园诗歌永远的风景线

崔修建

在这个大雪纷飞的冬日，捧读姜红伟新近完成的30万余言的《大学生诗歌家谱》，青春澎湃的涛声再次轰然响起，青春蓬勃的激情再次被点燃，无数诗情画意的校园往事，又在猛烈撞击已不再年轻的心扉，我禁不住激动地遥望大西北，遥望以名刊《读者》享誉中外的兰州，遥望注定要载入中国当代诗歌史的《飞天·大学生诗苑》。没错，在光阴流逝的长河中，总有一些珍贵的东西会沉淀下来，令我们一次次深情凝眸，一次次深深感动，并永远地铭记。

对新时期以来中国校园诗歌历史进程尤为关注的诗人、诗歌资料收藏家姜红伟，在出版了中国第一部校园诗歌史专著《寻找诗歌史上的失踪者——二十世纪八十年代校园诗歌运动备忘录》后，又开始编著多卷本长篇诗歌史《中国1970年代末期至1980年代末期大学生校园诗歌运动档案》，而《大学生诗歌家谱》，正是他浩大的系列校园诗歌史书写的一部分。

姜红伟的这部专著，选取传统文学名刊《飞天》所开设的影响深远的名栏目《大学生诗苑》，作为校园诗歌与校园文化深度考量的出发点，对1981—2014年间的《大学生诗苑》的发展进程和丰硕成果，进行了全方位、立体式的扫描与审视，既对该专栏的演变进程展开了“史”

的脉络梳理，还对其诗学定位、价值取向、文化影响等进行了“论”的纵深思考，使丰富、翔实的历史资料与独特的学术思考得到了有机结合。对《飞天·大学生诗苑》全面回望与深入打量，不仅可以更好地认识这一被誉为“中国新时期校园诗歌的渊薮和滥觞”和“中国新时期诗坛黄埔军校”的名栏目，还可以深切地勾勒出这一时代语境中的中国现代诗歌发展轨迹，从而对新时期诗歌演变流程，尤其是校园诗歌的地位、价值和影响等，能够进行更为准确的把握和评定。

《大学生诗苑》在成长过程中，不仅赢得了全国数千所高校大学生的广泛关注和大力支持，还得到了众多诗评家的高度关注，像公刘、谢冕、程光炜、张子选等人都曾专门撰文评论《大学生诗苑》，而众多诗人自发的回忆性文章，以及编者精心写作的编者按，以及历届《大学生诗苑》获奖诗作精要的点评，既有细致的文本解读，也有别具洞天的诗学阐释。所有这一切，都为我们进一步了解和认识这一名栏目，提供了丰富而鲜活的资料。

在百废待兴的80年代之初，“《飞天》开辟的《大学生诗苑》的出现，是诗歌困厄期中一片令人欣悦的绿洲。”这是著名诗歌评论家谢冕十分中肯的评价。《大学生诗苑》的创办，体现了编者独特的历史眼光和深切的青春关怀，编者看到了一股蓬勃向上的力量正在校园集结，他们是诗歌发展的骨干力量，也是中国未来崛起的重要力量，他们“有与社会生活的广泛接触，有为祖国精神文明献身的强烈愿望。他们的诗作，有继承，有借鉴，有突破，有发展，给诗坛带来了陌生而新鲜的气息。事实已经证明，一批诗歌新人正涌现于大学之门……”（1981年8月《大学生诗苑》编后）。正是应时而生的《大学生诗苑》，很快便点亮了一批又一批校园诗人的创作激情，也激发了他们奋进的热情，催动了他们走向昂扬的人生。《大学生诗苑》创办三十余年来，汇聚了2000多位大学生的作品，无论是其数量还是其质量，都是令人叹为观止的。从《大学生诗苑》走出的优秀诗人或以走进《大学生诗苑》为自豪的杰出诗人，可以开列出长长的一个大名单，他们其中的许多诗人至今仍是活跃在中国诗坛上的中坚力量。

纵观这部书稿，我们会有这样深刻的感受——诗歌更属于年轻的心灵。无论是思想上的拓展，还是艺术上的创新，每一个时代的年轻大学生，无疑都是走在前列的，都是喜欢推陈出新，引领风尚的。当朦胧诗迅速崛起并很快退潮后，当代校园诗歌便以庞杂的创作大军、风格各异的多元化探索，引领了“城市诗”“新边塞诗”“新田园诗”“新校园诗”等各种流派的勃兴，同时，为“第三代诗歌”的隆重登场，提供了丰富多彩的试验，呈现出大量优秀文本，校园诗歌在写作领域的开拓、思维方式的变革、诗歌艺术的创新等方面，均展示出非常优卓的表现。而《大学生诗苑》，正是众多校园诗人显露才华、各领风骚的绝佳舞台，许多大学生都自觉地将能够走进《大学生诗苑》，作为自己诗歌书写甚至是整个大学时代非常值得珍藏的精彩一页。

姜红伟的这部书稿，可谓是对新时期以来中国校园诗歌圣地的一次深情回眸，他带着读者一同对过往的风云岁月展开了深切回忆。沿着作者为我们打开的一期期的《大学生诗苑》读下去，我们会看到当代校园诗歌引人注目的一道道鲜亮的风景线，正是几代编辑一以贯之的大力推举，让这块天地里佳作连续不断地涌现，优秀诗人源源不断地推出。仅仅考察一下这部著作为我们整理的那一排排闪亮的名字，我们的心灵便会一次次地被震撼，我们为那些澎湃的青春一次次诗意的集结而击掌欢呼。毫不夸张地说，《大学生诗苑》的确是英才辈出，一浪推一浪，蔚为壮观。举目中国当代期刊界，恐怕没有哪一个杂志能够拥有如此浩大的凝聚力和影响力，更不要说是一本杂志的一个诗歌栏目，竟可以如此长时间地召唤一批批的学子，带着对诗歌的虔诚、热忱、执著，朝圣般地在这里汇聚，再从这里出发，走向更为广阔的诗歌天地。

在主持《大学生诗苑》的多位编辑当中，张书绅先生无疑是最受万千读者尊重的一位，他不但坚持十年如一日地给投稿的大学生写退稿意见，对诸多诗歌初学者给予悉心的指导，还采用撰写编后语的方式，站在理论高度上，对诗歌写作的方向、思想深度挖掘、艺术探索等，进行了很有针对性的引导和扶持。为此，姜红伟特别采访了张书绅先生，从专栏开办的意图到编辑的思路，从专栏的发展经历到社会反响，从个人的诗学理念到校园诗歌的整体概貌的梳理……作者引领我们见证了一位优秀诗歌编辑宏阔的视野、优卓的诗歌理念和优异的成就，更感受到了一位繁荣校园诗歌的领路人高尚的品格和杰出的贡献。

可以说，作者满怀敬重与张书绅先生面对面的对话，就像那些优秀的诗歌文本一样，是特别有温度的，也是特别令人感慨唏嘘的，尤其是在诗歌日益边缘化，许多编辑迷失于功利当中，多受诟病的当下，透过对以张书绅为代表的《大学生诗苑》的编辑的访谈，再加上诸多诗人情思绵绵的回忆文章，的确可以引发许多深邃的思考。

为了撰写这部书稿，姜红伟花费了难以计数的时间、精力和财力，搜集、整理了大量的一手资料，其超乎寻常的认真，深深感动了分散在世界各地的诗友们，大家纷纷以各种方式，对这部书稿的写作给予了大力的支持和帮助，因为众人都有一个共同的心愿——这部“史记”不仅仅有深情的回顾和打量，更有深刻的思考和探索，不仅有对《大学生诗苑》的巨大贡献所进行的客观评价，还有对大学生校园诗歌的历史定位，不仅有个人诗歌书写的历史记忆，更有诗歌群体、诗歌风潮、诗歌流派、诗歌风格等多方面的细致扫描与深入打探……

无疑，姜红伟的这部《〈飞天·大学生诗苑〉创办史》，对于研究中国当代校园诗歌、中国新时期以来的诗歌流变乃至其他文学种类的发展状况，具有极为重要的史料价值，非常有助于我们进一步深入探究诸多的诗学问题，从而为中国当代诗歌新的繁荣，提供诸多的文本支持和可贵的精神资源。

在此，请允许我以诗歌的名义，感谢姜红伟，感谢他始终的热心与勤勉，为我们呈现了这样一部可以久久温暖岁月的校园诗歌“史记”。

时间里的时间

方文竹

历史是一个奇怪的现象：越是久远的事物，似乎看得越清晰。因为人类观物取象中，理和情占有较大的比重，这说明了逻辑和心理图式可以刺穿时间的幕布而照亮事物背后的因子集合。

作为历史的展开方式，时间拉开了我们与文学的距离，让我们心眼的明亮度倍增。文学是记忆的储存器，因此与历史纠葛更多，古人有“诗史”“以诗证史”之说。久远的经过时间考校的文学乃真品，姜红伟著《大学生诗歌家谱》（以下简称《家谱》）正是通过一个侧面的文学记忆绘制或复原中国当代文学／文化地形图。

“历史”与“史料”不同，前者与其说是线性时间的运行，不如说是人类的一种主观立场，这在现代（历史）哲学那里有着十足的学理论证，如克罗齐的名言“所有的历史都是当代”之类。后者则是物理时间场景和器物的还原与描述，从而构成了原始的历史样貌。姜红伟显然是通过详备的“史料”拯救时间的“遗忘”，激活一段文学的价值实体，从而构建“文学历史”。

我最感兴趣的还是《大学生诗苑》创办伊始的20世纪80年代，也是此书的重点、意义之所在。说实在的，这里的文化价值大于文学价值。有意思的是，姜红伟会意地按时间先后将《大学生诗苑》所有作品集辑时，正是分为“黄金时代”“白银时代”“青铜时期”“黑铁时期”4辑，似乎越到后来其“含金量”越低（明眼人会注意到“时代”与“时期”的区别），其实不是新诗的“含金量”越低（按说新诗的发展会越来越成熟，80年代新诗的质量怎样，大家的心里都清楚，尤其和新世纪的新诗相比较），而是紧紧围绕新诗周围的语境所发生的巨大变化，时代和环境的因素多了起来，其附加值也在大大提升。说白了，就是文学的地位在全民的生活图景中日益下降，新诗更是处于旁落更准确地说处于孤立的境地。

正是在这样的背景下，《家谱》体现出了她的价值。

《大学生诗苑》作为全书的中心，构成了一块巨大的磁场，又像一条主线，让三十余万字的丰富资料串联有序一体，宏观、全面，而又注重细部、细节，但不是简单的资料汇编、备忘录、文坛掌故逸事等，而是繁而有序，取舍得当，经理纬情，浑然有体。这样一部巨著的完成，凝聚着姜红伟的动机之纯善，用心之良苦，费时之巨额，用功之勤勉，观取之细致，视野之恢宏，慧能之超拔，德望之深远……甚至还有许许多多你我不知而只有姜红伟先生独自体味的一切，一切的一切。仅收集资料一项，其劳动的耗时、繁杂和艰辛可想而知，还有从选题、史料到体例等无不体现出作者的学术立场和胸襟胆略，或说，这一切皆为作者变相的“学术建设”或“隐精神结构”的体现。换句话说，《大学生诗苑》有多大文学价值，相应地，《家谱》就有多大的文学价值或伴随文学价值，更何况直到目前，姜红伟的《家谱》是这方面唯一的专著，属于姜红伟先生的“独家经营”。至于《大学生诗苑》的文学价值，《家谱》的前言概述颇为精准：

《大学生诗苑》是中国新时期诗歌史上创办时间最长久、培养诗人最众多、社会反响最广泛、赞誉名声最响亮、读者受众最广泛的名牌诗歌栏目。它的创办，是20世纪80年代中国新时期诗歌史、期刊史、文学史乃至文化史上的重要事件，不但引领了80年代大学生校园诗歌潮流，推动了80年代“大学生诗派”的形成，而且为第三代诗歌运动的发展输送了骨干力量，为中国当代文坛培养了大批卓有成效的诗人、作家、评论家和其他各个领域的杰出人才，其影响之深远、意义之重大、价值之卓越、贡献之突出、功德之无量，形成了一种空前绝后的“诗苑现象”。因此，该栏目被大家公认为“中国新时期校园诗歌的渊薮和滥觞”和“中国新时期诗坛黄埔军校”。

其实，《大学生诗苑》已经超出了“文学”的范围，属于一种“文化”现象，进入文化史的流变与构建，尤其成为80年代文化解读的有力个案，成为80年代以来素质教育和人文话语气场的鲜活标本和激动人心的篇章，见证了一个时代，触摸到一个时代的体温，但又不是“以诗证史”，而是激情的审美的生动的图画显现和画外音。或说，她像一道社会语码，进行总体性发言。她用充足的资料和编排方式详细而有力地证明了《大学生诗苑》对当代汉语诗歌和汉语文化的两种置入路径：

一是将《大学生诗苑》置入当代新诗的秩序之中。提升出《大学生诗苑》对现代汉诗的贡献质素，这包括：诗歌创作主体即《大学生诗苑》主力作者同时为当代新诗或新诗批评主力作者，有着学院背景的大学生诗人们深受优越的诗歌培养甚至正规诗歌教育浸染，总体上自然会在诗业方面高出一筹。《大学生诗苑》的活跃作者如徐敬亚、叶延滨、于坚、王家新、程光炜、周伦佑、沈奇、车前子、沈天鸿、陆健、柯平、伊沙、邱华栋、宋琳、小海、洪烛、张清华、谭旭东、苏历铭、尚仲敏、古马、徐芳、马永波、敬文东、赵思运、熊焱、杨康等，不愧为当代汉语诗歌尤其是第三代诗人的中坚。更可贵的是，作者还交代了一些当年作者的创作力和影响力在今日的继续延伸。《大学生诗苑》的学院诗风和体格（“大学生诗派”或“校园诗歌”）对当代汉语诗歌的深度影响（这是不是后来学院派与民间派论争中“学院”的前身，有意思的是，两派的主力似乎皆为当年《大学生诗苑》的作者）。由以上两点，《大学生诗苑》直接构成了当代新诗的一个部分。

二是将《大学生诗苑》置入当代文化的总体格局之中。“这是一代人的歌唱。他们寻求通过具有强烈的时代感和个性化的自我形象，以表达一代人的祈愿与追求，这是他们的主题。”（谢冕《飞天的新生代》）前面已说过，《大学生诗苑》超过了诗歌（文学）范围，她是80年代的梦想记录，“80年代”的意义非同一般。围绕《大学生诗苑》的是一连串时代和心灵的小事件，难怪，沈奇有“活在时间深处”、邓凯有“那一份大学校园的诗意”之说。姜红伟意在揭示，《大学生诗苑》的最广泛社会反响、最最响亮的赞誉名声、读者受众最广泛的名牌栏目等的效应已进入当代文化的言路。她不仅构成了20世纪80年代以来中国新时期诗歌史、文学史也是期刊史乃至文化史上的重要事件，是时代激情和民族精神的别传形式。她打通了心理学、社会学、历史学、政治学等，使《家谱》的写作有别于大量的诗歌评论和诗歌史，体现出姜红伟追求“比诗歌更多”甚至“诗歌之余”的写作雄心。

正因为如此，该书游离于常规文学史的既成言路和写作策略、编排体例等，突破同类著作以对象论对象的写法、布局和用意，并非聚焦于“诗歌作品”“诗歌评论”，而是多侧面围绕《大学生诗苑》的生产与流通整个过程的追踪与梳理，打通文学、文化与时代的秘径，包括现代汉诗的生产机制和流程（编辑、评奖、社会效应等等）、接受传播的效应史以及文化抵抗和时间暴政抵抗等等，使看起来互不相干的文化元素之间发生呼应与对照、沟通，从而使《大学生诗苑》名副其实地成为了一个时代的“文化事件”，并造就了个时代的“文化样式”。

通过阅读《家谱》，我分明感受到了时间里的时间，前者是外时间——世俗化的时代传承，后者是内时间——胡塞尔意义上的“意识结构”，它是延伸、打通、变异、关联与内蕴，它构成了《大学生诗苑》和《家谱》自身的言说方式和理路。诗歌是一种生命体，同样，有意义的诗歌事件也是一种生命体，她有着自身的运行格局、生长方式和未来指向，这需要文化的一路呵护。姜红伟由此捕捉和发掘到了《大学生诗苑》的深远意义，这也就是《家谱》的文本价值。

为了铭记的纪念

王若冰

前年开始，不断接到远在黑龙江的姜红伟先生的信息和电邮，企望帮助搜罗二三十年前活跃在《飞天·大学生诗苑》的作者信息。后来才知道，此兄正在给一本曾经为中国当代诗歌立下汗马功劳，做出不可磨灭贡献，却愈来愈被滚滚而来的信息浪潮淹没、遗忘的杂志和这本杂志的一个诗歌栏目，以及付出十余年时光和心智苦苦坚守这个栏目的编辑树碑立传，编著一本事关还原一本杂志、一个诗歌栏目、一个编辑钩沉与新时期以来当代中国诗歌兴衰史休戚与共、息息相关历史真相的当代诗歌史志。这本杂志，就是甘肃省文联机关刊物《飞天》文学月刊；这个栏目，就是从1981年诞生以来深刻影响几代中国诗歌诗人成长、发展的《飞天·大学生诗苑》；这个人，就是《大学生诗苑》的创办者和编辑者张书绅老师。

《大学生诗歌家谱》出版，实在应该是一件当代中国诗歌发展史上的大事！这不仅因为当年的《飞天·大学生诗苑》为大潮初涌的新时期中国诗歌运动起到了推波助澜，开拓新天地、新视野的巨大作用，更因为包括于坚、王家新、伊沙等至今活跃在当代中国诗坛的顶级人物，以及数以成百上千计支撑近三十多年当代中国诗歌天空的栋梁和基石的破土发芽、成长崛起，都与这本杂志、这个栏目、这位编辑有着如婴儿离不开脐带的关系。包括我在内从《飞天·大学生诗苑》走出的诗人，每每谈起当年的《飞天·大学生诗苑》和张书绅老师，不仅有一种遣散不去的亲切感和依赖感，而且至今还在常常会不由自主地发问：如果没有《飞天·大学生诗苑》，当代中国诗坛还会不会如此繁荣昌盛、活力无限呢？

1982年，历经千难万险考入原天水师专前，我原本对小说创作如痴如醉。是《飞天·大学生诗苑》和以此为起点、风靡全国大专院校的“大学生诗歌运动”，将我卷入到了诗歌创作的汪洋大海。与那个年代众多成天热衷于给《大学生诗苑》投稿的其他大学生诗歌爱好者相比较，我最大的幸运之处不仅仅在于经张书绅老师耐心鼓励与指点，短短一年多时间就于毕业前夕在让海内外大学生痴迷得近乎疯狂的《大学生诗苑》发表了一首小诗，而且毕业后又有幸被张书绅老师借调到《飞天》编辑部工作过一个多月时间。《飞天·大学生诗苑》的滋润、张书绅老师的不懈提携，不仅让我坚定地选择了诗歌之路，而且奠定了做人处事的基础。

正如从《大学生诗苑》开始迈上当代诗坛并已经注定要进入当代诗歌史的著名诗人于坚所说：“《飞天》以其远见卓识推动了当代诗歌的历史进程。”《飞天·大学生诗苑》和张书绅老师对于当代诗歌最重要的贡献，不仅仅由于张书绅老师的扶持与浇灌，让数量众多的个体诗人从《飞天·大学生诗苑》这块弥漫着青春活力与创造才情的诗歌园地破土吐蕊、茁壮成长，更重要的是，在朦胧诗遭受排挤、打压、质疑，朦胧诗自身的局限与瑕疵也日益毕现，大潮初涌的当代中国诗歌面临何去何从、彷徨抉择的关口，以青春、本真、鲜活、梦想、现实为特征的《大学生诗苑》，为处于新老交替，一度在对朦胧诗挞伐之声中阴云密布的中国诗坛，开拓出一片绮丽多姿、乱花迷人的朗朗晴空。一大批既不同于老一代诗人，也有别于北岛、舒婷、顾城等“朦胧诗人”的新一代诗人，在《大学生诗苑》和张书绅老师共同哺育、栽培下，身姿摇曳，活力充沛地款款走上中国诗坛，并在迅速集结后形成继朦胧诗之后对中国诗坛和中国诗歌走向产生深远深刻影响的“第三代”诗人阵营。如果要点数从《飞天·大学生诗苑》走出的当代中国诗坛执牛耳者的话，除了上述于坚等人外，我确信包括叶延滨、徐敬亚、王寅、杨争光、沈奇、程光炜、周伦佑在内，更多至今坚守在当代诗歌前沿的中年诗人，大概都不会忘记他们在《飞天·大学生诗苑》迈开的虽然幼稚却充满活力的第一步，以及接到张书绅老师用铅笔在诗稿上鼓励、评点的眉批之际内心所勃发的那种亲切与激动吧？

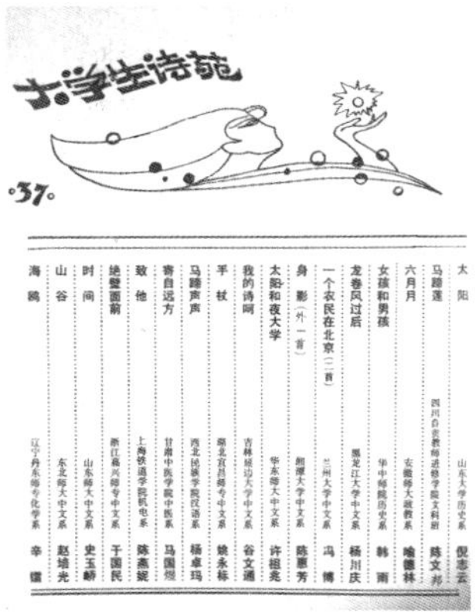
大学生诗苑
·37·

太阳	山东大学历史系	倪志云
马蹄莲	四川自贡教师进修学院文科班	陈文邦
六月月	安徽师大政教系	喻德林
女孩和男孩	华中师院历史系	韩雨
龙卷风过后	黑龙江大学中文系	杨川庆
一个农民在北京（二首）	兰州大学中文系	冯傅
身影（外一首）	湘潭大学中文系	陈惠芳
太阳和夜大学	华东师大中文系	许祖尧
我的诗啊	吉林延边大学中文系	谷文通
手杖	湖北宜昌师专中文系	姚永标
马蹄声声	西北民族学院汉语系	杨卓玛
寄自远方	甘肃中医学院中医系	马国煜
致他	上海铁道学院机电系	陈燕妮
绝壁面前	浙江嘉兴师专中文系	于国民
时间	山东师大中文系	史玉峤
山谷	东北师大中文系	赵培光
海鸥	辽宁丹东师专化学系	辛儒

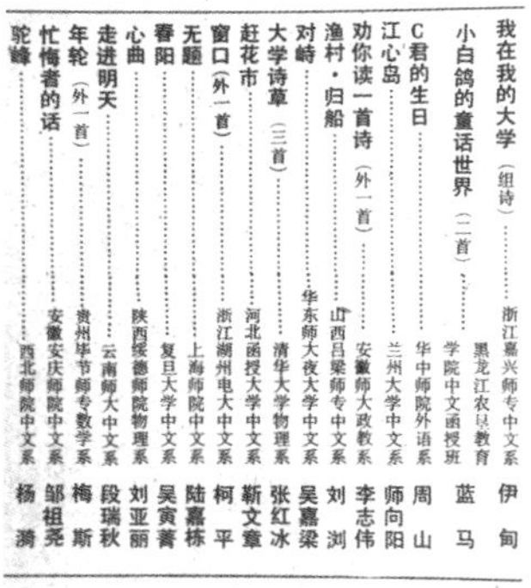

我在我的大学（组诗）	浙江嘉兴师专中文系	伊甸
小白鸽的童话世界（二首）	黑龙江农垦教育学院中文函授班	蓝马
C君的生日	华中师院外语系	周山
江心岛	兰州大学中文系	师向阳
劝你读一首诗（外一首）	安徽师大政教系	李志伟
渔村·归船	山西吕梁师专中文系	刘浏
对峙	华东师大夜大学中文系	吴嘉梁
大学诗草（三首）	清华大学物理系	张红冰
赶花市	河北函授大学中文系	靳文章
窗口（外一首）	浙江湖州电大中文系	柯平
无题	上海师院中文系	陆嘉栋
春阳	复旦大学中文系	吴寅菁
心曲	陕西绥德师院物理系	刘亚丽
走进明天	云南师大中文系	段瑞秋
年轮（外一首）	贵州毕节师专数学系	梅斯
忏悔者的话	安徽安庆师院中文系	邹祖尧
驼峰	西北师院中文系	杨涛

《大学生诗苑》第37、38辑

许多对中国当代诗歌有所研究的人都在感叹，20世纪80年代是中国诗歌的春天。我也常常为那个时代诗歌带给我们这个民族的激情与青春感慨不已。那么这场由朦胧诗发起，到80年代中后期达到高潮的新时期诗歌大潮绝世高峰是如何形成的呢？如果冷静、不怀偏见地进行评析，我以为在朦胧诗备遭非议，刚刚摆脱非诗、伪诗、假诗桎梏的中国现代诗歌面临前路茫茫困境的关键时刻，是《飞天》和张书绅编辑的《大学生诗苑》掀起的“大学生诗歌运动”，让当代中国诗歌寻找到了新的出路，开拓出一片新的天地；也是从《大学生诗苑》走出的大学生诗人及其创作，让在近百年的徘徊与波折中艰难前行的中国新诗彻底走出了体制与迷惘的牢笼，朝着自在、自主、文本、人性的诗歌本体昂首前行。

然而多少年来，我们的诗歌研究者对于开始于1981年，到20世纪90年代初期达到高潮，由《飞天·大学生诗苑》所引发的这场影响深远的“大学生诗歌运动”和《飞天·大学生诗苑》为当代中国诗歌做出的贡献，却一直没有给予应有的关注。在我所看到的近三十多年中国诗歌发展历史的综述文章里，甚至很少有人提及《飞天》《大学生诗苑》、张书绅和“大学生诗歌运动”与20世纪90年代形成气象的“第三代诗歌”之间的相因关系。这不能不说是当代诗歌研究一种不可原谅的疏漏！因为通过姜红伟这本《大学生诗歌家谱》可以发现，如果没有《飞天》、没有《大学生诗苑》、没有张书绅和“大学生诗歌运动”，不仅不可能有“第三代”诗歌运动之后中国当代诗歌的繁荣与发展，我们甚至在讲述新时期以来近三十多年中国诗歌史的时候，也必然出现理论和时序上可怕的错乱与断代。正是在这个意义上，我认为《大学生诗歌家谱》不啻是对于一本刊物、一个诗歌栏目的纪念，更是对当代中国诗歌史一次极其重要的补漏拾遗、对当代中国诗歌发展史上一个长期被忽视的重大历史事件的梳理与发掘、对当代中国诗歌史研究一个意义的警醒。因为作为当代中国诗歌运动大幕落下前夕最后一声回响，《飞天·大学生诗苑》不仅将这场波澜壮阔的当代诗歌运动推向了悲壮、热烈、激情的高潮，而且有意无意为当代中国诗歌迎接、抵御随之而来的滚滚经济大潮，培养了中流砥柱，构筑了坚不可摧的堡垒。

《大学生诗苑》所昭示的诗歌时代已经结束，中国诗歌的青春年华也许将以此打结，不可再来！这不是诗歌也不是诗人的悲哀，而是人类和时代的共同悲剧。但有了姜红伟所编著的这本书，我们这些曾经经历了那个激情年代的诗人，就多了一次回望、抚摸、回味的机会，也多了一种坚持、坚守的勇气。同时，也希望我们的诗歌研究者能够借助《大学生诗歌家谱》，重新审视当代中国诗歌所经历的那个特殊的年份，以及《飞天·大学生诗苑》及其围绕在这个诗歌栏目下的诗人为当代中国诗歌所付出的青春激情与诗歌梦想。

感谢姜红伟让一个几近湮没的诗歌时代再次排列有序、铿锵有力地走到了我们面前！

感谢《飞天》、《大学生诗苑》和它的守门人张书绅老师为当代中国诗坛所做的一切！

当代大学生诗歌变迁的见证

吴梨珠　伍明春

如果说《飞天》的出世让从20世纪80年代初期至今的大学生有了一展缪斯情怀的园地，那么《大学生诗歌家谱》则是将这片富有诗情画意的园地完整地呈现在众多《飞天》忠实粉丝面前，让喜欢《飞天》的人不仅享受诗歌，也了解《飞天·大学生诗苑》栏目的整个发展历程。通过这部具有诗史性的著作，读者能从中挖掘到80年代至今新诗的发展状况和流变。所以，姜红伟先生倾尽心血所编著的这部《大学生诗歌家谱》，有着不小的史料价值，不仅是研究《飞天》期刊的重要史料借鉴，更是探索当代大学生诗歌现象的重要参考。正如姜红伟先生所说这部书是“为进一步研究八十年代乃至以后的大学生诗歌运动、第三代诗歌运动和中国新时期诗歌潮流提供了丰富的、翔实的、准确的第一手宝贵资料”，因此，对于这部著作而言，其最大的贡献还在于所呈现的史料价值，于此，我浅谈一二。

首先是为《大学生诗苑》这一诗歌栏目的研究提供丰富翔实的资料索引。纵观《大学生诗歌家谱》，读者很容易从其目录中看出整部书的构架，从其创办缘由、编辑团队、诗刊发展历程、优秀之作到关于诗刊的评论文章、编者言论、社会反响，甚至到诗歌的评奖活动和后来的作者回忆录，事无巨细全方位地展现出来。这样完备的资料搜集和呈现，以围绕创办期刊的各要素以及后续读者的反映，更真实地突现《飞天·大学生诗苑》对于社会和当代诗歌发展的影响。对于作品或刊物的研究来说，其中很大一块就是读者反响，这关乎作品的传播和影响程度，这方面的第一手资料向来十分匮乏，然而《大学生诗歌家谱》却搜集到了一批广泛的来自各个领域的读者来信，于《大学生诗苑》本身研究而言，无疑是一笔宝贵的资料。通过这些读者来信，可以了解当时《大学生诗苑》的受众面、存在的优缺点等，对其研究有更客观的依据。

其次是对80年代被遮蔽的大学生诗歌现象的重新挖掘。经过几十年时间，对于中国现当代文学研究来说，初步的史料搜集工作已经做得较为完备，然而还是难免有一些会被文学史忽略或是人为有意忽视的部分。当代大学生诗歌在某种程度上就是被遮蔽的一块，而《飞天·大学生诗苑》又是研究当代大学生诗歌必不可少的宝贵的第一手资料。姜先生的这部著作，无疑将给80年代至今的新诗研究汇入一股新活力——它将为继朦胧诗之后的第三代诗人、大学生诗派甚至更庞杂的诗歌现象的研究提供新鲜的资料。80年代形成的大学生诗派是当时重大的诗歌现象，然而在后朦胧诗人的强势遮蔽下，大学生诗派似乎处于被动的状态。而《大学生诗歌家谱》的出现，则为这样一个被遮蔽的诗歌现象提供了某种“翻案”的可能，尤其是在本书中的“《大学生诗苑》回忆章节”和“社会反响”部分所摘录的书信笔谈，大多涉及80年代大学生诗歌创作，直击大学生诗派的形成。

此外，是对于研究80年代之后的诗歌现象提供补充资料。比如，一些如今卓有成就的诗人学生时代的创作，这些草创时期的诗作是很难得的第一手文字资料，对于作家本人来说必不可少；更不用说还有诗人们的回忆性文字，在这些回忆录里甚至可以发现一些当时重大诗歌事件和诗歌运动的来源，比如著名的诗歌民刊《他们》的创办。尤其是《飞天》集中了很多第三代诗人的创作和言论，可以说这是第三代诗人诞生的温床，是为第三代诗歌运动以及“第三代诗人”研究提供最初的原始资料，它不仅为探讨“第三代诗人“命名的合法性提供史料依据，甚至见证了第三代诗人的形成和发展。因此，与其说《大学生诗歌家谱》整合了80年代初期至今《大学生诗苑》的诗歌历程，不如说是印证着当代大学生诗歌的流变。

以上是一点拙见，总体而言，《大学生诗歌家谱》在资料汇编上采取了以时间、作者和作品三位一体的方式，以目录汇编的形式呈现在读者面前，形成一定规模的目录索引，这对于找寻《飞天》诗作和诗人提供了便利；而在文献上，则直接采取文献摘录的方式原文呈现当时的语境和个人话语。因此，通过目录式索引和文献摘录这样的架构，这部“史记”的史料价值就不言而喻了。

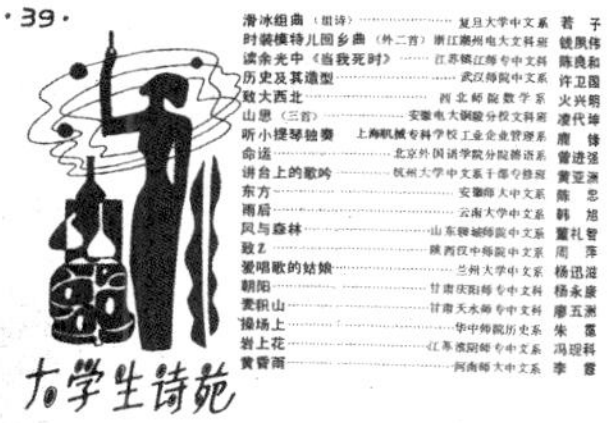

·39·

大学生诗苑

滑冰组曲（组诗）	复旦大学中文系	若子
时装模特儿回乡曲（外二首）	浙江湖州电大文科班	钱夙伟
读余光中《当我死时》	江苏镇江师专中文科	陈良和
历史及其造型	武汉师院中文系	许卫国
致大西北	西北师院数学系	火兴明
山思（三首）	安徽电大铜陵分校文科班	凌代坤
听小提琴独奏	上海机械专科学校工业企业管理系	鹿锋
命运	北京外国语学院分院德语系	曾进强
讲台上的歌吟	杭州大学中文系干部专修班	黄亚洲
东方	安徽师大中文系	陈忠
雨后	云南大学中文系	韩旭
风与森林	山东聊城师院中文系	董礼智
致Z	陕西汉中师院中文系	周萍
爱唱歌的姑娘	兰州大学中文系	杨迅滋
朝阳	甘肃庆阳师专中文科	杨永康
麦积山	甘肃天水师专中文科	廖五洲
操场上	华中师院历史系	朱蕾
岩上花	江苏淮阴师专中文系	冯理科
黄昏雨	河南师大中文系	李音

大学生诗苑

40

我们的小镇（六首）	河南周口师专中文系	张华中
一个中国西部的特写镜头	兰州大学中文系	任民凯
两棵树	华北水电学院水工系	丹若
在S学院B系（三首）	湖南怀化师专中文系	邹佩生
听《伏尔加船夫曲》	东北师大中文系	黄云鹤
别离之夕（二首）	南开大学中文系	张俊兰
掰包谷	贵州毕节师专中文系	杨春林
诗贝（三首）	黑龙江克山师专中文系	公茂臣
夏·秋	甘肃中医学院中医系	马启昕
孩子与鸽子	江苏电大中文系	徐泽
我和师傅掰腕子	清华大学化学系	杜南
我和星星（散文诗）	贵州大学中文系	朱一鸣

《大学生诗苑》第39、40辑

史学意义上的学术旅行

陈爱中

常读新诗，尤其是近两年多有精力注目于龙江诗歌。因此，听说龙江诗人姜红伟，已经是很久以前的事情了，低调而往往又有惊人之作，是我的印象。

相对于其他的文学形式，诗歌最为精彩的地方就在于出其不意的内容和形式，所谓陌生化的表述。诗歌如此，孕育诗歌的诗人必然也是如此。姜红伟有两件事应该是足以让新时期以来的诗歌史感到惊讶和震惊的。一件就是在遥远的边地创办的“八十年代诗歌纪念馆”。20世纪80年代作为现代民族文化记忆中极其特殊的时段，诗歌多领风骚。随着新世纪以来怀旧潮的涌现，这个年代成为“知青文化”“海外漂泊文化”，甚至是高校院所的“学院文化”集中抒发情感的时域。可以说，“八十年代诗歌纪念馆”的创建既应和时代的需求，同时又以史学家和收藏家的眼光，以对诗歌的虔诚之心，完成了诗歌界颇为振奋的事情。故而，鲁迅文学奖获得者诗人林雪说：“诗人姜红伟多年偏安东北一方热土，心系华夏诗歌之脉。举个人绵薄之力，筑群体磅礴之势，使20世纪八十年代诗歌得以在历史中风云际会重现精华并被时间淘洗和纪念。”那么，另一件足以振奋沉闷的新世纪诗歌研究的，当属即将出版的这本《大学生诗歌家谱》了。我是从作家崔修建博士那里得到这本书的打印稿的，正好我也在指导我的硕士生做关于80年代校园诗歌的研究。看到这本资料如此翔实，编选逻辑如此严谨，评论文字如此深入独到的著作，着实兴奋，忙完手头的琐事后，细细拜读，有感而发，故而写下如此文字。

第一，选题的独到眼光。80年代诗歌林林总总，诗人、诗歌和期刊都是人们关注的重点。从《今天》开始，尤其是经过80年代中期的两报大展之后，人们对期刊这种现代化媒体对80年代诗歌的成就作用，越来越重视。作为以青春激情和责任担当为特征的80年代诗歌来说，忽视对校园空间和诗人的学生身份对80年代诗歌的孕育和生成的忽视，导致对此一领域研究的薄弱。甘肃文联的《飞天·大学生诗苑》是“中国新时期诗歌史上创办时间最长久、培养诗人最众多、社会反响最广泛、赞誉名声最响亮、读者受众最广泛的名牌诗歌栏目”。在这个中肯的评价之外，《飞天·大学生诗苑》最为重要的诗歌史意义是，它是培育校园诗人和校园诗歌的基地，历时最长，最有韧性，从80年代到今天已经30多年。取得的成果也最为丰硕，难有匹敌者。于坚、潘洗尘、王家新等后来卓有成就者，最为青春的作品基本都是从这里展翅翱翔的。因此，从姜红伟的著作，可以全方位地考察校园诗歌30多年来的演变历程，可以从多个视角来研究新时期以来汉语新诗的流变。这些资料的选编和整合，可以说从一个重要的视角再现了新时期以来汉语新诗的发展流程。选题可谓独到和敏锐。

第二，可观而全面的史学家编选方式。我们不妨来详细看看这本书的框架。首先阐述的是《大学生诗苑》的创办缘由，这是从发生学的角度来论述期刊和时代背景的互文关系。接着描述《大学生诗苑》的编辑团队，一方面采取历史的方式论述责任编辑的沿革和不同的编辑风格，另一方面则重点论述了杨文林和张书绅两位对《大学生诗苑》的萌生和发展起到决定性作用的出版人。然后在附录部分用“黄金时代”“白银时代”“青铜时期”和“黑铁时期”这样几个既有文采而又能被广泛接受、通俗易懂的词来形容《大学生诗苑》的发展历史，在准确而恰当地道出了《大学生诗苑》发展历程的同时，基本上也描述出了新时期以来汉语新诗的发展轨迹，窥一斑而见全豹。第四章收集的虽然是发表在《大学生诗苑》上的评论文章，但是这不妨碍我们将其看作校园诗歌的评论史，从最早的公刘、谢冕既承上启下又具有开拓意义的评论家的“漫评”“述评”，当代诗人宋琳执笔的“让艺术五颜六色地年轻”，到孙克恒、吴晟等人颇富学理性的阐释，我们下这样一个结论恰如其分。这里尤其应该提到的是第三章《大学生诗苑》的作者回忆。时过经年，当年的诸多青涩的学生，纷纷成长为汉语诗坛的主力干将，当他们回望诗歌创作道路，总结第一份鼓励和肯定时，《大学生诗苑》一定是一个标志。这也可以看作《大学生诗苑》的历史功绩和深远影响。如果加上作品目录、评奖活动、社会反响等章节，可以说，任何一个文学杂志在文学史上所能够拥有的存在元素都涉及了。有评有论，有资料存放，有观点回馈。如此，此书无法避免地将成为研究新时期汉语新诗重要的参考资料。

首开先河　弥足珍贵

王美春

近日，黑龙江省作协会员、诗人、诗歌活动家、诗歌史研究者姜红伟先生通过电子邮件将他历时十载编著而成的书稿《大学生诗歌家谱》的电子文本发给我。此书给我的深刻印象是首开先河，弥足珍贵，而这又至少体现在“四性”以及与之相对应的“四价值”上：

一、选题的首创性，具有学术价值

20世纪80年代初，甘肃《飞天》文学月刊创办了中国第一个以发表大学生诗作、培养大学生诗人为宗旨的诗歌栏目《大学生诗苑》，影响很大。这在全国可谓首开先河，而且该栏目迄今已长达33年，经久不衰。如今姜红伟编著的此书将《大学生诗苑》创办史以独特的方式全方位地展现出来，也就同样具有了“首开记录”的特征。这一选题的首创性，也使此书具有了学术价值。也许有人会质疑：此书并非严格意义上的学术论著，又何来学术价值之说？我以为，此书虽非严格意义上的学术论著，却确乎有学术价值。因为，学术价值并非学术论著的专利，也为一些具有一定理论色彩的史书所有。根据书名与书中内容，我们可将姜红伟编著的此书视为具有一定理论色彩的史书。衡量一部著作有无学术价值，重要指标之一便是有无首创性。有首创性，则有学术价值。姜红伟编著的此书，以史书又并非全是史书的笔法反映《飞天》创办诗歌栏目《大学生诗苑》的历史，具有选题的首创性，也正是“前人所未涉及或未论述过的”，可谓“前不见古人”。而且，此书记载一个文学刊物的诗歌栏目的创办史，从其创办到发展，再到其产生的深远影响，从其编辑团队到当年的大学生诗人群落及其诗作，到著名诗人、批评家等对该栏目及诗作的评论，再到其造就的当今颇有建树的诗人、作家、评论家等，在史实的记载中又有一定的理论色彩，角度新颖，颇具特色。由此显现了独创性，也更能见其学术价值。

二、资料的翔实性，具有史学价值

此书交代了《大学生诗苑》的创办缘由，介绍了杨文林、李云鹏、陈德宏、马青山等四任主编和张书绅、李老乡、辛晓玲、郭晓琦等四任责任编辑等组成的实力强劲的编辑团队；勾勒了《大学生诗苑》从“黄金时代”到“白银时代”“青铜时期”，再到“黑铁时期”的发展历程，收录了谢冕等著名诗人、批评家对该栏目及诗作的评论，汇集了编者的编后话，精选了该栏目发表的优秀诗作，记载了《大学生诗苑》评奖活动；编选了该栏目一些作者的回忆文章，并以“点将”的方式简介了该栏目部分作者的近况；并着重以事实说话，阐述了该栏目对中国当代诗坛做出的巨大贡献，等等。内容丰富，资料翔实。与资料的翔实性相对应的是此书所具有的史学价值。而其史学价值又体现在诸多方面。换言之，此书是一种具有多重史学价值的史书。首先，此书再现了一种文学刊物的诗歌栏目发展史。书中再现了《飞天》文学月刊创办的诗歌栏目《大学生诗苑》发生发展史。这一目了然，无须赘述。其次，此书记载了20世纪80年代初以来的大学生诗歌发展史。《大学生诗苑》以发表大学生诗作为主，因而，此栏目的发展史，也是大学生诗歌发展史。

再次，此书反映了大学生诗人成长史。《大学生诗苑》是大学生诗人成长的平台，曾经在此栏目发表作品的大学生诗人如今有不少已成为闻名遐迩的诗人、作家和批评家等。毫无疑问，此书反映了大学生诗人成长史。此外，此书还是中国20世纪80年代诗歌史的一个重要组成部分，甚至可以说是该时期诗歌史的一个缩影。20世纪80年代堪称中国当代诗歌史上的黄金时代，诗人辈出，佳作如林。此书不仅反映了《大学生诗苑》发生发展史、大学生诗歌发展史、大学生诗人成长史，而且从一个侧面反映了20世纪80年代诗歌史，其价值不容小觑。一言以蔽之，此书具有多重史学价值。

三、选文的文学性，具有审美价值

此书以史书的笔法记载了《大学生诗苑》创办、发展的史实，真实而客观。但又不囿于史书的笔法，而精选了谢冕等著名诗人、批评家对该栏目及诗作的评论，收录了百位著名诗人、作家、批评家有关《大学生诗苑》的回忆文章和简要论述。这些评论、回忆、论述，围绕此栏目和发表的诗作着墨，往往有感而发，言之成理，持之有故，且颇具文采。回忆文章，或者回忆作者当年与《大学生诗苑》交往的情景；或者回忆作者第一次在《大学生诗苑》发表诗作的情形；或者回忆作者受到栏目责任编辑张书绅等人的提携，赞美编辑甘为他人做嫁衣的无私奉献精神，表达自己对编辑和栏目的感激之情；或者回忆《大学生诗苑》让作者梦想成真，使作者“深切地体会到人性中的美好和真诚”；或者从此书编著者姜红伟与当年的《大学生诗苑》作者、后来的《飞天》主编马青山的访谈中，回忆马青山本人20世纪80年代学诗的情况，与几任《飞天》及《大学生诗苑》编辑们交往的故事，揭示该栏目的价值，展望其发展前景，等等。这些回忆文章大都感情真挚强烈，语言形象生动，富有艺术感染力。由此可见，此书选文具有强烈的文学性。而这又使此书具有了相当大的审美价值，也使之明显有别于某些缺乏文采的史书。相信读者诸君只要阅毕此书，便可知我所言非虚。

四、结构的巧妙性，具有深远价值

关于此书结构的巧妙性，其实，上文在谈及选题的首创性、资料的翔实性和选文的文学性时已有所涉及，这里再强调一点，就是其结构的巧妙性突出体现在以下方面：以《大学生诗苑》栏目发展与大学生诗歌发展、诗人成长有机结合为主线，在结构的安排上达到了如实记载与评述分析的有机结合，点与面的有机结合，历史与现实的有机结合，文献与启迪的有机结合，等等。因此，此书除了具有上文所提及的学术价值、史学价值和审美价值之外，还具有深远价值。时下，常有诗歌批评家感叹当今诗坛诗歌刊物多而影响大的少，诗歌流派多而优秀诗人少，诗歌作品多而传世佳作少。如何解决这些问题，如何将诗歌栏目乃至诗歌刊物办得像《大学生诗苑》这般出色，如何让诗歌再创辉煌，从姜红伟编著的此书中，我们可以获得某些启迪。也即此书对中国新世纪诗歌的发展、繁荣具有很好的借鉴意义，其深远价值也超过了此书本身的价值。

从边陲出发

何平

文学是文学，也是文学史的叙述。

文学怎么写是一回事，文学史怎么叙述又是一回事。事实上，从来文学是多数人的事业，而文学史则是少数人的事业。远的不说，自“五四”以来，我们的文学史叙述就把持在掌握着话语权的少数“文学寡头”手中，比如20世纪30年代的《中国新文学大系》。这种话语权的预予有的时候和文学搭边，有的时候根本和文学没有半毛钱的关系。如果看《中国新文学大系》所“系”的新文学第一个十年，看最后进入“大系”和在“大系”之外的“文学”，只是被“有偏见”的文学观左右着，而曾经进入新中国十七年和“文革”十年的那些所谓的“经典”许多则干脆是政治奴役着文学。所以说，文学史叙述是专制的粗暴的。正是这少数人使得他们的文学趣味成为一个时代的“文学的中心”，从而使得丰富的文学现场分出了边界和等级。

应该说，这种状况到现在并没有多大的改观，比如我们谈论当下文学，往往是把少数文学的“大城”、文学的“大刊”、文学的“大神”意淫成整个中国文学，而更辽阔的“文学”则成为了“沉默者”。但真实的情况往往不是这样的，以文学期刊为例，身处“边陲”的《大家》《山花》《作家》就曾经一次次成为中国当代文学的“中心”。也正因此，姜红伟这次对《飞天》之《大学生诗苑》的清理一定意义上让“沉默者”开口说话。我说是“清理”，因为就像姜红伟此前对80年代大学生和中学生诗歌运动的研究，他所做的资料整理和参与者的口述史都是一个拓荒者的工作。有意思的是，姜红伟所研究的和他所处身的位置都居于“文学史的边陲”，他固执地从“边陲”出发，正在赢得很多人的尊重，同时也彰显他研究的意义。说是“清理”，绝对没有否定姜红伟所做工作的意义，相反，在我们这个日趋浮躁、不重研究基本前提、瞎下判断的时代，姜红伟朴素扎实的研究范式和研究成果恰恰有其不可替代的意义。

关于《飞天》的栏目《大学生诗苑》在中国当代诗歌写作中究竟应该是一个怎样的地位，姜红伟有一个“就高不就低”的“高度”评价。我虽然从中学开始诗歌的写作，但至多是票友和“诗粉”，很汗颜的是在“大学生”的诗歌时代也不是《大学生诗苑》的作者。作为一个旁观者，我尊重《大学生诗苑》作者对张书绅老师等编辑的知遇之恩的回报心。但也应该看到，即便我们不带“中心”和“边陲”的文学偏见，客观上《大学生诗苑》的诗人和诗作在中国当代诗歌史上的地位和价值是不对等的。《大学生诗苑》出现的诗人名字，可以说是近30年半部中国诗歌史，但其在《大学生诗苑》的诗作却支撑不起这半部诗歌史。“大学生”这个特定的写作时段制约了《大学生诗苑》更丰富的可能。仔细看，几乎所有《大学生诗苑》诗人的代表作，甚至是成名作都不是发表在《大

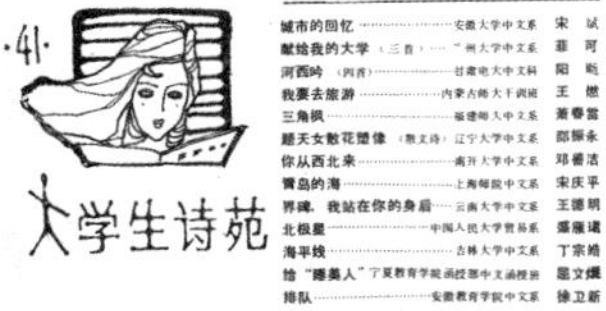
·41·
大学生诗苑

城市的回忆……安徽大学中文系 宋斌
献给我的大学（三首）……广州大学中文系 菲可
河西吟（四首）……甘肃电大中文科 阳飏
我要去旅游……内蒙古师大干训班 王燃
三角枫……福建师大中文系 萧春雷
题天女散花塑像（散文诗）辽宁大学中文系 邵振永
你从西北来……南开大学中文系 邓善洁
青岛的海……上海师院中文系 宋庆平
界碑，我站在你的身后……云南大学中文系 王德明
北极星……中国人民大学贸易系 盛雁谌
海平线……吉林大学中文系 丁宗皓
给“睡美人”宁夏教育学院函授部中文函授班 屈文焜
排队……安徽教育学院中文系 徐卫新

·42·
大学生诗苑

现在，我想说说你们（四首）
石径
阳光·渐渐密集（四首）
音乐·诗
关于树
挖泥船
滇东北大峡谷（外一首）
地平线
冬天（外一首）
除夕
梦海
春光
行进途中
春芽

浙江医科大学药学系
西北师院政治系
无锡江南大学中文系
北京语言文学院大学
兰州大学中文系
华东师大中文系
云南大学中文系
黑龙江电大文科班
中国科大工程热物理系
哈尔滨师大中文系
山东师大中文系
江苏盐城师专外语系
西北师院中文系
兰州教师进修学院中文系

张锋 张中定 达黄 少公 茵强 张小波 于坚 翁景贵 简宁 潘洗尘 张清华 义海 漆进茂 唐华

《大学生诗苑》第41、42辑

学生诗苑》。《大学生诗苑》在他们的个人写作史出现得最多的词是“处女作”。这就不难理解，在《大学生诗苑》庞大的作者队伍中有着程光炜、张清华这样当下优秀的文学史家，他们却怎么也“有意”忽略了《大学生诗苑》的文学史贡献呢？肯定不能简单地理解为他们的盲视和偏见。这就提醒我们，在姜红伟的“清理”工作之后，我们对《大学生诗苑》的研究应该在一个怎么的方向上展开。

我以为《大学生诗苑》是中国当代期刊史上最完整和全面保留了诗人“少作”的重要文献。沿着这个方向，一个即使说不上重要，也是很有意思的话题是，诗人的写作“学徒期”和他们成熟写作之间究竟构成了一个怎样的关系？而也正是从这个方向将会识别出张书绅老师们工作的“重大”贡献和意义。事实上，在中国森严的期刊等级中，“中心”肆无忌惮地掠夺着“边陲”，绝大多数的期刊和编辑只能是一个作家漫长写作史中的起点和出发地。

附　录

/
/
/

在饥渴的年代，哪怕有一尺一寸的土地愿意收留那些流浪的精神囚徒，也必将被历史放大般铭记为无边的巴比伦花园——这就是《大学生诗苑》！一个后代人永远无法理解的伟大栏目。中国铅字自发明以来，在它那里发出了最刻骨铭心的青春之光。——徐敬亚

附录一 《大学生诗苑》作者作品名录

《大学生诗苑》的发展历程大体可以分为以下四个阶段：

第一阶段是《大学生诗苑》的黄金时代，时间跨度为1981—1991年（第1—108辑），由张书绅主持编辑。这个时期的《大学生诗苑》的特点是具有前瞻性、开创性、丰富性。主要表现在以下几个方面：发表的作品数量庞杂，作者和读者的数量巨大，诗作具有鲜明的时代特征和浓郁的生活气息，思想性重于艺术性，艺术表现手法多样化，举办的评奖次数多，受到的关注程度高，在当时诗坛的影响大，发现和培养了众多诗坛新人。

在此期间，《大学生诗苑》发表的作者及作品有：

第1辑（1981年2月号）：甘肃师大中文系刘芳森《北邙山拾梦》；河南师大中文系峙军（王峙军）《诗誓》（外三首）；甘肃师大中文系于进《灯下》（外一首）；甘肃师大中文系星梓（崔桓）《冬天的诗》；安徽师大中文系黄大明《企求》（外一首）；甘肃师大中文系彭金山《我和你》；四平师院中文系薛卫民《给林浩英》；兰州大学中文系李春林《浓荫》。

第2辑（1981年4月号）：广西师院中文系黄宗信《致生活》；甘肃师大中文系长木（张津梁）《纪行》（二首）；河南师大中文系应向东《但愿》（外一首）；绵阳师专中文系曾小平《诱虫灯》；甘肃师

大中文系黄祈（王钧钊）《拂晓的钟声》；甘肃师大中文系张子选《不愿》；福建师大中文系来菲《摧毁》；庆阳师专中文系王韶华《手指》（外一首）；新疆大学中文系赵阳《种子》；甘肃农大农学系胡喜成《农村杂咏》（三首）；北京广播学院文艺系叶延滨《眼睛在对心说》（散文诗）。

第3辑（1981年7月号）：郑州大学中文系李建波《献给我经济调整中的祖国》（外一首）；叶延滨《大学生活剪影》（三首）；河南师范大学中文系程光炜《抒情诗四首》；西安财经学院统会系沈奇《写给朋友也写给自己》（外二首）；长木《普通的心灵》；安阳师专中文系刘德亮《夜》；东北师范大学中文系于二辉《面对自己的青春》；星梓《也许》。

第4辑（1981年第8月号）：扬州师院中文系曹剑《我的太阳》（外一首）；李建波《我和老犁头爷爷》（组诗）；黄祈《道路》；庆阳师专中文科刘晋寿《一次晚筵》；安徽淮南煤炭学院陈建林《太阳的纤夫》；甘肃师大中文系董培勤《沙漠·海·牧歌》；北京大学经济系吴稼祥《我走出舞厅》（外一首）；甘肃师大中文系小野（王建勇）《相信》；兰州大学历史系罗巴（文长辉）、刘勇《春蚕》；中央民族学院汉语系那红《晨歌》；甘肃师大政治系子国（朱子国）《墓碑》；武汉大学中文系王家新《紫云英》。

第5辑（1981年9月号）：兰州大学杜宁《父亲》；兰州大学尚春生《家乡情》（二首）；兰州大学曹长林《我是从海边来的》（三首）；兰州大学冯诚《诗四首》；兰州大学高寒（高永中）《爱的隐曲》；兰州大学秦放《我住在黄河边》；兰州大学阎旭东《校园灯光》；兰州大学成倬《麦收》；崔桓《原野》（三首）；张子选《我，一个学生》（二首）；于进《插曲》（外一首）；彭金山《绿色的歌》（二首）；甘肃师大李江卫《致春风》（外三首）；甘肃师大汪幼琴《石像辞》（外二首）；甘肃师大雷宇《黎明》（外一首）；甘肃师大宾雅（戴宾雅）《瀑》。

第6辑（1981年10月号）：内蒙古包建师专中文系英华（乔世民）《我，也是孩子》；吉林大学中文系徐敬亚《长城上》；西北民族学院汉语系沙新《笔》；西北师院中文系杨雄《没有爱情的恋歌》；安徽师大中文系姜诗元《铜铃》（外一首）；山西大学中文系董启荣《三叶草》；甘肃教育学院中文系兰泉《我和妻子》；武汉大学经济系张小红《黎明，城市做着早操》；西北民族学院汉语系韩霞《草原短笛》（二首）；西北师院政治系曹昉《在一只纸鸟失落的地方》（外一首）；庆阳师专中文系张智全《补鞋匠》；辽宁大学历史系姜维平《校园的黄昏》。

第7辑（1981年12月号）：安徽师大体育系周国平《我的童年》（三首）；安徽师大中文系刘人云《脚手架》；安徽师大中文系沈天鸿《初夏时节》；安徽师大中文系许辉《小花》；河南师大中文系王剑冰《织机·钢琴》；河南师大中文系胡述范《脚手架下的黄昏》；河南师大中文系易殿选《父亲的信仰》；河南师大中文系立立（宋立民）、丽丽（刘宏）《过山岗》；华东师大中文系戴达奎《致维纳斯》；河北大学中文系邢凯《集市上的笑声》；冯诚《沸腾的市声》；宁夏大学中文系刘国尧《别学我，新来的徒弟》；兰州大学中文系李岩《我们》（外二首）；东北师大中文系邓万鹏《田野的希望》（二首）；西北师院中文系于跃《地上的太阳》；四平师院中文系于耀江《送别》；武汉大学中文系刘少安《我等你》；刘芳森《我愿与你重逢》；胡喜成《读书杂咏》（三首）；新疆大学中文系宋哲峰《轻装》；山东大学中文系曹庆文《学步札记》。

第8辑（1982年1月号）：程光炜《我们走向处女地》；北京大学中文系黎宏《你》；复旦大学中文系周伟林《窗》；安徽矿业学院采矿系陈建林《路徽》；安徽矿业学院采矿系周培玉《复信》；兰州大学历史系朱昌平《雨》；曹剑《序》；上海师院中文系俞民《小岛》；郑州

大学中文系王遂河《爱之歌》；新疆大学中文系刘虹《毕业证》（外一首）；薛卫民《一块岩石》；西北师院政治系哲野《煤》；西北师院中文系武志元《雄鸡》。

第9辑（1982年2月号）：北京大学经济系吴稼祥《我歌唱第一个直立行走的人》；安徽劳动大学中文系朱文根《我走在祖国大地上》；宝鸡师院政教系王长乐《人民——我找到了这两个大字》；韩霞《阵地及其他》；中山大学中文系辛磊《丰收的歌》；武汉师院中文系褚家生《夜雨》；复旦大学经济系韩云《给一个扫街的老伯》；山东师大中文系谢迎秋《摇篮》；兰州大学中文系闻民（曹闻民）《磨道》；山西大学中文系周同馨《我爱新的一天》；辽宁大学中文系程宏《海忆》；兰州大学中文系于小龙《眼睛》。

第10辑（1982年3月号）：于跃《现在是零点》；中山大学中文系马莉《你，我亲爱的小树林》；无锡江南大学中文系达黄《太湖素描》（三首）；山东师大中文系朱伟《金秋，收获正忙》（组诗）；武汉大学历史系唐长胜《我要读书》；武汉师院中文系白德《炊烟》；杭州师院中文系汪东根《额头》；清华大学化学与化学工程系杜南（张红）《一月一日》；北京广播学院文艺系陆健《海的向往》；安徽师大中文系吴尚华《红梅》；陕西师大中文系田玉川《群星》；杜宁《短诗二首》；董启荣《请买一个太阳灶吧》（外一首）；东北师大教育系阿古日勒泰《阿布》。

第11辑（1982年4月号）：中央民族学院汉语系崔泽善《我的北方》（六首）；复旦大学经济系许德民《生活的回音》（组诗）；安徽师大政教系陈春林《希望》（外一首）；浙江师院中文系盛子潮、何蔚萍《三封信和一封信》（四首）；扬州师院中文系祁智《写在那一张日历上》；山东大学中文系刘希全《山村的希望》；北京大学地质系吴东升《心海》（外一首）；西北师院中文系时志明《林曲》（外一首）；西北师院中文系周铁山《额的纹理》（外一首）。

第12辑（1982年5月号）：复旦大学中文系孙晓刚《我们五颜六色地年轻》（组诗）；广西师院中文系罗贵昌《走，沿着——》（外二首）；叶延滨《投进绿色邮筒的心》（二首）；俞民《海浪静了》；厦门大学中文系傅卓洋《致H》；沈天鸿《出诊》（外一首）；宋立民、刘宏《清晨》；吉林财贸学院金融系邢玉卓《星》；昆明师院中文系马季《走向五月》（外一首）。

第13辑（1982年6月号）：华中工学院造船系杨晓峰《春天在我心中萌动》；河南师大中文系刘跟社《清理》；江西大学中文系卓凡《伫立》（外一首）；南宁师院外语系陈彦宜《稻草窝里》；江苏师院中文系钱吕明《鼫鼠》（寓言诗）；黄大明《洁白而甜美的诗》（外一首）；北京广播学院新闻系何敬君《布谷之声》；湖南师院中文系颜昌海《竹笛》；曲阜师院中文系李金平《骑白马的战士》；兰州大学中文系王治平《同学之歌》。

第14辑（1982年7月号）：曹剑《告别我的大学》（外一首）；尚春生《闪亮闪亮的小红灯》；湘潭师专中文系彭国强《鸟巢》；山东大学中文系杨争光《孩子和海》；北京师大中文系周雪峰《嘱托》；香港中文大学宗教系冯颖贤《匍匐者》；上海海运学院分院轮机系崔永进《无题》；中国科技大学工程热物理系叶流传（简宁）《湖畔》；华东师大历史系肖琦《蝴蝶》（外二首）；复旦大学中文系王健《石桥》；内蒙古师院中文系安源《我的醒悟》；宁夏大学中文系方怀南《欣慰》。

第15辑（1982年8月号）：尚春生《告别之歌》（外一首）；西昌农专农学科周伦佑《春节》（外二首）；西北大学历史系老嘎（徐晔）《地头上的催眠曲》；西安师专中文科刘珂《发奖》；浙江师院舟山分校中文系孙武军《诞生》；复旦大学中文系张真《月台》；黔阳师专中文系李玉成《穿米黄色连衣裙的少妇》；湘潭师专中文系赵坤《大孩子写的歌》（三首）；华东师大中文系张黎明《小道》；暨南

大学中文系李珊利《靶场》；吉林大学计算机科学系郭克俭《忏悔》；山西大学中文系李坚毅《无轨和有轨的电车》（外一首）；西北民院汉语系吴春岗《脊梁》；陆健《给长安街的交通警》；曲阜师院政治系周成海《雪，洗我》；安徽师大中文系王前锋《校园之晨》。

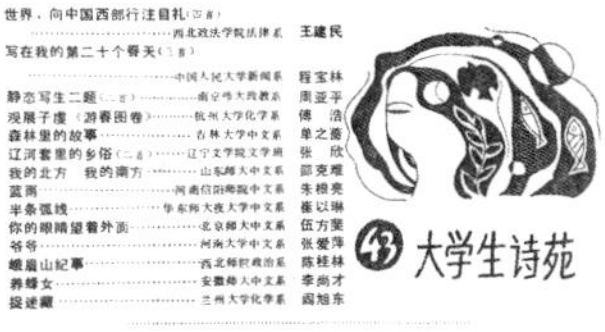

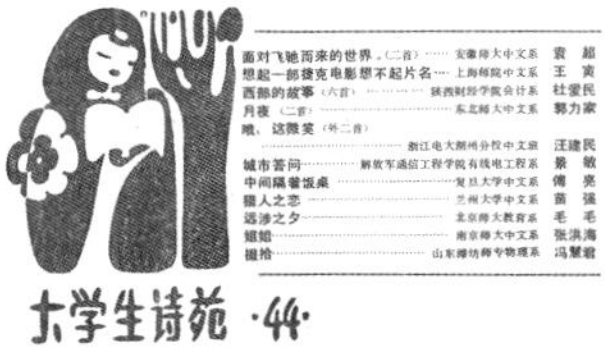

《大学生诗苑》第43、44辑

第16辑（1982年9月号）：叶延滨《呵，高原》（组诗）；沈天鸿《苦难》（外二首）；北京化工学院化工机械系雪海《蜂巢》（外一首）；吴春岗《写在入党宣誓后》；孙晓刚《中国夏装》（外一首）；复旦大学物理系张海宁《人生》（外二首）；西北电讯工程学院技术物理系王思风（王志刚）《夏之梦》；河北师院中文系徐国强《长夏》；西南民院中文系尚方《我曾是童声合唱团团员》；福建师大中文系莱笙《天空和湖水》。

第17辑（1982年10月号）：北京大学法律系苏力《今夜，我解一道数学难题》（外一首）；安徽电大铜陵分校凌代坤《江恋》（三首）；西北民院汉语系李淳之（李春俊）《雕像》；昆明师院中文系彭国梁《寄自瑞丽江畔的诗》（组诗）；厦门大学中文系峻翔《岩松》；卓凡《我等着一个人》；西南民院中文系张华《夜市》；东北师大中文系史秀图《春的序列》（散文诗）；天津大学化学工程系黄荣《致友人》（外一首）；安徽师大政教系马凌《父亲的孙孙》；程宏《船歌》；山西大学中文系李景耀《建筑工地》；华东师大中文系李其纲《草原上的虎爪子花》；河北大学经济系张雁池《春景》；北京大学中文系朴康平《路旁，一个青椰子》。

第18辑（1982年11月号）：华东师大中文系宋琳《创造生活的人民》（组诗）；钱吕明《种蛋》；郑州大学中文系徐建勋《家乡掠影》（组诗）；南京师院中文系艾之风《晚风》；山西大学历史系王春平《致我的雕塑者》；兰州大学中文系李剑虹（李建宏）《甘南草原》（外一首）；云南民院景颇班岳丁《景颇山上》（外一首）；西北民院汉语系丁玉萍《抒情诗二首》；西南民院历史系孔路原《静静的河湾》；辛磊《猎户星座》（外一首）；安徽师大中文系曹汉俊《野菊》；淮南矿业学院机电系何锋《钟塔》；铜陵师专中文科刘海《午憩》；西安外国语学院英文系岳智强《大叔》；复旦大学经济系石岚（许德民）《港湾》。

第19辑（1982年12月号）：淮北煤炭师院中文系聂还贵《都是孩子》（外一首）；吉林大学经济系麻光《我们这一代》；南开大学哲学系赵和旭《北京——周口店》；吴尚华《每天，我们相遇》；哈尔滨师大中文系王爱中《哈尔滨中央大街》；张子选《我们还年轻》（二首）；兰州大学经济系黄骏《盼想》；中国人民大学新闻系程宝林《婴的诞生》；武汉大学中文系白弓（李春华）《遗产及其他》；西南师院中文系胡万俊《拾零》；辽宁大学中文系邵振永《画画》；浙江嘉兴师专中文系杨柳《助学金》；哈尔滨师大中文系王永聚《校园窗口群》；山东师大干部班邵好学《鹰》；山东师大干部班迟荣辉《绿叶》（外一首）；山东大学科学社会主义系李淑旺《山·树》（外二首）；云南工学院机械系周建华《无题》；武汉师院中文系何君健《我是大人了》。

第20辑（1983年1月号）：东北师大中文系黄云鹤《呼吸阳光》；湖州职工大学中文系柯平《当时间潮水般退去》（四首）；黑龙江大学中文系陆幸生《钟和提醒》；南开大学中文系邓善洁《书店纪事》；华中师院历史系陈作炳《恋归赋》；昆明师院中文系段瑞秋《耕田者》；甘肃电视大学中文系人邻（张世杰）《人，和人》（外一首）；复旦大学中文系卓松盛《女孩子们》；张子选《我也有向往》（二首）；华东师大教育系张小波《在旋转餐厅里》（外一首）；北京大学中文系顾昕《海边，一个年轻画家》；嘉兴师专中文系方向《搭亭亭》。

第21辑（1983年2月号）：山东师大中文系郑建军《泰山夜攀》；华中师院外语系李磊《中国，在建楼房》（外一首）；北京师大哲学系张潮《短笛》（外一首）；祁智《我的心，在北方》；许德民《城市杂诗》（三首）；罗巴《在电影院门口》；中山大学中文系江潇《三月夜》；邢凯《时间和人》；江西大学中文系苏群《路灯，燃烧在黎明之前》；西南师院历史系孔路原《小路》；哈尔滨师大中文系刘荣升《也许这是》（外一首）；华东师大中文系林锡潜《给一位山区女教师》；陈春林《江堤》；山东中医学院药物系张杰《第一朵茉莉花》；周口师专中文科田华《蝴蝶》；达黄《蝴蝶标本》。

第22辑（1983年3月号）：王健《今夜，属于他们》；曹汉俊《生命的旋律》（二首）；俞民《海岛》（二首）；刘勇《给》；于跃《在公路与铁路的交叉口》；江西师院中文系廖伦忠《牛背上的孩子》（外一首）；马季《洱海，一滴眼泪的传说》；山东师大中文系李登建《我和太阳》；王春平《九月菊·冲头·钢板》；山东机械工业学校大学班自动化专业李斌《回声》；扬州师院中文系郁斌《妈妈在看我》；刘希全《生活》；东北师大中文系卢景林《公园里，老人》。

第23辑（1983年4月号）：云南大学中文系于坚《圭山组曲》（组诗）；南开大学中文系金汝平《山恋》；华中师院中文系刘鸿伏《云》；复旦大学中文系邵璞《周末，我们去了女同学宿舍》；台州师专中文系吴淑君《鸡啼》；淮阴师专中文系申斯春《黄叶》；华东师大中文系徐芳《暖瓶》；安徽师大中文系钱叶用《江畔夜月》；郑州大学中文系许建平《黄山人字瀑》；邵振永《四月的诗》（二首）；北京师大中文系童中贵（苏童）《旅行者》；中国人民大学新闻系邓学政《沙漠印象》（外一首）。

第24辑（1983年5月号）：阜阳师院中文系卜凡中《写在大厦前》；上海黄浦区业余大学中文系吴伟《我们八十年代的中国青年》（外一首）；南京大学中文系刘曙光《摆渡》；南开大学中文系曹鹏《打油诗》；华东师大夜大学中文系崔以琳《南方，我思念的南方》；黑龙江呼兰师专中文科任永恒《大山》；包头钢院机电工程系朱晓军《窗口》；华中师院中文系周恒发《春风》；复旦大学国政系李彬勇《青年圆舞曲》（组诗）；西北民院汉语系贾羽《草原之夜》；中山大学历史系陈敏《望着我》；大连工学院机械系李屹《海之夜》；安徽师大中文系方文竹《粘在玻璃窗上的纸块》。

第25辑（1983年6月号）：江西大学中文系聂卫平《黎明颂》；西北民院政治系金富贵《马克思》；童中贵《松潘草原离情》（组诗）；苏州大学财政系子剑、曹勇《我知道，我是儿子》；西北师院中文系朱继君《命运》；九江师专外语系忆敏《路上》（散文诗二首）；华东政法学院法律系吴霖《孩子画孩子》；华东师大中文系张擎《假如我们不曾相识》；天津大学化学工程系吴久冰《松之颂》；河北大学中文系小舟《老人和他的手杖》；上海普陀区业余大学中文专业仲加宪《早晨，她们下班》；湖南师院中文系袁国美《折射》；复旦大学中文系王煦《穿红裙子的小姑娘》（外二首）；西北师院政治系戴静凌《往事》；兰州大学历史系张云《我灿烂的星辰》；淄博师专中文系张宏森《落榜之后》。

第26辑（1983年7月号）：宋琳《太阳城里的故事》（组诗）；某军校通信专科蔡椿芳《致帆》（外一首）；南阳师专中文系尹清轶《微吟浅唱四首》；祁智《历史》；安徽师大政教系毛汉《玉兰树》；咸阳师专中文系武永利《鸟恋》；李磊《这里·那里》（外一首）；汉中师院中文系刘云《风·树》；南开大学中文系蒋旭光《根》；张杰《无题》；张家口师专中文系陶炼《乡村印象》；于跃《昙花》；西南师院中文系王亚西《甘孜印象片断》；张子选《祈求》（散文诗）。

第27辑（1983年8月号）：程宝林《写在我第二十个春天》（五首）；北京第二外语学院外经系何绍义《沉船》；重庆师院中文系陈宇光《印象二题》；郑建军《泰山挑夫》；安徽师大政教系郑小光《鹅毛笔》（外一首）；武汉水电学院英语师资班欧阳昱《无题》；崔泽善《憧憬》（外一首）；北京大学历史系郭葳《日蚀》；西北大学中文系陈敏《重逢》（外一首）；达黄《当我站在峰巅》；兰州大学中文系封新城《敦煌街心雕塑》；西北民院汉语系林有盛《雏鸡》；武汉大学中文系周忠良《阁楼》；兰州医学院医疗系康康（郭天康）《酸枣林》；烟台师专中文系李大中《给老师》（外一首）。

第28辑（1983年9月号）：张子选《我，一个学生》（组诗）；某军校雷达专业董光晖《从法卡山拾来的空弹壳》（三首）；湘潭大学中文系欧沙（张少雄）《木果贵了》；中山大学中文系刘中国《走向没有编年的年代》；罗巴《星期天，我》；广西师大中文系刘频《海上日出》；邵璞《距离在他和他们中间》；湖北电大电子专业王德祥《早拾》；刘荣升《晾被》；河北教育学院中文系尹志杰《乘务员之歌》；兰州医学院医疗系毕郁（乔蕾）《烤鸭店》；张真《长途汽车》；汉中师院中文系李汉荣《生命》；辽宁大学中文系乔玉钢《悠长的意念》（三首）。

第29辑（1983年10月号）：自贡市教师进修学院文科班陈文邦《第一枝》；暨南大学中文系廖长华《弯弯之歌》；华东交通大学建工系刘昕《星月组合的夜晚》（三首）；彭国梁《在那遥远的地方》（组诗）；长春联合大学政法分校法学系李清风《祈愿》；黑龙江艺校编剧大专班唐元峰《上街》；上海师院中文系王寅《杂咏》（二首）；华东师大夜大学中文系夏勇刚《“国脚”和独脚》；云南工学院化工系李建华《石林》（二首）；浙江电大湖州分校中文系汪建民《十八点二十分》；江汉石油学院勘探系康义逵《勘探日记》；广西民院中文系黄堃《心歌》；复旦大学外文系李国华《书店小记》；陕西师大历史系田玉

川《雨夜》；安徽师大政教系刘益人《融雪》。

第30辑（1983年11月号）：山东师大中文系邵克难《观S画作》；上海普陀区业余大学中文系姜龙飞《邻里之间》；本溪师专物理科冯金彦《一盏路灯》；上海铁道学院机电系陈燕妮《街口》；吉林延边大学语文系谷文通《飞鸟》；曲阜师院干部班王承典《雨天》；上海师院中文系宋庆平《在海滨浴场》（外一首）；四川师院中文系曹远秋《给一位残疾姑娘》；嘉兴电大文科班俞郁《在同一个山庄》；江苏电大苏州分校文科班薛亦然《乐团指挥》；杭州师院中文系汪东根《收货》；玉溪师专中文系嘉平《晚归》；杜南《G弦上的乐音》（外一首）；内蒙古师大中文系刘亮明《湖》；安徽师大历史系吴笛《致张海迪》；武汉大学历史系游国华《额纹》；封新城《过程》；黔阳师专中文系邹侗生《这里盛开着野花》（散文诗二首）。

第31辑（1983年12月号）：武汉师院中文系余燕波《汉川水乡行》（组诗）；北京国际政治学院新闻系钱光耀《父亲与摩托车》；张宏森《诗和父亲》；华东师大中文系于奎潮《我们远航去》；浙江师院舟山分校中文系冰岛（群岛）《五月黄昏路》；程宝林《女孩子们》；简宁（叶流传）《女儿的海》；山东师大中文系史玉峤《写在新生登记处》；徐建勋《雪花》；湖州职工业余大学中文系李浔《青年联欢会》；无锡江南大学中文系金山《夜路》（外一首）；郁斌《冬夜》；江西师院政教系孙家林《双人桨》。

第32辑（1984年1月号）：于坚《节日的中国大街》（外二首）；嘉兴师专中文系伊甸《快乐的女车工》（外二首）；河北刊授学院中文系何香久《海：E大调夜曲》（三首）；李剑虹《甘南草原》（三首）；绍兴师专中文系洪卫标《致新一代撑排人》；安徽大学中文系宋斌《妈妈》（外一首）；西北民院汉语系群增《昆仑山》；湖南师院中文系龚鹏飞《帅叔的“喇叭筒”》；扬州师院中文系戚华海《两只眼睛》；重庆建筑工程学院城建系张协奎《窗》。

第33辑（1984年2月号）：张小波《多梦时节》（组诗）；新疆大学政治系许天喜《一位老军垦的肖像》；湖南师院中文系田飞君《老队长之死》；江西省团校大专班熊国泰《我有了一双跑鞋》；邹侗生《大学生活速写》（组诗）；华中师院中文系胡鸿《三月最早的日子》；兰州大学中文系菲可（温相勇）《遥远而古老的地方》（二首）；中央民族学院汉语系郑继年《要热爱白天》；北京国际关系学院英文系张小川《阿巴哈纳尔的花朵》；西北师院中文系尚可新《我俩》；北京广播学院新闻系刁斗《圆明园写意》。

第34辑（1984年3月号）：长春地质学院应用地球物理系斯达《北方》；哈尔滨师专中文系王秋彧《灵魂的自白》；周口师专中文系张华中《我们那个小镇》（组诗）；江西师大中文系彭江红《当我还是孩子的时候》；封新城《赶海的人们》（二首）；吉林大学经济系苏历铭《公路，沿着荒野走来》；华中师院中文系史成芳《葡萄》；湘潭大学中文系沈国清《雨途》；四川泸州医学院医学系孔伟《河边》；安徽教育学院中文系胡学群《系着红缨的大刀》；西南政法学院法律系俞萍《水乡小镇》。

第35辑（1984年4月号）：程宝林《写在我的第二十个春天》（五首）；全国总工会干校大专培训班晓路《你微笑着走来》（外一首）；宋庆平《远山的呼唤》（外一首）；李剑虹《淡淡的苏噜花》（组诗）；赣南师专中文科温相强《南方手记》（二首）；安徽师大中文系石玉坤《生命》；中国人民大学人口学系杨榴红《白沙岛》；子剑、曹勇《走向江北》（外一首）；湘潭师专中文系谭珍明《小金鱼和我》；淮阴师专中文系吴建芳《本村体育消息》。

第36辑（1984年5月号）：浙江电大湖州分校文科班钱夙伟《橹》；云南大学中文系蔡翼《我们的小巷》（外一首）；四川电大语文专业周伦佐《果实》；唐元峰《信念》（外二首）；华东师大中文系于荣健《我们这些男子汉》（外一首）；清华大学电机系逯心德《黄

昏掠影》（二首）；嘉兴师专中文系张国南《实习生日记》（组诗）；荆州师专外语系张莹《三脚猫》；尚可新《戈壁，我的戈壁》；天水师专中文系王若冰《花栏》；庆阳师专中文系袁晓岩《春雨》；河南师大中文系杨吉哲《送别》。

西部！西部（三首）	兰州大学中文系	菲　可
阳光下的浮思（三首）	安徽大学经济系	章礼斌
曾经有过的童年（三首）	湘潭大学中文系	陈惠芳
发现（外一首）	哈尔滨工大动力工程系	李誓章
龙树（外一首）	绍兴师专中文系	冯仲伟
华尔特·惠特曼	上海师院中文系	王　寅
周末	江苏盐城师专体育科	陈锡民
一些已早结束的年代和一个孩子的自画像	中央民族学院汉语系	颖　土
作客南方（外一首）	安徽大学中文系	俞　凌
你说你是父亲了	西北师院中文系	紫　荆
手杖	陕西师大历史系	方　军
列车出站之前	青海师专中文系	刘文品
我是留鸟	沈阳机电学院计算机系	孙　旗
踩高跷	西北民院政治系	杨云才

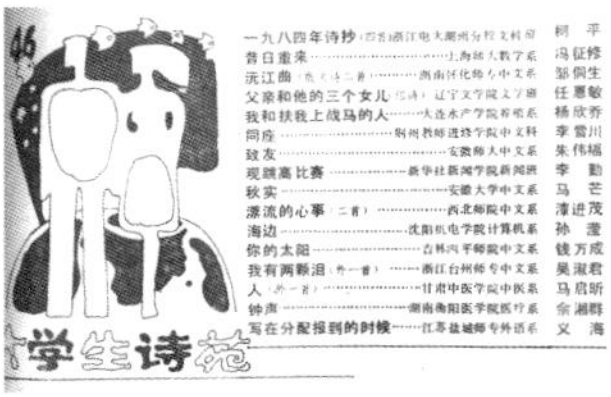

一九八四年诗抄（四首）	浙江电大湖州分校文科班	柯　平
昔日重来	上海师大数学系	冯征修
沅江曲（散文诗二首）	湖南怀化师专中文系	邹侗生
父亲和他的三个女儿（组诗）	辽宁文学院文学班	任惠敏
我和扶我上战马的人	大连水产学院养殖系	杨欣乔
同座	荆州教师进修学院中文科	李雪川
致友	安徽师大中文系	朱伟福
观跳高比赛	新华社新闻学院新闻班	李　勤
秋实	安徽大学中文系	马　芒
漂流的心事（二首）	西北师院中文系	潘进茂
海边	沈阳机电学院计算机系	孙　滢
你的太阳	吉林四平师院中文系	钱万成
我有两颗泪（外一首）	浙江台州师专中文系	吴淑君
人（外一首）	甘肃中医学院中医系	马启昕
钟声	湖南衡阳医学院医疗系	余湘群
写在分配报到的时候	江苏盐城师专外语系	文　海

《大学生诗苑》第45、46辑

第37辑（1984年6月号）：山东大学历史系倪志云《太阳》；陈文邦《马蹄莲》；安徽师大政教系喻德林《六月》；华中师院历史系韩雨《女孩和男孩》；黑龙江大学中文系杨川庆《龙卷风过后》；兰州大学中文系冯博《一个农民在北京》（二首）；湘潭大学中文系陈惠芳《身影》（外一首）；华东师大中文系许祖兆《太阳和夜大学》；谷文通《我的诗呵》；宜昌师专中文系姚永标《手杖》；西北民族学院汉语系杨卓玛《马蹄声声》；甘肃中医学院中医系马国煜《寄自远方》；陈燕妮《致他》；嘉兴师专中文系于国民《绝壁面前》；史玉峤《时间》；东北师大中文系赵培光《山谷》；丹东师专化学系辛镭（常铖）《海鸥》。

第38辑（1984年7月号）：伊甸《我在我的大学》（组诗）；黑龙江农垦教育学院中文函授班蓝马《小白鸽的童话世界》（二首）；华中师院外语系周山《C君的生日》；兰州大学中文系师向阳《江心岛》；安徽师大政教系李志伟《劝你读一首诗》（外一首）；吕梁师专中文系刘浏《渔村·归船》；华东师大夜大中文系吴嘉梁《对峙》；清华大学物理系张红冰《大学诗草》（三首）；河北函授大学中文系靳文章《赶花市》；湖州电大中文系柯平《窗口》（外一首）；

上海师院中文系陆嘉栋《无题》；复旦大学中文系吴寅菁《春阳》；绥德师院物理系刘亚丽《心曲》；段瑞秋《走进明天》；毕节师专数学系梅斯（林琳）《年轮》（外一首）；安庆师院中文系邹祖尧《忏悔者的话》；西北师院中文系杨漪《驼峰》。

第39辑（1984年8月号）：复旦大学中文系若子（王丰江）《滑冰组曲》（组诗）；钱夙伟《时装模特儿回乡曲》（外二首）；镇江师专中文科陈良和《读余光中〈当我死时〉》；武汉师院中文系许卫国《历史及其造型》；西北师院数学系火兴明《致大西北》；凌代坤《山思》（三首）；上海机械专科学校工业企业管理系鹿锋《听小提琴独奏》；北京外国语学院分院德语系曾进强《命运》；杭州大学中文系干部专修班黄亚洲《讲台上的歌吟》；安徽师大中文系陈忠《东方》；云南大学中文系韩旭《雨后》；聊城师院中文系董礼智《风与森林》；汉中师院中文系周萍《致Z》；兰州大学中文系杨迅滋《爱唱歌的姑娘》；庆阳师专中文科杨永康《朝阳》；天水师专中文科廖五洲《麦积山》；华中师院历史系朱霭（朱惠民）《操场上》；淮阴师专中文系冯现科《岩上花》；河南师大中文系李霞《黄昏雨》。

第40辑（1984年9月号）：张华中《我们的小镇》（六首）；兰州大学中文系任民凯《一个中国西部的特写镜头》；华北水电学院水工系丹若（何若民）《两棵树》；邹侗生《在S学院B系》（三首）；东北师大中文系黄云鹤《听〈伏尔加船夫曲〉》；南开大学中文系张俊兰《别离之夕》（二首）；毕节师专中文系杨章林《掰包谷》；黑龙江克山师专中文系公茂臣《诗贝》（三首）；甘肃中医学院中医系马启昕（马野）《夏·秋》；江苏电大中文系徐泽《孩子与鸽子》；杜南《我和师傅掰腕子》；贵州大学中文系朱一鸣《我和星星》（散文诗）。

第41辑（1984年10月号）：宋斌《城市的回忆》；菲可《献给我的大学》（三首）；甘肃电大中文科阳飏（张向阳）《河西吟》（四首）；内蒙古师大干训班王燃《我要去旅游》；福建师大中文系萧春雷

《三角枫》；邵振永《题天女散花塑像》（散文诗）；邓善洁《你从西北来》；宋庆平《青岛的海》；云南大学中文系王德明《界碑，我站在你的身后》；中国人民大学贸易系盛雁珺《北极星》；吉林大学中文系丁宗皓《海平线》；宁夏教育学院函授部中文函授班屈文焜《给睡美人》；安徽教育学院中文系徐卫新《排队》。

第42辑（1984年11月号）：浙江医科大学药学系张锋《现在，我想说说你们》（四首）；西北师院政治系张中定《石径》；达黄《阳光，渐渐密集》（四首）；北京语言文学自修大学少公（方立龙）《音乐·诗》；兰州大学中文系苗强《关于树》；张小波《挖泥船》；于坚《滇东北大峡谷》（外一首）；黑龙江电大文科班翁景贵《地平线》；简宁《冬天》（外一首）；哈尔滨师大中文系潘洗尘《除夕》；山东师大中文系张清华《梦海》；盐城师专外语系义海《春光》；西北师院中文系漆进茂《行进途中》；兰州教师进修学院中文系唐华《春芽》。

第43辑（1984年12月号）：西北政法学院法律系王建民《世界，向中国西部行注目礼》（四首）；程宝林《写在我的第二十个春天》（三首）；南京师大政教系周亚平《静态写生二题》（二首）；杭州大学化学系傅浩《观展子虔《游春图卷》》；吉林大学中文系单之蔷《森林里的故事》；辽宁文学院文学班张欣《辽河套里的乡俗》（二首）；邵克难《我的北方 我的南方》；信阳师院中文系朱根亮《蓝雨》；崔以琳《半条弧线》；北京师大中文系伍方斐《你的眼睛望着外面》；河南大学中文系张爱萍（萍子）《爷爷》；西北师院政治系陈桂林《峨眉山纪事》；安徽师大中文系李尚才《养蜂女》；阎旭东《捉迷藏》。

第44辑（1985年1月号）：安徽师大中文系袁超《面对飞驰而来的世界》（二首）；王寅《想起一部捷克电影想不起片名》；陕西财经学院会计系杜爱民《西北的故事》（六首）；东北师大中文系郭力家《月夜》（二首）；汪建民《哦，这微笑》（外二首）；解放军通信工程学院有线电工程系景敏《城市答问》；复旦大学中文系傅亮《中间隔着饭桌》；苗强《猎人之恋》；北京师大教育系毛毛《远涉之夕》；南京师大中文系张洪海《姐姐》；潍坊师专物理系冯慧君《掇拾》。

第45辑（1985年2月号）：菲可《西部！西部》（三首）；安徽大学经济系章礼斌《阳光下的浮思》（三首）；陈惠芳《曾经有过的童年》（三首）；哈尔滨工大动力工程系李雪章《发现》（外一首）；绍兴师专中文系冯仲伟《龙树》（外一首）；王寅《华尔特·惠特曼》；盐城师专体育科陈锡民《周末》；中央民族学院汉语系顾土《一些已早结束的年代和一个孩子的自画像》；安徽大学中文系俞凌《作客南方》（外一首）；西北师院中文系紫荆（王世勇）《你说你是父亲了》；陕西师大历史系方军《手杖》；青海师专中文系刘文品《列车出站之前》；沈阳机电学院计算机系孙滢《我是留鸟》；西北民院政治系杨云才《踩高跷》。

第46辑（1985年3月号）：柯平《一九八四年诗抄》（四首）；上海师大数学系冯征修《昔日重来》；邹倜生《沅江曲》（散文诗二首）；辽宁文学院文科班任惠敏《父亲和他的三个女儿》（组诗）；大连水产学院养殖系杨欣乔《我和扶我上战马的人》；荆州教师进修学院中文科李雪川《同座》；安徽师大中文系朱伟福（惟夫）《致友》；新华社新闻学院新闻班李勤《观跳高比赛》；安徽大学中文系马芒《秋实》；漆进茂《漂流的心事》（二首）；沈阳机电学院计算机系孙滢《海边》；四平师院中文系钱万成《你的太阳》；台州师专中文系吴淑君《我有两颗泪》（外一首）；马启昕《人》（外一首）；衡阳医学院医疗系佘湘群《钟声》；义海《写在分配报到的时候》。

第47辑（1985年4月号）：甘肃教育学院中文系郝明德《村民们的日子》（组诗）；傅浩《山地组诗》（组诗）；张锋《约会》；兰州大学中文系杨勋《走向故事》；上海机械学院动力系易非《地震》；重庆大学电机系尚仲敏《临考之前》；台州师专中文系苏明泉《隋梅》；信阳师院中文系钱文亮《乡思》；苏历铭《猎手》；山东工业大学电机系

邵长根《一百米处》；丹东师专化学系李福盛《校办工厂的人们》。

第48辑（1985年5月号）：安徽师大中文系施元树《江南行》（组诗）；苗强《第一位居民的故事》；邓善洁《那会儿和这会儿》（二首）；扬州工业学院建筑工程系吴逸飞《一年半载》（二首）；咸阳师专中文科耿翔《破壳》；华中师院历史系鄢元平《柳荫深处》；美国加州贝克莱大学野风（周仁平）《梦》；浙江师院中文系李祖平《离别》；北京钢铁学院物理化学系吴浩《五十同学》；河北师院中文系张星星《祖辈，还有父辈》；龚鹏飞《我与我的巧珍》（外一首）；湘潭大学机电系毛济伟《我们还不是骄子》；甘肃电大武都分校文科班蹇世民《宿舍》；温州师专中文科孙建舜《寄自温州》（二首）；甘肃中医学院中医系杨春《错失》。

第49辑（1985年6月号）：山西大学中文系潞潞《三叶草》（外一首）；湖州师专中文系沈健《雨阿！燕啊》（二首）；华东师大中文系张晓阳《春天》；重庆师院外语系燕晓冬《诗写我和我们》（二首）；沈国清《诗与画》；宁夏大学中文系张强《唢呐手莫瞎子》；宝鸡师院中文系柳海志《姐姐》；南京大学外文系朱刘华《僻壤》；冯慧君《纪行》；西北政法学院法律系王福同《狗狗嫂》；宜春师专中文科何凌风《小井龙潭话井岗》（二首）；华东师大中文系王晓丹《朝夕河》；长春地质学院社会科学系李龙年《地质师和他的地质图》；苏州大学外文系周庆荣《水塘》；兰州大学中文系乔红兵《八周岁船长》；张中定《一副货郎担》。

第50辑（1985年7月号）：陕西师大中文系田全民《听男声合唱》；阳飏《又是秋天了》；吉林大学法律系于维东《他拄一副拐杖》；周亚平《夏天的故事》（二首）；北京大学中文系王清平《经历》（二首）；北京人文函授大学中文专业渠炜（宋渠 宋炜）《乡间》；复旦大学中文系赵月梁《黄梅雨季》；辽宁文学院文学班栾国康《拉拉队长》；南开大学历史系梁志龙《泉》；华中师院中文系张嘉异

《南岳日出》；西南师院中文系王凡《牧童》；钱夙伟《小巷琐事》；淄博师专中文系丁慎毅《脚步》；苏州铁道师院中文系张樯《讽刺大师马克·吐温》；兰州大学新闻系赵小陇《四月的雪》；宁夏大学中文系丁学明《夜战》；黔西南民族师专中文系易应林《李花》；潍坊教育学院中文系孙淑章《山村工厂》；四川师院政教系李茂鸣《雨中》；陕西师大历史系吴大康《故乡的汉江》。

第51辑（1985年8月号）：延边大学语文系刘建民《祝福及其他》（组诗）；傅亮《八十年代的某一个秋天》（组诗）；兰州商学院会统系郝建文《侧翼的风》（二首）；北京人文函授大学群众文化管理系张忠军《海和岸》（二首）；宝鸡师院中文系由甲《听相声》；辽宁财经学院物资经济系华海庆《无题》；邓善洁《爱情》（二首）；甘肃职工财经学院会计系赵煦《摔跤》；蚌埠教育学院中文系赵秀杰《明亮的心》（散文诗）；西北师院中文系张黎明《家乡的辣椒》；信阳师院中文系牛其领《野渡》；广东海口业余大学中文班王祥华《随便一棵树》；盐城师专中文科温弦《初会》。

第52辑（1985年9月号）：沈健《滴血的记忆》（三首）；江西师大中文系梅越平《梅子黄时雨》（三首）；兰州大学中文系贾秀清《一块石头》；辽宁师大中文系金晓辉《思想，倚着钟声》（二首）；尚仲敏《自写历史自画像》；河北大学外语系朱江《那双黑眼睛》；广西民院中文系莫俊荣《我们从太阳的故乡来》；安徽师大中文系宰雪眠《第九封信飞来之后》；北京人文函授大学文学系胡兰芳《到女工宿舍去》；陈桂林《牧羊女和黑骏马》；华中师院中文系彭松乔《潮汐·月亮》；荆州师专中文系朱瑜《英雄》；兰州商学院会统系苗松《邂逅》；西北师院政治系成志杰《知识》。

第53辑（1985年10月号）：西南师院中文系胡蓝《我们》；萧春雷《龙灯》；湘潭大学机械系刘再如《桃花源》（外二首）；西北师院化学系杨漪《西部之风》（三首）；延边大学语文系孟志强《雪野，我的写意画》；北京师大中文系伍方斐《各自的方式》；丽水师专中文科徐迅雷《我们五个》；西安交通大学工程力学系仝晓峰《雪地云杉》；安徽大学中文系飞廉《进入夏季》（外一首）；漆进茂《阵风吹过之后》；浙江医科大学医学系吴旭《到北方去》；湖北大学中文系彭学明《那时》；盛雁珺《转场》。

第54辑（1985年11月号）：中南民院数学系钟建武《南方故乡吹来的风》（二首）；云南大学中文系张稼文《寄自大西南》（三首）；西北师院历史系牟吉信《大漠深处》；绍兴师专中文系碧涛《海员妻子的梦》；张掖师专中文系素沙《立起来，中国西北角的师专生》；刘建民《案头》；华北电力学院电子系峥枫《关于青年》；华东师大化学系陈进坚《创世纪》；兰州大学外语系张缨《女诗人轶事》；辽宁文学院文学创作班田永元《软卧里走进一位农民兄弟》；衡阳师专历史系鹿鸣《生命的火星》；安徽师大外语系胡昌文《晚亭》；江汉石油学院数学系唐跃生《冰雕》。

第55辑（1985年12月号）：丹若《想起一个女孩子》（外一首）；傅浩《草原狼？或许》；湖州师专中文系林荫《寄自湖州》（二首）；华中工学院机械工程一系杨增能《南方》；泰安师专中文系苏东国《男生宿舍面面观》；庆阳师专数学系刘延璧《第一次约会》；浙江师大地理系祖云、舒畅《成熟》；湖南师大中文系龚湘海《儿子和父亲》（外二首）；西北师院中文系唐欣《情诗二首》；宁夏大学中文系刘中《难忘的夏天》（外一首）；信阳师院中文系韩艳《雨晨》；哈尔滨师专政治系王鑫彪《冰灯印象》；咸阳师专中文系王晓林《一棵老树》；延安大学中文系曹伟《回忆》。

第56辑（1986年1月号）：王建民《西部谣曲》（组诗）；武汉大学中文系曾静平《绿色构图》（组诗）；杨春《狩猎部落》（二首）；重庆大学外语系阿冬《我和阿江的故事》（外一首）；袁晓岩《我们文学社的女作者群》；云南大学中文系朱洪东《走过大街》；河南大学中

文系白书庄《信号枪鸣响之前》；兰州铁道学院土木工程系冰航《给帕娅梅》（二首）；南开大学中文系蒋旭光《采槐花的日子》。

第57辑（1986年2月号）：武汉大学中文系陈应松《伏河与鹰》（二首）；北京广播学院文艺编辑系余笑忠《静夜》（外一首）；重庆大学电机系王琪博、徐梅《远去的兄弟》；上海师大艺术系戴凌云《沙漠》；东北师大数学系张为良《淡绿色的手帕》；浙江农大农机系天目河《哦，海报》；铜陵财专夜大统会系王玉《一点》（外二首）；兰州大学哲学系武砺旺《M与树》；北京师大中文系童迪《从雪原走过》；太原工大机械一系宁志刚《我承认，你是父亲》；江西师大历史系殷红《往事》；安徽师大中文系阳子《学年自我鉴定》；北京语言文学自修大学语文专业李景南《偶见》；聊城师院中文系葛维政《海上二首》；孝感地区教师进修学院中文系肖鹏《腊月》；南通教育学院中文系于伯生《拍照》；曲阜师院中文系吴学文《小星星的歌》。

第58辑（1986年3月号）：清华大学工程物理系王红梅《初阳》；同济大学结构系沈之琴《语浪》；俞凌《穿过雨季》（二首）；太原机械学院机械系权善《道拉吉》（外一首）；吉林文学院文学专业吕新《神往西陲》（组诗）；贾秀清《北方的河》；武汉大学图书馆系李丽琼《大厦》；胡述范《关于诗学的诗》（外一首）；黑龙江大学中文系陆少平《北大荒人的后代》；浙江农大农教系天目星《故事开始在一个夜晚》；第三军医大学军医系肖红《分手》；四川轻化工学院化工系李绚《青山行》；山西大学中文系郁兰《独奏曲》；华东师大中文系丁蔚文《风景》；江西师大中文系白雪婷《黛色的树》；安徽师大中文系吴丽丽《周末女生宿舍》；西北民院艺术系萨黛特《阿德莱依》。

第59辑（1986年4月号）：浙江农大环保系朱穗《女娲补天》；辽宁师大中文系林雪《苦夏》；荆州师专中文系吴胜华《太阳梅》（外一首）；牟吉信《少年探险者》；张协奎《头发与诗与我》；山东大学中文系北炜《那株白杨》；信阳师院中文系胡晓靖《听〈黑人舞曲〉》；

北京人文函授大学文学系赵刚《我》；上海交大材料科学与工程系叶天蔚《坠崖》；湖北大学中文系彭代雄《小小男子汉》；南京大学历史系龚学明《与日本留学生谈话》（二首）；上海师大中文系高一峰《第十八块墓碑》；贵阳师院中文系两毛《赠月》；盐城师专中文系君闻《渔家》；河南大学政治系白战海《渡口纪事》；西北师院中文系叶舟《起手拉比》；上海大学文学院中文系冰释之《视域》（外一首）；安徽师大中文系赵焰《黑娃征婚》；甘肃工大自控系魏平《一支烟与一根火柴》。

第60辑（1986年5月号）：唐欣《我们的年代》（组诗）；柯平《注定是这样那样》（组诗）；同济大学机械工程系南轩《四月的一段尾声》；上海机械学院动力系张卫东《水管爆裂之后》；河南大学政治系杨石《姐姐》；武汉大学中文系马培军《烈士的妻子》；陕西师大中文系薛大营《石头船夫》；荆门电大经济管理系韩少君《浮雕》；中南民院中文系鲁克《调查报告》；南京工学院动力工程系吴晨骏《阿坚的皮鞋》；包头钢铁学院机电系侯继伟《小站的祝愿》；湖北大学中文系张凡《出山》；西北师院中文系马健禄《创业之初》；天水师专中文科张晨《云雾山传奇》；安徽中医学院中医系舒鹰《太阳岛》；兰州师专中文科李城《乡旮旯里的男人》。

第61辑（1986年6月号）：朱霭《鄂西！鄂西》（组诗）；南通师专中文系卢桂元《乡村人物采访》（二首）；邓万鹏《小溪致黄河》；陈桂林《山林故事》（组诗）；宰雪眠《一等功臣》；苗强《八五年的诗》（二首）；杨永康《重要的日子》（外一首）；河北大学中文系山丹《画浪》（外一首）；浙江师大化学系荣荣《寻人启事》；湖南师大政治系吴新宇《小屋子诗人》；四川师大中文系陈默实《河水不设防》；绥化师专中文系付友山《老师配的药》；解放军后勤工程学院油料工程系杨祝祥《工棚》；山东艺术学院音乐系林乐山《黑妹子》；山西大学中文系宁天心《访鹳雀楼》。

第62辑（1986年7月号）：浙江电大经济类企管专业楼冰《一九八六年的愿望》（组诗）；湘潭大学机械系刘再如《湘西二首》；山西大学中文系刘峭《春天的信笺》；重庆师院中文系罗永《纯色的狗》；河北师大中文系李立君《太行风情》；河南大学中文系吴元成《爱情十四行》（三首）；厦门大学中文系王柏霜《站牌》；杭州大学中文系尹俭峰《九段棋手》；西北民院民贸系郎永栋《西藏来的朋友》；任惠敏《女兵复员那一天》；福建师大中文系林曙《保姆》；娄底师专中文系刘腾云《我那人》；昆明工学院工企系葛跃《敦煌辉铜矿》。

第63辑（1986年8月号）：兰州大学中文系柏常青《风景这边独好》（组诗）；石厉（武砺旺）《对于自己》（外二首）；兰州大学经济系王剑《松之摄影》；西北师院中文系马健禄《这些人之间》；西北师院中文系张学虎《她》；张晨《父亲的攀登》（外一首）；马野《第七根电杆》（外一首）；兰州商学院会统系麦地娜《牧草盛长的季节》；郝建文《四千米海拔》；西北民族学院汉语系赵保元《土族猎人》；西北民族学院艺术系荣金花《夜思》；萨黛特《柯尔克孜的男人们》；兰州医学院医学系林林《秋叶》（外一首）；赵煦《一米五六》；甘肃农业大学植保系况玉生《驼声》；甘肃教育学院中文系王连升《回信》。

第64辑（1986年9月号）：乔玉钢《空龙》；福建师大外语系邵长武《三叉街散步》；沈健《师专毕业》（外一首）；河南大学政治系董林《更生时节》；华东师大中文系宗琮《距离》；张锋《学生时代》（二首）；南京大学中文系海燕《母马》；暨南大学新闻系黄灿然《致纽尔奥·扬》；河北煤炭建工学院采矿系郑保章《矿工的夜路》；重庆大学中文系夏阳《送你远行》；南京师大中文系耀尘《奔赴南疆的时刻》；临沂师专化学系李志明《这一天》；甘肃中医学院中医系任流《耕作图》。

第65辑（1986年10月号）：华东石油学院社科系何伯阳《山野季》；武汉大学中文系陈应松《古水杉》；安徽师大中文系唐旺盛《松女友H西行》；任惠敏《父亲和他最小的女儿》（组诗）；镇江电大新闻专业范德平《城市病》（二首）；湖州师专中文系方舟《艺术心理》；云南师大教育系潘灵《祭三毛》；彭学明《女门卫》；王祥华《暮年》（外一首）；华东师大中文系陈鸣华《离别》；郧阳师专中文系梦石《石鼓》；中国新闻学院新闻班田先瑶《乌什的早晨》；兰州大学中文系符红霞《致C》；陕西师大中文系陈永斌《秦腔》；安徽财贸学院工企系葛长银《翅膀》。

第66辑（1986年11月号）：上海普陀区工业大学自动化仪表系朱维国《日记或者随笔》（六首）；安徽大学无线电系自成《旗》；舟山师专中文系群岛《舟山岛外》（二首）；杭州电大经济专业朱晓东《水兵文艺》；吴淑君《说砚》（二首）；紫荆《想想未来》（外二首）；北京师大经济系郑汉《想你的时刻》；黑龙江商学院电子工程系钱扬斌《枯荷》；兖州电大语文专业王黎明《海的诱惑》；安徽师大中文系查结联《当我伸手的时刻》；刘亚丽《致老民歌手》；商丘教育学院中文科李广仓《尚未剪掉的乡村镜头》（二首）；内蒙古师大中文系倪向阳《捐躯之歌》。

第67辑（1986年12月号）：复旦大学中文系刘原《白色光轮》；中国人民大学新闻系贾雪《一个角落与一个角度》（三首）；西南师大中文系朱明《在水一方》（三首）；王建民《达拉积石山》（组诗）；马野《寻常巷陌》（三首）；北京师大数学系郑毅《干涸的河床》；江西师大历史系俞剑《断章》；国际关系学院国际新闻系潘泳《致我》；石家庄教育学院夜大中文系李南《吞吐之间》；葛维政《石舫》（外一首）；尚仲敏《我对你说》（外一首）；南开大学中文系向以鲜《南方的路》；华东师大中文系郭肖华《走下心堤》；山西大学历史系赵琳《汾河堤上》；东北师大中文系潘树国《君子兰》。

第68辑（1987年1月号）：河北大学中文系雨川《泉与峡谷》（三首）；衡阳医学院医疗系夏红雪《鱼鹰与蛇》（二首）；绍兴师专中文系蒋立波《致跛腿诗人车前子》；华中师大中文系张泽南《夸父的儿子》；安徽大学经济系佘文中《钓虾之类》（二首）；俞郁《小小的意外》；南京工学院建筑系于小韦《醉泥螺》；湖南师大中文系陈祥谦《诗人的苦恼》；四川师大中文系元刚《月从根生》；山东菏泽师专中文系王士学《初恋》；杨云才《狱中来信》；装甲兵指挥学院五队于世涌《军校周末》；河南大学政教系高明《姑娘奶奶》；云南师大中文系舒瑾《李树的故事》；西北师院中文系杨海君《鹰》。

第69辑（1987年2月号）：四川大学历史系胡冬《野百合》（外三首）；龚鹏飞《叙叙我的身边事》（四首）；云南大学物理系甘霞东《从来处来，到去处去》（三首）；浙江师大中文系童洪星《步尘集之一》；安徽师大中文系李新《热带海》；浙江电大德清班党政管理专业史欣《另外一种生活》；西安电大中文专业王宜振《农夫之死》（外二首）；华中师大中文系何泽云《读〈命运之旅〉》；云南民族学院汉语系王红彬《难忘竹楼》；华东师大中文系郑洁《那天下雨》；延安大学政教系刘国荣《星期天纪事》。

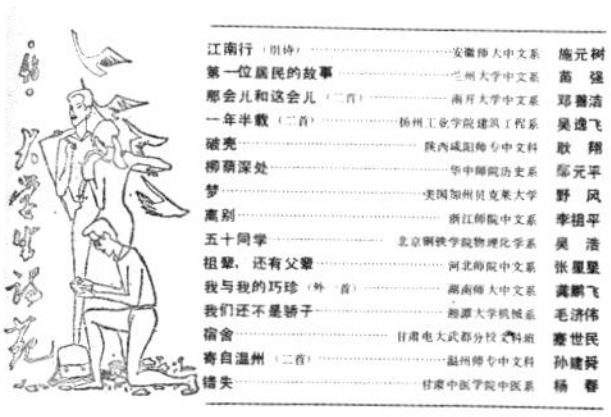

《大学生诗苑》第47、48辑

第70辑（1987年3月号）：河南大学干修科陈峻峰《母乳》（外一首）；咸宁师专化学系万新《心迹》（五首）；上海交通大学自控系张佩星《娃娃鱼的故事》；张稼文《雨季少年》；四平师院中文系李凤安《那不是我》；安徽师大中文系陈寿星《遗落之

子》；杭州电大中文专业宁可《夜行快车》；台州师专中文科舟子《给妈妈》；黄冈师专中文系叶斌《雪日子》；西藏大学语文系蔡晓冬《走出最后一条峡谷》；青海师大政治系马海轶《流浪诗人》；西北师院中文系张学虎《真正的草原》；丹东师专中文系唐振海《无题》。

第71辑（1987年4月号）：西安交大计算机系马永波《凝神》（五首）；南京师大中文系孟凡元《黑天鹅与大瀑布》（散文诗二首）；丁蔚文《曼语轻歌》（三首）；安徽师大外语系胡昌文《三代人》；赵秀杰《锅碗厂人物》（组诗）；叶舟《祝福阿欣》；咸宁师专数学系廖星凌《去年我在师专》；湖北大学中文系吴初霞《守湖人》；武汉大学中文系洪烛《以歌声作答》；山东海洋学院外语系杨红《也是你的北方》。

第72辑（1987年5月号）：浙江电大湖州分校中文系石人《晨昏之歌》（二首）；安徽师大中文系李成《远山和狗》；昭通师专中文系雷平阳《遥寄》；浙江师大中文系李祖平《妹妹》；毛毛《一个年龄和一个名字》；上饶师专中文系江滨《楼梯》；宜春师专中文系夏风《月亮》；湘潭大学物理系花边《分手》；自成《窗外》；曲阜师大历史系陈为伟《幕已拉开》；兰州大学中文系杨勋《1986》；锦州师院中文系郝洪军《第四个窗子》；赵焰《蟹王》（外二首）；北京师大中文系伊沙《永久性感觉》。

第73辑（1987年6月号）：扬州工学院建工系吴逸飞《社会一角与人生一隅》（组诗）；阿信（牟吉信）《吉他手徐宁》；西安交通大学英语系杨于军《你不要转过身去》（三首）；武汉大学写作专业助教班高戈《岭头曲》；湖南师大中文系杨雄《外公与灵屋》；河北师院中文系张泽林《杂诗三首》；陈默实《老山爷》；安徽财贸学院商品系郭鸣《门栓》；东北师大中文系许小娟《有感》（外一首）；芜湖师专中文系丁椰《那天》；曲阜师大教育系李如密《乡村之忆》；安徽师大中文系王唤春《河边》；合肥电大中文班韩新东《远地远天》（散文诗

二首）。

第74辑（1987年7月号）：阿信《草原牧野的熠火之夜》（外一首）、唐欣《正是秋天》、西北师院政治系权军《发处女作前后》、西北师范中文系雪潇《在我这个地方》；贾秀清《紫色的星空》、西北师院中文系蓝屿《诗之旅》；西北民院汉语系赵保元《赴约》；甘肃教育学院外语系窦盘文《人熊之间》；甘肃农业大学兽医系谢朝晖《雨后放晴》；甘肃联合大学戏剧创作班光宇《锡伯人家》、牟瑜《风铃》；马野《初识西部》；张掖师专物理科石流《分行排列的信》；杨永康《柳树精》、庆阳师专中文科李兴义《我那妻子》；天水师专中文科丁良《那个时候》；兰州师专夏中琪《写给妈妈》。

第75辑（1987年8月号）：王红梅《只有一次》；安徽师大中文系龚后雨《寄自芜湖》（四首）；中国文学函授大学文学专业黄伯益《深山之洞》；复旦大学中文系朱光甫《杨梅成熟的季节》；重庆大学机电系卢泽明《望月》；荣荣《雨夜》；史玉峤《照镜》；安徽大学经济系沈天鹰《中秋月夜》；西北师院中文系马峰《许多人梦里……》；南京大学中文系万向东《心痕》；元刚《萧军的表》；浙江农大园艺系陆军如《给》；上海机械学院动力系张卫东《存疑之一》；山东师大中文系崔中华《想起那个晚上》；华中师大教育系孟景舟《阵雨之后》；黄灿然《车窗内外》；安徽电大中文科黄尧华《公园的悲剧》；河北师大政教系肖薇《他站在讲台上》；浙江林学院经林系胡剑锋《女生楼》；南阳师专英语系熊也《现在你在哪里》。

第76辑（1987年9月号）：湖州师专中文系戈健《西部巡礼》（组诗）；蒋立波《无伤感送别》（二首）；湖北省委党校函大班陶发美《落日》；武汉大学法律系阿杰《我喜欢那句话》；四川师大中文系茗荔《独坐》；兰州大学中文系常清源《夺冠之后》；姚永标《无票乘客》；北京师大政教系艳齐《给我的亮亮的小溪》；长沙水电师院中文系季文《辑思三首》；宁夏大学政教系杨森君《师范生丁某》；吉首大

学中文系张远伐《吊脚楼》；晋东南师专中文系佚名《小巷》。

第77辑（1987年10月号）：广东省委党校理论本科班雁南《南海魂》（组诗）；湖南大学机械系江堤《酸枣核与酸枣树》；湘潭大学中文系彭公穆《人生二小时》（三首）；上海卢湾区业余大学中文系胡健《满是落叶》；宗焕平（宗琮）《节日》（外一首）；厦门大学中文系汪威《进藏序曲》；山西农业大学土化系宋连斌《痴人说梦录》（三首）；上饶师院中文系江滨《中文系学生》（外一首）；浙江电大汉语言专业江健《父亲笔记》；郧阳师专中文系张莹《斋翁岭》；童洪星《踟蹰街头》；西北师院数学系安于空《脚手架和幺娃》；延安大学中文系韩万胜《视线》；定西教育学院中文系苏振亚《小城纪事》；阜阳师院中文系丁友星《七十翁》；楚雄师专中文系田昀《偶遇》；安徽大学中文系刘军《古史》。

第78辑（1987年11月号）：湖南师大中文系彭辉武《银银的发屋》（外二首）；第三军医大学医疗系刘泰亨《归蝶》（外二首）；北京大学哲学系路漫《来去正是时候》；上海财经大学世界经济系孙文辉《十九岁的堂·吉诃德》；浙江大学建工系高崎《红隼鸟》；河北师院政教系冯静辉《大嫂》（外一首）；湖北大学中文系余艳波《扬起风帆》（外二首）；延安大学中文系马彦平《舍长》；华中师大中文系陈剑文《哑剧》；丁良《小河作证》（外一首）；桂林冶金地质学院测量系张广喜《速写》；湖北大学外语系夏雨《波光》；长沙水电师院中文系郭洪江《你来得正好》；鄂西教师进修学院中文科张冬《写生课》。

第79辑（1987年12月号）：杭州大学中文系戈野《人生阅历七行诗》（六首）；江西冶金学院采矿系阿浑《石猴观海》；浙江农大园艺系陈铿《心情工程之一》；湖南大学建筑系李小兵《建筑的结论》（外二首）；西南师大中文系阮化文《雪之夕》；芜湖师专中文系左湜《小镇随笔》（三首）；西北师院中文系林小红《风筝》；天水师专中文系苏全洲《有赠》（二首）；广西民族学院中文系周龙《老同学》（外一

首）；安徽师大中文系胡从发《那鸟》；曲阜师大中文系任保胜《关外有群山东人》；宜春师专化学系拓荒犁《十六岁那年》；固原师专中文系晓岚《有客自远方来》；青海师专政史系金波《你我》；云南民族学院经济管理系杨金白《乡音》；咸宁师专中文系夏红星《夜行》；甘肃教育学院中文系马青山《日子》。

第80辑（1988年1月号）：嘉兴教育学院地理系费立新《写给罗汉》（外一首）；滁州师专中文系蒋琳《诗之周天》（二首）；南京师大中文系凡元《走向工作岗位》（二首）；西南师大历史系赖永良《魔幻座钟》（外一首）；北京大学社会科学系薛好《我没有过去》；池州师专中文系李凯霆《江月》（外一首）；苏全洲《象又不象我们》（外一首）；河北大学中文系高新昌《红蜡烛》（外一首）；中国人文函授大学文学专业黄伯益《凝重的倒影》；武汉大学经管系艾斌《视线》（二首）；安徽大学中文系孙道荣《老木匠》；晋中师专中文系韩幕青《凤凰松》；南京林业大学林学系岩鹰《一种经历和另一种经历》。

第81辑（1988年2月号）：西北民院汉语系辛文杰《远方回旋曲》；马永波《又见母亲》（二首）；杭州大学中文系周文钊《父亲》；复旦大学中文系甘伟《钓者》；湖南师大中文系凯风《咸水湖，淡水湖》（外二首）；西南师大中文系李虎《霜女》（外一首）；黑龙江大学数学系夏志强《今夜很静》；锦州师院中文系丁树华《另一个侧面的校园素描》；兰州大学历史系王川《甘南采风》（二首）；淮北煤炭师院中文系宁敬《最后一班地铁》；安徽颍上县电大中文班晓杰《土地魂》；西北师院中文系邱兴玉《诗友小侯》；内蒙古师大中文系张天男《我常常站在书架前》。

第82辑（1988年3月号）：河北大学中文系赵云江《历程及其他》（四首）；绍兴师专中文系胡美华《S市的十三大代表》；四川大学生物系屈丛《一只石刻的连体鸟》；兰州师专化学系朱云龙《乳名》；西北大学中文系何首乌《动物园偶拾》；苏全洲《遇险》（外一首）；晋

东南师专中文科祁文胜《苦菜花与箭簇草》；安徽师大中文系杨坤《红杜鹃》（外一首）；黑龙江海伦电大语文专业邢海珍《与你对话》（组诗）；湘潭大学历史系赵辉林《致远去的朋友》；安徽大学中文系凌云《生日·小饰》（二首）；华东师大中文系钟文伟《无色窗帘》。

第83辑（1988年4月号）：周文钊《领袖》；辽宁师大历史系周海旭《另一种斑斓》（外一首）；苏州大学中文系曹建平《水乡之声》（三首）；华东冶金学院矿冶系谢大益《现代战争》；庆阳师专中文科李世恩《星海诗社宣言》（外二首）；吉林农业大学经动专业孙传生《海滨之夜》；福建教育学院中文系木屋《更漏》；华东师大中文系旺秀才丹《海狼》；张樯《三支短促的歌》；南充师院中文系雷盛成《妻子》；岳阳教育学院政教科卢宗仁《给自己》（外一首）；装甲兵指挥学院政治指挥班嗜咏《胡子营长》；兰州大学中文系惠富强《瞬间》；天水师专中文科亦且《歇晌》；齐齐哈尔师院数学系王志伟《龙沙风》；咸阳师专中文科曹百锁《渭北旱塬人》；扬州师院中文系于洪沧《炊哥丁某》；北方交通大学材料系楚微《卧谈会上》。

第84辑（1988年5月号）：福建师大政教系阮克强《有些时候》（三首）；安徽师大外语系赵新《老井村的年轻人》（外一首）；中山大学中文系吴才华《仰视》（外一首）；兰州大学中文系彭斌《不倒》（外一首）；河北大学中文系泉虹《台上台下》；湖南大学建筑系非默《暗红的房子》（外二首）；云南大学中文系佚名《读白石画》（二首）；湖北大学中文系徐辉《宋词和中文系大学生和唐诗》；武汉大学中文系陈勇《警句》（外一首）；南京大学计算机系万向东《古塔与女孩》（外一首）；江西财经学院经济系胡越《野渡》；云南师大中文系何松《握手》（外一首）；西北师院中文系马峰《自白》。

第85辑（1988年6月号）：西北政法学院法律系阿门《今生今世》（组诗）；北京师大中文系高文翔《黑鸟》；山东大学数学系蔡天新《蔡姓》（外一首）；安徽师大地理系顾爱民《自创》（外一首）；华

东师大中文系包昱《抒情曲》；湘潭大学历史系赵辉林《往事》；西北师院历史系桑子《年华》（外二首）；天水师专中文系左右《大叔》；复旦大学哲学系韩国强《困兽》；杭州大学历史系汪宛夫《花港》；河北大学中文系寒鹤《四奶奶的猫》；广西民院中文系黄伟《专列“我爱你”》；兰州大学中文系夏景《青春》；湖北大学中文系彭昌政《致旧友K·G君》；衡阳师专政教系文星《霞姑》。

第86辑（1988年7月号）：湖南师大中文系凯风《崖葬》；苏州师专中文系杨扬《梦雨季节》（三首）；天津理工学院科技日语专业赵海涛《请你平视》；河北大学中文系张其栋《内流河》；洪烛《观画》（组诗）；复旦大学新闻系陈先发《清清淡淡的往事》（二首）；安徽大学中文系汪海波《归者》；中山大学中文系西树《有一种思想》（外一首）；山西大学中文系温建生《谈海》；宜春师专化学系田文宪《农民诗人的妻子》；周口师专生物科陈婧《只要……》；安徽师大中文系陶朱《玻璃镜》。

第87辑（1988年8月号）：杭州大学中文系阿寅《风声和鸟叫的韵味》（三首）；北京大学中文系橡子《冷焰》（三首）；湘潭大学中文系周钢《简》（外一首）；中山大学中文系尚钧鹏《新居》（外二首）；天津财经学院统会系晓滨《你辉煌的框架》；辽宁大学中文系高文杰《挽歌》；福建师大中文系丘有滨《阳光羽毛般飘下》；山西师大中文系段中杰《看《马背上的水手》》；清华大学工程力学系晨钟《往事》；中国科大经济科学和系统科学系孟梦《夏虫之忆》（外一首）；合作民族师专中文系吴彦《雪中的寻找》（散文诗）；西北师院中文系陆永芳《我的想象》（外一首）；兰州大学中文系韩志强《仰卧在草地上》。

第88辑（1988年9月号）：山西农大食品系张忠亮《黄土地》；北京函大中文专业芦笛《桑剪夕阳》；彭辉武《我是一条鱼》（外二首）；武汉大学新闻系南楚《月之明》（二首）；华中师大中文系向必

颖《走出地平线》；商丘师专中文系小毛《那首歌》；蓝角（刘军）《李白的月亮》（外一首）；河北大学中文系代宏杰《空酒瓶》（外一首）；江南大学中文系王学芯《某时某刻》（二首）；娄底师专中文科石剑光《角落》；甘肃农大林学系田声《灵魂的呢喃》（外一首）。

第89辑（1988年10月号）：伊沙《伊沙诗抄》（十首）；浙江丝绸工学院针工系周拥军《山情》；南开大学中文系杜康《寄自天津》（二首）；天津财经学院商经系雨岛《行人》（外一首）；同济大学测量系张远智《疑惑》；四川大学法律系陈益群《梦幻曲》；陇南教育学院中文科草句《卵石的光芒》（外一首）；河南师大外语系毛天成《小路》；重庆大学机械一系叶昆山《老师的手》；云南师大中文系乐林《我们这地方》（二首）；河北师大中文系常腾《地平线》（外一首）。

第90辑（1988年11月号）：阿杰《阳光下的塑像》（外一首）；曲靖师专中文系张永刚《多少年过来之后》（组诗）；中南民族学院中文系刘亚伟《地板口岸》（外一首）；王川《观望鸟群》（外二首）；苏州师专中文系徐忠平《穿过麦地》；池州师专政教系王易明《五月初五》（外一首）；江西师大中文系王治川《真实面孔》；湖北医学院咸宁分院医疗系蔡翔《正午时分》；湖北麻城电大中文班项俊平《家》（外一首）；忻州师专政史系北遥《来客》；甘肃农大兽医系肖福忠《重复》；曹建平《听江南雪》；安阳师专中文系王超《归雁》（外一首）；南开大学哲学系越冰《那是你的声音》；湘潭大学中文系黎锦华《童话》；空军勤务学院二系单舟《夜在军校》。

第91辑（1988年12月号）：山东大学中文系谭延桐《沉吟或凝思》（二首）；西北大学中文系渭水《高原赋予我块状的弹性》；曲阜师大中文系任保胜《家》；郑州大学中文系冰川《许多事情》（组诗）；云南大学中文系李森《短诗二首》；陕西师大中文系杜汉《选自〈春天的影子〉》（二首）；中南财经大学商经系程峰《酗酒的原因》（外一

首）；复旦大学中文系施茂盛《童谣：献给诗人洛尔迦》；邱兴玉《我没能走近你》；安徽大学经济系丁惠梨《祖母的陶罐》；河北师院中文系吴凤翔《小村里的爱情故事》；自贡市电大新闻班黄德涵《栏栅》；天水师专中文系尹娟《浪花致风暴》。

第92辑（1989年1月号）：高新昌《现在回答北岛》（外一首）；中山大学中文系李京《雪山上三棵树》（外一首）；北京大学哲学系崔海峰《我山之石》；湖北师大中文系潇潇《公元的挣扎》；南充师院中文系吕宾《我加入你们的拥抱》（外一首）；西南师大外语系刘立辉《想起九月》；江西师大中文系江鸿《审视》；西北民院汉语系王慧《此时此刻》；南京气象学院大气系邓宏胜《荒远神奇之乡》；定西教育学院中文科钟兆《随意或即兴》；北京朝阳区师专中文系徐学鹏《北京人》；辽宁商业专科学校计统系王维宇《上路之前》；西北师大外语系明子《蓝紫色的山居》。

第93辑（1989年2月号）：安徽大学中文系张国爱《神女峰》（外一首）；兰州大学外语系脱剑鸣《冰壶》；绥化师专政史系侯铁良《开酒馆的阿宫》；中南财经大学政法系阿毛《无际题音乐》；中山大学中文系逆水《风景》；北京国际关学院国际经济系师隆《罪恶》；镇江医学院医学系列林《与耳垢的一次深谈》；乐山教育学院中文函授班侗肄《小名》；湖南师大中文系熊永祥《琵琶记的某个调子》（外一首）；西北师大化学系王缙《回乡偶书》；武汉大学中文系分野《他们》；西藏大学汉文班陈欢《街头，那盘没下完的棋》；锦州商专物价系孟庆革《一位诗人》；新疆大学中文系唐晓冰《家事》。

第94辑（1989年3月号）：清华大学物理系张书明《那窗口》；武汉大学中文系郎毛《海上我的儿子们》（外一首）；上海铁道学院车辆专业仲夏《我的意象》（外一首）；重庆大学计算机系马联《晚安，牧子》（外一首）；西北师院中文系高尚《一种交谈》；哈尔滨师大中文系刘海岳《荒魂》；吉林大学中文系刘海军《传说》；成都科技大学化学系雪木《背景》；北京科技大学机械工程系海遥《评梅，家住陶然亭》；陕西师大政教系刘宗富《关于蛋》；福州大学工业管理工程系王非《雨季》；湘潭机电专科学校机械工程系宁泞《钟情》；湘潭矿业学院通风系栗才全《工科生》；河北师大中文系赵月先《信仰》；河北大学中文系孟媲《从小到大》；甘肃教育学院中文系李仲旭《梦野》；四川工业学院汽车系蒲红江《水》；西北民院汉语系安鸿毅《梦歌一百三十六》；南开大学中文系王晓英《一个高个子和一个矮个子的故事》；舟山师专中文系宋勇敏《酒殇》；西南政法学院法律系郭怀军《那只蟋蟀》；中央民族学院美术系李辉《给西部某诗友》。

第95辑（1989年4月号）：甘肃工大水利机械专业李杰《生日礼物》（外三首）；湘潭大学中文系张良《背面》（外一首）；山西师大中文系韩惊鸣《第三个梦》；延边大学中文系时承勇《人子》；福建师大教育系黄静芬《一个女人的一段日子》（组诗）；武汉测绘科技大学航测系李洛《一种叙说》；西北师大中文系豆官《紫丁香》；浙江教育学院中文函授班晓弦《夏令时两点》（外一首）；上海建材工业学院管理工程系张梦华《风景》；四川南充师院中文系瘦西鸿《一枚果子击中我的手掌》（三首）；中南财经大学经济系程道光《今夜》；内蒙古工学院动力系贝辰《今夜》；荆州师专中文系杨晔《追赶太阳》；信阳教育学院政教系河夫《流水》；庆阳师专中文系魏向迥《许多年过去了》；山东教育学院中文系马增信《给》。

第96辑（1989年5月号）：武汉大学中文系公然《无伴奏独唱》（三首）；华中师大中文系未雨《奇迹就是这样产生的》（六首）；河北大学中文系张玉增《门的概念》（三首）；湖北中医学院中医一系陈宏宾《仪式》（外一首）；东北师大中文系任白《蓝色星空下》；四川电大机制专业张晓健《荒原残塔》（外一首）；万县师专中文系冉泽勋《背叛》（外一首）；华东工学院机械系冰城《误区》；吉首大学中文系田云飞《爱情方块舞》（二首）；马海轶《旅程》；湘潭大学中文系

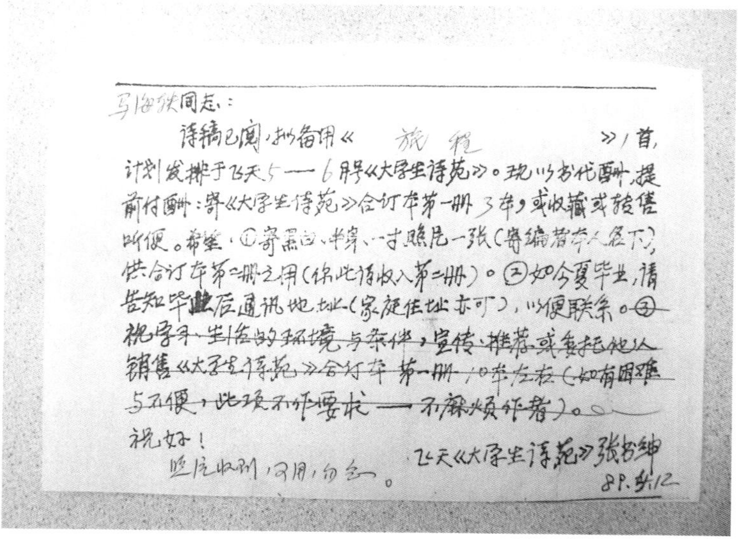
马海铁同志：
诗稿已阅，拟备用《旅程》1首，计划发排于飞天5—6月号《大学生诗苑》。现以书代酬，提前付酬：寄《大学生诗苑》合订本第一册3本，或收藏或转售听便。希望：①寄黑白、半身、一寸照片一张（背面写本人名字），供合订本第二册之用（将此诗收入第二册）。②如今夏毕业，请告知毕业后通讯地址（家庭住址亦可），以便联系。③视学习、生活的环境与条件，宣传、推荐或委托他人销售《大学生诗苑》合订本第一册10本左右（如有困难与不便，此项不作要求——不麻烦作者）。
祝好！
照片收到，9月1日分至。
飞天《大学生诗苑》张书绅
89.4.12

张书绅1989年4月写给马海铁的用稿通知

邵阳班马萧萧《第一关》；中南民院历史系阿寒《履历》；贵州毕节师专中文系崔第品《等待》；山东石油大学开发系张乐勇《三月》；西安统计学院经济系何信贤《赠》；西北师大中文系刘汉《只要》；武汉大学中文系阿橹《观钓》。

第97辑（1989年6月号）：李京《风城之旅》；橡子《劫鸟》；杭州大学中文系小星《躺倒或站立》；山东师大教育系王钢《二十七客栈》；郑州工学院数理系山泉《三点一线的美及平衡》；安徽工学院机械系叶剑锋《渡》；北京师大中文系马朝阳《想起兰州》（外二首）；镇江医学院医学系王景曙《碰撞》；河南电大中文专业康湘民《对话》；安徽财贸学院商经系李牧《寻找一种度过冬天的方法》；淮阴师专物理系闵正道《周末》；福建师大历史系林浩珍《春天》；浙江师大中文系姚义海《从一楼到二楼》；兰州大学数学系丁强《走在城市的街道上》；湖南师大中文系白竹《我的小屋》。

第98辑（1989年7月号）：浙江师大中文系洪治纲《生命之旅》

（外二首）；南京大学中文系车前子《我的大学》（外一首）；长春地质学院地质系旷刚《蜀歌》；兰州大学中文系彭斌《堂·吉诃德如是说》；湖南师大中文系陈新文《宽背高大的椅子》（外一首）；南开大学中文系安格《听蝉》（外一首）；南阳师专政教系韩光《选择》；山东大学中文系郁东方《有时我发现了一盏灯》；云南大学中文系南云《山羊的爱情》；唐山工程技术学院机械系张世平《冬天里的五分钟》；成都科技大学化学系雪木《黑色音乐之画》；复旦大学哲学系韩国强《诗僧》；天水师专中文系石公《瞬间的眩晕》；列林《重返A河》；韩志强《第一次的茉莉》；同济大学热能系鲁育宗《原形》；中南民族学院中文系曾光《悼》；宜春师专中文系金三元《抚慰》；衡阳教师进修学院中文系韩河《侦探》；韩万胜《三叔》。

第99辑（1989年8月号）：河北大学中文系杨如雪《月亮在我们活着时上不去的山上》；安徽师大中文系王尔伦《突围》（外一首）；嘉兴教育学院政教系许晓燕《钟声》（外一首）；中南财经大学财会系翟俊武《巧遇》；武汉大学中文系邱华栋《大雷雨》（外一首）；华东师大中文系蔡俊《平视与鸟瞰》；兰州大学现代物理系张金选《夜》；安庆师院中文系周玉钦《也算表白》；西北师大中文系刘晋《旁观者》（外一首）；内蒙古青城大学文秘系高金鹰《我又一次看见》；湘潭大学哲学系陈林《古寺》；扬州职业大学中文系袁遐《曼陀罗》；天水师专中文系魏旭《金沙沙》；林浩珍《沉浸在水中》；云南师大中文系董光福《温暖的冬天》；兰州大学中文系关姝娟《雨季的遗憾》；甘肃电大汉语专业景颢《那个月夜》；安顺教育学院中文系卿三毅《我想结婚》。

第100辑（1989年10月号）：天津师大中文系张久森《向导》（外一首）；河北师院中文系王福亮《人之初》；黑龙江矿业学院采矿系宋士海《空裸》；浙江大学机械工程系郭靖《鸟飞在浅浅的水洼里》；华中师大生物系黄佳君《村谣》；湖北大学中文系孟寅《麦地里的守望

者》；娄底师专外语系叶青《手掌》（外一首）；西安邮电学院函授部经营专业肖成年《在高原》；辽宁大学中文系李大为《黑石头》；北京师大中文系黄祖民《震动》；海南师院化学系李鹰《垂钓》；上海铁道学院车辆系楚人《草坪》；玉溪师专中文系王亚波《动物二题》；昆明师专中文系陈丽蓉《瞬间》；泉州华侨大学旅游系苏耿聪《城市印象》（二首）；信阳师院中文系何怒涛《娘和我》；兰州大学中文系栗子《冬天》；安徽大学中文系刘思承《雷池》；黑龙江伊春电大中文专业金佩峰《说说早晨》；湖南师大中文系陈新登《麦地》。

第101辑（1989年12月号）：叶青《黄土地上》；涪陵师专中文系冉冉《我们的故事》（组诗四首）；丁念宝《你之外》；兰州大学中文系傅鹏峰《大付的诗》；山泉《寻找站牌》；安徽师大中文系杨复强《在水一方》；牡丹江师院中文系老西《在哈尔滨街头》；湖北函授大学建始班龙文采《曲折的视觉》；甘肃教育学院中文系李仲旭《怀念卡拉扬》；中南民院政治系自然《十根指头》；华南师大中文系曾璀《发现》；河北师大中文系李宏《假设》；山东大学中文系李恒江《列车欲行时》；商洛师专中文系李布《选择》。

第102辑（1990年1月号）：曹建平《江南老家》（组诗）；雷平阳《丧钟为海明威而鸣》；河南师大教育系晓冰《第四代大学生》；上海工业大学工业自动化系兰羽《鱼》；西北大学中文系王五星《雨天麦客》；中国戏曲学院编导专业高飞《关闭一个心扉》；中国人大函授学院中文专业肖长春《市声市容》；遵义医学院卫管专业张润明《冰凌花和星星》；苏州教育学院中文系长岛《乡居之忆》；山东大学中文系路也《阅览室窗台上有株植物》：西北师大中文系杨润伟《想起我的中学老师》；谢朝晖《我没有走近你》；阜阳师院中文系贺学根《属相：马》；兰州大学中文系汪跃华《时光》；黑龙江金融职工学院财会系赵宇《你打马从草地上穿过》。

第103辑（1990年3月号）：复旦大学中文系舒洁《你知道写给

谁》；河南大学中文系许晖《你无法熄灭铁的光芒》；南野《酒神的花》；海南师院中文系莫晓鸣《夜之外》；南充教育学院中文系陈科《一棵树在冬天结出的果子》；代宏杰《诗的手掌颤抖着》；山东师大化学系牛旭光《玩手套的小姑娘》；四川师大中文系仲国祥《午后》；华中师大图书情报系叶帆《那年秋天的雨》；河南师大中文系王朝晖《回去好吗，夏子》；湛江教育学院中文系邓亚明；兰州大学数学系韩子非《收割庄稼的季节》；徽州师专中文系胡思国《多米诺骨牌》；湘潭大学哲学系海子《历史与风景》；昌潍师专中文系郭存之《兰思》。

第104辑（1990年5月号）：蔡翔《感激土地》；天津理工学院工管系亦星《无羽之鸟》；阿毛《苏珊娜，苏珊娜》；吕梁师专政史系段永明《午饭》；湖南大学物理系夏羽《我的俳句》（十首）；华东师大中文系熊卫平《城市狐狸》；华东化工学院科技外语系罗亮《礼拜六夜晚》；兰州大学新闻系闻召《山坡羊》；甘肃工大机械系季洁《老月亮的墙》；江苏省委党校干部学院外经班唐浩武《默坐之时》；江西师大中文系唐恒《星夜之一》；湖北大学中文系钱文亮《月亮》；黑龙江金融学院国际金融系阿橹《另一个秋天》；安阳师专中文系路晓骥《总不能》；青海师专政史系金波《银鱼汤》（外一首）；兰州大学哲学系王增武《静夜思》；安徽师大中文系高勤《那个时刻》。

第105辑（1990年7月号）：商丘师专中文系晓寒《春之声》；武汉大学中文系牧南《春之门》；毕节师专政史系龚红梅《新娘》；江西师大中文系程维《读一首诗》（外一首）；苏州师专中文系许伯卿《他的房间》（组诗）；沈阳黄金专科学校采矿系张雯《含羞草》；贵州大学中文系陈章敏《面子》；国际关系学院中文系紫光《都市微光》；湘潭大学中文系马加《湘夫人》；山东大学中文系珏敏《年华》；湖州师专中文系蒋树君《邂逅》；南京林业大学林经系方强《风》；常州技术师院机械系江月《凡人琐事》；毕节教育学院中文系姜方《匍地藤》；西北师大中文系王维方《青果》；安徽师大中文系刘东南《黄金之光》；

延边大学政治系王元涛《故土》；江西师大中文系肖力群《身后》（外一首）；国际关系学院英语系王烨《蜥蜴》。

第106辑（1990年9月号）：徐学鹏《毕业时刻》；天水师专中文系汪渺《假若，还有来世》；阿浑《雪梦》；华中师大夜大英语系李以亮《虎》；扬州师院中文系袁一亮《孔乙己》；武汉大学中文系张莹《隐私》；江苏经济管理干部学院经管专业陈广德《蝉蜕》；唐山工程技术学院冶金系小岛《你的关怀使我伤心》；唐浩武《默坐之时》；广西民院中文系欧有《黑孩子》；郑保章《婚后》；内江师专中文系阿隽《心曲》；宜春师专物理系熊晓冬《秀江渔夫》；岩鹰《父亲和我》；清华大学物理系张书明《一只手掌》；兰州大学中文系陈洪芬《女娲造人图》；榆林师专中文系梁琦《诗音》；河北师大中文系赵华《阳台门帘》；滁州师专中文系李莹《月下》；毕节师专中文系曾居一《重返乡校》；西北民院汉语系张振民《钟声》。

第107辑（1990年11月号）：黑龙江省委党校行政管理专业苏显钟《总是这个时候》；武汉大学图书馆学系王波《真实的二十岁》；上海机械学院系统工程系薛小宁《花间》；厦门大学企管系王国萍《军训速写》；周拥军《故土》（二首）；四川师院中文系李志元《盲流及其背影》；西北师大中文系亦雪《太阳部落》；天水师专中文系郝觉民《寻梦》；安徽师大中文系王子龙《池州的月亮》；河南师大中文系牛亚东《玉壶春酒》；南开大学中文系兴艾《送别吉他手》；蚌埠教育学院中文系年捷《雪线与雪泉》；合作民族师专中文系李继宗《无月的山口》；齐齐哈尔师院中文系舟自横《这样一些水域》。

第108辑（1991年1月号）：河南大学中文系刘静沙《大风歌》（二首）；谢朝晖《春日》；公然《半音阶》；南京师大中文系江芳《红烛》；扬州师院中文系啸星《到了一种时候》；鲁迅文学院作家班叶世斌《箭靶》；中山大学人类学系柯达《舞夜》；宜宾师专外语系彭剑《花开在时间的手中》；安徽机电学院机电系白杨《这个季节》；西北

大学中文系南岛《雪中的生命树》；河北师院数学系也村《父亲》；兰州师专中文系孙太平《草原女人》；大连理工大学化工学院化学系梦圆《流年》（外一首）；东北财经大学会计系于开省《别后》；西安交大电子工程系杨春生《夜的光芒》；中国文化书院中外比较文化研究班师榕《雪霁》；湖南师大中文系杨永高《种桃不让春知道》；陕西工商学院工业经济系许青安《新娘花》；张掖师专中文系蓝沙《看月亮》。

其中，比较优秀的大学生诗歌作品有：刘芳森《北邙山拾梦》、于进《灯下》、李建波《我们靠着坟头休息》、叶延滨《爬》、黄祈《道路》、吴稼祥《我走出舞厅》和《我歌唱第一个直立行走的人》、王家新《紫云英》、杜宁《父亲》、徐敬亚《长城上》、彭金山《启明星》、程光炜《我们走向处女地》、曹剑《序》、王治明《同学之歌》、尚春生《告别之歌》、孙晓刚《中国夏装》和《乐队离开城市》、马莉《你，亲爱的小树林》、沈天鸿《苦难》、李彬勇《青年圆舞曲》、李磊《中国，在建楼房》、许德民《凋谢》、于坚《圭山组曲》、邵璞《周末》（原名：《周末，我们去了女生宿舍》）、童中贵（苏童）《松潘草原离情》、彭国梁《泼水节》、刘国尧《别学我，新来的徒弟》、简宁《女儿的海》、戚华海《两只眼睛》、李剑虹《套马手的传说》、张小波《多梦时节》和《毕业到西北去》、菲可《再见，冬妮娅》、祁智《我的心，在北方》、潘洗尘《除夕》、杨榴红《白沙岛》、杨川庆《龙卷风过后》、宋庆平《青岛的海》、王寅《想起一部捷克电影想不起片名》、周伦佑《春节》和《街灯读过那一页故事》、伊甸《快乐的女车工》、宋琳《致母亲》、陈惠芳《玩赌》、华海庆《无题》、钱万成《你的太阳》、邓善洁《总是如此》、沈奇《悬崖旁，有棵要飞的树》、梅越平《梅子黄时雨》、王家新《有你就够了，太阳》、王爱中《哈尔滨中央大街》、苏历铭《猎手》、萧春雷《龙灯》、程宝林《我和母亲》、彭学明《那时》、张稼文《赠挚友李根》、崔桓《太阳山谷》、王鑫彪《冰灯印象》、龚湘海《儿子和父亲》、刘廷璧《第一次约会》、唐欣《情诗二首》和《一个人仰望蓝天》、叶天蔚《坠崖》、邓万鹏《小溪致黄河》、张锋《父与女》、乔玉钢《空龙》、何伯阳《山野季》、群岛《船是他会呼啸的脚》、胡冬《野百合》、王红彬《难忘竹楼》、马永波《凝神》、叶舟《祝福阿欣》、雷平阳《遥寄》和《丧钟为海明威而鸣》、阿信《吉他手徐宁》和《草原牧野的爝火之夜》、元刚《萧军的表》、胡越《野渡》、韩国强《困兽》、黄伟《专列我爱你》、阿寅《大海航行》、伊沙《寂寞街》、北遥《来客》、曹建平《听江南雪》、谭延桐《沉吟或凝思》、高新昌《现在回答北岛》和《静夜思》、崔海峰《我山之石》、张国爱《相思岛》、陈欢《街头，那盘没下完的棋》、熊永祥《琵琶记的某个调子》和《晚间音乐》、曾光《悼》、刘海岳《荒魂》、马萧萧《第一关》、洪治纲《生命之旅》、彭斌《堂吉诃德如是说》、邱华栋《大雷雨》、刘思承《雷池》、代宏杰《诗的手掌颤抖着》、海子（湖南湘潭）《历史与风景》、程维《青年郭沫若》、马加《湘夫人》、汪渺《假若，还有来世》、李以亮《虎》、南岛《雪中的生命树》。

第二阶段是《大学生诗苑》的白银时代，时间跨度为1991—2003年（第109—174辑），由李老乡主持编辑。这个时期的《大学生诗苑》特点是具有创新性、探索性。主要表现在以下几个方面：作者创作个性鲜明，诗作具有较高的艺术性和较高的欣赏价值，诗歌佳作较多。

在此期间，《大学生诗苑》发表的作者及作品有：

第109辑（1991年3月号）：光的声音——武汉水运工程学院《水蓝蓝》诗刊摘编：作者有：杜枫《无拘无束》（三首）、辛砚《以一种良好的心境迎接太阳》、袁航《一个人到江边读诗的日子》、廖晖《五月蔷薇依旧》、岳砥柱《水的种子》、肖爱兰《烛女》（外一首）、霍冷《信》、陈絮《九月·菊》、蒙萌《雪的童话》、枕栩燕《等候敲门》、谢燮《敲门》、杨楠《信箱的门》、徐艳敏《初春的阳光》；庆阳师专中文系第未垦《父亲和他的九头细羊毛》；浙江医科大学医疗系徐求是《桃花就是一种青春》。

第110辑（1991年5月号）：中央民族学院历史系张志刚《学会拥抱阳光》；华中理工大学电力系李先举《猎物》（组诗）；江西金融职工大学叶晓武《感觉的花园》；九江师专曾群《周郎剑》；清华大学化工系侯治中《我不停留》；合作民族师专瘦水《桑科草原》；安庆师范学院外语系林华瑜《城市庄稼》；东北工学院陈人杰《现在我正在天穹下》；兰州大学历史系沙基《日复一日》；汉中师范学院李辛《码头》；北京广播学院赵林《渔夫与熊》；北京师大物理系徐胜高《十一月》；宁夏大学中文系蒋文龄《西夏王陵》；华北电力学院娄星《深夜一首诗》（外一首）；扬州师院景旭峰《足球》。

第111辑（1991年7月号）：河南电大经济专业江明《仰望阳光》；长春金融管理干部学院狄娜《半圆的小拱桥》；安徽师大中文系江后起《九只船》；中山大学中文系于万东《阳光照在你半边脸上》；平凉教育学院张多《夏日印象》；绍兴高等专科学校管理系濮波《黄昏》；湘潭矿业学院曾德旷《机会》；安徽财院陈勇《步向雪屋》；辽宁商专西山雨《发第一首诗时》；李森《和母亲生活过的一天》；华东师范大学政教系陈喆《爱情诗二首》；洛阳教育学院中文系张光杰《以后的日子》；华东政法学院犯罪学系凌胜强《月》。

第112辑（1991年9月号）：华中师范大学生物系陆鹏程《扁担》；兰州商学院企管系石子《抿嘴想笑没敢笑》；《十三月》选七——中国人民大学《十三月》诗社：朱文蔚《八月桂花与少女》、张世国《雪的二十行》（外二首）、金汝平《暮色》、张先国《啊咖啡》、娅娅《祖母》；《空间》选三——浙江大学《拓荒者》文学社：林建中《沙滩鱼》、颜翔《火河》、阿波《木瓜》；《晨昕》选五——西北师范大学边缘文学社：敏彦文《情诗第10号》、云丹嘉措《给你》、石战科《窗外》；兰州大学五泉文学社文静《荒芜的道路》；华东师范大学中文系郁帆《丁香遗址》；四川师大中文系山鸿《乡情》（外二首）。

第113辑（1991年11月号）：陕西师大中文系丁小村《牧马河》（组诗）；咸宁师专中文系王屿《抖动的玫瑰》（组诗）；中南财经大学农财系吾介静子《鱼的背后》；兰州商学院财专宋海燕《风筝季节》（组诗）；湘潭矿院机械系肖和尚《沿着一条废弃的知青渠散步》（外二首）；陆鹏程《献给刘胡兰》。

第114辑（1992年1月号）：肖福忠《触不到的花朵》（组诗）；兰州大学地理系沙基《和别的鸟一同飞行》；中央党校函授学院管理专业徐正玺《高原玉米》；复旦大学史洁舲、夏雨清《艺术》；北京广播学院蓝蚁《站在窗口的人》（外一首）；西南师范大学中文系艾巧《去年》（外一首）；西南师范大学中文系刘清泉《被你的光芒击中》；广州外语学院英语系陈荣《假如给我一个空闲的日子》；武汉大学图书馆系璎波《大学 大学》；复旦大学赵红尘《静女》；毕节师范专科学校龚红梅《母亲》（外一首）；李浔《红伞下》（组诗）。

第115辑（1992年3月号）：四川行政财贸管理干部学院财税系蒋雪峰《少女与鸦》（外二首）；成都地质学院管理系张文国《毕业之歌》（组诗）；云南经济管理干部学院企管系朱林《歌唱生活》（组诗）；商丘师专中文系郭钦立《陶渊明给一棵桑树的祭文》；华东师大中文系陆晓东《词人》；兰州师专体育系董瑞霞《无风的夜》；彭剑《夏天的回味》；湖北大学中文系彭学明《屈原》；武汉大学图书情报学院图书系黄丽斌《四种心情》；兰州大学中文系汪跃华《镜中的安娜》。

第116辑（1992年5月号）：母亲的月亮——河南师大潮兴文学社供稿：凡富堂《一种声音再度辉煌》；张帆《乡村电影》；王诗一《母亲的月亮》；樊征程《老房子》；尚田《乡祭》；尚伟《怀念写诗的祖父》；华南师范大学中文系吕庆秋《独行者如另一种阳光》（外三首）；狄娜《小蚂蚁讲给小花的鬼故事》；湖南师范大学中文系刘继业《窗前》（外一首）；心灵的答卷（院校小诗选萃）——璎波《江汉平

原》；南京林业大学胡伟《岁末的一首关于雪的歌》；吉林大学李海滨《纪念夏天》；北京大学何鲤《水中花影》；内蒙古工学院贾振声《哄小儿》；兰州大学郑红瑞《市风》；江西师大蹉跎《忆念草叶》。

第117辑（1992年7月号）：鸟的叫声究竟有多长——中国人民大学学生会《十三月》诗社：张先国《一身绿从叶上走过》、张世国《夜曲》（外一首）、朱文蔚《鸟的叫声究竟有多长》、金汝平《远行》（外二首）、老航《你的爱遥远无期》、万晓芳《试探》（外一首）；北京光明中医函大内科系桃佛《鹅黄的小路》（组诗）；华南师范大学美术系池少伟《另一种心情蔓延》（外一首）；中南财经大学经济系兰溪《江南雨》（组诗）；西北师范大学中文系徐兆寿《中国古典音乐》（组诗）。

第118辑（1992年9月号）：夏雨清《山鬼》；宁夏教育学院中文系徐幼平《北方故事》（组诗）；甘肃成人自修大学中文系董建辉《照片背面的日记》（组诗）；云南民族学院中文系阿核《伴一抹微笑》；中国人民大学财经系张丽《雪》；徐兆寿《情歌》；华东师大中文系王哲《暮》；兰州商学院财经系张建平《雪花村庄》；曾德旷《欢颜》；北京大学研究生部刘海军《远游的诗人与星星们》；湖北大学中文系程良《列车驶过雪野》；河南大学中文系李民超《走过麦地》；武汉大学留学生部夏斐《干杯》；四川师院阿登《这是一个埋雪的季节》。

第119辑（1992年11月号）：华南师大政法系莫宏伟《异域荷花》；清华大学电机系姜涛《云朵和水》；西北师大中文系刘晋《瞭望》（外二首）；西北政法学院周少华《用诗歌抚摸秋天》（外一首）；福建师大黄一真《火焰》；北京大学阿澜《汉字》；陕西教育学院陈建宏《玫瑰》（外一首）；浙江大学林建中《翠鸟》；天水师专李雅春《同一种情绪》。

第120辑（1993年1月号）：大连理工学院郭玉铸《波涛与海岸之间》（组诗）；南野《玫瑰等等》（组诗）；中国新闻学院孔凡青

《诗歌在手中相传》；华东冶金学院蒋文《再次敲门》（外二首）；石家庄陆军学院周启垠《1810．必然．无神．雪莱》；成都地质学院曹向东《夜歌》；李雅春《雨中》；温州教育学院叶存政《桃花桃花》（外一首）；自贡职业大学聂作平《从篱门走出的表妹》；厦门大学雷霆《梦与花》；武威教育学院高仲科《请你回忆》。

第121辑（1993年3月号）：华东师范大学余弦《秋天的树影正被日光挪动》；湖南师大数学系太阿（曾晓华）《葬我于雪》；艾巧《红茶馆》；天津师大中文系冯会婷《感谢棕榈》；思茅师专马金莲《冷色日子》；浙江严州师院包东群《晚钟》；淮南师专梁作成、王丽《起风了》；华东师大江南春《逝者的花园》（外一首）；运城高等专科学校段志勤《雪村·马·箫声》；阿核《站立的期待》；华中师大刘小柯《翔》（外一首）。

第122辑（1993年5月号）：太阳部落——西北师范青年诗歌学会：宋君《怀念雷锋》（外二首）；亦雪《生命的田园》；颜峻《回答》（外二首）；张哲《静坐时期待一种声音》（外二首）；朱丽霞《一世请求》（外一首）；关瑞《或许不是为了我》（外一首）；汪沛《单程列车》；萧音《爱情抑或冻果》；广州外国语学院英语系巢国辉《两只小鸡》（外二首）；甘肃电大中文系丹冬《丹冬和她的小屋》；陆晓东《给一个朋友的生日》（外一首）。

第123辑（1993年9月号）：宝鸡教育学院中文系晓歌《梦里跳出的红狐狸》（组诗）；朱文蔚《巴颜

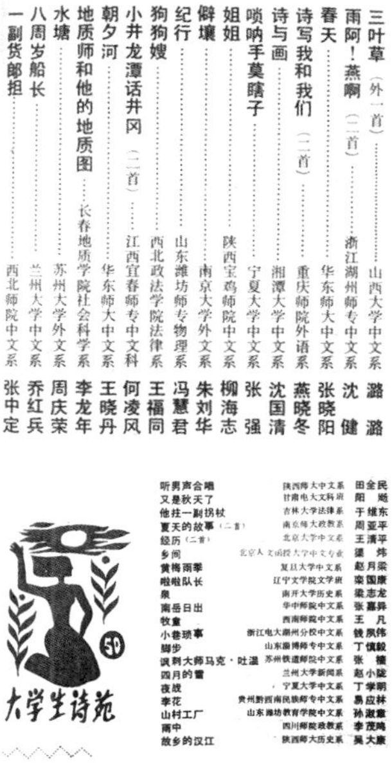
三叶草（外一首）……山西大学中文系 潞潞
雨阿！燕啊（二首）……浙江湖州师专中文系 沈健
春天……华东师大中文系 张晓阳
诗写我和我们（二首）……重庆师院外语系 燕晓冬
诗与画……湘潭大学中文系 沈国清
唢呐手莫瞎子……宁夏大学中文系 张强
姐姐……陕西宝鸡师院中文系 柳海志
僻壤……南京大学外文系 朱刘华
纪行……山东潍坊师专物理系 冯慧君
狗狗嫂……西北政法学院法律系 王福同
小井龙潭话井冈（二首）……江西宜春师专中文科 何凌风
朝夕河……华东师大中文系 王晓丹
地质师和他的地质图……长春地质学院社会科学系 李龙年
水塘……苏州大学外文系 周庆荣
八周岁船长……兰州大学中文系 乔红兵
一副货郎担……西北师院中文系 张中定

听男声合唱 陕西师大中文系 田全民
又是秋天了 甘肃电大文科班 阳 飏
他拄一副拐杖 吉林大学法律系 于维东
夏天的故事（二首） 南京师大政教系 周亚平
经历（二首） 北京大学中文系 王清平
乡间 北京人文函授大学中文专业 缪 炜
黄梅雨季 复旦大学中文系 赵月梁
啦啦队长 辽宁文学院文学班 栾国康
泉 南开大学历史系 梁志龙
南岳日出 华中师院中文系 张嘉异
牧童 西南师院中文系 王 凡
小巷琐事 浙江电大湖州分校中文系 钱夙伟
脚步 山东淄博师专中文系 丁慎毅
讽刺大师马克·吐温 苏州铁道师院中文系 张 檣
四月的雪 兰州大学新闻系 赵小陵
夜战 宁夏大学中文系 丁学明
李花 贵州黔西南民族师专中文系 易应林
山村工厂 山东潍坊教育学院中文系 孙淑章
雨中 四川师院政教系 李茂鸣
故乡的汉江 陕西师大历史系 吴大康

《大学生诗苑》第49、50辑

喀拉日记》（组诗）；兰州大学古马《青衣蚂蚱》（组诗）；短诗集锦：青焰（8首）：安徽巢湖电大孙启放《豹》；河北沧州师院李洁《空房间》；周启垠《春天的鸟》；复旦大学史小芳《九月桃花居》；冯会婷《无望之爱》（外一首）；合作师专宗辉《冬至》；天水师专文保田《站在山顶》。

第124辑（1993年11月号）：春天和谷穗之间——安徽师范大学江南诗社：沈国全《清晨》、陈洁峰《果实以外的秋天》、张晓明《一只船》、吴本才《春天的歌》、般涉《冬日我回到故乡》、胡明耀《游侠》、杨萌《深秋的花朵》、张家红《春天从梅开始》、邢鸿飞《第一阵风》、张应中《黑鸟与我们的黄昏》、吴平安《祈祷词：风》、孟红霞《以雪为界》；张先国《蔚蓝的瓦棱》；甘肃电大冰霓《那朵亮丽的云》（组诗）；记忆的方格（短诗七首）：万晓芳《乡村》；淮北煤炭师院外语系梁木（谭旭东）《舞夜声音》；湖南财经学院平白如《记忆的方格》，内蒙古师范大学汉文系殷杉《为红而颂》，湖南大学化工系夏树人《手的断想》；曾晓华《旱船》；内江师专李雳《花园与海水》。

第125辑（1994年1月号）：南野《远方的追踪》（组诗）；萧音《花园》（组诗）；华东师范大学中文系帅涛《饱经严寒的无花果》（组诗）；花格木窗（短诗7首）——中国人民大学苦马《鞋》；葛洲坝水电学院汪再兴《别用数钞票的目光看我》、重庆大学李振东《蝴蝶在窗前乱飞》、山东大学于文华《寄语乡村》、甘肃联合大学张彦荣《邀你同行》、中国人民大学刘凯《月光虚掩》、西北师范大学冯国伟《春天的男孩》。

第126辑（1994年5月号）：马头琴的歌（诗8首）——西北民族学院《校报》：东方红《伊人高娃》（外一首）、李海波《渡》（外一首）、陶颖《回归》、李晓玲《我寂静的时刻》、郭红英《女孩儿不是月亮》、马晓彬《光阴的故事》；北京大学中文系沙光《复活的眼睛》；黑龙江商学院食品系麦可《有人》（外二首）；甘肃省教育学院中文系张怀元《果园》（外二首）；河南师范大学中文系未艾《大地之子》。

第127辑（1994年7月号）：人邻《黑紫的崖壁》（组诗）；北京大学中文系作家班是石《不会离家太远》（组诗）；上海师范大学物理系姚欣宏《为美丽而抒情》；甘肃电视大学万小雪《走不出你的微笑》（外二首）；西北师范大学麦克《我独自走过这条路》（外一首）；天水师专董政中《特别的爱给特别的你》（二首）；定西教育学院贾淑芳《西方的天空出现光芒》（外一首）；刘小柯《收麻的少女》。

第128辑（1994年9月号）：蜂的语言与花容——中国人民大学十三月诗社部分社员诗与诗观小集：朱文蔚《太阳在另一边闪烁》、苦马《笔》（外四首）、张先国《童贞岁月》（组诗）、刘黄《雪走在往日的路上》（外二首）、赖大平《石头城上儿女情长》（组诗）；西南师范大学中文系王中举《火车》（外一首）；湖北大学中文系陈学兵《老妪》。

第129辑（1994年11月号）：武汉大学图院董昊佳《盛满露珠的大碗碗花》；余弦《两封不同的信》；四川师大中文系干海兵《蓝色的抒情诗》；合作民族师专王生福《河西的麦子》；涪陵师专中文系罗进《英雄》（外二首）；山东师大中文系敬文东《剑》；定西教育学院赵国宝《一手拍在春天的背上》；兰州大学中文系李红兵《申请补助》；湘潭大学中文系任国保《外婆》；中央民族大学中文系韦荣华《两捆依偎的柴火覆满青藤》。

第130辑（1995年1月号）：天水师专梅吉凯《做一个幸福的人》；郑州大学计算机系靳林云《峥嵘》；汪跃华《有时候，六月》；北京大学中文系晓音《塔：冬天三章》；黑龙江大学历史系渠大都《悲剧的表达》；黄冈师专中文系刘千鸿《最后的艺术家》；李红兵《禅悟》（外一首）；谭旭东《舞厅随想》（外一首）；贵州民族学院黄家伟《往事难忘》；华东师范大学缪克构《梦幻之鱼》。

第131辑（1995年2月号）：任国保《河之经典》（组诗）；胡明耀《平淡是后来的事情》（组诗）；丹冬《石头缝里长出的小眼睛》；妹妹，请坐在一束阳光上回家（短诗14首）：赵国宝《草在镰刀周围生长》、甘肃教育学院余晖《葡萄架下》、天水师专赵海宁《观云》、兰州大学安俨《为箫造一座坟》、庆阳师专连鹏《伞》、黑龙江大学斯干《在众多的兄弟之中》、首都师范大学阿常《爬山虎》、广州外国语学院陈荣《妹妹，请坐在一束阳光上回家》、西安建筑科技大学谭克修《合唱》（外一首）、内江师专陈敏《在梦的尽头》、南充教育学院李政《乡村和一首诗》、河南大学刘学晖《怀念坡地》、东方红《水声》。

第132辑（1995年5月号）：阳光打落飞雪的声音——安徽师范大学江南诗社诗选：吴国桢《颂歌：献给伐木工人》（外二首）、许绪稳《稻子熟了》（外二首）、汪春杰《城》、张应中《秋月》（外一首）、王祝映《我吹我的笛子》、杨海燕《布谷声声》、袁莉莉《轻按住心灵的琴弦》、胡萍《给你》、谢琳琳《踏雪寻梅》、施晓琼《花园的传说》、徐艾学《湖中鱼》、吴平安《最真的花朵》、刘克红《无花果》、吴恰兵《归》、田旭《印象：凡高》；菏泽师专艺术系徐俊国《边走边唱》（组诗）。

第133辑（1995年9月号）：安徽师大中文系吴忌《祝福广告》（组诗）；万小雪《为了爱 也为了火》（组诗）；铜陵财专崔国发《村庄上方的鸟》（外二首）；扬州大学师范学院陈剑《雨中雄鹰》（外二首）；湖南大学化工系王勇《生命中的三只苹果》（外一首）；南京政治学院新闻系潘超《石头》（外一首）；董昊佳《外出的人》；合肥教育学院汪抒《午后起床》（外一首）。

第134辑（1995年11月号）：谭克修《西安记事》（组诗）；西南师范大学中文系宋冬游《六个春天》（外一首）；天水师专中文系赵海

宁《大学埋葬的冬天》；中国人民大学中文系邓凯《黄昏》（组诗）；李红兵《想你，在某一个黄昏》（外二首）；任国保《葬于温柔》（外一首）；江芳《另一种远方》（外一首）；河南大学中文系荆深《香椿树》。

第135辑（1996年1月号）：西北政法学院冰河《当找寻的言词隐向深水》（外四首）；是石《蓝火苗》（组诗）；宋冬游《飘零》（组诗）；刘学晖《月亮》；董昊佳《米杏》；云南省委党校大专函授班陈衍强《粮食进城》；湖北师院中文系南人《倾听》（外一首）；兰州大学中文系尹婷婷《咫尺情怀》；潘超《灯盏》（外一首）。

第136辑（1996年3月号）：方文竹《晨曲》（外二首）；西南师大中文系彭玉星《衣服》（外三首）；北京广播学院新闻系冯冉《牵手》（外二首）；湖南师大中文系李雅莉《致小女：柔》；安徽师大中文系芳菲《想象爱情》；北京广播学院铸剑《你》（外一首）；河南大学中文系潘志贤《恭候命中注定的夏娃》；固原师专中文系马占祥《科尔沁》；嘹亮而悠远的笛音（短诗七首）：四川师范学院杨晓莹《对不起，我不能容下你》、汪抒《落霜》、西北民族学院阿宓《爱上一个诗人》、宜宾教育学院罗锡文《醉者》、张掖师专杨永锋《河西走廊》、甘肃教育学院陈尚敏《叶赛宁》、荆深《盲人》。

第137辑（1996年5月号）：反弹的光线兴奋地舞蹈——安徽师大《江南诗社》诗作集锦：徐春芳《站在历史后面说话》、高小昕《今年冬天》（外一首）、陈洁峰《1995年12月24日夜》（外二首）、任声策《春的质惑》、孟冠军《雪·印象》、刘克红《晨曦中的别离》（外二首）、汪加龙《晚秋之韵》（外一首）、郭传梅《锁》（外一首）、郑健《今夜，我燃起一根蜡烛》、徐红军《过寒塘沿》、杨海燕《伤逝》、彭倩《感动》、余琴《写给生辰》、唐玫《雨夜》。

第138辑（1996年9月号）：方文竹《光的使者自言自语》（组诗）；邓凯《春天十四行》；中国人民大学中文系夏宏《整装待发的彩

虹》（组诗）；万小雪《荷花枕着我们》（组诗）；庆阳师专北浪《夜里行程》（外一首）；汪渺《屈原》。

第139辑（1996年11月号）：崔国发《四季：心灵套曲》；中国科技经营管理大学涉外企业系石龙《笑容的审视》；方文竹《词与物》；董昊佳《金黄的絮语》（组诗）；南京大学作家班卢斌《语言》（二首）；南京大学作家班王爱国《诗人》（外一首）；江芳《镜子中的南方》。

第140辑（1997年1月号）：兰州大学中文系元霖《鸟》（诗剧）；宋冬游《中途的门庭》（组诗）；汪渺《针眼》（外三首）；陇南教育学院张雄《北方》（外二首）；郑州大学中文系沙落雁《树》（外一首）；甘肃教育学院余晖《蝴蝶标本》；黄冈师专陈邦良《怀念此刻的时光》；中国人民大学新闻系彭凯雷《写诗》；兰州大学中文系段彩琴《雹》。

第141辑（1997年3月号）：扬鬃的霞光——甘肃教育农学院《涛声》文学社诗选：汪渺《花子上帝》、兰冰《无需皈依的灵魂》、马清源《人，云和土地》（外一首）、张亚平《感谢七月》、郑建勤《别离》（外一首）、陈赟平《夏天的阳光》（外一首）、杨华《动物园看兽》、沈永富《苦楝》、陈尚敏《二胡》、杨柱贤《六月 我渴望一场雪》、冯立民《行路》、沈典同《昼. 夜》；彭凯雷《齐齐哈尔的女孩》（组诗）；张掖师专马奋强《怀念犬吠》；兰州大学成兆文《初恋》；甘肃省委党校大专班谭粉玲《不愿再见你》。

第142辑（1997年5月号）：方文竹《1996年自选诗》；广西大学中文系王忠民《诸子百家》（组诗）；北京大学中文系阎妮《青海湖》；北京师大中文系作家班童梦《路，纷纷向我走来》（组诗）；兰州大学外语系陈燕飞《阳光和风的女儿》（组诗）；沙落雁《倾听石榴花开的声音》；安徽师大外语系陌桑《关于我和一只猫的故事》（散文诗）。

第143辑（1997年7月号）：南京师范大学中文系张永刚《俯瞰喧

哗》（组诗）；邓凯《野三坡回忆》（组诗）；芳菲《音乐玫瑰》（组诗）；王爱国《岁月无言》（外二首）；安徽师范大学音乐系艾华《圣诞夜》（外二首）；冯国伟《行人》（外一首）；黑龙江大学中文系蔡敏《写给小妹的诗》；甘肃工大基础系王玉君《春的飞腾》；黑龙江大学中文系张宇宁《要求》；西北民族学院郭红英《生命》（外一首）。

第144辑（1997年9月号）：张应中《诗歌不远》（组诗）；王忠民《远方》（组诗）；元霖《三首民歌和一条河》（组诗）；河南大学中文系宋晓峰《黄河之魂》（外一首）；董昊佳《浅唱的芦苇》（组诗）；宋冬游《紫色月光》；兰州工业专科学校李满强《私人生活》（外二首）；安徽师大中文系汪先腾《写给姐姐》；安徽师大中文系汪加龙《听课时分》。

第145辑（1997年11月号）：南京大学中文系作家班娜夜《冰灯的燃烧或焚灭》；南京大学中文系作家班卢斌《原滋原味》（组诗）；南京大学中文系作家班阿溶《警醒与猜疑》（组诗）；彭凯雷《取道长空》（组诗）；安徽师范大学中文系石南《月光照在我的身上》（组诗）；兰州大学常立霓《你的影子亮了一下》；辽宁师范大学钱亚平《为你而歌》（外一首）；北京师大继续教育学院何睿《春夜》。

第146辑（1998年1月号）：王忠民《过冬的方式》（组诗）；潘超《踏月归来》（组诗）；何睿《北方的眺望》；黄石市电大中文系黄海《从星尘抵达曙光》；湖南大学人文系蓝宇《夜晚停在一盏灯上》；中国人民大学中文系李子迟《送别》；广西大学中文系黄鹏飞《月光少女》；西北师大政法系柴春芽《杜甫》；李红兵《仲秋情思》；甘肃政法学院刘世东《短诗三首》。

第147辑（1998年5月号）：方文竹《上帝离地三尺》（组诗）；邓凯《大都》（组诗）；邢海珍《梦想潺潺而过》（组诗）；西北大学周公度《情诗五首》；柴春芽《守望者》(外二首)；华东政法学院斯南《温存地对望》（组诗）；西南政法大学经济法系李让《深秋的荷

塘》；西北大学新闻系周渔《黎明：我对自己的影子说》（外一首）。

第148辑（1998年7月号）：北京师范大学中文系徐峙《影子溅出光芒四射》（组诗）；北京师范大学杨志《海颂》（外三首）；延安大学郝岩冰《意象惊醒村庄的铃铛》（组诗）；王忠民《沉重的乡愁》。

第149辑（1998年9月号）：敬文东《临行前：催促幸福》（组诗）；成县师范中文大专班陈建云《风筝．少年．老人》（外三首）；石龙《紫丁香的四月》(组诗)；甘肃教育学院贾建文《翅膀忽闪忽闪》（组诗）；贵州大学法律系拿尔《深谷》（外一首）；安徽大学中文系吴瑞爱《故乡二题》；何睿《被放逐的光芒》(外二首)；中南政法学院徐阳光《春之歌》；娄底师专中文系无名氏《母亲的金桔花》；西北师大刘永虎《乡下来的打工妹》；河南平原大学雷子《歌声》；西北民族学院桂晓军《外乡人》。

第150辑（1998年11月号）：钟声，为美而鸣——华东理工大学星期四诗社诗作小辑：李兴龙《无花树》、胡海伦《梦中的海》（外二首）、潘海威《留恋》（外一首）、易勇《钟声，为美而敲》、陈永好《那年桃花》、刘松《立秋》（外一首）、田雷《蔷薇园》、张黎明《秋天里的春天》（外一首）、陆巍娜《北方．心事》、罗瑞兰《听雪》、闻生《不要在有雾的日子里放声歌唱》；甘肃政法学院经济法系尹枫《高高的云髻》（组诗）。

第151辑（1999年1月号）：诗论五篇——西北师范大学中文系：马世年《拒绝异化 怀平常心》、李晓东《衰落的眼前与身后》、严文科《为时代发言》、张清《个案的证伪》、赵鹏《新诗写什么》；南充教育学院中文系朱胜国《城市手记》（组诗）；湖南农业大学梁宇清《向往高处》。

第152辑（1999年3月号）：上海师大人文学院灵剑《一只野鹿穿过楼群》（组诗）；山东大学中文系简敏《梦中有丛罐罐花》；天水师专中文系王元中《用回忆对现实倾诉》（组诗）；刘小柯《宫女红墙》；

钟声，为美而鸣——华东理工大学星期四诗社诗作小辑（下）：程兆民《骑士啊，向前》、罗亮《语言爱情》、白沙《三月》、絮飞《冬夜》；梁宇清《写给爱人》（外一首）；黑龙江大学金融系李春辉《磷火》（外一首）；天水师专董贵元《梅》（外一首）。

第153辑（1999年5月号）：冰河《在你的光辉里祈求幸福》（外三首）；西北师大阎海东《作为礼物的童话》；甘肃农大王水《梦里邂逅诗仙》；中国人民大学阎广华《古城》（外一首）；李春辉《雨夜伊甸园》；甘肃教育学院冯彩霞《树，我怎样对你说》；甘肃工业专科学校叶梓《落雪的夜》；陕西师大念蒙《家乡有消息》；湖南师大卢登峰《写给小敏》；天水师专郭富平《答复》；陕西师大王琪《尘埃》。

第154辑（1999年7月号）：幻影在梦的深处浮动——云南大学中文系银杏文学社诗选：陈云《坐在石头上阅读诗歌》、闵剑《烟叶淹没了青春的身子》（外一首）、杨晓雯《失忆瞬间》、周蔚蔚《相遇》、尚正灿《三月风景》、朱胜国《进入城市的水鸟》、梁宇清《乡村记忆》；海南大学经济学院金融系布丁《爱情是伤感的舞蹈》。

第155辑（1999年9月号）：远方的螺号正为风帆吹响——华东冶金学院听潮诗社诗选：雪人《独坐在时间深处》（外一首）、金学文《留在风中的痕》、林飞《菩提无树》、唐季忠《吉祥的火鸟》、剑龙《诗人及其生活》；绥化师专中文系邢继婷《思念的颜色》（组诗）；兰州大学圣高《笑窝风铃》（组诗）；北京师大艺术系陆德传《有一种可能》（外二首）；云南大学中文系鸽子《是话已到尽头》（组诗）。

第156辑（1999年11月号）：湖南师大法学院宋志刚《坚守心中的黎明》（组诗）；何睿《飞翔的姿势》；扬州大学中文系周巍《零碎的我》（组诗）；西北民院历史系郭弘《清明梨花》（外一首）；淮南工业学院王飞《遥望北方》（外一首）。

第157辑（2000年1月号）：北京师大中文系王珂《一个诗人与一个英雄的对话》（组诗）；南京大学中文系马虹琴《身体的花园》

（组诗）；阎海东《蓝色的闪电》（组诗）；郝岩冰《西北，西北》（组诗）。

第158辑（2000年3月号）：浙江大学中文系行者《历史的天空》；鸽子《朝阳的城市》（外一首）；汪跃华《去金汇港》（外一首）；曲阜师大中文系西冷《叶子打在脸上》（外一首）；安徽师大文学院韦秀芳《赤橙黄绿青蓝紫》（组诗）；石龙《激情的眺望》（组诗）；山东青年管理干部学院那人《你是时针》（外二首）；甘肃教育学院张玉明《读《诗经》》（组诗）。

第159辑（2000年5月号）：延安大学中文系王云祥《碑页》（组诗）；陆德传《新时期作品第二》；陕西师大中文系陈海强《我要找到诗歌的故乡》（外一首）；浙江师大余小平《午夜的阳光》（外一首）；中国科技大学包晓云《相思列车》；西南师大千秋雪《从明天起》；梁宇清《五月荷花池》；庆阳师专杨瑞新《倾听阳光》；武汉大学商学院工商管理系晓碧《猜心》；尚正灿《风的后面是风》。

第160辑（2000年7—8月号）：精选1981年至2000年发表的诗歌作品65首，作者及诗作有：刘芳森《北邙山拾梦》（节选）、于坚《斗牛》、童中贵《深夜马蹄声》、何绍义《沉船》、何香久《半个月亮》、程宝林《我和母亲》、简宁《冬天》、张欣《寡妇门前的狗》、王玉《一点》、权善《无题》、柯平《十一点下雪》、贾雷《陋室》、夏红雪《十三只鱼鹰》、于世涌《军校周末》、周文钊《领袖》、孟梦《夏虫之忆》、张久森《向导》、姜方《匐地藤》、程维《青年郭沫若》、张莹《隐私》、刘静沙《深夜 扼腕而听编钟轰鸣》、杜枫《如果鸟再次升起》、第未垦《父亲和他的九头细毛绵羊》、江后起《九只船》、沙基《山树》、李浔《旧车票》、彭学明《屈原》、狄娜《孤独的英雄》、朱文蔚《马眼》、沙光《诋毁》、姚欣宏《在波黑 野花烂漫》、苦马《播种者》、张先国《对刀的认识》、刘黄《盯住这里的每一个字》、余弦《两封不同的信》、任国保《黄河》、胡明耀《爷爷是一片最老的雪》、丹冬《以备停电》、陈剑《老歌》、谭克修《遇见盲眼的琴手》、宋冬游《乞丐》、刘学晖《乌鸦》、铸剑《他们》、徐春芳《1898及谭嗣同》、陈洁峰《1996年元月1日晨》、方文竹《参观酒厂》、石龙《你来了 诗人的降生日》、董昊佳《天籁》、汪渺《割开刀锋的曹植》、张雄《倾听》、马奋强《怀念犬吠》、成兆文《初恋》、王忠民《老子印象》、张永刚《狼》、邓凯《黑暗中的马》、蓝宇《给一个夜晚》、周渔《黎明：我对自己的影子说》、朱胜国《民工窝棚》、灵剑《悲观主义》、刘小柯《想象的西施》、布丁《细节》、唐季忠《无痕》、何睿《随笔》、阎海东《一只鸟》、韦秀芳《李贺》。

第161辑（2000年11月号）：千秋雪《在春天》（组诗）；缪克构《把一个英雄的梦想解下绳索》（组诗）；中央戏剧学院戏文系马也《节气：小雪和大雪》（二首）；鲁迅文学院谷禾《城市季节》（外二首）；尚正灿《风中草地》；甘肃教育学院中文系穆河《风中的村庄》。

第162辑（2001年1月号）：河北师大中文系语童《暴风雨，落到一张纸上》（组诗）；缪克构《情爱四重奏》；北京师大中文系潘华金《玻璃独有的光泽》（组诗）；鲁迅美术学院于艾君《贝壳的渴望微微开启》（组诗）；尚正灿《村庄，我的村庄》（外二首）；余小平《期待激情》；山东大学考古系李仕严《深夜，就着烛光咀嚼煎饼》。

第163辑（2001年3月号）：山东大学文学院中文系尚斤《躲在时间背后的人》（组诗）；中国社会科学院研究生院冬青《跨洋之虹》（组诗）；吉首大学中文系楚浪《湘西正在飘雪》（组诗）；兰州大学中文系江林《走在大街上》（外二首）；四川大学哲学系熊盛荣《黔南，我的行吟与拷问》（外一首）。

第164辑（2001年5月号）：固原师专英语系许小龙《春天的情绪》（组诗）；山东大学中文系王春芳《像蔷薇一样美好》（组诗）；兰州

师专中文系吕晓春《玉门之旅》（组诗）；西安体育学院路男《沉默的木犁》（组诗）；湖南师范大学叶庆瑞《观电视片《南京大屠杀》》（外一首）。

第165辑（2001年7月号）：浙江师大人文学院王昌忠《深入色彩》；西北师大中文系郭富平《水龙头里的水诉说了整整一夜》；陈海强《最美的洁》；西北大学西北历史研究室高泽言《子衿》（外一首）；洛阳工学院基础部职立《宇宙长歌》。

第166辑（2001年9月号）：贵州民族学院中文系张思源《诗四首》；鲁迅文学院席卉芳《秋之韵》；陈尚敏《生命离不开飞翔》；甘肃政法学院法律系曾飞燕《不动声色的人们》（外二首）；南京政法学院新闻系何守宁《玻璃易碎》（外一首）；天津师大冯昭《唐时姑苏》（外一首）；兰州师专朱晓峰《别了，母亲》。

第167辑（2001年11月号）：西南师大美术学院汪洋《和黑蝴蝶一起醉倒》（外三首）；熊盛荣《一个地域的背影》；辽宁大学颖瀚《鸟的足迹》（外二首）；绥化师专中文系张婷婷《开满玫瑰的白桦树》（外一首）；绥化师专姜超《猜想明天》（外一首）；天水师范学院后建清《陶渊明》；桂林陆军学院李江华《工地旁的小商店》。

第168辑（2002年1月号）：四川大学哲学系田荞《夏天的高原》；许小龙《北方歌谣》；曾飞燕《长短不一的苇笛》；吉首大学秦戈《踩着桃花的肩膀上升》；天水师院中文系雨眠《西行驿站》；邵阳师专袁明球《古典情节》。

第169辑（2002年3月号）：吉首大学政法学院陆群《今夜我宿在外婆的村庄》（外一首）；绥化师专中文系薛秀萍《七星瓢虫》（外二首）；吉林大学文学院影子《昨夜，我走过你的窗外》（外一首）。

第170辑（2002年7月号）：华中师大历史系乔士华《逼视世界之窗上的废墟》；陈海强《希望爱情像雪花一样》；河西师院中文系陈昊《历史的孩子们》；云南省委党校研究生部马丽芳《风中的新娘》（外

一首）；许小龙《六盘以西》（外一首）；北京师大外语系刘星《明信片》（外一首）；湘潭大学肖燕芳《我会在荷叶满塘的季节回去》；湖北民族学院刘雷《永别了，日记》；北京师大中文系潘华金《校园故事》。

第171辑（2002年9月号）：兰州大学中文系唐翰存《灯影里的人和物》；中南财经政法大学新闻系杨波《梦幻开始的地方》；南开大学保险系李亮《乐呵呵的哥哥》；兰州师专中文系杨维东《苦荞麦》。

第172辑（2002年11月号）：颢瀚《我和三月》；田荞《大麦地》；合作民族师专雪山魂《聚会》；天水师范学院雪儿《星梦》；新加坡国立大学中文系秦人《四安四景》；熊盛荣《家乡》（外一首）；延安大学中文系洛源《短诗二首》。

第173辑（2003年1月号）：陈海强《灵魂之诗》；西北民族学院汉语系穆丽《我的太阳和雪花》；山东理工学院文学院沈风国《在乡村的风里读《诗经》》；陈昊《居延海的遗物》；上海师大中文系梁弓《雪天》（外一首）。

第174辑（2003年5月号）：天水师范学院中文系李王强《面对天水麦积山》；合作民族师专王小忠《我们的天空》；黑龙江大学文学院王波《逃脱》；天水市林业职业技术学院巩娟《如果说你爱我》；西安外国语学院蒋建华《母爱》；西北民院外语学院谢耘《秋雨》；天水师范学院冰珠儿《梦》；宁夏大学李亚《秦腔》；天水师范学院中文系啸河《陇西》；刘星《邀约》。

其中，比较优秀的大学生诗歌作品有：杜枫《饮者》、徐求是《桃花就是一种青春》、曾群《周郎剑》、江明《天籁》、陆鹏程《扁担》、赵红尘《静女》、张文国《请你告诉罗昵》、陆晓东《词人》、盈波《江汉平原》、桃佛《我小狗般的爱人》、夏雨清《山鬼》、刘晋《林则徐》、太阿《葬我于雪》、江南春《逝者的花园》、颜峻《回答》、晓歌《梦里跳出的红狐狸》、南野《远方的追踪》、萧音《花园》、东方红《伊人高娃》和《有关蒙古马》、李海波《渡》和《驿站》、赵国保《一手拍在春天的背上》、梅凯吉《做一个幸福的人》、靳林云《峥嵘》、缪克构《爱情》和《把一个英雄的梦想解下绳索》、任国保《河之经典》、陈荣《妹妹，请坐在一束阳光上回家》、徐俊国《边走边唱》、吴忌《祝福广告》、宋冬游《六个春天》、《飘零》和《紫色月光》、郭红斌《剑》、董昊佳《米杏》、汪渺《屈原》和《花子上帝》、卢斌《孩子的语言》、元霖《鸟》、王忠民《诸子百家》和《沉重的乡愁》、李满强《私人生活》、娜夜《冰灯的焚烧或焚灭》、柴春芽《杜甫》、李红兵《仲秋情思》、邓凯《1991年冬天的大都》、邢海珍《神女峰说》、周公度《允诺》、无名氏《母亲的金桔花》、灵剑《悲观主义》、冰河《在你的光辉里祈求幸福》、朱胜国《进入城市的水鸟》、布丁《爱情是伤感的舞蹈》、张永刚《狼》、王珂《一个诗人与一个英雄的对话》、马虹琴《身体的花园》、阎海东《蓝色的闪电》、郝岩冰《西北，西北》、行者《历史的天空》、韦秀芳《赤橙黄绿青蓝紫》、语童《为了忘却的纪念》、高泽言《子衿》、陈尚敏《生命离不开飞翔》、王云祥《碑页》、马也《节气：小雪和大雪》、穆河《风中的村庄》、熊盛荣《黔南：我的行吟与拷问》和《一个地域的背影》、袁明球《古典情节》、薛秀苹《七星瓢虫》、陈昊《历史的孩子们》和《居延海的遗物》、唐翰存《灯影里的人物》、陈海强《灵魂之诗》、李王强《面对天水麦积山》。

第三阶段是《大学生诗苑》的青铜时期，时间跨度为2003—2007年（第175—192辑），由辛晓玲主持编辑。这个时期的《大学生诗苑》特点是延续性。主要表现在以下几个方面：延续了这个栏目的办刊特色，扶持了一批大学生作者，发表了一批质量较高的诗歌作品。

在此期间，《大学生诗苑》发表的作者及作品有：

第175辑（2003年7月号）：谭旭东《一滴雨落下来》；云南大学

民族学系陈能文《我像一汪水》；安阳师院中文系孟令波《明天还有多远》；郑州大学中文系北柳《苦茶树》；北京师范大学中文系杨汤琛《酒的开始》（外一首）；辽宁大学文化传播学院卢秋红《冥想》。

第176辑（2003年9月号）：王珂《激情》（外二首）；兰州大学新闻系旖姗《月亮的体温》；沈风国《黑山岩画》（外一首）；昭通师专管庆云《惟一》（外一首）；华侨大学许不敏《今夜我在水边想你》；陕西师范大学石杨《儿童节》；广西师范大学乌骓《梦里想起那片高原》；刘星《水的故事》（外二首）。

第177辑（2003年11月号）：北京师范大学胡冰《为爱而歌——写给心爱的雯雯》；兰州交通大学信电系张莉《开心果》；黔南民族师范学院外语系查连金《午夜心情》；蒋建华《母爱》；巩娟《如果说你爱我》；绥化师专杨艳丽《微风吹开了窗》（外一首）；李亮《五月》（外一首）。

第178辑（2004年1月号）：杨汤琛《琥珀之光》；华东师大赵思运《把我擦亮》；兰州大学哲学与社会学系陈晓燕《夜歌》（外四首）；广西民院中文系陆辉艳《断想十四行》（外二首）；沈风国《岩画上的一匹红马》（外一首）。

第179辑（2004年5月号）：熊盛荣《今夜我要回到村庄》；冰河《镜中的安娜》（外一首）；蒋建华《寂寞》；西北民族大学汉语系张一《从前 现在》；河南大学文学院宁智沛《源于想象》；孟令波《七月在雨中》（外一首）；西北师范大学物电学院孙小伟《昭君出塞》（外一首）；天水师范学院中文系萧风《杏花天》；兰州师专中文系刘宗林《断章》；西北农林科技大学端木杨《愤怒的耗子》；管庆云《我的乡村》；天水师范学院马治斌《芽》。

第180辑（2004年7月号）：红草莓与迎春花的乡愁——陇东学院中文系学生诗歌小辑：刘皓《青春诗笺》；孙芳《红红的草莓》；汪凤英《飘雪的日子不再流泪》；刘文凭《听，海哭的声音》；缪文静《月光》；何侃昌《苜蓿》；杨斌斌《落叶》（外一首）；张向友《一种思念》（外一首）；柳晓霞《盲人与阳光》；梁渭巍《滑稽与荒唐》；崔国锋《羊皮筏子上的民族》；朱芳艳《蜗居》；权颉《你就是你》；吴亚峰《迎春花开了吗》；景龙《街灯一盏盏灭了》；任玉慧《真相》（外一首）；王瑛娴《月亮》；焦亚杰《邂逅》；梁玲蔚《不是》；李宁《乡愁》；施晴《夜风》；刘海燕《美丽的注定》。

第181辑（2004年9月号）：沈风国《颂辞：春天》（外一首）；贵州师范大学付业兴《大风，从想象中经过》；青岛科技大学周传虎《读〈阿尔的太阳〉》；李红兵《陪伴我多年的鱼》（外一首）；中南民族大学韦广敏《绝世飞天》；吉首大学屈甘霖《一只蚂蚁快要死了》；湖北汽车工业学院张玉成《三月桃花》；陈能文《一个诗人的一天》；南京农业大学连杰《遗嘱》；天水师范学院麻石《家乡》；河南大学文学院宁智沛《祈祷词》。

第182辑（2005年1月号）：沈风国《一些事物在升高》（外三首）；谭旭东《孩子，我该为你做些什么》；绥化学院中文系王立宪《记忆的房间》；天水师范学院张建堂《二胡》；兰州商学院艺术学院赵波《风景》；天水师范学院祁彦芳《给长吉》；西北政法学院杨错《菊梦》。

第183辑（2005年5月号）：暨南大学吾同树《诗四首》；西安外国语学院马卡《长安古意》；天水师范学院少敏子《黑夜的女人》；华中师范大学李勇《将来的事》；兰州电大楼兰《沉默的桃花》；西北民族大学郝炜《雕刻的老人》（外一首）；陇东学院李慧梅《折磨》；陇东学院郭积广《一条鱼儿没了尾巴》；兰州大学于贵锋《竹子》；西北师范大学黄亚峰《思念》；沈风国《诗三首》；甘肃联合大学苏黎明《惜别》。

第184辑（2005年7月号）：熊盛荣《几个词语的黔南》；广西师范大学费城《秋来》（外三首）；华中师范大学李海明《断章》；曲阜师

范大学霍飞《侠客行》（外一首）；刘星《成长》（外二首）；宁夏大学王弘翔《十月的草》；郧阳师范高等专科学校张念念《李白》。

第185辑（2005年9月号）：北京外国语大学梁雨寒《都市冷抒情》；南京大学兰若《在深深的黑篮里》；云南大学白果《倒下》（外二首）；吉林大学沙明亮《秋后田园》。

第186辑（2006年3月号）：王立宪《从前的锁》；绥化学院高兆娣《碾》（外二首）；贵州师范大学倮尼依哈（彝族）《赶路》（外一首）；湖北大学黄瞬《陌生人》；云南师范大学李旭斌《听〈苏武牧羊〉》；张应中《虚幻的玻璃》；西北师范大学张东阳《鸽子》；陇南师专李婷婷《距离》（外一首）；萍乡高专漆宇勤《惟美》；郭积广《六月》。

第187辑（2006年5月号）：王立宪《故园意象》；付业兴《生活笔记》；兰州大学周仲谋《地里的棉花》；重庆大学邓松《我思念的城》（外一首）；西北政法学院杨波《桃花源》；陇东学院丁建华《秋雨过后》（外一首）；西北师范大学阿等《夏日夜晚》。

第188辑（2006年7月号）：姜超《记忆与印象》（外二首）；沈凤国《净土》（外二首）；福建大学三米深《老了》（外一首）；梁雨寒《品读一场雪》；天水师院刘贵锋《我农民的父亲》；郝炜《宋人画像》。

第189辑（2006年11月号）：长江大学向迅《北京手记》；广西民族大学肖潇《站在五月的末端》；山东师范大学韩永恒《一阵风》；广西师范大学薛臣艺《理发师》（外二首）。

第190辑（2007年1月号）：白果《当所有的星星》（外三首）；长江大学缪叶红《我决定给你写信》；吉林大学陕北青蛙《陕北的北》（外一首）；西北师范大学申红梅《着魔》；大连大学张建《日子》。

第191辑（2007年3月号）：黑龙江大学邸兰英《人物》（外三首）；山东大学吴永强《所以》；浙江大学李牧童《碎花》；安徽农业

大学张斐《自杀的古老艺术》（外二首）；延安大学刘欣雨《工地上的女人》（外一首）。

第192辑（2007年5月号）：陈能文《如磁带空转》；山东师范大学薛青蒙《我 祖母 桃树》（外三首）；广西民族大学侯珏《门》；天水师范学院牧马江南《指甲》（外二首）；湖北大学谈骁《细腰》；甘肃广播电视大学职业技术学院石清《来到故乡》（外一首）。

其中，比较优秀的大学生诗歌作品有：赵思运《赵老三的一生》和《新生报到之所见》、冰河《镜中的安娜》、王立宪《记忆的房间》和《无题》、张建堂《二胡》、吾同树《自杀前的海明威》、费城《秋来》、梁雨寒《北漂：我的行吟与拷问》、张东阳《鸽子》、杨波《桃花源》、姜超《记忆与印象》、郝炜《宋人画像》、肖萧《一条河必将与另一条河相遇》、李牧童《碎花》、侯珏《八十年代》。

第四阶段是《大学生诗苑》的黑铁时代，时间跨度为2008—2014年（第193—212辑），由郭晓琦主持编辑。这个期间的《大学生诗苑》特点是传承性。主要表现在以下几个方面：继承和发扬了这个栏目的光荣传统，在有限的期数和页码里推举着诗坛新人和诗歌佳作。

在此期间，《大学生诗苑》发表的作者及作品有：

第193辑（2008年5月号）：广西大学衷新星《洋村》；陇东学院宋德龙《靠着一棵树》；兰州大学文学院张玉双《发裕堡》；安顺学院哑木《头发》（外二首）。

第194辑（2008年8月号）：甘肃农业大学邢天德《祁连山以北的诗句》；宁夏大学田鑫《西夏，西夏》；华东交通大学莫言欢《村庄安静》（外二首）；汕头大学陈碧玉《我把自己降得很低》；陇东学院王海国《诗宣言》。

第195辑（2008年10月号）：广西民族大学韦继丰《我的父亲母亲》（外二首）；中山大学黄鑫《一只麻雀住在贫瘠的冬天》（外二

首）；甘肃联合大学书舟《北院门的那女子》（外一首）；湖北民族学院黄俊剑《独舞》（外一首）；兰州交通大学赵涛《有位客人叫李白》。

第196辑（2009年7月号）：福建师范大学阿盘《一棵草的幸福》；延安大学莞君《祖父的村庄》（外三首）；田鑫《幸福如此渺小》；绥化学院张莹《绿色痕迹》；陇东学院王瑞锋《春官闹春》（外三首）；

第197辑（2009年10月号）：延安大学草舟《我们都是些高高在上的人》（外二首）；兰州交通大学贺东东《二月的杏花》（外二首）；东北师范大学易翔《火车停留的地方都是故乡》（外二首）；中国人民武装警察部队学院杨国伟《唐朝》（外一首）；西北农林科技大学古井《割麦子》（外一首）；兰州交通大学周末《水木火土》。

第198辑（2010年1月号）：天水师范学院牛娅娅《偶尔回首》；内蒙古民族大学何君华《我看见一粒微尘》（外三首）；甘肃联合大学刘双隆《北上》（外二首）；甘肃政法学院石衣《驼铃，驼铃》（外三首）；韦继丰《幸福》（外一首）。

第199辑（2010年3月号）：甘肃联合大学赵文敏《多么自然的事情》（外三首）；西南政法大学马关勋《一个车夫在大街上睡着了》（外一首）；兰州大学赵文君《糖水苦瓜》（外一首）；陕西师范大学何成《母亲》（外一首）；西北师范大学牛艺璇《丁香开了》（外一首）；云南大理学院张伟锋《空瓶子》（外三首）。

第200辑（2010年5月号）：北京师范大学佳木《元大都》（外一首）；遵义师范学院代雨映《未央歌》；中山大学刘梦雅《短歌行》；延安大学高权《农事》（外一首）；兰州大学李航《家园》。

第201辑（2010年11月号）：玉林师范学院安乔子《温暖》；湖南大众传媒学院马迟迟《夜读〈诗经〉》；西北师范大学张启新《从一朵花开始》（外一首）；东北师范大学罗立锋《溪》（外一首）；甘肃联合大学富永杰《桃花盛开》（外一首）。

第202辑（2011年3月号）：北京工商大学艺术与传媒学院苏笑嫣《夜与太阳》；汕尾职业技术学院陈思楷《亡灵说》（外二首）；天水师范学院张鹏伟《白马寺的蝉》（外二首）；吉林化工学院谢小青《时间之爱》（外二首）；中国石油大学胜利学院拜雪《早雾》（外二首）。

第203辑（2011年9月号）：兰州交通大学闫倩《大约在人间》；重庆理工大学杨康《麻雀形》（外三首）；贺东东《深秋之后》（外二首）；佳木斯大学潘云贵《少年的树》（外一首）；河南财经政法大学刘旭阳《白露日》（外一首）；华南农业大学珠江学院温旭《山霞》（外一首）。

第204辑（2011年11月号）：黔南民族师范学院罗小术《与地图有关》；刘梦雅《左枫》（外三首）；华南农业大学流竹《废墟》（外二首）；兰州大学杨小龙《锋利》（外一首）；陇南师专何培牧《村小与日落》（外一首）；广西大学微克《头发的记忆》（外一首）；

第205辑（2012年2月号）：兰州商学院庄苓《那年我们去了石门》（外二首）；海南大学张彩霞《幸福的围巾》（外二首）；兰州交通大学周欣《世界换了锁》（外一首）；四川师范大学倖雪玲《流放》（外二首）；河西学院西北步子《低到尘埃里》（外二首）；甘肃联合大学刘文杰《今夜，我行走在一首词里》（外一首）。

第206辑（2012年4月号）：安徽工贸学院金洋《牵挂》（外二首）；罗立锋《农妇和大学生》（外一首）；湖北师范学院冷亚丽《折起的誓愿》；甘肃联合大学党陆佳《大象山记》（外一首）；甘肃联合大学史顺平《山叶正红》（外一首）；延安大学王攀《梵高死前的一夜》（外一首）；甘肃联合大学慕新路《这里该有一条河流》。

第207辑（2012年12月号）：西安翻译学院左右《梦见》（外二首）；刘梦雅《飞鸟集》（外三首）；北方工业大学刘阳鹤《灯魔》（外二首）；贵州师范学院孔维越《浅忆》（外一首）；甘肃农业大

学苏明《暖风》（外二首）；甘肃农业大学诺布朗杰《女孩》（外一首）；湖南工程学院呰岩《今朝》（外一首）；牡丹江师范学院苏河《园圃》（外二首）。

第208辑（2013年2月号）：杨康《辽阔》；湖南工程学院欧阳宜准《这些日子以来的酒》（外二首）；华侨大学钟小康《龙血树》（外二首）；湖北中医药大学敖运涛《我还是在悄悄看你》（外一首）；衡阳师范学院康伟明《停在芦苇之上的飞鸟》（外一首）；渭南师范学院王落千《想念黄土地》（外一首）。

第209辑（2013年5月号）：康伟明《植树记》（外二首）；陕西理工学院程川《矢菊》（外二首）；西南民族大学盲镜《成都冥想》（外一首）；天水师范学院朱旭东《夜雪》（外一首）；保山学院尹祈晓《追念邓丽君》（外一首）；兰州理工大学紫蔷薇《坐进身体的烟》（外一首）。

第210辑（2013年7月号）：贵州电子信息职业技术学院陈文礼《给简杺的童话》；朱旭东《偏爱左边》（外一首）；程川《宁静的夜晚》（外二首）；河西学院李川《黄昏写意》（外二首）；贵州师范学院孔维越《夜盲子》（外一首）；三亚学院陈吉楚《怀乡病》（外二首）；欧宜准《阳光的故事》（外一首）；渭南师范学院王飞《午夜茶》（外二首）；陕西理工学院王笃飞《广场上的民工》；广西民族大学亘旦《致叶赛宁》（外一首）。

第211辑（2013年11月号）：欧宜准《时令帖》；凯里学院田兴家《我常常写到午后》（外二首）；贵州师范大学姚源清《1997年的秋天》（外一首）；延安大学马映《东风和你不来》（外一首）；三峡大学向晓青《悔不当初：一个字的表达》（外一首）；贵州民族大学杨雪《致梁山伯》；山东财经大学阿桂《逆时光》（外一首）；山西师范大学赵应《锁骨上的猫》（外一首）；诺布朗杰《春语：青稞入土》（外一首）。

第212辑（2014年1月号）：潘云贵《九月的遗忘》（外二首）；聊城大学王冬《清水记》（外二首）；保山学院杨清敬《画星星的猫》（外二首）；西北师范大学悠雨闲客《傍晚的歌吟》（外一首）；尹祈晓《馈赠》（外一首）；陕西师范大学杨舒丞《梦的外形》（外一首）；河南师范大学何云《做梦的女孩》（外一首）；玉林师范学院晓丑《照镜子》（外一首）。

其中，比较优秀的大学生诗歌作品有：张玉双《家事》、哑木《头发》、韦继丰《我的父亲母亲》、书舟《北院门的那女子》、黄俊剑《独舞》、草舟《我们都是些高高在上的人》、易翔《火车停留的地方都是故乡》、杨国伟《唐朝》、牛娅娅《偶尔回首》、何君华《在大别山，致父亲》、刘双隆《烽火台》、马关勋《一个车夫在大街上睡着了》、高权《那个冬夜》、张启新《从一朵花开始》、富永杰《秋衣》、苏笑嫣《九月的骨头软了下来》、杨康《我已经不认识玉米了》和《辽阔》、周欣《我和未出生的你》、刘文杰《今夜，我行走在一首词里》、罗立峰《农妇和大学生》和《我希望是那虫鸣》、冷亚丽《折起的誓愿》和《老屋》、史顺平《捧一束诗歌给母亲》、王攀《我只愿父亲咳嗽一声》、王飞《一个人的队伍》。

附录二 《大学生诗苑》评奖活动

《飞天》大学生诗歌评奖活动从1982年开始至1985年结束，共计举办了四届。1986年以后，由于当时办刊经费的收缩以及当时整个社会形势的影响，从此停办至今。

1982年第一届《飞天》大学生诗歌评奖获奖的作者及作品有：程光炜的《我们走向处女地》、吴稼祥的《我歌唱第一个直立行走的人》、韩霞的《阵地及其他（四首）》、陆健的《海的向往》、白德的《炊烟》、崔泽善的《我的北方（六首）》、孙晓刚的《年轻人从百货商店出来》和《中国夏装》、尚春生的《告别之歌》、周伦佑的《春节》、张真的《月台》、叶延滨的《太阳与大地的儿子》、沈天鸿的《苦难》和《清晨，在沙滩……》。

1983年第二届《飞天》大学生诗歌评奖获奖的作者及作品有：人邻的《远地的外婆，和我》、李磊的《中国，在建楼房》、林锡潜的《给一位山区女教师》、曹汉俊的《生命的旋律（二首）》、于跃的《欢聚》、于坚的《圭山组曲（组诗）》、曹勇的《我知道，我是儿子》、冯金彦《一盏路灯》、于奎潮的《我们，远航去》、简宁的《女儿的海》。

1984年第三届《飞天》大学生诗歌评奖获奖的作者及作品有：伊甸的《快乐的女车工》、李剑虹的《套马手的传说》、张小波的《多梦时节》和《毕业到西北去》、宋庆平的《远山的呼唤》、菲可的《再见，冬妮娅》、张锋的《父与女》、苗强的《关于树》、王建民的《从垄上走过》和《开拓者的葬仪》。

1985年第四届《飞天》大学生诗歌评奖获奖的作者及作品有：杜爱民的《西部的故事（组诗）》，王寅的《华尔特·惠特曼》，郝明德的《村民们的日子（组诗）》，杨勋的《走向故事》，傅浩的《山地组诗（组诗）》，郝建文的《表姐》，沈健的《鹰爪菊》，碧涛的《海员妻子的梦（组诗）》，龚湘海的《儿子和父亲》，祖云、舒畅的《成熟》。

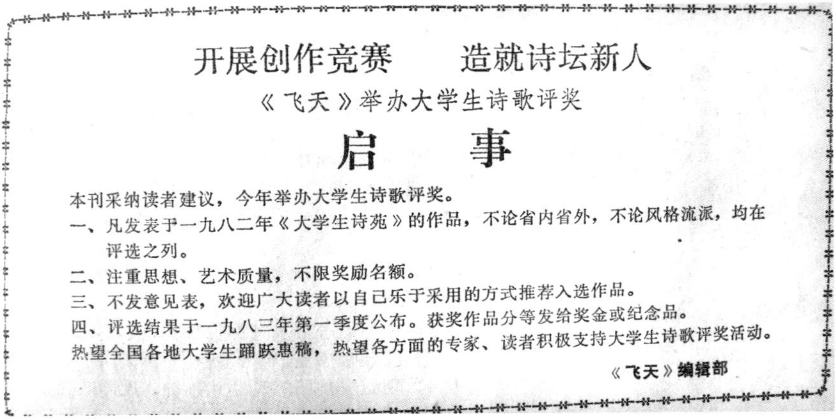

开展创作竞赛　　造就诗坛新人

《飞天》举办大学生诗歌评奖

启　事

本刊采纳读者建议，今年举办大学生诗歌评奖。

一、凡发表于一九八二年《大学生诗苑》的作品，不论省内省外，不论风格流派，均在评选之列。

二、注重思想、艺术质量，不限奖励名额。

三、不发意见表，欢迎广大读者以自己乐于采用的方式推荐入选作品。

四、评选结果于一九八三年第一季度公布。获奖作品分等发给奖金或纪念品。

热望全国各地大学生踊跃惠稿，热望各方面的专家、读者积极支持大学生诗歌评奖活动。

《飞天》编辑部

《飞天》举办大学生诗歌评奖启事

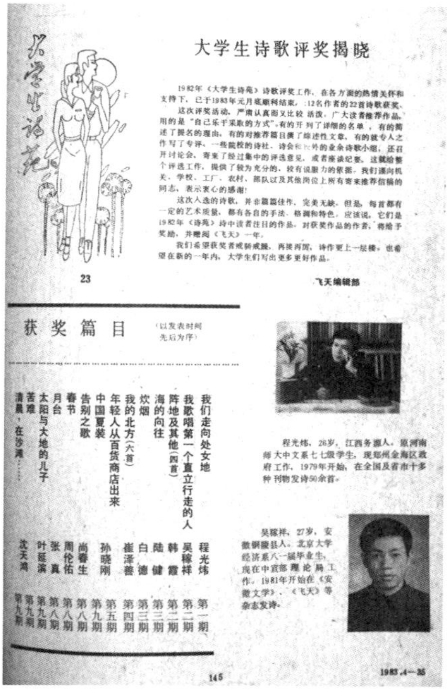

大学生诗苑

23

大学生诗歌评奖揭晓

1982年《大学生诗苑》诗歌评奖工作，在各方面的热情关怀和支持下，已于1983年元月底顺利结束，12名作者的22首诗歌获奖。

这次评奖活动，严肃认真而又比较活泼。广大读者推荐作品，用的是"自己乐于采取的方式"。有的开列了详细的名单，有的简述了提名的理由，有的对推荐篇目撰了综述性文章，有的就专人之作写了专评。一些院校的诗社、诗会和校外的业余诗歌小组，还召开讨论会，寄来了经过集中的评选意见，或者座谈纪要。这就给整个评选工作，提供了较为充分的、较有说服力的依据。我们谨向机关、学校、工厂、农村、部队以及其他岗位上所有寄来推荐信稿的同志，表示衷心的感谢！

这次入选的诗歌，并非篇篇佳作、完美无缺。但是，每首都有一定的艺术质量，都有各自的手法、格调和特色。应该说，它们是1982年《诗苑》诗中读者注目的作品。对获奖作品的作者，将给予奖励，并赠阅《飞天》一年。

我们希望获奖者戒骄戒躁，再接再厉，诗作更上一层楼。也希望在新的一年内，大学生们写出更多更好作品。

飞天编辑部

获奖篇目

（以发表时间先后为序）

我们走向处女地	程光炜	第一期
我歌唱第一个直立行走的人	吴稼祥	第二期
阵地及其他(四首)	韩霞	第二期
海的向往	陆健	第三期
炊烟	白德	第三期
我的北方(六首)	崔泽善	第四期
年轻人从百货商店出来	孙晓刚	第五期
中国夏装		第九期
告别之歌	尚春生	第八期
春节	周伦佑	第八期
月台	张真	第八期
太阳与大地的儿子	叶延滨	第九期
苦难	沈天鸿	第九期
清晨，在沙滩……		第九期

程光炜，26岁，江西务源人。原河南师大中文系七七级学生，现郑州金海区政府工作。1979年开始，在全国及省市十多种刊物发诗50余首。

吴稼祥，27岁，安徽铜陵县人。北京大学经济系八一届毕业生，现在中宣部理论局工作。1981年开始在《安徽文学》、《飞天》等杂志发诗。

145

1983.4—35

第一届大学生诗歌评奖结果揭晓

韩霞，女，23岁，蒙古族，内蒙古扎来特旗人。西北民族学院汉语系七七级学生，毕业后留校工作。处女作《草原短笛》发于1981年10月号《飞天》，后在部分省市刊物发诗二十多首。

陆健，26岁，河南洛阳人。原北京广播学院文艺编辑系七八级学生，现中央人民广播电台工作。发于《飞天》的《海的向往》，系处女作。

白德，笔名，本名胡卫德，22岁，籍贯湖北沔阳。武汉师院历史系七九级学生。发于《飞天》的《炊烟》，处女作。

崔泽善，20岁，朝鲜族，吉林市人。中央民族学院汉语言文学系七九级学生。《我的北方》（六首）为处女作。

孙晓刚，23岁，原籍浙江诸暨，复旦大学中文系八二届毕业，现在上海电视台工作。曾在《诗刊》、《飞天》、《萌芽》、《文学报》发表部分诗作。

张真，女，21岁，浙江海宁人，复旦大学新闻系八〇级学生，1982年开始在《萌芽》、《诗刊》、《飞天》、《上海文学》等杂志陆续发诗。

尚春生，34岁，吉林长岭县人。1978年由工作岗位考入兰州大学中文系，现在甘肃省委组织部工作。1981年9月，在《甘肃日报》和《飞天》同时开始发诗。

周伦佑，31岁，四川西昌人。西昌农专农学系八二届毕业，留校工作。从1980年起在《星星》、《诗刊》、《飞天》、《青春》等杂志发诗。

叶延滨，34岁，哈尔滨人。1982年毕业于北京广播学院文艺编辑系，现在《星星》编辑部工作。全国作协会员。1975年开始，在全国多种杂志发诗。

沈天鸿，27岁，安徽望江县人。安徽师大中文系七八级学生，毕业后任教于原籍长岭中学。曾在《诗刊》等杂志发诗四十多首，第一首诗《初夏时节》发于《飞天》1981年12月号。

1983.4—36

146

第一届评奖获奖者简介

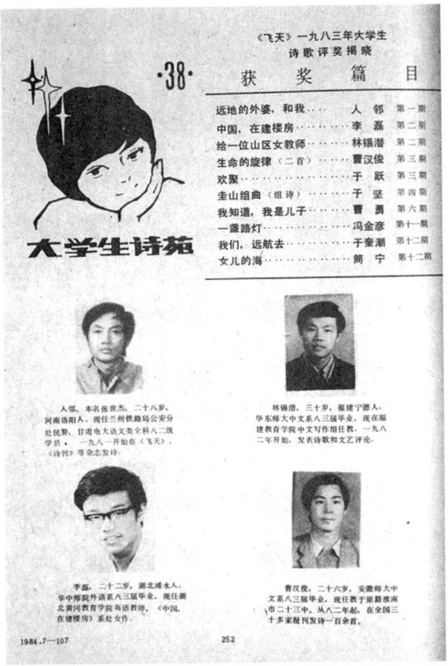

·38·

大学生诗苑

《飞天》一九八三年大学生
诗歌评奖揭晓

获 奖 篇 目

远地的外婆，和我	人 邻	第一期
中国，在建楼房	李 磊	第二期
给一位山区女教师	林锡潜	第二期
生命的旋律（二首）	曹汉俊	第三期
欢聚	于 跃	第三期
圭山组曲（组诗）	于 坚	第四期
我知道，我是儿子	曹 勇	第六期
一盏路灯	冯金彦	第十一期
我们，远航去	于奎潮	第十二期
女儿的海	简 宁	第十二期

人邻，本名张世杰，二十八岁，河南洛阳人，现任兰州铁路局公安分处民警，甘肃电大语文类全科八二级学员，一九八一开始在《飞天》、《诗刊》等杂志发诗。

林锡潜，三十岁，福建宁德人，华东师大中文系八三届毕业，现在福建教育学院中文写作组任教。一九八二年开始，发表诗歌和文艺评论。

李磊，二十二岁，湖北浠水人，华中师院外语系八三届毕业，现任湖北黄冈教育学院英语教师，《中国，在建楼房》系处女作。

曹汉俊，二十六岁，安徽师大中文系八三届毕业，现任教于原籍淮南市二十三中。从八二年起，在全国三十多家报刊发诗一百余首。

1984.7—107　　252

第二届大学生诗歌评奖结果揭晓

于跃，二十五岁，西安市人。西北师院政治系八三届毕业，现任教于解放军西安政治学校。一九八一年以来，在十五家报刊上发诗六十多首。

于坚，二十九岁，云南大学中文系八〇级学生。原籍四川资阳，在昆明当过十年工人。一九八一年起发表诗歌、小说、文学评论。

曹勇，二十二岁，江苏泰州市人，苏州大学财政系八二级学生。《我知道，我是儿子》系处女作。

冯金彦，二十二岁，辽宁桓仁县人，本溪师专物理系八〇级学生，一九八一年以来，发表诗歌、小说五十多篇（首）。

于奎潮，二十二岁，江苏东海人，华东师大中文系八三届毕业，现在江苏公安专科学校任教。《我们，远航去》系处女作。

简宁，原名叶流传，二十岁，安徽潜山人。中国科大工程热物理系七九级学生，任校学生会学习委员和诗社社长。一九八二年在《飞天》《大学生诗苑》发表处女作《湖畔》，八三年加入合肥市文协。

253　　1984.7—108

第二届评奖获奖者简介

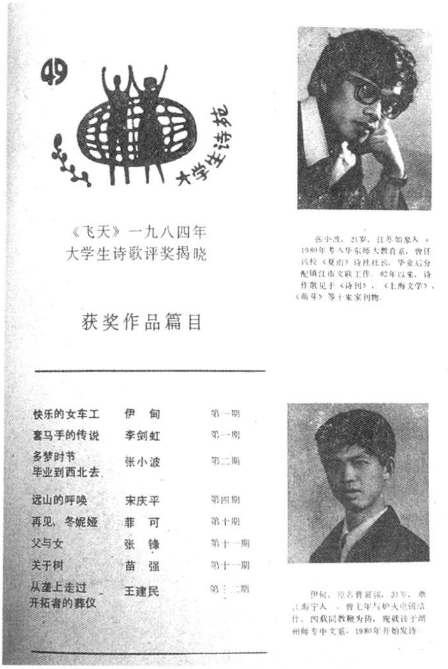

《飞天》一九八四年
大学生诗歌评奖揭晓

获奖作品篇目

快乐的女车工	伊 甸	第一期
套马手的传说	李剑虹	第一期
多梦时节 毕业到西北去	张小波	第二期
远山的呼唤	宋庆平	第四期
再见，冬妮娅	菲 可	第十期
父与女	张 锋	第十一期
关于树	苗 强	第十一期
从崖上走过 开拓者的葬仪	王建民	第十二期

张小波，21岁，江苏如皋人。1980年考入华东师大教育系，曾任该校《夏雨》诗社社长，毕业后分配镇江市文联工作。82年以来，诗作散见于《诗刊》、《上海文学》、《萌芽》等十来家刊物。

伊甸，原名曹富强，31岁，浙江海宁人。曾七年与炉火电钮结伴，四载同教鞭为伍，现就读于湖州师专中文系。1980年开始发诗。

第三届大学生诗歌评奖结果揭晓

李剑虹，祖籍吉林延边，1962年生于甘肃甘南藏族自治州，80年考入兰州大学中文系，毕业后留校工作，82年在《飞天》发处女作以来，已发诗歌30余首。

宋庆平，上海松江县人，24岁，中学毕业后曾到农村插队，任过两年半小学语文教师，82年考入上海师大中文系，获奖作品系处女作。

张锋，1964年生于杭州，曾随父亲在农村生活七年，81年考入浙江医科大学药学系，该高一时，在市报副刊上发表处女作。

菲可，本名温相勇，1964年生于江西，81年毕业于兰州大学中文系，现在重庆市文化局艺术处工作，82年以来在全国20多家刊物发诗40余首。

苗强，1964年生，沈阳人，兰州大学中文系82级学生，《关于树》系处女作。

王建民，22岁，青海乐都县人，西北政法学院法律专业八二级学生，任校《西北》文学社社长、主编。获奖作品系处女作。

1985.6—67　　336

第三届评奖获奖者简介

《飞天》一九八五年
大学生诗歌获奖篇目

西部的故事（组诗）	杜爱民	第一期
华尔特．惠特曼	王寅	第二期
村民们的日子（组诗）	郝明德	第四期
走向故事	杨勋	第四期
山地组诗（组诗）	傅浩	第四期
表姐	郝建文	第八期
鹰爪菊	沈健	第九期
海员妻子的梦（组诗）	碧涛	第十一期
儿子和父亲	龚湘海	第十二期
成熟	祖云 舒畅	第十二期

《大学生诗苑》第四届大学生诗歌评奖结果揭晓

附录三 《大学生诗苑》简论琐忆

我对甘肃有感情，首先是因为《飞天》杂志有个《大学生诗苑》栏目，它对中国诗坛有过重要影响，不少青年诗人都是从这里步入诗坛的。我上大学时就有幸在那里发过作品，并获过奖。1991年，我到延安插过队的地方去看了看，因为与甘肃近了，就想到甘肃转转，这是我第一次到兰州，见到了《大学生诗苑》的编辑张书绅先生。

——叶延滨

80年代的中国天空，飘满了一个个无家可归的灵魂。

那是从无数焦灼的青春夜晚中冒出来的一缕缕诗歌青烟……那些内含无边能量的血泪诗篇，从来不缺少翅膀，它们只是缺少土地。

在饥渴的年代，哪怕有一尺一寸的土地愿意收留那些流浪的精神囚徒，也必将被历史放大般铭记为无边的巴比伦花园——这就是《大学生诗苑》！一个后代人永远无法理解的伟大栏目。中国铅字自发明以来，在它那里发出了最刻骨铭心的青春之光。

——徐敬亚

一个为诗而燃烧的年代。

——王家新

这本书不仅让我们回顾了有关《飞天·大学生诗苑》的历历往事，更是填补了中国当代大学生诗歌研究领域的空白，具有很高的学术价值和史料价值。对于目前和今后研究中国当代诗歌的学者来说，这本书无疑是必不可少的；对于普通读者，这也是一本令人读来心潮起伏、百感交集的书。

——柏桦

一本有着特殊价值的诗歌史书。20世纪80年代是诗人辈出、佳作如林，堪称中国诗歌史上的黄金时代，除了要铭记《今天》和北岛以文本的高度向泯灭人性的恶制度挑战的勇气，更要铭记《飞天》的诗歌编辑张书绅，他以仁爱的宽怀接纳了一群群满腔梦想奔往诗歌圣地的大学生诗人和他们的血肉诗章。那个年代没有手机更无网络，但诗坛空气和人性的含氧量最高，就因为有这样大写的人。如今诗歌已无法还原80年代清朗纯粹真诚的生态，但年青刻骨铭心的诗歌之躯被爱过、抚摸过、收留过，我们是幸运的。

——马莉

20世纪80年代，是精神疯长、灵魂狂奔的年代。思维活跃的年轻人，特别是被宠为时代骄子的大学生们，人性复归，激情四射，诗成为他们释放心灵的最佳选择。《飞天》杂志所设《大学生诗苑》栏目，恰逢其时地为大学生诗人搭建了群星荟萃、炫光耀彩的平台，既展现了精神之花的千红万紫，又勾魂摄魄，将一批又一批年轻人引入不归的追梦之路，从而，让历史多了几分浪漫和厚重。历史别无选择地记录下了昨天的真实，今天，我们认真地翻动它，实在是要想起一点什么，面对过去，也面对未来，更不仅仅为了诗。这也许是红伟先生苦心经营此事的初衷吧！

——兰亚明

那时候，阳光是金色的，理想是飞扬的，诗歌是纯粹的。而《飞天·大学生诗苑》犹如大学生接受诗歌洗礼的花园，而张书绅先生便该是这个花园默默劳作的园艺师。正直，纯净，勤劳，爱才，无私。

——周同馨

80年代是中国文学激情燃烧的岁月，是中国涌现诗人最多的年代，一大批恢复高考的学子甜美地做着文学的好梦，而《大学生诗苑》正是在这些做梦的青年脚下铺下了一张彩色的会飞的地毯，把一批批校园诗人送进了文学的殿堂，而这不能不提到令人永难忘记的张书绅老师，是他发表了我的处女作《我的太阳》，让我从此走上了文学的道路，影响了我的一生。

——曹剑

20世纪80年代《飞天》杂志的刊中刊《大学生诗苑》是最早为中国校园诗人打开的一扇窗户，它也为全国一大批准备远行的诗人提供了最初的码头，为黑暗中一大批向着诗歌茫然摸索的征夫们亮起最早的灯塔，它为一代年轻诗人所提供的那份亮色，那份温暖，那份无私和帮助，即使在以后的任何日子里，每一个得到它的光的人，都不会忘记，那是怎样一种恩惠。而这一切来自一个普通而亲切的名字，现在就让我再一次告诉你这个中国诗歌编辑队伍中最无私的名字，最有远见的名字：张书绅。

——邓万鹏

我从1978年下半年开始写诗，是最早一批的大学校园诗人。甘肃有本文学杂志叫《飞天》，推出了《大学生诗苑》栏目，由张书绅先生主持，连续发表在校学生的诗作，我是忠实的作者及读者。记得在这个栏目发表作品的有叶延滨、孙武军、王家新、于坚等人，他们中的不少人后来都成了当代诗坛的中坚人物。

——程光炜

甘肃的《飞天》很有气魄。那个诗的时代真的要让今天的人们记住。

——孙武军

一个刊物有一位善于发现的好编辑是年轻诗人和作家的幸运。《飞天》的《大学生诗苑》的确造就了不少“大学生诗歌明星”。

——宋琳

《大学生诗苑》是中国新诗发展道路上的一柱里程碑，虽然地处一隅，但却是中国诗路的必经路段。因此这柱里程碑所指示的一切，都是我们脑海中不容易抹去的内容，伴随着我们其时最真实的感情。

——黄亚洲

80年代，《大学生诗苑》是全国大学生诗歌爱好者最最神往的“伊甸园”，她曾唤醒、培育、扶植、输送了一批又一批诗歌“信徒”，为汉语诗歌发展光大做出了突出贡献。相信《诗苑》及栏目主编张书绅老师的名字，至今一定还刻印在千万大学生心中最温暖的地方！

——张黎明

张书绅先生是我永远的恩师！他是我的诗歌处女作《湖畔》的责任编辑，我当时还是一个十几岁的毛孩子。正是他的教诲，正是《飞天》的《大学生诗苑》使我走上了专业的文学道路……我永远不会忘记我的启蒙老师！

——简宁

我的大学时代是一个诗歌时代，很多大学生的文学飞天梦，恰如其分地从《飞天》杂志开始。这本杂志有一个著名栏目——《大学生诗苑》，那是我们最可亲最可信的造梦平台，我们因此感念《飞天》杂志，并记住了张书绅这个诗歌编辑的名字。所有与诗歌相关的名字，都令人难以忘记。

——苏童

我是在兰州上大学期间在《甘肃日报·百花副刊》上发表的第一首诗，那一年我18岁，而且那首诗歌还是在校园外的黄河岸边写成的。如果说阿克塞的哈萨克游牧世界成就了我日后的诗名，那么兰州就是以文学的名义启蒙和推助我出发的地方。况且，当年兰州的《飞天·大学生诗苑》几乎就是全国各地优秀校园诗人的集中营，我能够忝列其中实属幸运，尽管其影响力至今未被中国诗歌史所认知，但这本杂志连同那个时期轰动一时的《当代文艺思潮》一道，都在像我一样拿文学当回事的许多年轻人心目中留下了深刻的成长印记。

——张子选

20世纪80年代，甘肃《飞天》的《大学生诗苑》在中国诗歌界有广泛的影响，它的创办人张书绅先生在大学生诗歌作者中也有很高的声望。我曾利用大学暑假独身一人前往大西北，行走并体验，去拜访张书绅先生，也曾有一首短诗《小花》发表在1981年第12期《大学生诗苑》中，这对我当年的创作是一个很大的鼓舞。感谢《大学生诗苑》！感谢张书绅先生！感谢诗歌！感谢时代！

——许辉

甘肃《飞天》的《大学生诗苑》专栏编辑张书绅老师，其德行泽被数以万计的大学生，因而也是80年代初、中期大学生诗歌运动的幕后推手之一，值得我们永远感戴。记得80年代中期，我到四川成都工作后，张老师还来信，称眼睛有疾，想到成都治疗。我立刻回信，答应帮忙联系医院，后来，张老师又来信，说不麻烦了，他不来了。如果张老师尚在人世，任何一个当年在《飞天》发过诗的大学生诗人，到兰州时都应该买两瓶酒去看望老人。

——程宝林

谁的心中都有跨不过的情结，诗歌始终是我内心中最神圣的领地，而对于领地上的每一个同党，我都充满敬意。当年在《飞天》杂志编辑《大学生诗苑》栏目的张书绅，确实是我们这一茬人的知遇恩人，那些年里，有多少现在仍旧活跃的诗人由那里起步呢？说它是诗歌的黄埔军校应该并不过分。当时《飞天》杂志以《大学生诗苑》栏目汇聚各路精英，成为学院诗人最看重的发表平台。大家把在这个栏目中发表诗作，看作是进入中国诗坛的某种标志。

——苏历铭

80年代大学生开始纷纷年过半百了；80年代的《大学生诗苑》一路走来，持续印证一个常识：青春是诗意人生的冲锋队，诗意人生的永恒魅力在于个体生命与生俱来神往一个人的天意为主。家庭、学校、民族、国家、爱情等等总是在貌似解放集体人格的同时给个人神性戴上枷锁；诗语澎湃源于个人神往洪流，太阳必须发出光芒，光芒永远在路上，所有生命都是对孤独的全面反抗；是太阳帮助青春人类最早发现了诗意的方向；回头看，那时候的每一行诗意文字，都像青春的长发和头顶的阳光，除了自由，青春什么都可以不要；除了忧伤，青春年少什么财富也没有；时间收获了我们，我们丰满了翅膀，80年代，谁也不会淡忘。

——郭力家

常常在想，那时候，假如没有《大学生诗苑》，我的青春何处安放？它是一片青青草地，让我的心与梦想在那里日夜歇息。感谢《诗苑》里辛勤耕耘的编辑老师，虽从未谋面，但不曾忘记这份师恩，岁月的风雨也不能冲淡，宛如窖藏的一坛老酒，埋得越久越醇厚。

——刘荣升

几乎再不可能有这样的编辑了：他用工整的字迹，宽容和鼓励的态度，回复每一位年轻的投稿者，让他们的忐忑和迷茫变为信心与鼓舞，喜悦与成功。80年代的每一位经由《飞天》而走向文学的人，都应记住并深深感谢他——张书绅先生。

——张清华

提到《大学生诗苑》，就会想到《飞天》的张书绅先生。20世纪80年代末，我读江西师大，师大有诗的传统，出了不少诗人、诗评家，我们一帮同学就向《飞天·大学生诗苑》投稿，用没用，责编张书绅先生都亲笔回信，鼓励不小。我和班上不少同学都上过《大学生诗苑》，张先生对校园诗歌是有大功的，他的信皆亲切，令人如沐春风，是给我留下美好记忆的。

——程维

张老师搞的《大学生诗苑》是全国大学生的一个诗歌圣地。

——唐欣

作为中国语境中持续时间最长的诗歌事件，《大学生诗苑》的更大意义在于，促进诗歌写作进入大学生的课余活动形式，成为80年代以来素质教育和人文话语气场的鲜活标本和激动人心的篇章。或许盛景不再，但是一个时代的大学生诗歌创造了历史，反过来作为“影响的焦虑”的历史也可以创造我们并引导未来。

——方文竹

你说，在兰州，在自己身边就有《飞天》杂志嘛，多激动哦！那时候，一个校园诗人在《飞天》上发了作品，就意味着你在学校里一举成名！如果你在《飞天》上连篇累牍地发，意味着你在全国的高校名噪遐迩！

——叶舟

我的诗歌《母马》，载甘肃《飞天·大学生诗苑》1986年第9期。这首诗是当时寄给《飞天》诗歌编辑张书绅的一组诗中选出的。所以给他稿子，是由于当时《飞天·大学生诗苑》上发过我认识的一些朋友的诗，包括《他们》同仁的不少诗。封新城在兰州编辑的那本很有影响的民刊《同代》上一些诗人更是在这个栏目上经常露面。正因为《飞天》的《大学生诗苑》和民刊《同代》的存在，兰州可称作20世纪80年代中国诗歌的重镇。

——小海

我一直不知道《飞天》的编辑是谁，但我大学期间给《飞天·大学生诗苑》投稿，每次都能收到编辑老师用铅笔写的回信或在诗中的批阅语，或鼓励或指正或赞许，每次收到都特别感动。我在《诗苑》上发的诗没有几首，但记忆深刻，就在于对这位幕后的编辑老师的由衷感激之情。后来我知道了张老师的名字，并且知道他退休后住在兰州，知道这个也是因为我寄他诗集或编的刊物，他来信，告诉我新地址，说起近况。我觉得我是很幸运的，在我诗歌写作的路上，有很多像张书绅那样的老师，给了我无私的指点和帮助，也给我信心。恩师难忘，恩情难忘！

——荣荣

关于《飞天》杂志的《大学生诗苑》，我的印象就是，当时这个杂志的诗歌栏目是专门发表大学生诗歌作品的，在高校的文学社和写作者中间名气很大，大家都以能上这个栏目为荣。而且听说张书绅老师人也非常好，我们就按照杂志的地址向他投稿。我记得我发表在这个栏目的诗歌作品是《大雷雨》，那是一首类似惠特曼风格的气势汹涌的诗篇。发表之后我拿到了杂志感到很激动。我觉得《飞天》杂志的这个诗歌栏目，非常大地推动了80年代大学生的诗歌创作，而且，张书绅老师的敬业和诗歌鉴赏力，都是让我难忘的。可惜我没有保存下来他给我的信件。但是我怀念这个栏目，怀念他这个人。

——邱华栋

大学生诗坛到了80年代中后期，光芒锐减。我任黑龙江大学学生文联主席、冰帆诗社社长期间，省内除了中岛、刘海岳、陆少平几点星光闪耀外，我及我的诗友们不过是以极大的热情在操练诗歌而已，形象一点儿说，是在杨川庆“冰帆”的航线上、在潘洗尘“北斗”的引导下奋然前行的跋涉者。稍有影响力的是我们主办的“放歌天涯”和“超越迷惘”几次诗会，全省十几所大学的诗友热血沸腾。当其时，《飞天·大学生诗苑》《诗歌报》《诗选刊》《诗林》《大学生诗坛》还有后期出版的《会唱歌的鸢尾花》正是我们囊中仅有的几块干粮，补充我们本来就先天不足的体能，让我们得以艰难前行、破土生长。

——黄国华

甘肃兰州那样偏远的地方，一度成为中国大学生诗歌运动中心，这是20世纪80年代一个再也无法重现的奇迹。《飞天·大学生诗苑》为推动中国诗歌的发展，造就一代文化人才，所做出的宝贵而艰辛的努力，让人不能忘记张书绅这个名字。我曾在1988或1989年的一个冬夜，驻留兰州时造访简陋的张府。我注意观察着这位个头不高，面相很像“甘肃洋芋蛋”，走在千里陇原毫不起眼的小老头，奇怪他哪来那么巨大的诗歌激情？难道冥冥之中真有神祇的安排，让他历史性地扛起了大学生诗歌这面大旗？

——甘建华

从兰大出来，27年了，没回过兰州，关于兰州的记忆，很多已经模糊乃至淡忘。

但我经常会想起东岗西路50号的《飞天》编辑部，想起编《大学生诗苑》的张书绅老师。

张老师个矮，一身中山装，头戴鸭舌帽，操西北口音，抽五毛钱一包的兰州烟。朴素，随和。看上去极其普通。

就这么一个看似平凡的人，却极不平凡。他审美水平极高，开辟《大学生诗苑》专栏，精心编选，每期都是当时诗歌爱好者的精神大餐。他眼力相当好，为诗坛发现和培养新秀，今天诗坛上一大堆著名诗人都是从《大学生诗苑》走出来的。

张老师于中国当代诗歌的贡献可谓大矣，但张老师向来谦虚，不言其功。

相信有很多写诗的同龄人，跟我一样，多少年来，常常想起张老师。

“桃李不言，下自成蹊”，其张老师之谓乎？

听说张老师早已退休，身体不大好，我只想得知他的地址，登门看看他。

——杨勋

诗人马丁作为知情者，曾在一篇关于我的诗歌的评论中这样写道：“1987年，马海轶在《飞天》杂志《大学生诗苑》发表了他的第一首诗《流浪诗人》，……无论如何，这首诗的发表使我们——周围与马海轶相熟的人们对他的认识有了一些改变。”2004年，我在自己的第一本诗歌集《秘密的季节》后记中写道：“我在1985年真正遇到了诗。先是读诗，后来写诗，迄今已近20年。起初我写当时风靡校园的口语诗，那时的作品保留下来的有《德龙的家和以后的情况》《西宁的湟水桥和一种感觉》等。其中《流浪诗人》发表在张书绅先生主持的《飞天·大学生诗苑》，算是我最早发表的诗，”当时，我在青海师大读书，大约是青海第一个在这个栏目发表作品的大学生。《大学生诗苑》对我诗歌创作的鼓励和鼓舞巨大，直到如今，感受仍然强烈。大学毕业二十多年了，许多曾经珍视的东西因为一次又一次的人生颠簸被丢掉了，但张书绅先生当年用铅笔写在稿件上的留稿通知、审阅意见、写作建议和数次通信一直保留着。对我来说，它就是一个见证：关于诗歌和热爱，关于张书绅先生那一代人对诗歌一以贯之的敬重和奉献；它也是一种纪念：关于青春与追求，关于我们这一代人对缪斯火一样的热情和投入。

——马海轶

我的一组诗歌《痴人说梦录》发表于《飞天》1987年第10期《大学生诗苑》。那时，我是山西农业大学大三的学生。

当时，我把几首诗歌投给《山西日报》的文学副刊，《山西日报》用了一首，其他的就退了回来。我把其余的几首投给《飞天》，编辑很快发来采用通知，这个编辑就是令人尊敬的张书绅老师。他对我的稿子进行了修改，使诗歌的空间一下扩展，让我刻骨铭心。

这是我第一次在文学期刊发表作品。

后来自己出了诗集《瞧，这堆垃圾》《肉》，不断追寻汉语之美，但始终不敢忘记张老师对我的诗学启蒙。

——宋连斌（温暖的石头）

1987年至1989年，我在河北大学作家班学习，很喜欢《飞天》杂志的《大学生诗苑》栏目。那时，给编辑部投稿都是纸质稿件。第一次试着给该栏目投稿，不到半月就收到退稿信，印着“飞天杂志社”字样的32开信笺上，用铅笔工工整整写满了退稿意见，最后一句大意是“欢迎继续来稿，顺祝学习愉快！”，落款是：张书绅。大学两年，给《飞天》投稿近10次，每次都能得到张书绅老师的回复，并在《飞天》上发表习作三次。现在想来，心怀愧疚，那时正是诗歌热啊，会有数十万计的大学生给张书绅老师投稿的，张老师每稿必读、必复，该是多么的辛苦！

——代宏杰

《飞天》为校园诗人插上了翅膀，让他们在诗歌的天空上飞翔。

——汪渺

《大学生诗苑》是80年代大学生诗人心中的一个诗歌高地。张书绅老师的敬业，公正，对青年作者的关心爰护扶持，在今时代是罕见的高贵品质，我们永远心存感激！

——丘有滨

我很感谢《飞天》，大学期间这本杂志发了我两次诗歌。张书绅老师在我心目中是位特别值得敬重的人，也是一个少见的负责任的人。他对于诗歌的理解，不仅影响了那个年代的大学生诗人，也深深地影响了中国诗歌。

——蓝角

创办了一个无与伦比的名牌栏目——《大学生诗苑》；带活并推介了一个原本默默无闻的刊物——《飞天》文学月刊；凝聚并提升了一个最有实力和影响力的诗群——大学生诗群；影响了一个诗歌依然

神圣的年代——20世纪80年代；谱写了诗歌史乃至于文学史辉煌的一页！

——写给80年代诗歌编辑第一人——《大学生诗苑》栏目原编辑张书绅老师

——田玉川

跋 《大学生诗苑》的巨大贡献

在时隔33年之后，重温《大学生诗苑》创造的诗歌时代，回顾《大学生诗苑》开办的辉煌历程，翻阅《大学生诗苑》编辑的经典诗作，缅怀《大学生诗苑》陪伴的青春岁月，无论是《大学生诗苑》的作者，还是《大学生诗苑》的读者，相信他们的心里一定会对这个影响了他们青春、影响了他们生活、影响了他们写作、影响了他们生命的中国文学期刊史上和中国新时期新诗史上创办时间最长久、培养诗人最众多、社会影响最广泛、赞誉名声最响亮、读者受众最广泛的诗歌栏目产生美好的回忆，产生诗意的怀旧，并幸福地沉浸于《大学生诗苑》营造出来的浓厚的诗歌氛围，诗潮澎湃、热血沸腾、激情荡漾。

纵观《大学生诗苑》漫长辉煌的创办历史，检索《大学生诗苑》收获累累的创办成果，我们必须实事求是地承认：《大学生诗苑》的创办，在中国新时期诗坛上产生了十分重要的影响，具有了十分重要的意义，体现了十分重要的价值，为中国当代诗歌的传承和发展做出了巨大的贡献。

主要表现在以下五个方面：

一、为甘肃新时期诗歌的兴盛立下了汗马功劳

在中国新时期诗坛上，甘肃始终是一个创作实力雄厚的诗歌重镇。究其主要原因，是因为《飞天》编辑部在三十余年的办刊历程中诗人荟萃，先后聚集了杨文林、段玫、师日新、李云鹏、张书绅、李老乡、何来、高凯、马青山、郭晓琦等一批在国内诗坛上都很有才华、很有成绩、很有影响的著名诗人担任主编、副主编和诗歌编辑。由于他们多年来苦心经营着《飞天》的诗歌栏目，特别是创办了《大学生诗苑》之后，他们给甘肃诗歌带来了福音，给甘肃诗歌作者带来了机遇。三十余年来，他们不遗余力地扶植甘肃高校诗人，曾经三次专门编发甘肃高校大学生诗人作品专辑，为甘肃诗坛培养了大量的后备军，为甘肃新时期诗歌的兴盛做出了重要贡献，大批甘肃诗人从这里成名成家、走向诗坛。彭金山、张津梁、高永中、于进、董培勤、张子选、刘芳森、王建勇、黄祈、于跃、崔桓、杜宁、韩霞、罗巴、王建勇、尚春生、成倬、李春林、汪幼琴、封新城、李剑虹、菲可、普珉、苗强、任民凯、石厉、阿信、王若冰、郝明德、人邻、尚可新、漆进茂、杨勋、柏常青、马启昕、陈桂林、杨永康、张中定、阳飏、唐欣、娜夜、叶舟、马萧萧、敏彦文、刘晋、徐兆寿、桑子、汪渺、颜峻、尔雅、古马、冯国伟、唐翰存、李满强、杨春、李王强、王小忠等曾经活跃在甘肃诗坛或目前活跃在甘肃诗坛的几代诗人，均出自于《大学生诗苑》的细心栽培。面对这种现象，有人评价说：《大学生诗苑》的创办史，其实就是甘肃新时期诗歌史的精华版。

二、为大学生诗人交流诗艺建立友谊创造了有利条件

在《大学生诗苑》创办之前，全国各地的大学生诗歌爱好者之间关于诗歌创作的交流和切磋完全局限于本系或者是本校，基本处于“地下

写诗”状态，无论是本省的大学还是外地的大学，大学生诗人们互相不认识、互相不联系、互相不交流、互相不熟悉，各写各的诗，各投各的稿，犹如一群散兵游勇，成不了气候，造不成声势，掀不起高潮，产生不了规模，形成不了影响。《大学生诗苑》的创办彻底打破了这种不利于大学生诗歌创作、不利于大学生诗人联系的尴尬局面，为他们之间跨系、跨校、跨省的诗歌创作交流提供了十分有利的机遇。由于《大学生诗苑》的编者在发表大学生诗歌作品时全部标注作者的学校以及系别，这就为大学生诗歌爱好者之间通信交流、切磋诗艺牵了线，搭了桥，提供了方便。从此后，全国各地大学生诗歌爱好者们通过《大学生诗苑》提供的通信地址，按照自己个人对诗歌作者及作品的喜好，开始互相通信，从陌生到相识，从相识到了解，从了解到熟悉，从熟悉到相知，从相知到欣赏，开始了一段甚至一生最美好的交往，从诗友变成朋友，从朋友变成好友，从好友变成兄弟姐妹。雪片一样你寄来我回复的书信，洋洋洒洒成千句上万字的篇幅。就凭借着这一封又一封诗友之间的书信往来，大学生诗人们既收获了诗情，又收获了友情，既促进了诗友之间诗歌艺术的交流，又牢固了诗友之间终身不变的友谊，更推动了大学生诗歌创作的发展，并演化出一个又一个后来影响了中国新时期诗歌的重要事件。其中，最具有代表性和典型性的事件就是著名的诗歌民刊《他们》的创办。2009年，《大学生诗苑》作者、著名诗人于坚在接受上海《新民周刊》的记者访谈时讲了一个故事：“我和韩东认识是因为封新城办的杂志《同代》，当时封新城在兰州大学。最早是甘肃兰州的《飞天》有一个非常好的编辑叫张书绅，他觉得大学生诗歌很有活力，就在《飞天》上辟了一个大学生诗歌专栏：《大学生诗苑》。我们当时的诗歌作品基本上只能在自己印的民间诗歌刊物上发表，很难进入官方刊物，只有他那个地方愿意接纳，所以全国在校大学生基本上都往那里投稿，那里立刻成为高校大学生写作园地，一面旗帜。我的诗歌比较另类，官方杂志很难发表，许多都发在《飞天》上。发的时候会把我们的学校班级写上，比如写‘云南大学中文系某某级于坚’‘山东大学哲学系某某级韩东’，这就是通讯地址。我们一看，这家伙诗写得不错，就按照这个地址联系。封新城在《飞天》上看到我的诗，就写信给我，说他要办一份民刊《同代》，那时候我还不认识韩东。《同代》给我寄了几份，是一份印刷非常粗糙的刊物，用蜡纸刻的，上面发了我的诗、海子的诗——他的《亚洲铜》就首发在上面，还有陈东东、韩东和王寅。我看了韩东的诗，很喜欢，觉得他对诗的想法和我有共同之处，就开始通信。然后我们开始自己办《他们》。”著名诗人、流行歌曲词作家伤水（苏明泉）也有过类似的经历：“通过《飞天》我已经‘认识’了于坚、王寅、宋琳、周伦佑、杨争光、张子选、柯平、童中贵（苏童）等。和于坚、伊甸、张子选等的通信，就因为他们在《飞天》上的作品和地址；比如看了于坚的《圭山组曲》，叹服，就写信和寄诗去，记得信中狠狠表扬了《圭山组曲》，然后说不知你愿不愿意握下我伸出去的手，于坚回信第一句就说自己干过什么干过什么‘我的手很容易握’。和诗友们的通信交往，自《飞天·大学生诗苑》里互相欣赏的作者开始，延伸到其他诗人，比如和海子、西川、韩东等的通信。”像类似这样通过《大学生诗苑》的介绍而促成大学生诗人之间友谊的故事，在80年代和90年代还发生过很多很多。由此可见，《大学生诗苑》的创办给大学生诗歌爱好者尤其是80年代的大学生诗歌爱好者带来了福音，为他们之间的个人交往和诗歌交流创造了绝对有利的条件。

三、为大学生校园诗歌运动的兴起搭建了重要平台

一个出类拔萃的诗歌栏目，其影响力往往是超乎寻常地强大。《大学生诗苑》的创办，不但培养了大学生诗歌爱好者的写诗兴趣，提升了大学生阅读诗歌的欣赏水平，丰富了大学生的诗意青春生活，提高了大学生的诗歌修养，而且还在20世纪80年代中国诗坛上掀起了影响深远

的大学生校园诗歌运动。“文革”十年结束后的1977年，中国恢复了高考制度，大批有理想，有才华的青年凭借各自的实力纷纷考上大学，走进校园。80年代初期，由于拥有着对诗歌共同的热爱，由于对《大学生诗苑》的共同关注，由于深受《大学生诗苑》的影响，由于《大学生诗苑》的推波助澜，他们高举着昂扬向上的理想主义、直面现实的英雄主义、洋溢真情的浪漫主义三面大旗，从四面八方聚集到80年代诗坛，组成了一个有四个梯队上百万人参加的具有强大创作力量的大学生诗歌创作队伍。从70年代末期到80年代末期，在时间跨度长达十余年的时光里，他们这些像群星一样闪烁诗才光芒的学院诗人用妙笔写出了一篇篇精美绝伦的诗作诗论，用热情组织了一个个团结协作的诗歌社团，用才华创办了一份份质高品佳的诗刊诗报，用心血编印了一部部荟萃精品的诗选诗集，用智慧开展了一次次形式多样的诗歌活动，在社会上，在诗坛上，在校园内掀起了一场空前绝后、波澜壮阔、声势浩荡、轰轰烈烈、影响深远、非同凡响、卓有成效的大学生校园诗歌运动。发起这场大学生校园诗歌运动的主要骨干力量有复旦大学诗人群体、北京大学诗人群体、吉林大学诗人群体、华东师范大学诗人群体、中国人民大学诗人群体、甘肃师范大学诗人群体、兰州大学诗人群体、云南大学诗人群体、黑龙江大学诗人群体、哈尔滨师范大学诗人群体、安徽师范大学诗人群体、扬州师范学院诗人群体、北京师范大学诗人群体、南京大学诗人群体、武汉大学诗人群体、山西大学诗人群体、西北民族学院诗人群体、湖南师范大学诗人群体、河南师范大学诗人群体、中山大学诗人群体、辽宁大学诗人群体、辽宁师范大学诗人群体、北京广播学院诗人群体、山东大学诗人群体、西南师范学院诗人群体、河南师范大学诗人群体、南开大学诗人群体、杭州大学诗人群体、暨南大学诗人群体、四川大学诗人群体、郑州大学诗人群体、贵州大学诗人群体、福建师范大学诗人群体、吉林四平师范学院诗人群体、重庆大学诗人群体、上海师范学院诗人群体、浙江师范学院诗人群体、昆明师范学院诗人群体等。这些在80年代大学生校园诗歌运动中发挥重要作用、产生重大影响的骨干力量，基本是来自《大学生诗苑》的作者阵容。因此，完全可以这样说：正是因为《大学生诗苑》搭建了一座供全国各地热爱诗歌的大学生们交流诗歌、探讨诗艺、切磋诗技、发表诗作的舞台，所以，他们才上演了中国新时期诗歌史上一台精彩绝伦的大戏和高潮迭起的好戏。

四、为中国第三代诗歌运动的发展输送了骨干力量

中国新时期的诗歌，继朦胧诗之后，迄今为止在诗坛上影响力最大、创造力最强、好诗歌最多、最具流派特色、最具经典意义、最有创新价值、最有艺术分量的诗歌群体，就是第三代诗歌群体。这个诗歌群体在继承了朦胧诗的种种优点之外，创造了自己的诗歌特点，彰显了自己的诗歌亮点，形成了一种在诗坛上影响深远、意义重大，在诗歌上特色鲜明、个性突出的第三代诗歌现象。第三代诗歌群体的崛起和第三代诗歌现象的形成，《大学生诗苑》厥功至伟。在第三代诗歌群体还处于萌芽状态的时候，《大学生诗苑》的编者以其慧眼发现了他们的诗歌才华，看出了他们的创作潜质，并给予了重点关注、重点扶持、重点培养。1983年，在大量的学生来稿中，编辑张书绅披沙拣金、慧眼识珠地发现云南大学中文系学生于坚寄来的由《圭山》《火把果》《斗牛》《摔跤手》《火把节》等五首精短诗作组成的组诗〈圭山组曲〉是一组非常有艺术特色的优秀佳作，当即拍案叫绝，将其编发在1983年第4期《飞天》杂志上的《大学生诗苑》头条位置，向读者隆重推出。这个组诗发表后，立即在大学生诗坛引起广泛的关注，获得如潮好评。1983年第11期《飞天》杂志专门发表了张福言的诗歌评论文章《诗在诗外——简谈组诗〈圭山组曲〉的美感表现》，对于坚的这组优秀诗作给予了较高的评价："作者以质朴的语言，向我们展现了一幅民族风情的画卷，弹响了一曲高原生活的乐章，唤起了人们美感的一种诗意的深

化，开掘了使人思悟的内涵，跃动了读者的联想，给人以有益的美感享受。”因为《圭山组曲》的发表，于坚从此“一诗成名”，成为了大学生诗坛上一颗引人注目、光彩耀眼的新星。在《飞天》杂志举办的1983年大学生诗歌评奖活动中，于坚的这组优秀诗作受到了读者的青睐和评委的赞誉，一举获奖。此后的《大学生诗苑》还发表了于坚的《节日的中国大街》《第15号》《第19号》《滇东北大峡谷》《我们的一对邻居》等诗歌作品，在《大学生诗苑》发表作品首数排行榜上，于坚以十首诗歌的数量排名前茅。正是因为《大学生诗坛》扮演了幕后推手的角色，所以，才使极具诗歌天赋的于坚后来成为大家公认的第三代诗歌群体的领军人物。1984年，《大学生诗苑》编者张书绅收到了重庆大学电机系1981级学生尚仲敏的诗稿。面对这位理科学生创作的诗歌，张书绅从字里行间看出这位学生潜在的诗歌才华。尽管，那首诗没有采用，但是，他却在退稿时写下了详尽的修改意见，肯定了他的才气，指出了他的不足，并鼓励他继续写作，相信他一定能写出更好的诗来。此后，尚仲敏又投寄了六次诗稿，张书绅都一一进行了认真的点评。经过张书绅的耐心指导，尚仲敏的第七次来稿《临考之前》终于发表在1985年第4期《飞天》上。一年来，在接受张书绅老师指导的过程中，尚仲敏深受《大学生诗苑》的影响，并促使他和大学生诗人燕晓冬等人于1985年在全国大学生诗坛上率先提出了“大学生诗派”的构想，并和燕晓冬、张建明等人共同参与创办主编了面向全国高校的大学生自办诗歌报纸《大学生诗报》以及《中国当代诗歌报》，轰动了全国诗坛，影响了高校诗坛，成为了20世纪80年代诗坛上的一大亮点。1986年7月，香港《新穗诗刊》第六期专门编发了“大学生诗派小辑”，刊发了尚仲敏的诗歌《持不同政见者》等作品以及尚仲敏和燕晓冬合写的文章《谈大学生诗派》，在海内外诗坛引起了较大反响。1986年10月，在安徽《诗歌报》和《深圳青年报》联合举办的“中国诗坛1986现代诗群体大展”上，由尚仲敏撰写的《大学生诗派宣言》和他的两首代表作《门》《卡尔·马克斯》刊登在《深圳青年报》上。从此之后，尚仲敏成为了第三代诗人群体中有地位、有影响、有名气的重要人物！同时，在第三代诗歌群体成长的过程中，受到《大学生诗苑》“扶上马，送一程”的还有曹剑、张子选、封新城、李剑虹、孙晓刚、李彬勇、周伦佑、沈奇、柯平、伊甸、车前子、王寅、小海、普珉、曹汉俊、菲可、任民凯、苗强、姜诗元、宋渠、宋炜、宋琳、张小波、唐欣、默默、郭力家、简宁、王琪博、胡万俊、萧春雷、黄莱生、程宝林、张锋、燕晓冬、石厉、马朝阳、吴元成、京不特、黄灿然、陈鸣华、朱晓东、向以鲜、于小韦、华海庆、彭国梁、胡冬等大批优秀诗人。1986年10月，在安徽《诗歌报》和《深圳青年报》联合举办的“中国诗坛1986现代诗群体大展”上，参展的64个诗歌流派中，仅以《大学生诗苑》的作者为骨干力量组成的诗歌流派就多达24个，其中有：四川非非主义、安徽世纪末、西藏雪海诗、北京情绪诗、跨省大学生诗派、上海情绪流、昆明黄昏主义、江苏呼吸诗、四川九行诗、浙江地平线实验小组、南方派、安徽的病房意识、整体主义、上海撒娇派、北京男性独白、纯情诗、南京他们、四川莽汉主义、上海海上诗群、西安后客观、河南三脚猫、福建大浪潮现代诗学会、重庆新感觉派、吉林特种兵。正是因为《大学生诗苑》的悉心培养，第三代诗人才最终走上诗坛，扬名天下，书写了中国新时期诗歌史上的一页辉煌篇章，成就了中国新时期诗歌史上的一段荣誉佳话。

五、为中国新时期文学艺术的繁荣提供了人才支持

《大学生诗苑》走过的三十余年，正是中国新时期文学艺术逐渐成熟的三十余年。这个栏目的创立不仅仅为文坛输送了大批成就斐然的作家、诗人、评论家，而且更为艺术界发现和培养了大批事业有成的画家、艺术家、专家、学者以及其他各行各业的精英人才。翻阅《大学生诗苑》长长的作者名单，大家会发现当今社会上有影响、有成就、有

名气的著名诗人、作家、画家、评论家、专家、学者以及成功的从政、从教、经商者比比皆是：叶延滨、徐敬亚、曹剑、程光炜、王家新、陆健、许德民、祁智、李建波、高永中、沙新、张智全、邢凯、韩云、邵璞、沈奇、孙武军、沈天鸿、卓松盛、李其纲、徐芳、鄢元平、程宏、张协奎、钱叶用、柯平、伊甸、苏童、潘洗尘、杨川庆、陈惠芳、张清华、程宝林、傅亮、孙晓刚、钱万成、戚华海、杨争光、周伦佑、彭国梁、林雪、王爱中、郑洁、刘荣升、宋庆平、王剑冰、王秋彧、张宏森、刘亮明、冯诚、苏历铭、沙新、刘虹、于小龙、傅卓洋、杨榴红、陆少平、张黎明、郁斌、周恒发、宗焕平、于奎潮、韩雨、谷文通、黄亚洲、黄云鹤、张本才、丁宗皓、单之蔷、朱根亮、潞潞、王春平、武志元、周庆荣、孟志强、龚湘海、潘灵、周亚平、赵培光、萧春雷、沈天鹰、阿古拉泰、杨增能、王鑫彪、葛跃、刘根社、郑建军、冯慧君、文长辉、史秀图、刘云、邵长武、闵正道、苏明泉、李雪章、陈鸣华、郑复友、宋连斌、马朝阳、张佩星、张稼文、荣荣、蒋文龄、孙建舜、黄灿然、曾光、张天男、娜夜、邢海珍、唐跃生、李茂鸣、洪烛、陈先发、赵红尘、符红霞、高新昌、程韬光、马虹琴、鲁育宗、李闻郅、韩国强、叶天蔚、路也、程维、伊沙、南岛、代宏杰、邱华栋、景旭峰、旺秀才丹、韩少君、韩万胜、江南春、邓凯、娜仁琪琪格、太阿、谭克修、赵思运、王琪、缪克构、谭旭东、余弦、徐俊国、唐翰存、熊焱等。由此可见，《大学生诗苑》堪称培养文学艺术精英人物和社会各界名流人才的摇篮。尤其是在中国新时期诗歌发展的进程中，《大学生诗苑》扮演了至关重要的角色，其卓越的功绩应该载入中国新时期诗歌史册上！

因此，鉴于《大学生诗苑》为中国新时期诗歌发展所做出的巨大贡献，面对为《大学生诗苑》的开办和《大学生诗苑》的繁荣付出了很多心血、投入了很多精力、花费了很多功夫的杨文林、李云鹏、陈德宏、马青山等四任主编和张书绅、李老乡、辛晓玲、郭晓琦等四任责任编辑以及其他为《大学生诗苑》辛勤工作过的人，让我们——所有发过诗作的《大学生诗苑》的作者、所有曾经读过《大学生诗苑》的读者向我们心目中最优秀的编辑们表示最真挚的敬意！最诚挚的谢意！最感恩的爱意！

在中国，在20世纪80年代初期，他们做出了一件在中国诗坛上功德无量的大事，他们成就了一段在中国诗坛上功勋卓著的佳话！

让我们永远记住甘肃这家文学刊物吧——《飞天》！

让我们永远记住这个经典的栏目吧——《大学生诗苑》！